U0506999

　　2008年5月汶川特大地震后，中国作协铁凝、金炳华二位由省委宣传部及四川省作协同志陪同前来看望。

　　2005年春节，徐康、王敦贤、傅恒、杨明照、钟庆成等作家老友前来看望。

　　1996年12月，第五次作代会时合影，左起：高贤钧、何启治、缘原、李曙光、牛汉、屠岸、陈早春、任吉生、弥松颐。

2012年夏在西安看望好友惠毅并与老友王善本、张采凤及王子明夫妇合影。

李致同志夫人丁秀涓大姐病中，好友们同去看望。

1999 年 4 月 30 日
在台湾佛光山与星云大
师合影

1999年4月28日—5月7日率团访台，在高雄访问媒体时合影。

访问台湾时，1999年5月6日参加送行宴会，在客厅一角交谈。左起：薛家柱、王火、郝柏村、顾骧、札拉嘎胡。

第六卷

梦中人生　王冠之谜

王火文集

四川文艺出版社

图书在版编目（CIP）数据

王火文集. 第六卷，梦中人生 王冠之谜 / 王火著.
—成都：四川文艺出版社，2017.4
ISBN 978-7-5411-4628-2

Ⅰ. ①王… Ⅱ. ①王… Ⅲ. ①中国文学—当代文学—作品
综合集②长篇小说—小说集—中国—当代 Ⅳ. ①I217.2

中国版本图书馆 CIP 数据核字（2017）第 067485 号

王火文集 ｜ 第六卷

MENGZHONG RENSHENG　WANGGUAN ZHIMI

梦中人生　王冠之谜

王 火 著

责任编辑　李国亮　奉学勤
编辑统筹　周 轶　彭 炜
封面设计　叶 茂
版式设计　史小燕
责任校对　文 诺
责任印制　唐 茵等

出版发行　四川文艺出版社（成都市槐树街 2 号）
网　　址　www. scwys. com
电　　话　028-86259287（发行部）　 028-86259303（编辑部）
传　　真　028-86259306

邮购地址　成都市槐树街 2 号四川文艺出版社邮购部　610031
排　　版　四川胜翔数码印务设计有限公司
印　　刷　成都东江印务有限公司
成品尺寸　149mm×210mm　1/32
印　　张　22.25　　　　　　　　　　 字　　数　580 千
版　　次　2017 年 6 月第一版　　　　 印　　次　2017 年 6 月第一次印刷
书　　号　ISBN 978-7-5411-4628-2
定　　价　176.00 元

版权所有·侵权必究。如有质量问题，请与出版社联系更换。028-86259301

目 录

梦中人生

流逝的人生岁月和残留的梦境
（小序）

　　年复一年，我始终在体味、思索着人生。虽然两鬓添霜，面对纷纭复杂的世事，常常仍像一个不懂事的孩子，睁大了明亮的眼睛，愕然张望着波涛起伏间看到、听到和经历过的一切。

　　有时候，我觉得我像万花筒中的一小片彩色碎玻璃，身不由己地与别的各种颜色的碎玻璃合在一起，变换着地点、位置，在排列、组合着花色、姿势；有时候，我又觉得像一个手执万花筒观看的人，通过三棱镜的折射，看到了变幻着的大千世界和人生百态，有欣赏、赞叹，也有惋惜、不满。

　　一切都会过去，而那过去了的会变成亲切的记忆。这样，在我的笔下就流泻出了一些长长短短的小说。这都是源于一些令我难忘的人和事。既有回忆，也有感触；既有纪实，更有梦境；既褒贬美丑，也描绘亮色，发表后都曾引起不少共鸣。

　　已经记不确切自己是从什么时候开始爱在入睡时做梦的了，这好像是随创作这类"旧梦"的题材时开始的。当我将过去蓄积在胸中的真实的素材通过新的思索倾吐在稿纸上时，除了利用想象的翅膀，梦境常常帮助了我。是日有所思、夜有所梦吧？真实的故事每每竟与梦境糅合在一起，常使我陷在一种似梦非梦、如烟如雾的遐想氛围中。小说本来就是可以真真假假、寻寻觅觅去探索人生的，但它少不了自己所有过的生活经历、生活感受。没有后者，前者似乎是无所攀附的（当然，这完全不该"对号入座"）。

我爱做梦，就是这么来的。它曾有助于我的创作。夜雨秋灯，回首沧桑，天长日久，从记忆深井中开挖出来的旧事早已模糊朦胧，却得到了梦的补充，同梦混杂缠绕在一起，难解难分。好在既是小说，也就无关紧要。是那么一回事，又不是那么一回事，最后，有时我自己也弄不清哪是实事哪是梦境了！那些小小的梦，那些五颜六色斑斓的梦，那些阳春和严冬的梦……梦中既有鲜花，也有荆棘，既有欢乐，也有眼泪；既有壮怀激烈，也有淡淡的忧郁，来也匆匆，去也匆匆，却似在帮助我铸造纯洁的灵魂，锻炼我的思维，引导我探究人世的生活哲理。

啊！别了，往日的记忆和难忘的人！别了，昨夜令我心跳的梦！

我希望我写的这些人和事，无论是朦胧的残梦，或是深深的回想，作为人生小记，都能同流逝的岁月一起，像一幅幅醒目动心的画，嵌进时代的画框，献在读者眼前。

王　火

1988 年 9 月

啊！在那虎踞龙盘的石头城，有我童
年的足迹……

白下旧梦

过去了的，
不再回来；
只有梦，
仍在徘徊；
也许，仅仅是一个旧梦，
有秋风秋雨，屐痕苍苔；
也许，不仅是旧梦，
与生活一起前进的思索
扑面而来……

——小引

一

那是一九三五年的冬天，特别冷。南京城北靠近玄武门一带，地方空旷，夏季时布满绿色浮萍的池塘面上这时结上了一层毛玻璃般的厚冰。马路上汽车、洋车都很少，稀稀落落的行人有的戴着毡帽、呢帽，有的用围巾缠着脖子，有的将脑袋缩在皮领大衣里。西北风呼来啸去，卷得路上、空地上尘土飞扬。树木抖落了最后几片枯叶，枝条光秃秃、空荡荡，像讨饭的乞丐用清瘦的手指伸向苍天。灰白色的浓云愁眉不展地逗留在天边，像些伤心得低头沉思的白头老人；忽然又变成了一群肥胖的绵羊……我有时就站在二楼爸爸书房靠近阳台的落地玻璃门里，脸偎着厚玻璃，把自己的鼻子贴在厚玻璃上揿得瘪瘪的，呆呆凝望着古台城上和远处北极阁、鸡鸣寺上那些云彩的变幻。按照我的想象，能看到海里的帆船，能看到宫殿里的王子和公主，能看到北冰洋上的白熊，……常常想得有多美就有多美。一站就能呆呆地站上半天。

一连多少天，都有人往家里送礼。收到礼，都由堂兄家壁照管。他将礼品一股脑儿都锁在橱里，还用一本红格子的账簿登记上了册。礼品有用红纸封袋包的银圆和钞票，也有花花绿绿的"礼券"。那是上海永安公司、先施公司的"礼券"，也有南京中央商场、安乐酒家的"礼券"，凭券可以去购物或吃喝的。更多的是一盒盒的绸被面绸幛子，不是大红的就是粉红的，里边附着些脸盆大的金字。有一次，我翻开偷偷看过，四个金字是"天作之合"。送礼的人这么多，这是干什么呀？我问过堂兄家壁，他光是笑笑，也不回答。我心里老装着个闷葫芦。

我们家，住一小幢新盖的红砖假三层洋房，楼下四面都是花园。花园用细竹竿编织成的紧密高篱笆圈起来。从楼上望出去，可以看到遥远的紫金山，也看到北极阁、鸡鸣寺。西边北极阁那座美丽的小山上有幢朝南的大洋房，式样方方正正很奇特，屋顶更怪，是用金黄的麦秆盖的。晴天时，太阳一照，屋顶明光锃亮，像童话中的宫殿。听爸爸说：那是宋子文的房子，麦秆是从美国运来，每年换一次，那房子冬暖夏凉……宋子文是谁，我也弄不清楚，反正是个大官儿，人人都知道的。那时候，抗战还没有爆发，在南京政界，当官儿的都在争抢着盖新的花园洋房。大家一竞赛，本来荒凉的城北一带就热闹起来了，出现了许许多多各式各样的新洋房。住在这一带的大都是中央的"要人"。爸爸不是什么"中央要人"，但他是大学教授、报社社长，人们都很尊重他，所以也住在这新住宅区里。不过我们家的房子是租的，不但不能同北极阁上宋子文住的大洋房比，就是比起邻近的叶公馆和徐公馆来气派也小得多了。他们都是自己新盖的真三层洋房，式样别致，房子大。叶公馆的洋房是青砖青瓦英国式的；徐公馆的洋房是奶油色墙皮配上红瓦西班牙式的。那可真够意思。叶家那个戴黑边眼镜穿獭皮领大衣天天坐轿车去办公的大胖子，听说是中央党部的什么长。我同班同学徐乐山那个瘦精精西装笔挺戴金丝边眼镜的爸爸，是外交部的次长，两家都有福特牌汽车，我们家却只有一辆洋车。虽然拉洋车的胡二把黑色喷漆的洋车和镀克罗米的车灯擦得锃亮，座位两旁一边插上一支彩色的鸡毛掸帚，前边安了一个拖着红绸子的喇叭，冬天时洋车上放着一床红蓝格子呢的毛毯，谁坐上去他就把毛毯严严实实给盖住腿。他个儿高，身体健壮腿儿长，拉车跑起来飞快；一边跑一边捏着喇叭："叭布——叭布——"路边行人都会抬脸望一望，比街上那些兜生意的野鸡黄包车来不知要富态多少，可是它到底是人力车呀！坐在上边比起福特牌小轿车可就寒碜俗气得多了。那时我虽只有九岁，对这还是很明白的。

花园里，本来是我消闲解闷的去所。春天，我会撒上茑萝花种，让翡翠般纤细的绿藤和星星形的猩红洁白的花朵爬满竹篱。夏天，我爱躺在树荫下平整松软的草坪上透过乱枝繁叶，望着飘浮白云的蓝天，或者阅读《小朋友》和《儿童世界》，或者翻看《新闻报》上的"王先生和小陈"的漫画。秋天，我在草丛里砖石下逮蟋蟀，捉金铃子。这些时候，"约克"总是紧紧跟着我。"约克"是条爱尔兰种的棕色洋狗，两个大耳朵，一个翘鼻子，人家送给爸爸的。它是我最亲密最亲密的朋友了。只要我一叫："约克！"它立刻飞奔而来，迎着我摇尾伸舌。要是拍拍它的脑袋，它就高兴得闭上眼睛用身子来摩擦我的裤腿。但冬天到了，花园里除了龙柏和雪松仍旧葱茏碧绿，别的树木和花草都枯萎了，一片荒凉景色。天冷风大，我也不爱到花园里去了。爸爸早些日子去北平了。他走后，屋子里的壁炉、火炉都不生火，到处冷冰冰的。在学校里可以跟同学们打打闹闹，回到家里，屋里空荡荡不见人，更觉得不是味儿。我们的洋房里，楼下是会客室、吃饭间、贮藏室和堂兄家璧的房间；二楼是爸爸的书房，我的小书房兼卧室，还有爸爸的卧室和洗澡间；假三楼虽然面积很大，实际是个低矮的阁楼，由烧饭兼带收拾房间的女佣李嫂住着。拉洋车的胡二住在花园左边厨房隔壁的平房里，他不拉车时兼带看大门做花匠。白天时，堂兄家璧到报社办公，李嫂总在厨房里淘米洗衣、煎鱼炒菜，忙忙碌碌。爸爸又规定："约克"不准进楼里来！这样，下午放了学回家，一幢洋房就只有我独自一人了。我怕鬼！放学回家，天不黑就把楼上楼下的电灯到处都开得大放光明。爸爸不在，我有时放放留声机，听听歌曲和京戏唱片，有时爱在他书房里寻找乐趣。他那套用木匣装着垒成高墙的"二十四史"我是不碰的，书橱里的那些书我却乱翻乱看。《西游记》《三国演义》上我能片片断断连猜带想地看懂一点点；《水浒》《封神演义》爸爸讲过一些故事给我听过，上边的绣像画吸引着我看了一遍又一遍；《石头记》什么的前边的绣像画都是些古装女人和男人，没有打仗的场面，我不爱看，都扔到一边。许多厚厚的不知是什么名字的书，只要看不懂，我都不去碰它。爸爸顶喜欢的一些线装书是些什么"诗"呀"词"呀的，我也不去碰。……

一连好几天，我总觉得家里好像发生了什么事，但我却捉不住摸不着。我曾见李嫂和胡二两人嘀嘀咕咕，胡二有时候狡猾地笑笑，李嫂有时候看着我叹口气，仿佛想告诉我什么却又不想讲。我心里有点奇怪，却又不知该怎么办。这天放学回来，我见李嫂将楼下贮藏室腾空了！东西都搬到了她住的三楼上去。我问："李嫂，你干吗？"她似乎想说什么，朝我看看，眼神里带几分怜悯，结果又什么也没讲，只答："侄少爷让搬的，说是先生让这么干的！"爸爸不让用人叫他"老爷"，只准用人叫"先生"。我听了，只得心上又纳着个闷葫芦不作声了。

我真盼着爸爸快点从北平回来。他回来，可来陪陪我。他有时带着我上玄武湖，星期六晚上带着堂兄家璧陪我到新街口看电影逛中央商场，有时晚上还带我睡。堂兄家璧在报社工作，在家里就是爸爸的秘书。爸爸去北平了，家璧常常夜晚就不回来，星期六和星期天也不见踪影。听胡二说，家璧爱去城南夫子庙和秦淮河里玩。那是些什么样的地方呢？听人说都是些不好的去处，有妓女，有歌女，有……爸爸在，他是不敢去的。那天夜里，他喝了酒红着脸回来了，上楼来看我。我还没有睡，躺在床上独自拼七巧板玩。见到了他，我说："家璧，我要看电影！看《火烧红莲寺》！"他喷着酒气，往沙发上一坐，说："那电影不好！小孩不能看！"我改口说："那就看劳莱和哈台的《从军乐》！"他摇头说："滑稽片，没意思！"我气了，说："你玩夫子庙有意思！"他两只大眼一瞪："谁玩夫子庙啦？别胡说八道！我忙得很！"说着，站起身来要走，却又忽然转身脸上似笑非笑，说："你爸爸后天晚上就由北平乘蓝钢车回来啦！我接到了他的电报！明天，你搬到楼下去。我已经叫李嫂把小房间拾掇好了。"我气恼地"哗啦"把一盒七巧板全撒在床上和地上，说："为什么要我下楼？我不去！我要跟爸爸住！"堂兄家璧脸上表情变了，微微低头叹口气说："家玉，你也九岁了，三年级的小学生了！别不懂事！老实告诉你吧，你爸爸到北平去是结婚去的，后天就给你带个新的妈妈回来了！是个大学生呢！……"堂兄家璧的话没说完，我就听不下去了。也不知怎么的，头脑里一轰，泪水顿时满了眼眶。我翻身下床踏了鞋顿脚，呜咽着说："不要！不要！我不要！……"我自己也不知是说不要搬到楼下住呢还是不要爸爸结婚！反正，我都不要！见我张嘴一哭，堂兄家璧棘手了，过来把我拽到床上坐下，坐在我身旁，连哄带骗地说："下楼跟我做伴不好吗？以后我陪你看《火烧红莲寺》，从第一集陪你看到二十集，陪你到中央商场买巧克力和鸭肫肝吃，陪你……"我哭声更大了！多少天来的孤独、寂寞也早需要发泄了！泪水流得真是痛快，我"哇哇"地哭，堂兄家璧不住地喷着酒气给我戴高帽子："不哭了！家玉是三年级小学生了！最聪明最懂事……"又说,"听说你这个妈妈又漂亮又有学问,知书识礼,待人和气,她一定喜欢你的。"三楼上的李嫂听到声音终于下楼来了。她站在房门口,似乎已经清楚是怎么一回事了,哀声哀气地说:"少爷,不要哭了,以后我会照应你的……"她不说这倒还罢了,一说,我心里更难过!要她照应,这明摆着是说以后爸爸不会关心照应我了嘛!我虽小,早听说过许多后娘心术狠毒虐待前妻生的子女的故事了。有的故事说:后娘在冬天拿芦花当棉絮做衣给前妻生的儿子穿;有的故事说:后娘千方百计在男的面前说坏话挑拨做父亲的将前妻生的儿子赶出家门。……没见过后娘是什么样子,心里可以想象:后娘一定是鼓着眼铁青着脸一看就叫人可怕的样子。从今以后我怎么办呢?怎么得了呢?爸爸呀,你好狠心呀!你为什么要结婚呢?难道不爱我了吗?妈妈呀,我的亲生妈妈呀!你在哪里?你知不知道你的孩子快要倒霉啦?你知不知道你的孩子马上要有一个后娘了呢?唉,你和爸爸当初为什么要离婚呢?我爱你们,但又多么怨恨你们呀!我恨你们,可是又多么希望你们爱我也让我爱你们呀!……我脑子里朦朦胧胧、腾云驾雾地乱想,感到自己已经成了被遗弃的孤儿了,哭得也就更伤心更止不住了。心上像有刀扎,眼前像变得一片漆黑。六岁那年,爸爸和妈妈离婚时,我有过这种感觉,现在爸爸结婚,我又有这感觉。而且这次的感觉,比上次那感觉更强烈。为了什么呢?为了什么呢?你们一会儿结婚,一会儿离婚,一会儿又结婚,开什么玩笑呢?你们想到了我吗?啊!啊!……

二

我六岁那年,一个很热很热的夏天,爸爸跟妈妈离婚了。

什么叫"离婚"?我还似懂非懂。我只知道,小时候,爸爸妈妈是很要好的。后来,不知从哪天开始,他们有时好有时就不那么好了。

爸爸跟妈妈老是吵架，后来又常常动手打架。好几次，半夜里，我躺在小铁床上，从甜蜜的睡梦中被他们抢拳踢腿的打架声吓醒。只见电灯亮灿灿，他们扭打在一起，有时站着打，有时在地板上翻滚。妈妈披头散发，哭着哼着；爸爸嘴里骂着难听的话，咬牙切齿，白天在人前那种斯文劲儿没有了，变得那么粗野可怕。他们其实还是克制着的，都并不大声吼叫，似乎还是怕被周围邻居听见难为情。但摔打东西的声音总是"哐啷"、"乒乓"透过墙壁飞传出去。地板上，碎了的热水瓶胆银子似的晶闪闪，破损的金鱼缸边黑尾巴红身子的"水泡嘴"在张着嘴蹦跳。花瓶、书本、枕头……一切能扔能摔的东西都乱甩在地上。最先，好像隔壁陈家阿婆还来敲门劝架，后来经常打闹，就没有人来管了。我每次总是害怕得像天要塌下来似的，哀怜地哭叫着乞求："妈妈呀，爸爸呀！你们不要打呀！你们不要打呀！……"当然，先是谁也不理睬我，直到我哭得声嘶力竭了，或者他们打累了打够了，有时妈妈才过来，一把抱起我，亲着我的脸，伤心地"呜呜"哭了。也有时，爸爸会抢先抱起我，恨恨地对妈妈说："离婚！一定离婚！"在这种时候，妈妈就会说："就是要离！明天就上法院！"我想：什么叫"离婚"呢？一定是一种很不好的东西！什么叫"法院"呢？一定是一处很可怕的地方！……但我不敢想也不敢问，只要他们不打，我就满足了。我常常是哭着醒来停止了哭泣又睡着了的。终于，后来明白了："离婚"就是爸爸和妈妈不再在一起了，两人分开过！"法院"就是下命令判决爸爸妈妈分开过的地方。

那时候，家住在上海法租界上，爸爸在上海和南京两地的大学里兼课，人都叫他"周教授"。离了婚，他就把我带到南京去了！

"法院"为什么偏要把我判给爸爸？我不是属于爸爸一个人的呀！我是属于爸爸和妈妈两个人的呀！我既愿意跟爸爸在一起，也愿意跟妈妈在一起，只要他们不打架。当然，就是打架，他们在一起也比不在一起好。可是，据说法院里爸爸有熟人，爸爸要我这个儿子，妈妈要争也争不到。法院判决我归爸爸，我也不是不愿跟爸爸，但我也要妈妈呀！我懂得，总不能拿我分成两半让爸爸妈妈一人一半，可是，我却就失去了妈妈，只有爸爸了！别看我年岁小，贪玩，我还是很懂事。我心里难过得像有虫咬，老是想哭，有许多话，像哑巴似的不会说，说不出。我记得爸爸妈妈正式离婚后的那一天。我正在幼稚园里上唱游课，女老师弹着风琴，我和几个小朋友手搀手在唱："我们要求一个人！我们要求一个人！……什么人来同他去？什么人来同他去？……"堂兄家璧那时在上海读大学还没毕业，他到学校里来接我回去。他平时爱说爱笑，爸爸很喜欢他。他搀着我的手走到街上，阳光强烈，热得叫人淌汗。他用比平时和气的态度对我说："宝宝，爸爸跟你妈妈离婚了，要带你到南京去。你要乖，要听话，以后要懂事……"他没说完，我急了，马上插嘴说："我要妈妈！"他冷冰冰地说："你不会再见到你妈妈了！她是个离婚的坏女人，以后见到她你不要理睬她！"我知道，堂兄家璧一直是对爸爸好对妈妈不好的。妈妈平日不喜欢他。我就听到妈妈以前说过，说家璧专爱在爸爸面前说她坏话。我打断堂兄家璧的话说："你才坏呢！我不去南京！我要妈妈！"家璧冒火了，很凶很凶地说："我说你就是不懂事嘛！跟着你爸爸多好！你爸爸现在不但是教授，又办了报做了社长了！要去南京了！上南京去，吃好的，穿好的，住洋房！跟你妈妈，谁也看不起你！……"见他这么凶，话又说得我伤心，我"哇"地哭了，跺起脚来。天热，我脸上又是汗又是泪。他见我哭了，掏我围兜口袋里的手帕给我擦脸，一把抱起我，连吓带逗，说："别哭别哭！你爸爸今天要带你上南京。哭了不吉利！他要发火的！"爸爸脾气坏火气大，这我知道，他这么一说，我有点怕，哭声就小了。堂兄家璧抱着我，一路指东道西，说笑话，讲故事，总算将我哄得不哭了，糊糊涂涂跟他回到家里。

搬家公司的大卡车停在门口。家里乱极了，比爸爸妈妈打过架后乱得多。我不见妈妈，也不见爸爸，只见有几个不认识的人在搬东西，家具行李往车上搬。堂兄家壁丢下我就去忙着张罗搬东西的事去了。有些邻居围着看搬场，叽叽咕咕轻轻地不知谈些什么。隔壁陈家阿婆看到了我，叹一口气，说："宝宝可怜了！"我又想哭，但没人理睬我。我独自倚靠在墙壁上，看着搬得快要空荡荡了的厢房和客堂间，心里七上八下。平时，妈妈将我从学校里接回来，总要给我洗脸洗手，总要从饼干罐里掏出点零食递给我吃，总要抱着我笑，亲我的脸，总要告诉我：今天烧了什么好吃的菜给我吃，总要……这一切，突然都没有了！我记得，有一次在街边上见到一个"小瘪三"，穿得又脏又破，头发乱蓬蓬，垫着破报纸睡在水门汀的地上。我问妈妈："他怎么啦？"妈妈放了些铜板在他身边，对我说："他是孤儿！没有妈妈，也没有爸爸！"我突然感到：我也变成孤儿了！想着想着，我又"哇"地哭起来了，哭得真是伤心。隔壁陈家阿婆上来抱住了我。她是信菩萨的，身上有股檀香味儿。她自己也擦眼泪，说："宝宝乖！不要哭！……"她越这么劝，我在她怀里越是哭得响。我不愿做"小瘪三"呀！爸爸妈妈你们为什么要我变得这么可怜呢？我还这么小，我怎么办呢？……我自己好像被丢到马路上去了，人海茫茫，没有谁管我。又好像压裹在棉花堆里，棉花缠住了膀子塞住了嘴，有力使不出，想叫也叫不出。那个使我觉得温暖、可爱的家从今以后是没有了！我叫着："妈妈！妈妈！……"哭泣着，哭泣着，感到困了。后来，竟迷迷糊糊睡着在有檀香味儿的陈家阿婆怀里了。

就在那夜，我被爸爸带到了南京。

我们是坐火车到南京去的。火车"喊卡喊卡"行得飞快，车窗外漆黑墨乌，车厢像摇篮般晃动。那一夜，我迷迷蒙蒙半睡半醒，老觉得妈妈在身边，醒来睁眼见妈妈不在，我就哭了。爸爸哄着我说："爸爸喜欢你！你妈妈坏，你就当她死了，以后再也不要想她！"我不敢作声，心里想：妈妈怎么坏呢？我喜欢妈妈！……我想妈妈想得老是皱眉头，但妈妈在哪里呢？我一点也不知道。

到了南京，最初住在一处叫作"张府园"的园林里。那姓张的人家祖上是个大官儿，本来很有钱，这时破落了。"张府园"里房子很大很多，一进一进的好几进院子，大部分都卖给人了。我们住的一个院子是向张家租的，他们自己就搬到附近几间破旧的小瓦屋里去了。"张府园"真是大啊！有长廊，有假山石，有亭台楼阁，有高得穿天盖地的大梧桐树，有各种各样的花木：夹竹桃、石榴、丁香、茉莉……花坛里栽满了鸡冠花、凤仙花、兰草……我夜里睡着，听着风吹梧桐叶瑟瑟响，总带些害怕的感觉。半夜睡着以后，总是梦见妈妈。有时，我见到了妈妈，觉得身上冷，说："妈妈，抱抱我！"妈妈抱住我，亲我，问我想不想她，我就伤心得哭了。有时，妈妈突然甩下我走了，我叫着："妈妈，你别走呀！你别走呀！"也就哭了！我会坐起来大哭，怎么也止不住。把爸爸吓得不知怎么办才好。开头几乎夜夜如此，后来两三天也要来上一次。爸爸带我看医生，那个白胡子的老头儿把着我的脉说些我不懂的话，说我这是一种病，叫作"发魇"！又说吃了他的药能治好。我就跟药罐子交上朋友了！爸爸天天逼我喝苦水。我常背着爸爸偷偷将苦水泼洒掉。我虽然小，心里很亮堂：你要是把妈妈还我，我夜里就不发魇了！不然，我这病怎么好得了呢？

爸爸不但在南京仍做教授，还办了张报纸自己做了社长。这社长好像也是个官儿，每天点头哈腰来找他的客人很多。他白天晚上都很忙，很少在家。我们住的"张府园"那一进屋子的四合院当中，长满狗尾巴草、刺儿菜的青石台上有一只彩釉的大缸。缸里种的是荷花。大缸挺漂亮，颜色鲜艳，有阳光照着时闪闪发亮，像宝石的光彩。我们到的时候，粉红的荷花正衬着绿色的莲叶开放，但很快就凋谢了，绿色的莲叶开始发黄卷起了边。天越冷，所有的荷叶都枯败了。看到它，凄凄凉凉的，叫人难受。我却无事总看着它发呆。我曾踩着石头踮起脚攀在缸沿上看过，那水浑浊浊的。我想：里边要是清清的水放上金鱼可就好看了！可里边没有金鱼，只有发臭的烂泥水，赭黑残破的荷叶。

家里雇了个李嫂办饭、洗衣、打扫房间。爸爸又托"张府园"房东张家的老太太照顾我，要我叫她"张家奶奶"。张家奶奶矮矮瘦瘦的个子，瘪着嘴，每天揍着我手送我上小学，又去接我回来。她头发花白，脸上带着苦相，接送我上学时，手里总掐着一串发黑了的佛珠，有时咕噜咕噜念佛，念的是"南无阿弥陀佛……"有时她就嘴里唠唠叨叨地告诉我：她命怎么苦，她儿子怎么败家不争气，她怎么寂寞……说着说着就拭眼泪。我听李嫂说过，张家奶奶那独养儿子不成器，结了婚，老婆也早就不肯跟他了！他一直在外面吃喝嫖赌乱花钱，有时还偷东西给逮到警察局去。都只怪他爹死得早，没人管教！张家奶奶从前太惯他，长大后管不了他。张家奶奶对我亲热，但我不喜欢听她唠叨。跟她在一起，只有听她讲话，你插不上嘴。其实，我心里也苦，也寂寞！张家奶奶拭眼泪的时候我也想哭。在学校里，好些同学每天都有妈妈来接送，我呢？没有！回到家里，爸爸也总是不在家。我老觉得自己丧魂落魄少了什么。那当然就是少了妈妈。幸好，"张府园"还有个广阔的天地供我玩耍。秋天到了，寂寞时，我在月亮门里转进转出，我爬树，上假山，假山迂回曲折，有时钻进去就找不到出路。我在草丛里捉蚱蜢，在砖石堆里逮蟋蟀，在墙根上刮墨绿的苔藓，用竹竿从树上打下金黄的梧桐子，自己拾一堆枯叶将梧桐子烧熟后剥了皮当瓜子吃。四合院的白粉墙上有山药豆的藤萝，山药豆摘下来也可以烧了吃……没有什么人管我，顶多李嫂见我拿火柴会吆喝一声："不准玩火！"自由倒是自由，那种孤单的寂寞感觉却总像影子似的紧跟着我。很奇怪，年岁那么小的我，有一天下午，竟寂寞得想到了死。我虽小，觉得树上摇晃着被风吹下的枯叶像我，梧桐树下那些死掉了的知了也像我，我想：妈妈，你好忍心呀！就真丢开我永不见面了吗？你知道不知道？你的儿子多么想你呀！你在哪里呢？像我这样一个没妈妈的孤儿，活着太没有意思了，太痛苦了，不如死了算了！幸亏，我还不懂什么叫自杀！只是那天夜里我没吃晚饭就睡了。爸爸很迟才回来，我蒙眬中听到李嫂告诉他，说我晚饭没吃就睡了，怕是要生病。爸爸过来用手摸我的额头，说了一声："头上倒不烫！"我的心他哪知道呢？我心里难过，憋忍着不哭，装睡闭着眼。过一会，李嫂走了，爸爸上床带我睡，又用手摸摸我的额头，我突然心里发热，"哇"的一声哭了。爸爸以为我又"发魔"了，亲着我说："快不哭！快不哭！"我哽咽着说："我不是发魔，我想妈妈！"爸爸叹口气，说："不是跟你说过吗？你妈妈不好，她丢开我们走了！她坏！再不要去想她了！"我天真地问："妈妈怎么坏？"爸爸叹口气，说："你小，现在对你说，你也不懂。将来长大了，你会懂的。你就当她死掉了！她也不要你了！你不要再想她！爸爸喜欢你！"可是，我心里还是止不住想妈妈，我不明白：那么好的妈妈，怎么爸爸说她坏呢？我问："妈妈在哪里？"爸爸披着衣服点起一支香烟抽，说："谁知道呢？她又嫁人去了！你想她，她可不会想你呢！爸爸喜欢你，带着你，这还不好吗？"我心里有一大堆话要说，又不知说什么才好，只能哼啊哼地哭着，看着爸爸一口一口吸烟，一口一口喷着浓烟，直到昏昏沉沉睡熟。

就这样，白天，我看到园子里那棵干巴巴的小槐树孤苦伶仃站在那里，我就认为它像我。夜晚，我听到园子里有一只幸存的秋虫冷清地在墙角砖缝里低吟，看到天上有一颗颤动的流星拖着长长的尾巴闪过，我就认为我像那虫儿，也像那流星……我这样想念妈妈，想呀想呀，巴不得哪天妈妈真会出现在我的面前，没料到，妈妈竟真的来看我来了！深秋的一天早上，张家奶奶送我上学，一路噜噜苏苏。到了学校门口，张家奶奶刚走，我忽然看见妈妈站在学校门口传达室旁。我怕认错了人，睁眼细细一看，不错，真是妈妈！我又喜又惊，高叫："妈妈！"妈妈穿件黑呢子大衣站在那里朝我微笑，看到我就冲上前来一把抱住了我，摸我的头，亲我的脸，把她的泪水擦得我一脸。妈妈声音发抖，说："宝宝，想不想妈妈？"我哭了，说："想！"妈妈说：

"哪里想?"我指指心口,说:"这里想!"妈妈本来哭着,听了我的话又笑了,抱着我,擦着泪说:"走!宝宝,到妈妈住的旅店里去。"我点头说:"好!"自从离开妈妈到今天,这是我心里最快乐的时刻了。妈妈一直紧紧抱着我,好像怕我会飞走似的,抱得那么紧那么紧。路上,我问妈妈:"妈妈,你在什么地方?"妈说:"妈妈还在上海呀!妈还在教小学。"我说:"妈妈,你为什么不要我了?我天天想你。"妈妈又流泪了,说:"哪是我不要你呢,法院将你判给你爸爸了呀!"我说:"妈妈,你又嫁人了呀?"妈妈用眼瞪着我说:"没有呀!谁说的?"我说:"爸爸说的!"妈妈忽然用手帕捂住嘴,怕哭出声来,说:"不要听他的!他坏!"她接着说:"宝宝,你瘦了!他待你好不好?"我点头说:"好!"但接着又说:"好妈妈,我要你!"妈妈没有回答,却抽抽搭搭哭得话也说不出来。

妈妈住的旅店就在学校近旁不远。妈妈说:"我前天晚上就来了,好不容易打听到你的住处,又好不容易找到了你!妈妈真想你啊!想得饭也不想吃,觉也睡不着,想得快发疯了!"我亲着妈妈的脸说:"你和爸爸为什么要离婚呀,你们不离婚不行吗?"妈妈摇摇头,没有回答我。

妈妈带我进了客店到了她住的小房间里,拿出她从上海带来的许多糖果点心给我吃,还有一叠画书。我将刚才她没有回答我的问题又问了一遍。她又擦眼泪了,说:"宝宝,你爸爸坏!是他要离婚的。现在同你讲你也不懂。长大了,你会明白的。只要你记得妈妈,现在你不能跟妈妈过,长大了你到上海来找妈妈!"我点点头,心里得到了一点满足,吃着妈妈带来的杏仁酥,杏仁酥真香甜呀!这一向来,我吃东西从来没有这么好吃过,但我边吃边忍不住又问:"爸爸怎么坏?"妈妈叹口气说:"唉,你小,现在对你说你也不懂,长大了你会明白的。"我想:你们说的都一样!爸爸说你坏,你说爸爸坏。可我觉得你们都好!你们为什么要这样呢?怎么回事呢?……只是我说不出来,只哀求着说："妈妈，你来，再跟爸爸在一块儿不好吗？"妈妈摇头叹着气说："傻孩子，怎么行呢？"不知为什么，我突然想起了张家奶奶说过的话，我心跳着对妈妈说："妈妈，没有你，我会死的！我命苦！"妈妈吃惊地看着我，好像奇怪我这么小怎么会这样说，默默拭着泪。过一会，却说："我讲个故事给你听！"她讲的故事是："有一棵小树，跟着大树长在一起。有一天，来了两个人抬了锯子来锯小树身边的大树。小树哭了，说：'呀！大树！你的命真苦，我的命也真苦！我们都要死了！就是不死，剩下我多寂寞呀！'但是大树摇头说：'不！小树！你的生命只刚开始，我的生命也不是结束。你想过没有？我虽然被锯断要抬走了，但是我去能被用来盖房子、做家具、做桥梁，那多好呀！你不要难过！要好好笔直地长大！'"我听了，不太懂，又有点懂。我傻傻地点点头，心里捉摸着：妈妈说这是什么意思呢？

后来，妈又将我抱在膝上坐着，疼我亲我，看着我，像再也看不够。我也依在妈妈怀里，看着妈妈那又长又黑的睫毛，看着妈妈那又亮又清的眼睛，一五一十把离开妈妈以后自己能想到的会讲的事全说给妈妈听了。妈妈听着，一会儿流泪，一会儿笑。细细看着妈妈，我发现她比从前瘦了，也比从前脸色苍白了。我清楚，妈妈也像我想她一样想我，所以她也瘦了！我觉得我可怜，我觉得妈妈也可怜。哎呀！可怜的妈妈哟！

那一个上午，我没上学，跟妈妈在一起心里老是甜丝丝的像喝了蜜糖水。中午快放学时，妈妈将我送到校门口留下我等着张家奶奶接，她自己转身要走。我舍不得妈妈走，妈湿着睫毛诓我说："下午我再来！"其实，下午她就走了！下午，我呆呆地等着妈妈来，妈妈连影子也没有。上课时，我一直不安心。下了课，我听不得同学们玩"拉人"游戏：两排人，这边一排大家手拉手唱着："我们要求一个人，我们要求一个人！"那边一排也手拉手唱着："你们要求什么人？你们要求什么人？"这边一排再唱："我们要求李小英！我们要求李小英！"那边一排又唱："什么人来同他去？什么人来同他去？"……我为什么一听就想哭呢？那是因为在上海时，堂兄家璧那天来幼稚园接我回家告诉我爸爸妈妈离婚时我也正在玩这游戏的原因吗？……唉，唉！……

那天傍晚，下起了秋天的那种沙沙雨。我站在"张府园"的屋子里，透过窗户看着外边阴沉沉的天，湿漉漉的地，听着淅淅沥沥的雨声打在枯卷了的芭蕉叶上，看着飘飘的雨线蛛丝般拂洒天空，留在心头的只是更深的怀念和更宽更广永远无法填没的寂寞。

三

我终于心有不甘地从二楼搬到楼下同堂兄家璧做隔壁邻居住在原来的贮藏室里了！

心里那种空荡荡又酸又苦的寂寞感也就更厉害了。好难过的岁月啊！

我猛地发现家里起了一种变化：打扫得比平时更干净了，到处透着喜气洋洋。堂兄家璧从花园里剪了雪松和龙柏葱翠的枝叶来，说："应当剪文竹枝，可是用雪松、龙柏作代用品我看也不错！"他将从新街口花店里买来的两打"康乃馨"粉红的鲜花配着松柏枝插在客厅和餐桌的花瓶里。他和李嫂、胡二又将方扁纸盒装着的一幅幅绸缎喜幛用大头针别上金字一幅幅挂起来。红色的喜幛真多呀，挂满了客厅，挂满了吃饭间，挂满了走廊，从楼下到楼上的扶梯两旁也都琳琳琅琅。通红的粉红的喜幛上有的写着"天作之合"，有的写着"花好月圆"，有的写着"白头到老"，有的写着稀奇古怪难认难懂的字，反正都是四个大金字写的吉利话。下边写的是送礼人的名字，上边写着爸爸和那个将要来的新"妈妈"的名字——我认清了也记住了她的名字，这名字倒挺好记，也挺有意思，树林的林，雪花的雪——林雪。我明白，一切布置都是为了欢迎她——我的后母。我心里有点恨，恨她为什么要来做我的后母占了妈妈的位子；我心里有点怕，怕的是她凶恶，会虐待我；我心里有点怨，怨的是爸爸为什么同妈妈离了婚又要结婚？他以后还会喜欢我吗？我已经从楼上被赶到楼下来了，这不表明爸爸已经开始不喜欢我了吗？

　　傍晚时，灰悠悠的天上飘下了雪花。轻柔的雪花随风鹅毛似的飘落下来，绵绵密密。我从窗户里望出去，花园里，篱笆上，小路周围，很快都被白雪覆盖了。雪地是那么平坦，那么莹白，天地间到处是一片迷迷蒙蒙、苍苍茫茫的白色。雪花，扑向我面对着的玻璃窗，像要同我低声说些什么，却都又无声滑落。一种淡淡的哀愁，掠过我的心头。周围很静，静得只剩下雪花飘落的那种难以听到的噬噬声。我眼睛看到的除了白色，还是白色。世界上一切都好像没有了，到处是淹没一切的白，空虚寂寞的白……我知道，夜里爸爸会带着后母回来了。我心里不安，吃完晚饭，独自回房关上门早早上了床，开着电灯，无聊地翻着一本看过许多遍了的画册。这是妈妈带给我的叫作《秃秃大王》的画册。我又想起妈妈来了！我闭上了眼。闭着眼可以用想象来看到妈妈，我仿佛看到妈妈的面容笑着出现在眼前。我轻轻呼唤着："妈妈！好妈妈！"不知不觉，枕头上湿了一大片。忽然，有脚步声，"喀"地开了我的房门，是李嫂来了！她走近我的床边，我闭着眼，可是她看见我的泪水了，叹口气说："小家玉！不要伤心！这以后，后娘来了，你要懂事。后娘总是凶的，总不会像亲娘那样喜欢你。但怎么办呢？俗话说：'小杖受，大杖走'嘛！多听她话，多讨她欢喜，多叫她两声，多对她笑！少惹她生气。这以后，你爸爸不会像以前那么喜欢你了！孩子，你可怜！"说着，她也掉泪了，用手背抹去脸上的泪水。李嫂是苏北扬州人，几年前死了丈夫，本来有个儿子，前两年也在家乡生病死了。她自己可怜，还可怜我，我以后会可怜到什么地步呢？听着她安慰我的话，我又哭了。李嫂劝慰了我半天，说："今夜，你后娘要来了！我要去看看糖莲心煮得怎么了，你好好睡。"她给我掖掖被，转身走了。我感到有点乏了，不多一会儿，带着泪水迷迷糊糊开着电灯睡着了。

被汽车喇叭声和"约克"的"汪汪"叫吠声吵醒，又听到开门声，外边乱糟糟的脚步声、堂兄家璧的说话声和笑声，我猜到一定是爸爸带着后娘林雪坐出租汽车回来了！有脚步声在门口跺雪，脚步声进了屋，那个沉重的皮鞋脚步声"托托""托托"……一听，就知道是爸爸的。我紧闭眼睛装作睡熟，心里猜测：他们一定是要上楼去了！谁知，听到爸爸的声音在说："雪真大啊！"又在问："家玉呢？"似乎是李嫂的声音在回答："睡了！"又听到一个陌生的十分柔和好听的女声说："看看孩子去！"她说的是一种像有声电影上说的那种好听的北平话呀！我猜，是后娘林雪的话。可是，后娘能有这样好听的声音吗？她是后娘呀！她的脸色一定很凶恶！怎么能有这样温柔甜蜜的悦耳嗓音呢？我屏住气闭上眼装睡，听到脚步声进来了！进来的显然有爸爸，有后娘林雪，我闻到一阵淡淡的玫瑰花似的香味，一定是她身上带来的。后边还跟着人，可能是堂兄家璧和李嫂。爸爸和后娘林雪一定是在看着我。我就装得更平静睡得很熟的样子。是林雪的声音："呀！像个女孩子！孩子长得挺好的！"接着，一只温热的柔软的手摸摸我的脸颊和头发，我觉得舒服，这是她的手！后娘的手吗？说不出为什么，我立刻想哭，但我咬住牙不哭。一种好奇的心理，使我想睁开眼来看看这后娘是什么模样，有多凶？她的嗓音和她的温热的手，她的态度和她的语气都使我有好感。但，只要想到她是后娘，好感就一起破灭了，剩的只有好奇了！多想睁眼看一看呀！可是，我不敢，也不愿。听到爸爸的声音说："走吧！你也累了，该上楼洗洗吃点什么，早点休息！"然后，电灯"啪"的被关掉了，脚步声上了楼，远去、消逝了。我沉浸在寂静的黑暗中，凝望着玻璃窗外积雪映射进来的白光，抑制不住泪水。夜很静，我听到楼上隐隐有爸爸的皮鞋声，也似乎有隐约的说话声。楼上，本来是我跟爸爸住的地方，现在，我被赶到楼下独自住在贮藏室里了！想起了先一会儿李嫂说的"可怜"的话，我又哭了。孤单，害怕，我干脆将头钻进了被窝。天冷，垫的是被絮，朦胧中我老是觉得垫的是"小瘪三"垫的破报纸。

　　第二天一早，天仍有下雪的意思，刮着叫人缩脖子的西北风，我独自踩着雪去上学了。我宁可早点上学，不愿在家里多待。学校离家不远，平时下雨下雪胡二用洋车接送我。晴天就是我自己走着去。但今天胡二要留在家里有事，我就自己踩着雪上学了。在学校里，我痴痴呆呆地发愣，朱老师上算术，我只想着妈妈，一点也听不进。施老师摇头摆脑踱着方步上国文，我只两眼望着窗外灰蒙蒙的天空想着后母林雪来了我怎么办？施老师瞪着近视眼说："周家玉，你怎么不看课本？"我连忙低头看课本。唉，心里烦恼的事儿只要一想，我就念不进书去了。也许我会留级！也许我的算术要不及格！谁知道呢？能怪我吗？……下课时，徐小宝约我去堆雪人，秦敏他们约我去玩打雪仗，我都懒得玩，我摇头皱眉说："不去！"我坐在课桌旁的位置上不动，心里想：这后母林雪长得是什么样子呢？有多凶呢？今天我回去了要是不见她行不行呢？我真怕见她呀！……家，好像忽然变得不是我的家了！如果我有别的地方去，我真不想回家了！来了个陌生人，而且是后娘，这个家还有什么可爱的呢？本来，家里少了妈妈已经像菜里没放盐，十分无味了，现在又来了后娘，不是又加进了苦味和辣味？这个家还有什么可爱的呢？我又想起那个在路边乞讨的孤儿来了。虽然我有吃有穿，但有吃有穿就不痛苦了吗？谁能把妈妈的爱给我呢？我要妈妈，我要妈妈来爱我呀！我在学校里混完了上午的几节课，中午又独自背着书包踩着雪冒着寒风走回家来，整整一上午头脑里打着转转的那些想法始终还沉重地压在心上。我硬着头皮跨进了家，"约克"溅着雪飞奔过来，用它的叫声"汪汪"欢迎我，蹿上来在我裤腿上摩肩擦耳，我不想逗它，拍了它两下脑袋我就像支箭似的"飕"的进屋钻到自己的小房间里去了。

谁知，我听到有人从楼梯上走下来，脚步很轻。一会儿，站在我房门口了。我听到唤我的名字："家玉，放学回来了？"是一个陌生的女人在同我说话，用的就是昨夜我听过有好感的那种特别甜润柔和的声音。抬头一看，啊！她为什么给我这么好的印象呢？她多年轻啊！她似乎比我大不了太多！她跟妈妈一样，是那么美丽。不，她比妈妈更美！她的人，和她的声音、姿态、语气一样使我感到可亲。我眼前仿佛一亮，她倒像童话里的仙女，她跟我想象中的后娘完全不一样！但我看过一个丹麦童话：一个后母长得非常美，心却特别狠毒。她妒忌丈夫前妻生的女孩美丽，就用尽阴谋诡计要害死女孩……我还听说过另一个故事：狐狸精变成了一个美女……我颤巍巍地站起来，红着脸低下了头，没有说话，不敢多看她。我本来想按照李嫂的叮嘱对她假笑笑，但我笑不出，心里反而一味想哭。唉，原来，假笑也这么难呀！她，却走过来了，亲切地说："我想让车子去接你回来的，但车子你爸爸坐出去了。你爸爸去报馆还没有回来。我在楼上窗子里看到你放学回来了，所以来看看你的。鞋子湿了没有？"我摇摇头，说："皮鞋，没有湿！"她点点头微笑着。她说话挺慢挺温和，走近了我，在我床上坐下了，用手先摸摸我的垫被，好像是看看垫被厚不厚，又拉着我的手说："昨夜，我们从北平坐火车回来，到家时已经很晚了。你睡了！"我突然又想起了李嫂叮嘱过的话：多听她话，多讨她欢喜，多叫她两声，多对她笑，少惹她生气……心里很乱，我不知该怎样讨她欢喜。叫她"妈妈"，对她笑，都办不到，我只能勉强点了点头。见我点头，她的声音里带着愉快，说："这以后，我们就认识了！我会对你好的，像你自己的亲妈妈一样那么对你。我们会很要好的。你说是不是？"嗨，我敢说不是么？李嫂叮嘱我的话又起了作用。我用低得几乎只有自己才听得清的声音说："嗯！"但刚"嗯"了一声，我又想起了那个丹麦童话和那个狐狸精变美女的故事。她当然不知道我在胡思乱想些什么，看看我那长长的手指甲里塞满了黑色的灰土，又微笑着说："走吧，家玉，洗洗手，准备吃饭。我想，你爸爸也该回来了！"她拍拍我的肩膀带我到盥洗室去，给我剪了指甲又让我洗手。这，我小时候离开妈妈前，妈妈也是这样做过的。果然，她估计得不错。我洗完手，爸爸就回来了。

中饭，吃得比较愉快。菜很丰盛，是为了林雪才这样丰盛的吧？李嫂的菜做得又好吃又漂亮。我闷声不响，低头吃着林雪夹给我的红烧肉和蔬菜，她又撕一条鸡腿给我。我不要，她却硬放在碗上了。爸爸看了情绪很好地说："哈哈，家玉，你这妈妈是大学生，学识渊博，将来请她把学问传给你。"我点点头。林雪和蔼地问了一句："你学了英语没有？"我回答："从二年级开始就学了。"她说："好好学，将来长大上中学了，我教你。"我又点点头，爸爸难得那样地含笑说："家玉，叫过妈妈没有？"我没作声，低头吃我的，其实嘴里像嚼木屑吃得并没有味道。林雪温和地轻轻在说："让孩子吃饭！"我明白，她是怕我不肯叫。其实，我心里倒是有肯叫的意思，只是难于启口罢了。爸爸话里却带着命令，似乎我不叫一声下不了他的面子，逼着说："家玉，叫一声妈妈！"我不知怎地又想起李嫂的叮嘱来了，心里勉强，却顺从地轻轻嘴里咕噜了一声："妈妈！"我听见林雪应了一声，说："孩子，吃吧！吃了休息一会儿还要去上学！"我抬头看了她一眼，她对我微笑，笑容是那么好看，就像妈妈的笑容。我忽然又想念妈妈了！忙低下头，眼一酸掉下两颗眼泪。我叫了她"妈妈"，妈妈知道了会怎么说呢？妈妈会怪我没良心吗？可是，我叫了林雪，爸爸是十分满意了，朝着我说："好好好，家玉，以后，听妈妈的话！"我当然还是点点头不作声。——我就这样第一次叫了后母一声"妈妈"，开始又有了一个新妈妈。

有了新妈妈，我心里仍不快活。放学回来，总我尽量躲着她。有时我独自在厨房里李嫂身边吹肥皂泡玩。不浓不淡的肥皂水，吹出在阳光和灯光下能闪耀出七色的泡泡来，一个个，一串串，飘飞着，又炸碎消失在眼前。有时，我独自在胡二住的屋里玩黄泥，用泥巴捏成手枪、捏成鸡鸭……寂寞孤单的感觉一直像胶水似的黏缠在我心上。如果是自己的妈妈，我会一有空就去贴着她亲着她，要她讲这讲那，我也要说这说那。可是，对林雪，我没有这种想法。她会真喜欢我？丹麦童话上的那个故事老是像一根针似的刺着我。我老觉得我同她之间隔着一座大山。我宁可让山挡着我。你不喜欢我也行，只要不害我就可以。让我独自一个也行，只要不使我心里感到更增加痛苦就行。虽然她来后对我好像挺不错的，我心里对她印象也不坏，我床上的垫被自从她那天摸了一摸以后，下午就换成厚的了！可是，怎么说呢？她到底是后娘呀！后母真能对我好吗？再说，我对她也不可能像对妈妈那样无拘无束地亲热呀！我老是痴呆呆地独自想着这些，心里又苦又涩，像咬着酸味的青梅。

我叫林雪"妈妈"的第二天，是礼拜六。要在从前，离开妈妈后，礼拜六晚上是我比较高兴的一个晚上，爸爸常会带着我去看电影或者到新街口逛中央商场买吃食。如果他自己不去，就总是叫堂兄家璧带我去。照例，在头一天的晚饭桌上，爸爸会说："家玉，明晚我带你去看电影。"我们看过《渔光曲》《歌女红牡丹》《大路》，看过美国片《城市之光》，看过苏联片《人生大道》……其实，有些电影我也不爱看，但不爱看的电影我也想去看。每每从星期三、四就盼着礼拜六快降临了。可是，林雪来后的这个星期五晚饭时，爸爸没有提礼拜六陪我玩的事了。我明白：他根本忘掉我了！我伤心，却好强地不想表露。礼拜六晚上，堂兄家璧没有回来，我猜他准又是到秦淮河夫子庙那一带去了。爸爸是不会知道的。天冷，风很大，寒风吹着口哨。我独自在楼下自己的小房里倚在床上看了一会儿向同学借来的故事书，眼皮倦倦的，心里闷闷的，总像缺少了什么。听到楼上有说话声和笑声。我明白，那是爸爸和林雪在楼上。我忽然想去看看，他们在干什么呢？爸爸会笑得这么高兴……我感到需要温暖，楼下房里太冷了！在这严寒的冬天，我更怕孤单。我走出房门，轻轻移步向楼上走去，踩着楼梯，一级又一级，慢慢地，怕发出响声来。我希望，再往上走，最好林雪发觉了是我在上楼，就那么温和地叫我："来，家玉，快来！"但，我又怕他们讨厌我！我踩着楼梯，又往上走，听清了，楼上响着留声机，放的是广东音乐《小桃红》。笑的是爸爸，林雪没有笑。爸爸不知在讲什么，他那么个严肃的人，竟在一边讲一边笑。我住了脚步，突然又不想上去了。他们既没有叫我上楼去，我去干什么呢？我为什么那么不识相呢？说不定会惹他们生气的。……我闷闷不乐地又走下楼来了，仍旧脚步轻轻地进了房。我掩上了门，躺在床上，呆呆地望着雪白的天花板。天花板上有一根纤细的蛛丝，微微地在飘动，飘动，那是掸尘时剩下的。我多像这根蛛丝呀！那么孤零零，那么无依无靠……刹那间，妈妈的身影和笑貌又浮现在眼前。窗外，又在下雪了！鹅毛般的雪片飞呀飞呀，扑打着玻璃窗。看到雪，我感到更冷了。我拿出珍藏着的妈妈的照片来看，妈妈两只好看的大眼睛也在看我。我心里酸甜苦辣咸什么味儿都有了。我轻轻地像跟妈妈谈心，对着照片说："妈妈，你怎么就永远不来了呢？难道你不想你的孩子了？你到哪里去了呢？"但是，照片上，妈妈向我微笑。她不会回答。

四

自从同妈妈见面又分别以后，我就更想念妈妈了。妈妈悄悄地来，又悄悄地走了。临走时，也不告诉我一声。我明白：她是怕我缠着她不放她走。小时候，她送我进幼稚园，有过这情况：我哭着要跟她回家，她却把手一指："宝宝，你看，那是什么？"我回头去看妈妈指的地方，再转过脸来，妈妈已经不在了！这次，又是这样。妈妈来看过我。这，爸爸当然不知道。妈妈吩咐我，不要把她来看我的事告诉爸爸和别人，我当然听妈妈的话。我把妈妈来的事搁在心底，不往外掏。

有几次，感到李嫂对我好，问寒问暖的，我想把妈妈来看过我的事告诉李嫂。但话到嘴边，又吞下去了。我得听妈妈的话呀！妈妈走的那天，傍晚下着秋天那种沙沙雨的情景，和雨线打在窗外芭蕉叶上的清脆声，永远留在我的心头。夜晚睡觉，只要梦到妈妈，我也常常仍会发魔哭一场。

张家奶奶照样每天送我上学又接我回来。她照样每天嘴里不停，不是数着佛珠念"南无阿弥陀佛"就是唠唠叨叨自言自语或叹气。她自言自语，可又是对我说的，说她的儿子小时候怎么聪明漂亮怎么可爱，长大了又怎么不肯读书不上进不成器；说她儿子最近又因为赌钱打架进过一趟公安局，四十岁的人了，一点脸皮也不要！赌输了将家里能卖的东西都偷出去卖了，说她自己怎样命苦！说张家有钱时多么光彩，那时吃什么穿什么家里用过多少人……慢慢地，我就知道了：他们张家祖上钱多得像有个聚宝盆，但张家奶奶的男人也是个败家子，结婚后，只知吃喝玩乐，从来没有干过什么正经事。他抽鸦片烟、赌钱，同张家奶奶结婚后自己又在外边娶了三个小老婆。张家奶奶说那都是夫子庙、秦淮河里的漂亮姑娘。他总在外头不回家，跟离了婚似的，对家里什么都不管，连儿子也不问。张家奶奶自己带着儿子过。有一天，那男人喝了许多酒突然死在一个小老婆那里了！……张家奶奶擦着眼泪骂着说："没良心啊！唉，没想到儿子现在又走他老子的路了！"说这些话时，她将我的手攥得紧紧的，朝着我告诫："我儿子小时候我太惯他，将他惯坏了！现在后悔也来不及。我知道，你爸爸妈妈就是离婚分开过了。你长大了，可要争气啊！"说完，她数着那串发了黑的佛珠，又咕噜咕噜念起佛来。

我听着她讲，养成了不问他也不说什么的习惯。我只当作故事来听，但我脑海里也像车轮那样的转悠开了。我想：男的和女的一定是两人要好才结婚的吧？为什么结了婚又要离婚分开呢？张家奶奶的儿子小时候恐怕也同我一样是很寂寞的吧？当然，他有妈妈没有爸爸，但我看有妈妈比没有妈妈总还强一点吧？我又想：我将来会不会也像张家奶奶的儿子那样不成器呢？我现在上课时七想八想定不下心好好听老师讲，也不想做作业，我会不会将来也像张家奶奶那个头发老长老长、胡子巴杈、一件旧绸缎长袍上油渍呼啦的儿子那副倒霉样子呢？想着想着，倒害怕起来了。我更想：爸爸跟妈妈离婚，到底是谁不好呢？我要弄弄清楚。说实话，我不希望妈妈不好，也不希望爸爸不好。我的心目中，爸爸妈妈不应当只有好没有坏。但，我到哪里去找答案呢？一加一等于二，这种算术题好做；用乘法表来演算乘法，也不难。爸爸和妈妈离婚的事，是一道什么样的算术题呀？

冬天来了。"张府园"的院落里高大的梧桐树脱光了叶片，西北风让地上的黄叶和尘土打着旋儿，彩釉大荷花缸里的败叶早晨都盖着一片白色的寒霜，本来夜晚唧唧吱吱叫得十分喧闹的秋虫大都不知是死了还是藏起来了。有一天，我突然发现连假山石上的青苔也干枯冻死了！我厌恶冬天，冬天太可怕了！小学放寒假时，堂兄家璧从上海来南京。他快毕业了！爸爸说，他毕业后可以到南京在报社里做事，让他住在家里。堂兄家璧很高兴，那些日子有他陪我给我解了不少闷。

有一天，堂兄告诉我：听人说，"张府园"里有狐仙，常常会显灵，夜里门会脱锁，家里东西会不见，桌椅会乱响。以前有些住过的人家曾被吵得日夜不宁，张家奶奶就常给狐仙烧香上供。我听了，心里害怕。我倒是看见过张家奶奶给狐仙烧香叩头的。一次，我告诉张家奶奶："我在假山石后看到一只黄鼠狼，浑身通黄发红，尾巴有一尺长。"张家奶奶吓慌了，连忙摇手堵住我的嘴说："罪过，罪过！不能说不能说！大仙大仙！"我再也不敢多说。那天夜晚，爸爸带着我睡。我发现爸爸非常喜欢我。他摸我的头发，慈爱地看着我的脸，忽然对我说："家玉，爸爸想，你太没有人照顾了！爸爸再结婚给你找个妈妈好不好？"爸爸的话，我听了像听到天上"轰"地打了个大响雷。我脱口而出，说："不，爸爸，我不要！你不要再结婚！"爸爸比平时耐心得多，说:"你小,你还不懂事!你有个妈妈好!"我说:"我要自己的妈妈,我不要别人做我的妈妈!"说着,我呜呜地哭起来,眼泪像断线的珍珠成了串。爸爸烦了,说:"唉!不早跟你说过了吗?你妈妈不好!因为她不好,爸爸同她只有离婚!"我说:"她不好我也要!"爸爸说:"你看,她甩掉了你一点也不心疼。你还想她,她早忘掉你了!"我高声叫起来,说:"不,妈妈没忘掉我!妈妈来看过我!"我流着眼泪将妈妈来看我的情况断断续续全都说了。爸爸听了,似乎很生气,说:"她不可以这样的!"我说:"我要妈妈,爸爸,你把妈妈找来不好吗?"爸爸摇头,脸上像涂了一层霜。我心里空荡荡、酸溜溜,说:"爸爸,你老说妈妈坏,妈妈也说你不好。我说你们都好。你们不闹不好吗?为什么要闹呢?"爸爸没有回答,后来烦躁地说:"睡吧!睡吧!"

我也不知自己是什么时候带着泪水睡熟的。醒过来的时候,只听见爸爸呼噜噜打鼾,四周黑黝黝的,院子里的风声呼呼叫啸,听了使人能想起妖魔鬼怪在游荡。我有点害怕,用手悄悄伸出被窝摸到了爸爸的耳朵心里才踏实。爸爸被我摸醒了,将脸贴过来靠着我的脸睡。我能闻到他脸上的香烟味儿。就在这时候,忽然,听到一种奇怪的声音,窸窸窣窣,我想起堂兄家壁说的狐仙的事,心里紧张极了。我想说话,但爸爸用手捂捂我的嘴示意我不要作声。我发现爸爸侧起身子在听。一会儿,"乒"的一声,一阵风从外边呼啦刮进来,一定是门开了!只听到爸爸大叫:"家壁起来!有贼!"说着,爸爸"啪"地下床,开亮了电灯,我吓得淌汗,只见电灯刚亮时,就有一个黑影闪身窜出房去。不一会儿,堂兄已经披着衣服来了,只见爸爸忙着穿衣,嘴里生气地嚷嚷:"哪是什么狐仙呀!是贼!虽没看清脸,也看到了背影,就是张家老太的那个宝贝儿子!"又说,"这地方不能一住!环境太坏,得找好点的住处搬!"

不久,就真的搬家了!搬到了城北玄武湖附近这幢红砖的假三层花园洋房里来。这里,没有"张府园"那阴暗幽静的四合院子,没有张家奶奶的木鱼声、念佛声和檀香气味，也没有什么狐仙的传说、黄鼠狼、高大的梧桐、彩釉的龙凤花纹大荷花缸……度过了冬天，家里添了一辆崭新的洋车和车夫胡二，也添了一条人家送给爸爸的洋狗——"约克"。我就在附近的一所小学里继续上学。这所小学里的同学和在城南张府园时的那所卢妃巷小学完全不同。这里的同学们的父亲差不多全是大官儿。有的是司法院长的女儿，有的是海军部部长的儿子。但我没有交到什么好朋友。离开了原来卢妃巷小学那些已经熟悉了的同学，我格外感到寂寞。只有约克，在我回家见到我时，会亲热地来舐我的手，摇着尾巴欢迎我。

春天悄悄降临了，杨柳放绿，泛着油亮亮紫色光泽的燕子飞来在檐下衔泥做窝的时候，有一天清晨，我自己去上学时，突然又见到了妈妈。啊！真是难忘……

那天，有淡淡的白雾，多像做梦呀！我起先以为自己眼花了！真会是妈妈吗？在白色的淡雾中，妈妈站在离开家门不远处的一条小路旁那棵垂杨柳树下，朝着我笑，朝着我招手。我的心"扑扑"跳得又响又快。嫩绿鹅黄的垂杨柳枝条衬得妈妈那件蓝色阴丹士林布旗袍和藏青短上衣更好看。妈妈仍是老样子，但我细细一看，妈妈额上和眼角都多了一些皱纹。妈妈瘦了，也老了一些，虽然仍很美丽。她见到了我，笑着，喊了一声："家玉！"眼里马上闪烁着泪水。我背着书包，叫了一声："妈！——"飞也似的冲到妈妈跟前。我的泪水流得满面，紧紧抱住妈妈，妈妈也紧紧抱着我。她贴着我的脸亲呀亲呀，我闻得到她脸上那种我小时候就熟悉的香味。我哽咽着说："妈妈，你怎么到今天才来看我？"妈妈握着我的手，没有回答，却说："妈妈昨天夜车到的，天刚亮就在这近傍等着你了！"我抬头看看妈妈，雾气里，妈妈的睫毛和乌黑的头发、眉毛上都有很细很细的银白色小水珠。我拉着妈妈的手说："妈妈，到家里去坐坐……"妈妈摇头，说："不，妈妈不能去，那不是妈妈的家了！"我"哇"的一声哭了，说："妈妈，你为什么一定要离开我和爸爸呢？你回来不好吗？"妈妈摇摇头，伤心地擦着眼泪，说："傻儿子！你爸爸同我离婚了呀！我怎么能不离开你呢？"我说："那不离婚不好吗？"妈妈叹口气，说："儿子，你不懂！也许将来你会懂的。我同他互相……不能在一起生活！"我追根究底："妈妈，是爸爸不好呢？还是你不好呀？"妈妈朝我看着，两只眼里泪水颤巍巍的抖动，先是沉默，一会儿说："孩子，怎么说呢？妈妈深深感到对不起你。从这点来说，妈妈不好。此外，妈妈没有什么不好。我不愿意在你面前说你爸爸坏，因为你跟着他在生活。我和他，都对不起你。他也没有资格说我的坏话。妈妈只希望你不要恨妈妈。告诉妈妈，你恨我吗？"我仔细听着妈妈的每一句话，我说："不恨你！"妈妈突然哭出声来了，蹲下身子来抱着我吻我的脸，连声说："好儿子！好儿子！"我问妈妈："你住在哪里呀？"妈妈说："鼓楼饭店！离这里不太远！我带你坐黄包车去！"我说："我上课呢？"妈妈说："是呀！妈妈先带你去给老师请个假！我们再到鼓楼饭店去。因为妈妈今天下午就要回上海。"我心里难过，说："妈妈，你不要走！"妈妈用小手绢擦着眼泪，悄悄自语说："如果没有你，我就好了！但有了你，我觉得做父母的永远不能原谅自己。"

我跟着妈妈向学校走去。妈妈挽着我手。淡淡的白雾缭绕在四周，远处的房屋、树木、篱笆……都看得见而看不清。妈妈从皮夹里掏出一张小照片来给我，说："儿子，留着！想妈妈的时候你就看看它。"我看着妈妈的照片，照片上，妈妈向我微笑，那么亲热，那么温柔。我把照片小心地收进书包，说："妈妈，你今天不要走！"妈妈叹口气，说："再说吧！"我们沉默着，走着，走近校门了，我正要带着妈妈进校门去向老师请假，没想到背后有人高声一叫："家玉！"我一惊：是爸爸的声音呀！我和妈妈猛一回头，果然看到穿着西装的爸爸严肃地在不远处雾中站着。虽然有雾，爸爸脸上生气的模样也看得很清楚。妈妈的脸顿时变得惨白。爸爸绷着脸走上来了，说："走吧，到那边谈一谈吧!"

　　妈妈默默无声地紧攥着我的手跟在爸爸身后走，谁也不讲话。我心里明白：这不是什么好事。我怕爸爸和妈妈会闹起来。但，没有。走出学校，又走了一段路，四面无人，那里很冷僻，妈妈立定脚步，说："就在这谈吧!"爸爸也立定脚步，说："好，听说你要结婚了?"妈妈冷冷地说："胡说！但这你管不着!"爸爸脸上气色很难看，说："不谈那些了吧，我的话很干脆，你是一个离婚的女人！不该来！更不该来了一趟又一趟!"妈妈声音发抖，说："离婚怎么？我想看看我的孩子!"爸爸摇头："法院判决离婚时，你不是答应从那以后不再同孩子见面的吗?"妈妈忽然好像变得十分疲劳，低头用左手捂住了眼睛。我看见妈妈的手指缝里有泪水淌出来。我一把抱住妈妈，不知说什么好，但我知道妈妈在伤心。妈妈右手用手帕拭泪，左手从眼睛上放下来抚着我的肩膀，说："我没忘！但我不放心我的孩子!"爸爸说："走吧走吧，无须你不放心，他早不是你的孩子了！从今以后，你不要再来!"妈妈生气，声音颤抖，说："你心真狠！……"我知道妈妈要走了，"哇"地哭了！我突然恨起爸爸来了，冲着爸爸说："你为什么赶妈妈走呀?"又更紧地抱住妈妈，说："妈妈，好妈妈，你不要走!"但爸爸过来用力拉住我的手一把抱起了我，说："家玉，跟她一刀两断！她不是你妈妈!"妈妈变得坚强、镇定些了，不再流泪，眼眶红着，我看得出她有多么心疼。她额上的皱纹变得似乎更深了。我挣脱爸爸的手下地冲向妈妈，又抱住妈妈，说："妈妈，我要你！你不准走!"妈妈俯身紧紧搂住我，吻了吻我，低声说了一句我永远不会忘记的话："孩子，记住妈妈对你讲过的话，但是忘掉妈妈吧!"

　　我知道留不住妈妈了。我号啕大哭，爸爸上来又将我拽到他身边去。

　　啊！难忘的那个有着淡淡的白雾的早晨哟！亲爱的妈妈，你的来临，我就像做了一个美梦；你的离开，就像梦醒，醒来反使我更加失望，更加心乱，更加忧伤。妈妈走了！从那以后，我没有再见到过妈妈，也听不到妈妈的任何消息。而时光，却在我那难以形容的寂寞中飞逝。一晃，离那又是两年多了！

五

有了一个新妈妈林雪，我依然寂寞，而且心里边似乎更寂寞了。

寂寞的时候，我有时仍旧靠在门上凝望着古台城、鸡鸣寺、北极阁上的白云。但，这不是二楼的玻璃门，二楼是爸爸和林雪住着，我只能在楼下客厅的落地玻璃门上靠着张望；家门外的路上，常有买旧货的挑着担叫喊："破旧烂棉花拿来卖……"有凤阳老太婆吆喝："捉牙虫呀！——"有掮着长板凳磨石的磨刀人叫喊："磨剪子镪菜刀！"……有时，我就唱歌，学校里音乐老师教了一支《天伦歌》，我总是轻轻地唱："人皆有父，唯我独无；人皆有母，唯我独无……"一唱，我总是抑郁得要命。

我寂寞，却发现林雪也寂寞。她刚来时，差不多每天都穿着漂亮的灰背皮大衣由爸爸陪着出去交际应酬，常常这家请酒那家摆宴，这家结婚那家做寿。但不久，她就不再愿意出去了。爸爸要她一起出去交际，她不肯，宁可在家待着。结果，总是爸爸自己一个人出去。为这，听说爸爸同她还生过气。我同她很少碰面。早上我去上学，见不着她。中午回来吃饭，她总要找我谈几句话。下午放了学回来，爸爸如果回来了，她和爸爸总是在楼上，只有到吃晚饭时才见面又说几句话。她倒是很和蔼的，常搀着我的手问我在学校里读书的情况，还要看我的作业本，见作业本上有错的，就指点给我知道，我倒觉得她比老师讲得还清楚。她有时也坐胡二的洋车上街，在新街口买些吃的回来给我，饼干、水果什么的。但有一天，却买了一顶女孩戴的紫花绒线帽回来，要我戴。我一看，说："女孩儿戴的！"她笑了，叹口气说：

"你小，戴戴不挺好看吗？我喜欢女孩子，你要是女孩子就好了！……"我有点气恼，想起李嫂说的不要得罪后娘的话时，就一不作声了，只咕噜了一句："我不戴！"她倒也不勉强我戴，叹口气把帽子拿走了。……

我发现她是喜欢叹气的，有时叹气是笑着的。那种笑我心里明白，不是快乐的笑。我想：她一个人，爸爸整天不在家，她一定也非常寂寞吧？我听堂兄家璧说过：林雪的父亲死得早，有个母亲带着妹妹在北平，她想她自己的妈妈吗？……同她每天至少两次在吃饭时见面。见得多了，丹麦童话里给我的那种对后母的惧怕心理逐渐好像淡薄起来了，我倒反而有点同情起她的寂寞来了。

也许因为是天冷吧，楼上生着大火炉，她在楼上很少下来。听李嫂说过：爸爸上班了，我上学了，林雪常常独自在楼上摊开白纸画呀画呀，画了许多画。她爱画画？我也爱画画，但我画不好。那是个礼拜六，下午有两节体育课，老师请了病假，我提前放学回来，在满地枯黄的草皮上同"约克"玩了一会儿——我丢一块砖头，它会飞跑前去用嘴咬住捡回来放到我手上——我就进屋来了。我独自磨墨，在红色九宫格的大楷本上用毛笔写仿，忽然好奇地想：这时林雪在干什么呢？她会在画画吗？我是从不上楼的，爸爸和林雪没有叫我上楼去玩，我何必去呢？我是赌气呀，也是怕他们讨厌我不欢迎我呀！李嫂叮嘱我：要识相！我何必去自讨没趣呢？但，这天下午，我突然是多么好奇想上楼去看看，去看看林雪画些什么，看看她画得好不好？我想，她一定是画得很好的。爸爸不在家，减少了我上楼的顾虑，我竟迈步就向楼梯上走去。我心里想：是走得轻还是走得重呢？走得轻，偷偷地去张望一下，可以不被发觉；走得重，堂堂皇皇去看，没有什么不可以呀！我胆子不知怎么突然变大了。也许是林雪这些天来给我的印象是美丽、温和、可亲，带着妈妈那种使我喜爱的气味吧？我不再怀疑她会是狐狸精变的了。我觉得她不但没有虐待我，而且待我是很贴心的。这就没有什么顾虑了。决定用后一种办法，我故意把脚步声在楼梯上踩得很响："嗵！""嗵！""嗵！"……慢慢地一步一步挪脚上楼。

果然，脚步声惊动了她。她从本来爸爸用的那间大书房里走出来了。她显得那么年轻、瘦弱，手里拿着一支画笔，似乎惊讶地看到是我，用一种高兴的声调说："啊，是你啊？——"她的声音那么好听，她穿一件黑色发亮的旗袍，双肩上披着一件天蓝色的羊毛衣，脸上比妈妈白润。见我停步不前了，她微笑着招手说："快上来！你这还是第一次上楼来呢！……"我的脚步不由自主地被她的声音吸引着，一步一步跨上楼阶到了她身旁，她挽住我的手——这使我又想起了妈妈。妈妈，你在哪里哟？

她说："你知道，我很喜欢你！如果你是女孩子，我就把你的头发——"她用手摸摸我的头发，长长地比仿了一下，"留得这么长！"她为什么老是喜欢女孩子呢？真怪！我不喜欢她老是想把我当作女孩子，我说："我是男孩！"她笑了，说："那当然，我早想叫你上楼来玩了！你知道，我很寂寞呀！倘若，我们能谈谈心，那多好！"我说："你也寂寞？"她点点头，叹口气："是啊！……"我想：你是大人，同我小孩子能谈什么心呢？……但我没有说，由着她牵着我的手把我带进爸爸的书房。

屋里很静，只有楼上的自鸣钟在"滴答滴答"响，她亲热地边走边说："正因为我寂寞，我猜你一定也寂寞。我听说你爸爸以前在礼拜六常带你看电影的，是吗？今天是礼拜六，我昨天已经同你堂兄家璧说定了：吃了晚饭，让他带你去看场电影。你高兴吗？"

我点点头，心里当然高兴。她想得真周到呀！……这书房，过去我是多么熟悉的呀！现在摆设还是同原来差不多，只是四面墙上都用图钉钉满了画。爸爸那张紫檀木的大书桌上，摆满了水盂、调颜色的瓷盘、颜料、宣纸，笔筒里有大大小小长长短短的画笔……这儿成了林雪画画的地方了。李嫂说的情况真没错！我眼睛蓦然一亮，那些画有的有漂亮的颜色，有的是黑墨画的。画的都是荷花：有含苞未放的，有盛开的，有结了莲蓬的，也有花凋谢了的，有花已不见荷叶枯卷的。……含苞的和盛开的，都染了色，画得和真的一样，叫人看到花就像能闻到芬芳的香味。已经凋谢残败的荷叶，是用黑墨画的，看了叫我想起了张府园里彩釉缸中栽着的枯卷了叶片的残荷……我惊讶地嘘了一口气，发自内心地说："呀，画得真好！""是吗？"她说，"你看哪幅最好？"我指着一幅盛开的粉红色荷花说："这！"她笑笑，笑得有点苦，看看那幅画，突然叹了一口气，脸色苍白，说："但现在是冬天，荷花早已经凋谢，荷叶也枯黄了！"我说："玄武湖里满湖都是荷花！我夏天去划过小船，小船就在荷花和荷叶中走，你还没有去过玄武湖吧？现在是冬天，荷花没有了！叶子也枯了。到了春天，叶子又长了，夏天就会开花。花香，莲蓬甜丝丝的。"她忽然直怔怔地看着我，慈爱得真像妈妈喜欢我时差不多，突然说："啊！你说得真好！真好！"我想：好在什么地方呢？但她夸奖我说得真好，使我高兴，我就又张口了，说："我们在张府园住的时候，四合院里有个大彩釉缸，可漂亮了，外边有龙凤花纹，里边种的就是荷花。"她说："哦……"我说："可是，荷花枯萎了，都卷着叶子，就像你画的这幅一样——"我指着墙上她画的那幅残荷说："那时候，我寂寞了，常站在那儿看大缸，常想：要是荷花忽然开了多好！要是缸里的水中有金鱼多好！"她问："荷花开了吗？水里有金鱼吗？"我摇摇头说："没有！后来，我们搬家了！"她叹了一口气，用很低很低的声音自言自语说："是呀，彩釉缸里的残荷呀！"接着，沉默着不说话了。我看看她，不知她说这些是什么意思。我又看看墙上的画，心想：要是我也能画得这么好多好呀！但我在学校里上美术课时，是用的马头牌水彩颜色，一管一管的，没有她用的颜色鲜丽。我问："你不用马头牌颜色？"她笑了，似乎觉得我说的可笑，说："你那是画的水彩画，我这是画的中国画。"她指指染色的那幅盛开的荷花说："这叫彩墨画！"她又指指那幅全用黑墨画的残荷说："这是墨荷，全是用黑墨画的。你爱画，将来我教你。"我有点兴奋，点头说："好!"她要我坐在皮沙发上，说："你看，我们不但可以谈心，还很谈得来，不是吗?"我点点头，但我的眼睛仍凝望着四周墙壁上使我眼花缭乱的一幅幅荷花与荷叶。每一幅上她都用毛笔题了字，字写得草，用爸爸平日的话说，这些字都写得"龙飞凤舞"，我当然不认识，她似乎感到我是在看画上题的字，说："那是题的诗，你还小，不懂的。"唉，大人总爱说"你还小，不懂"，其实我也不见得什么都不懂，是你们不说罢了!什么时候我能长大呢?什么时候我能什么都懂呢?爸爸妈妈为什么离婚，我什么时候才能弄明白呢?我这么想着，就愣愣怔怔坐在那儿出神，不想说话了。

林雪似乎发现我有些异样，忽然温和地问我："你想妈妈吗?"我出乎意外地不知是点头好还是摇头好。林雪亲切地摸着我的头说："这个世界上，人抛弃人的事是不少的。我懂得这种痛苦。孩子，我会对你好的!……"说着，她眼里涌出了泪水。我心里奇怪，但眼里也簌簌流下了泪水。

过了那么一会儿，我觉得在楼上待的时间不短了，也该走了。万一爸爸回来了呢?我不愿爸爸看到我上楼。爸爸可从来没有叫我上楼呀!他一定是不喜欢我上楼的。我对林雪说："我还要去做功课，我走了!"她说："慢，隔壁房间抽屉里有些牛奶糖，你带去吃!"我说："不要!"我拔起腿就"嗵嗵嗵"下楼了。我心里觉得她不错。原来觉得隔着一座高山，现在这座山似乎在消失。当然，山消失了，中间的距离还是很大。见到妈妈，我会扑上去抱着她叫她亲她。对林雪呢?就不行。她到底不是我的真妈妈呀!为什么我就不能像对待真妈妈那样对待她呢?她能真像妈妈那样对待我吗?倘若她能像真的妈妈那样对我，我会像对待真的妈妈那样对待她吗?……自己解答不了，也没处问人，只好在心里憋着。

但，我对林雪越来越有好感了，尤其，她会想到我寂寞。她，知道她来之前爸爸礼拜六常带我看电影，她让堂兄家璧今天晚上陪我去看电影。我心里兴奋得像打鼓。我去厨房找李嫂，李嫂正在锅里"刺啦"煎鱼，一股葱姜香味扑鼻而来，我告诉了她林雪说：晚上让堂兄家璧带我去看电影，要她早点准备好饭菜等爸爸和堂兄家璧回来就开饭。李嫂听了，在锅里用铲子翻着鲫鱼，笑着拍拍我的头，说："看来，这个太太是个蛮好的好人！你有福气！"但又说："奇怪，这么年轻漂亮的一个大学生！我要是她，找个年龄相当的多好！"我问李嫂："什么叫相当？"李嫂咯咯笑了，往锅里加酱油，说："你爸爸比她大多少？大十六七岁，这就叫不相当！"也不知为什么，我不爱听李嫂说这种话，这种话似乎损了爸爸，也损了林雪，当然也损了我，我拔腿就离开了李嫂。

我盼着天黑。天黑了，堂兄家璧没有回来。爸爸回来了，家璧仍不见影子。我心里着急，电影是晚上七点半钟的。看看过了六点半钟，他仍没有回来。李嫂说："侄少爷不会回来了！"我心里明白：堂兄家璧一定又是到秦淮河夫子庙去了！当然，他明天会说："哎呀，报社的事忙呀！昨晚写文章什么什么又是一个通宵呀！……"都是骗人！我的一场电影被他断送了。礼拜六的晚上，我多么想看场电影哟！他偏偏答应了林雪却故意不办！我心里懊丧透了，失望极了！忽然，淅淅沥沥，有雨滴打到玻璃窗上的索索声。我抬眼看看黑黝黝的窗外。天，下起雨来了！烦人的天气啊！我最怕夜晚下雨了。夜晚下雨，我心里更加寂寞。今晚下雨，堂兄家璧就是回来，看电影的事恐怕也吹了！我斜靠在床上，心里懊恼，真想哭一场。只要我心里寂寞、不开心的时候，妈妈的面容就会浮现在我眼前。如果这时候妈妈在，她会怎么呢？她也许会说："宝宝，来，妈妈带你去看电影！"我从床前小书桌的抽屉里取出了妈妈的照片。照片上，妈妈总是那么微笑地看着我，我在心里叫："妈妈，妈妈！"我多么希望妈妈能答应一声啊！我哭起来了，既是想妈妈，也是怨怪堂兄家璧不讲信用，这些感情糅在一起，泪水就潺潺止不住了。

李嫂出现在房门口，叫我："开饭了，快吃饭吧。"我倚在床上，说："不，我不吃！不想吃！"李嫂进房来了，轻声问："怎么啦？"我不作声。好心肠的李嫂看到我脸上的泪水，叹口气说："唉，没有娘的孩子！……快去吧！等着你吃饭呢！"我一听，不去不行了！我懂得爸爸的脾气，他脾气不好，虽然没打过我，但有时瞪起眼睛来比打我还叫人难受。我知道那滋味儿，只得从床上起来，拖着沉重的脚步到吃饭间里去。

吃饭间里灯光雪亮，菜橱上一只小座钟"滴答滴答"，长短针正指着六点五十分。爸爸和林雪已经坐在桌边等着我了。这是一条规矩，人到齐了才动筷子，一只方桌四面摆了四副碗筷。堂兄家璧和我的两方位置都空着。桌上四菜一汤端端正正摆着。李嫂站在一边侍候。我一到，刚坐下，爸爸就开口了："怎么小孩子吃饭还要人请？"我发现爸爸今天情绪不好。只听他老是在谈汪精卫在中央党部被刺的事。说一个刺客冒充新闻记者在开会时打了汪精卫三枪①。说这样一来，时局更不稳定，中日关系会更紧张。我明白：他情绪不好，在外边有了不顺心的事，是常常容易在家里发火拿人出气的。我不敢开口，端着李嫂给我盛的米饭，心里并不想吃，我偷偷瞄了林雪一眼，她脸上平静，也很温和，对我说："家玉，快吃吧！"但她忽然好像发现我哭过了，朝我的眼睛看了一眼，我忙将头低了下去，用筷子扒饭。谁知爸爸眼快，也看到了，忽然问："为什么哭了！"那声音带着威严，叫我害怕。我不敢回答，他却高声逼着问："为什么哭啊？哭得眼睛红成这样子？是吃不饱呢还是穿不暖啊？"他这一吼。我感到委屈，更伤心了，我"呜呜"地哭了起来。林雪带着责怪的语气对爸爸说："孩子吃饭，不该让他哭。

---

① 1935年12月1日，国民党在南京中央党部开六中全会时，亲日派头子汪精卫被刺，身中三枪。

你不要再说了!"我听她这么说,心里也不知是感激还是怎么,抽搐得更厉害了。爸爸生气,"唉"了一声。李嫂袒护我,在一边插嘴说:"不是为了别的,佺少爷讲定带他看电影,可是到现在没回来,所以……"她这一说,爸爸火又上来了,说:"电影今天不看有什么不可以? 还非看不可吗? 为这哭,没出息!"我心里想不通,琢磨着顶一句嘴,看看爸爸那严肃得可怕的面孔,又不想说了,干脆趴在桌上哭起来。爸爸好像又要狠狠地讲些什么,只听到林雪的声音封住了他的嘴,林雪说:"不要再说孩子了! 孩子没有错。孩子要求说话守信用是对的,应当培养孩子这种好品德。你不该批评孩子,应当表扬孩子这一点。"她话说得又慢又轻又温柔,话的分量却很重。她的话说到我心里去了。我正是希望大人这样了解我呀! 听了她的话,我心头的乌云散了,疙瘩在解开了。谁想到她又说:"今晚让家璧陪家玉去看电影是我提出的。家璧没有来。我们陪孩子去看。我们不能失信于孩子。"爸爸最初没作声,稍停,看看窗外,说:"下雨!"林雪看看窗外听听雨声说:"雨不大,说了今晚去,还是今晚去的好!"说着,她又亲切地对我说:"家玉,快吃吧,吃完就走!"爸爸也改口说:"快吃吧,时间不早了!"

我停止了哭泣,倒不是为了仍能去看电影,我觉得心上除了得到了温暖,还像得到了一种神圣的东西。什么东西呢? 我说不出。

六

因为我的算术不好,有一天,林雪让堂兄家璧同学校里教算术的陈老师讲定,从星期一到星期五,放学后由他给我补习一小时功课。这下,我就忙了。陈老师是个外冷内热的人,学生给他起的绰号是"斐斯开登"。这是个美国好莱坞电影明星,有名的"冷面滑稽"。陈老师长得跟斐斯开登太像了:尖尖的下巴,长长的脸,两只好像老是在生气的眼睛……看到他的脸我就想笑,心里却又怕他。从星期一到星期五,有了陈老师帮我补习，我就好像忙得多了。但心里边仍旧总是寂寞。

堂兄家璧对林雪是赞不绝口的。只要下班回来见到林雪，他总是开口闭口"婶婶"、"婶婶"叫得不停，像是请安，显得又亲热又尊敬。他是在上海读私立大学毕业的。据说没学到什么真才实学，同林雪是有名的北师大教育系毕业完全不同。他佩服林雪有真才实学，说林雪不但画得好写得也好。有一天，他从夫子庙买了一把象牙骨的雪白折扇来，请林雪给他在正面画上荷花绿叶，反面用毛笔题上诗。林雪说："夏天还很远呢，等天热再画吧！"却好像一直没有题诗也没有画。

一天，吃晚饭时，堂兄家璧当着爸爸的面说："我大学时英语没有学好，我想要请婶婶给我补习补习英文。一星期有个二三次就行。"林雪笑笑没有作声。爸爸兴致很高地点头，说："好啊，雪雪，你就把他当个学生教教他吧！"林雪摇头说："都是大学毕业的，我能高出多少！"堂兄家璧讨好地说："那起码得高出中山陵台阶那么几百级！我现在就拜师。从现在就改口叫婶婶'老师'！"林雪没有反对，就算是答应了。果然，堂兄以后就改口叫林雪"老师"了！他学英语非常努力，下了班就回来，嘴里发神经似的叽里咕噜不停。晚上不再出去，看来一学英语把去秦淮河、夫子庙的事儿丢掉了。他常常捧本英文书上楼去请教林雪。爸爸在家时他上去，爸爸不在家时他也上去。我倒不禁羡慕起家璧来了，他多自由呀！我上楼还是觉得不能随便。我怕爸爸和林雪都嫌我。李嫂说的话总会在耳边提醒我：可不能惹人家讨厌呀！

夜里睡觉，仍旧爱做梦，梦里也仍旧常见到妈妈。但我却不再发"魇"了。我的梦也逐渐变得复杂起来。我做过许许多多的梦，可怕的和幸福的，欢乐的和悲哀的；稀奇古怪的和平淡无奇的；过去的和将来的。梦做完醒来，留给我的总是空虚、怅惘。我不能摆脱刺心的寂寞。寂寞养成了我孤僻的脾气。回到家里，除了做功课，我总是懒懒地躺在床上看故事书，呆呆地望望窗外萧索冷落的冬天花园里的景色。受训的壮丁，常常列队从门前走过，步子夸夸响，唱着歌："军人军人要雪耻，我们中国被人欺，日本强占我土地，东三省同胞做奴隶。……"胡二本来也是壮丁，但爸爸拿名片叫堂兄家璧去办了交涉，他不去受训。我喜欢看壮丁操练。看到壮丁受训，我明白，中国同日本总是要打仗的了！日本这么欺侮中国，我也希望打！但打仗以后会怎么样，我却想不明白。

在家里，很少有人同我讲话。林雪虽然对我很好，她不常下楼，也很少想到来找我。她对我说过："我们能谈谈心，那多好……"却并不见她来找我谈心。堂兄家璧消息灵通，有时会告诉我一些她在楼上的情况。有一天晚上，堂兄从楼上挟了英文书下来，先是在自己房里踱方步，后来捧着一杯热茶踱到我房里来了，说："你爸爸和林雪吵架了！"我吃惊地想到小时候见到爸爸和妈妈夜里打架的情景，那种惊心动魄的情景在我心上留下了恐怖的创伤。我紧张地问："啊，真的？"堂兄家璧摸出一包"美丽牌"香烟，抽出一支，擦火柴点着吸了一口，喷出烟来。

他平时当着爸爸面是不敢抽烟的，在我房里就是另一回事了。他神秘地点头叹口气说："当然，我太同情她了！"我问："你说什么？"他说："我说，我同情她！""为什么？""他们年龄相差太大，性格、兴趣、爱好，甚至对时局的看法，都不一样。他们虽然结了婚，互相并不了解。""你怎么知道？""当然！林雪也许看你爸爸是有钱、有地位的人，但这就能使她满足了吗？当然不！她太寂寞！我看她很不幸福！她要想出外工作，可你爸爸不让。你爸爸不要她工作，只要她在家里做一只花瓶！"我问："什么花瓶？"家璧喷着烟说："让她在家打扮得漂漂亮亮做太太，就像一只花瓶供存家里一样。两个人这就不能不吵架了！"我又突然想起妈妈第二次来南京看我时说过的话了。妈妈说过她同爸爸"互相太不了解"。怎么现在家璧又说林雪同爸爸之间不了解呢？怎么样才叫了解呢？这我又弄不懂了！我呆呆愣怔在那里胡思乱想，想起这些天来，林雪有时不下楼吃中饭，让李嫂给她送上去，说是人不舒服。有时吃鸡，我见李嫂总是把两条鸡腿撕了放在盘子里给她送上去。等到收碗筷下来时，我发现她没有吃，鸡腿仍旧完整地端了下来。每当她下楼吃饭时，见到她，她的脸色常常惨白，有时闷闷叹气。她饭吃得少，不大见她笑，也不大见她同爸爸说话。爸爸也似乎并不那么高兴，不像刚结婚从北平回来那阵……我觉得我对林雪有感情了，我担心，担心爸爸和林雪之间又会发生什么不幸的事。我又想起了妈妈！妈妈叫我忘掉她，我却再也忘不掉她！妈妈现在怎样了呢？她在哪里呢？没有谁告诉过我。我也没法向谁打听。有一天晚上，我实在太想妈妈了，曾悄悄写过一封信想寄给妈妈。信上说："亲爱的妈妈，我想你，我要你！你忘掉我了吗？为什么不来看我？我天天看你的照片，你知道吗？你能不能马上就来？……"信没有写完，我也不知该往哪儿寄，问家璧，他说不知道，我又伤心地将信撕了。

见我傻傻地愣怔着，堂兄家璧一边抽烟一边"嗖啦嗖啦"喝着热茶水，说："你怎么发傻呀？你在想些什么？"我说："他们又要离婚啦？"堂兄家璧笑了，眨了眨眼说："看来，你被大人离婚的事吓怕了。其实，有件事你是不知道，你爸爸结了婚，你妈妈也又结了婚了。"我脸红了，生着气骂他："你放屁！"家璧揿灭烟头，板着脸说："怎么骂人呀？谁骗你！你爸爸看到上海《新闻报》上登了你妈妈跟人结婚的启事。他说，那个男的姓刘！"我的泪水涌满了眼眶，家璧的样子不像胡扯，我心里暗暗相信了，怪不得妈妈你不来看我了，你忘掉我了，你不要我了！我伤心起来，抽泣着孤僻地对家璧说："你走吧，我要睡了！……"

窗外，呜呜呼呼地刮着西北风，一夜乱梦颠倒。我夜里梦见了妈妈，妈妈仍旧那么好看，她不理睬我，把背对着我。叫她，她忽然不见了。我又"发魇"了！堂兄家璧披衣起床跑进我房里来，问我为什么哭，我说："想妈妈！"他坐在床边陪了我约莫半个钟点，我从梦魇中醒来，因为刚刚哭过，心里还堵得难受，堂兄家璧学起韩兰根的表情来逗我笑，三逗两逗，我笑了。家璧自己却又不笑了。他心里好像有激动的事，自言自语说："天下事总是这样稀奇，应该在一起的人不在一起，不该在一起的人却是夫妻。离了婚要再结，那为什么结了婚又要离？……"我觉得他说得有趣，说："你再说一遍！"他挤着眼睛对我说："开玩笑的话，可不能当着你爸爸和林雪的面说。听到没有？"我点头。家壁回房睡了，我听着窗外呜呜的风声，嘴里断断续续念他刚才说的那段有趣的话。这倒像是一段绕口令，挺上口挺好记的。但我懂不懂呢？说实话，不懂！也许我要长大了才能懂吧？

第二天，是一个星期五，下午的两节童子军课，因为场地积雪溶化太潮湿，不能上课，提早放学，我去找"斐斯开登"陈老师，问他："陈老师，是现在补习还是等到两节课后再补？"他正在忙着拾掇一个旧洋油炉子，满手是油污，说："现在有事，今天放你假吧，自己回家好好做功课。"我"噢"了一声，心花怒放，跳跳蹦蹦奔回家去。回去也没事干，但比在那冷面滑稽"斐斯开登"身边自由得多。早早到了家里，我就往自己的房里钻，经过楼梯口，无意中发现李嫂站在往二楼去的楼梯中间侧着身子好像在偷听楼上谁在讲话。楼上有人在说话，李嫂听得这么专心，以致我踩着楼梯台阶站在她身后，她也没有发觉，楼上的讲话声很响，是林雪的！另外有个低低的男声，听不清是谁的。我心里纳闷，踮着脚俯身向前侧耳细听，碰着了李嫂的后背。李嫂发现是我，先是一惊，又镇静下来了，轻轻附着我耳朵说："侄少爷在楼上！"我轻声问："爸爸呢？"李嫂刚答："没回来！"马上又做手势说："快！听！"

我竖起耳朵屏息地听，只听到林雪在说："人不能这样！"稍停，又说："……以后，你不许再上楼来！"堂兄家壁低声不知叽咕了些什么，又是林雪的声音："……我可以不对你叔叔说！但你以后要……"下边的声音又听不大清了！又是堂兄家壁可怜巴巴的声音。

李嫂拽拽我的衣服，做手势示意我走。我和李嫂都轻轻下楼。刚转进我的小房间，只听到楼梯上皮鞋脚步响，是堂兄家壁从楼上大步下来了。他也不进自己房里去，却一阵风地穿过吃饭间走出去了。我和李嫂趴在窗户上朝外张望，看到家璧那瘦长的背影，脚步匆匆，渐渐在那条有大柳树的柏油路上远去。只听见李嫂"唉"了一声，骂了一句："该死！"离开我去厨房里忙碌去了。

我心里明白：一定是堂兄家璧刚才对林雪做了一件不好的丑事，碰了个大钉子。我在电影里看到过那样的事！对堂兄家璧，我本来也说不出为什么不喜欢他。这下，更从心里面瞧不起他了。但对林雪，我真的同情她，觉得她是个好人！

我忽然心里强烈地产生一种欲望，想去看看她。也想再去看看她的画！这么多天了，她该又画了许多画了吧？

我又像上次一样，大声地上楼。我的脚步声像钉锤落地："嗵！""嗵！""嗵！"我想引起林雪注意，知道是我来了！果然，走到半楼，听到了林雪那甜蜜好听的声音在问，"谁？"

我脱口而出，很自然地回答："我，妈妈！"

这一声"妈妈"，好像使她很高兴。我看到她从书房里出来了！站在楼梯口上微笑着温柔地望着我，用和蔼亲切的声音说："来，家玉！"我想：我不上楼来，你也从不叫我上楼来。我来了，你倒好像挺喜欢我来。我上了楼，她说："你好久不上楼来了！我有时就想：你为什么不上楼来呢？"我想说实话："你没有叫我来呀！"但我却说："陈老师每天要给我补习功课。"她笑了，带着我到书房，边走边说："你看，我多像个蜗牛！蜗牛，你懂吗？我整天就缩在楼上像蜗牛蹲在壳里似的。"我点头说："你为什么不出去玩玩？"她叹口气："我讨厌那些交际应酬！宁可独自做个蜗牛！"说到这里，她问："有了陈老师补习，算术不太难了吧？"我随着她又进了那间上次使我眼睛猛的一亮，感到美不胜收的书房。我点头回答着她的话说："不太难了！"

书房的摆设没有变样，满墙也仍是林雪画的图画。但我说不出摸不着地感到有一种与上次很不相同的气氛。是怎么一回事呢？林雪又淡淡地笑了，看着我说："你不要太拘束！在我身边应该自由些、随便些。"我点点头，看着墙上的画。画的仍是荷花，奇怪极了！都是残荷！有凋谢的败荷，有蒙着霜的枯卷的荷叶……一片凄凉。一张，一张，又一张，只是没有林雪说过的那种彩墨描绘的荷花了，那原来碧绿的有生气的荷叶和粉红、洁白的盈盈荷花都没有了！画上没有红色，没有绿色，就像荷花莲叶都没有了生命，没有了阳光、空气和水……正因为这些全是用浓墨淡墨绘成的残荷、败叶，使书房里形成一种压抑、阴暗、沉闷的气氛。我说不出，但感觉得到。我忍不住"啊！——"了一声。我问："那些多么好看的荷花哪里去了？……怎么都是黑不溜秋的图画呢？"

林雪没有回答，只淡淡一笑，笑得有点苦。我看看桌上，桌上摊开一张雪白的大宣纸，她正在画一幅新的画。刚才我来时，大约她刚停下笔。林雪招呼说："过来看看吧，这张画有颜色！"我走近爸爸的大书桌前一看，林雪画的是一只大彩釉缸，缸上有龙凤图案，缸的颜色漂亮极了，五色闪耀，可惜缸里栽着的荷叶已经败落枯萎。我想。呀！这不是"张府园"里那只大彩釉缸吗？我上次告诉过她的。她怎么画出来了呀？画上，她龙飞凤舞的题着诗，草字我也还是不认识。我睁大了惊奇的眼睛说："画的是'张府园'院子里的那只大彩釉缸？"她点点头，平静地说："是的，你告诉过我。我觉得有意思，所以就决定画一画了。"说这话时，她的脸上像飘过一阵淡淡的忧郁。我说："我不喜欢这些画！"她瞅着我，问："为什么？"我说："上次那些荷花好看！你送人了吗？"她摇头，微微笑笑，说："在这儿！"她走近柚木书橱，"哗啦"拉开了橱门。我见橱下一层全堆满了撕毁了的宣纸碎片。我上前用手拾来一看，撕碎了的白色宣纸上有红红绿绿的颜色。我"啊"了一声，说："你全撕掉了？妈妈！"她点点头，忽然眼眶里涌满了泪水。看着她的泪水在睫毛下闪光转动，我心里像有一个谜，我说："为什么撕呢？那么好的画！你送给我多好！"她摇摇头，听任两颗晶莹的泪珠滚落下来，哀怨地说："这不是冬天吗！哪有什么美好的荷花呀！美好的都是假的，是我想象的！我把假的撕了！这些——"她用手指指墙壁上的画，"才是真的！荷花荷叶都残败了！都残败了！——"她的声音里有着叹息，有着深沉的痛苦和烦恼。她是大人，我是孩子，我说什么好呢？见她落泪，想劝慰她，也不知怎么劝。如果她真是妈妈，我一定会抱着她说："妈妈，你别哭！你为什么哭？"但她也是后母呀，我就不知怎么办才好了。我想：这该不是为堂兄家璧的事吧？谁知道呢？也许是她寂寞？还是爸爸欺侮了她，又像过去对待妈妈那样的对待她？……谁能说呢？倒是她，忽然擦干了眼泪，说："你看，我在干什么呀？不说那些了！你如果喜欢我画的那种彩墨荷花，我下次专门给你画一幅，我会画得很美很美的，但那必须等冬天过去了，到春夏季节再画。那时候，我带你到玄武湖去。我们划着小船，在荷花丛里自由自在地玩上一天。我写生，多观察观察，回来就给你画！"她脸上带着向往的神色说着，听着她说，我眼前仿佛出现了玄武湖里那一片片渺渺无边的莲荷，绿色的荷叶，粉红色和洁白的荷花，金色的花蕊，嗅到了悠悠的莲叶和荷花的清香。但我在林雪的眼睛里又看到了晶莹的泪珠。不知为什么她会这样。我觉得必须马上离开，不能使她老是这样抑郁。我觉得我懂得她的心，她一定很寂寞。我寂寞时就是会流泪的。有时，没有人在旁边，放声哭一场，心里反倒好受了。我快走，让她想哭就哭一场吧！

七

春天又来到了玄武湖边。

天上常常飘着轻纱般的白蒙蒙的雨丝。每逢阴雨，远处的紫金山、北极阁、鸡鸣寺全被云和雨雾遮住了。细细的雨线，轻敲着花园里的花草和树木，花草和树木都苏醒了。春天也常常起风。风儿带着暖意，并不卷起灰尘。春雨一洒，春风一吹，杨柳绿了，玄武湖里的桃花、杏花都开了。湖上枯残了的莲荷又长出绿色宽大的圆形叶片来了！小鸟到处吱唰，湖上的游人也多起来了。

谁能想到。林雪妈妈会病倒了呢？

她生的是肺病，每天下午都发烧。躺在床上，更不下楼来了。吃饭分食，都是李嫂用一只木盘子装着她专用的菜碟碗筷往楼上送。李嫂一天要往楼上跑许多次。用她的话说："腿都要跑断了！"自从林雪妈妈病倒后，爸爸的脸变得格外严厉了！常常发火训人。家璧、李嫂、胡二和我都怕他。他走起路来，脚步声更重。不见他有笑容。他照例非常忙，外边交际应酬也多。常见有人发请客帖子给他。他早出晚归，中饭根本不回来吃，有时晚上也要很迟才回来。回来还要在客厅会客，还要站在我们家那只号码为96808的电话机旁打电话。他要接的电话也很多，电话铃一响，总是堂兄家璧接了电话又叫爸爸从楼上下来接的。家璧不再上楼，也不再听他读英文，晚上也总在家。似乎不去秦淮河和夫子庙了。他对林雪妈妈的病很关心，有时愁眉苦脸对我说："唉，病不轻啊！病不轻啊！她太忧郁了！……"有一个姓狄的戴金丝眼镜西装笔挺的西医，带了一只很大的牛皮长方药匣，派头很大地有时天天来出诊，有时隔两天来一次。来时总是坐着他那辆黑亮黑亮的专用洋车来，多半是晚上来，因为这时候爸爸有可能在家，晚上出诊收费也高。从爸爸和堂兄家璧的谈话里听来，狄医生的针药价钱虽贵，并不生效。林雪妈妈的病并未减轻。

又是一个礼拜六的晚上，吃晚饭时，爸爸、家璧和我正吃着饭，爸爸忽然长吁短叹，说："我时运不好啊！谁知她年纪轻轻身体会这么糟呢！"堂兄家璧宽慰地说："这病好起来也快。狄医生是名医，会治得好的！"爸爸叹气说："听天由命吧！这么好的条件，她还一百个不称心！病是自己作出来的！……"家璧和我都沉默着。爸爸突然问我："家玉，你功课最近怎么样？"我忙回答："有陈老师补习，算术跟上了!"爸爸叮嘱:"你妈妈肺病吐血是要传染的。你不准上楼去!听到了吗?小心你再传染上了,我更受不了!"我点头"唔"了一声。但,爸爸的话,像一根火柴点亮了我心上的烛光。我想:哎呀!林雪妈妈病了这么多天,我怎么竟不去看看她呢?我难道不该去看看她吗?我突然觉得心里抱歉,有一种对不起她的感情折磨着自己。

我怕爸爸,却从来不认为爸爸说的话我就都该照着办。他的话每每随着我的"怕"消逝。他当面时,我怕他那严肃的模样;他不在,我就不太在乎。自从他同林雪妈妈结婚后,他虽然忙,但我觉得主要是他根本常常把我忘掉了!刚同妈妈离婚时,他带过我睡,那时还抱过我亲过我,叫几声:"好儿子!"现在,我渐渐长大了,他也就不大管我了。我不过像是家里的一间房、一张桌子、一个橱或一张沙发差不多了。我在饭桌上正喝着桌上那鸡毛菜肉丸汤,心里七想八想,听到爸爸又叹气了,从皮夹里掏出一沓钞票来,说:"家璧:明天,你到中央商场,给她选最时新最考究的衣料买上十块,再给她找个裁缝来量尺寸。她要做衣服!"家璧似乎诧异地问:"做衣服?剪十块料子?"爸爸脸上有股不耐烦的神态:"唔,我劝她等病好了再做,她却非要现在就做。做就做吧!她说要做五十件呢,也不知她是开玩笑还是真的!真是折磨我啊!"我心里想:林雪妈妈这人做的事是有点奇怪!她这么年轻漂亮的大学生却要嫁给爸爸!爸爸仪表当然不错,人都说他长得有气派,但到底比她大那么多呀!她画画也怪!会画那么好看的荷花不画。画了也一股脑儿胡乱撕掉,专去画那一张一张难看的残荷败叶。现在,她害病了,躺在床上还要做这么多新衣穿。她这是干什么呀?……

后来,爸爸闭上嘴再也没有说话,吃完饭抽上一支香烟就脚步"托托"地上楼去了。堂兄家璧也回到他自己的房里关上了门不知忙什么去了。我看着李嫂收拾干净桌上的碗筷,跟着她到厨房里去。胡二和李嫂在厨房里吃晚饭,我就在一边无聊地听着他们聊天。

厨房里,灯光昏黄,饭锅里冒出热气,空气里浮溢着葱油香。"约克"正低着头在津津有味地"呼噜呼噜"吃地上一只钵里的饭食。这一晚，李嫂和胡二围坐在小桌旁聊得很无味。胡二讲的是爸爸中午在"安乐酒家"赴宴的事。那是一个姓孙的副部长给老太太做寿，摆了几十桌鱼翅席。每家的汽车司机都发两块钱小费，洋车夫打发一块钱。胡二有点得意又有点失意地将一枚雪亮的有孙中山半身像的新洋钱从口袋里掏出来，"嗯"的一吹，放在耳边听，说："我才二十三岁！学开汽车还不晚！赶明儿真要去学开汽车，不干这两条腿的畜生行当了！"又喝着汤大口扒饭说："也真有趣！我们这些下人，从小啥也没得吃的，现在吃的也是残菜剩饭。浑身像钢打铁铸！老爷太太们，不断牛奶鸡汤，结果呢？还生了病爬不起床！"我明白：胡二指的是谁，心里不愿意他这么挖苦林雪妈妈。只见李嫂也跟我一样心情，嗔了胡二一眼，说："看你胡说些什么呀！太太这个人不错！对我们从不苛求，连大声说一句的事都没有。你为什么说得那么难听？真缺德！"又看着我说："俗话说：'好吃莫过蜜糖，难当莫过晚娘！'你这个晚娘可真不错啊！今上午，我陪着她。她本来一直在看书，看呀看呀，忽然对我说：'李嫂，谢谢你侍候我。我的病怕是不会好了。我觉得我很可怜，但我也觉得家玉这孩子可怜。我写了封信给他亲生母亲。趁我未死之前？请她来南京看看孩子。我也好跟她谈谈心。可是家玉他爸爸不答应，又不知道地址。我拜托你，你找佺少爷问问他能不能打听到地址给我把这封信写上地址寄出去？'我说：'当然可以！'我晚饭前就把信交给佺少爷了。你说，这样的晚娘天下能有多少？"我一直在摸着"约克"的脑袋听着李嫂讲。这时鼻子发酸，眼睛发涩。我不想再听，飞步跑出厨房，"约克"紧跟着我。我把它赶走，它又过来贴着我的裤腿跟我亲热。我知道这封信发不出去，堂兄家璧不知道妈妈在哪里，但我感激林雪妈妈。黑暗中，我独自在花园里站在一排冬青树前，怅然地含着泪水呆呆站立。

外边，是一个美丽的蓝色的春夜。星光灿烂，天空高邃而深远。

闻着一棵盛开的木香花的悠悠清香？听着花园前边那个清水塘里的鱼儿腾跳溅水声，我头脑里很乱，心里也很乱。抬头看看二楼，二楼上爸爸书房的灯光灭着，林雪妈妈的卧室里灯亮着。我想：她一定正躺在床上看书，看呀，看呀……望着灿烂的星空？想着林雪妈妈看书，我忽然想起明天英文课上要默写两首英文小诗，有一首小诗就叫作《忽闪忽闪的小星星》。这两首诗，我已经会背了，但有的生字还要拼一拼才行。我站在那儿，看着天上的星星，听任"约克"在我的腿边窜来绕去，默默背诵，拼生字。

星星像在对我眨眼，眼神疲倦，我拼着生字，也感到疲倦了。我搂着着"约克"的脖子用脸亲了亲它，甩下"约克"独自回到屋里，也不洗脸洗脚，就懒懒钻进了被窝。在床上，我仍凝望着窗外黑黝黝天空里的灿灿星群。我真喜欢有那些晶亮晶亮的星星。如果没有这些会眨眼的顽皮的星星，我一定会更寂寞。我是望着绿幽幽的星星睡熟的。

半夜里，也不知是什么时候，我醒来了。有明亮的月光从窗玻璃上映进我的房间。我听到了一种奇怪的嗥叫声。是狗叫！会是"约克"吗？有点像，也不像，嗥叫得像是号哭。那么凄凉，那么悲苦，又那么叫人听了寒心、恐怖。我害怕极了！嗥叫声却不断。隔一会儿，嗥叫一声；隔一会儿，又嗥叫一声。我将被窝蒙住了头，仍听得清清楚楚。听那方向，倒像是从"约克"住的木头狗屋方向传来的。"约克"的木屋在大门旁，嗥叫声确实从那方向传来的。约莫有吃一顿饭的时间，忽然听到楼梯响了！那沉重的皮鞋脚步声，显然是爸爸下楼来了！有开电灯的声音，从我卧房的门上玻璃窗里，映进了金黄的灯光。一定是堂兄家璧房里的灯光亮了，走道和楼梯附近的电灯也亮了！听到爸爸和家璧在说话，听不清说些什么，只听到"约克……约克"的，猜得到一定是在说狗哭的事。家璧好像"砰"地开门出去了一次。"约克"的哭声暂时停止了。但当爸爸上了楼，堂兄家璧熄灯安睡以后，"约克"又号哭起来了！唉，这个"约克"呀！你捣什么蛋呀！你怎么变成这么一条会哭的狗了呢？我一夜用被蒙着头，老没睡好。

第二天一早，我起床走出房间，就见李嫂正在同家壁谈狗哭的事。李嫂在说："狗哭最不吉利了！是要死人的！"家壁皱着眉不作声。我走到花园里叫了一声。"约克！"这条爱尔兰种的棕色洋狗像支箭似的蹿跳着向我跑来。它依然像平日似的伸舌头舔我的手，我朝它背上"啪"的打了一巴掌，说："你为什么夜里哭？再哭我打死你！""约克"摇着尾巴挨了打仍很高兴。我又警告它："今夜，你不准再哭！听到没有？"它似乎懂得我说什么，摇摇尾巴。我扔块石头让它去衔，把它引走，我就回到屋里。我觉得"约克"是一定会听我的嘱咐的！它不会再哭。可万万没料到竟同可怜的"约克"从此永别了！

我进屋不久，听到陌生人的声音。看到一个穿长袍马褂留白胡子的老中医，说一口蓝青官话，坐着一辆崭新的洋车早早地就来了。堂兄家壁正跟李嫂在走道里轻声说话。我走上去，听他们说：昨天夜里，狗哭后，林雪妈妈的病情不好，大口吐了很多血。爸爸嫌狄医生治了这一段没见效果，打电话把这位熟人介绍的名医——周老大夫请来了。周老大夫在楼上大约耽搁了半个小时，走下楼来。爸爸送他，堂兄也送他，只听到他说："药快点煎给她服，先吃三剂再看。"他一走，爸爸就叫李嫂带着我让胡二拉洋车送我们到唱经楼一带赶快去配药。

胡二甩开两腿，跑得飞快，浑身是汗。从百子亭到高楼门，过了小铁路，经过宝泰街和丹凤街，到了热闹的唱经楼。跑进一家大中药店配药。药店里药香扑鼻，买药的人不少。李嫂将药方交到柜台上，抓药的人就来了。周老大夫开的药可不一般：有羚羊角，有犀牛角……看了药方，一个药店掌柜模样白白胖胖的中年人亲自来配药抓药。他拿出一支短短的雪白羚羊角来，先用戥子称了一称，然后放在一只砚台上用水磨，磨成牛奶白的水倒入一个小杯子里，又将羚羊角再称一遍；然后又称犀牛角，再用水磨。……一服药有好几十味，逐一包好了，一式配三服。一服药十二块多钱。配好药出来，上了胡二的洋车，李嫂摇着头告诉胡二："这一服药就是你一个月工钱！"胡二不信，咯咯笑着说："你把我当乡巴佬！没吃过猪肉也看过猪走路嘛！说是外国药这么贵我相信，说是草药这么贵你骗小孩去！"我插嘴说："李嫂说的是实话，一服药真的十二块多钱！"胡二听了，咂咂嘴说："我又想说不中听的话了！不过，我不说！"他确实什么也不说，只是埋头拉车，满头大汗，一直拉到家也没吭声。

到了家，堂兄家璧不在。我估计他是给林雪妈妈剪衣料找裁缝去了。我闲得无事，也不想做功课，就到厨房里看李嫂浸药、煮药。一会儿，屋里电话铃响。听见爸爸下楼接电话。接过电话，爸爸叫我："家玉！家玉！——"我走出厨房跑进屋里，在走道旁的电话机旁边见到爸爸。他说："我有急事出去一趟！等会叫李嫂上楼侍候你妈妈！楼下没人，你不要出去乱跑，在家蹲着！"我顶嘴说："我从来也没乱跑！"心里却想：你一走，我就上楼！心里确实想看看林雪妈妈，多少天不见她了呀！……爸爸见我顶嘴，因为忙，也没再理我。他自顾自地上楼不知拿了些什么，就匆匆坐胡二的洋车出去了！

正是吃樱桃的季节。我将李嫂清晨在门口小贩手里买的一盘通红的鲜樱桃端在手里，看准了机会，跨步走上楼去。想到林雪妈妈病着，我把脚步放得轻了又轻。上了楼，见她卧室的门开着，我就踮起脚向门那儿走去。

我端着樱桃盘子站在门口了，朝里望去！只觅她盖着蜜色的被子躺在白色的床上呆呆凝望着窗外。窗开着，为的是让新鲜空气进来。窗外，是一片晴朗的蓝天，邻家带哨的鸽群在阳光下飞翔，哨音"嗡嗡……"的十分好听。鸽子有灰的，有白的，有花的，还有赭红的。……她凝望得那么专心，以致我站在门口半晌她也没有察觉。她的脸侧睡着，看不清她的表情。我轻轻叫了一声："妈妈！"脸却红了！

她突然翻身回过脸来了。我心里一惊：啊！她那消瘦苍白的脸上满是斑斑泪痕。见是我，她从枕下掏手帕拭泪，话音里带着激动："是你啊！家玉！"我刚想迈步进房，她却立摆手说："不要进来！你就站在门口！"我只得止步了。她解释说："我的病传染，你离我远些好！"她的北平话口音还是那样甜美、清脆、悦耳，只是带点沙哑。仔细看看，她那本来苍白的脸上，颧骨间隐隐泛出红晕，像一层淡淡的胭脂。她瘦了，眼睛显得很大，眼圈发蓝。墨黑的头发披散在枕上，衬得她很衰弱。我心里有点难过，不知说什么好。我把手里那盘鲜红的樱桃亮了一亮，说："我想……送点樱桃给你吃，早上李嫂买的。"她看看樱桃，赞叹地说："真好看啊！你吃吧。我不想吃，你多吃一点，啊？"接着，又说："你想我吗？"我顿时想流泪了，我点点头。她问了些我的学习情况，说："春天到了，可是我却病倒了！我失信了！答应过给你画的画也不能画了！"我心里难过地说："你会好起来的！"她微微笑了一笑，说："本来，我说等到有荷花的时候，带你到玄武湖去，我们去划小船看荷花，都办不到了！"我吞着泪说："等你好了你带我去！"她摇摇头，想说什么，又没有说。我忽然觉得鼻子两侧像小虫爬，痒痒的，是泪水流下来了！我用手拭泪，她却安详地笑着说："家玉，你不是男孩子吗？男孩子，不该哭，我会好的！好了，我们去玄武湖，我们划船，我给你画一朵大荷花。"。

她说起话来很吃力，喘着气，干咳起来。我说："你要喝水吗？"她摇摇头，拿枕边一个有盖的小痰盂吐痰，突然对我说："再叫我一声吧！"我带着感情叫了一声："妈妈！"她闭上眼微微一笑，说："我喜欢听你叫我妈妈！……"她似乎累了，把手向我一挥，示意我走。我带着泪水轻轻地手里端着樱桃离开了她。

八

夏天来到了！玄武湖里衍生着水草、菱角、芡实的那碧清的水面上荷花盛开。绿叶红花，几乎把整片湖水都遮满了，香极了！美极了！

我和同学们一起去玩过好几次。我们钓鱼，也划过船了！船底擦着荷叶发出飕飕清脆悦耳的声音。坐在船上真开心。但是，林雪妈妈仍在病中，而且越病越重了。每当我在玄武湖里游玩的时候，我就不能不想起她。当小船荡着桨在荷花与荷叶丛中前进的时候，我更好像看到她画的那些荷花荷叶一张张都在眼前，又仿佛听到她那甜美清脆柔和好听的北平口音就在耳边："……我会好的！好了，我们去玄武湖，我们划船，我给你画一朵大荷花。……"但是，我仍旧被限制上楼。放学回来，爸爸总是在家，我不能上楼，很长时间见不到林雪妈妈。我听李嫂说：林雪妈妈已经同爸爸分开住了。爸爸住在书房里，林雪妈妈独自住在原来的卧室里。有时，夜晚我到花园里站在暗处向楼上望去，楼上林雪妈妈屋里的灯光总是亮着的。我常常呆呆地能仰望十分钟、二十分钟。我想，她当然不知我这样，但将来，如果有机会，我会告诉她的。也不知为什么，自从听到说妈妈又同一个姓刘的人结婚以后，这样一来，对妈妈的思念反倒不如我对林雪妈妈病情的牵挂浓烈了。感情，为什么会起变化？人，为什么会这样重感情呢？

狄医生常常来，周老大夫也常常来。但，林雪妈妈的病听说更重了。不但肺部恶化，心脏情况也不好。奇怪的谜仍未解开，她在病床上仍旧不断叫裁缝来做新衣服，而且选的料子很奇怪。起先做的衣服是色彩鲜艳的，后来做的衣服，像是老年人穿的，式样古老，现在做的又是朴素结实的。衣服做得很多，春夏秋冬四季俱备。裁缝给她量尺寸时，她又总是自己提出尺寸来让裁缝照着她的尺寸做，也不管合身不合身。爸爸说她"反常"，却仍由着她做。堂兄家璧认为这是她想享受享受。有这样的表现说明她的病是可以好的，因为她迫切想病好后可以将大批新衣穿上身。李嫂的看法不同，说："这是图个吉利！是好兆头！"我不懂谁说得对，我只觉得奇怪。

奇怪的事继续发生："约克"那天夜哭以后，第二天就失踪了！起先以为它出去乱逛，会回来。哪知，它真的不见了踪影。这条爱尔兰种棕色洋狗是到哪里去了呢？它是我亲爱的好朋友，是我心上的宝贝。它脖子上挂着一块铜牌，证明它是家犬。它是不会被卫生局的捉狗队在马路上当作野狗逮去屠宰掉的呀！难道有谁眼红将它偷去了吗？为了它的失踪，我哭过。可是堂兄家璧说："这条狗夜哭，是不吉利的，林雪听了病会恶化的，自己失踪了反而好。"李嫂也劝我说："恶狗夜哭，家破人亡！它自己跑掉了上上大吉！"三劝两劝，"约克"也不回来，我虽然舍不得也只好罢休。只是每天放学回来，就再没有"约克"亲热地摇着尾巴迎接我了。我那种寂寞的感情就常常变得更浓了。看着家里这种人病了狗跑了的局面，我心里总有一番难以形容的说不出的冷冷清清的感觉。

我当然想不到：林雪妈妈病情严重恶化时，爸爸竟同她发生了一场剧烈争吵。

那是一个炎热的夏夜，我跟堂兄家璧躺在花园里的凉床上乘凉。萤火虫满天飞舞，青蛙在池塘边咯咯叫，蚊蚋很多，嗡嗡叫着悄悄地叮人，用蒲扇扑打也没有用。楼上，爸爸睡的书房里的电灯亮着，林雪妈妈住的卧室的房里电灯也亮着。一会儿，爸爸书房的灯黑了，我猜，爸爸一定睡了。又过了一会儿，蚊子咬得更厉害。露水无声地在降落，夜深人静，家璧说："走吧，不早了，睡觉去！"我们刚进屋要睡，忽然听到楼上响起了嘈杂的声音。一会儿吵闹声更响，是爸爸大动肝火的声音。爸爸在摔东西了！"哐啷""乒！"……家璧和我都吓呆了！家璧一扔手里的蒲扇，说："吵架了?!"我也明白是吵架。晚饭前，我就有预感：我见到爸爸从楼上下来了一次，脸上像涂了霜。晚饭时，爸爸也没有下来吃饭，说是他不想吃。这是从未有过的呢！我就觉得要发生什么事。这样夜深了，什么事呢？摔东西的声音还在传来："乒！""哐！"……我顿时感到小时候半夜醒来被爸爸和妈妈打架吓得胆战心惊的情景又出现了。我见家璧跨步飞也似的向楼上跑，我也跟着向楼上跑。这时，只见李嫂也从三楼下来了。来到林雪妈妈的卧室前，只见满地是花瓶、台灯、茶杯的碎片和书籍，爸爸站在那里，手拿一些不知什么信件和纸片，气势汹汹。只见林雪妈妈仰脸躺在洁白的床上，态度倒很平静。她真是更瘦更苍白了！颧骨也变得高了！只是看到了她，仍使人感到她善良、纯洁、美丽。她望着爸爸，默不作声。见家璧和我以及李嫂都出现了，爸爸一肚子火似乎对着我们发泄了，高吼："滚！滚！——谁叫你们来的！滚！"李嫂吓得连忙下楼，我也战战兢兢连忙跟着家璧下楼。走在楼梯上，只听到林雪妈妈用平静无力的声音说："……我没有什么惭愧的！请回你的房吧！……有事明天谈好不好？……"

我提心吊胆地下楼，在堂兄家璧房里细细谛听，唯恐楼上再闹。总算没有再闹，楼上平息了，好像听到爸爸那沉重的皮鞋声回到书房里去了，不再有吵架摔东西的声音。我离开家璧回到自己房里开了电灯钻进被窝，刚才那一幕使我惊心动魄的情景，勾起了我从童年记事时开始的许多伤心的回忆。我拿起珍藏着的妈妈留给我的那张照片看了很久，胡思乱想起来，奇怪得很：大人们为什么总是会闹得这么不可开交呢？难道结婚以后就总是要这样的吗？……

第二天，是个黎明就有蝉叫的燥热天气。一早，爸爸就去报社办公了。我去上学，中午回来，进门到走廊里遇到李嫂，发现李嫂刚从楼上下来眼睛哭得红肿得像桃子一样。我问："李嫂，你怎么啦？"李嫂摇摇头不说话，又掏手帕拭着眼泪走了。我急忙跟着李嫂到了厨房，说："李嫂，你说呀！什么事？"李嫂脸上有汗有泪，擤着鼻涕说："今早上，她把我叫去，说：'我恐怕快不行了。死前，有件事拜托你，你一定要给我在今天办好。你能不能答应？'我说：'有什么事对我说就是！'她叫我将新做的衣服全部拿出来。我按她的指点将衣服分成三堆。她说：'我生病以来，做了这么多新衣，你们一定很奇怪是不是？'我点点头。她说：'我知道我的病好不了，做这些衣服，是了一点心愿。我有个母亲，是后母，从我很小到成人一直对我不好。我还有个妹妹，是后母生的。她们相依为命，住在北平，生活也很困难。你别看我像个太太，其实我遭遇很不幸。我死之前，想对母亲表示一点孝心，也对妹妹表示一点情意。我没有钱能给她们……"我插嘴问："爸爸不有钱吗？"李嫂摇头说："你爸爸呀？他对钱卡得可紧呢！再说，你这个林雪妈妈有点骨气，我知道，伸手的事她不愿干！"我不由自主哼了一声，只听李嫂又说："她说：'我没有钱能给她们，所以给她们做了点衣服。请你把这两堆衣服给我打成两个大包裹去邮局寄出。这第三堆，是我专门给你做的。你对我这么好，我很感动。其实呢，这点衣服是抵不上你对我的情谊的百分之一的。但我只能这么表表心意了。这一堆你务必收下，不要使我伤心！'我哭了，放声哭了！我说：'你要寄的两个大包裹我马上缝了就寄。你给我的这一堆，我不能要。你有这点心意，我就领情了。你的病会得好的。病好了，我们太家就高兴了，那比给我什么都好。'"李嫂说着，哗哗淌眼泪。我听不下去了，"哇"地哭出来，捂着脸跑了。

我知道爸爸不在家。他昨夜吵了架今天中午定不会回来。但他就是回来了，我也要上楼去看看林雪妈妈的。我踢踢啪啪地跑上了楼，像赛球冲球门似的进了她卧室站在她床前，叫一声："妈妈！"我的头脑里很乱：同情她也有后母，而且是一直对她很不好的后母；挂念她的病，怕她真会不幸，气恼爸爸对她不好……想得更多的是觉得她为人那么善良，那么可亲。

卧室的窗户全敞开着。鸽群仍在天上绕圈子飞翔。她躺在凉席上，盖一层薄薄的白单被。我想刚才她一定又是在呆呆凝望着窗外那群鸽子在飞翔的。听到我叫她，她翻身转回头来，见我哭得满面是泪站在床前，似乎惊讶，温和地说："家玉，好孩子，哭什么呀？你，快站到门口去！"我发现她两只本来那么明亮的眼睛变得黯淡无光了，我大声说："不，我不！我就在这里！"我一下扑在她床上，眼泪更止不住了，话却怎么也说不出来了。我能说什么呢？我扑在她床上叫她妈妈，不就说明了一切吗？我舍不得她被病魔折磨得这样厉害，怕她会被病魔夺去生命。我觉得她给我的印象，已经跟我自己的妈妈一样。我六岁时失去了原来的妈妈，怎么能再失去现在这个妈妈呢？……

她用手抚摸着我的头发。我抬起头来，忽然发现她也在潜潜流泪。她拭着汗和泪水说："家玉，不要为我难过。我是一个不足道的人！"又说，"人的一生不能走错路。你还小，要踏踏实实上进，将来做一个有用的人，不要像我这样。"我仍旧哭着，她忽然说："你可能不知道吧？我从小像你一样，也没有自己的妈妈。我知道这有多么可怜。"她突然摇摇头："还说这些干什么呢？其实，人间的惨痛，又何止是失了爹娘。"我抽泣着，似乎想把心里郁积的烦闷全哭出来。她又转过话头来说："有件事，我一直在考虑该不该告诉你，但我现在想，还是让你知道的好。"说着，她从枕头下面摸出一封信来，递给我说："我曾经有个愿望，在死之前请你妈妈来南京看看你，也让我好同她谈谈心。我想：我同她会谈得来的。我写了信，要请你堂兄打听你妈妈的下落，才知她已在前不久的一次车祸中在上海去世了。这封信就没有能发出去。这信，你就留着做个纪念吧！"听她一说，我头脑里"嗡"的一声，我怎么能想到妈妈已经在上海死了呢？啊，啊，亲爱的妈妈呀！……我放声大哭起来。林雪妈妈劝慰着我，她激动了，喘息起来，苍白瘦削的脸上露出潮红。我猜她一定是在发热，不敢再大哭，含泪凝望着她那两只善良的眼睛。这时，听到楼梯响，有人上楼来了，一听那沉重的皮鞋声，我就仿佛看到了爸爸那严肃的冷冰冰的面孔。我停止哭泣，昂起脸来，虽然泪水还在脸上。我接过了信，刚说："爸爸来了！我走了！"没想到，爸爸已经进房了，他脸上气色难看，忽然，从我手上将信一把就抢去了，一看信封，火冒三丈地铁青着脸对着我吼："走！下楼去！不准再上来！"

这就是我最后一次同林雪妈妈见面。

两天以后，中午时分，我回到家里，见李嫂独自在厨房里哭泣。

一见我面，她就指手画脚地哭嚷着说："她去了！她去了！……"我含着夺眶而出的眼泪问："什么时候？"李嫂用围裙角擦着手说："九点多钟！"我说："还在楼上？"李嫂摇头："不！"

也不知是一种什么心理支配，我将书包"啪"地扔在厨房里，出了厨房拔腿进屋就往二楼跑。我是再也看不见林雪妈妈了！但我要看一看她的卧室！最后看一看她的卧室。

我踏上二楼，刚要去她的卧室，鼻子里闻见一股浓重的烟火味，味儿是从书房里传来的。书房的门敞开着。房里烟雾腾腾，呛人的烟味儿随着白色的浓烟飘荡着。我定眼朝书房里一看，烟雾中，爸爸坐在转椅上，面前放一个脸盆，脸盆里蹿烧着熊熊的火焰，爸爸正在将一些本子、信件撕碎扔进去。爸爸也正在将一些林雪妈妈画着残荷败叶的画撕了扔进火堆里去。火变得死萎萎的了，青烟里冒着蓝幽幽的火苗。我叫了一声："爸爸！"他抬眼看看我，严肃冷漠的脸上似乎十分疲劳，也没有搭理我，依然默默无声地将画一张张撕成碎片扔进火里，又扔进火里。我看呆了！移步向前，忽见爸爸又将一些照片"哗哗"地撕碎了扔进火里。火光中，我看清了，那都是林雪妈妈的照片呀！有一张就是往日挂在墙上的林雪妈妈的大照片。照片上的她，含着美丽的微笑。……但，火舌舔着照片，刹那间，照片变成了黑色泛银的粉末。我忍不住了，心里又酸又苦，"哎哟"一声，流泪说："怎么把林雪妈妈的照片烧了？"爸爸也不回答，铁青着脸对我说："滚！"——他又将一些撕碎了的照片扔进火中。火忽然轰的一声熊熊燃了，呼呼地响，冒着白烟。我伤心地离开了书房，呆呆地站在林雪妈妈病逝的卧室门口看了最后一眼。卧室里窗户仍旧开着，风卷着白色的纱帘，人去室空，我的心里也空荡荡的。

三天后的一个下午，我没有去学校上课，请了假。因为要去"上坟"。

林雪妈妈已被葬在中华门外一块山林间的坟地里。听说，她咽气前说过，她不要葬回北方故乡，因为日本人已经占领了冀察。……

爸爸带了我和家壁、李嫂一起雇了一辆马车到墓地上去。马车不快不慢地走着。那是个阴天，钉了铁掌的马蹄碰击石子路发出清脆的"得得"声，单调、空虚。一路上，谁都不说话。出了中华门，走入空旷的乡间小路，最后，在一些七歪八斜的松树、槐树旁，我看到了林雪妈妈的新坟。这时，我见堂兄家壁突然摸出香烟擦火柴吸起烟来。

好心肠的李嫂，一见坟堆，就呜呜咽咽地哭起来了，哭得我心里发酸。爸爸没有哭，走到坟前，倒似乎很轻松地看着四周的景色，说："这块地方很幽静。"

但，我哭了。我觉得她在那儿一定很寂寞！一定比我更寂寞！……

尾　声

童年的风风雨雨，流水般地过去了！

若干年后，那是在抗日战争快要胜利的前夕。大后方种种黑暗腐败的社会众生相使人愤怒压抑，胜利快要从天而降的讯息却又使人暂时产生一种兴奋和喜悦。我在四川重庆沙坪坝上大学。那时爸爸和我的第二个继母都已先后病故，堂兄家壁和我也多年一直未曾见面，他在云南昆明一家报馆里当记者。夏季里，一个炎热的上午，他到了重庆，承他挂念着我，特地到我所在的大学里看望我，并且邀我进城玩。我们坐公共汽车到了重庆。他请我在"大什字"一家馆子里吃午饭。我从思想感情上本来不喜欢他，我也说不明白是什么原因。只是多年不见，人事沧桑变化很大，喝了两杯泸州大曲，兴奋得话说不完。我们汗流浃背地谈起来，两人都不胜感慨。自然而然地我们都回忆起抗战前在南京城北时的那段生活来了。记忆无法埋葬。这也就谈到了林雪妈妈。

堂兄家璧当然不会知道我曾经和李嫂在楼梯上偷听的那段插曲。但当我人长大了，对人生逐渐有了解悟的时候，我是更会从感觉上体味人和人之间的许多微妙的感情了。这种种微妙的感情也许是只可意会而不可言传的。我在堂兄家璧的言谈之间，就察觉到他对林雪妈妈仍旧怀着一种赞叹、惋惜、不可言喻的感情，也就在他谈起这些话泄露出这些特殊的感情时，我觉得本来在我印象中他那带些庸俗的气味似乎并不准确。人同人之间的了解，是多么不容易啊！

我说："那时候，我还小，许多事都不懂，也弄不明白。林雪妈妈是个什么样的人？她怎么会嫁给爸爸的？"

堂兄家璧满脸油亮亮的汗水，喝干了杯中的酒，又满满斟上一杯，点起了香烟，说："她已经去世这么多年了，愿她安息，我们不该再去惊扰她！她的事我就不直接谈了。我讲一个我所知道的简单故事给你听吧，这是一个悲剧！"

我默默地望着他那感情丰富而已皱纹布满额头的脸，仔细谛听。

家璧讲着他的故事："有一个年轻貌美的女大学生，父亲本来是一个绘画教书的，算是书香门第吧！母亲死得早，来了后母。后母一直不喜欢她，虐待她。幸好父亲对她不错。她好不容易挣扎着上了大学。在大学时，因为家里没有温暖，父亲也病故了，她结识了一个出身名门望族的大少爷。这青年人对她十分殷勤，使她产生了感情。临毕业时，两人山盟海誓。男的要去美国镀金，说定出国三年后回来结婚。出国前夕，关系加深。男的实际是个纨绔子弟，一到美国就变了心。被抛弃的这个女大学生已经上当，以后，生下了一个女孩。"

我"啊"了一声，打翻了面前的酒杯，酒洒了一桌。我说："怪不得她喜欢女孩子啊！"但堂兄家璧摇摇手用手帕拭着汗说："听我讲！——"

"女孩生下后，不久抽风死了。这位女大学生，万念俱灰，把人生看得如同浮云。在一个偶然的机缘里，人家介绍了一个比她大将近二十岁的男人，有地位，有学问，也有钱。她决定结婚，也许她认为这可以向那个负心的男同学作为一种报复和炫耀，也许她认为可以有点物质上的享受和精神上的安慰，总之，她认为可能给她带来幸福！事实呢？互相并不了解，性格、思想、心理等等都不相同，甚至对时局中的某一点有不同的看法也能引起不和。她并不是一个只有物质享受就能满足的女子。当然是一场不幸的婚姻！男的仅仅想让她做玩物，不让她出外工作，宁可要她像花瓶里的一束花被供奉着。她呢？没有工作和事业可以寄托，有一定的倔强个性，却又太软弱，也没有真正想干点什么的愿望，何况心底里还埋着对初恋者的那种既恨又爱的感情，怀着沉痛的心灵创伤。这当然成了怨偶！她说过：'人总是想找幸福的！但找错了地方，能得到的只有痛苦！'艰难崎岖的人生道路，需要有一双强劲的腿来跋涉。她却不行！她的心早就死了！终于，郁郁成病，最后一抔黄土！"

我唏嘘起来，端起家璧给我斟满的酒杯放在嘴边，觉得需要刺激。

堂兄家璧又喝了个满杯，拭拭嘴说："她死之前，想撕碎焚烧自己保存的一些信件和日记，信件和日记当然同她的初恋有关。男的发现了盘问底细，造成轩然大波。那男的——我可不是说你的爸爸啊！也忒封建！何必再伤一个不幸的女人的心呢？她的不幸能怨她吗？让她承担什么指责是不公平的。人的烦恼都是自找的多！那男的也就是这样！人家不幸遇到过的创伤事，你不应当去揭开！人家已经有了认识的伤心事，你不应当去捣弄！爱情，是应当可以原谅、饶恕、弥补一切不和的！倘若这种爱情是真诚的，它不需要用仇恨来代替人世间美好的爱。我反对那种不是爱人就是仇人的功利哲学！"

我忽然觉得家璧还是很有见地的。他的这些话未必都对，但却并不庸俗。我喝干了杯中的酒，仍沉浸在对刚才那段故事的思索中，也沉浸在对往事的回忆中，仿佛看到林雪妈妈那年轻美丽的面容，又听到了她那异常甜美好听的声音。我有一种哀其不幸、怒其不争的感情糅合在思念中，童年时常有的那种寂寞感又喷泉般地涌上心来。

我终于忍不住又问了："家璧，当年爸爸和妈妈离婚是怎么一回事呢？"

家璧眼神里微有醉态了，但他是清醒的，并没有醉。我这一问，忽然发现他心情沉重。他皱起眉来，长吁一声，说："怎么说呢？谁也弄不明白啊！那时候，我年轻冒失，从血缘上是跟着你爸爸亲的，当然跟着说你妈妈不好。事实呢？他们之间没有爱情，思想也不一致。他们的结婚本身就是错误。你妈妈教书的那个小学里，有一些人，你爸爸反对她同那些人来往。……"

我捉摸着家璧的话，心里难过，说："那时，他们都对我说：你小，你不懂，长大就懂了！可我现在长大了，还是似懂非懂！"

家璧带着哲学意味地说："你这不懂实际也就是懂了！不是早有人说过了吗？'不幸的家庭各有各的不幸！'不必去追究他们的事了，只希望你自己将来在婚姻问题上能慎重些，有道德一些，也不要把结婚当成人生的目的。有你童年时的痛苦，我想，你是会想到一个人在社会上应负的道德和责任的。"

我说："你的话很值得我回味！"

堂兄家璧忽然说："你小时的处境，我是同情的。幸好你并没有被逆境斫丧？你现在成了大学生，而且我听说你是思想进步的大学生，我很高兴！"

我说："社会现实教育了我，但我也得感谢所有在我成长过程中帮助过我的人，其中包括林雪妈妈。她给过我温暖，也给过我一些好的影响，甚至也帮助我开始认识人生。比如要守信用，这一点我一辈子都会恪守的。"

家璧举起杯来，说："为纪念她，让我们喝一口！"

我喝了一口辛辣的酒，回忆着小时那种心灵痛苦的生活，不禁说："大人不慎重，孩子太可怜了！"

家璧点头，忽然眉头皱得更紧了，嗫嚅着说："多少年来，我心里有些事老想告诉你，但……"

我望着他那带点痛苦和酒意的脸，心里奇怪，说："什么事呀？"

家璧有点结舌，吞吞吐吐地说："……那时我年轻，同情你的可怜，对你却又很少照顾。再说，今天我应当告诉你些秘密。那只狗'约克'，是我把它牵走，坐小火车把它带到板桥镇丢弃的。我是怕它夜哭刺激了你的林雪妈妈……"他的话里有很深的歉意，看得出他的激动。

我被他的坦率感动了，摇头真诚地说："别这样说，你没有外加给过我什么痛苦，相反，你倒确是照顾过我。我们久不见面了。这次见到你，我感到对你的了解比从前加深了！而且，我喜欢你了！我觉得你是有思想的。"

他似乎很感激，但又像受了什么触动，用手拍拍我的手说："谢谢你，谢谢你，人嘛，总是要变的。这是个大时代！大时代！你知道，我是新闻记者，不能无动于衷，我在思考这社会上的许许多多问题。在昆明，大学里热气腾腾，我不能不有所感染。……"

我忽然发现家璧在流泪，而且哽咽起来了。我吃惊地说："你怎么了？"

家璧不再吞吞吐吐了，说："不能再不说了！虽然我确实难于出口，我放在心里多年的事是关于你妈妈的。"

我微喟地说："妈妈？……"是呀，这么多年来我还是常常会想念那早已在上海被汽车撞死的妈妈。家璧要说的是什么事呢？……他这么神秘？……

家璧内疚地在继续流泪，用一种忏悔的声调看着我说："我对不起你啊！你妈妈，她也许并没有死。说她又结了婚，说她因为车祸死了，那是你爸爸让我说的。实际呢？我却听到过传闻，说她在抗战爆发那年，到过武汉。"他压低了声音，"你妈妈跟林雪的性格完全不一样。她不软弱！她不怕人说她是'离了婚的女人'！她喜欢主宰自己的命运，她有一双能走崎岖人生道路的强劲的腿！"

我大吃一惊：我怎么会想到这些意外的事呢？我说不出话来，只是呷着杯中辛辣的白酒，心里像卷起了风暴。童年时妈妈讲给我听过的那个小树和大树的寓言故事顿时又萦绕在我耳畔。突然，我觉得我对妈妈和爸爸的事明白得多了。如果妈妈真的像家璧所说的那样，我相信总有一天我会同她见面的。饭店墙上贴着"莫谈国事"的红纸招贴，我默默地举起酒杯，对家璧说："不要说对不起我，就凭你刚才告诉了我这些，我就感谢你！来，让我们为她祝福！干！"

后来，我俩吃饱喝足，走到人流和车辆滚滚的街上，在烈日下分手。时光虽已造成记忆上的一些空白，刺心的创痛造成的印象是磨灭不了的。我回到学校，心头一直像放映影片似的展现出童年时一幕又一幕的情景。那是我自己的亲生妈妈慈爱流泪的面容，那是我的好后母林雪妈妈苍白美丽的身影，那是爸爸严肃冷漠的表情和锐利暴躁的眼睛。那是孤儿般的我那种寂寞欲哭的心情，那是一幅幅枯荷败叶灰暗的水墨小品。……那夜，我乱梦颠倒，仅仅没有像小时候那样"发魇"。第二天，同房间住的同学告诉我："昨夜你怎么了？老是说梦话哼哼唧唧的。"

第二年暑假，学校复员。当时，南京、上海一带，学潮如火。我回到南京后抽空到"张府园"和玄武门畔寻找故居。当然，经过战火铁蹄，两处都已面目全非。我在一个晴朗的清晨，带了一束鲜花，骑了一辆自行车，到中华门外寻找林雪妈妈的坟墓。但，童年的记忆早已湮没。经历过日本侵略者著名的南京大屠杀以后，中华门外一片凄凉。我在荒冢乱岗之间骑车奔波，到一切与我记忆中有点相似的地方寻觅。绿草萋迷，野鸟吱啾，树丛处处，但何处能寻觅到我要找的那座孤坟呢？……

后来，在雨花台边，我从一片开阔地穿过荆棘丛走下去。忽然，眼前一亮，看到一片绿莹莹、碧清碧清的池水。水中是茂盛开放着的带露的荷花与莲叶。金灿灿的阳光刚刚透过东边的树丛穿射过来，将一池粉红、洁白的荷花照得光辉照眼，红的像霞，白的像云，通明透亮，一尘不染，好美丽啊！我仿佛又有那第一次上楼见到林雪妈妈画的彩荷时的印象了！啊，往事袅袅！我走近池边，伫立在那里，深深地一口又一口呼吸着花香流溢的新鲜空气，久久、久久地不愿离开。

回来的路上，我将那一束鲜花留在碧清碧清的池水边。……

（原载《收获》）

逝去的怅惘

傍晚，淅沥沥，沙沙沙，下着绵绵秋雨。

一个黑头发、大眼睛、体格匀称的孩子打着伞站在校门口。他是六年级的小学生翟永玉。从放学后，他就在那儿伫立着向对面张望，已经有很长一段时间。雨水溅湿了裤腿，他的两脚早就站酸了。

他用两只微带忧郁充满着盼望神采的大眼睛，隔着马路和河沟凝望着对面。对面，监狱黑围墙旁，有些兵士押着一连串囚犯在雨中走过。先是男犯，后是女犯，犯人们脚上拴着铁链，肩上挑着箩筐、水桶，扛着锄头、铁锹，走起路来，铁链甩地"哐啷哐啷"作响……

但是，真失望呀！犯人中没有他想看到的那个人。

雨，无尽无休地淅沥沥、沙沙沙地在下……

一

翟永玉上的小学在南京老石桥，小学对面是著名的"老石桥监狱"。走出学校校门，是条宽阔的柏油马路，马路对面不远处四四方方的黑色高围墙里就是监狱，监狱四周，有一丈多宽的一条河沟，河沟里是碧绿发蓝夏天会咕噜噜冒泡的臭水，有一人多深，可以防止犯人逃跑。监狱黑色的高围墙上架着电网，墙角有高耸的岗楼，里边有荷枪监视犯人的哨兵，戴着德国式的绿钢盔。翟永玉刚来上小学三年级时，还弄不清监狱是什么东西，后来渐渐有点懂了，对监狱就产生了一种神秘感。听人说过："老石桥监狱是'模范监狱'，里边关了不少共产党，犯人在里面边劳动边学手艺，还有人给他们上《三民主义》课……"共产党是什么？翟永玉弄不清，只常听说中华门外雨花台这些年不断枪毙共产党。后来，翟永玉朦朦胧胧有点懂了：共产党是一些反对政府的人，给逮着不是杀就是关进监狱。这些事同他这样一个小学生本来关系似乎不大，只是自从杨苓老师被宪兵抓去以后，翟永玉的心上像"嘭"地丢进了一块大石头，浪花飞溅，引起了一圈又一圈的涟漪，再也不能平静了。

从那天起，杨苓老师就失踪了，她那常穿阴丹士林蓝布旗袍的瘦削身影在学校里不见了。上常识课时，听不到她那北方口音的爽朗语言；课余，看不见她和蔼可亲的面容和那双生动含笑的眼睛了。哪里去了呢？是不是也在雨花台被枪毙了呢？呵，共产党难道就是像她这样的人吗？翟永玉纳闷了，他模模糊糊地感到一种恐怖和忧伤，仿佛是做了一场说不清楚的梦。好几次，吃晚饭时，他鼓起勇气问爸爸。爸爸是大学教授，教历史的（什么是历史？翟永玉也弄不清），爸爸听了总是皱皱眉，叹口气，说："这些事小孩子少管……你不懂！"唉，小学生为什么总被大人瞧不起呢？翟永玉早梦想着做中学生了！管它初中、高中，只要是中学生，总比小学生神气吧？做了中学生，爸爸总不能再说什么"少管"、"你不懂"了吧？可惜，离中学还有一截路呢！少管就少管，不懂就不懂！但要翟永玉忘掉杨老师却办不到。他常常念起杨老师。他有两个最好的朋友——翘着头发，绰号叫"怒发冲冠"的陈河金和鼻子上满是雀斑，绰号叫"胡椒鼻"的燕如思。三个人总要谈起杨老师。

有一次，三个好朋友在校园草地上翻筋斗玩，翻累了！坐在草地上歇息，翟永玉思念地说："唉，她现在不知怎么样了？"他是个重感情的孩子。

陈河金是个驴踢马跳的调皮捣蛋虫。有一双聪明伶俐的眼睛和一条沙哑的嗓子，这一向常看影片《火烧红莲寺》，他说一口道地的南京话："我要是有《火烧红莲寺》里金罗汉的本领，就派两只老鹰把她救出来。"

"胡椒鼻"燕如思爱说大话，办事却胆小，眨着眼皮儿说："人说共产党厉害得很。准会有人搭救她越狱逃跑！"他是个富于幻想的孩子。

燕如思一说，翟永玉就能充分展开想象，眼前好像演电影，看到在一个下着滂沱大雨的黑夜，从监狱布满电网的黑色墙头上出现了杨苓老师紧张苍白的面容，她正翻出墙来，下边有搭救她的人插着枪备着一匹马接应……

不久后的一天，三个好朋友放学一起走出校门时，"怒发冲冠"的陈河金忽然神秘地告诉翟永玉和燕如思："你们知道吗？杨苓老师就关在对面模范监狱里！"

"真的？"翟永玉惊讶得像条鱼似的张大了嘴，几乎要"啊"地叫起来。

"吹牛！"燕如思耸耸胡椒鼻，不信。

"谁骗你们是小狗！"陈河金着急地赌咒，"我爸爸听他朋友说的！"陈河金的爸爸是"来复会堂"的牧师，那些教友里三教九流什么人都有。

翟永玉瞪大了眼问："她好吗？"

"那谁知道！"陈河金用嘴指指对面黑色的"模范监狱"说，"反正她就关在这高高的黑墙里边。"

"是吗？"翟永玉沉吟着，也不知为什么，心头泛起一阵酸楚，睫毛也湿润了。

"胡椒鼻"燕如思出主意说："犯人时常出来挑水种菜，我们可以留神看看，要是能看到杨老师，多好！"

陈河金摇头，说："难呐，女犯人出来种菜的不多，出来挑水浇菜的大都是男犯人。"

是啊，翟永玉也常见到，就在黑墙脚下，靠近河沟有些空地，全是监狱里犯人种的菜地，犯人总是由戴着青天白日徽军帽的士兵押着，脚拴铁链，穿着一色的灰布衣，戴着圆的灰帽出来挑水浇菜或锄地，多数是男犯，女犯很少，铁链声拖地总是"哐啷哐啷"地震得人心颤……

从那以后，翟永玉每天下午放学走进校门时，只要看到校门对面黑墙围绕着的监狱，就要想到杨苓老师，也总要焦灼不安地凝神望着监狱周围，在淡淡的怅惘中，用眼睛到处寻找，希望能看到一长串一长串被押解出来劳动或劳动完毕押解回去的犯人，希望能忽然看到犯人中出现杨苓老师。

假使看到已经做了犯人的杨老师怎么办吗？翟永玉是个重感情的孩子，早打定主意了。看到了杨老师，马上冲上去，热情地说："老师，我们想你，大家都想你！陈河金和燕如思也都想你……"他心神不定地想：见到杨老师，我一定会哭的！也说不出自己为什么想到杨老师就会心酸，是因为杨老师那样好的人现在竟在监牢里做犯人了吗？当然是这样！真想能帮助杨老师呀！怎么帮助呢？他感到毫无办法，所以要哭。一个人想帮助自己所爱的人却无法帮助，怎么能不悲哀呢！他怀着这种热烈的企求、盼望、渴思和伤感的心情，经常在校门口默然伫立，凝神张望。有时是一个人，有时和燕如思或者陈河金，睁大天真纯洁的眼睛，像等待奇迹发生似的守候着自己连做梦也常梦见的人。

时光像水一般流逝，总是失望连着失望。他想要看见的那张面孔始终没有出现，他心头总有一种永别的凄凉，无法驱散。

哦，令人难忘的黑色监狱！令人难忘的那个白色的梦……

二

翟永玉喜欢五月，也不喜欢五月。

五月带来了一片绮丽夺目的光彩，暖融融的天空上飘着朵朵白色的浮云。浅绿、金黄、朱红、淡紫……各色的花都盛开了。阳光灿烂温和，天空明朗开阔。大自然生气勃勃，有鸟儿飞翔啼鸣，有蝴蝶翻飞。五月里，玄武湖上柳丝泛绿，划上小船，把两脚插在凉津津的水里，沐着春风，在嫩油油的荷叶丛里穿行，快活极了。五月里，红艳艳的樱桃已经上市，家里门前的石榴树也怒放出猩红的花朵。鸡鸣寺和北极阁上树木成荫。白杨树上有鸟窝，会爬树就能掏到鸟蛋和灰白羽毛的山雀和花喜鹊。五月，是春天最美的月份。但是，为什么五月里有那么多令人沉重不快的"国耻日"呢！

每年五月，"国耻日"真多啊！中国人为什么这么不争气呢？五月三日！是"国耻日"，五月四日是"国耻日"，五月七日和五月九日都是"国耻日"，到月底五月三十日又是"国耻日"。前两年，翟永玉还在小学三四年级时，每到"国耻日"，学校里一早就集合学生在操场上降半旗。降半旗后，校长彭大胡子总是穿着长袍站在操场上向学生们演讲，他前额很低，胡子很黑，面孔黄胖，眼神既庄严又忧郁。五月三日就讲"济南惨案"蔡公时被日本帝国主义者杀害的经过；五月四日就讲民国八年北京学生为外争国权、内惩国贼如何游行示威遭到镇压的旧事，五月七日和五月九日就讲日本帝国主义者怎么提出侵华的二十一条，到五月三十日就讲十一年前上海的"五卅"惨案。彭大胡子讲话声音像打雷，响得很，一个字一个字说得很清楚。讲着讲着，彭大胡子就会放声大哭，哭得十分伤心。学生们每逢这种时候，总是对他崇敬得五体投地，他一哭，操场上立正站着的学生们也都跟着哭，翟永玉也不例外。中国为什么这么弱呢？日本这样欺侮中国，为什么不能同它打一打？爸爸许多朋友来谈话，都说应当抗日，政府却老是学乌龟缩着脖子，是怎么回事？真叫人憋气！连翟永玉这样十三岁的小学生，也感到一种难以忍耐的窒息了。但是，从五年级开始，到了五月的"国耻日"，彭大胖子不那么慷慨激昂地演讲了。据说，不让讲。为什么？弄不清。总之，到了五月，在"国耻日"，只看到默默下半旗了！只有在音乐课上，教唱歌的吴老太婆仍教一些抗日歌曲。唱着抗日歌曲时，翟永玉才感到舒心适意："拿起你的枪快快儿上前方，和这恶虎狼拼命地战一场！我们受亏已不少，今天和它算总账……"

人都说同日本要打仗。日本占了东三省，又老在华北闹事。日本说它是中国的保护者，中国是它的独占殖民地。翟永玉在家里，有时也坐在楼下客厅的沙发上翻开爸爸订的上海《新闻报》和南京的《中央日报》看，不能全懂，但能明白个大概的意思。翟永玉喜欢看到有东北义勇军抗日的新闻，但是这种消息很少。他年岁小，又同陈河金、燕如思很要好，课余常去踢小皮球、打玻璃弹子、骑自行车，或者到玄武湖划小船，去北极阁爬山，到台城上观景。他觉得国家大事做小学生的反正也管不着，有时也就丢在脑后不想了。

只是，杨苓老师常让学生去想这些事。

她情感鲜明，教常识时，有时讲历史故事，讲岳飞、史可法、文天祥……她讲这些，学生都懂，这是让大家懂得抗日的道理。到了五月，讲"国耻日"的事时，她和校长彭大胖子不同，她不哭！她说："同学们，哭有什么用？用不着哭，要记住仇恨，将来雪耻！"她的话，每句都喷吐着灼热的气息。她是级任老师，去年五月，在学校一年一度组织同乐会时，翟永玉演过杨老师编的一个小歌舞剧，题目叫作"狮哥哥，醒来吧！"。演过以后，他就得了一个"狮哥哥"的绰号。

杨老师编的这个短剧情节很简单，美妙的风琴声，配合着美妙的小小的银铃声，丝丝缕缕地飘出，在空气中轻轻地流荡……那是一幅幅现在回忆起来仍令人激动鼓舞的美好画面……清晨，太阳还未射进那露珠晶莹、绿荫浓郁的大森林，森林里狮哥哥睡着了，豺狼虎豹和狐狸出来为非作歹，合计着要杀死狮哥哥，一位美丽的正义仙子飞来，载歌载舞唤醒了睡狮，狮哥哥醒来，消灭了豺狼，与仙子一同歌舞，森林恢复了宁静美好……

翟永玉平时喜欢运动，健壮活跃，有一双漂亮的大眼睛，杨老师要他扮演"狮哥哥"，又选了班上平时歌舞最出色的欧阳华婷来演"正义仙子"。演出的那晚，台前汽灯璀璨，翟永玉上身斜披着"狮皮"，露出健美的身体。杨老师给他化妆时让他穿上鲜艳的红布短裤，腰间佩上熠熠发亮的匕首，标致极了！他沉睡时，"正义仙子"来临。欧阳华婷是班上最灵巧活泼的女同学了，有一双美丽的眸子，穿一身飘拂的红衣，配着敷了粉的白净肌肤，特别耀眼刺目。她拔着漆黑的瀑布般的长发，赤着脚，裸露的手腕和脚踝上系着小小的银铃。她绕着睡狮翩翩起舞，歌声婉转，小银铃发出细碎的叮叮声，她像风车似的旋舞，姿态动人。太阳的金光射进了大森林，狮哥哥醒来了，拔出雪亮的匕首，迈着战斗的步伐，舞蹈起来。那真是童年时代美好的瞬间，舞蹈将人带进一个神话世界……节目结束时，台下的老师和同学急风暴雨似的用力鼓掌，既是因为节目的美，更是因为剧情的含意使人激动。睡狮隐喻的正是中国呀！那些豺狼虎豹当然指的就是帝国主义了！但是评奖时，这个最受热烈欢迎的剧目却没有得奖。听说杨苓老师受到了训育主任靳克明的攻击。那个生着一双阴冷的眼睛的靳克明指责：为什么要用红衣红裤？用那么多红色干什么？红色有什么错呢？翟永玉想不通。

这事也就那么过去了。到了秋天，学校照例在开秋季运动会时要演出一些节目。杨苓老师根据报上登的朝鲜志士安重根刺死日本关东军总司令本庄繁的故事，编了一个小剧。杨老师让陈河金演安重根，让翟永玉演本庄繁。翟永玉火了："为什么要我做日本鬼子呢？我不干！我是中国人！"杨老师知心会意地笑着说："翟永玉，你恨敌人，很对！

但你想过没有？我们为什么要演这出戏呢？""为了……让人知道日本鬼子坏！让人知道安重根的勇敢！""对了，假使大家都不肯演本庄繁，这出戏能演得成吗？"翟永玉摇摇头。杨老师用手掠一掠她那秀美的黑发，她那双生动含笑的眼睛闪闪发亮："所以，你要把本庄繁演好，把日本帝国主义的残暴凶恶演出来。"杨老师的话像电流暖透了翟永玉的心房，他豁然开朗了，笑着点头说："杨老师，我演！"……

演出那天，翟永玉十分认真，当演到安重根掷手榴弹，本庄繁应声仰面倒下去时，翟永玉太卖力了，直挺挺跌下去，为了逼真，跌得太重了，头部"砰"地砸在木板搭的戏台上，一下子昏厥过去了。人们还以为他演得逼真，当他被抬到后台时，掌声还在"啪啪啪"响着，其实他是脑震荡。杨苓老师亲自护送他到医院，像妈妈一样守候了一夜。他在医院躺了两天，又回家休息了一个星期。翟永玉的后母娘家是上海的绸缎商。后母常常回上海娘家去住，这时又走了。由女佣人李嫂照顾他。李嫂总管家务，洗衣、烧饭、打扫房间，忙得很。平时，翟永玉只能独自躺在自己房里的小铁床上，有时看看故事书，有时呆呆看着玻璃窗外那棵白杨树上的叶子被秋风吹打，旋转着，一片，两片，三片地往下掉……

他再也想不到，躺在家里养伤的时候，学校里出了事。一个阴暗的黄昏，墙上的自鸣钟滴答走动，"当——当……"敲了六下，刚亮灯的时候，"怒发冲冠"陈河金和"胡椒鼻"燕如思呼哧呼哧喘着粗气跑来了。

陈河金头发翘翘的，额上冒着汗急吼吼地说："'狮哥哥'，杨老师给宪兵抓去了！"

燕如思说："听说她是女共产党！"

翟永玉撑起身子靠枕头坐着，听到这意外消息，感到一阵窒息，睁得有杏儿大的眼里溢满泪水说："怎么一回事呢？快详细说说呀！"

"胡椒鼻"眨着眼皮儿说："我们没见到，都是听说的。要是谁当我的面抓走杨老师，我准跟他拼命！"

"怒发冲冠"陈河金摇头叹气："下午，在上课，听说来了宪兵，坐的小汽车，训育主任靳克明把杨老师找到办公室去，宪兵就将她带出校门上汽车走了。"

翟永玉神魂不定，说不出话来，只是皱眉想：难道共产党就是杨老师这样的人？难道她会被抓到雨花台枪毙？……谁知道呢？谁能说呢？

两个好朋友走后，翟永玉躺在床上，凝望着黑黝黝的窗外，心里烦躁寂寞，一个人独自想了很久很久。那晚，爸爸从大学里回来得很迟，开晚饭时翟永玉起床吃饭，爸爸发现他眼眶红着，问："什么事哭？"

翟永玉一枝一瓣老实说了，问："爸爸，杨老师会给枪毙吗？"

爸爸耸着浓眉"哼"了一声，半晌才说："谁知道！你年岁小，这些事你不懂的！"

不懂归不懂，翟永玉一静下来，就牵肠挂肚，再也忘不了杨老师那双生动含笑的眼睛和那张和蔼可亲的面容。

三

脑震荡痊愈后，回到学校，翟永玉头一天上午上英文课就碰到一件倒霉事。教英文的老师黎方叔，是湖南人，上课时喜欢手持一根鸡毛掸子作教杆。鸡毛掸子不打人，却会"啪"、"啪"打桌子，吓得学生打哆嗦。上英文课时，翟永玉怕记不住，喜欢在英文单词下边用中国字注音，请病假回来后，缺了课，陈河金将新教的课文念给他听，翟永玉在"a lot of pupils"下注了"哎，老豆腐飘飘儿"。上课时，翟永玉怕黎方叔叫他站起来念课文，故意缩着脖子躲在前排同学的背后，谁知，你怕水淹，它偏下雨，黎方叔说："翟永玉，站起来。念课文！"

翟永玉硬着头皮起来结结巴巴地念。念到"哎，老豆腐飘飘儿"，黎方叔气得瞪眼，走上来一鸡毛掸子打在桌上："啪!"翟永玉吓得一跳，黎方叔抢过课本一看，胡子也翘了。翟永玉被罚站了整整一堂课。

一下课，陈河金、燕如思和其他一些同学都上来了。大家将黎方叔臭骂了一顿，翟永玉也未消气，中午放学后，三人结伴走回家去，边走边说。

陈河金和燕如思故意说笑话想逗得翟永玉高兴起来。

陈河金问："睡觉用的枕头英文怎么说?"

燕如思洋腔洋调地说：

"外布里糠!"

"橘子呢?"

"剥了皮吃!"

"苹果呢?"

"削了皮吃!"

"吃饭呢?"

"米面肚里吞!"

"睡觉呢?"

"闭眼床上躺!"

但，翟永玉仍旧不笑。

陈河金说："'狮哥哥'，你别老是生气了！罚站有什么了不起，不在乎它!"

翟永玉忽然说："我哪是为罚站生气呀，我是想到了杨老师，她从来不骂人不罚站也不抽鸡毛掸子。"

三人这一说，竟商量着怎么替杨苓老师报仇的事了。

三人都住在城北，沿着老石桥从唱经楼往丹凤街方向走，这一带，青石板铺成的路面，不过一丈几尺宽，两旁店铺挂着大大小小的市招；屋檐都朝外伸上来。小百货店矮小的店面有大玻璃窗，里边摆满了红红绿绿的物品。黄包车、脚踏车和行人以及牵着驴子和马的乡下人都很多，那些牵牲口的乡下人都在炸油条的店里买上一两根油条塞给驴子和马吃。街上有野狗到处窜来窜去伸着舌头找食。米店、柴炭店、酱坊、茶馆、卖盐水鸭的铺子挤得密密的。

翟永玉说："黎方叔跟靳克明是同乡，靳克明这家伙太坏了，杨老师是给他害的！"

陈河金说："靳克明这坏蛋，我倒有个点子报仇！"

翟永玉问："'怒发冲冠'，什么点子？"

陈河金说："父债子还！"

"胡椒鼻"燕如思笑着说："我明白，找靳克明那个宝贝儿子算账！他那个宝贝儿子，我一个指头就能叫他趴下！"

陈河金咯咯笑了，说："聪明，正是找他儿子算账。"

翟永玉和燕如思都"格格"笑了。

陈河金说："狠狠揍那个靳小宝一顿！"

原来，训育主任靳克明的儿子靳小宝在小学上三年级，尖头把戏的，倚仗爹是训育主任，在班上称王称霸，不但顽皮，还常欺侮同学，大家都讨厌他。

"胡椒鼻"眨着眼皮儿说："他人小，一拳就叫他狗吃屎，揍他不算英雄。我有个好主意，不揍他，用他来气死靳克明，好不好？"

翟永玉和陈河金同声说好，问"胡椒鼻"是什么好主意。

"胡椒鼻"燕如思招手说："附耳上来，听仙人指点你们一二！下午不是有习字课吗？……"他轻声把主意讲了，翟永玉和陈河金都哈哈捧着肚子笑。三人决定下午放学后就这么干。

天高气爽，下午最后一节是习字课，教习字的是身材修长的唐老师，因为剃个和尚头，同学们叫他"唐僧"。"唐僧"上课最省劲儿了，老是漫不经心地叫大家用毛笔临摹《星录小楷》，他自己就坐在讲台上练字，今天也是这样，下课铃"滴铃！滴铃！"一摇，翟永玉往书包里装好墨盒、毛笔，就给陈河金、燕如思使了个眼色，三人一起像炮弹出膛似的窜出教室往后边中央大学的后门跑，陈河金一边跑一边咯咯笑着说："我最怕听上课铃，最爱听下课铃了！"引得翟永玉和"胡椒鼻"也笑。

进大学后门以后，转两个弯就是大学的图书馆。图书馆后边法国梧桐树下，有个木头的大垃圾箱。垃圾箱里主要倒的是废纸。每天有大批国外寄书来的包装纸，撕下来扔在这里。包装纸上常有外国邮票，小学里的"集邮迷"摸到了这个窍门，下了课常有悄悄来这里捡邮票的。燕如思集邮，知道靳克明那个宝贝儿子靳小宝每天下课后都偷偷独自跑来捡邮票，三人漫步在空气新鲜的林荫道上，走到这里守候。

大梧桐树上的麻雀吱吱喳喳吵成一片。三人在散发着霉腐和潮湿气味的垃圾箱里正在往外掏废纸、撕邮票的时候，远远看见靳小宝一跳一蹦地来了。陈河金说："快，来了！"三人躲到垃圾箱后蹲着，掏出手帕来，对折成三角形各自蒙住眼睛以下向脑后一扎。这是从新放映的美国影片《劫后英雄》里学来的方法。靳小宝刚一到，就被陈河金当胸一把揪住，翟永玉上前掀起他的上衣把他脸盖住了，燕如思上来隔着上衣狠狠扭了一把靳小宝胖嘟嘟的脸，靳小宝"哇"的一叫，燕如思说："不准叫！你叫，揍！"

靳小宝不敢再叫，带着哭声蚊子似的哼哼："放了我吧，我下次不来捡邮票了！"他以为是高年级的同学嫌他来捡邮票所以欺侮他的。

翟永玉吆喝："不准作声！跟我们走！"

三人将靳小宝带到了图书馆后一处拱形走廊旁的冷僻处，陈河金从书包里掏出了墨盒和毛笔，吼着说："现在，要在你背上写五个字，写完，你乖乖带回去给你老子看！"说这话时，他故意使自己的声音像个尖嗓子的老太婆，逗得翟永玉和"胡椒鼻"嗤嗤暗笑。

靳小宝被自己的上衣蒙着头，不敢吱声，乖乖地点头，嘴里"嗯嗯"表示听话。

陈河金把毛笔递到翟永玉手里，说："快写！"

翟永玉掭起毛笔在"胡椒鼻"手里拿着的墨盒里舔了几舔，笔尖饱含墨汁，掀起靳小宝的内衣，在靳小宝背上写了五个大字："打倒靳克明！"

写完，三个人猫耍老鼠地呵靳小宝的痒，靳小宝本来哭了，一呵痒，"呜呜——咯咯"又哭又笑。陈河金说："站着不准动！乖乖站着，十分钟放你！不好好站，就不放！"

翟永玉装得粗门大嗓地说："记住，回去后给你爹看看你背上的字！他看了一定高兴！"

"胡椒鼻"心眼儿多，先下一步棋以防万一，叮嘱："不许说是谁给你写的！要是你认出我们告了状，我们饶不了你，听到没有？"

靳小宝连连点头，乖乖站着，像个木头人动也不动。

三人悄悄溜了，走远了，翟永玉倒担心了："万一他认出我们了怎么办？"

燕如思眨眨眼皮儿，说："谅他不敢！"

陈河金当初干的时候，心里痛快，头脑发热，现在冷静下来了，倒也有些担忧，说："是呀！……反正我想脸是遮着认不出的，他顶多认衣服。明天，我们都换成童子军服来上学。"童子军服有的学生经常穿，有的只有礼拜三有童子军课时才穿。

三人都觉得这办法好。给杨老师报了仇，心里痛快，一路唱着歌回去："轰轰轰，哈哈哈哈轰！我们是开路的先锋！轰轰轰，哈哈哈哈轰！我们是开路的先锋！不怕你关山千万重，不怕你关山千万重！……"唱一阵，笑一阵，高兴得很。

翟永玉夜里常爱做梦。像他这般年纪，梦境是广阔有趣的。有时，他梦见自己变成了一个牧羊的孩子，躺在山上野花丛中，仰望蓝天，守护着羊群吃草；有时，又梦见海上的双桅船、湖上的荷花丛，太阳和云彩，月亮和星星。一声鹧鸪的鸣叫，一串葡萄的坠落，都会闯进梦境，敲动心扉。自己用幻想编织成的美梦会在他脸上引出笑容。但这夜，他老是做可怕的噩梦。梦见白雾茫茫，白雾里，一片荒坟；还梦见戴德国式钢盔的士兵杀人，枪毙人，用大刀队的刀片砍，被杀的人里有杨苓老师，梦见靳克明铁青着脸用冰冷的眼光瞅着说："哼！我知道在我儿子背上写字的就是你！……"他时常惊醒过来，身上出汗，心头充满恐怖……

四

靳小宝回去后是怎么向靳克明哭诉的？不知道。第二天，翟永玉和陈河金、燕如思都穿了黄卡其童子军服去上学，上午平静无事，下午"滴铃滴铃"摇上课铃前，三人在教室前的草坪上见面。消息灵通的陈河金忽然神秘地说："嗨，告诉你俩一件重要大事！"

看到陈河金的神态，"胡椒鼻"睁圆了眼睛，嘴张大得可以塞进一个乒乓球。

翟永玉也惊愣着说："什么了不得的事呀？"

陈河金的爸爸是"来复会堂"的牧师。"来复会堂"在城北，是幢很大的竖着十字架用红砖砌的尖顶洋房。夕阳西下，常听到教堂低沉的钟声随风荡漾。礼拜天，耶稣教徒做礼拜，陈河金的爸爸戴着金丝眼镜，穿上白领子黑颜色的长袍在圣坛上讲《圣经》，神色严肃而雍容。陈河金的妈妈——一个梳S髻戴黑边眼镜的小妇人，就咿咿哑哑弹风琴为教徒们唱赞美诗伴奏。为了好奇，翟永玉和燕如思曾经跟陈河金一起到"来复会堂"做过"礼拜"。事后，"胡椒鼻"说："倒霉，倒霉！这比上算术课还闷气！"翟永玉说："下次用八人大轿抬我，我也不来了！"陈河金宽厚地说："这是你俩骂，我不生气！别人骂，我可不答应！"……这话扯远了！陈河金他爸爸名叫陈长川，交游广阔，消息灵通，所以陈河金消息也灵通，看到陈河金那种神色，翟永玉估计一定有爆炸性的惊人新闻。

果然，"怒发冲冠"陈河金神秘地把脑袋伸在翟永玉和燕如思两颗脑袋中间，说："前天夜里，雨花台枪毙了一批共产党，有男有女，尸体都运到中大医学院里了！"

"胡椒鼻"大惑不解："运那干什么？"

翟永玉搡他一下，说："'胡椒鼻'，你真饭桶，这都不懂！送给医学院解剖嘛！"他注意到了陈河金说的"有男有女"，马上想到了杨老师，心里打了个寒噤，立刻问，"有杨老师吗？"

燕如思恍然大悟，"呵"了一声，胡椒鼻上沁出了汗水。

陈河金两只聪明伶俐的眼睛定着神，叹口气摇头："谁知道呢？枪毙共产党听说是秘密的，夜里偷偷干的。既然有男有女，我怕那里边说不定有杨老师！"

燕如思点头："嗯，可能！"

翟永玉突然心里一阵痛楚和惊悸，想：是呀，说不定真会有杨老师呢！……他忽然抑制不住地说："我真想去看看呀！……"

"看？"陈河金惊讶地问。

"去看看有没有杨老师！"翟永玉面色苍白哽咽着说。他是一个重感情的孩子。那次脑震荡躺在医院里，半夜醒来，见到杨老师陪伴在身边，那双亲切含笑的眼睛，使他感到杨老师像自己的妈妈，不能忘，永远不能忘……

"胡椒鼻"叹了一口气，纠紧眉心点头："是呀！……是该去看看！听说，解剖以后尸体都割零碎了，想看也没有了！不过，要我去看，我……"他想说"我害怕"，但平日大话说惯了，不愿这样说，改口道："我真希望其中没有杨老师。"

陈河金搔搔满头翘着的头发："是呀！……"他心里也怕，可是也不愿意表示畏怯。他平日是个勇敢的孩子，在同学中历来是以善于打架又善于踢球出名的，所以说，"去看看打听一下也好。"

翟永玉心里怕，但此刻浑身的血都沸腾了，他是个意志坚强的孩子，此刻下了决心，无论如何，一定要去看看医学院里那被送去给医科大学生解剖的尸体里有没有杨老师。他衷心希望没有。没有，意味着杨苓老师仍活着。但万一有呢！除了怕到医学院去看尸体，他更怕万一看到真有杨老师的尸体在那儿……一想，他又顾虑重重，犹豫起来了。

陈河金和燕如思都误会了翟永玉的意思。燕如思以为翟永玉胆怯，正合自己心意，叹口气说："不去算了，去我倒是不怕的！"陈河金也以为翟永玉害怕，但他下了决心要去看看，见翟永玉犹豫，打气说："'狮哥哥'，别怕！我们三个人一起去，胆就壮了。杨老师那么好，能不去看看吗？"

翟永玉从梦中醒来似的说："我怕什么呀！我是不希望那里边有杨老师！我怕万一看到了杨老师，我会伤心的！"他喉咙里好像堵着团东西，两滴清泪从眼眶里流下来。

陈河金叹了一口气："谁希望杨老师死呢？可是不去看看，能安得下这颗心吗？"

"胡椒鼻"眨着眼皮儿说："'怒发冲冠'，你找你爸爸托人打听一下不好吗？那比跑去看强多了！"他对杨老师也有感情，但确实太怕，不想去。

陈河金顿脚，说："'胡椒鼻'，你真孬种！要能打听到我不会去打听？还要你来提醒？你要是对杨老师有一点点感情，你也不该提出不去呀！我的意思是：今天下课后我们三个一起去医学院，谁不去谁就是这个——"他伸出小拇指。

摇上课铃了！"滴铃！滴铃！滴铃！……"校工郑老五摇着铃沿教室走过去。三人连忙一起走进教室，下午先上一节美术课，接着两节国文课，是做作文。杨老师被捕后，教国文的顾老师变得胆小了。他是个大学毕业生，戴副深度近视眼镜，以前常常在课堂上讲点抗日义勇军的故事，抱怨政府不肯抗日大失民心，最近沉默寡言，上课照课本读读讲讲算完。翟永玉坐定拿出作文簿。见顾老师用粉笔在黑板上写下了作文题：《日行一善》。童子军本来规定要"日行一善"。翟永玉抄下了作文题，回头同陈河金和燕如思做了个"快写"的手势，心里根本不想认真去写。他磨好墨，潦潦草草，三下五除二，写好就交了卷出来。"怒发冲冠"和"胡椒鼻"见他交了卷，心里发慌，也草草写满了两张红格子纸交卷出来。见翟永玉已在教室对面走廊里等着向他俩招手了，陈河金、燕如思背着书包拔腿跑过去。

翟永玉埋怨："唉！你俩像蜗牛爬格子，真慢！"

陈河金嘿嘿笑道："还嫌慢！我是张天师画符，画了两张纸，不到三百字！"

燕如思摇着头说："我写得太简单了！说：我在路上拣到一块钱，就等在那儿。一会儿，丢了钱的人回来了，是个老太太，我把钱还给了她。她夸我：'你真好！'"

陈河金拍大腿说："糟糟糟！我也是这么写的，怎么这样巧呢？"

翟永玉已经连"糟"也说不出口了！像吃了堵口梨愣在那儿。去年春天，他捡到过一块钱交给了级任老师杨苓。杨老师在年级会上表扬了他。今天写作文，想到了杨老师，也就记起了这件事。谁想到竟同陈河金、燕如思都一样了呢？平时他的作文分数总是九十以上，今天不行了！他叹口气说："完蛋了完蛋了！走吧，快去医学院吧！"

三个六年级小学生背着书包匆匆穿过大操场向学校后门奔去。后门附近有一棵大的桦树潇洒地挺立着，树上有鸟儿吱吱啾啾地叫。这儿隔着一片长着荒草的小空地同中央大学的后门相通。中大的后门漆着的棕色油漆已经剥落，开这扇门的原因是教育系的师生要到小学里来实习旁听，心理系的学生要在小学里找学生进行心理研究。后门的门房里有个白胡子老传达管着门。他耳朵聋，见到小学生进来，一般都不闻不问，有时也只偶尔喝问一声："做什么的？"小学生不去搭理，嘻嘻哈哈跑进来了也就算了。今天也这样，白胡子老头吆喝："做什么？"陈河金哈哈一笑，燕如思做个鬼脸，翟永玉带头飞步快跑，三个人气喘吁吁闯过了关，一起沿林荫道朝医学院方向跑去。

医学院，三人并不太陌生，过去，结伙到医学院旁边的操场上踢小皮球，经过医学院大楼时曾带着好奇心进去张望过。医学院是一幢三层楼红砖砌的大洋房，三层楼中央还有个高高的钟楼。他们那次踩着台阶走进红漆地板的医学院楼下，闻见一股冲鼻的酒精医药味。翟永玉小时候腮下淋巴腺发炎开刀在医院里闻到过这种可怕可厌的气味。他们走入楼下甬道，透过开着的大厅的房门，看到不少穿白大褂的教授和学生正静静地在远处围着一张金属架子床不知在干些什么。近处一个门里，有许多大玻璃瓶。瓶中的酒精里泡着死婴、人头、人手、人脚、心肝五脏之类，真恶心呀！大家看了都吓得伸舌头，连忙退出来。从那次进去过以后，翟永玉每次走过医学院，再也不想进去了。谁料到今天竟又要走进这令人恐怖不安的医学院里来了呢？心情如此忐忑、如此伤感又综合着焦灼，一种急切希望揭晓心底的谜和惦念杨老师的心情，像烈火炙着他的心，沸腾着他的血。当然，也同样体现在陈河金和燕如思的心上和身上。

风吹得路边粗壮的法国梧桐树枝微微晃动，窸窸作响。现在，有着高高钟楼的红砖三层楼的医学院呈现在眼前了。它对翟承玉和陈河金、燕如思来说，既陌生又熟悉，既公开又神秘，是一座充满了难闻的药水味，粉墙惨白呈现出凄凉气氛的"迷宫"。那些装着被肢解了的人体的大酒精瓶，那些装着未出生的胎儿的大酒精瓶，都使人看了心惊胆战。如今，试想在那儿会躺着一具具尸体，而且那些尸体中很可能有亲爱的杨老师……这怎么能去想象！怎么能使人忍受？那将是怎样可怖而使人伤心的景象呢？三人的心在战栗，脚步却不由自主地向那幢有着高高的大钟楼的三层楼红砖房走去。

越过那棵枝粗叶茂大伞似的老槐树，走上那一级又一级水泥台阶，踏进医学院大楼的正门，昏暗的甬道里亮着昏黄的电灯。又闻到那种刺鼻的药水味了，但甬道周围的几间房门全紧闭着，翟永玉和陈河金、燕如思都愣住了！该到哪里去看尸体呢？

杨苓老师那一双美丽含笑的眼睛，又浮现在翟永玉的眼前。杨老师啊，你可知道，我们虽然这般害怕，但都终于到这恐怖的"红房子"里找你来了！……

五

夜里，翟永玉又梦见了杨老师。杨老师穿的仍是她平时爱穿的阴丹士林蓝布旗袍。她看上去很年轻，但翟永玉仔细看她时，发现她眼角、额头、脸颊，都好像悄悄地藏着皱纹，一笑或一皱眉，皱纹就会爬出来。

那是在海边的悬崖上，脚下，大海汹涌澎湃，海浪声冲击着不平静的夜晚。黑夜里，海天茫茫，深邃莫测。海风呼呼地响，高大的浪头冲上了悬崖，卷走了杨老师……

梦醒了，翟永玉心里感到空虚。他三年前，跟爸爸到过山东青岛海边看到过海，坐过海船。记忆中的海和梦中的海一样使他感到迷惘。

人为什么会有记忆？杨老师给翟永玉留下的记忆为什么这样深？

前年冬天的一个夜里，纷纷扬扬下起了鹅毛般的大雪，早晨，地上屋上树上就白茫茫堆积起五六寸厚了。上午第一节算术课下课时，小学生们从教室里蜂拥着连喊带叫地冲出来，雪地上踩满了一溜一溜从近处到远处延伸而来的脚印。小学生们有的在雪地上打滚，有的在雪地上滑行，有的滚雪人，有的打起雪仗来了。打雪仗的分成两伙，一边在南一边在北。翟永玉正巧同班上的同学宋玉昆等站在南边，陈河金和燕如思等却在北边。平日，他们三个好朋友像"三剑客"，你不离我，我不离你。今天，混战中分成了两方。有人大声吆喝："冲啊！

占领他们的碉堡!"翟永玉、宋玉昆一马当先冲上前去,对方正在"碉堡"——一处被雪覆盖了的篱笆旁反扑。宋玉昆绰号叫"皮蛋",功课差,打架最有本事。混战中,守"碉堡"的敌军退却,只有陈河金和燕如思还在"顽抗"。风,扬着飞舞的小雪花急急地旋转。陈河金头发翘翘的和燕如思正用雪球"还击",似乎要"与阵地共存亡"。宋玉昆高叫:"抓俘虏!""啪"的一个雪球砸在陈河金脸上,陈河金"哎呀"一声颤颤地捧脸蹲了下去,鲜红的鼻血淋洒了一地。翟永玉明白:宋玉昆的雪球里包着石子!他火冒三丈,冲上前去质问:"皮蛋!为什么雪里包石头?"那边,燕如思等将陈河金送往卫生室,这边,宋玉昆怒骂一声:"好,'狮哥哥',你当汉奸了!"两人立刻扭打起来。

雪仗停止了,翟永玉和宋玉昆扭腰踢腿抱在一起。摔倒又起来,起来又摔倒。他们周围像捣翻了蜂房,同学们有的起哄,有的劝架,有那平日被宋玉昆欺侮过的,希望翟永玉揍宋玉昆一顿;有那平时跟宋玉昆要好的,给宋玉昆喝彩助威。

"滴铃!滴铃!滴铃!……"上课铃响了!操场上的学生纷纷踢踢踏踏跑进教室里去。翟永玉想放手不打也回教室去上课,宋玉昆却趁机狠狠打了翟永玉一拳,两人又抱在一起摔打起来,只听到训育主任靳克明那冷冷的声音在叫:"过来!"

靳克明长着一张窄长脸,脸上的肉好像是死的,不会动。他是来上手工课的,正手捧一大盆黄泥来让大家做泥工。他狠狠盯着翟永玉和宋玉昆:"打架?好!这堂手工课你们就罚站,站一堂课,真是两匹骡子,裹坏了一群马!下了课跟我去训育处!我要处分你们!"又挥挥手:"一起去墙角里站着!"

靳克明平日处分学生是家常便饭,学生打架,不问理由各打五十屁股。被罚站,翟永玉感到不好意思,又感到委屈,眼睛发涩,想掉眼泪,咬牙低头站在那里。宋玉昆因为打架记过一个大过了,一看见靳克明就心里发虚,也低头站着。两人眼看同学们都纷纷下位去领黄泥，然后分散活动去揉泥捏泥……都感到既无聊又抑郁。天上，有飞机声"轧轧轧"响，一定是那种双翅膀的战斗机……要是能跑出去仰脸看看多美呀！翟永玉最爱看天上的飞机飞了！……罚着站，当然不能去。但，忽然听到了杨苓老师那悦耳好听的北方口音。级任老师杨苓常常在走过自己这个班级时，用她那两只生动含笑的眼睛顺便看一看。看看学生们上课是否专心听讲，是否守秩序。

她忽然发现有两个学生被罚站了！杨老师是从来不罚学生"立壁角"的。杨老师轻声同在教室门口踱方步的靳克明不知说些什么。翟永玉隐约听到杨老师在说："罚站……为什么。"又听到靳克明铁板着脸磨牙斗嘴地说："我知道……"杨老师的脸色变得严肃了，仿佛两人在小声争辩什么。又一会儿，靳克明似乎让步了，脸上露出了笑容——是那种阴险的皮笑肉不笑，仿佛说了一句："那你……处理吧！"一会儿，杨老师来了，说："翟永玉，宋玉昆，你们来！"

杨老师的办公室在回廊西边的一间房里，她同四年级的一位女教师许水泉一起办公。许老师不在，小小的办公室里没有别人。杨老师在自己的靠背椅上坐下，和和气气地问："你们为什么打架？"

听两人详详细细把经过讲了。杨老师批评宋玉昆说："你近来比从前有很大进步嘛，很久不和同学打架了，也不骂人了，你上星期还带了钉锤把课椅上挂破人衣服的钉子敲掉了，老师还表扬过你。今天怎么又退步了呢？雪里包石头砸伤了陈河金，又骂翟永玉'汉奸'，还先动手打架，你觉得你有理吗？"

宋玉昆红着脸说："我以后改！"看得出他心悦诚服。翟永玉也感到歉意，说："杨老师，我也有错，他伤了陈河金，是我先想找他算账的！他打了我，我也使劲打了他。"

杨老师平静地点头，说："好！今天你们都认识到了自己的错误，这件事就算到此结束，学生打架，破坏纪律，学校是禁止的。但原因查清了，道理讲明白了，你们表示了改的决心，就不处分了，由我去跟训育主任讲。我希望宋玉昆，放学后你去看看陈河金，向他道歉。"

杨苓老师从来不对学生横眉竖眼。她那两只眼睛对学生总是生动含笑的。她从来不体罚学生，总是耐心地说道理叫学生心服口服……她被宪兵抓走了，又传说她可能被枪杀在雨花台了……翟永玉怎么能不想念她呢？

唉，唉！这一切都只能感觉到而无法重现了！这一切都像云雾似的顺风飘来，忽而又随风消逝了！

啊！杨老师呀！

难道真的与您永别了？

六

翟永玉、陈河金和燕如思像三只小松鼠似的在"红房子"里东张西望。

他们怕遇见人，又希望神秘恐怖的"红房子"里有人。怕遇见人，是因为闯进了医学院，会被驱逐出去或者会被严厉质问来到这儿干什么。希望有人，是因为来这儿看尸体很可怕，如果"红房子"里空无一人，岂不是更可怕？

停尸的地方在哪里？向人打听？当然不行，只有自己找。那间放满酒精浸泡着婴儿、人头、内脏的玻璃瓶的大房里一定要找一找。反正，那个像医院病房似的停放着一张张钢丝床台架的大厅里，也许就是解剖室。那些钢丝床似的台架上放的可能就是解剖用的尸体。那间大厅一片雪白：白墙、白衣、白单被……当然应该进去看一看。

甬道两侧的房门都关着，阴暗的甬道里灯光昏黄空空荡荡的……左侧停放着许多大木箱，也不知装的什么。三个人跑去悄悄趴在木箱后的地上。

刺鼻的药水味，使翟永玉闻了头晕，使陈河金想打喷嚏，使燕如思摸着胡椒鼻皱眉。翟永玉东张西望；陈河金远远近近地把目光扫来扫去；燕如思缩头缩脑鬼鬼祟祟。

陈河金俨然像个总司令地说："我们三人集中在一起乱行动，容易被人发现。我看，一定要先派人侦察。我停在这里！'狮哥哥'，你到左边那间大厅里侦察！'胡椒鼻'，你到右边那间放玻璃瓶的房里侦察！"

话未说完，燕如思不干了，把头摇得像货郎鼓，说："不行！你倒舒服！你自己为什么不干，却叫我们干！我愿意在这里等着；你不是老认为自己勇敢吗？你先去侦察！"

翟永玉心里也发怵，说："大厅的门关着。我去，万一推不开怎么办？万一推开了里边全是人又怎么办？"说实话，他更怕的是万一推开了，大厅里全是横七竖八躺着的尸体怎么办？只是这话他没说出口来。

陈河金"唉"了一声，说："你俩真是一对胆小鬼！早知如此，还不如我一个人来。你们既来了，又这么害怕，那怎么行？"

翟永玉硬着嘴说："我不怕！我是说，一个人去不如一起去！"

"胡椒鼻"燕如思说："我看，我在这里等你们，你们两个人去也就够了。"他是真正的胆小，但却不愿承认这一点。

陈河金瞪他一眼，说："不像话！'胡椒鼻'，你干脆回去算了！这里只需要英雄，不要脓包！"

燕如思不服："你才是脓包呢！你要是胆壮，早一个人来了，你要我们一起来，还不是因为你也胆小。"

陈河金正要再回"胡椒鼻"几句，却听翟永玉把食指放在嘴上，"嘘"了一声。

原来甬道那头，有人走过来了。是个穿白衣的人，戴副眼镜，镜片在灯光下熠熠发亮，穿的皮鞋"踢秃踢秃"发出回声。

三个人在木箱后，有的蹲着，有的趴着，心怦怦地跳，仿佛四下里有什么穷凶极恶、虎视眈眈的精灵会突然跳出来。听着脚步声越来越近，经过甬道走向左边那个大厅的方向去了。

不知为什么，翟永玉突然想到不久前看过的那部美国影片《科学怪人》来了。演科学怪人的电影明星名叫卡洛夫，那张可怕的脸，那蹒跚走路的样子，恐怖极了！他轻轻哼了一句："卡洛夫！"那脚步声使他想起了卡洛夫。

　　陈河金埋怨翟永玉话说得不是时候，用手肘撞了他一下。

　　"胡椒鼻"吓得"咝"地倒吸一口冷气，说了一句南京话："乖乖龙的冬！"

　　三双小眼睛盯着皮鞋声"踢秃踢秃"走向大厅。

　　一会儿，大厅的门开了！大厅里，还没亮灯，但从木箱后的暗处远远望去，虽然已是下午五点钟光景了，大厅里光线仍很明亮。看得清大厅里一张张钢丝床般的台架，也看到大厅中靠里边的一头。似乎有些穿白衣戴白帽戴白口罩的人，围着一个钢丝床般的台架不知在干什么。真可惜，翟永玉还没看清楚，门又被那个戴眼镜穿白衣穿皮鞋身材颀长的人关上了。陈河金"唉"了一声，说："你俩看清楚了没有？我看到了，里边有人在解剖！"

　　"胡椒鼻"眨着眼皮儿一伸舌头："你怎么知道是在解剖？"

　　翟永玉说："我猜的！唉，要是那门再迟关上一分钟，我就看清楚了！"

　　陈河金两只聪明伶俐的眼睛闪闪发亮，压低着沙哑的嗓音，说："肯定是在解剖！都是医学院的大学生，围成一堆，不是解剖是什么？听说，用刀划开尸体的肚子，把心肝五脏都掏出来看，研究人体的构造！"

　　燕如思提心吊胆："我想，我还是回去的好。我平时胆子并不小，我也想念杨老师，可我不想看这些！看了我会吃不下饭也睡不着觉的！"他的声音有点发抖。

　　陈河金火了："'胡椒鼻'，真丢人！"

　　翟永玉叹口气说："既然来了，你何必走呢？"

燕如思也叹口气说："我不希望真能看到杨老师，顶好看到的不是她！"

翟永玉心里酸得想流眼泪，说："那当然！"

陈河金摇头训着说："跟你们这两个胆小鬼在一起真没得说的。既来了，当然是为了看杨老师。你们却又希望看不到！那不如我们三个都一起回去！"

翟永玉反驳："你根本不明白人家的意思！"但他自己却也觉得此时此地自己也讲不明白自己的意思了。只能恨恨地叹了一口长气："唉——"

陈河金蹲在那里忽然说："还是回到我刚才说的话上来吧！到底谁去侦察右边那间放玻璃瓶的房间？……很可能尸体存放在那儿，然后一具一具搬到大厅里去解剖的。"

给他这样一说，燕如思心里又吓得发抖了，不敢吱声。

翟永玉也给他讲得吓住了，平日脑海里积存着的许多古老的僵尸、妖魔鬼怪的离奇传说和故事一时都涌上心头。他冷静地克制住自己的感情："真没有人去，那我去吧！"他就是这样一个孩子，虽然此时胆也怯，但却富有牺牲精神。

陈河金嘉勉地说："还是'狮哥哥'有种！这样吧，'狮哥哥'，我同你两个人一起去看一看！"他对燕如思说，"'胡椒鼻'，你在这里趴着，等我们回来。"

燕如思不愿一人留下，用手擦擦胡椒鼻头上的汗，说："不！我不怕，……我跟你们一块儿去！"

陈河金叹口气："唉，说了半天，还是得三人一起行动，我不早说过了吗？三个人一起行动不好！"他下决断地说，"好吧，你俩在这等着，我一人去！"说着，没等两人回话，陈河金已经"飕"地窜到右边那间房的前面去了。

翟永玉和燕如思伏在木箱后，只见右边那间有一排排木架放置大批玻璃瓶标本的房门轻轻地被陈河金推开了，露出从弱到强、从线到片的白色光芒来。房里一准有人，只听到里边一个脆亮的声音在喝问："谁？"

但陈河金在门前伏着不动。一会儿，那扇门关上了。翟永玉看到是从里边被人轻轻关上的，准是里边的人以为门被风吹开了。

一会儿，陈河金踮着脚尖溜了回来，这下他更觉得自己勇敢了。回来闪身蹲在木箱后，神采飞扬地说："怎么样？不孬种吧？我仔细侦察过了！大房间里有两个穿白衣的不知在忙些什么。可是，那是间标本室，放标本的，没有尸体！那些玻璃瓶最大的也只有这么大——"他伸开双臂，做了个一尺多长的尺寸，说："装不下尸体！我也没看到有什么东西堆放着像尸体。"

翟永玉听得见自己心口怦怦地跳，感到陈河金确实勇敢。刚才呆若木鸡的燕如思也从心里面佩服，对陈河金竖了竖大拇指，"啧"了一声。

翟永玉说："那，我看尸体准是在左边大厅里。"

燕如思也活跃了，眨眨眼皮儿说："可不，我看，就是正在解剖，所以大厅里有那么一伙人正在忙忙碌碌！"

陈河金说："要不要还是让我先去侦察侦察？"

翟永玉说："不，这回让我来！"他感到此刻心理状态有了变化，一是被陈河金的勇敢行动所激励，一是此时此刻更思念杨老师了。所以，他突然胆大了，说，"你们在这等着，我去去就来！"没等陈河金和燕如思回答，他迈出大步踮着脚尖窜上去了！

翟永玉三脚两步窜到了左边大厅的门口，学刚才陈河金的样子，轻轻扭开门上的铜把手，将门轻轻推开，他心里忽然又战栗起来，仿佛一片可怕的景象马上会在眼前展现。

里边的电灯散射着苍白的光芒，窗户都用白布窗帘蒙上了。大厅里是耀眼的一片神秘的白色，白的墙壁，白的窗帘，约莫有十几个人，戴的白帽，穿的白衣，捂的白口罩，桌上放着的许多盆皿器具也是白的，那一只只钢丝床般的台架上铺着的单被也是白的。好些台架上都用白单被罩着隔起的物体……翟永玉气急慌忙，也看不清晰，但刚才陈河金的成功，使他为了要看清大厅里的一切，就不顾一切地闪身进了大厅，又轻轻地将门掩上。所幸，居然未被人看见。

药水的味儿真刺鼻呀！穿白衣的人，有男也有女，都正专心地围在一个钢丝床般的台架前不知在忙些什么。

"他们在干什么呢？"翟永玉心又怦怦地跳起来，想：在解剖？解剖是什么样的呢？他好奇地匍匐向前，一心想弄清他们是不是在摆弄一具尸体？

这时，忽然门吱吱地开了，听到外边有谁在嚷嚷："谁？……停住！……"粗哑的声音，使翟永玉心惊胆战，他估计一定是陈河金和燕如思被什么人发现了！外边远处传来人声和"夸擦夸擦"急促的脚步声，也许是陈河金和燕如思逃跑了？也许是有人正在追着要抓他俩？翟永玉两腿发软，躲在一个像钢丝床般的台架下动也不敢动。一会儿，门开了，门外进来两个穿白大褂的医学院学生——准是刚才在外边大声嚷嚷的人。他们把门"砰"地关上了，走了进来，向围着在忙碌的那伙人走去。

只听到一个戴眼镜、身材魁梧的人——很可能就是医学院的教授——站在那伙人中间在问："什么事？"

"两个小家伙，偷偷摸摸躲在外边木箱旁。不知想干什么！给我们一吆喝，就跑了！"

戴眼镜的那个身材魁梧的人一本正经地说："快来吧！你们迟到了！看，这是……"他絮絮叨叨说了些翟永玉听不懂的英文。教授模样的人手里拿着闪闪发亮的金属夹子似在操作。翟永玉俯着身子，心在颤抖着，琢磨着应当怎么办。看来，陈河金和燕如思已经跑了，我怎么办呢？正想着，猛一回头，忽然发现头边钢丝床般的台架上用白单被罩着的是个躺着的人体般的物件！尸体？！一定是尸体！不仅仅这个台架上有，一、二、三、四……十几个台架上都搁着类似的东西。他不禁想掀开白单被瞅瞅，但刚伸出手，就毛骨悚然了！

翟永玉感到身上发凉，想赶快溜走。刚转身，一不小心，手肘"乒"的打在金属台架上，引得那伙穿白大褂的人都朝这面看，有的大步跑过来。翟永玉明白躲是躲不过了，只有逃跑。刚迈开脚步冲向大门，有一个穿白大褂的人拦住了大门！

翟永玉不甘束手就擒，在大厅里绕着那一个个钢丝床似的台架跑起来。他跑，人追，终于，他又急又怕，两眼发黑，"嘭"地一下跌在地上。

两个穿白大褂的医科大学生，脱下口罩，一人揪住他一只臂膀，将他拽起来，态度很凶，大声质问："小瘪三！你是干什么的？"

翟永玉魂本来吓飞了，听他们一骂，魂又飞回来了，高叫："谁是小瘪三？我是小学生！"

"来干什么？想偷东西吗？"一个年轻大学生问。

"你胡说！"翟永玉心里冒火，"谁要偷你们的东西！"

"那你跑进来干什么？"那个身材魁梧戴眼镜的教授脱下了口罩，走了过来。他一副和善的面容，语气也平静。"你知道这是什么地方吗？"

翟永玉觉得这个戴白帽子的人有点面熟，记不起是在哪里见过的了。不过见他话说得比较和善，就答道："我来看看！"

"这儿有什么好看的？""这儿是玩的地方吗？""快说！你来干什么的？"……大学生们七嘴八舌，其中一个态度很凶："准是想来偷点什么，是不是？"

"你才偷呢？"翟永玉又冒火了，气得想哭。

"刚才外边两个逃掉的小孩说不定是他的同伙！看来这小孩一定是有什么企图来的！"

"小朋友！"教授模样的人仍旧那么和气，"你不是说你是小学生吗？小学生应当诚实，不能说谎！你不知道吗？这是医学院的解剖室，这些台架上躺的都是尸体！也就是死人！你不害怕吗？你跑到这里来，有什么可以玩耍，下次可不准来了！"

边上一个沙哑嗓音的女大学生说："你到底来干什么的？你说实话，就放你回去。不说实话，那就不好了！"

另一个大学生说："不说实话，把你送回学校，让你老师记你大过！"

翟永玉被包围在一大伙"白大褂"中间，又尴尬，又焦灼，又气恼，又发愁，忽然，委屈得哭起来了。

"呜呜……"他用手背擦拭着眼泪，"呜呜……"

教授摇头，一面对大学生们说："你们不要乱说！"一面问翟永玉："这孩子，你哭什么呀？问问你问题，你为什么要哭呢！说真的，我好像见过你哩，你姓什么呀？你父亲在哪儿做事呀？"

翟永玉哽咽着回答："我姓翟，我父亲……在大学里……做教授！"

戴眼镜的教授有兴趣了："呵，怪不得脸熟呀！我说怎么好像认识你哩！你父亲是翟鹤龄教授吗？我到你家去过。你记得吗？我姓刘……"

翟永玉停止了哭泣，转动着眼睛想起来了。对的，这是刘老伯呀！见过面的。前些时，他到家里来过，跟爸爸谈得挺投机的……真是绝处逢生，有了救星了！翟永玉那惊慌失措的脸上渐渐透出一丝喜色，点头说："刘老伯，我记得了！"

"孩子！"刘教授哈哈笑了起来。周围的一伙大学生们也都跟着哈哈笑了起来，解剖室里刚才那种冻结的可怕的气氛一下子缓和了。

刘教授瞅着翟永玉说："真奇怪，现在你不害怕了吧？我倒是想知道，你来到底是干什么？"

翟永玉不愿隐瞒刘老伯了，却又不愿让这么一大伙男男女女的大学生都知道，说："刘老伯，我告诉你！但是——"他嘴翕动着，"我只告诉你一个人！"

刘教授笑了一笑，点头说："好好好，告诉我一个人吧！我代你——保守秘密！"说着，他俯身下来，让翟永玉用嘴对着他的耳朵。

翟永玉悄悄地把来到"红房子"的目的讲给了刘教授听。边上的一伙大学生都好奇地看着这孩子的神秘表情。刘教授本来是笑呵呵地听着翟永玉讲的，可是，听着，听着，脸色变得那么苍白，那么严肃。听完，他一手拍着翟永玉的脑袋，叹口气说："孩子，回去吧！这儿没有你的杨老师！没有啊！……"

"怎么呢？"翟永玉声音颤抖，不满足地问。

刘教授轻轻地在翟永玉耳边说："唉，送来的全是枪杀的男尸！都是男的！一共十一个，没有女的！"

翟永玉抑制不住地兴奋起来："真的？"

"真的。"刘教授深深地点头。显然，他被这个小学生那种天真纯朴的感情打动了。

边上一伙大学生在看他们打哑谜，个个迷惑不解。

翟永玉说："那我可以回去了？"

"当然！"刘教授对那伙大学生说，"这是个非常好非常好的小学生！一位可爱的好学生！"他又转向翟永玉，"快回去吧！"

翟永玉向刘教授鞠了一躬，快步跳跃着跑出了大厅，穿过甬道跑出了"红房子"。傍晚，天朗风清，不像解剖室里那么沉闷。西天有些彩霞，幽静的楼前林荫道周围，有些男男女女的大学生在散步，他刚走下台阶，就看见陈河金和燕如思等在不远处的紫藤架下探头探脑，吹口哨学着鸟叫向他招手。他跑步上前，在高大的杨树下同陈河金和燕如思会合了。他激动地说："'怒发冲冠'、'胡椒鼻'，告诉你们好消息！……"

"什么好消息？快讲呀！"陈河金说。

"没有杨老师！真的！没有！"

<h1 style="text-align:center">七</h1>

那是一个阴霾的星期天，距离杨苓老师被捕仅仅一个多月。

这并不是游览看景的好天气，但是爸爸带翟永玉到中华门外雨花台去游览。

坐公共汽车到了熙熙攘攘的中华门，又雇了一辆落满尘土的破旧马车到雨花台去。

这地方，去年翟永玉来过，那次是学校里组织的春游。杨苓老师带了大家来的。这次翟永玉又跟爸爸一起来，心情不同以往，他十分怀念杨老师。上次来时，杨老师带大家玩得很高兴。她讲过的一些话还在翟永玉脑海中回旋。雨花台是常常枪毙共产党人的地方。杨老师会不会也被枪毙在这儿呢？

拉着马车的那匹又瘦又老的枣红马，四蹄上的铁钉"踏踏"地敲打着石块拼成的路面，声音显得单调而又凄凉。走出中华门后，马车不紧不慢地朝前走，风扑面吹来，使翟永玉感到凉飕飕的。这种鬼天气，愿意来玩雨花台的人确实不多。但是一早爸爸问他："永玉，到雨花台去好不好？"

他却立刻说："好！"

去雨花台，不是为了别的，只是对杨老师的一种思念呀！

爸爸最近心情不好，今天带翟永玉到雨花台去玩耍，恐怕也只是为了解闷吧？当然，他是教历史的教授，出来玩，也总有些目的。也许这就是人家都说爸爸有"学问"的原因吧？爸爸对许多事情都知道，肚子里故事也特别多。翟永玉随爸爸玩过不少地方，比如到玄武湖，爸爸就告诉翟永玉："玄武湖古时候名叫桑泊。三国时，东吴定都建业，当时的建业就是现在的南京。因为这个湖在钟山之后，钟山的前面另有一座前湖，所以把它叫作后湖……"到明故宫一带游玩时，爸爸说过："明朝宫城这一带，本来是个湖，地势低洼。明太祖朱元璋调了几十万民工来填平此湖。在填湖过程中，朱元璋曾把住在湖畔的一个名叫田德满的老汉，活活地投入湖里垫底。只是因为这老头儿的名字'田德满'，同'填得满'同音，图个吉利……"在游玩夫子庙看到秦淮河时，爸爸就曾告诉翟永玉："秦淮河相传是秦始皇时开凿的……"爸爸教翟永玉背诵唐代诗人杜牧的一首名诗《泊秦淮》："烟笼寒水月笼纱，夜泊秦淮近酒家。商女不知亡国恨，隔江犹唱《后庭花》。"……在游鸡鸣寺的"胭脂井"时，爸爸就讲给翟永玉听：南朝陈后主做皇帝时大兴土木造了个华林园，整天带着妃嫔游宴玩乐，后来这昏君亡了国，和他的宠妃们躲在华林园内的枯井里，全被隋军活捉，所以这井又名"辱井"或"胭脂井"……

爸爸讲这些时，对那些暴君、昏君总是要说上几句挖苦话加以抨击的。今天，跟爸爸到僻静的雨花台来玩，翟永玉以为在途中爸爸一定会讲些什么，但爸爸却沉默着。

马蹄单调呆板地敲击着石卵地面，枣红马领圈上的小铃发出细碎的丁零丁零声，宛如唱着悲伤的歌……远处出现了山丘的轮廓，在阴霾的天幕下，山丘显出一派萧瑟凄凉的气氛。路长得似乎永无尽头，翟永玉坐在爸爸身边，风扑面吹来，将他头上的黑发散乱地吹拂在额上，有时遮住了眼帘，他见爸爸神情严肃，沉浸在一种低恺的情绪里。

终于，在雨花台前的坡岗下，马车猛地一颠，马车夫"吁——"地扬鞭停住了车。爸爸从长袍口袋里掏出皮夹来付车钱，几个叫花子拥上来伸手讨钱，一些卖雨花石的小贩也围上来兜售石子。这个说："一块钱一蒲包！我这便宜！"那个说："看！我这里有玛瑙石、鸡血石，有猫儿眼，有翡翠螺钿……"

爸爸给了些铜板打发叫花子，对翟永玉说："现在买了得提在手里，等会儿再买吧！"他对那些小贩摇摇手表示不要，带着翟永玉往前走，说：“到雨花泉边喝茶去。”

在路上走着，爸爸果然还是讲起雨花台的历史和典故来了，说：“雨花台确实并不是好玩的处所，但也不该是一个杀人的刑场呀！它原是古长江及其支流秦淮河的堆积物，形成的年代可以上溯到二三百万年以前，这一带的山丘上盛产‘雨花石’，它是经过流水搬迁作用而磨圆了的各式各样的砾石，这些石块雨后更加玲珑剔透。传说在公元六世纪初的梁朝，有位云光法师在山顶上讲经，他讲得太好了，天花乱坠，降下的宝石如雨。到了唐朝，人们把石子岗改称为雨花台，雨花台上的花石子就也被叫作雨花石了……”

那次，翟永玉随杨苓老师来玩雨花石，印象最深的也就是这种色彩斑斓花纹多姿的雨花石了。

杨老师带着学生们在这一带漫山遍岗地奔跑。那天，采集动植物标本时，翟永玉找到了羊齿类植物，还捉到了好几只很大的花蜻蜓……杨老师来到雨花台，带着学生在雨花台的东岗、中岗和西岗三处寻找雨花石。

中岗，据说就是夜晚常常枪毙人的处所。

杨老师带学生们来到这里时，夕照中，群山一片殷红，神秘的寂静笼罩了一切。有一只不知名的怪鸟在树丛里尖声啁啾……

他们找到一个白发老头儿，他住在破草房里。老头儿瘦骨伶仃，神情漠然。他带着一个破衣烂衫的儿子，两人在这儿专干收尸埋尸的事。夜里枪毙了人，这父与子就在附近挖坑将尸体连夜埋了。老人和他儿子在草屋前养着一条大黄狗，黄狗凶恶得很，张开大嘴伸着红舌头，用铁链子拴在门前木柱上。大黄狗见了生人，“汪汪汪”乱吠，扑来扑去，甩得铁链子哗啦啦响。

杨老师问那佝偻着背的穷老头儿：“老人家，你一共埋过多少人了？”

老人佝偻着身子摇摇头。这是个沉默寡言脸上毫无表情的人，似乎古怪得不愿理睬人。后来，倒是他那三十多岁模样很傻的儿子，漠然地说了句："数不清！数不清啊！别来问这个！"

这父子俩，加上那条凶恶的大黄狗，给翟永玉一种难忘的恐怖感。翟永玉想：这该是最可怕的职业了吧？他有点可怜这父子俩，要不是穷到无法生活了，谁干这种可怕的职业呢？

杨老师似乎想多从父子两人那儿知道些事情。问了这，又问那。这当然是翟永玉既害怕听又想听的内容了。但是，那古怪可怜的父子俩后来却走了，推说是要去割草就走了，什么话都没有多答。杨老师当时脸上似乎很失望，两只含笑的眼睛也消失了笑意。后来，杨老师跟学生们继续挖土寻找雨花石。回去时，她用天蓝色的小手绢包了一小包她挖的石子带走，那些石子都是通红透亮的！像玛瑙石，像五月樱桃……翟永玉也用手帕包了一小包石子回去。只不过，他不但要红的，别的颜色——花的、绿的、黑的、白的、黄的都要。到家后，他用一只蓝色的瓷盘盛了水将石子浸泡着，爸爸看了也说石子真美丽……

翟永玉随爸爸走上东岗。这儿的永宁寺，有善男信女在烧香叩头。永宁寺旁，有一股号称为"江南第二泉"的"雨花泉"，泉水潺潺流出，清澈晶莹。爸爸带翟永玉进了茶馆，泡了两碗盖碗茶。茶很香，液汁碧绿碧绿的。爸爸坐在一把有点歪斜的藤椅上，捧起了茶，一口一口地品茗起来。

茶馆店里因为游人少，显得空荡幽静。风，在周围的屋檐下、大树间打转转，吹得落叶灰尘满天飞扬。喝着茶，翟永玉又突然想起杨老师来了，记得那是去年夏天，一次杨老师率领班上同学带了昆虫网、标本夹子等到北极阁上爬山采集标本。那天，在稀疏的树林里，在密集的草丛中，捉到了许多甲虫、蝴蝶、蚱蜢，也采集了各种树叶和野花标本。西边天上晚霞燃烧，黄昏美丽而宁静，在太阳晒得热乎乎的山野间跑久了，翟永玉嘴渴了。杨老师知道有好几个同学都渴了，笑着讲了一个"望梅解渴"的故事给大家听。说来真灵，一听那故事，果然叫人嘴里口水直冒，不那么渴了！一会儿，杨老师又将大家带到了北极阁下的茶馆店里，泡了几杯茶给大家喝。那天，苦涩的茶因为嘴实在太渴了，翟永玉喝来觉得挺甜的……

可是，今天的茶却只有苦涩……

爸爸买了一份报，吸着香烟，低头闷闷地看报。他那清癯的脸上神色不快，翟永玉心中明白：报上不会有什么好消息的！日本侵略中国，正像蚕吃桑叶一样，爸爸每天看了报心情都很坏。翟永玉坐在那里，感到无聊，独自用手指沾了茶水在桌上练起字来。正一笔一划在写，爸爸忽然扔掉烟蒂抬眼问："永玉，你们学校那个被捕的女老师怎么样了？有她的什么消息没有？"

翟永玉摇摇头，也不知为什么，听到爸爸这么一说，他心里又酸了，答："一点消息也没有！但不知——"他思忖着说，"会不会已经给枪毙埋在这里了？"

爸爸的眼睛望着远处雾气笼罩山峦，孤独的山峦仿佛在沉思。爸爸默默点头，神情恍惚地说："嗨，难说啊。"他的眼睛望的远远那片荒凉的山丘就像是个乱坟场，到处坑坑洼洼，到处有隆起的野坟，在向阳一面的山坡上，有几丛被寒霜打得火红的枫树野火似的燃烧着。

爸爸没有再说话，但翟永玉却从爸爸怔怔的眼神里感到一种难以形容的情绪，是哀伤？是凄惶？是忧怅？是激愤？……都不是，但又好像都有一点。那次，同杨老师来到雨花台时，翟永玉从杨老师的眼神动态里似乎也曾感觉到这种情绪。

后来，爸爸带翟永玉在雨花台的卵石路上和丘岗间走了一圈，掏钱买了一盆雨花石。那都是些在水中显得很漂亮的晶莹彩石。

四周万籁无声，一片死寂。爸爸只是抽烟，一口，又一口，断断续续说了两句话，声音如同耳语："这儿杀的人太多了！这八九年里该杀了好几万人了吧……我当年有几个朋友被捕后也是在这儿被枪毙的！都是些有为的热血青年啊！……"

八

半夜过后，下了雨。单调的滴滴答答的雨声响到天明，将屋顶、街道、草坪、花坛……都淋得湿漉漉的。空气清新、芬芳。

从医学院神秘的"红房子"里回来以后，翟永玉和陈河金、燕如思对自己的冒险行动感到非常满意，连胆小的"胡椒鼻"燕如思也仿佛一下子成了驾机环球飞行的英雄了！第二天一早，上课前，在学校大操场附近三人碰面时，陈河金出人意外地又带来了惊人的爆炸性新闻，他一见两个好朋友的面，脸上的表情就兴奋而疯狂，神秘地说："告诉你俩，我又有了最新的可靠消息……"

翟永玉和燕如思眼睛都睁得像核桃瞪着他，齐声问："什么消息？快说！"

陈河金低声地说："杨老师确实还活着！"

"你怎么知道？"

"一定又是听你爸爸的朋友说的？"燕如思问。

陈河金点着头，说："你们知道这是谁讲的？这是靳克明讲的。"

"他也认得你爸爸了？"翟永玉有点不相信，声音里带着惊奇。

"不！"陈河金高傲地摇摇头，"我爸爸朋友虽多，却不同这个坏蛋交朋友的。有一个教友，是靳克明的亲戚，他听靳克明讲了以后，昨晚到我们'来复会堂'来玩时告诉我爸爸的！"

东方天际飘着云彩，烟雾似的云朵泛出桃红色，那是太阳正在升起。

"嘀！""胡椒鼻"燕如思眨着眼皮儿说，"真巧了！'怒发冲冠'，你真是想要什么消息就有什么消息。昨天白天，你还说杨老师已经被枪毙了，我们才去'红房子'的，这下'狮哥哥'打听到了杨老师不在'红房子'里，你又说她还活着！"他的语气里明显地带着不信任，脸上的表情也带着揶揄。

陈河金真的怒发冲冠了，松了勾住"胡椒鼻"肩膀的那只手，把脚一顿："谁骗你就是小狗！她真的活着，我像你那样平时爱乱说大话的吗？"

翟永玉了解陈河金，他平时确实不爱吹牛，这次讲的当然是实话！马上问："她在哪里？"

陈河金一笑："远在天边，近在眼前。你们猜！"可是没等翟永玉和燕如思猜，他已经忍不住说出来了，"我实说了吧！她就被押到我们校门口对面的老石桥监狱里关起来了！"

"真的？"翟永玉和燕如思几乎同时嚷了起来。但看见靳克明穿一套藏青中山装挺着胸走来，马上互相做了个眼色不响了。等靳克明远去了，翟永玉才又问："'怒发冲冠'，你不会骗我们吧？"

"我能拿杨老师的事骗你们吗？"陈河金的脸色、语气都使两个好朋友相信他。他说："我在想，我们以后仍该天天注意，说不定哪一天我们真的又能看见杨老师了！"

这时，上课铃响了！翟永玉一边往教室走一边低头想，心里不知为什么酸溜溜的了。他脑子里燃起一团希望之火，暗暗下了决心：从今天起，放学时我一定要在校门口多等些时间，我一定要看看那些被押着挑水、种菜的犯人里有没有杨老师……

从教室里透过窗户望出去，美丽的天空，给人一种缥缥缈缈而又十分柔和的感觉，天空的色彩捉摸不定地变幻，那是朝霞在升腾……

杨老师！我的好老师！你在哪里……

尾　声

下午放学是最喧闹的时候，校门口群集着黄包车和车夫们，也有卖花生米、豆腐干等零食的小贩，有川流不息的学生。翟永玉和他的两个好朋友陈河金、燕如思常常停留在校门外的角上，呆呆地凝望着对面那神秘而恐怖的黑色监狱，怅怅地凝望着那一串串铁链"哐啷哐啷"碰响的囚犯……甚至，刮风、下雨、下雪也不例外。每天，每天……憧憬着，盼望着……

有时，人们甚至看到只有一个体格匀称，黑头发、长得挺秀气的小学生，睁大着亮晶晶的双眼，独自怅望得最久，常常要到一天快黑了，才怅惘地回家。这就是翟永玉。他在两个好朋友陈河金和燕如思放弃了守候以后，仍常常去凝望……

但是，他始终失望，始终没有再见过杨老师那和蔼可亲的面容和那双生动含笑的眼睛。

当年冬天的十二月里，发生了著名的"西安事变"。第二年八月里，上海爆发了"八·一三"抗日战争，日本飞机不久就轰炸了南京，翟永玉也就随家"逃难"，离开南京去武汉了。他不能再在那黑色的监狱门前等着杨老师了……

过了许多年，他长大了，懂得了许多以前不懂的事，但始终未曾打听到杨老师的踪迹。只是，孩童时代在校门口望着监狱和那白色恐怖时期经历过的旧梦，印象却不能磨灭。他在监狱前那种渴望见到杨老师的心情，那种一再失望的感情，始终深藏在心头。尤其是在傍晚淅沥沥下着绵绵秋雨的时候，这逝去的一切，似乎变得格外清晰。

他总像看到一个动而又静的画面！

三个小学生在学校门口伫立张望！他们紧蹙着双眉，严肃地思索着，思索着那黑色的监狱，思索着那难忘的人和悲哀的事，从希望和失望中初步获得人生的许多许多感受……

（原载《未来》）

岁月如流，时光飞逝，但抗战时期大
后方的噩梦仍常浮现在我眼前……

夜，吟着悲歌

一封怪信带来的"福音"

六月里，四川江津的天气潮湿掺和着燥热。蚊蚋飞舞，蛙声断续，田里的庄稼乌油油的。爬满了学校教室的窗户、茅草顶和竹笆白粉墙的牵牛那紫色的喇叭花，茑萝那鲜红、洁白的星星花，开得美极了……

午间，吃饭时，在破祠堂改成的饭厅里，乔枫敲着碗走过来，笑着递了一张小纸条给我，写的是："考大学在即，你有蹲在黑屋里的感觉否？鄙人能为阁下在墙上打开一扇希望之窗！欲知后事如何，且听下回分解！"

乔枫就是有个嘻嘻哈哈的脾气，看了小纸条，我撕揉成一团，随手扔了，没当正经事对待。

饭后，我又一头钻到教室里抱着书本和习题死啃，忽然听到乔枫唱着歌来了。

歌声由远而近。乔枫又在怪腔怪调地唱他那支最爱唱的歌了：

这是个东方灰暗的老阴天，

大家及时快乐吧！

嗨，若要是有那明媚风光才快乐，

那也未免糊涂绝顶太可怜⋯⋯

歌，据说是歌剧《茶花女》里的。乔枫寒假里在重庆看过这出戏，自己信口改了词儿乱唱一气。乔枫那特别沉重的脚步声越来越近，歌声也越来越响：

⋯⋯你们爱怎么说就怎么说，

我们爱怎么做就怎么做！⋯⋯

一会儿，穿着半旧黄咔叽学生装的乔枫呼呼啦啦一阵风出现在教室门口。他身后跟着穿褪色灰布长衫的"老夫子"方道渊。乔枫"嘘咦——"吹了声口哨，叫我："留世杰！——"他嘴角旋起神秘的笑意，眉毛一挑，向我诡秘地招招手。戴近视眼镜，瘦得干巴巴的方道渊也亲昵地对我招招手。

我正复习解析几何，听到乔枫吆喝，跟其他散散落落坐在位子上自习的同学一起朝他和方道渊看了看。方道渊那病奄奄的脸上倒还平静，乔枫可不一样。他兴冲冲的，两只聪敏的大眼里闪着奇异的喜悦。他又对我挤挤眼、招招手，我只得合上书本，撇下那些还在埋头啃书的同学跑出教室。

天气真好啊！湛蓝的天空上有三五朵缱绻着的雪白的云在缓慢游移。栖息在樟木树上的小鸟吱吱喳喳叫得不停。远处近处一环一环的山峦上不是密密匝匝的橘柑林，就是层层叠叠种着红苕的小块梯田，浩浩渺渺、绿汪汪一眼无际。屋角、墙根、树下⋯⋯到处开满了矢车菊、山雀花、蒲公英⋯⋯令人心旷神怡。但我急着要复习课本，有点不耐烦地皱眉说："什么惊天动地的事啊！你们？"

乔枫绰号叫"乐天派"，走路、说话都有一种"欢乐状"，跨步说：

"走！找个地方商量商量。有封稀奇古怪的信要给你看！"又轻轻靠拢我，手搭喇叭凑近我耳朵悄声说："纸条上不是告诉你了吗？你想进大学吗！有了上天梯了！我可以给你把大学之门敲开！……"

"开啥子玩笑嘛！"我学着四川腔埋怨他，"我复习已经来不及了，你还要……"

乔枫一本正经，一手拽住我，一手指天："天地良心，硬是不骗你！"他悄悄又把嘴凑近我耳朵，说："考大学的事真的有福音了！走吧，商量去。"

进大学有了上天梯！怎么能不关心呢？长时期以来，我们这所国立中学的四十多个应届高三毕业生，人人心里都压着个比磨盘还沉重的大疙瘩：考不取大学怎么办？因此，连前些天盟军在欧洲开辟了"第二战场"的消息也没有在大家心上占多大的位置。人人牵肠挂肚的是：考不取大学怎么办？

同学们绝大部分是"流亡学生"，家在沦陷区，都是不甘心做亡国奴来到大后方的。有的随家来了，多数却丢下了亲人、家庭，游魂似的在四川逛荡，最后被收容在这个乡下由祠堂、破庙改建得有点像难民收容所的国立中学里，享受"贷学金"。所谓"贷学金"，钱并不发到个人手里，只是吃住不要钱而已。吃得当然很孬，摆在桌上小瓦钵里的，不是白水煮牛皮菜就是干辣椒熬萝卜，有时甚至一天只能发一匙粗盐、喝两顿薄粥，肚皮老在唱"空城计"。但到底像小鸟有枝可栖，用不着为吃饭求乞，还能上课求点知识，也就算不错了。如果毕业了呢？按照规定，马上得离校，这就惨了！吃饭的地方没有了，住宿的地方也没有了。只有考上了大学，那才算又找到了一个饭碗，一个栖身之地。说"毕业就是失业"，那是一点也不过分的。无怪乎班上的同学面临毕业个个唉声叹气。功课好的，把生存和前途的唯一希望寄托在考大学这"背水一战"上，功课不好的，也一个个在临阵磨枪，起早睡晚，图个侥幸；同时，又都在思索着考不取怎么办？找一条什么样的出路？……哎呀，一天一天真难熬呀！复习功课时嫌时间过得太快，烦闷愁思时又觉得时间太长。

所以，乔枫一卖关子，马上吸引了我。我觉得心在怦怦乱跳，问："上哪？"

乔枫跷起拇指点点山上，有主见地悄悄说："需要秘密躲在旮旯里谈，到大黄葛树下去！"

山顶那棵绿蘑菇似的大黄葛树枝繁叶翠，周围清静无人，我们三个常常在那儿散步。乔枫带头，我们就一走三晃，张着膀儿，喜兴地仰脸顺着弯弯曲曲的小径往山顶那棵三丈多高、约莫一米粗的大黄葛树进军。

乔枫手里挥着根小树枝儿，一路走，一路高兴地东敲西打，摇摇晃晃。我和方道渊跟着他很快到了山顶，走到枝干盘转的黄葛树下。这儿除了麻雀啁啾，静谧无声。大黄桷树伸出粗壮的枝丫，伞盖似的遮住了阳光。我们在树下长着绿草的沙砾地上盘腿坐了下来，远远看到广阔的长江在静静地流。长江北岸是古老破旧的小镇德感坝，南岸有烟囱冒烟，岸边挤泊着木船，隐约看到大片白墙黑顶的瓦屋，那是倚江的小县城江津。午后的阳光给江水镀了一层金，江上有艘破浪逆水划行的渡船正被激流斜冲到对岸去。

我着急地晃着乔枫的肩膀说："什么稀奇古怪的信呀？快拿来看！"

乔枫丢了手里的树枝儿，嘴角漾起笑纹，递过一封信来。我掏出信笺一看，毛笔字像蝌蚪，写得歪歪斜斜，潦潦草草：

　　乔枫吾兄如握：别来无恙乎？初中时代，吾等是莫尼（逆）之交，高中虽负及（笈）两地，仍常常想念，从未忘坏（怀）旧友。今年面临毕业，吾兄一定渴望金磅（榜）挂名，万一名落孙山，有何面目见江东父老？每一想起轧（辄）不寒而栗。弟现有一条考学必胜之路，不愿自秘，诚恳向兄透露。当然需要付出代价。兄乃聪明人，弟贡献此福音之后，兄如有志于此，接信后请速来重庆嘉陵中学当面洽商。此事最需严密，请守口如瓶，切勿向别人道及！此信阅后付火，盼兄速来见面。匆匆不尽，顺颂

近祉！

小弟刘之光顿首
民国三十三年六月十二日

信写得文绉绉，错别字可不少，文句也很蹩脚。我读完了信，头脑里像做一道数学题列不出式子来，糊糊涂涂，就又读了一遍，才像喝茶似的品出点蹊跷的味儿来了，但究竟还是猜不透葫芦里卖的什么药。我迷惑不解地朝乔枫和方道渊眨着眼问："怎么回事？"

方道渊眼神疲倦，双手抱着两条瘦骨嶙峋的腿膝，说："乔枫，你快说说吧！"

乔枫亢奋异常地把信从我手上收回去塞进口袋，舌尖舔舔嘴唇说："哈哈，普罗米修斯为黑暗的人间送来了火种！写信的刘之光，他是我初中时代要好的朋友。他爸爸是教育部的次长，家里挺阔绰。他交游广，门路多，兜得转。这封信，有两处最值得注意，一是他说的'现在有了一条考学必胜之路'，二是'需要付出代价'。你懂这是什么意思吗？"

大黄葛树下的灌木丛中，有一只花蜘蛛在结网，拉着黏性很强的丝转过来又绕过去，正在东编西织。我看着结网的花蜘蛛，沉吟着。空气沉闷而紧张，我摇摇头表示无法理解这封信的怪诞。

乔枫是个见过世面的人，从袋里摸出香烟来吸，胸有成竹地说："考大学的事，我听说营私舞弊早就公开化了。我估计准是他有门路能像魔术师似的用一种特殊的办法，一下子就使我们都能飞进大学之门……"

乔枫一点明，我连连点头，心里滋味不由复杂起来，也说不出是

喜是忧，是怒是愁。乔枫的好朋友刘之光如能有这么大的能耐，我们考大学当然十拿九稳，太可喜了！可是能不能办到呢？这不能不叫人踌躇！这样的事，能有幸沾光自然高兴，可是想一想，那么多高中毕业生，大家都在愁眉苦脸唉声叹气起早睡晚拼死拼活地复习功课应考，这里却有人能有门路轻而易举地从另一条捷径进入大学。有人凭本事、凭努力；有人却凭投机、凭金钱、凭权势和门路！多么黑暗，多么不公平！凭投机、凭金钱、凭权势和门路的人多了，凭本事、凭努力的人出路就窄了！要是我不认识乔枫，乔枫不认识刘之光，那我们考大学还有多大希望!?而且，我听说，在进大学的事上利用职权营私舞弊是要触犯刑律的。《六法全书》我没读过，怎么算犯法，怎样算合法，弄不清。但既是营私舞弊总不是好事，能干得吗？……眼前好像有十条八条岔道在任我选择，头脑里乱七八糟理不出头绪。只听乔枫理直气壮地又说：“我们考不取大学谁可怜我们？有了上天梯不想进天宫太傻了吧？这种事不干白不干！我决定到重庆去一次，同他见面，把事情弄明白，敲定下来。你们看好不好？”

方道渊折了些狗尾巴草在手里编洋马儿，眨着疲倦的眼睛皱皱眉喃喃地说：“有上天梯当然好！但他信上说‘要付出代价’，不知要花多少钱？要是数目太大，就怕我们花不起。”看来，“老夫子”倒是愿意干的，只不过愁的是钱。

他是个老老实实、心地善良、性格懦弱的人。身体因为长期营养不良，变得弱不禁风。他家在浙江温州，家乡沦陷了，做小学教员的父亲和他母亲、妹妹都没出来。他是流亡学生，单身一人离乡背井，平日像害了思乡病，逢年过节想起家来就泪流满面。遇事总是容易悲观消极。身体差，脑力也受影响。读书十分用功，人都叫他“老夫子”，可成绩总是中等。他有个叔叔在綦江的税务局里做小职员，家里人口不少，负担也重，收到他哀告求援的信，有时给他寄一点钱零用。这是他的唯一经济来源。最近，叔叔给他的信说：“……米珠薪桂，物价如断线风筝，吾等生计艰难，愁苦已极。汝行将高中毕业，务必考取大学。如不长进，不能录取，只有与汝断绝关系，莫怪叔叔无情也……"他整天抱着书本，晚上睡得最迟，早上起得最早，头几天还咯过一口血。常常叹息着说："我要是考不取大学，真是死路一条了！""这么大个社会，何处有我容身之地？"我功课在班上是拔尖的，见他这样，总是抽时间帮他复习，有时讲物理，有时讲化学。他是个自爱的人，想要我帮助，又怕拖累了我，总说："唉，你看，我怎么笨得这样呢？你别管我了！我不能自己考不取又害得你考不取！"他越这样说，我越感到非帮他复习不可。虽然我心里也火烧火燎急着想多做些难题怪题，可是一想到他如果考不取大学将无家可归时，我就宁肯搁下自己的书本去教他了。我总是安慰他说："老夫子，不要急，要有信心！……"现在，乔枫收到这封怪信，当然给方道渊也带来了成功的希望。从他那戴着近视眼镜的黄瘦的脸上和暗淡的眼神里，我能窥察到这种希望的微弱光芒。但他穷，花不起钱的问题当然会是他首先考虑到的。听他说话时，我又察觉到他的那种悲伤而消极的情绪了。

远处，江面看上去是平静的，江水似在慢吟浅唱，实际漩涡特别多。我们的生活啊，似乎也跟江水一样，看来平平淡淡，实际险象丛生，也不知什么时候自己会被漩涡和浪花吞噬下去……

我摘片草叶含在嘴里学鸟叫，远眺着江水，沉浸在一种愤懑而又矛盾的心情中。如果凭本事考，我是有希望的。可是碰到眼前这种可诅咒的世道，谁知希望能有多大呢！现在，喜从天降，"福音"飞到面前，怎么能弃而不要呢？可是，营私舞弊，我总觉得肮脏！要是我那去世了的做大学教授的父亲，要是在上海沦陷区带着弟弟含辛茹苦靠做家庭教师为生的母亲，他们知道自己儿子跑到大后方来，竟在干这种勾当，会怎么想？头脑里像有两个人在打架：一个说："这种事，不光彩！"一个说："算了吧，别假清高了！考不取大学你怎么办？还是现实点好！"一个说："你跟乔枫、方道渊不同，凭你的本事，就可以考取大学。你为什么要这么干？再说，你靠舅舅接济上学，你也没有钱来干这种事！"一个说："可笑！这个社会，前方吃紧，后方紧吃！贪官多如牛毛，特务横行不法！规矩人处处吃亏，男盗女娼的却升官发财！眼面前有送上门的机会，你不干岂非书呆子，太可惜了！你想凭本事，你的本事可靠吗？未必吧！……"

我是依靠在德感坝对面江津县城里开业做医生的舅舅接济零用上学的。舅舅和舅母待我不错，每月都固定给我一点零用钱，鞋袜不能穿了也给我换新的。每到假日，还能去舅舅家吃点荤腥，打打"牙祭"。可是，毕业前夕，舅舅已经不止一次有意无意给我加过压力了。也许，是想促使我更加努力吧。有时，舅舅说："今年暑假要看你表演了！你要给你的表弟表妹做个好样子。考取了我给你做点新衣上大学，考不取我可没法向你母亲交代。"有时，舅舅又满脸严肃地说："要是你考不取大学，那真难为情呀，我脸上也无光。你不要对不起你那去世了的父亲！"……我不禁想，唉，考取当然好，考不取怎么办？难道好意思住在舅舅家里吃老米饭？那脸皮得有几寸厚才行啊！再说，他家有三个表弟，住得很拥挤，舅舅开私人诊所做医生收入也不多，我在他那儿吃白饭于心能安吗？想起考不取大学前途渺茫，我的心乱得就像攀满篱笆的牵牛花藤，复杂交错……再三思索，我也有了想法：这种坏事是混账的社会逼得我们干的。能怪我们吗？机不可失，时不再来，要抓紧不放！既要凭我的本事，也要利用这种可以利用的机会。不然，就是笨蛋蠢货了！何况，我也不能光为自己考虑，我和乔枫、方道渊是最要好不过的了，同学三年来总是互相照顾、互相帮助的。乔枫人很聪明，就是不用功。他要想凭本事考取大学，那是一点门儿也没有。方道渊的把握也不大。为他俩考虑，我只能点头不能摇头。因此，我想了一想，既尴尬又敞开心扉地说："这封怪信写得还不够明白。不知这条'考学必胜之路'是怎么一回事？如果有把握，那当然干！乔枫你马上去一趟重庆找到刘之光，把来龙去脉弄明白。至于钱，先不要愁，只要能考取大学，就是大家都背上一屁股债，把东西都卖尽当光，也划得来!"

我一表态，方道渊用手搔着乱草窝一样的头发，似乎高兴了一些。乔枫也兴奋得眼睛倏地发亮，猛吸了一大口烟，喷云吐雾说："好呀!有了你这隆中决策，大局就定了! 明天拿了你们的令箭，清晨我就去重庆搭桥牵线把上天梯搬来!"接着，又叮嘱："这件事对谁也不许讲，做得到不?"他用两只坦率的眼睛盯着我和老夫子。

"老夫子"方道渊那双疲倦的近视眼在镜片下闪烁着光彩，点头说："嗯，当然做得到!"

我也点头撇着四川腔说："要得!"

我们三个沉浸在幸福的憧憬之中。最后，谈到了乔枫请假去重庆的事。

我迟疑地问："用什么理由请假呢?"

乔枫扬扬刘之光的信封，左手执烟做了个写字的姿势，眉飞色舞地咧着大嘴巴笑："那还不容易? 我龙飞凤舞写上几句就说老爷子有病不就行了! ……"

我明白了! 乔枫会用左手写字，他只要改换笔迹写封假信装进刘之光的信封里，诳说父亲生病就可以去重庆了。说谎是坏事，谁都懂得。可是人却常常把说谎当作家常便饭，大约总是因为说谎是一把能够解决问题的金钥匙，不忍不用吧?!

我向乔枫建议："你快去快回!"我知道他是我们三个里经济情况比较好的一个，只是袋里搁不住钱。我把舅舅给我的仅有的一些零用钱——一把零零碎碎的钞票从口袋里掏了出来塞到他手上，说："拿着吧!这点钱够买去的船票。回来的船票，靠你自己想办法了。"

乔枫咧着嘴笑："只要能去，我就能回来。"

我们商量定夺以后，乔枫立即找训育主任冯胖子请了假。半夜，我和"老夫子"点一盏小灯笼送乔枫下山到德感坝江边搭头班渡船过江去江津赶小火轮到重庆。头班渡船离开德感坝江边时，天还漆黑，夜雾浓重。江水滔滔，哗哗流淌，黑咕隆咚的雾气使人感到神秘、恐怖。乔枫在船上乐天地挥手高叫："哎！——等着福音降临吧！"船夫撑篙划桨开了船。我和方道渊同乔枫招手告别，看着他随起伏的渡船在黑暗多雾的江上隐没。灯笼里的蜡烛已经烧完，我们只好摸黑回校。两人一脚高一脚低沉浮在雾气氤氲的暗夜中，走着崎岖不平的山路，都没有说话，但心情杌陧。

那是一种走黑路的人盼求光明来临的心情，既有焦灼，也有渴望，更有一种凄寂、渺茫的感觉。这种感觉，赶过夜路的人都知道。

"不一样"又"特别要好"

天刚蒙蒙亮，就吹响了刺人耳膜的起床号。

我掏出父亲的遗物金怀表来看，它"咔嗒咔嗒"走着，正好是五点钟。

那阴阳怪气，凄凄惨惨的号声是："5̇ 3 — 5̇ 1 — 3 5 — 3 1 ……"吹号的是个从湖南抗日前线负伤退伍下来的号兵，脸色蜡黄，已近中年，据说是总务主任蓝胡子的亲戚，伤愈离开伤兵医院无处吃饭投奔学校当了号兵的。他一吹号，学生就说："伤兵又在哭了！……"

破庙东侧那间阴暗潮湿的小寝室里，一共住着四个人。除了乔枫、方道渊和我，还有调皮捣蛋的余小海。四个人相处很和睦，只不过，我和乔枫、方道渊最要好，三人形成一个小圈圈，没把余小海包括在内。

平时，伤兵吹的哭丧起身号响出第一个音符之前，"老夫子"就起身了。起身之前，照例听到他躺在床上用浙江官话在背诵鲁迅《过客》中的话：

是的，我只得走了。况且还有声音常在前面催促我，叫唤我，使我息不下。可恨的是我的脚早已经走破了，有许多伤，流了许多血。因此，我的血不够了，我要喝些血。但血在哪里呢？可是我也不愿意喝无论谁的血，我只得喝些水，来补充我的血……

"老夫子"方道渊背诵的语调，使我感到哀怨忧伤。

送乔枫走的那天，我和"老夫子"摸黑回校，两人都直接钻进教室去掌灯看书，没再睡觉。第二天，"老夫子"却不早起了。伤兵吹完了起床号，我起床漱洗完毕，他仍懒懒地躺着。我是主张生活节奏像钟表一样有规律的，去教室自习时就想：这个身体虚弱多病的老实人，思想上有了寄托，大胆安心，松了劲儿了！万一乔枫的事办不成呢？天下事骑马找马是上策，就怕挑担子脱了一头又抹了一头，到那时后悔也就晚了。我决定早饭后找机会把心里想的跟方道渊说一说，鼓励他继续努力抓紧复习功课。

我和"老夫子"拿了碗筷到饭厅里去的时候，两大木桶稀得可怜的薄粥已经冒着热气，由伙夫抬出来放在院子里了。每桌八个人，桌上放一碟数得清数的盐水煮豌豆。时间一到，训育主任冯胖子板着脸巡视一番，高叫一声："开动！"大家就抢着去盛粥。接着，只听到一片"呼噜噜"的喝粥声。煮粥用的是陈米，有的米粒已经发黑霉烂，里边砂石、泥土、稗子、谷粒、鼠屎、头发，应有尽有。煮成粥，大家叫它"八宝粥"，煮成饭，就叫它"什锦饭"。我和"老夫子"方道渊吃烫粥都吃不快，每天早饭只能吃个半饱，大汗淋漓，上唇的皮常常烫破，两人半饥不饱地草草吃完早饭洗了碗，就像每天一样，匆匆拿英文课本去教室后边的田埂上晨读。

我和乔枫、方道渊三个，都是浙江人，都是十九岁。人与人相交，贵在知心。三人性格完全不一样，却特别要好。除了同乡同年龄，除了"同是天涯沦落人"，主要原因就在于能诚恳相处，谈知心话。

乔枫是个热情、纯真、活泼聪明的人。他父亲，在重庆大通银行做中级职员，带乔枫到了四川，把他的娘和一个妹妹丢在沦陷了的浙江杭州。到重庆后，乔枫的父亲找了位"抗战夫人"，并且给乔枫生了个小弟弟。乔枫本来在重庆沙坪坝上南开中学。南开中学可不是一般穷流亡学生能去上的。乔枫初中在那儿毕业，说明他那时的家庭条件是挺不错的。可是，随着老子对他的逐渐冷淡，他上完初中就离开重庆"淘汰"到这所国立中学来了。乔枫会唱男低音，爱绘画，有活动能力，对人讲义气。本来功课不差，因为得不到家庭温暖，训育主任冯胖子对他态度又很坏，所以他心怀不满地说："家庭不给我温暖，学校也给我一块冰，好吧，冷酷对冷酷！"他像一头野马，没人关怀，也没人管束，整天看小说，拉二胡，唱歌绘画，有一种游戏人生的态度，还学会了抽香烟。他上课从不听讲，下课也不做习题，经常嘴里怪腔怪调地哼哼："这是个东方灰暗的老阴天，大家及时快乐吧！……"

"老夫子"方道渊呢？我和乔枫都可怜他。他那个做小学教员的父亲，颇有点爱国思想。当初，自己留在沦陷区过地狱生活，却千方百计筹了盘缠让儿子逃到大后方抗日，又以为自己那个在綦江税务局做事的弟弟会照应这个侄子。哪想到儿子成了流亡学生，在大后方孤苦伶仃，身体羸弱，瘦得像根豆芽菜。不但有胃病，脚脖子常常水肿，还咯过血。方道渊老实得有时迂腐，有点内向，和乔枫的性格简直相反。他忧郁、消极、悲观、沉默寡言，有事常常放在心里，实在苦闷到极点了，才跟我和乔枫透露心曲，或者独自夜里偷偷在被窝里淌眼泪。但方道渊两手很巧，会做细针密线的针线活，常常不声不响就把乔枫和我的破衣破裤破袜子偷偷补好了，弄得我们很过意不去。

我，是个踏实的人，做事喜欢一步一个脚印。自从父亲病故后，看透了世态炎凉。一方面自己一心想学点本事有个出路，另一方面有些愤世嫉俗同情弱者。我在学校用功读书，遇事有自己的看法，拿笔能写，拿嘴能讲，聪明外露，人都以为我心里点子多、有才气。偏偏我这浙江青田人，又姓了一个特别的姓——"留"。据说全国也只有青田有人姓"留"。青田是明朝开国元勋刘伯温的家乡，传说刘伯温功成以后，归隐青田，怕明太祖朱元璋杀戮功臣要加害于他，改姓为"留"。姓"留"的都是刘伯温的子孙。于是，同学们都开玩笑给我起了个"刘伯温"的绰号。其实，我自知并无"军师"的才能。我只是认准了做人要有理想和抱负，要有高尚的胸怀。但所谓理想和抱负，当时也就是以为把功课学得好一点，将来考取大学，能成为一个有学问的人就不错了，所谓高尚的胸怀，那就是不做坏人、不做坏事而已。我和"老夫子"方道渊沿着狭小的田埂往前走。田埂两侧的层层梯田里爬满了绿叶红梗的红苕藤，也栽种着开放紫红小花的豌豆。田埂野草上的露水沾湿了我的布鞋。远处有个头上缠着白布的老汉牵头慢悠悠的水牛在雾中，飘飘然，若隐若现……看看四面无人，我和方道渊在田埂边上蹲了下来。我说："'老夫子'，估计明天、'乐天派'就能回来了。我有个想法，无论他带来的消息是好是坏，我们复习功课还是不能松劲儿。你说呢?"

方道渊用衣襟擦拭眼镜片上的雾气，点头说："是啊，世杰，你说得对！但是，我现在确实把希望全寄托在乔枫身上了。我……"他摇摇头，突然闷声不响了。

我朝他看看，见他那张苍白泛黄的脸上气色特别难看，不忍苛责，却又觉得事关前途命运，便直率地说："道渊，比如赌钱，千万不能把宝全押在刘之光给上天梯这件事上。万一乔枫回来，事情没办成，或者刘之光狮子大开口，漫天要价，我们拿不起，那岂不是要失望了吗？我们该怎么复习还是怎么复习。你每天早上本来都起得很早，今天早上却起来得迟了。是不是懈怠松劲了呢？……"

"老夫子"方道渊言寡语滞，两眼眯看着远处小路上在雾气中走过的一伙赶着骡马运盐巴的挑夫。骡马脖子上的铃声"叮咚叮咚"在山峦之间发出回响……过了一会儿，他摇头叹口气，闭上了无神的眼睛，说："世杰，昨夜……我又咯血了……"他咬着嘴唇泪汪汪低下了头。

给他一说，我心都酸了。我刚才说的那番话伤害了道渊。他昨夜又咯血的事使我吃惊。我真想收回说过的话并且向他道歉。

他右手取下眼镜，左手搓揉着流泪发胀的眼圈又说道："我觉得我这人是没希望了。功课没学好，身体又不行。要是能考取大学，还有个去处。要是考不取，我是穷无立锥之地。天下虽大，何处是我的出路!?"

我心里战栗，不知怎么安慰他才好。我只能诚恳地说："'老夫子'，我们都年轻，还有很长的生活道路在等着我们。为什么要消沉呢？我愿意帮你把功课复习好。等星期天，我陪你过江，找舅舅再给你看看病。像赛跑一样，快到终点了，我们一起加油努力跑！"

方道渊点头，毫无血色的脸上带着坚毅，擦干了鼻子两侧的泪痕，说："世杰，我听你的话去做。你说得对，赛跑快到终点了，怎么样我也要挣扎着跑到终点！"

半山腰里杀出个程咬金

乔枫从重庆回来，由江津摆渡到德感坝又走回山上的学校时，天已经黑了。

我和"老夫子"方道渊正合用一盏小桐油灯在教室里上晚自习。与我们一同上晚自习的还有其他二十多人，大家都坐在自己的位子上俯首苦读。小桐油灯是用灯草作芯子的。三根细小的灯草，冒着浓黑的油烟，发出昏黄的微光。书本是用土纸印的，本来就模糊不清。夜晚靠小油灯看书，更加伤眼。桐油的黑烟，熏得我们鼻孔乌黑。"老夫子"一边看书一边咳嗽。突然，我听到一声熟悉的口哨声远远传来。我掏出金怀表来看，刚好是七点钟。我用臂肘碰碰身旁的方道渊轻声说："'老夫子'，可能是乔枫回来了！"

果然，有了歌声："……你们爱怎么说就怎么说……"乔枫出现在教室门口，叫了一声"'刘伯温'！"他的叫声里散发着欢乐的情绪。我和方道渊马上"嗯"地吹熄油灯，也不管同学们怎么想，两人一起匆匆走出了教室。

方道渊一出教室门靠近乔枫，马上急火火地问："乔枫，好消息来了？"

乔枫手里攥着三截劈短了的甘蔗，分递了两截给我和"老夫子"。他的声音在黑暗中带着笑意，轻声说："对！对！对！"一连说了三个"对"字。

我接过一截甘蔗说："走！到大黄葛树下谈去！"带头迈开了步子。

他俩说："好！"飕飕生风地紧紧跟上。

满天是眨眼的繁星，夜风吹在身上很觉凉爽。我紧挨着乔枫走，撕嚼着甜甜的甘蔗，边走边急着问："乔枫，是我们猜的那么回事吗？"

"当然不出山人所料！"乔枫沾沾自喜笑嚼着甘蔗说，"刘之光很讲交情，有了好事儿不忘老朋友，真是福音从天而降！"

方道渊在身后也嚼着甘蔗，急着插嘴问："要花很多钞票吗？"

乔枫忽然叹了一口气说："那当然！不为钱，他也就不找我了，等会儿慢慢讲给你们听吧！"

说到钱，三个人都有些沉重。我们到了大黄葛树下，沐着夜风，朝南席地坐下。四下寂静无声，只有微风摇晃着昏昏欲睡的树叶，吹来一种温暖的、使人困倦的野草的幽香。星光不亮，看不清大江，只听到江水呜咽地流。对岸江津城那鬼眼似的灯火，仿佛天上的星星有一片落在了地上。

我闻着芬芳的青草味，咬着甘蔗，催着乔枫说："快点摆来听听吧！"

"甘蔗真甜！""老夫子"方道渊啜着甘蔗汁说，"这两天坐立不安，就等着你带好消息回来呢！"其实，这种四川甘蔗，是做糖用的，只有高粱秆那么细，比起广东的甘蔗来味道差远了。

乔枫使劲咬着甘蔗，嚼得普嚓普嚓响，爽快地说："好，从头摆起。我到了重庆，也没回家，就直奔朝天门嘉陵中学找刘之光。刘之光见到了我，眉开眼笑，请我到小什字一家馆子里叫了豆瓣鲫鱼、麻婆豆腐，请我吃了一顿好饭，逛到国泰电影院旁的茶馆里沏上了一壶酽酽的沱茶。密谈了前后始末。原来，他认识南温泉中央政校教务处的一个职员，此人名叫丁海明，神通广大，有办法能搞到试题。"

望着深远的墨蓝墨蓝的夜空，我不禁说："啊，试题？"

乔枫得意地点头，吐着甘蔗渣说："对！中央政校的试题！刘之光同他谈了条件，他答应今年考试前利用印试题的机会将各科试题全部偷出，一手交货，一手交钱。当然，价钱是狮子大开口的。他说：'乔枫，你我过去是老交情，我有好事就忘不了你。我希望跟你能一同进政校，再同学四年。我给点便宜货你沾沾光，你想办法拿出两条小黄鱼来就行，你看便宜不便宜？'……"

我一听，是中央政校，兴趣索然。政校是国民党培养训练党政人员的大学。这学校政治系毕业出来的学生有的能去当县长，外交系毕业的学生有的能当外交官。也有人热衷进这个学校。可是我是个主张无党无派的人，不想钻到政校将来做政客党棍，我天真地抱着工业救国的理想，只想学点理工技术，将来凭本事吃饭。一听是政校，我就想打退堂鼓了。我想把心里的话说出来，但又想，等乔枫谈完再说吧！就没作声了，只一股劲儿啃甘蔗。

方道渊"啪"的一声打着蚊子。他心有所动地问："两条小黄鱼，是多少？"

乔枫把剩的一截甘蔗头丢了，从袋里摸出香烟"嗤"地擦亮火柴，点火吸了一口，说："就是二两黄金。我一听，这数目对我们穷学生来说，确实不少，对人家卖试题的人来说，确实不多。刘之光要我出这个数，他嘴上说是优待我，我当然不好讨价还价。"

看不清"老夫子"的表情，只听他叹口气"呸"地吐着甘蔗渣说："啧啧，哪来这么多金子呀！别说二两，一钱也难呀！"愁闷淤积在他心中。

我望着夜色沉沉的天穹，也吐着甘蔗渣说："别急，'老夫子'，听乔枫继续讲。"

乔枫大口喷着烟说："我问刘之光，这件事牢靠不牢靠，有没有把握？他说：'完全有把握！板上钉钉绝对可靠！但最重要的是保守秘密。丁海明别的不怕，就怕泄露了天机，他会坐牢吃官司。'他要我赌咒发誓：'决不扩大范围，决不告诉别人。'我当他面赌了个重咒。'要是扩大范围、告诉别人，天打五雷轰，不得好死。'……"

方道渊急了，甩掉了甘蔗头说："唉，你怎么能这么赌咒!?"

乔枫咯咯笑出了声，说："急什么，我学《说唐》里的程咬金，上边嘴里在赌咒，下边用脚划'不'字。"

我和方道渊哈哈笑了。我也把甘蔗嚼完了，吐着嘴里的碎屑说："你继续讲吧！"

几星微绿的萤火飘飞过去，像在夜色里飘浮着的一只只神秘的小眼睛。远处大江的水潺潺地流淌……

乔枫吸着烟说："我赌了咒，刘之光告诉我：到考大学时，报考南温泉中央政校，我和他在考试的头一天夜晚八点钟，在政校大门口会面。那时，他把试题抄一份交给我。至于二两金子，他要我在半个月内交给他。我答应照办，事情就算圆满办成了。"他的语气里溢满得意。

方道渊的近视镜片在星空下闪着亮光，叹口气说："要到考试的头一天夜晚才能拿到试题，太晚了。万一拿不到，岂不鸡飞蛋打，竹篮提水一场空？"

我听着蚊子嗡嗡飞，也不禁说："是啊，太被动了。"

乔枫用手驱赶着叮脸的蚊子，说："我们有我们的困难，人家也有人家的难处。偷试题可不像到德感坝小馆里吃碗排骨面那么容易。听说丁海明有同伙，不是他一个人干。出题、印试题的教职员都没有行动自由，要等考过了才让出来。他们是预先约定：被软禁的人找机会在印题时做好手脚，将试题从窗口里丢出来，由指定的人将试题拾到手里按时在校门口交货。在这中间玩手脚可是冒风险的哪！"

我想，倒也是实话，没有作声。

方道渊老是怕靠不住，又问："到时候有把握能拿到试题？"

乔枫大口大口吸着烟，说："放一百二十个心吧！刘之光这人很鬼。他办事不会吃亏的。"就又接着往下讲，"后来，我回了一次家。老头子问：'怎么回来了？'我昧着良心说：'我咯血了，马上要考大学，想来要点钱。我借了路费来的，在学校也欠了人家的债。'……好说歹说，你们看——"他掏出个东西在我们眼前一晃，黑暗中蓝幽幽的星光下看出是个黄灿灿的金戒指。乔枫说："唉，才三钱重，还缺一大截。他给了我钞票，我怕贬值，马上跑到杨庆和银楼兑成了金子。嗨，这才一马离了西凉界，回来了！"

那年月，通货膨胀，物价暴涨，拿到法币如果不换成金子、美钞，立刻就要贬值。所以，刘之光要的是金子，乔枫到银楼里兑换的也是金子。

乔枫情绪很好。听他说完，"老夫子"沉默着，好像是在数天上的星星。

我随手摘了根毛莨草茎含在嘴里咬嚼，倒胃口地说出了心里话："中央政校，我实在是不想上。我想考别的学校，比如西南联大、复旦、重庆大学都行，就是政校实在没兴趣。"

乔枫把烟蒂用手捏灭，小心地装进上衣口袋留着以后再吸，说："世杰，你这就不对了。说实话，政校我也没多大兴趣，可是放着一块五花肉不吃，宁可饿肚子，对吗？只要能有大学上，我什么都不计较，什么都不在乎。我们进了政校，难道就都会做党棍吗？那也在我们自己嘛！再说，你和尚不知道士苦，我和'老夫子'在考试的头一天晚上拿到了试题也无用。我们有了你才有靠山。你可以立时三刻把题目做出来，让我们背熟了去考。缺了你，我们怎么办？你也该为我们这两个老朋友想想呀。至于你，我相信，凭你的本事，你录取别的大学未必没有希望。好在考了政校，你再报考别的大学也可以。你不常说'骑马找马'吗？那么，考取了别的学校，政校你不上就是了，你说呢？"

我沉思着。为乔枫和"老夫子"考虑，我不能太自私。乔枫的话封住了我的嘴，我只好点点头，说："嗯，那就这样吧！"

"老夫子"方道渊心里充满矛盾地说："是啊，世杰，我也不想上政校。可是万一考不取大学怎么办？能录取政校有个地方吃饭住宿总比成了马浪荡好呀。我一定拼命好好复习，再跟着你考别的大学。拿政校垫底，以防万一。如果考取了别的学校，就不上政校。"

我望着天幕上眨眼的星星和远处浩浩东流的长江，又只好点点头"嗯"了一声。但心里还梗着个难题：二两金子还缺一两七钱。我既参加了，总不能一毛不拔呀。可是一两七钱金子，哪里去弄来？我咬着嘴唇沉吟，乔枫好像察觉到我在想什么了，突然说："世杰，我是豁上了。道渊和你都不宽裕。凭你的本事，本来无须来这一手。你今年没考上，明年也是有希望的。所以，我早决定了：买试题的二两金子，不要你拿，也不要'老夫子'拿，我一人包了。我们三人有马同骑。这件事就这么定！"

方道渊的嘴好像被一把锁锁上了，默然无声。我受不住刺激，立刻说："那怎么行？我的经济比'老夫子'好，他不拿钱，我赞成。我得拿自己的一份。多的没有，这只表——"我把黄澄澄的金怀表掏出来递给乔枫，说："拿它折合一两金子还是可以的，你收下吧！"

金表"咔嗒咔嗒"走着，声音清脆。我的思绪在黑暗中起伏翻腾。啊，我多么舍不得这只金怀表呀！它是爸爸的遗物呀！自从爸爸病逝以后，它就春夏秋冬贴身伴随着我。它是爸爸留给我的唯一纪念品。

但是，我身边值钱的物件也只有它呀，不拿出它来，我拿什么呢？……我是在激动中怀着凄惨的心情把它拿出来的。

夜风，送来一阵阵隐约的狗吠和地里泛出的潮湿霉腐的肥料气息。方道渊在一边唏嘘起来。

乔枫豪爽地推着我拿金表的手，仿佛那是一块火炭，会烫了他似的，声音里充满感动，说："不行，世杰，我了解你。你这人重感情，侠义心肠。可是，这是伯父留给你的唯一值钱的纪念品，怎么也不能把它这样送掉。钱，愁什么呢？山人自有妙计！"

忽亮忽灭的萤火虫在微微晃动的树影间飞舞。远处有咽咽蛙鸣声。方道渊叹了一口气沉吟道："要是会点石成金就好了！什么妙计呢？"他的语气中既有歉疚，也听得出心情枇陧。

我将表放在乔枫盘坐着的腿膝上，说："'乐天派'，别说大话了吧，这表你先拿着……"

乔枫点燃一支香烟，拿起表来又往我手里塞，对着方道渊和我咧着大嘴咯咯响笑起来，说："你俩听着，我真有办法：第一，现在天热了，冬天那些毛线衣和我的一件呢大衣用不着，我可以拿到江津拍卖行去卖，卖不掉就送当铺。只要能上大学，冬天找我父亲还怕没衣穿？第二，我可以到处写信找过去的老同学、老朋友求援。以前的熟人不少，有的已经工作，有的家里富有，积沙成丘，集腋成裘。一两七钱金子的钱，好办！……"他怕我和方道渊不过意，又斩钉截铁地说："我们三个平日好得像一个人似的，友谊比金子珍贵。你们要是珍视这点，那就照我乔枫说的办吧！"他将我的金表硬塞进我的手里，又说："而且，我还有个锦囊妙计，你们看行不行？"

星光扑朔迷离，依稀看到远处奔腾的江水像墨汁一样浓黑。我和方道渊都呆呆望着他，只见他说："我有个初中同学，名叫赵白尘，他在合川二中，也是今年高中毕业。这家伙功课一塌糊涂，考大学准吃鸭蛋。他有点流氓气，是个三青团员，又参加'袍哥'①，有黑势力，人说他为人狠毒，都不愿跟他交往。但他家是巴县的大绅粮，他老子是'袍哥'里的头面人物。他家有钱。他上中学时借钱给人就收印子钱。万不得已，可以借他的高利贷。但，最好的办法是：我来学刘之光，如法炮制，给他高考试题，这一两七钱金子就让他出！我估计，这样送上门的美酒佳肴他是求之不得，不会拒绝的。你们看行不行？"

我忍不住哈哈笑了。方道渊一直情绪低沉，听了也笑。我想了一想，说："唉，怎么办呢？要是实在没钱，当然只好这么办。反正，你卖衣服我是不忍心的。"

方道渊多愁善感地说："唉，凭我的本心，也想告诉同寝室的'小麻子，余小海。可是就怕这样一传两、两传四，搞到最后，花了冤枉钱，泄密坏了大事。"

乔枫坚决地摇摇头："余小海，我们只能硬硬心肠不管了。告诉赵白尘，是为了要他出一两七钱金子，叫他也赌咒发誓，只许他一人知道。"

我说："万一他也学程咬金脚下划'不'字呢？"

乔枫笑了，喷着烟说："他可会打算盘了。对他不利的事他是不干的。告诉了人会影响他录取，抓住这点叫他保密就是。你们不要老是做悲观主义者。"

给他一说，方道渊和我也就同意了。我说："我还是那句话。骑马找马！即使万一出了问题，自己还能考一下。"

方道渊点头说："当然！当然！"

乔枫摇头打哈哈，吸着烟说："谈何容易呀，现在给我一匹腾云驾雾的千里马我也骑不上去了。我不属老鼠，胆子不小，我喜欢冒险。我是单打一，决定沿着这架上天梯爬进大学那扇凯旋门去！"

---

① 袍哥：即哥老会，一种黑社会的帮会组织。

我了解他平日太不用功，要他"骑马找马"自有他的难处，便说："就这样吧！"我又将金怀表塞到乔枫手里，坚决地说："表，你先拿着。如果赵白尘愿意参加，一两七钱金子有出处，不需要这只表，你就还我。要不，这只表就折价给刘之光算了。"

我说得十分诚恳，乔枫听得出我的一片真心，终于说："好吧，你先保管着。需要时，我找你拿。"

他说得也十分诚恳，我就只好又将金表装进了胸前的口袋。

方道渊心情似乎又轻松又沉重，说："走吧，回去吧。我还想复习物理呢。"他站起身来，扑打裤子上的灰土。

乔枫吐着烟说："我们三个君子协定吧，对谁也密不透风。我知道你们俩心眼儿都好，我也不是个铁石心肠的人。可是我们不能同情这个又怜悯那个，泄漏了天机。我们不必赌咒发誓，但一定要说到做到，许下个诺言。"

"老夫子"方道渊的声音十分诚恳，说："行！我一定做到！"

我也说："我也一定做到！"

谁知，话音刚落，大黄葛树后突然蹿出一个矮墩墩的黑影，将我吓了一跳。我嚷了一声："谁！——"

只听那黑影用炸耳朵的嗓音狡黠地说："好啊，老子什么都听到了！你们三个小子干的好事，我给你们马上都揎出去！"

乔枫眼尖，捏灭烟蒂往上衣口袋里一塞说："啊！你，'小麻子'！坏蛋！你发疯啦？偷听！"

我也看清楚了：星光下，树前站的果然是同寝室的余小海。他在我们中间年岁最小，个子最矮，调皮捣蛋，鼻子上有几个小麻点儿，所以得了个"小麻子"的绰号。

我做着手势："余小海，你别乱叫乱吼！"

余小海根本不听："哼，我偏要吼叫！刘、关、张桃园三结义还带着赵云、马超、黄忠干哩！你们三个就把我余小海当外人？太欺侮人了!"

方道渊结结巴巴不安地说:"'小麻子'! 这……这乱说可不行啊!……"

余小海"扑哧"一声笑了,手叉着腰,涎着脸皮说:"你们三个别惊慌,老实对你们说了吧,我见你们鬼鬼祟祟,知道准有什么花招。盯上了你们,猫着腰跟到这里,果然你们不打自招了。你们谈的,我一句一字全听清了。要是讲交情,就带老子一个。要是眼睛长在额头上,看不起人,不讲交情,哼,锅碗瓢勺一起碎,大家走着瞧吧!"说完,竟转身装出拔腿要走的样子。

乔枫当机立断,说:"好了好了,'小麻子',来吧! 一言为定,我们带你一个。可是,范围不能再扩大了。你得起誓不泄露秘密,行不行?"他走上前去,站在"小麻子"的面前。

余小海一口应承,嬉皮笑脸:"当然行! 连我爸爸妈妈想知道我都不说……"他声音里带着快乐。

乔枫笑着咕噜道:"真是半山腰里杀出来个程咬金。我们费了多大的劲,你倒跑来捡了个现成的大便宜。"

余小海调皮地说:"有福之人不用忙! 钱,我出不起! 可我该有力出力嘛。我家不正住在南温泉吗? 考政校必须到南温泉。我那里可以落脚,保险你们吃住满意。要不然,试题到了手,连个答题的地方也没有总不行吧?"

他想得倒是周到。我们没想到的问题,他都想到了。我们都知道他家在南温泉开烟纸杂货店。那么,到南温泉去,当然可以住在他家里啰。他这一说,我们皆大欢喜。一切顺利,大家以愉快轻松的心情一起下山回教室去。

若灰若暗的夜色紧裹着我们。乔枫疲倦地伸个懒腰,面对星空下被夜雾笼罩的田野山峦,又哼起了他爱唱的那支歌:

……你们爱怎么说就怎么说，
我们爱怎么做就怎么做！……

黑幽幽的路在前面延伸

乔枫去了一趟合川，办妥了同赵白尘联络的事，并且从赵白尘那里弄到了一两七钱金子的款项，写了一张借条交给他。同时又去了一趟重庆，找到刘之光，交付了值二两金子的款和戒指。一切就绪，我们四个有恃无恐地一心等待着考期来临。

这年的夏天同考生捣蛋，特别炎热。风，不知躲到哪里睡觉去了，空气变得停滞不动，使人懒困。正午的时候，大地被火球似的太阳蒸烤得好像昏昏晕去。面临考大学的毕业生们，绝大多数都在拼命，淌的汗都够洗澡用的。

我和"老夫子"方道渊、"小麻子"余小海仍旧死死用功。只不过"老夫子"脑子不行，过度的疲劳使他眼圈塌陷了，功课仍上不去，"小麻子"是"一心有鸿鹄将至"，表面在下苦功，实际复习得飘浮，很不踏实。乔枫因为掌握了"秘密武器"，更自由自在了。他从来不摸课本，上复习课时也不听老师讲解。烟，抽得更多了。先吸整根的，然后再把积聚着的烟蒂拆出烟丝来用纸卷着吸。他整天到处觅借小说看！再不就是唱歌、画速写。有同学问他："乔枫，你怎么无忧无虑？不想考了？"他有时开玩笑："我准备去水泊梁山投奔宋公明大哥落草聚义……"有时就打个哈哈："你不知我是'乐天派'吗？天无绝人之路，耶和华、释迦牟尼、穆罕默德都会保佑我。"老师问他："你怎么打算？"他擦擦汗涔涔的脸，答道："考吧，考取了就升天堂，考不取就下地狱！"

战局形势很坏。抗战已经七年了，日寇看到欧洲战场上盟军节节反攻胜利，太平洋上盟军也发动越岛进攻，海上交通线有被切断的可

131

能，就企图打通大陆交通线。三月里，日寇出动五六万人进攻河南，防守河南的蒋鼎文、汤恩伯、胡宗南部四十万人，一触即溃，失陷郑州、洛阳及四十几个县，平汉路被日寇打通。五月里，敌寇十二万人又在湖北发动进攻，湖南国军有三十多万，有美国空军、炮队帮助，也一打就败。六月十八日长沙失守，战局更糟。政府腐败无能，前线老打败仗。到暑假时，人心浮动，谣言很多。战局会溃败到什么地步呢？一天晚上，在寝室里，多愁善感的"老夫子"就担心着鬼子会不会打到四川来。乔枫笑他说："'老夫子'，别杞人忧天了，过不了几天就考大学了！……"他模仿着基督教传教士那种救世主布道的姿势和声音，洋腔洋调地打趣说："天国近了，你们都要高兴！……"逗得我和"小麻子"哈哈笑起来，"老夫子"也脸有喜色了。

单调的生活一天又一天过去。在这期间，我们四个都定了考大学的志愿：乔枫"单打一"只考政校，余小海政校之外，加了一个在北碚的江苏医学院。我和"老夫子"除了考政校，再一同去考复旦大学土木工程系，也报考重庆大学的数学系。政校在南温泉，复旦在北碚，重大在沙坪坝，考期是叉开的，考生得自己奔波上门去报考，又花钱又花时间，又费精力，苦不堪言。

政校考期最早，是七月十五日。余小海早早就回到了南温泉。我们三个筹了旅费在七月十三日也结伴同行启程去南温泉。一早，由江津坐小火轮到了重庆。下午，到了山城，从朝天门上岸，走到了上清寺。

重庆街道上，尘土飞扬。车辆和人群川流不息，处处使人有"冠盖满京华"、"朱门酒肉臭"的感慨。在上清寺，本想找一家"鸡鸣早看天"① 的小店住下，明天一早去长途汽车站搭车到南温泉。但到长途汽

---

① "鸡鸣早看天"的小店：四川的小客店门口均挂着纸招，上写："鸡鸣早看天，未晚先投宿。"

车站一看，绿色的木栅栏里，人头攒动，由重庆到南温泉的汽车十分拥挤，汽车票不好买，许多考生都是自己背着行囊靠"11路车"① 步行。伏天的酷热，喧嚣的噪音，飞扬的尘埃，这一天已经将我们三人折磨得浑身臭汗，疲惫不堪。方道渊眨着倦乏的近视眼，把指头拔得咯咯响，提议说："不坐车了！我们都是'干人'②，也步行吧！"

车票既然难买，时间又紧迫，乘夜凉赶路，明早保险可以到达南温泉，又可以节省在重庆住一夜的客栈钱，何乐而不为。天黑时，稀落的路灯有的惨白，有的苍黄，我们三个走在尘土飞扬的街上，溶进那灯火闪烁的人流中，又热又累，找了家小店吃了顿最便宜的豆花干饭，一碗豆花，一碟有辣椒的调料，一碗会碰到鼻子尖的"帽儿头"③，撑饱了肚皮，就到海棠溪渡了江步行赶路。我和"老夫子"都带了一厚叠课本和习题本，此外就是一点替换衣服和毛巾、漱口杯之类的用品。乔枫却只带了两本小说之类的书和零用物件。我们盘算着：天亮之前可以到达南温泉。到后，我和方道渊找余小海住在他家，乔枫则找个小店单独住，便于同刘之光联络。他在刘之光手里拿到试题后，马上到余小海家找我们。我将试题做出答案后，他们背熟，乔枫再送一份题目和答案给赵白尘。他同赵白尘约定：在考试的头一天夜里十二点钟在政校门口会面。我们这样安排，真像执行一个军事行动计划似的十分周密。

月光皎洁，树影婆娑。悠长、蜿蜒的公路，起伏的山垭和岗丘，扑面的灰尘……伴随着我们。乔枫不时得意地哼着他的歌："……若要是有那明媚风光才快乐，那也未免糊涂绝顶太可怜……"

一气走了二十里光景，汗水淋漓。天气仍是闷热，公路上，只偶尔有汽车亮着灯驶过，卷起带着酒精味的滚滚浓烟。在崎岖的路上，

---

① "11路车"：当时学生把用两条腿步行叫作坐"11路车"。

② "干人"：四川话，穷人。

③ "帽儿头"：形容盛大米饭堆尖的一种用词。

采用我们这种步行战术的考生很多，也都三五成群地在赶路。这些当然多数是像我们一样的"三等货"。"头等货"——有钱有势的少爷小姐，可以坐爹娘的小汽车或者雇乘"滑竿"到南温泉，"二等货"——可以坐公共汽车到南温泉；只有我们这些穷学生，不自己步行没有别的办法。

"老夫子"体弱，背上一肩行囊、一厚叠书，伛偻着背走路的样子，不禁使我想起了鲁迅在《过客》中写的那位过客，仿佛听到一个声音在说："……我的力气太稀薄了，血里面太多了水的缘故罢……"我刚想替他分担一些重负，乔枫已一把将他的线网兜拽了过去背上了肩，说："'老夫子'，胃又疼了吗？"

方道渊额上冒着黄豆大的汗珠，点头喘息："有一点儿，不厉害。"他的手始终捂在胃上。

我突然埋怨起自己来了。"老夫子"的腿水肿好多天了，该设法让他搭乘公共汽车就好了！可是现在已到半途，懊悔也来不及了。我连忙上前扶住他，说："停下来歇一歇吧！"

我们在路边土坡上找了个绿草茵茵的地方坐下休息。附近不知什么地方，可能有水沟，传来了阵阵咽咽的蛙声……路上的考生络绎不绝地从大路上走过，沐浴着被大树枝叶剪碎了的月辉，在夜幕中身影模糊得像一伙游荡的幽灵。乔枫挥着汗叹口气说："看来今年考政校的人真不少，竞争者一多。僧多粥少，呜呼哀哉的失败者是绝大多数，我们幸亏有了'秘密武器'，是得天独厚的幸运儿啊！"

方道渊长吁一声，咳嗽着说："其实，我也并不一定要进大学。只要让我有个立足之地，种田、做工都愿意。问题是这种门路一条也没有。毕业就是被抛弃。不上大学连个活下去的条件也没有。我看考生里像我这样无家可归的人不少啊！"他又拭着汗，交杂着疲劳和灰心的情绪，迟疑不安地说："我们那事儿总不会节外生枝吧？"

试题要到临考之前的晚上才能见面，会不会夜长梦多，中途生变呢？我虽然从开始就没有把赌注全押在买试题上，但看看考生如此之多，想想万一考不取的严重后果，总不免忧心忡忡了。我也叹气说："是啊，明天是十四号，关键就是明晚了！但愿老天爷保佑，顺顺利利让我们拿到考题……"

乔枫乐天地笑着说："你们这两个家伙呀，要翻筋斗又老是怕摔跤。这架上天梯是板上铆钉牢牢靠靠的。不要不相信人呀！二两金子也早交给刘之光了。我这个人办事向来讲个牢靠。刘之光这人最精明不过，我跟他的交情也够，'天下本无事'，千万别'庸人自扰之'！"

他一吹热风，我和方道渊心里宽慰了不少。方道渊敞开衬衫站起身打着呵欠说："走吧，早点到了南温泉就安心了。争取时间还可以复习复习课本。"

我和乔枫也站起来打算走。忽然，路上走过一伙人，其中有个人高叫了一声："嗨，乔枫！"那叫声是四川口音。

乔枫听到有人叫他，答应了一声，靠上前去，大声嚷起来："哈，是你老兄啊，赵白尘！"

赵白尘是个窄脸长发的瘦高条子，穿件白纺绸长衫。他拎个小小的蓝布提包，跟一伙人说说笑笑在走，响亮而又香甜地嗑着瓜子儿。遇到了乔枫，他就摆脱那伙人走上来同乔枫、方道渊和我一起走了。这是个健谈的人，呸呀呸地吐着瓜子壳儿，说话滔滔不绝。乔枫向他介绍了我和方道渊，他用一种居高临下的傲慢态度瞅着我俩，抱拳打拱，以后，就不再理睬我俩了。四人同行赶路，我和方道渊走在左边，乔枫和他走在右边。淡淡的月光将我们的身影隐约地斜映在地上。

乔枫用四川腔打趣说："你这个公子哥儿，雇个滑竿多安逸，嘟喀也成了坐11路车的'三等货'了？"

赵白尘呵呵笑了，嗑着瓜子扬起脸说："有啥子办法！公共汽车站上的熟人要我明天乘车，车站里人叠人乱成一团，我怕挤，又怕闻酒精味，雇滑竿给人敲竹杠的事我是不干的。当然只好靠两条腿走了。"

说到这里，只见他用手拍拍乔枫的脑袋，语气倏然一变，轻声问："那件事情不会变卦吧？你龟儿子要是拆我的烂污，我是要砍你脑壳的啰！"态度像是开玩笑，话里却乱着一股阴风。

乔枫乐观但是隐讳地打着四川腔回答："没得问题，你安心睡觉好啰！"

赵白尘似乎笑了一笑，从口袋里掏香烟递给乔枫抽，自己却不抽，问："到南温泉你住在哪里？"

乔枫抽着烟答："谁知道呢？到那里再看。万不得已，找个茶馆，租只椅子过夜也行。"

赵白尘"呸"、"呸"吐着瓜子壳，说："跟我一块儿住吧，我姑父是南温泉的大绅粮，就住在政校旁边。你还不知道行情吧？南温泉的所有客店茶馆格老子全住满考生了。你到那里，是找不到过夜之地的。你跟我一起住，考试期间，小弟一定丰盛招待。我俩还能摆摆龙门阵。"

乔枫想了一想，说："行！我就住到你姑父那儿吧。"接着，打听道："你消息灵通，知道政校今年录取多少新生？"

赵白尘嗑着瓜子说："录取人数不多。想上政校，只要他老子是做大官儿的，有中央委员的一封八行书也就录取了。今年，听说护航、代考的比去年要多得多，怕的是凭本事考的人连残汤剩饭也吃不到。狼走天下吃肉，狗走天下吃屎，现在做人就要做狼。"。说着，他呵呵笑起来。

我们在江津德感坝上学，孤陋寡闻，也听说每年高考时，凭父母权势入学的不少，带夹带、打派司作弊的很多。有人出高价雇了功课好的人报名代考，有人出钱雇功课好的人做"护航队"：一起报名，一起赴考，反正总有坐在周围的人可以"保驾"。

赵白尘停止嗑瓜子，摸出烟来擦着火柴说："听说今年出钱雇'护航队'的人行情更高，气派更大。'护航队'多的能有四五十人或三四十人。考大学期间全部吃、住都给包了，每天还给零用。考取后还要论功行赏。有人劝我找'护航队'，我不要，我是相信你了！"

乔枫惊讶得睁圆了眼睛："啊？四五十人，三四十人？"

赵白尘喷着烟说："到南温泉你就可以看到，凡是一伙一伙上馆子大吃大喝的都是'护航队'。"

热风迎面扑来，树叶在黑暗中簌簌作响。银灰色的月光下，田野和远处的山峦有梦幻的意境。我听见身边默默在走的方道渊叹了一口气。我明白他的心情。我心里也想叹气。朝朝暮暮用功复习，千辛万苦来考大学，谁料考场如此黑暗，谁能气平？谁能有录取的信心呢？幸好乔枫还有买试题这一从天而降的"绝招"，不然，哪堪设想呀！……

踩着坎坷不平的公路往前继续走，我头脑里乱七八糟，有气恼，有懊丧，愤懑无语。

乔枫俏皮揶揄地对赵白尘说："我如果是孔祥熙的女婿就好了。今年四月，孔二小姐飞美结婚，《大公报》上登出她的结婚费可以救济一万难民，还可以开办一所完善的大学。假如鄙人是他女婿，开办一所大学，把今夜在这条路上仆仆风尘的考生都收下来！"

赵白尘咯咯地笑，给烟呛了，咳着说："可惜你没这份福气！"

我却笑不出。我发现身边走着的"老夫子"也笑不出。

忽然，赵白尘用香烟指着前面说："看，发生什么事情了？"

隐隐听到有哭声，路旁黑黝黝地圈着一群考生。我和方道渊随着赵白尘和乔枫挤上前去，只见路边地上躺着一个考生，月光照着他惨白的脸和褴褛的衣裳、赤脚穿的草鞋。人，已经死了！边上一个穿阴丹士林布旗袍的女学生，披头散发蹲在尸体旁凄惨地哭泣。

我卷进了苦涩情感的波涛，血液在脉管里冲撞，止不住湿了眼眶。

有个捐芭蕉扇的人在说："……哭的人是他姐姐……"

人圈外面，一个粗哑的嗓子在问："他怎么了？……"

一旁有人答话："姐弟俩带病到南温泉考政校的。走到这里，弟弟说是头疼，倒下就死了……"

哭声仍在揪心地回荡。一个摇折扇的人在恨恨地嘀咕："天这么热，坐不上车子，没吃没喝又没住处，穷学生能不死吗?"有人在骂骂咧咧："那些少爷小姐就不会这样! ……""可怜他爹娘还不知他死在这儿呢!""想金榜题名上个大学真不容易啊!"……

"老夫子"方道渊看了死人，面色凄惶，不住叹气。我拉着他那冷汗津津的手，同他一起从人群中挤出来。乔枫也不像个"乐天派"了，似乎心有不忍。赵白尘却幸灾乐祸在笑："嗨嗨，可怜真是可怜，但少一个考生就少一个竞争者，也是好事嘛!"

一股怒气从我心里升腾起来，我想：真是个冷血动物! 忍不住侧目看了他一眼，他似乎并不知道，仍在大口吸烟。

天上一块云彩遮住了月亮，黑幽幽的路在前面延伸，通向南温泉。路，是崎岖的，远处全消融在更广大的暗夜里。我们和三五成群的考生们一起，听着遗留在背后远处越来越微弱的哭声，脚步沙沙擦着地面，心里麻麻辣辣，默默无声地走着不平的路……

从"上天梯"上失足

短促的、闷热的夏夜过去了。

一早，灰漾漾白茫茫的雾散了。晨曦被绿树的枝臂揉碎，斑驳抛撒在路上。我和"老夫子"方道渊同乔枫在南温泉汽车站附近分手。我俩筋疲力尽，东问西访，在一条冷落狭小的街背后找到余小海家落脚，才知道"小麻子"平日在学校里讲起他家情况时，是吹了个不大不小的牛皮。

他父母根本不开什么"烟纸杂货店"，只不过是在偏僻的弯街曲巷里头摆了一个香烟摊。他家是南京人。原先他父亲在一家出租汽车行里干出纳，从下江逃难到了四川，失了业，到南温泉安了家。住的是那种简陋的四川特有的用竹篾笆糊上烂泥、抹了石灰搭成的屋子。狭长的大屋子已经破旧，用篾笆涂上麻刀一隔为二。前面一间，余小海的父母住，后面一间，放着余小海的行军床，还有煤球炉、煤球箱和泡菜坛子、炊事用具。墙角、屋顶全是沾满尘埃的蛛网。香烟摊摆在门外不远的大槐树下。他父亲会写毛笔字，卖香烟之外，还给人代写书信，天热时又兼卖茶水，顾客不外乎是些过路的司机、行人和左近的农民与居户。他父母轮流摇着蒲扇去守摊子。前面那间屋里，除了墙上有个比较值钱的古朴的挂钟在不慌不忙"嘀嗒嘀嗒"地走，还有一只破旧的大木床和两只旧箱子，外加用破烂木板自制的一张小桌和两把破竹椅、一条长板凳，一看就是个穷得可怜的人家。余小海的父母都已头发斑白，穿的衣服裤子上都有补丁。父亲是个干瘪矮小的老头，似乎从不会笑，有两只老是像在生气的眼睛。见到我们，也不说话，只朝余小海瞪瞪眼睛，那意思好像是责怪："看你，把同学带到家来，拿什么招待！"一会儿，就走了。走时也没理睬我们。母亲倒还慈和，手里有时还数着念珠。屋里小桌上供着个尺把长的紫檀木的观世音菩萨。她一口南京话，但满面劳碌困倦，加上天生的倒挂眉毛，格外愁苦伶仃。见到我和方道渊，她强打笑容，叹着气："唉，什么都涨价，老百姓都快要活不下去了。家里地方小，不要见怪。你们跟小海一起在后间挤着住吧！……"我们到了后间，我看看余小海的那张帆布小行军床，三个人横着也没法睡呀！余小海机灵地感觉到了，马上说："哈哈，天气太热，睡床不舒服。我们把席子铺在地上睡，凉快！"

　　我和"老夫子"都没吱声。我拭着汗哑口无言，想：也只能这样了！好在明天就考，考上两天，考完就滚蛋。但我怕看余小海父亲那铁板着的脸，和两只老像在生气的眼睛。就连他母亲那慈和的笑脸也怕看，因为笑容里隐含着为难。唉，生活的艰难，贫穷的折磨，使有些人因经济的困窘不能不变得冷酷了。这怎么能怪他们呢？我明白，他家这种经济情况，蓦地增加两张嘴吃饭是不行的。我提议："我们到屋后坐一坐吧！"方道渊立刻同意，我们三个就逛出屋来了。

正是雾气逐渐消散的早晨。我掏出金怀表看看，"咔嗒咔嗒"，才七点多钟。屋后是一片无际无涯的浓绿。有一些大槐树和芭蕉。数不清的翠竹长满了斜坡，密得不透气儿。竹子碧青乌亮的色泽，挺拔秀逸的枝节，特别是那又弯又长在微风中轻轻摇曳的竹梢，给人诗情画意的美感。左旁，有开出的一畦菜园，零乱种着些萝卜、辣椒和番茄，大约是余小海父母的劳绩吧。天气一早就燥热，蝉声吵人。我们到了竹林前的一棵蕈形的大槐树下，蹲在地上谈了起来。余小海急吼吼地先问："'乐天派'呢？"我把乔枫住到赵白尘姑父处的事说了。余小海又问："那件事没有变化吧？"

我告诉他："没有变化，乔枫有把握。"

方道渊又补上一句："乔枫中午以前要来看我们一次，可能他要在找到刘之光之后才来。"

余小海眉飞色舞，嗤嗤笑着喷嘴说："今年幸亏我们有了'上天梯'，叫花子才能跟皇帝攀亲戚。不然，想爬进大学的高门槛那是芝麻大的希望也没有。"

方道渊问余小海："你回来后复习得怎样了？"

余小海老气横秋地摇头："方寸已乱，方寸已乱！只望试题到手，简直一点书也灌不进脑子里去了！"

我说："还是'一寸光阴一寸金'吧！多复习一点总是好的，还要准备考别的学校呢！"

方道渊打着呵欠说："我们在你家，给伯父伯母添麻烦了。我想了一想，我和世杰两人的吃饭问题，自己到街上买点烧饼什么的解决，你给伯父伯母打个招呼，别为我们操心准备吃的。"

余小海客气地摆手："不不不，他们会准备的。物价飞涨，好的东西我们……嗨嗨……粗茶淡饭，你们就别客气了。"

我说："小海，'老夫子'说得很对，我们一定不在你家吃。你跟伯父母解释一下，我们是好同学，不讲客套，就这么定吧。"

余小海还要客气，嘴里还在说"不不不"，可是见方道渊和我实心实意，就勉强地点头答应了，说："好吧！不过，唉，这太过意不去了，我父母非怪我不可了！……"

我和方道渊虽然都十分困乏，但商量了一下，决定立刻抓紧时间复习。我是不想进政校的，我衷心祈祷自己能考取复旦或重大，我不愿放弃考前的每一个小时。所以，我从行囊中拿出了数学课本，席地坐在大槐树下专心复习起来。见我这样，"老夫子"搓揉着疲乏的两眼，也摊开了书本。"小麻子"见我俩这样，也去屋坐拿书，还搬来了竹椅和条凳，连声说："坐吧，坐吧，椅子有的是……"

到了中午，我们还一直不见乔枫的影子，大家很着急。

我摸出金怀表看了一看，提议："余小海，你在家守着。我和'老夫子'去买点烧饼，顺便找乔枫问问消息。"

余小海点头，叹口气说："阿弥陀佛！你们快去吧！急惊风碰到慢郎中，我真七窍冒烟了。干这种事我老觉得像走钢丝，怕栽下来，又像买彩票，就怕不能中彩。"

放下书本，我和方道渊迈开发酸的两腿，快步向政校左近走去。先是鹅卵石路，又是一块一块麻石条铺成的路。蝉声噪动，叫的声音像"死了！——死了！"使人更加出汗。各式各样的考生，男男女女都群集、漫步在街道。大部分考生是蓬首垢面、风尘仆仆、衣履不整。许多无处住宿的考生，都带着行囊在街边树荫、屋檐下找一席之地复习。但，也有许多油头粉面、西装革履、前呼后拥、一帮一伙在逛街、饮冰、上馆子吃喝的公子哥儿。我和"老夫子"走在拥挤的街道上，见阴暗的茶馆里外全坐满了人，有躺在帆布椅上的，有坐在板凳上的，有看书演题的，有叽喳聊天、喝茶嗑瓜子的，有呆呆地啃烧饼的……什么样的都有。整整一条街的店面都摆出一副殷勤招徕考生的样子。

街上忙碌地来往着互不相识的人，声音嘈杂，既热闹而又冷漠。经过一家炒菜馆，门口飘溢着回锅肉辛辣的香味，使人能淌口水，但摸摸口袋，我和"老夫子"踅到一家下江人开的烧饼铺前，一人买了三个芝麻糖烧饼，干啃起来。

正打算吃完烧饼按照地址往赵白尘姑父家去找乔枫，方道渊忽然用肘弯碰碰我，说："嗨，世杰，看，乔枫！"

乔枫同一个高头大马、穿花衬衫、戴黑遮阳眼镜的人在一起走，似乎低声交谈着什么。那戴黑眼镜的人，上身的夏威夷花衬衫是白底大朵红花，下身是条白毛料西裤，笔挺笔挺，脚上是双尖头漏孔白皮鞋，留了个菲律宾头，发蜡搽得雪亮。一看他那副纨绔子弟的样子，我敏感地马上想到：准是刘之光。

"老夫子"眨着近视眼说："戴墨镜的是谁？刘之光？"

我点头："准是他！"

"老夫子"问："我们上不上去？"

我发现乔枫已经瞥见我和方道渊了，但他和刘之光迎面走来，装得视而不见，好像和我们素昧平生。我懂得他的心理，马上对方道渊说："'老夫子'，吃我们的，别打扰他。"

方道渊惊愕地点头。我们目送着乔枫从身边过去，站在一溜低矮陈旧的平房前。乔枫脸上气色难看，手夹一支香烟，两眼愣怔着，不断用手帕擦头上的汗，眼神有失望也有恼恨，正做着手势愤激地在嘟囔些什么，声音很轻，听不清楚。

方道渊也发觉了，嚼着烧饼用近视眼瞅着他们不安地说："世杰，看到没有？乔枫在发脾气。"

我想：出了什么事呢？他脸色那么难看！……我伸长了脖子始终盯着乔枫和刘之光，见刘之光两手也在做着手势讲话，一会儿耸耸肩膀，一会儿摊摊手，心平气和却又十分油滑。两人说着说着，又朝前走了，我敏感地想：坏了！一定坏事了！我拽了方道渊一把，说：

"'老夫子'，悄悄跟上去。"

天热，嘴干，吃烧饼不喝水，舌头都起了泡。我们一边吃一边移动脚步，追踪跟在后边。只见刘之光站在一排支离破碎的篱笆旁，向乔枫说了些什么，就同他挥手告别。乔枫下意识地用手在摘玩篱笆上爬满的一串一串豆角花，似乎叮嘱了他些什么，脸色和表情更加难看。方道渊也觉察出来了，忽然咳嗽着对我说："世杰，会不会是那件事出问题了？"说这话时，他面色如土。我见乔枫已同刘之光分手，并且回身朝我们这边走来了。我对方道渊说："等一下，我先问问他。"

蜜蜂嗡嗡嘤嘤。有一群鸡鸭在路边悠闲地觅食。我迎着乔枫走上前去，赶得鸭子"呱呱"叫起来扑翅逃跑。我发现乔枫像生了一场大病似的，一脸汗水，模样都变了。没等我开口，他蓦地站住了，忽然轻声说："你们先回去！过一会，我到余小海家找你们。"说着，他讪讪地回身匆匆走了。

我回身邀方道渊回去。经过一条幽静的林荫路，看到影影绰绰的树丛中，有一幢幢造型别致的花园洋楼，那准是些"中枢要人"的别墅。我们两个人一路上都泄了气儿，方道渊用脚尖不停地踢着路上的石子，语调凄惨地说："唉，'希望是本无所谓有，无所谓无的'！说真的，我真愁呐。要是考不取大学怎么办呢？叔叔已经有言在先了，考不取大学就是不长进。他是不会再负担我了，我也没脸见他了……"

我们抄近路从一些长满青草、曲曲弯弯的小路上匆匆走回去。余小海嬉皮笑脸在屋前迎着我们："哈哈，好消息来了吧？"

我和方道渊一说，他"唉"了一声，马上像个泄了气的破皮球。我们谁也无心看书，像修行的老和尚似的寂然静坐，听着树林中那些春歌儿，叫天子、画眉……婉转啼叫，垂头丧气，目瞪口呆，都有点像斗败了的公鸡、咬损了大牙的蟋蟀。大家都憋着一肚子的气，沉默着。

余小海茫然睁大眼睛问我："'刘伯温'，你看现在怎么办？"

我没法回答他。

余小海很响地啐了一口，开口骂了："龟儿子的乔枫，上他当了！什么福音呀，我看是丧钟了！这个大萝卜！害得老子也没好好复习，现在从上天梯上栽下来，驼子跌跤两头没着落，后悔也晚了！他妈的！……"

浓绿的林丛中，那些鸟雀不断啁啾，叫人心烦。

方道渊叹口气翻了他一个白眼。我冲着余小海说："'小麻子'，你骂什么呢？这是周瑜打黄盖的事嘛，你自愿的，怪乔枫也怪不着。我不早说要'骑马找马'吗？"

余小海不作声，低着头闷闷地用手指甲在地上写字。我看出他写的是："倒霉！倒霉！倒霉！……"但过一会，他又嘟囔了："我真希望'乐天派'一会儿就能唱着他那支怪腔怪调的歌来找我们！……"

我懂他的意思。如果乔枫唱着歌来，意味着那件事情准又有希望了。

等人，真是世上最让人焦躁烦恼的事儿啊！蝉声喧闹："死了！死了！……死了！……"我不断把金怀表掏出来看了又看。午间的太阳从正中微微偏西了，才听到了沉重的脚步声。在一片浓绿的树丛后，乔枫幽灵般地出现了。他手里提着自己那个放书和杂物的布袋走到我们面前，不但没有唱着歌来，而且满头大汗，毫无笑容，丧魂落魄，左脸上青肿了一块，嘴唇还在出血。见了我们三个，一声也不吭。

余小海皱着眉嚷嚷："唉，死人都要给你急得活转来！快点开口呀！……"

乔枫长叹一声，摇头嚷开了："完了！一切都完了！"他头发蓬乱，眼神呆滞。

天炎热，我们三个面面相觑，都像滚水浇头。我心慌意乱，说："怎么的呢？你怎么了？"

方道渊两眼失神，担心地说："你受伤了？谁打你了？"

乔枫的面色焦灼中似有无限懊悔，叹口粗气，摸出香烟点火。颓然朝地上一蹲，鼻孔里幽幽地冒出两缕白烟来，沮丧地说："上午找了刘之光，才知道：丁海明他不肯干了！刘之光已经同丁海明接过头了。丁海明说，监视十分严密，试题搞不到手，他也不敢冒险干了。偷试题出卖的事要是被抓住把柄，要判重刑的。刘之光说：'你不该毁约，我们本来指望你了。你一捣蛋，我们被你害苦了。'丁海明说：'本来说是一手交货、一手交钱的嘛，我也没有收你的钱呀！'刘之光说：'你混蛋，你答应了的话不算数。我们考不取大学谁负责？'丁海明说：'我本来诚心诚意帮你忙，可是帮不上，我也没办法。'刘之光说：'你不给试题，准是用更高的价钱卖给别人了。告发你，跟你拼了！'丁海明说：'要试题没有！我不敢犯法！要命有一条！你告发我，我还要告发你威胁利诱我犯法哩！'……"

余小海像被马蜂螫了似的唉声叹气，魂不守舍地说："没法挽回了吗？他妈的，羊肉没吃上，倒沾了一身腥。"他气得在那儿直跺脚。

乔枫拭着汗，疲惫、晦暗和压抑着巨大痛苦的神情，使"乐天派"的欢乐状无影无踪了，说："我真急得想大哭！"他"乒"的用拳头砸了一下自己的胸脯，说："我对刘之光说：'他害了你，你可害了我，叫我怎么办？'刘之光：'你老兄不要狗咬吕洞宾了！我是跟你要好才告诉你这件事的。事没办成，能怪我吗？我自己也不知怎么办呢！'你们说，我又能怎么办？我不能对不起朋友嘛！可他也太对不起人，他将赵白尘的一两七钱金子的钞票和我的三钱金戒指还给了我，说：'拿去吧！'我说：'咦？当时给你这笔钞票时值一两七钱金子，现在币值大贬，你退这笔钞票给我要打个大折扣了。你怎么叫我吃这么大的亏？'他说：'你钞票拿来，我没动用。这是政府坑老百姓，不是我坑你。你怪我，我怪谁？'我气得要死，赶快去将一两七钱金子的钞票归还赵白尘，并告诉了他实际情况。可他火冒三丈，暴跳起来了，说：'你搞的啥子名堂？'他说我骗了他，还怀疑我临时撇开了他，让他吃亏。我将自己那只三钱重的金戒指也赔给了他，他还骂我是骗子，说我欠他的钱还差得远，借条不还，要我赔偿损失。最后，他动了手。他先打了我，我也还了手。临走，他说：'你这硬核桃我要用钉锤敲！一定要跟你算账，给你颜色看！'……"

"老夫子"沮丧地吁了一口气，双手抱头说："坏了，坏了！真不该交上这些坏人做朋友呀，生活太会捉弄人了！"

我叹着气想：唉，我们干了什么样的蠢事呀！偷鸡不着蚀把米。这种偷鸡摸狗的勾当我们本来不该干的呀……我心里担心着赵白尘的事，不禁紧紧皱起眉来。

余小海骂了一句脏话，说："那只能凭本事碰运气了。我知道，我是一块掉进灶膛里的豆腐——没救啦！我一定名落孙山！"他朝我和方道渊说："你们俩还是有希望的，我看'乐天派'和我才真的是要去见阎王了！"

方道渊病奄奄地搔着乱草窝一样的头发说："唉，有许多来护航、代考的，又有许多少爷小姐凭了老子或阔亲戚一封信就能入学的，还有许多带夹带舞弊。像世杰是拔尖的水平，兴许还有希望。我的名额只怕全给人家占去了，我是山穷水尽了。"他声音哀怨，听了叫人心酸。

我胸中像塞着一团乱麻，掏出"咔嗒咔嗒"在走的金怀表，真心实意地递给乔枫说："乔枫，把这折价折给赵白尘，同他一清二楚了结公案，把借条取回来。"

乔枫不肯，用手背拭着嘴唇上的血摇头说："用不着，我以后再弄点钱设法还他。"

我把表塞到他手里："不，你一定立刻拿去，把表给他。他是'袍哥'，黑社会的人物我们惹不起。"

乔枫忽然推开我拿表的手，出乎我们意外地站起身来，说："我不去找赵白尘了。我来，一是告诉你们这个坏消息，向你们道歉，我对不起你们，二是向你们告别的……"

方道渊摘下眼镜用衣襟擦拭着，不安地说："谁也不能怪你，你怎么能说道歉的话呢？"

我看着乔枫脸上青肿的伤痕，惊讶地说："怎么？你要到哪里去？"

方道渊和余小海也都满面愁容，紧张地望着他。

乔枫脸上掠过一丝悲戚，大口抽着香烟，说："明天的考试，我是不参加了。悔之晚矣，去考，也只能双手摸白纸、两眼望青天，何必去丢脸现世！再说，赵白尘这家伙，毒辣得很，同他吵架时，看得出他眼露凶光。他在这一带也是地头蛇，谁知他会怎么跟我算账？我是坐在火药桶上了，只能走开。我们相好一场，后会有期，希望你们努力。世杰是有希望的。'老夫子'和'小麻子'，你们也是可以努力的。"

我心惊肉跳，难过地说："你还是考一考的好。"

方道渊面色沉重，问："你回家？"

乔枫摇头，两只深邃闪光的眼睛十分黯淡，语气沉重："我在家里是住不长的……"

我说："乔枫，你还是考一考，如果不取，就到白沙去上大学先修班，或者在家里自修，明年再考。"

余小海说："你家庭条件比我总好一些，吃饭总不愁吧？不要悲观，还是应当乐观嘛。"

乔枫将烟蒂扔得远远的，摇摇头："千不怪万不怪，怪我不该指望投机取巧，不该走邪门歪道，不该结交那些坏蛋……"

方道渊点头充满悔意地闭上眼说："是啊，一个人是得走正道啊！我现在想想真懊悔，这种买试题的事本来不该是我们这些无钱无势的穷学生来干的。"

可是，余小海咂着嘴说："这话难说！那么多王八蛋在走邪门歪道，我们不走，我们怎么办？千不怪万不怪，只怪我们这条邪门歪道没走通。说实话，我怀疑那个姓丁的，是'吕洞宾卖汤圆'——乱卖一气。准是有人出了高价，他又把试题卖给别人了！"

大家又都长吁短叹。我不禁想：唉，我们都太年轻，没有阅历。乔枫乐天得幼稚，爱冒险却又太老实。我们是对付不了刘之光、赵白尘、丁海明那类牛头马面的……

乔枫忽然好像变了主意，提起小布袋说："我……再去找找刘之光，再作一番努力。说不定这家伙是明明有门路，故意给我亏吃。他在一两七钱金子上已经赚了我不少钞票了。"

方道渊低着头，把指头拔得咯咯作响。

我消极地说："算了吧，我看找也无用了！"

余小海脸上交织着痛苦和希望，对我说："嗨，你功课好，你不愁，我可愁。能再努力一番，万一成了呢？试题就是不能全部拿来，只要拿到数学、外语的也行呀。两门不行，一门也好呀！"

乔枫咬咬牙，面孔上汗水油亮亮的，声调暗哑："对，你们复习吧，我再去一下。"他把小布袋搭在背上，说："但愿我夜里能带来试题找你们！"

我看着他脸上被赵白尘打得青紫的伤痕，赶上去，把金表递到他手里，说："还是把这给赵白尘的好。他有黑势力，我们惹不起他……"

乔枫斟酌了一下，叹气说："唉，真是赔了夫人又折兵。"终于，眼睛里涌满了泪水，收下表点头说："好吧，我看着办！……"

把表给了乔枫，我感到压抑的心胸舒适了一些。

我们呆呆地看着他踩着沉重的脚步绕过那片浓绿幽深的丛林走远了，才又复习起功课来。

但，谁还能安心复习呢？死一般沉寂的夜晚降临了，他没有来。纳闷、焦灼，惆怅同湿热的暑气一起袭来。"老夫子"疲倦无力地摇头叹息："他到哪里去了呢？生活，真像这夜色一样墨黑墨黑呀！……"

嗡嗡的蚊蚋贪婪地吸我们的血。小小的黑蠓和蛾子飞来飞去扑向灯焰。夜里，我们在屋里点着用白纸罩着的煤油灯通宵复习，希望会突然听到他沉重的脚步声，看到他翩然出现。可是，小路寂然，始终不见人影儿。只听到余小海父母屋里那只古朴的挂钟不急不慌地摆动，敲了一点钟，又敲两点……只听到夜风吹动竹叶的簌簌声，只听到有只相思鸟在夜啼。溪流里的蛤蟆不停地叫着："苦哇！苦哇！……"蝙蝠有时被灯光吸引飞进屋来乱窜……四周草丛中有细碎的虫鸣。那是一个炎热、忧悒的夜晚。我完全陷入迷惘了，心弦一直紧紧绷着。

夜，幽幽消逝。终于，天空呈现出灰白色的黎明，随之慢慢变亮，熹微的晨光流泻进屋里，窗外的浓绿枝影又清晰地呈现在眼前。只有在这时候，看到了那一片在黎明的曙光中生气勃勃的浓绿，我那几乎窒息的心才感到一点舒畅：啊，在墨黑墨黑的社会里，还存在着一种代表生机、代表高洁、代表青春活力、代表希望的光明的绿……

昨天的一切，宛如夜间发生的梦境。清早，乔枫仍没有来。我们从心底里发出一种说不出的痛苦，怀着凄凉、空虚和困惑不安的心情去参加考试。乔枫怎样了呢？谁也不知道！

分手在生死之间

天很热，太阳升起后就像快要烧焦了似的，圆圆的轮廓看不见了，只闪着颤抖的白光。空气在颤抖，暑气熏得人汗流浃背。蝉声在浓绿的珞璎似的柳丝间，一早就一阵一阵吵得人心烦。

上午第一节一百分钟考数学。我和方道渊、余小海不在一个考场里。我的考场是在大礼堂里。我同乔枫的准考证的号码是在一个考场。我抹着脸上的汗水看看考场里的考生，找不到乔枫的影子。

考场里有酸溜溜的汗臭，也有飘忽的香水味儿，很乱，闹哄一哄的。明眼人一看就可发现护航的、代考的、带夹带的什么都有。谁知，出人意料，试题刚发下，考场里就有人高声起哄了："试题已经外传！试题应当作废！""反对有人出卖试题！"……一人起哄百人应声，嚷嚷声在灼热的空气里浮动。人潮泛动，像水上的漩涡似的，监考的人员慌成一团。据说别的考场里也在起哄，慌乱了约莫六七分钟，增加了监考人员。有个高大魁梧的监考人员宣布："坐好！坐好！印好的试题作废！"临时出了数学试题写在黑板上让大家抄题考试。考场的气氛才安静、紧张起来。

天气奇热，我考得还比较顺手，五道题会做四道半，但头脑里老在惦念乔枫，乔枫是怎么回事呢？……我正在检查第四题的答案，忽然发现坐在我前排左面靠窗口处的那个人就是刘之光。今天，他没穿那件鲜艳夺目的花衬衫，也没戴墨镜，所以刚才我一时没有发现。叫我吃惊的是：他正同前排一个考生用"闪电战"的速度对调了考卷。那个黑黑瘦瘦的考生必然是他的"护航队员"，东张西望看准了时机，避过了监考人员，飞也似的将一张试卷同刘之光对调后，若无其事地又俯首在那儿假装做题。

我心里不禁又思念起乔枫来了。乔枫怎么了呢？他到哪里去了？……想着，我一点考试的情绪也没有了。又见周围护航的人用小纸团丢来扔去打派司，带夹带的人从口袋里摸出抄着数学公式的纸块，大胆放在试卷上看……我干脆匆匆将会的题目做齐后也不验算一遍，就交卷出了考场。我想去看看"老夫子"和余小海考得怎样了，又想跟他俩商量商量怎么打听乔枫的去向和下落。

经过一块绿如碧毯的茸茸草坪，在一排高大的法国梧桐旁，找到了方道渊的考场。过了一会，"老夫子"方道渊脸色苍白疲乏地出来了。

我说："考得好吗？题不算太难。"

他取下眼镜，揉着酸疼的眼睛拭着汗水说："马马虎虎！……"马上又说，"你听说了没有，试题早卖出去了，所以临时改换了题目。听说同时有好多个集团抢购试题。最后，被一个财力最强的集团购到了手。但这个集团人太多了，有的人拿到了题目不会做，只好请人代做，题目就传了出去，事情才被揭了出来。金钱世界，我们算是躬逢其盛，遇到了这样的事。唉，但不知乔枫怎么样了？……"

我蹙着眉神情不安地说："是呀，我也不放心呢！"

我们决定去看看余小海，余小海的考场是在图书馆附近两排冬青树丛组成的甬道旁边。等了片刻，余小海在考场教室里透过敞开的玻璃窗看见我俩了，他也不答题了，交了卷，灰毛落拓地出来了，那懊丧的模样，像是挨过一顿痛打似的。没等我们问，就叹气说："唉，初战就不利，我是楚霸王到了乌江边上了！"接着，挂心地说，"更糟的是伤风没治好，又来了肚子疼！唉，你们知道吗？乔枫，他出事啦！……"

我像当头被雷击中了似的，问："怎么？"

"老夫子"更是丧魂落魄："他怎么了？"

余小海把我和"老夫子"拽近开着的玻璃窗，悄声指着里边一个穿白纺绸长衫的考生说："就是这个脸上带伤的人，进考场前，我听到他跟一伙熟人在谈乔枫……"

从窗口往里一看，我不禁"呀"了一声。这不正是赵白尘吗?！

也正巧，赵白尘正从袋里掏出一只金怀表来看时间。啊！那不是我的那只珍贵的金表吗？是带着我体温的爸爸遗留给我的那只表，是我给乔枫拿去的那只表呀！表在赵白尘那里，乔枫怎么还出事了呢？……我的瞳孔里仿佛有火焰在暴跳。我忙问余小海："他怎么说的？乔枫怎么了？"

余小海激动地轻声说："他说乔枫诈骗了他，说他让警察局抓了乔枫，还说乔枫身上带着共产党的书，人给转到重庆去了……"

我后背上沁出了一层汗水。汗水顺着脊梁往下流，像无数虫豸在背上爬，我惊恐地想起来了：乔枫的那只布袋里有他不知从哪里借来的两本书。一本是《中国的西北角》，一本是……难道这就可以把人害了！我的心战栗了。

一时间，我鼻子发酸，简直想哭。我痛苦地说："我要等赵白尘出来，问问他。"难耐的孤寂和深沉的痛苦侵袭着我。

白蒙蒙的泪花在方道渊近视镜下的眼眶里滚动。他像有个枣核儿卡在嗓子眼里，声音都变了调，说："黑暗啊，真黑暗啊！……"他脸上肌肉在抽搐，摘下眼镜用衣襟揩拭泪水。

　　正说着，赵白尘从考场里出来了。我看着他那张冷漠凶恶的脸，上前说："赵白尘，乔枫呢？"方道渊和余小海也跟着我围上前去。

　　赵白尘把两只袖子一卷，窄条脸上杀气腾腾，两眼闪射着冷厉的光，说："嘟喀？你们是他一伙的吗？我警告你们，谁要是得罪了老子，老子我剥了他的皮！……"

　　方道渊挺身上前，书生气地说："我们是他同学，我们要找他，你把他弄到哪里去了？"

　　我心中充满憎恶、仇恨，气愤地说："你怎么出口就伤人？你把乔枫弄到哪里去了？"

　　赵白尘凶恶的大眼睛瞪得像要撑破眼眶，咄咄逼人地说："他龟孙犯了法，警察局抓了他。他诈骗、行凶！"他指着脸上一块青紫，又从袋里掏出一张纸条一扬，"看，他欠我一两七钱金子的借条在这里！这龟孙，他身上还带着异党的宣传品。你们少管他的闲事！"他的声音像野兽在低吼，言词语气里带着威胁。

　　我脸上像着了火，气得浑身发抖，不顾一切地说："你那块金表不是他的吗？你陷害乔枫，心太狠了！……"

　　围上来看热闹的人很多。有几个流里流气的人似是赵白尘的朋友，横眉竖眼地上来拦在赵白尘和我们的中间，一双双眼睛逼过来，犀利的、讥讽的、鄙视的，都充满敌意，摆出要打架的姿态，嘴里骂骂咧咧，简直要吃人。余小海用手悄悄拽我的后衣襟。方道渊怕出事，干脆将我推到一边，自己用身体挡住我，怯怯地哀求我说："世杰，走吧，走吧！……"

　　形势剑拔弩张，似乎一点火花就会引起爆炸。我知道会吃亏，心里气恼得想掉泪，但克制住泪水恨恨地说："我得问问乔枫在哪里，是在警察局里吗?"

赵白尘冷笑了,两眼灼灼逼人,得意地点头大声说:"对头!他在吃盐水饭蹲班房!"说完,撸着袖子问:"你们要打一台么?想动手较量较量?老子叫你脑壳开花开朵!……"

"老夫子"和余小海拽着我就走。赵白尘盛气凌人地被他的朋友们簇拥着站在那儿大声冷笑。

阳光射过法国梧桐的枝叶在我们身上筛下斑驳的阴影。我浑身热血沸腾,啊,赵白尘!你这人面兽心的家伙!你这欺侮人的恶棍!我的金表到了你手里,乔枫却又被你陷害到监牢里去了……"老夫子"和余小海连推带拉劝着我无目的地往前走,只是想离赵白尘越远越好。我的眼眶湿润了,不仅是因为恨我无法抗衡恶势力,只能受侮辱,更因为我替乔枫难过,担心他的命运。离赵白尘远了,在校园里的一个花坛旁,我咬住下唇和"老夫子"紧紧抱在一起痛哭起来。只听到余小海点着赵白尘的名字在骂娘。

铃声"滴铃铃……"响了!数学考试规定的时间到了,各个考场里的考生流水般地涌出来。我们三个怅怅地站在草坪旁的一个灯柱下。天闷热,"老夫子"方道渊突然脚跟不稳地呛咳起来,说嘴干要喝水。我和余小海陪他到饮水处去找水,没想到,扶他走了几步,他突然立定脚步,"哇"地吐了一口血,又吐了一口血……一副近视眼镜"啪"地掉在地上打碎了一个镜片。

人生怎么有这么多的磨难呢?鲜红的血,引得左近看到的人都围过来看了。我拾起碎了的近视眼镜,见"老夫子"面色惨白,嘴唇发灰,满脸虚汗,连忙扶着他到廊沿上的靠椅上坐下。我帮他戴上那副碎了一个镜片的近视眼镜,心里火烧火燎地说:"道渊,你怎么了?你怎么了?……"

他坐在那里,继续大口吐着鲜血,嗫嚅着闭上眼,说:"我不是急我自己,我急的是乔枫……"他的声音嘶哑而激动,似要痛哭。

我知道确是这样。他身体本来已经不行，生活里曾经好像有过的一束微光熄灭了，劳累加上着急，乔枫出了事，他怎么承受得住如此沉重的负担？我流下泪来，说："道渊，你忍一忍！你忍一忍！……"但他仍呛咳着大口大口吐血。真吓人呀！呛咳得要把他五脏六腑都咳出来。吐了足足有一大碗血啊！

　　余小海奔跑着用口杯装了一杯开水来让他嗽嘴。这时，预备铃声又响，熙熙攘攘挤在考场门口谈笑的考生们纷纷拿着钢笔、墨水瓶一窝蜂地涌进考场考外语去了。"老夫子"要我和余小海去考，挥动着痉挛的手说："你们快去考吧！别管我！我在这歇一会就行。"泪水从他那破了的近视眼镜片下边潸潸流下来。

　　啊！希望和"福音"彻底成了幻影，降临的只有灾祸！灾祸！灾祸！……我怎么忍心抛下他不管呢？我的心战栗抖动，视线模糊了，眼泪扑簌簌流了下来。我说："不，我本来就不想考政校的。我不考了！还有复旦和重庆大学呢！我们一块儿去考。你好好休息一下！"我对余小海说："你去考吧，我来照顾道渊！"我掏出手帕给"老夫子"擦额上和脸上的汗珠，给他拭泪。

　　余小海埋怨地拿眼光对着我，动着感情豪爽地说："别看我'小麻子'平时吊儿郎当，对朋友我可不含糊。'老夫子'吐血得这样，我能丢下他去考吗？何况，我早给自己算过命了，我是考不取的。走，扶他到我家去，让他躺着休息吧！"

　　"老夫子"方道渊戴着那副碎了一块玻璃片的近视眼镜，神情显得更加疲惫，喘息着摇头说："不行，我太拖累你们了！我……"但我不要他说。我劝慰着他，和余小海扶着他趔趔趄趄走回去。我心里十分难过。乔枫下落不明，"老夫子"又病成这样，怎么办呢？我决定安置好"老夫子"后抽空赶快到警察局去打听一下乔枫的下落。回到余小海家，我们让方道渊躺下，却听到余小海的父亲在前边大声叫余小海："小海，快来！……"声音透着严厉，令人畏惧。

余小海"哎"地应了一声，急急往前边屋里去了。

死一般的沉静。我竖着耳朵，稍息，只听到余小海的父亲在训斥儿子。声音断续传来，忽高忽低，发着颤音，有余小海低低的辩解声，还夹杂着余小海母亲的啜泣声。听不真切，但隐约可闻："……你为什么不考？……我看你交的朋友也没好货！……你不是吹牛说你考一个就能取一个的吗？……你怎么对得起辛辛苦苦的老子和娘？……"接着，听到"叭"一声响亮的耳光……

大热天，我打了一个寒噤：余小海挨揍了！"叭"一下耳光就像打在我的脸上，使我脸上火辣辣地发烧。我看看躺着的"老夫子"，他一定也听见了。我靠近他，想进行安慰。他却沉重无力地说："唉，在错误的地点，办了一件错误的事！……"我劝他不要说话，好好睡一睡。他取下近视眼镜放在身边，呼吸急促，忽然又咳嗽，捂住嘴的手指缝里渗出鲜血来……

我忙拿纸给脸色惨白的"老夫子"擦血，思绪飘浮，觉得处于一种进退两难的境地。透过后门，屋后那一片无际无涯的浓绿在我眼前模糊成混沌的迷雾，使我的心压抑而彷徨。余小海家似乎不能再住下去了。但"老夫子"病得这样，怎么办呢？我们同乔枫一起来南温泉的，他现在失踪了，又怎么办呢？我宛如跨着一匹劣马奔跑在广阔无垠的大沙漠上，不知东南西北，不知何处有水源，不知何处有人烟，大有支撑不住快要倒地的感觉。

余小海又出现在我的面前了。他眼睛有些泛红，脸颊上有挨了耳光的红指印，但见了我，却调皮地做了个鬼脸安慰我，似乎说："不要紧的，没关系，你们别在乎。"又走到"老夫子"面前，结结巴巴地说："唏，我父亲就是这么个脾气，肝火旺。其实，他也是为了我好。……你们在这里住，一点关系也没有……"他眼里含着泪花，却勉强笑着。

方道渊仰面躺着，衰弱地闭上了泪眼。眼窝凹陷，头发蓬松，脸上毫无血色，嘴唇嚅动。这时，约莫是中午了。我心里苦涩，对余小海说："我去给'老夫子'买点止血药，也买点吃的来。顺便我到警察局打听一下乔枫的消息。"

余小海连连点头，说："唉，他妈的，我们成了牺牲品了。我真不放心'乐天派'啊！你去吧，快去快来！"

我见"老夫子"睡熟了，匆匆走了出来。火辣辣的太阳晒得我出油。我先向路人打听警察局在哪里，一个头缠白布、脚穿草鞋的本地人说，这里只有个派出所，并指了方向。我走在野草杂石凹凸不平的小路上，阳光将我的影子投在地上，仿佛有个不祥的鬼魂紧跟着我。到了派出所，出来个眼光黯淡而浑浊、脸色灰冷的警察。一打听，他拉长着脸说："嗨，送重庆稽查处去了！"门也不让进，就打发叫花子似的挥着手："走走走！……"我心里一惊，问："为什么把他送重庆稽查处？"

警察龇着一嘴黄牙掏出香烟来叼在嘴上，半阖着眼皮斜眼乜着我冷冷一笑，态度轻蔑、冷漠："我们管不着！"

那是一种隐含着镣铐声的恐吓。"稽查处"，谁都知道是令人发指的军统局特务机关。乔枫怎么会送到那里去了呢？难道就是为了那本《中国的西北角》？是啊，真要秘密抓人，有这么一两本书也就足够了！这样的事，我可听过不少。

离开了派出所，转了两个弯，我走到那条开满店铺的街道。街道上有人打架，围着些大人小孩在看热闹，我也无心过问。烈日下我精神恍惚，满身臭汗，惴惴不安地走过肮脏的马路找到了药房，买了一包止血药，又去买吃的。我想给"老夫子"买点好吃的。走进一家散发着酒味烟气、挤满了顾客的"美味斋"菜馆，没想到碰见刘之光带了一大伙人正在这里大吃大喝划拳碰杯："……三星照呀，五金魁呀，七个巧呀，全家福！……"一看那桌上摆满的荤腥菜肴和好几瓶"泸州大曲"，就明白刘之光是在大宴"护航队"，那个跟他互换考卷的黑瘦护航队员也在。刘之光真有办法哟！买试题和请"护航队"双管齐下。馆子里，人进进出出，像水中的漩涡在转动。我看看菜的牌价那么贵，想想还要和"老夫子"一起奔波到沙坪坝和北碚去继续投考，只能悄悄地出来，仍旧到那下江人开的烧饼铺里买烧饼。刚拿起四个烧饼，一个抱婴孩的女叫花子向我伸手："行行好吧！……"我心里发酸：唉！你还找我讨吗？……我能求谁行行好呢？……但，看着她怀中骨瘦如柴的婴孩，只得递了一个烧饼给她，把另外三个烧饼带了回来。

阳光炙晒得我头晕目眩，踏着零乱的碎石小路往回走。忽然，在那片绿葱葱的小树林旁，看见余小海弓着腰背了一捆劈柴在前面走。我紧追上前，高叫："余小海！"他回转身来用衬衫袖子擦着脸上的汗珠，急切地问："回来了？乔枫怎么了？"

蝉儿在鼓噪。站在浓绿的树影下，我把听到的情况告诉了他。他的身子像上紧了的琴弦般颤动一下，心情沉重得深深垂下了头。

我问："'老夫子'还在睡吗？"

他敞开了湿漉漉的衬衫，点点头歉疚地说："父亲叫我去买劈柴，他一定还在屋里睡着。"

暑气蒸人。我快步绕到屋后，从后门蹑手蹑脚走进后屋。咦，屋子里真静，静得像真空，不见"老夫子"，床上没有他！我奇怪了。再一看，他的行囊和课本都在一边，床上那副碎了一块玻璃片的近视镜旁有张纸条。我似有预感，放下手里的止血药和烧饼，捧来一读，好像有谁用铁锤狠狠朝我脑袋砸了一下，我的头"砰"地裂开了。我脚步不稳，泪水滚滚淌下来，冷汗从腋下流出。眼前的一切都模糊了，我高叫："余小海！……余小海！……"

余小海飞步地跑来，看了纸条，"哟"了一声，也像挨了雷轰电击似的木呆呆站在那里，只说："快找！快找！……"脚却胶着不动。

"老夫子"留下的纸条上倾注了最强烈的感情，写的是：

我的好友：

不能再拖累你们了！我要结束这种不可忍受的生活了！

我是一个弱者，遗憾自己不是鲁迅所说的"叛逆的猛士"，千万别学我！你们应当在黑暗中努力奋斗！

要是有一天能有一个好的社会环境和家庭环境让青年人健康成长，那多好啊！可惜，对我来说是多余的话了！

方道渊

民国三十三年七月十五日

这是生命之火被扑灭前的呼号！我能听出他那枯萎了的心发出的孱弱呻吟。生的挣扎，死的嚎叫，一切都毁灭了！我仿佛看见他用那双疲倦的眼睛在向我告别。那双可怜的眼睛里边没有世故、没有虚伪，但闪烁着怒火。他像一个过客，就这么匆匆走了。我在南温泉那浓绿的深不可测的溪水边惨然地呼唤他，又在幽深曲折坑坑洼洼的山岭间叫喊他。哪有他的回声呢？只有一只洁白的蝴蝶，在清亮的水边老是跟着我翩跹飞舞。难道这是方道渊？难道他的生命已经在这里化成了一只蝴蝶？……

夜里落了大雨，有吓人的雷声。天似在号哭，急雨溅落，声声动心。溪流里的蛤蟆叫了一夜，仿佛是说："苦哇！苦哇！……""真苦！真苦！……"使人想起那儿可能正在发生蛇吞青蛙的惨剧。……第二天一早，彤云里仍闷闷气响着滚动的雷声，淅淅沥沥下着细雨。度过了恐怖的黑夜，我淋着晨雨，告别了碧翠葱茏的南温泉，去报考我向往的复旦大学。

啊，从此我永远失去了两个高中时代的好朋友——方道渊和乔枫。人生的春天，应当是在青年的脚下。但他们却没有能向前走去。每当我想起这段遥远的往事，就有做了一场噩梦似的感觉。岁月漫漫，阴森可怖而又荒唐悲惨的梦，却很难湮没。

（原载《十月》）

雨的精魂

山城冬天并不下雪。但他在梦中见到了白皑皑的雪，纷纷扬扬的大雪……那时候，在山城传说过这样一个似乎并非完全虚构的故事。它使人想起鲁迅在《雪》一文中结尾的一段话：

"在无边的旷野上，在凛冽的天宇下，闪闪地旋转升腾着的是雨的精魂……"

"是的，那是孤独的雪，是死掉的雨，是雨的精魂。"

——题记

山城陪都重庆的冬天，虽无风雪，但云封雾锁。潮湿氤氲的雾气总是带来阴冷。阳光很少露脸，空气常是湿漉漉的。有时候，在浓雾笼罩的山城崎岖陡峭的石级上行走，艰难地逐级攀登，望着从低矮窗户里依稀透出的昏黄灯光，看到雾中活动的朦胧人影，即使是白昼也会使人产生在黑夜中的感觉。

梁元申从昏迷中苏醒时，针扎一般地头疼，好像有一种原来并不显眼的光亮倏然消逝，自己是在无边无际的暗夜里，攀登朝天门那一级又一级稀湿溜滑的石阶。身上黏腻腻的汗湿未干，是发高烧时排出的汗水。四肢酸疼无力，瘫软着，身上和腿上的伤口像针戳刀铰，那是病的折磨和特务刑讯留下的创痛。一同囚禁的那个瘦骨嶙峋的疯子呢？那仰脸朝天用两只呆滞的眼睛凝望天

159

窗的疯子哪里去了？梁元申已经弄不清是什么时候被搬迁到这间单人牢房里来的。水门汀地上阴凉潮湿，铺垫着的稻草散发着霉烂难闻的气息。布满霉点、痰涕、虫虱蚊蚋血，污垢得发黑的渍痕斑驳的墙上，出汗似的流淌着曲曲弯弯的黄水，一只臭气熏天的马桶放在阴暗的角落……

　　牢房之间的过道里，吊着一盏半明不灭的电灯，像鬼火。牢房里没有一丝光亮，黑暗包围了一切。梁元申嘴干舌燥，想喝水，但身边没人，身上痛楚，五脏六腑像被谁掏空了，连翻身的力气也没有。他心里塞满了愤懑。前几天夜间提审和白天刑讯的情形犹在目前。那个铁青着脸喜欢发出咯咯冷笑的瘦长条子性情暴戾，凸着两只杀气腾腾带血丝的眼睛，说一口南京话："你站着进来，我能叫你躺着出去！"那个往老虎凳上加砖头的黑大个儿，左脸上有道刀疤，浑身像带着血腥味儿，狠命一拳打得他鼻血不止，滴滴答答洒了一地。……他们是想屈打成招摆弄阴谋和圈套呀！……脑海里迷迷糊糊闪过这些片段，梁元申觉得心跳加速，胸部发闷。干裂的嘴唇嚅动了一下，他微喟般地呻吟着，叫唤着："水！水！……"一阵寒气袭来，他又陷入了半昏迷状态，只见眼前一片银白的闪光，好似看到漫天飞舞着惨白的棉絮般的雪花。雪，下得真大呀！铺天盖地，无尽无休、乱琼碎玉般地洋洋洒洒。冰冷冰冷的雪花裹着一片浓郁的乡情，仿佛又看到祖母那慈祥的面容了！祖母微笑着手卷喇叭在叫喊："小申，回家吃饭啰！……"仿佛又看到晶莹闪光的雪地里被邻家章二哥用火枪猎捕狼狈窜逃的野兔了！……仿佛又看到那过旧历年时悬挂在屋前檐上和树上的各色冰灯了！还有那野兽吼叫似的夜晚风声……啊，是梦还是幻觉？是回光返照还是脑海中的海市蜃楼？……不可辨，一切都不可辨！……

　　生长在北国的孩子，总是痴爱着家乡的风雪。离开冀东家乡到南方上学时只有十九岁，家乡的一切：破旧的故居，开阔的沙岸，曲折的小路，挺拔粗壮的枣树……有些印象早淡薄了，只有丰厚的鹅毛般飞旋而降的大雪，却怎么也忘不了。啊，风雪迷漫，迷漫的黄昏风雪，走在雪地上深一脚、浅一脚的……只要想起。就有一种故乡的温馨浸润着心田，一瞬间，唤醒许多甜美的记忆，把心底里积贮着的那快要爆炸了的愤怒、仇恨、不平与郁闷，都一起驱赶开了！

雪花在飞旋，气温下降啊，黑黝黝的夜晚，灰蒙蒙的白昼，雪地上艰难跋涉的脚印……难道，在这暗无天日的稽查处牢房里，生命就要结束？难道，远离开沦陷区的亲人，就无声无息地从此被雪葬埋，自己就这样从世上消失？……啊！……啊！

一

梁元申闲来无事，这一度，到了月明之夜，常爱站在古老、雄伟的山城高处，眺望黑咕隆咚的扬子江与嘉陵江澎湃交汇。

远处，河坝上面的梯坎旁棚户区附近，有一小堆火。火光闪闪。那是一个女人带着两个小孩在火化锡箔和纸钱，"呜呜呵呵"传来了凄厉的哭声，准是在给轰炸里死去了的男人送点冥币。火光瞬即熄灭了，令人悚然刺心的哭声却不断随风传来。梁元申不忍心朝那边看，听着哭声，心里酸溜溜地难受。

去年五月二十日，七十架日机侵入市空大轰炸，烧夷弹毁灭了半个山城。渝光中学的房舍有一部分也被炸弹和大火波及，死伤了十几个学生。这临河坝的棚户区更是全烧光了！阴历七月十五那天夜晚，是"鬼节"，梁元申曾独自来到这里伫立着，看着月光与江水，见到几十个烧化纸钱的火堆。纸灰带火飘飞，听着凄凉的哭声，怀着哀伤与悼念，思念着远在上海的妻子卓卿和小女儿泱泱，夜深他才回去……

今夜，他又来了，看着滔滔的江水在月光下闪烁，又轻轻哼起那支流行的歌来：

> ……如今我徘徊在嘉陵江上，
> 我仿佛闻到故乡泥土的芳香。
> 一样的流水，一样的月亮，
> 我已失去了我的欢笑和梦想。……

夜风夹着潮润的水气徐徐袭来。是啊，只有这支歌，才能最好地抒发胸中郁积着的那种惆怅。是得了"思乡病"了？心弦只要一被拨动，泪水就常会涌上眼眶。其实，梁元申并不是脆弱的人。一年以前，在上海的时候，他是正气职业补习学校的校长。他原本是上海沪滨中学的校长，一向对政治无兴趣，洁身自好，安于做个无党无派不偏不倚纯粹的教育家，可是，"八·一三"以后，一听到街头人们围唱："起来，不愿做奴隶的人们！……"他就激动得热泪盈眶，心底里升起一种强烈的抗日爱国热情，如怒涛澎湃，无法抑制。后来，上海成了"孤岛"①，他这样一个不想过问政治的人，竟忽然变得最关心时局与抗战形势了。他变了！常常习惯地用手托托眼镜架，告诉卓卿和朋友们："看报没有！沿铁路向南京方向进攻的日寇，在常州一带遭到堵击了！……""看来，南京成为马德里②不是不可能的呢！……"他甚至答应好朋友唐佳——一个在"孤岛"上的一家挂着"中立国"招牌的报馆编辑——写起慷慨激昂的文章来，直言不讳地怒骂敌伪。八百孤军死守四行仓库时，他写过《想起壮士田横》的杂文，当汪逆精卫发表艳电投

---

① "孤岛"：1937年11月国民党军西撤后，上海租界外围地区尽入日军之手。但是日本未向英、美、法等国宣战，不能占领租界，因此上海租界便有"孤岛"之称。
② 马德里：1936年，西班牙人民阵线曾在首都马德里进行了著名的马德里保卫战。

敌来到上海后，他写了《沐猴而冠》；当汉奸特工机关极司斐尔路76号①在沪西越界筑路为非作歹时，他写了《歹土②上的歹人》等文章……不久，他听说沪滨中学的董事长余天白附逆，便立即愤而辞职，与学校里的一批爱国教员，在公共租界马立斯附近找了一幢房子，办起了"正气职业补习学校"。这学校的名字是从文天祥的《正气歌》上取来的。

"孤岛"的生活令人痛苦。它被敌伪势力禁锢、侵占、蚕食着，经常发生炸弹爆炸、绑票勒索和暗杀事件。投机、冒险、欺诈，舞场、歌榭、赌窟、妓院……构成一幅骄奢淫逸、纸醉金迷的图景。生活费用高速度地上涨，家庭主妇在锅灶旁叹息。冬天一到，跑马厅周围，普善山庄的收尸队每天一早都将冻死的尸体一具具搬上敞篷大卡车驶向义冢埋葬。……然而，爱国者在进行着艰难的斗争。如果没有唐佳的被刺，也许梁元申不会离开上海。但是，唐佳就是在上海成为"孤岛"两年后的一天那样惨烈地死了！

十二月里的一天夜晚，很冷，刮着西北风，唐佳又来了。他仍旧穿着那件破旧的显得寒碜单薄的蓝布长袍，手里捏着烟卷。卓卿照例给他泡上一杯浓茶，说："唐先生，你和元申谈谈，我不陪你了。"便带着泱泱到亭子间去，留下了他和梁元申。

那夜，向来平静沉着胸怀坦荡的唐佳，显得特别激动，瘦削多皱的脸上神情愤激，两只眼睛似乎有火焰在燃烧。他深深地吸着烟说："元申，自从九月里欧战爆发到今天，盟国战况十分不利，日本早已公开站在德国一边。上海租界好比瓮中之鳖，我们处境越来越坏。现在，我可能要出事了！……"

"怎么？"真是出乎意外，梁元申惊愕地瞅着唐佳。

---

① 极司斐尔路76号：抗日战争时期上海汪伪汉奸的特务机关。
②"歹土"：指上海沦陷后汉奸特务横行的沪西越界筑路地段。

"七天里我一连收到两封恐吓信。我知道，都是极司斐尔路76号寄来的，他们说要对我'执行死刑'！"唐佳喷着烟，嘴边掠过讥讽的笑意，"这半年来，租界上恐怖事件层出不穷，'歹土'那伙汉奸，依仗日本帝国主义的势力，越来越猖獗了。惨遭毒手的人已经不少，我并不希望幸免。"

"不！避一避吧！到我家来住，我把亭子间让给你。你就躲着不出去，过些时再说。"

唐佳笑笑摇头，揿灭烟蒂："元申，谢谢你的好意。我在报馆有个朋友，是共产党方面的，他对我帮助很大。在收到第一封恐吓信时，他也劝我离开上海，到新四军去，答应可以帮我联系。但我舍不得离开自己的岗位，也不能丢下我那个穷家，抛妻别子于不顾。再说，堂堂的爱国者，岂能被汉奸傀儡一张八行书吓退？我倒想看看他们会耍些什么鬼蜮伎俩！"

"那不太危险了吗？"

"'人生自古谁无死，留取丹心照汗青。'我早已准备好了。"唐佳沉思着说，"我今天告诉你这些，是让你了解些情况。我们交称莫逆，本来都是自认为不想做官，不想投入政治漩涡的读书人。这场抗战，使我们猛醒，明白了'国家兴亡，匹夫有责'。元申，还记得吗？十多年前从北伐到清党那阵子，你是埋头在'象牙之塔'里求学，我则是被疾病和生计所累在做小职员，都没有过问政治。以后，血腥屠杀可能吓坏了我们，对政治就更不想问津。我们在十里洋场的上海住得久了，在国民党的统治下过得麻木了，接触的人，见闻的事，都局促一隅，很少去注意或关心共产党。其实，真正代表中国人民的进步和希望，代表真理与正义辟邪抗恶，全心全意挽救危亡的，正是他们……"

"是啊，抗战军兴，我们目为左倾的人，确实是在轰轰烈烈地唤醒民众，抵抗侵略。"梁元申手托眼镜架点头思索着说。

"对。"唐佳也点头，"所以我一直想介绍你认识我那个朋友，让你听他谈谈。可惜，前天上午，他走在南京路四川路口，竟突然遭到歹徒狙击，身中三弹，送到医院抢救无效，牺牲了!"

"啊!"梁元申吃了一惊。他昨天在《新闻报》上已见到报道这一暗杀事件的消息，说有一个无名男子在南京路四川路口被刺身亡，想不到死者竟是唐佳的挚友。

"真可惜啊! 这是中华民族的精英!"唐佳的眼眶红湿了，摸出烟来，又点燃了一支，"遗憾的是我没有来得及让你认识他。元申，莫看我们都已经是过了三十五岁的人，其实过去都是糊糊涂涂在走夜路，像在一片积雪的地上行走，天地一片银白，看不清东南西北，也说不定会不会栽到河沟坑凹里去。我们其实很需要人点亮一盏红灯笼带路。所以，我今夜要来一次，同你讲讲心里话。我希望，以后如果有机会，你要接近、了解那种能点亮红灯笼给我们带路的人;如果没有机会，要寻找这样的机会。那么，就会把自己的苦恼、苦闷变为一种向上的动力和信念，为追求光明勇往直前。"

梁元申思索着:难道就是为了要同我说这些? 唐佳的这番话，当时并没有引起他多少深思。他关心的是唐佳的安全，极力劝唐佳一定要躲避一下。如果不肯搬来，化名到偏僻的小客栈住上几天也好。唐佳好像全不在意。临别的时候，想起唐佳拉扯着三个孩子，他妻子又患着严重的三期肺病，经济是那么拮据，梁元申便将身边仅有的二十元钱硬塞到唐佳的手里，说:"看得起我，你就不要见外!"

半夜，送唐佳走的情景历历在目。夜风中，一弯冷月洒着苍白的光辉，唐佳挥挥手，沉着地走了。风将他的破旧袍角刮得飘飘然，也将他的一头长发吹得飘飘然。

哪料到第二天果真出事了呢! 民国二十八年十二月二十三日，这个日子梁元申永远不会忘记。就在这天下午，唐佳从报馆大门出来，经过一家酒店门口卖油豆腐线粉的摊子旁，突然被两个歹徒开枪狙击身负重伤。梁元申闻讯赶到仁济医院时，只见到唐佳的妻子和三个孩子伏在遗体旁哭得死去活来，他心里像塞着一块铅。后来，大家决定筹募一笔款给唐佳的家小，葬死者于公墓。送葬回来那天，路上遇到公共租界的警务人员"抄靶子"。梁元申蓦地感到无尽的愤懑，在唐佳和那些志士仁人横遭歹徒狙击的时刻，这帮殖民者的鹰犬上哪儿去了？

此刻，望着月光下轻雾浮游滔滔奔流的江水，梁元申恍若又置身在送别唐佳那个寒冷的月夜。唐佳那夜讲的一番话，后来才引起他反复的思索、咀嚼，痛感失去知友的悲哀。要是唐佳现在还活着，近在身旁，苦恼时交谈交谈，寂寞时来往来往，该有多好。可是，偌大的山城，他却还没有找到像唐佳这样的知心朋友。他曾是怀着满腔的热情和希望来到大后方的，谁知仅仅一年，这里的政治空气就扑灭了他的希望之火，像生活在"孤岛"上一样苦闷、寂寞。早知如此，何必千里迢迢奔向这迷雾漫漫的山城呢？

大约在唐佳被暗杀后一个多月，一天，写明"梁元申亲收"的一封恐吓信送到正气补习学校来了。信里附着一颗子弹和一封用毛笔写的八行书："……你假借正气补习学校之讲坛，经常散布抗日言论，兹勒令自即日起停办学校！否则，当飨以卫生丸，莫谓言之不预也。……"

学校当然是不能停办的！梁元申在人们心目中不但有点"迂"，一副书呆子脾气，而且还很"犟"，认准了的事是不回头的。朋友们劝他还是赶快离开孤岛或者暂时先躲一躲，他回答："哼，唐佳能视死如归，我又何惧？"为此，卓卿那张因生活艰难变得憔悴的姣好的脸上，出现了焦虑与泪痕。九岁的三年级小学生泱泱，平日是那么活泼，也感到家里将有大祸临头，小脸上密布着与年龄不相称的忡怔。"爸爸，我亲亲你！"泱泱每天早晨去上学时，总是将小脸紧紧贴在爸爸脸上，好像诀别似的。

他终于没扭过众人的劝告：一个熟人有个表亲常结伴贩运糖精、西药、布匹等到河南商丘一带做生意，他们有办法安全地通过封锁线，走出沦陷区。到大后方去，就能找到光明。在法租界一所中学里教数学的卓卿，为了鼓励他去，装得坦然地说："你放心！家的重担我挑得动。需要的时候，我可以再兼一家或两家的家庭教师。……"他让步了，躲进一个好友家里，等待妻子筹集路费。卓卿卖掉仅有的一点首饰又借了些款项，笑着将钱递到他的手里，玩笑地说："将来，抗战胜利了！你再买了赔我！"

那是又一个难忘的夜晚了，离别前的夜晚。写字台上的绿罩台灯整整亮了一宿。泱泱熟睡在身边，冰凉的月光映进窗来洒在床前，与台灯的绿光融成一片。

"重庆，不知是什么样子？听说那是座山城，多雾。也许很苦吧？但我想，无论如何总比在沦陷区当亡国奴的好！"

"那当然！那里一定燃烧着抗战的烈火。我愿意去过紧张、热烈、慷慨激昂的生活！苦，怕什么？只要能为抗战献出我的身心、力量，我就满足了。"他拥抱着她，"等着我吧！我想，少则三年，多则五载，我一定会和大家一起胜利归来的！……"

她那善良，带着哀愁的眼睛里流出了泪水，声音温柔体贴："常常给我们来信！"

"当然，至少一礼拜我一定写一封。你也一定要常给我写信。重担都是你挑了，我真不过意。……"

"你独自去到大后方，担子也不轻！保重身体吧，家里你一切放心！"

"我们都要保重！我到那边，心情一定比在这里好，身体一定会更好。……"

家里有一张百代公司灌的唱片，有那么一支陈旧的歌，一个女声独唱。在留声机上放出来的歌声已经嘶哑了。歌是写离别的，仿佛正是现在这种意境：

　　　　喜只喜的今宵夜，怕只怕的明日离别。

离别后，相逢不知哪一夜？

听了听，鼓打三更交半夜，

月照纱窗影儿西斜，

怨老天，为何闰月不闰夜？……

此刻，那嘶哑的歌声似仍在心头缭绕。……

第二天黎明，他混杂在一伙跑"单帮"的人群中，乘去南京的火车，离开了"孤岛"。以后又由南京经芜湖去合肥，在合肥过了封锁线，又从皖北步行到河南，在商丘告别了那帮同行的朋友，独自辗转到陕西，才坐上了烧木炭的敞篷汽车，跳舞似的在高低不平的西北公路上颠簸入川。

今夜，在这高处谛听着江涛拍岸，眺望着月光下两江船只的灯火和雾蒙蒙的山城夜景，梁元申真有一种如在梦中迷茫不知所之的感觉。江水呜咽，往事如烟，对妻儿的思念缠绕心头，他郁闷得快要爆炸了！

多少次，他遗憾地想过。不该到大后方来的！一切都这样令人失望、厌恶、愤懑！问题都出在唐佳与他那位朋友的突然遭到暗杀。要不然，也许会和唐佳同到那神秘的新四军里去了呢！……唐佳的声音仿佛又在耳边响起来了，苍老而略带沙哑："莫看我们都已经是过了三十五岁的人，其实我们过去都是糊糊涂涂在走夜路，像在一片积雪的地上行走，天地一片银白，看不清东南西北，也说不定会不会栽到河沟坑凹里去。我们其实很需要人点亮一盏红灯笼带路。……"

可是，雾都茫茫，上哪儿去找他们呢？

这时候，紧邻朝天门那段大马路已停止了喧闹。白天，那儿是黄金、美钞、证券的交易场所，投机商人和掮客们每天在那里举行两场集市。这时候，朝天门灯笼巷著名的担担面店里摆龙门阵的食客们也逐渐星散，梁元申仍在码头上踟蹰。……去年春天，有一次，他在这里看江水，认识了两个下江小女孩，衣服穿得破烂却长得活泼、精神。

大的一个真像泱泱。一问，是杭州人，跟父母逃难来的。父亲失业，摆个香烟摊兼给人写信维生，带着一家人住在河坝附近的棚户里。秋天，也是一个月夜，发生了一次空袭，敌机轰炸、扫射，持续了差不多两个小时。警报解除后，听说这一带被炸得最惨，他心里沉甸甸地匆匆来到这里。啊，多么惨不忍睹的景象呀！墙倒屋塌，断垣残壁，远处还有些被烧毁的棚户余烬未熄。靠路边摆着一溜烧焦的尸体，有男有女有老有少。到处可以听到悲怆的哭号："炸死的总是我们小百姓呀！总是穷苦的小百姓呀！……"他步履沉沉地巡视过去，忽然看见那一对可爱的姐妹躺在尸堆中。她们停止了呼吸，脸色惨白，惨白得像雪！

啊，惨白得像雪！多么恐怖的白色哟！……

团团飞舞的雪花，仍在铺天盖地下着，纷纷扬扬，无尽无休，夹着雾霭将屋宇、树木、道路……都织在白茫茫的罗网里。

山城重庆的冬天，是难得下雪的，尽管阴冷，比起北国那千里冰封的天气，总是暖和得多了。为什么现在，浑然的白雪下得这么大呢？

梁元申不知自己是在梦境中还是在幻觉中。他已无从辨别。自经那脸上有刀疤的黑大个儿，用拳头不断猛击他的头部后，他就糊糊涂涂了，自从发起高烧来，他更昏昏沉沉了。现在浑身绵软，思绪纷乱。有时头脑里正和眼前一样，也是白茫茫一片，无边无际，不可捉摸。就连这雪白雪白的大雪，时而像棉絮，使他感到浑身燥热，时而又像冰，冻得他不住战栗。……那年，上海下了大雪，他和卓卿带了泱泱到兆丰公园看雪景。卓卿乌黑的头发上沾满了银亮的雪花，美极了！泱泱兴高采烈地跑到一棵宝塔形的大雪松下，突然一团白雪落进了脖子，她大叫："烫死了！烫死了！……"泱泱的稚气使他想起自己的童年，爱在漫天的大风雪里，和一些小伙伴们跳呀蹦呀，打雪仗，堆雪人。雪，有时干得像粉，大风一吹，简直是烟雾弥天。娘说："快回来！小申，别湿了鞋子！……"其实是湿不了鞋子的。谁听她的话呢？一溜烟地早跑远了！但，现在，躺着，一动也不想动弹了。……有一次，一伙小朋友嘻嘻哈哈地用冻得通红的小手堆了一个大雪人，插上胡萝卜做了鼻子，嵌上两个土豆做眼睛。真有意思！……可是，为什么大雪人的脸这么像金延龄的脸呢？金延龄也是红鼻子，浑浊的大牛眼，也是肥嘟嘟的大脑袋。……

看，金延龄又瞪着不怀好意的大眼看我了！谁不知道呢？他有来头！是那种特殊人物，监视、告密、陷害……一切都与他有关。在山城的昏天黑地里，贪官奸商骄奢淫逸，小公教人员无以为炊，贫苦百姓典妻鬻子。但有一种特殊人物，却像蛆虫似的兴高采烈地滋生繁殖，也像耗子似的爬高落低异常活跃，更像毒蛇似的潜伏着随时准备噬人。金延龄就是这样的人，是他们派来的！……

二

"我就是金延龄！想必你已经知道了。董事会和赈济委员会一起派我来的！……"

是的，"提起此马来头大"！他来之前，董事会和赈济委员会早有通知了。梁元申看着面前这个臃肿、肥胖，红鼻子，牛眼睛，满脸不怀好意的角色，心里已明白了三分。有趣，一个小小的渝光中学，仅仅不过一百五十多个学生，竟派个什么"临时督学"来，真是创举。渝光中学原是一些"社会名流"集资办来收容从沦陷区流亡后方的孤苦难童的，师资不强，设备没有，跟难民所差不多，美其名为"中学"而已。本来是一种慈善事业，有个董事会领导，但不久，赈济委员会插

170

入了一脚，随后特务势力也伸手进来了。

那是梁元申到达山城后不久，在沙坪坝教书的几个老熟人见了他分外高兴，在馆子里叫了一桌"经济和菜"请他吃饭。席间，酒酣耳热，早年中学同学于仁源，曾留学法国专攻法国文学，现在却在教经济学，三十七岁年纪留了一撮纪德①式的山羊胡。他说："元申，你来了，很好！但首先要解决工作问题。现在谋事不易，我也改行在教经济学，为五斗米折腰。眼前正好有个不太好也不太坏的机会：渝光中学原来的校长，前几天刚刚脑溢血去世。此人是个外行，把学校办得一塌糊涂。董事会正在物色接替人选……"

"要什么样的人选呢？"

"想找一位懂教育又有点声望的行家，国民党的或无党无派的都可以。一个朋友托了我，我想，你是无党无派的教育家，一定行！你看如何？"

"那当然好！"

"只是可能清苦一些，学校也很小。屈尊前去，不免歉仄。"

"只要有工作做就好！来到大后方，本来不是为了升官发财，是为了抗日，清苦算什么！"

当时，就答应下来了。但何尝想到这渝光中学是这么一个棘手的烂摊子呢？

学校在张家花园下边。梁元申头一天去上任，看到一些破破烂烂的"国难房子"，草棚盖顶，竹片夹壁。全校总共十五个教职员工，外加一百五十七个难童。师生们都营养不良，住得很挤，活脱脱一个难民所。听说前任校长江广生是赈济委员会一个常委的表弟，他还安插了自己的小舅子裘冠生当总务主任兼训育主任。两人狼狈为奸，用高

---

① 纪德（1869—1951）：法国作家，先后受象征主义和尼采超人哲学影响，二次大战期间成为亲法西斯分子，主要作品有《田园交响曲》等。

压对付师生，贪污经费，克扣伙食，用公款囤积西药，还将一批赈济物资——毛毯、鞋袜、奎宁丸、食油等变卖了中饱私囊。学校里怨声载道，学生患疟疾、疥疮的极多，师生脸上看不到笑容，听不到歌声，闻不到抗战的气息。梁元申到校时，大家都侧目而视，谁也不了解来的是个什么样的人，对他冷淡地保持着距离，只有一个名叫甘汉江的教师来亲近他。甘汉江一看就是个老实人，皮肤黑黝黝的，双颊瘪陷，长着络腮胡子，沉默寡言，不大多谈学校里的事，但嘘寒问暖，使梁元申得到一点安慰。

抱着满腔热忱，抱着一片为抗战出力的愿望，他默默挑起了担子，既任校长也兼教务主任，同每个教职员谈心，又找一些学生谈心，听取意见，了解情况。他特别同矮小猥琐的总务主任裘冠生谈了一次。裘冠生是个见人就点头哈腰的瘦子，有一双嵌在满脸怒冲冲的皱纹里的小眼睛，整天叼着香烟，诡谲而阴沉。梁元申劝裘冠生放弃训育主任不兼，专心办好总务，为堵塞漏洞，还规定了日清月结公布账目的办法。甚至亲自同伙夫一起上街采购给师生"打牙祭"的猪肉和包心菜。他向董事会提出，要重新任命一个训育主任。反复磋商了几次，最后董事会同意让甘汉江做训育主任。甘汉江不但工作勤勤恳恳，也很正派，缺点就是胆小谨慎，闭着嘴不大说话，但有他做助手，比起裘冠生来可强多了。

为了打破学校死气沉沉的局面，梁元申要教员们教唱救亡歌曲。于是，《五月的鲜花》《九·一八小调》《我们在太行山上》《游击队歌》等歌响彻校园。他带领师生自己动手在山坡上开辟出一片小操场，学校生活渐渐变得活跃了。学校里也有些有才华、工作负责的教员。杨慧心等教员带着学生排演抗日救亡的小戏，他十分支持。在"七七"抗战二周年时，还亲自领队上街，在两路口和都邮街"精神堡垒"前演出。当看到围观的群众纷纷鼓掌，梁元申体味到了一种欣慰和乐趣。

学校气氛起了变化。多数人脸上出现了笑容，对他报以热情、友善的目光。唯有矮小猥琐的裘冠生不满意，既卸了训育主任的职务，又弄得一身不利索。梁元申查询他可疑的账目，他不是推在死掉了的校长江广生身上，就说有些账本在一次逃警报时失落了。由于有那个赈济委员会常委田友三做靠山，裘冠生的问题反映到赈济委员会去竟无人过问。不过裘冠生还是收敛了些，在新的经济开支上，不敢再做什么手脚。他像一只偷油老鼠似的躲在屋角的洞穴里，更像一只张网在暗隅的蜘蛛敛住毒脚，进行窥测，以便伺机而动。

生活艰难，学校的教职员工都在困苦地挣扎，不幸的事常常发生。两个体质孱弱的学生因营养不良，一个患肺结核，一个患伤寒，几乎在同时都死了。梁元申流着泪埋葬了这两个孤儿，亲笔给他们在江南沦陷区的家里写了讣告信。女教员杨慧心住的一间小屋破漏潮湿，老鼠成灾，三岁的小女儿睡在床上被耗子咬伤了耳朵，他好不容易才给她调整了住屋。男教员孙平的妻子为了求业，受了一个企业公司经理的玩弄愤而上吊自杀了，他无限同情，慰问劝解，陪伴着孙平料理妻子的后事。诸如此类，他总是尽心竭力去做，因而赢得了大家的尊敬。

他住在一座虚脚危楼上的小房间里。几根木柱撑着楼房，并没有坚固的基石，起风时，危楼顶上会发出一阵哨子似的呜呜声，使人感到摇摇欲坠。甘汉江曾劝他换个住处，他见学校房子紧，笑着说："居安思危，住这样的小楼，很好嘛！"

整天忙呀，忙呀！在轰炸中忙，在物价高涨经费短缺上忙，在前方失利，沙市、宜昌等地失守一连串坏消息中忙，在德、意、日勾结，国际法西斯势力嚣张中忙，在日寇和汪逆精卫不断诱降的传说中忙，在风闻国共摩擦加剧的忧虑中忙……团结、民主、抗战的问题纠缠在心头压力沉重，又加上思念在上海的妻女家庭，梁元申心情悲凉、苦闷。原来认为一定燃烧着抗战烈火的重庆，想不到竟是"前方吃紧，后方紧吃"，物价飞腾，社会动荡，到处是寡廉鲜耻之徒，使他摇头叹息的事。偏偏，深秋的一天下午，来了两个人找他，一个穿中山装的中年瘦子，一个穿军便服的青年矮子。那穿中山装的瘦子一见面就说："我们是军统的，要征用你们的房舍和地址，已给你们在磁器口找了一处校址，来跟你商量一下搬迁的事情。……"

"搬迁？为什么？"梁元申生气了，面对两个飞扬跋扈的特殊人物，习惯地用手托托眼镜架，板着脸问。

"这涉及机密！要你们搬就得搬！"年青的矮子蛮不讲理。

"不搬呢？"

"不搬？你敢！叫你吃不了兜着走！"年青的矮子弹出眼珠，气势汹汹。

中年特务软中带硬地说："还是搬了好，这是抗日的需要。我们不兴讨价还价。"

谨慎胆小的甘汉江站在一旁向梁元申使眼色，转圜地说："我们研究研究，能搬一定早搬！……"

"不行，办不到！"梁元申一挥手打断了他，奋激地说，"一个学校哪能随随便便就赶走？我们不能搬到那么遥远的郊外去！请回去告诉你们的上司，我们不搬，军统也不能不讲理呀！"

他是个犟脾气，脾气一来就不顾一切，两个特务板着脸走了。事后，甘汉江告诉他："听说军统确实要占有这个地点做侦察、监视的'坐勤'，因为张家花园这一带有一些共产党控制的单位，像'中国青年新闻记者学会'、'文协'都是。"甘汉江胆小怕事，劝道："看来，不搬不行！还是决定搬，跟他们商量一下条件的好。"梁元申坚持着不搬，说："不，我就看不得特务机关横行霸道！"事情就拖下来了。

月缺月圆，时光荏苒，梁元申不能不魂牵梦萦地常常思念卓卿和泱泱。"烽火连三月，家书抵万金"。从沦陷区上海寄信到大后方，有时一个月，有时两三个月，有时信件会遗失。为怕检查，信件的内容只能通报平安或写些含蓄暗示的句子来透露情况。每到夜晚，月光透进窗户，他就油然想起在上海同唐佳诀别的那个月夜，想起同卓卿离别前的最后一个月夜。他仿佛听到卓卿那轻柔的声音："保重身体吧，家里你一切放心！"又仿佛看到卓卿那娟美贤惠的笑容。"举头望明月，低头思故乡"。在这种时候，他就会感到一种难以排遣的惆怅，推动他去思索许多问题，越思索苦恼越深。

有一个星期天下午，他在民生路闲逛，无意间来到《新华日报》营业部，不由自主地迈步走了进去。在书橱前徘徊一阵，一本小说《刘明的苦闷》引起了他的兴趣。他掏钱买了一本，还买了本韬奋的《抗战以来》。当夜，他就把小说读完了。书中的主人公刘明是个青年知识分子，在抗战初期决定摆脱沉闷灰色的环境到战地去工作。然而在什么"服务团"之类混了几个月，又感到不满，颓然而返了。他不满于醉生梦死的行尸走肉，不满于胆小如鼠、目光如豆的可怜虫，不满于趋财奉势的官僚禄蠹，不满于浑噩浮薄浪漫鲁莽的时髦青年。所有的不满投射在刘明的心灵上，便构成了他的苦闷。梁元申读毕，不禁想：呀，跟我难道不有些相同吗？

以后，他又去过那里两次。给学校订了一份《新华日报》，也给自己买过书。订的《新华日报》有时收到，有时收不到，收到的报纸又经常开着"天窗"。他逐渐明白：这张共产党的报纸虽然出版，当局是不想让人看的。这使他总要想起那个月夜唐佳的谈话："我是劝你，以后如果有机会，你要接近、了解那种能点亮红灯笼给我们带路的人……"

谁知，民国三十年元旦刚过，就来了"临时督学"金延龄呢？一个形迹可疑来路不明的特殊人物！

见到金延龄，也不知为什么，梁元申会想起那篇著名的讽刺小说《华威先生》。小说里出色地塑造了一个国民党的"抗战工作者"上层分子，此公对于抗战文化工作"包而不办"，或者别人办了却又加以压制陷害，真是丑恶之至。金延龄这个人，也使梁元申感到他像京戏舞台上的曹操。不仅因为他长得肥胖，有双不怀好意的眼睛，还因为他喜欢哼京戏，常得意忘形地踱着方步齉着鼻子哼《捉放曹》："中牟县，落法网，五花大绑上公堂！……"

金延龄来了不久，俨然像个"太上皇"。有一次，他公然对梁元申说："渝光中学在外界看来，是戴着一顶红帽子的，这必须立即改变。委员长对于八路军、新四军'游而不击'、'破坏统一'、破坏军令政令，很是生气，已经命令江南及华北共军限期集中黄河以北①。共产党想违背也不行！这两天报上已经登出新四军北移的消息，你一定也看到了。形势很清楚，我要劝你老兄清醒清醒。……"

梁元申闻着金延龄嘴里喷出的酒味，愤然反问："想给学校戴红帽子，有证据吗？"

"当然有！你们公然订阅、张贴《新华日报》，是不是？"

"《新华日报》公开发行为何不能订阅？我们也订得有《中央日报》《大公报》……"

"你用的是障眼法！明眼人一看便知。你让这里教唱共产党的歌曲，是不是？"。

"我们教唱的都是抗战救亡的歌曲！"

"你们有时候竟不做纪念周，这是为什么？"

"那是因为空袭。"

"去年九月，周恩来在张家花园巴蜀小学讲演，你们学校里跑去听的人不少。你不知道吗？"

梁元申记得是有这么回事。那天，正巧因为帮助料理孙平妻子的后事他未曾去，不然也是会去听听的。他说："听的人可多了，有好几千人，这算什么严重问题吗？"

"当然严重！你们排演宣扬左倾的戏，还由你带着队上街公演。那种小戏攻击政府黑暗，唱的调子与《新华日报》如出一辙，为异党张

---

① 1940年10月19日及12月8日，何应钦、白崇禧以正、副参谋总长名义先后发出皓电与齐电给八路军朱总司令、彭副总司令，迫令江南新四军及华北八路军各部限期集中黄河以北。

目，居心何在?"

梁元申明白，金延龄指的是排演过的三个独幕剧。《禁止小便》，讽刺机关中的黑暗;《封锁线上》和《火焰》，写战区和游击区的故事，有伪军反正，有游击队员在饥寒交迫中坚持战斗，有老百姓的正义抗敌。他忍不住说:"公开出版的独幕剧，对抗战有利的小戏，为什么排演一下就要扣上这么大的帽子呢? 你好像很了解学校里的情况，其实未必。我希望你实实在在多听听多看看再说。"

"无须如此!"金延龄恼羞成怒了，浑浊的大牛眼射出威胁，"你们这里有异党作祟!"

"谁?"梁元申问，声音和神态都很严肃。

"你我心里都明白。"

"什么意思? 你说话要负责任!"

"当然! 我敢说，异党分子并不远在天边! ……"

金延龄杀气腾腾，结果只能不欢而散。

像一块乌云弥漫、扩散在心头，像头顶老是有条带棘刺的鞭影在挥动，梁元申遭到精神上的凌迟，苦闷更加深了。金延龄来后不到半个月，挟着"董事会"和"赈济委员会"的支持，勾结裘冠生，将学校大权揽在手里。甘汉江无所适从，找梁元申叹气诉苦:"我太为难了! ……"梁元申诚恳地说:"我了解你，你好好工作就是。不要管我!"甘汉江瘪陷的双颊愈见瘦削，络腮胡黑茸茸，问:"你打算怎么办?"梁元申摇头叹息，无从回答。

学校里实际上什么事都不让梁元申过问了。金延龄发号施令，退订了《新华日报》，领导着做纪念周，给学生作"精神训话"，大讲"一个党、一个主义、一个领袖"，审查教唱的歌曲，找教员一个个谈话。学校里弥漫着一种恐怖气氛，人心惶惶。甘汉江神色紧张地告诉梁元申:"听说临时督学有来头，不能顶牛，只能合作!"杨慧心也悄悄对他说:"金延龄同我单独谈话，调查你是不是共产党，不准我们同你接触，你可要小心。"孙平还向他透露："金延龄要挤你走，听说这人是军统。他决定要迁校，还在学生中散布你是共产党。……"

梁元申冒火了，心有不甘，找了董事会和赈济委员会申诉，但碰了钉子。他又到沙坪坝找了老同学于仁源。于仁源捻着纪德式的山羊胡子长叹："唉，元申啊！董事会也找过我了，说了你不少难听的话。显然，他们是支持姓金的。他们想平平安安，不想学校戴红帽子。我知道，你这人无党无派，但有些事有理也说不清啊！你千万别让自己坐在火药桶上。这世道，唉！你就忍忍气少惹点麻烦吧！……"

梁元申默然了。

鬼蜮横行，工作是干不下去了。但不干又到哪里去呢？从沦陷的上海来到大后方，在号称陪都的山城住了十个月，他看见的只是一片黑暗。挣扎在死亡线上的失业者那么多，没有靠山和后台，没有裙带关系，凭什么找到合适的职业呢？何况他一向是个落落寡合不善交游的书呆子，碰上这些不顺心的事，又无处倾诉，就更加感到孤寂。有时，月明之夜，他就漫步到朝天门附近山城高处眺望悠悠的江水；有时，白天无事，他也偶尔上街漫步。甘汉江见他上街，就紧紧跟上，找无人处讲点私房话，告诉他一些学校里的动态。他怕连累人，总是说："老甘，你还是不要同我接触的好！"嘴上这么说，心里对甘汉江却是感激的。

一月十七日早上，梁元申发现学校的贴报栏旁围满了人，叽叽喳喳议论纷纷。他忍不住好奇上前一看，惊愕地看到《中央日报》上刊登了政府的通令，宣布新四军是"叛军"，取消新四军番号，将新四军军长叶挺交付军法审判。……梁元申惊呆了，又辨不清真相，十分担心国共合作破裂。大敌当前，出现了这样祸起萧墙的杌陧局面，中国怎么办呢？他真想找张《新华日报》看看，可找不到。他颓丧地回到危楼躺在床上，心绪不宁地翻看着床头上的那本《离骚》，忽然听到一阵童稚的歌声："春天里来百花香，郎哩咯郎哩咯郎哩咯郎……"这是两个孩子在歌唱，唱唱笑笑，完全唱走了调。梁元申不禁想起了泱泱，叹息起来：唉，只有天真的孩子，才会这么高兴！……

傍晚时，吊脚走廊和短梯上有脚步响。一开门，甘汉江来了，带来了一包江津的米花糖和用茶缸装着的一缸温热的醪糟鸡蛋。他问："梁校长，你病了？"

梁元申叹口气。他确实午饭都没有吃，晚饭也不想吃，摇摇头说："唉，你还是不要来的好……"

甘汉江搔着络腮胡子知心地说："我不管那些。梁校长，你的心情和处境我都了解，你可要保重身体。你对我讲过，你那位在上海被暗杀的朋友对你说过一些话，你为什么不照着办呢？你那位朋友讲得很有道理啊！我们都需要寻找，寻找一条摆脱苦闷的道路。你说对吗？"

梁元申凝望着面前这个长着络腮胡子双颊瘪陷的壮年人，脑海里卷起波涛。这个人平时沉默寡言胆小谨慎，此刻却可以肝胆相照，使他十分感动，不禁说："是啊，我是苦闷透了！老甘，你知道是为什么吗？"

万万想不到，甘汉江微微一笑，从裤袋里变戏法似的掏出了一份《新华日报》来塞给他："快收着。是我今天买到的。皖南新四军北移，突然遭到了包围袭击，九千多劳苦功高的抗日将士，做了无辜牺牲。共产党发言人已经发表谈话提出要求。你好好看看吧！唉，太令人痛心了！"

梁元申一跃而起，接过《新华日报》，只见报上触目惊心地印着："为江南死国难者志哀！——中华民国三十年一月十七日夜周恩来。"还有周恩来写的一首挽诗："千古奇冤，江南一叶。同室操戈，相煎何急！？"

梁元申顾不得细看，急忙将报纸塞在枕下，说："真是'同室操戈，相煎何急'呀！那些恶狗竟给我戴上了红帽子，说我是共产党。真是荒唐可笑！现在大敌当前，外战外行的人又想走内战内行的老路，要把中国断送到什么地步呢？……"

甘汉江走了。梁元申一字一句读完《新华日报》，整夜辗转反侧难以入睡。一会儿回忆着唐佳的临别赠言，一会儿想起夏衍写的话剧《心防》。这出戏叙述新闻记者刘浩如初准备离开上海，继而决定留下来坚持战斗，终于在苦斗中被敌人暗杀的故事。这真同唐佳的情况相仿呀！剧中的刘浩如说："我们的军队退出了上海，闸北的防线放弃了，沪西的防线也放弃了，现在，南市的防线也放弃了，可是，还有一条防线，我们不曾放弃，而且永远也不能放弃……这就是几万万中国人心里的防线。精神上思想上的防线！"是呀，要永远在精神上战胜敌人！他像受到了一种巨大力量的鼓舞，快近拂晓时，毅然起床走近桌前，拿起笔，给《新华日报》编辑部写了一封信去。

信写得很长，介绍了自己的经历和处境，谈了自己的苦闷，最后提出要求：是否可以约定时间前往谈谈，听听你们的意见？

为了避免《新华日报》复信寄到学校被金延龄之流看到引出问题，他又要求不必复信，由他自己在三天后——一月二十一日的下午，亲自到编辑部听取回音。

　　为什么老是出现自己被吊打，上老虎凳时的情景呢？是身上刺心的疼痛引起的扯不断的回忆？是眼前幻觉中出现金延龄引起的联想？……

　　肥胖、臃肿、有两只不怀好意的大牛眼的金延龄，那天在刑讯时突然出现了。啊，这当然清清楚楚表明：金延龄是军统的特务。万劫不复的特务制度哟，比地狱还黑暗的特务政治哟！以别人的痛苦为笑乐，阴险而卑鄙，依靠这等罪恶维持的统治能持久吗？这伙魔鬼居然将我当作真正的共产党来逼供，其实，我算什么呢？我觉悟得太迟了！只能怪自己将自己封锁在罐头般的小天地里，老是在犹豫徘徊。当有了一点解悟决心寻找真理时，却又不幸陷入了特务的魔爪。这暗无天日的法西斯特务统治呀，我诅咒你！

也不知为什么，眼前又出现了大雪。铺天盖地的大雪，下呀，下呀，无尽无休地在下。白茫茫的世界，挂满银花的树丛，空寥寥的天宇……仿佛躺在冰天雪地之上，寒冷沁骨。

其实，失望、苦痛是早就开始了的。在沦陷区里，被敌人铁蹄窒息了种种希望当然不用说了，但刚离开合肥进入上排河一带，满腔火热的情绪，不是就被一泼一泼的冰水浇灭了吗！

啊，那是一个多么令人激动的黎明！艰难地通过了封锁线，终于进入了国军的第一道防线排河一带，满心以为见到了自己中国的抗日队伍会受到热情的接待，谁知竟是粗暴的抄查！抄出的毛衣、衬衫、短裤、奎宁丸、痢特灵……全部扣下了。一个面黄肌瘦的士兵说："我们什么也没有！没有药物，没有衬衣衬裤，没有……"真令人愤慨，为什么"什么也没有"呢？……从上排河到河南洛阳一带，一路上全是贩运鸦片和走私布匹、五金、百货的人。据说，敌人占领的合肥一带到处遍种鸦片。从沦陷区将鸦片运往界首、漯河、洛阳、西安……就可以十倍、几十倍地赚钱。难怪十三军军长汤恩伯的军队也在干这勾当。他们武装押运鸦片是公开的秘密。一路经过界首、漯河、周家口等地，到处是畸形繁荣，酒楼里歌女卖唱，旅店里娼妓充斥，呼幺喝六，麻将牌九声终夜不停，毫无抗战气象。浑身疲惫地到达洛阳那天，敌机刚刚轰炸过，城东毁了不少房屋，死了一些百姓。警报刚解除，就见警备部行刑队押着四个人在闹市中心枪决。以为枪毙的是汉奸，一问，原来其中两个是鸦片贩子。路人说："黑吃黑，把人毙了，鸦片就归入他们腰包了！"另外两个据说是"抢米犯"，一对亲兄弟，弟弟还未成年。路人说："要有吃的谁还会去抢米哟！老百姓没有吃的，抢点吃的犯什么死罪！"

啊，一路艰辛，一路黑暗。在潼关附近，一个跪在公路边乞讨的老人，抬起他那张像干枯的老树皮似的脸孔，失神地望着过往行人流泪伸手："我儿子给拉壮丁拉走了！……"在闵底镇附近，拦路抢劫的土匪，将一家逃荒的男女四口杀死在路边水沟里。在宝鸡附近，见到一队抓来的壮丁，个个骨瘦如柴，用绳子捆押成一串在棍棒鞭打下步行……难道这就是抗战的大后方？甚至在半途中就已经有了悔意，似乎走错了路，失望到了顶点。带着这种深深的失望与后悔总算到达重庆。然而一年不到，连一点点火星似的热望也被扼杀、窒息了，只剩下像郭沫若早年写的《凤凰涅槃》所表达的情绪："宇宙呀，宇宙，我要努力地把你诅咒：你脓血污秽着的屠场呀！你悲哀充塞着的牢囚呀！你群鬼叫号着的坟墓呀！你群魔跳梁着的地狱呀！你到底为什么存在？……"

　　是呀，你到底为什么存在？

　　有沙沙的声响，那是大块的积雪从被压弯了的树枝上滑下落地的声音。白茫茫的大雪依然在下，无声地飘落，寒冷封锁着空间。这样沁骨的寒冷，躺在雪地里能行吗？可是，已经没有丝毫力气挣扎着起来了。也许，这纷纷扬扬的白雪会埋葬掉我！一切冰冷，一切惨白啊，但我并不甘心于被它埋葬！我要高声叫喊：卓卿，你在哪里？泱泱，你在哪里？啊，你们在哪里？啊，还有那一双浓眉下炯炯有神的眼睛，您在哪里？……

三

　　这一夜，山城的雾气特别浓。白茫茫的浓雾在夜色中泛出青蓝色，缭绕在江上、屋舍、街道、梯坎、树木之间。

　　梁元申按照约定的时间和地点，等候在南区公园旁一条僻静马路边一棵大黄葛树下。忽然，一辆汽车冲下坡来，在他身旁"嗤"一声停下了，车门倏地打开。一个穿灰军服的年轻人彬彬有礼地向梁元申一招手，接他上了车，汽车就开动了。年轻人对他一笑，解释说："特务太多了。梁先生，为了您的安全，我们不能不同他们捉迷藏，只能这么安排。"

受到如此热情周到的接待，梁元申激动得一时不知说什么才好。他紧紧地握着年轻人的手，不觉眼眶湿润了。

浓重的泛着青蓝色的雾气，包围了一切。汽车在雾中穿行，间或有几盏半明不灭的路灯从车窗边闪过。梁元申想看看车往哪儿去。但浓雾弥漫，车窗上又挂着窗帘，什么也看不清。他只觉得车子走了好久才停下来，眼前出现一幢三层小楼，似乎是在嘉陵江边。年轻人将梁元申引进小楼，到了天井旁一间屋里，请他落座。一会儿，送进一杯茶来，仍旧彬彬有礼地说："请等一等，马上就来。"年轻人轻轻将门带上一半就走了。

梁元申坐在藤椅上，静静打量着屋里的陈设。屋里极简朴，像是一间办公室，一边却又搭着一个铺，铺有简单的被褥。临窗放着一张写字台，台前有一把藤椅，靠墙是一个竹书架。书架上整齐地排列着书籍和一些报章杂志。写字台上，有一只铜墨盒和毛笔、铅笔、纸笺，一杯香茶正悠悠冒着热气。显然，主人刚才还坐在这里。他想！一定是个主笔或是编辑的房间。约定谈话时说过是由《新华日报》编辑部派人接谈的。由于来时的特殊方式，他感到有些神秘，随着茶杯里袅袅冒出的热气悠悠散开，不禁神驰起来。

屋子里静悄悄的，夜风吹得窗外的树枝飒飒有声，飘进来一股潮湿的空气。可以想见，滔滔的夜间江面上此刻正弥漫着白雾，一片混沌。无意间，梁元申又发现窗台上有一只磁盘，养着几株水仙，那短短的碧绿的叶片美得像翡翠，使这简朴的屋子格外生机盎然。

忽然，从外边传来了留声机放唱片的声音，有人在说说笑笑跟着唱片哼唱。那是一支抗战初期十分流行的歌曲："动员！动员！要全国总动员！反对暴力侵占，挣脱压迫锁链，要建成铁阵线！民族出路只一条，生存唯有抗战，大家奋斗到底，枪口齐向前！……"梁元申还来不及想清楚发生了什么事，那扇半开的门被推开了，一个神采奕奕、黑发浓眉的人含笑走进屋来。他英气勃勃的脸上洋溢着热情，浓黑的眉下两眼炯炯有神。他穿一套朴素的灰军装，显得非常精干，又非常威严。他顺手关上了门，留声机播放的歌声顿时好像是从远处传来似的。进门，他就快步走了过来，伸出似乎有些不方便的右手，握着梁元申的手说："梁先生，让你久等了！请坐！"口音是带有苏北尾音的普通话。

梁元申托托眼镜架端详着主人。奇怪，有点面熟，好像在哪里见过似的，但又显然并不认识。主人将写字台前那张藤椅拉过来，坐在梁元申对面，微笑着说："留声机很吵闹，是吧？也是不得已而为之。特务遍地，到处监视我们，连这楼上也住得有特务。我们在这里谈话，他就能在上面把耳朵贴在地板上偷听。所以，不得不用这办法干扰他们。"他带着对特务的轻蔑，说得风趣、轻松，梁元申不禁也笑了。

他想请教："你贵姓？"但，心头那种神秘感又来了。对共产党，他过去总是怀有一种神秘感的，一时也难以消除。梁元申是个自爱的人，有知识分子那种过分的清高与拘谨，不喜欢做人家不愿做的事。他想：他们常常用化名，在这个特务横行的山城，恐怕更不爱暴露身份和真实姓名，何必让人为难呢？我来，只是希望谈一谈心，听听他们的见解，也没有必要打听人家的姓氏。因此，他听着隐约传来的留声机播放的歌声，感叹地说："我很感谢这次为我来谈话，作了如此负责而且周到的安排。我没有想到的事你们都想到了，这使我很感动。作为一个知识分子，我现在十分苦闷，思想上找不到出路，行动无所遵循。看到、遇到许多使我愤慨痛恨的事，却因力量微小无法抗衡。对时局更是忧虑重重，感到一片漆黑，没有希望。所以，我写了信。我是想洗耳恭听你们的高见哪！"

主人倾心听着，亲切地注视着梁元申，然后诚恳地说："梁先生，你是一位中学校长，在社会上有一定的声望地位。你的工作很重要，是教育下一代的工作。你信任我们，使我们感到荣幸。请你来谈谈，我们也是想多听听人民的呼声，互相交换一下意见。以后，如果可能，我们可以多联系。"

梁元申苦笑说："那当然的。只是，来一次太不方便了。"

主人摇摇头说："尽管特务如麻，监视严密，但他们阻挡不了我们同各界爱国进步人士的接触。最近，发生了皖南事变，特务们是更加疯狂了。不过，坚持抗战，不但是我们共产党人，也是全国人民的愿望。只要我们团结一致，提高警惕，善于斗争，我们就能冲破重重困难，总是有机会见面的。你说对吗？"他做了个手势，请梁元申喝茶。

留声机一遍又一遍地在反复播放那支歌："……生存唯有抗战……"梁元申端起杯来喝了一口，茶有些涩，但很清香。

主人亲切地问："梁先生，从你信上看，你在那个学校里工作上遇到了很多不顺心的事，是吗？"

梁元申叹了一口气，坦率扼要地把情况讲了一讲。

主人关切地听着，表示很同情也很理解。梁元申觉得同对方相处，像是跟一个久已熟识的老朋友促膝谈心，既无戒备，也无距离，讲完了自己的境遇，忍不住问："国共会破裂吗？事情会怎样发展？"

主人点点头，沉静地说："中国共产党一直在努力维护国共合作，一直在反对分裂、反对倒退……"

"但是，皖南事变……"

"是啊，这次皖南事变不是偶然的，其实酝酿已久。自从日、德、意三国订立同盟之后，为急谋解决中日战争，日本一直在策动中国内部的分裂，目的是想借中国反共顽固派的手镇压中国的抗日运动，使日本可以放心南进，配合希特勒进攻英国。我们共产党人早说过：'投降是时局最大的危险，反共是投降的准备步骤。'顽固派制造这次事变，就证明他们的确准备全面破裂，彻底投降，局势是严重的。我们一定要揭穿他们的阴谋，动员全国人民警惕事态发展，准备着对付任何黑暗的反动局面。但同时也要有信心，要相信时局不论如何黑暗，不论将来还须经历何种艰难险阻，付出何等代价，日寇和反共顽固派总要失败的。"

"为什么呢？"梁元申坦率地问。

"过去，他们说'攘外必先安内'，想消灭共产党，但消灭不了，反而招来了日寇侵略。现在的中国共产党已是一个大党了。他们消灭得了吗？当然消灭不了！再说，全国人民的大多数是要抗日的，是不要反共的。面对民族存亡，爱国者会袖手旁观吗？何况，还有国际上的种种因素……"

梁元申思索着点头道："那就是说，要团结战斗，使他们不敢轻易扩大分裂，不敢轻易投降日寇，不能为所欲为！"

主人笑了："对，目前的时局，可以比作是拂晓前的黑暗。世界上没有任何困难能压倒共产党人。我们是从不悲观失望的。希望梁先生也这样，能在你的地位上为此做些有益的工作。"

留声机播放的歌曲始终在隐约传来。梁元申感到深有所得，心灵开朗，正像在十字路口徘徊不知所去时，有人举手指点了方向。他欢愉地说："是啊，是啊！……"但忍不住又说，"可是，看看这乌烟瘴气的局面，总使人不能不为抗日前途担忧啊！"

主人喝了一口茶，放下茶杯，不胜感慨地说道："是啊，反共顽固派实在是丧尽天良。当日寇深入国土的时候，还要闹摩擦，杀抗日的新四军，闹分裂。他们实际是帮了日本人和汪精卫的大忙。但我们共产党有两条政策：一方面，团结一切进步势力和一切忠心抗日的人，一方面，反对那些投降派和反共顽固派。总之，一切努力都是为了达到力争时局好转和战胜日本的目的。我们是乐观的，决不悲观失望。抗战是一定要胜利的，中国也是一定要进步的，倒退只是暂时的现象。"他说着，站起来踱到窗口，指指窗外雾气浓重的夜色说："正像这山城的夜雾，它总要散去的！"他忽又指指窗台上那盆水仙，说："看！生机孕育于万物之中！冬天总要过去，春天是不可抗拒地要来到的！"

梁元申突然如沐春风，习惯地用手托托眼镜架，想："生机孕育于万物之中！"这话说得多好呀！多么富于哲理，令人产生多少生动的感受！他说："您的话使我很受教育。我从你们报上知道了延安，您能谈谈延安的情况吗？"

主人高兴地起身去开办公桌的抽屉，拿出一张四寸照片说："请看，延安！"

梁元申接过照片，于是看到了滔滔的延河，看到了高高耸立的宝塔，看到了隐约可见的窑洞，看到了广阔天幕下那陕北黄土高原古城的风貌。他久久凝视着照片说："哦，延安是这样的！那儿很艰苦吧？"

主人浓眉下的两眼忽而有雷电般的闪光，说："是艰苦的，因为我们处在包围中，但那儿有革命的欢乐！那里共产党领导下的抗日军队和抗日政府的工作人员，每人每月的伙食费和津贴费平均是五块钱。也就是说，五块大洋的薪水。陕甘宁边区和我们的抗日根据地，是全国最进步、最民主的地方，我怎么向你介绍呢？"他笑笑，"同重庆对比一下吧！我就不说那里有些什么，我来说说那里没有什么……"

梁元申觉得有趣，莞尔笑了："好！"

主人脸上严肃起来："那里没有贪官污吏，是的，没有！那里没有土豪劣绅，没有鸦片烟和赌博，没有娼妓和交际花，没有人娶小老婆，那里没有叫花子和在轰炸中流离失所露宿街头无人过问的灾民……"

梁元申唏嘘了一声。

主人继续说："那里没有结党营私之徒，也没有无法无天横行的法西斯特务。那里没有萎靡不振之气和靡靡之音。没有人囤积居奇，没有人发国难财，更没有人吃摩擦饭！……"

梁元申心里涌起波涛，不禁赞叹起来，既是赞叹主人的诚挚坦率，更是赞叹竟有这样一块与重庆迥然不同的奇异的光明土地。他睁圆了眼睛说："啊，您说得太好了！太好了！我实在惭愧，孤陋寡闻一至于此，您的话，使我忽然有一种高山仰止的心情了！"他像在云雾中渐渐透过阴霾看到了阳光，浑身都感到舒展了。

听到梁元申出自内心的话，主人也很高兴："梁先生，将来有机会，如果您愿意，欢迎你去那里看看。只是现在，听你谈了你的处境，我很为你的安全担忧。你要小心谨慎，多多提防。特务机关之横行，时人比诸唐之周兴、来俊臣和明朝太监刘瑾的厂卫，他们是非常残忍的。今天你到这里来，我们就很注意保密。回去后，你千万不要透露来找过我们。今后一段时间，要特别警惕。"

梁元申眼前蓦然出现了自己居住的那幢摇摇欲坠的危楼，出现了金延龄那不怀好意的眼睛。主人的关心，使他心上像有一股温暖的溪水潺潺流过，忽然动感情了，泪水一下子涌满了眼眶，取下眼镜掏出手帕擦拭着镜片。他远离"孤岛"和家人来到大后方，受尽折磨、欺凌与排挤，在这里才像见到了亲人。主人语重心长地关心着一个素昧平生的访客，他怎么能不感动！

他又想起唐佳来，谈起了那些往事，叹息说："唉，我走错了路！不该万里迢迢到这大后方来，我觉悟得太迟，不该迟到今天才来找你们！"

主人亲切地勉励着说："不，梁先生！不迟！不迟！我们都追求民主、进步、团结，反对独裁、倒退、分裂。你是在这被反共顽固派弄得乌烟瘴气的严重时节来找真理的。这使我们不但感动，而且敬佩。我想，今夜的促膝谈心，我不会忘记，梁先生也一定不会忘记。"

梁元申连连点着头，有一种"与君一席谈，胜读十年书"的感觉。他想再留下多谈谈，又怕过多打搅主人。正在踌躇之际，听见门上"剥剥"有声，随后那个先前接他来此的年轻人推门进来，将一叠信函之类的文件放在主人面前的桌上，轻声说了些什么。梁元申悟会到主人一定很忙，看看手表，已快九点了，便起身说："打搅了！时间不早，我想告辞。"

主人浓眉下两只炯炯的眼睛透出和蔼的笑意，也不挽留，说："时候不早，请回去吧！"又转向年轻人叮嘱："好好送梁先生走！"

梁元申同主人握别，跟着年轻人走到外边，仍感到手上还留着刚才握手的余温。外边，雾气在夜色中显得更浓了。上了车，梁元申回首望望那幢小楼，只见金灿灿的灯光似要穿透这浓雾。梁元申忽然有点遗憾：该问问主人的名字的！他忍不住拍拍坐在身旁的那位年轻人的肩膀："请问，刚才同我谈话的那位先生姓什么，他叫什么名字？"

年轻人有点诧异地看着梁元申，愣了一下，似乎奇怪怎么梁元申谈了许久竟会不知道谈话者是谁，反问道："他没告诉您吗？"

梁元申摇摇头："没有呀！"

年轻人笑了笑，机巧地回答道："呵，下次见面，您就知道他是谁了。"

梁元申意识到，对方可能不便告诉他，也不再问了。他只是默默地咀嚼着方才那一番谈话。主人那两道浓眉下的炯炯眼神，那恢宏的气度，那轩昂的神情，那铿锵的谈吐，那亲切的话语，那雄辩的论谈……汇成了不可磨灭的印象，深烙在了他的记忆里。

蓝色的夜，白色的雾，天上似在飘落湿润无声的毛毛雨。汽车在浓雾和夜色中沉着地前行。

浓雾，白色的浓雾，似与皑皑的白雪融会在一起。分不清哪是雾、哪是雪，天地间只有模模糊糊的一片白色。……

在阴凉潮湿垫铺着稻草的水门汀地上呻吟着，身上忽冷忽热！唇干舌燥。大大小小几只耗子吱吱叽叽地从牢房角落的洞穴里窜出来，又吱吱地钻进洞去。上午发高烧，穿着白衣的狱医来看过，大声说："斑疹伤寒！"打了针，又摇摇头，意思是病很重。反正，扔在单人牢房里也就算隔离了。梁元申在大后方没有亲属，又是秘密逮捕来的"要犯"，案情严重，也不能送回渝光中学去，只能搁着再说。

斑疹伤寒是虱子传染的。稽查处大牢里常有这样病死的犯人。梁元申被抓来的第一天，同一个疯子关在一起。夜里，就感到浑身奇痒。他明白：是招了白虱了！但他的近视眼镜入狱时被没收了，看不到虱子在何处。接着是残酷的刑讯，然后就是高烧。在高烧的情况下，仍然不停地审讯、用刑、终于昏厥过去，还抓起他的手指捺上鲜血般的印泥，在审讯记录上盖下指印，现在病得沉重，连狱医也摇头了……

梁元申张大了嘴，喘着气，除了处处伤痕，背上和身上起着一饼饼的红斑、紫斑，胸口和肋腔两旁也有紫斑、青斑和红斑。但他自己看不到。疼痛、麻木，时而昏迷，时而清醒，时而冷，时而热，交替冲击着他垂危的生命。他嘴里含糊地在叫喊什么，别人听不清。他是在叫："卓卿！卓卿！……"有时在叫："泱泱！……"声音微弱而凄切，犹如水面上的涟漪，轻轻地消失在无边的冷清与寂寞之中。……啊，那两只善良、美丽、带着哀愁的眼睛。这是卓卿呀！卓卿，你在哪里？此刻该在上海家里吧？天黑了，那盏绿色的台灯可还亮着？你爱用右手支撑着秀气的下巴思索问题，能听到你那温柔体贴的声音该多好啊！泱泱该依偎着妈妈睡在一起吧，你们在想念我吗？啊，万里关山，关山万里……但我，怎么在这阴森森黑黝黝的牢狱里了？……大雾迷漫，仿佛是在雾里行走。……那是年轻的时候，同卓卿刚相识不久，一个农历二月立春的上午，两人一同去苏州春游。恰逢星期日，从上海坐火车赴苏州，到邓尉去看梅花。邓尉在吴县西南六十里，梅花独多，红梅绿萼，随处可见。但更多的是白梅，正开得烂漫，一眼望去，仿佛到处是皑皑白雪。也许有千株万株之多，望到远处也是一片雪白，真是一片香雪海！"花外见晴雪，花里闻香风。"卓卿看着梅花，美丽的眼睛闪着晶亮的光辉。卓卿说过："我最爱梅花，爱它'傲雪傲霜节自坚，花开总在百花先'……"是的，她喜欢，我也喜欢。……啊，雪白的梅花，怎么飞扬起来了呢？是梅花落英缤纷还是鹅毛大雪在飘舞？……

寒热，使梁元申的下颔颤动，牙齿格格发抖。种种幻觉出现又消逝。白茫茫的大雪，白茫茫的梅林，白茫茫的大雾，一直缭绕在眼前。白茫茫，压得喘不过气来。……

四

抑制不住心里的激动，梁元申回来后，在虚脚危楼上，看着窗内雾蒙蒙的天空，整整一夜不能入睡。

长时期来存在心里的云雾，一下子好像已被拨散，心头涌积着的激情，好像找到了喷发的窗口。一种说不清的温暖之感在心头久久萦绕。呵，窗台上或白木桌上也有一盆冒出绿油油嫩叶的水仙就好了！"生机孕育于万物之中"，多么含蓄而激动人心的话语呵！可惜卓卿不在身边，这孤灯只影四壁空空的小房，夜深人静，连个倾心交谈的人都没有。要是卓卿在，一定要把今夜的事告诉她，一枝一瓣一五一十，毫不遗漏。人，是不能没有知心朋友的。唐佳死了，卓卿远在天边，在这山城谁能算是知心朋友呢？勉强说来，甘汉江可算一个，杨慧心、徐平自然并非不可交谈，但究竟离"知心"太远。金延龄来到学校以后，就连同他们谈话的自由也被剥夺了。想到这些，心头顿觉悲凉了。

这一夜，有时有风，屋顶缝隙处不时发出吹哨子似的呜呜声。六七寸长的大老鼠肆无忌惮地在白木桌上、墙角书堆里吱叫啮咬。整整一夜，他无法安睡，时而躺下，时而起床徘徊。屋里弥漫了青白的光，头脑里翻腾着各种各样的思绪。他忽然有了个想法：离开吧！离开这乌烟瘴气的中学！离开这特务横行的地狱。去吧，去陕北，到延安，走自己的路。我应该有新的生活，彻底摆脱窒息、孤独的新的生活！这对别人也许会因携家带口感到为难，而我，独自一人，为什么不这么做呢？如果去，他们一定会帮助我支持我的！真遗憾呀，为什么今夜没有当面提出这要求呢？当然，现在也不晚，只要做了决定，再去联系一次提出要求，会成功的。也许，路上会有艰险，但我经沦陷区过封锁线来到大后方也很艰险呀！也许，那儿非常艰苦，生活上会不习惯，但为了抗日，为了中华民族的新生，为了社会的进步，怕什么艰苦呢？我在这里，不也十分清苦吗？我与那些营养不良、挣扎在饥饿线上的教职员和学生，同样吃的是"八宝饭"、"什锦粥"、牛皮菜、藤藤菜。生活上的苦算什么，精神和心灵上的苦才真的是苦。我如果去了，也许卓卿会不放心的。但她会信任我自己的抉择，一定会像往常那样用温柔体贴的声音说："只要侬认为对，我就赞成你去！"可惜不能同她见面谈谈，更可惜不能同她带了泱泱一起去。看，想到哪里去了！应当走，离开这里。那位同我谈话的人说过："那里有革命的欢乐！"多么需要这种欢乐哟！……黯淡无光的生活像突然被火把照亮了。接近天亮时分，他才安然地睡去。

蒙胧中听见轻轻的敲门声，他惊醒了，只见房檐上麻雀啁啾，纸窗透进熹微的晨光。他起身去开门，出乎意外地看到甘汉江站在楼门口。皮肤黑黝黝的甘汉江瘪陷着两腮，络腮胡子未剃，神色不安地说："梁校长，实在不放心你的身体。昨夜你不在，早上忍不住要来看看你。"

甘汉江这个平日沉默寡言的人，现在说出话来朴实而诚恳，使他感动。他打着呵欠，请甘汉江进屋，关上了门。他心头的激动憋得太久了，忍不住想立刻同人谈谈心里雀跃的事。但昨夜谈话时，主人曾昭示过他！"千万不要透露……"他犹豫了。但他太善良，想起那天甘汉江送《新华日报》时曾说过："我们都需要寻找，寻找一条摆脱苦闷的道路。"此刻，当自己已找到了摆脱苦闷的道路时，怎么能忘掉人家撒下人家呢？他犹豫了一阵，终于决定无论如何应当告诉老甘，便微笑道："老甘，我告诉你一件事。……"

平日沉默寡言的甘汉江听他讲着，黑黝黝的脸上变化万千。先是吃惊，有点目瞪口呆，接着是欣喜，不时呻吟似的发出"呵呵"的唏嘘声，好奇地问这问那。当梁元申谈起主人的模样气派时，甘汉江突然兴奋地笑了，插问道："你知道他是谁吗？"

"不知道，我不便打听。"

甘汉江睨了他一眼："你打算怎么办呢？"

"我决定再去找他们，到延安去！"

"哦！"甘汉江似乎有了什么触动，低下了头，叹了一口气，"唉？你只有一个人，比我自由。不像我……"他抬起头来依依不舍地说："梁校长，你走了，我会怀念你的。"

梁元申被他的友情感动，安慰说："将来总有见面机会的。'海内存知己，天涯若比邻'……"

甘汉江默默点头，关心地问："你准备什么时候再去同他们联系呢？需要我做点什么？"

"我想明天就设法去联系。"

甘汉江沉默了一会儿，压低声音说："一举一动你都要谨慎小心，越秘密越好，金延龄和裘冠生他们可能在注意你的行动。我不再来看你了，免得万一你走，他们怀疑我知情。我走了。"说完，他站起身来匆匆离去，留下了一串杂沓的脚步声。

梁元申送走甘汉江，漱洗收拾一番，决定给卓卿写封信。他有无穷无尽的话语想告诉卓卿，铺开信纸，拿起毛笔，在墨盒里舔了墨汁，就龙飞凤舞地写起来：

卓卿如面：

　　未接手书瞬忽又一月有余矣！频频梦中相会，梦醒则更怅惘。

诵李白诗："天长地远魂飞苦，梦魂不到关山难，长相思，摧心肝。"常感恻然，近来身体好否？决决好否？均深惦念。一年容易，新岁已来。但愿家中诸事顺遂，但愿你与决儿无病无灾，不胜祷祝企望之至。

此间居，大不易，种种不如意处一言难尽。幸好离别时之豪情尚在，堪以告慰。兹者新结识一挚友，与唐佳兄为人相同，可以信赖。为贯彻初衷，拟于近期内经其介绍离此易地而居。所去之处，路途遥远，但物华天宝、人杰地灵，必可较在此满意。故特函告，接此信后，望暂勿来信。如收不到我信，也勿悬念。俟到新址后，当设法通告讯息，以释远念。……

写着信，眼前又出现卓卿那平静秀丽但略带憔悴的面容，耳边又回响着她那温柔体贴的声音，心里交织着一种沉重与舒展混杂的感情。自到山城以后，给沦陷区亲人写信，梁元申已经用惯了那种虽未约定但妻子一看就可以意会的"隐语"了。信手写来，却又有点犹豫。沦陷区的信件是要邮检的，他怕"易地而居"后的这段文字，被猜测出内含的意思反给妻子添加麻烦，想删去，又抑制不住要把这件事暗示给妻子。一是想让她分享自己的激动与高兴，二是也好让她放心。心里一时拿不定主意，就搁下了笔，在房里踱起步来。

这些天，他一直未到办公室去。"临时督学"金延龄大权独揽了，他厌看金延龄和裘冠生之流邪恶的脸色，更不想到办公室去了。此刻，他只想联系成功以后，悄悄地走。走，有欢愉，也不免有点耿耿。主要是舍不得这些可怜的难童和一些教员。尽管金延龄禁止杨慧心、孙平等教员同他接触，大家还是有某种心灵相通的。学生对他也很有感情。前几天，从街上回来，发现门缝里嵌着一张纸条，上写："梁校长：我们都知道你是好人！我们都想念你。"署名是"一群学生"。他当时眼眶就湿润了。现在，要设法秘密离开这儿了，怎能无动于衷？他在房里来回踱躞，真是心潮澎湃，自己就要远走高飞了，还是应去看看那些可爱的学生。于是又坐到桌前，准备写完信便去看望学生。这时，门外一阵脚步响，接着便是粗暴的敲门声，像打雷似的："咚！咚！咚！……"

梁元申觉得奇怪："谁？"

没有人答应。

梁元申离开藤椅去开门。门一开，呆了。两个不认识的人，脸色阴沉地闯了进来。一个戴礼帽穿旧中山装的高个儿，另一个是穿棉军装挂中尉牌子的中等个儿。梁元申忽然有一种说不清的不祥预感，疑惧地问："找谁？"

戴礼帽的一口四川话："找你！"说着"砰"地关上了门。

梁元申这才看到他手里攥着手枪，心里一震："你们要干什么？"

中尉将梁元申往床上一按："坐下！我们是稽查处的！要请你去谈一谈。"听口音是个下江人。

戴礼帽的已经在搜查了。他行动利索，老于此道。先看了一眼桌上梁元申未写完的信，马上折叠了塞进衣袋，随手又拿起放在床头的那本《离骚》，见是本旧书，"啪"地扔在地上。两人开抽屉、翻书架，将一只网篮、一只皮箱打开来翻得乱七八糟，最后将一些书报和认为可疑的信件捆成一包，前后不过六七分钟。搜查完了，一推梁元申说："走！"

夜间曾有过的喜悦和希望，一瞬间消失得杳无踪影。梁元申心里明白：这是特务抓人，抗议说："你，你们凭什么乱抓人？我不去！"

中尉掏出亮晃晃的手铐："识相点，别敬酒不吃吃罚酒！你好好跟我们走，就不用这老虎夹子。要不，马上给你铐上！"

戴礼帽的笑笑说："梁先生，去一下吧！不必害怕，没啥子事的。到那里，把事情说清，就送你回来。"

梁元申习惯地用手托托眼镜架，想了一想，觉得无所畏惧，也老实地以为戴礼帽的说的可能不假,坦然地说:"好!走!"

他随两个特务走下危楼。奇怪,一路上都没有碰到学校里的熟人。绕过一个小坡岗,听到左边教职员开会的简易竹篾泥巴房里,金延龄在大声咳嗽、讲话。梁元申暗想:他们正在开会,难怪见不到人影。他怀疑自己的被捕同金延龄、裘冠生有关。但又想不出他们会提供什么证据,心里反觉坦然,大步踏上石级,离开了学校。

早上,有淡淡的白雾。梁元申穿一件古铜色驼绒长袍,随着两个特务在雾中行走。地上湿漉漉,迎面吹来冷风,感到一阵寒栗,但他不愿示弱,昂头挺胸一级一级向上走去。有一乘滑竿擦身而过,间或又迎面有些人走下一级级的石阶来。他忽然感到气闷,想大声喊叫:"看,光天化日之下,特务抓人!……"但冷静一想:那样也无用!徒然增加一场节外生枝的搏斗或殴打,何必呢?自己无罪,去特务机关,也要讲清道理,总不能随随便便将我一个中学校长任意残害吧?……

马路上停放着一辆黑色小汽车。他被两个特务推拥上车,立即便开走了。

汽车开进一条曲曲弯弯的巷道,在一溜密集的灰色平房旁停下。两个特务将他挟下车来,走进一个站有警卫的阴森小门,穿过院落,进了一间屋子。中间一条甬道,两边是木栅栏的牢房,阴暗无光,什么也看不清,只有难闻的臭气刺鼻扑面。梁元申被带到一间小牢房前,两个特务给他摘掉眼镜、手表,要他解下皮带和鞋带,开了牢房门,猛地将他推倒在一堆又脏又潮的稻草上。梁元申愤激地高叫:"你们这是干什么?"但门已卡地锁上了。梁元申心头充塞着气恼和愤恨,他怒冲冲一转身,才发现在这间阴暗、潮湿、肮脏的小牢房里,竟然还有一个人!

这人瘦骨嶙峋,穿一件破蓝布长衫,蓬首垢面,约莫四十五岁年纪,胡子刺猬似的很长。他斜倚在左边那湿漉漉的墙上,仰面凝望着天窗。小小的天窗开在墙顶,不过两本书大,窗玻璃上早已积满了尘垢变成灰黑色了，几乎透不进什么光亮。这人瞪大了眼望着天窗，呆呆地一动也不动，眼里却闪着莹莹泪光，任凭泪水淌在没有表情的脸上。他失神地站着，梁元申被关进来，也未曾惊动他，他像根木头，像个僵尸。

梁元申突然觉得，他一定是个疯子，神经病！心里不由一阵紧张。但那张脸是善良的，只是呆呆地木然地流着泪。他是个什么人呢？一定是被特务折磨疯了的！他疯了仍被关在这里，看来，也许还要死在这暗无天日的牢房里。梁元申心里更加悲愤了！

梁元申择一堆稍为干燥些的稻草坐了下来，有黑色的蠓虫来叮咬，挥手赶也赶不掉。他双手托脸陷入深深的苦痛中，远在沦陷区的卓卿和泱泱怎么会想到我竟在此身陷囹圄呢？她们怎么能知道这大后方的腐败、黑暗与特务统治的恐怖呢？……一种悲凉、压抑的情绪袭上心头，泪水不禁夺眶而出了。但，他立刻又勉励自己：哭什么呢？何必这样怯懦呢？我应当坚强！他们的折磨是非人的，但我不能被他们折磨成疯子！我要坚韧，决不能被任何困难压倒，首先一条是不能悲观失望……

夜谈的情景又涌现在眼前。那桌上一杯悠悠冒着热气的清茶，那对浓眉下炯炯的眼睛，那铿锵亲切的话语，那令人向往的延安图景……唉，谁知竟被特务秘密抓到这里来了！

疯了的犯人始终仰望着天窗在默默流泪。他是在向往光明吧？他是怎么关进来的？呵，自己又为什么被逮捕呢？……当然是金延龄他们的陷害，不肯搬迁也得罪了军统。也许，昨夜我的行动被特务发现了？就算这样，一个无党派人士，关心抗日前途，抱着对时局的忧虑，去《新华日报》谈谈中国的命运，又有什么不对？……突然，他想到了写给卓卿那封未结尾的信，也许，他们会抓住那些暗示追问，怎么解释呢？对，就说想托人介绍到别处工作，又能把我怎么样？我的所作所为，都是为了抗战，我从未做过任何不正当的坏事，他们有什么理由囚禁我？……梁元申翻来覆去地思虑着，在杌陧的心情中时光在流逝。约莫十点多钟光景，他突然被提审了。

那是一间有血腥味的刑讯室。主审是个瘦长条子，铁青着脸。穿军衣，但没有佩戴军衔。左边坐的录事是个扁平脸的矮子，也穿军衣没戴军衔。一边，站着两个打手模样的便衣，其中一个黑大个儿，左脸上有道刀疤，满脸杀气腾腾。

主审的瘦子说："我提醒你，这里有叫你老实的老虎凳、电刑器，还能给你灌辣椒水。你要好好招供！"

梁元申心里火烧火燎，回答说："我一非汉奸，二未犯法，你们为什么平白无故抓人？我要求释放！"

瘦子悻悻地一拍桌子："你是汉奸，也是异党！你不是去年三月从上海来的吗？在渝光中学，你一味左倾，破坏抗战！你同《新华日报》是什么关系？说！"

梁元申惊呆了！什么"汉奸"、"异党"呀？我怎么又是"汉奸"和"异党"了呢？……他解释，那当然是解释不清的。他们也根本不听你的解释。一连串的问题接踵而来："你怎么到曾家岩去的？跟谁见了面？你不要以为我们不知道！""你不是打算去延安吗？可惜你走不成了！你必须把来龙去脉讲清楚！把你的组织关系讲清楚！……"

梁元申突然震怒了。面对虎狼般的特务，他决定不隐瞒自己光明磊落的胸襟，要用正气来压倒他们的卑鄙！要用无畏来对付他们的无耻！他昂然地说："是的，我是想到延安去！因为我在这里感到失望，我受到特务的威胁！我看到种种腐化和令人愤慨的社会丑恶。我在这里无法为抗战出力！"

扁平脸的录事将他讲的都记录在纸上了。他心里坦然，一个正直的读书人就该这样。他继续说："但我不是共产党。你们不也承认国共合作吗？如果我愿意到那里去抗战，何罪之有？"

主审的瘦子暴跳如雷："不准你在这里放肆！新四军已经消灭，你不知道吗？来，给我——"他做了个上刑的手势，两个打手马上将梁元申绑在老虎凳上。

以后，就是反复的上刑，反复的审问。但梁元申重复着说："我不是共产党！""抗战无罪！"似乎除了这两句话，他是决心什么也不讲了。

折腾到中午，他又被架回去收监，身上遍布血迹和伤痕，上过老虎凳的腿骨也像断裂似的刺心疼痛。同监的那个疯子仍仰着苍白瘦削的脸孔望着屋顶的天窗，脸上依旧泪痕未干，只是他已倚墙而坐了。狱卒送来了饭，梁元申不想吃，却忍着伤痛匍匐着端了一钵递给疯子，疯子接过瓦钵，看也不看，下意识地用手抓饭嚼了起来，失神的两眼仍盯着从天窗孔透下来的昏暗光柱。

下午，平静无事。梁元申感到身上奇痒，是虱子和跳蚤？看不到也抓不到。他呻吟着沉浸在激奋中，脑海里涌出一种奇怪的想法：为什么日机轰炸不把这监牢炸掉呢？让炸弹把这种黑暗的地方炸光吧！我情愿掉下炸弹来炸死我，也炸掉这些特务机关！但，天黑以后，又提审了。

仍在上午那间刑讯室，出乎意外地竟见到了金延龄。肥胖的长着酒糟鼻子的金延龄像个说客似的，笑嘻嘻地看着他："老兄真不简单，能见到共产党的大人物！他对你讲了些什么？只要你将他反对政府和策动你去延安的事写下来，好好招供，我可以保你出去。"

主审的瘦子也换了副脸色说："你要明白，我们并不想为难你，只要你按我们的意思办，还可以优待你。你想，共产党的大人物能给你什么好处？"

什么"大人物"？难道那个长着一对剑眉、两眼炯炯有神的人，会是什么"大人物"吗？他是那样平易近人。难道特务们抓我，是为了要陷害他？这些无耻之徒真是险恶、卑鄙！梁元申又仿佛听到那亲切的声音了："他们实际上是帮了日本人和汪精卫的大忙……正像这山城的夜雾，它总要散去的！……听你谈了你的处境，我很为你的安全担忧。

……"突然，他流泪了！残酷无比的审讯，没有使他流泪！血淋淋的刑具，没有使他流泪；想到夜里所得到的温暖与启示，却使他禁不住流泪了。

主审者和金延龄高兴起来，以为他软化了。但他抬起头来，愤然地说："真是暗无天日啊，你们杀了我吧！一个人应该有人格，我决不会无中生有！我不是共产党，我也不能去损害共产党！老实告诉你们，我后悔啊，我不该来你们这'大后方'的。我遗憾啊，我为什么不早就去找共产党呢？……"

说的都是真话，一种神圣庄严的感觉攫住了他的心。他觉得应该付出牺牲来卫护自己的信念，生命是可贵的，为了正义和真理，自己决不吝啬。特务们想不到，这样一个书呆子气的知识分子，横下心来竟有这样硬的骨气。半夜，他被架回牢房的时候，浑身上下斑斑血迹，已是半死了。

以后，一天又一天，刑讯不断。他再也不开口了！只有肃穆的沉默，特务们难以理解的坚韧。终于，特务们发现：死神将随病魔接踵降临到梁元申身上。他病了，病得很重，发着高烧。狱医诊断：是斑疹伤寒！原来囚禁他和那个疯子的牢房里，在他关进去之前，因斑疹伤寒刚死过一个犯人。那个瘦骨嶙峋的疯子，却不知为什么竟没有染上这种传染病。狱医怕这种病传染开来给他带来麻烦，便将梁元申搬迁到专门安置垂危病犯的号子里。……

　　断断续续，似梦又似幻觉，间或清醒间或昏迷，那种白天像夜晚、夜晚像白天，分不清晨昏朝暮的感觉又来了。白雪仍在纷纷扬扬地飘落，越下越大，越下越大……

　　高烧，使梁元申不断呻吟。他双目紧闭，脸上重压着一层忧伤的阴云，蜷缩着，全身火一样地烫人，却感到自己被白雪、白雾紧紧包裹着动弹不得。狂风扬起的积雪铺天盖地。雪，很冷很冷。冻僵了手，也冻僵了脚。大地被白绒绒的积雪埋盖了，自己的身体也被白雪掩没了。雪，似乎一点也不像儿时在华北平原上见到的那么晶莹可爱。它是惨白的、凄凉的。大地一片白光刺眼，空荡荡的雪地上，一切坑凹、高低参差的地方都被填平了，天地之间没有界限，只有白色，多么惨淡的白色哟！脸上似乎结成了冰壳，睫毛都被冰雪糊住了！

但，在那昏昏糊糊、朦胧混沌的白色中，他忽然好像又看到了那夜透过浓雾从小楼射出的金灿灿的灯光，好像又看到了那一双浓眉下炯炯的眼睛。那眼睛闪烁着，如电炬，如明灯，温暖可亲。它幻化了！两盏、四盏、八盏、十盏……无数盏，转眼间，变成了一道一道霞光，旋又幻化为一支一支火把。火把，通红通红亮闪闪的火把，多么光明多么暖热的火把呀！火把照耀着，照耀着，好似初霁的阳光，把空中的雪雾染成五颜六色，……猛然间，窒息的胸怀里像吹进了一阵阵新鲜的空气，一片春色融融。那泛着金波的延河，闪着太阳光辉的宝塔，辽阔的黄土高原上，鲜艳的山丹丹花迎春怒放……多美啊！他仿佛正同卓卿挽着泱泱的手在延河边漫步，他们激动地齐声欢呼："呵，这地方多么美丽！……"

他眼皮沉甸甸地垂下了，失去了知觉，眼睛里滚出了亮晶晶的珠子般的泪滴。……

"他死了！"用手电筒翻开梁元申眼皮观察瞳孔的狱医，冷漠地宣布。

那个铁青着脸的主审，司空见惯地"唔"了一声，做了个手势。扁平脸的矮子录事，手里拿着一份早已写好的"口供"，掏出一盒印泥。脸上有刀疤的黑大个儿将梁元申僵硬的食指往印泥盒里一揿，然后在"供词"上捺下了指印。

尾　声

梁元申死后半个月，渝光中学让出张家花园的旧址给军统局，全校搬到磁器口郊区去了。这是一个荒凉偏僻的所在，仅有一些破烂简陋的泥巴糊砌的竹篾房屋，像个难民收容所似的凑合着苟延残喘维持门面，不死不活地收容着一百五十多个难童和教职员。

"临时督学"金延龄已经完成"任务"，在搬家之前升迁了。走之前，有人听见他对甘汉江说："鉴于你的表现，我推荐你担任校长……"裘冠生仍在做总务主任，但他扬言：如果甘汉江同他合作得不顺心的话，他要另谋差使。言下之意，是要甘汉江像死去了的江广生那样同他"合作"得亲密无间。

满脸络腮胡子的甘汉江，看上去仍旧是皮肤黑黝、双颊瘪陷，也仍旧沉默寡言、胆小谨慎。学校搬迁到磁器口后的一个星期一早上，做纪念周时，唱完党歌念完了"总理遗嘱"，他向全体师生宣读了由警备司令部稽查处送来的关于梁元申的死亡通知，上面有这样的话："……汉奸犯梁元申于民国二十九年三月潜来陪都，在谋得渝光中学校长职务后勾结歹徒图谋不轨，查有实据。经逮捕归案后，该犯供认不讳。正拟绳之以法，以为作奸犯科者戒，突患急症殒命。因该犯单身在渝，经狱医验明正身，已由本处将尸体火化……"

甘汉江嚅动着嘴唇宣读这些连篇鬼话时，有人看到他鼻尖冒汗，不敢正眼看人。他被任命为校长，出乎些人的意外，但也有明眼人意会到是怎么一回事。表里不一致的危险人物什么时候都是有的。从那，有人背地里替他起了个绰号——"黑狗"！

那天，雾特别大，白茫茫的。事后，孙平和杨慧心两个教员有意无意地凑到一块，在学校旁边的一片竹林附近漫步。

竹叶青青，一片葱翠，密密丛丛。雾气在摇曳多姿的竹子的绿叶上凝聚成细微的泪珠，时而无声地滴落。杨慧心悲凉地说："他，是一个好人！我心里对他负歉。我根本不相信那条黑狗刚才念的那些鬼话，我能猜到是怎么一回事。"

孙平沉重地点头，说："是啊，值得思索的事太多了！这几天，我在读《意大利文艺复兴》这本书。书里有一段使我很受启发。"

杨慧心好奇地瞅着他："说来听听吧！"

于是，孙平说了下边这个故事和自己的想法：

"中世纪的意大利困处在教皇和大小诸侯的锁链下，百姓的生活痛苦极了。那情况我看倒好像跟我们现在这儿也差不多。那时，意大利的有心人士还不能看出扫除这种黑暗的有效办法。他们去做苦行僧、流浪、演说，诅咒权贵。有个名叫撒方诺那的最出名。他到处诅咒罪恶，预言如果人民不能得到做人的权利，则意大利必然被毁灭！无数人民拥护他，意大利的王公恐惧了。佛罗伦斯的王子洛伦梭和僧正们商量，让撒方诺那做圣马可道院的僧正，用这来收买他。但未达到目的，他做了僧正照样诅咒权责。后来，洛伦梭病危了，临死，把撒方诺那找来，要他为自己的灵魂祝福。撒方诺那看着将死的王子，严正地说：'有三件事你必须要答应：第一，全心相信真实的上帝，第二，把你从人民拿来的一切还给人民；第三，把自由还给人民。'洛伦梭不肯全答应，撒方诺那就走了，没有替那死人祝福。

"撒方诺那的影响愈大，处境愈险。因为他不是一个政治上的战略家，他不会正确防备他的敌人，不懂得如何使自己更有力量。不久，他被逮捕，上了绞刑架。监刑官是一个主教，那人在刑前撕去了他的僧装，说：'我把你从强力的、胜利的教会驱逐出去！'

"撒方诺那平静地回答：'强力，是的；胜利，没有，那不属于你们！'

"撒方诺那完成了他自己，他把一段历史的工作遗留了下来。"

他轻声地将这故事讲给杨慧心听。杨慧心思索起来。白茫茫的雾气很大，但附近的竹丛和黄桷树上有小鸟鸣啭，悦耳动听。天边开始明亮，变幻飘荡的白雾虽浓，似乎总要消散了。只是杨慧心听了这故事，虽然得到激励，心里还是凄切切、空荡荡的，说不出有多么难受。不记得谁曾说过："真理的蜡烛常常会烧伤那些举烛人的手！"她感到：单个的人是多么软弱无力。但如果人们在黑暗中不去寻找光明，必然会在黑暗中死去，那也许更可悲。她觉得自己从梁元申和撒方诺那的死中，看到了别人一时还没有看到的东西。……

（原载《红岩》）

黄浦江畔，滔滔江水日夜东流，那里缠绕着我如烟如雾的记忆……

红　斧

1949 年 6 月，上海刚解放不久，总工会要开一个工运史料展览会。我参加了这项工作。我们收集了党在白色恐怖时期出版的地下刊物、烈士的血衣、工人罢工的照片、老工人富有教育意义的遗物……听说一家官僚资本的船厂历史悠久，我就到那厂里去了解情况，希望能收集到一些什么。

一位胖胖的穿黄军衣佩军管会红臂章的军代表对我说："你先同丁小翼谈谈吧！问问他有没有保存什么东西。他是地下党员，护厂队长。他父亲丁老翼，是老党员，可惜早牺牲了！……"

"丁小翼？"我立刻被这名字吸引住了！我对军代表说。"太好了！让我先见见他吧！"我早听人说，船厂有个英雄名叫丁小翼！解放前夕，船厂驻扎了一连蒋军。解放军快要来到时，蒋军打算炸毁船坞和船台逃跑。几个兵士绑好炸药，引上药线浇上汽油，我军的枪声已经迫近。一个蒋军的兵士正在点燃药线，忽然斜刺里飞出一个半截铁塔似的工人丁小翼，手执一把银光灼灼的钢斧，那蒋军的兵士刚刚点着引线，脑袋已被劈成两半。真是千钧一发！引线"嗤嗤"冒着火花，闪电似的向前烧去，只要烧到放炸药的地方，马上就会惊天动地爆炸，周围一切都要毁灭。丁小翼冲向高处同"嗤嗤"燃着的引线赛跑，在引线像条火蛇快要噬到炸药包时，他举手一斧砍断了"火蛇"，爆炸的危险解除了！在敌人枪击声中，他纵身一跳，由高耸的船台飘下了黄浦江。接着，护厂队和解放军涌来缴了蒋军的械……

一会儿，身穿破旧工装、三十岁光景的丁小翼出现在我面前了。他个儿高大，皮肤被江风烈日吹烤得黑红，头发浓黑披覆在额上，眉心很宽，抬头看人时两眼炯炯有神。方方的一张大嘴，外形沉静、坚毅。我把要求对他讲了，他坐在那里，不答有，也不答没有。听说我是总工会的，突然说："向你打听两个人好不好？"

"什么人？"

"大革命时代，总工会的两位共产党的领导人：施英和汪寿华！"

"施英"就是赵世炎烈士。大革命时代，他化名"施英"常代表上海总工会出面举行记者招待会并同工人接触。"四·一二"后，他被杀害。汪寿华是当时总工会的主席，也在一九二七年"四·一二"后，被上海流氓头子黄金荣等设下圈套杀害。我如实告诉他这些情况。

他听了，怔怔地不言不语，脸露悲愤，好像受了刺激。最后，对我说："我回去寻寻，我想，会有点东西的！"

我喜欢这个勇敢的工人，但总觉得他心里有什么话没有倾吐出来，就把要收集工运史料的意义又强调讲了一遍，说："我明晚到你家去谈谈吧！"谁知，他硬邦邦地说："不！明天下午我歇班。准两点钟，我来！我到你那里去！"

真不巧，第二天一早就下起雨来了。雨越下越有劲。午后，我在外滩江边大楼四楼办公室的玻璃窗里，远望着船厂的方向。那里有淡淡的牛奶似的白雾在雨中飘荡扩散。街上的行人，都被一个个香蕈形的各种颜色的伞顶盖住了。电车、公共汽车、小轿车、三轮车……在被雨水冲洗得洁净明亮的柏油路上奔驰，水声滋滋作响。我看看表，还差五分就要两点了，想：这么大的雷雨，他大概是不会来了……就在这时，江海关的大钟"当——当——"敲了两下，门突然开了！身材高大的丁小翼准时出现在我的面前。他的雨帽和披覆在额上的黑发滴着水珠，身上一件米黄色半旧的风雨衣被急雨淋得湿透了。我"啊"了一声，要他脱去雨衣赶快坐下。他那两只锐利的大眼闪出一种奇怪的光，似乎是有心事，又似乎是兴奋激动。他从身边拿出一件用鲜艳的红布包着的东西，平放在腿上。红布包里的东西有一尺多长，似乎有点分量。他沉着地说："我给你送东西来了！"

我望望那件红布包，渴望他立刻打开。他却不急不慌地把那件东西按住，突然又问："你昨天说的赵世炎和汪寿华真的都牺牲了吗？"

我点点头，并且从锁着的抽屉里，把新收集到的这两位革命先烈的遗照拿给他看。这是一批大革命时代的照片，从敌人警备司令部的陈旧档案中搜集到的，一共十多张。除了赵世炎、汪寿华烈士的照片外，还有好些别的照片。他专心看着烈士的遗照，脸上又出现了昨天那种怔忡、悲愤的表情，自言自语："我本来不信，我希望他们没有牺牲……现在我该相信！……"说话时，他的眼光落在一张闸北湖州会馆总工会门首的纠察队的照片上，忽然，他的脸色变了！在那张照片上，最右边站着一个人，身材高大，戴一顶鸭舌帽，英气勃勃，挺胸守卫着，方方的嘴，眉目由于照片有些模糊看不清。但他却一眼认出这是谁了。他眼睛闪着异样的光彩，兴奋地对我叫起来："咳，你看，这是他！是他！真的就是他！"

我问："谁？"

"我阿爸！"他说着，热泪满腮，双手从腿上把那件红布包着的东西"乓"地放在我面前桌上，说："这是我阿爸的一件遗物！我把事情的经过说给你听……"

我生下来的时候，阿爸丁老翼已经在船厂里做了十年工，受资本家压榨整整十年了！我长到十岁的那年，民国十六年，也就是一九二七年，我阿爸三十八岁。那时候，娘给人家缝穷，我有时跟着阿爸到厂里去拾煤渣，有时在家帮娘做做事，更多的时间是到市里去拾破烂、拾香烟头，卖掉以后换点钱带回家交给我娘。阿爸是船厂的翻砂工，他是个大炮筒子脾气的人。那时候的样子我记得很清楚，就像这照片上一点不差，又高大，又威武，人家都叫他"老翼哥"！他是在苏北如皋老家被财主剥削欺压得活不下去，十七岁时给人招工跑出来的。我爷爷和奶奶那时还在家乡给财主做佃户，阿爸做工后总是尽量设法带点钱回去，让爷爷缴租、还财主的印子钱。工厂的资本家本来都是吸血鬼，对工人的剥削很重。阿爸是个有侠义心肠的人，有熟识的工人兄弟闹了饥荒，他只要袋里有钱，身上有衣，就会塞给人家。我从小就不知道吃饱了是什么滋味。家里老是没吃没穿的，我们就住在船厂附近的一个茅棚里，凄凄凉凉地过日子。在民国十六年的年初，阿爸特别忙，总是在外边不知干些什么。夜里有时回来得特别迟，有时还不回来。外面那时候很不平静，只听说北伐军要来，直系军阀孙传芳派在上海的"镇守使"李宝章的大刀队天天杀人。我那时还小，当然不会懂得阿爸已经参加了革命，是共产党员。我问他："阿爸，你天天忙些什么？"他总咧开方嘴笑笑，不回答我。一天，他很迟才回来，我醒了，见娘跟他噜苏了几句，怨他白天黑夜都像野鸟似的不拢家，怨家里穷得没一个铜板。只听见阿爸说："小翼娘，你不要眼睛只看到自己的鼻子尖。要看得远些！现在我们做工的受剥削受压迫，被人看不起，穷得精光。将来，这天下都是我们的！那些欺我们的、压我们的，剥削我们、吸我们血的人，不问他是中国人是洋鬼子，都要打倒！苦日子总会熬到头的。你不要整天愁。……"说着，他忽然从破棉衣怀里掏出一把雪亮的钢斧，"砰"地放在桌上，说："小翼娘！人到无路走的时候，老虎须也敢扯一把！你看！我们要动手大干了！"娘像被火烫了一下似的，害怕了，吃惊地睁大了眼睛说了些什么。阿爸只是咧开方嘴笑笑。后来，我长大了，才知道头年秋天和那年之初，上海工人在党领导下配合北伐军进行过三次武装起义。怪道第三次武装起义的那天，外边只听到枪声，阿爸一夜也没回来。过了两天，他回来了，脸上钢针似的胡髭也长了，灼灼闪光的眼睛布满了血丝，好像欠觉，腰里插着雪亮的斧子，手里拿着枪，怪亲昵地咧开了方嘴笑着将我抱起来，说："小翼！你这小鬼有福气！这以后，工人要翻身了！"我记得很清楚，我当时听阿爸一说，以为阿爸有钱了。我说："阿爸，我饿了！你买副大饼油条我吃！"阿爸摸摸口袋，却一个铜板也没掏出来，说："小翼，明天阿爸回来买给你吃！"后来匆匆就走了。可是第二天并没有回来。娘要我去找他。我冒着冷飕飕的风先到他厂里，后来又找呀找呀，找到湖州会馆上海总工会，见他果然在那里。他是纠察队的中队长，可威武哩！戴一顶鸭舌帽，腰里的斧子上绑着红布，臂上缠着红箍，手里攥着步枪。我说："阿爸，我娘要你回去！"他用大手摸着我乱蓬蓬的头发，说："你没看到阿爸忙着吗？你回去吧！"他带我出来，路边上有个卖大饼油条的小摊，他找另外一个纠察队员借了点钱买了几副大饼油条，塞一副在我手里，说："小翼，吃吧！"把另外几副用帕子包了，叫我带回去给娘吃。他就又进去忙他的事儿去了。

我贪馋地吃了那副大饼油条，真香！把剩下的带回家。娘见阿爸没回来，拿着大饼油条叹了一口气，撩起围腰裙，擦着眼，悄悄地落泪。可是，晚上阿爸竟出乎我们意外地回来了，还给我带来了一只红灯笼，说："总工会里开庆祝会，点了许多红灯笼，真好看！"他让我点着了灯笼，给我把灯笼高高挂在窗扇上。红灯笼真好看啊！我看着红灯笼，开心极了！那晚，阿爸也特别高兴，有说有笑的，后来把娘也说得笑起来了。我们一家，都看着红灯笼，像过年似的。阿爸那晚抱着我睡，雪亮的斧子就放在枕头旁边。

后来，阿爸天天回来。每次回来，总是高高兴兴的，热得像一团火，讲帝国主义、封建军阀和资本家怎么怎么坏，讲工人农民怎么当家做主人。娘说："当家做主？怎么不见你把钱拿家来？"阿爸说："要是人人像你这样想，工人就当不成家了。工人当家做主，就要先为大家，后为自己。"谁知过不了多久，反革命血腥地屠杀起共产党人和革命者来了。那是四月十二日，深夜，大雨滂沱，阿爸突然跟跟跄跄跑回来了。外面，远处响着"砰""砰"刺耳惊心的枪声，我和娘从梦中惊醒，心里像擂鼓一样咚咚跳着。给阿爸开了门，见阿爸浑身湿淋淋的，两只眼凹得深深的，眼圈发黑，脸色发白，闷声不响地转身把门急急闩上，坐在椅上直喘粗气。一会儿，他眼珠子瞪得像要蹦出来似的，恨恨地骂了一句："狗娘养的！他们下毒手了！"阿爸身上的雨水滴滴答答顿时在脚下注成一摊。我一看，发现他手里攥着雪亮的钢斧，腿上往外在渗血。我说："哎哟，阿爸！血！你腿上有血！……"他指头往嘴上一竖，"嘘！——"叫我别响。娘急得瞪大了泪汪汪的眼，找布给阿爸包扎。阿爸嫌娘包得慢，一把夺过来自己包上了。忽然，想了一想，拿起门背后的一把铁锄就移开屋角一只瓦缸刨起地来，三锄两锄刨了个长坑，忽然把他上工披了做雨衣的油布撕了一块，将雪亮的钢斧包了起来，埋进了坑里，掩上土，用脚踩实，再挪上了瓦缸。这时，外面夹杂在雨声中的枪声仍未停，又响起了脚步声和"嘭嘭嘭"的敲门声。阿爸似乎是知道有人来捉他，已经无法脱逃，整整衣裳，镇静地往椅子上端端正正一坐。"砰！"门被踢开了，进来了一群拿手枪歪戴铜盆帽的便衣。他们瞪起白眼球厉声吆喝，劈胸抓住了阿爸的衣襟，东抄西翻，什么也没找到，就把阿爸上了手铐。只见阿爸咧开方嘴对他们鄙视地冷冷一笑，朝地上"呸"地啐了一口，就被他们簇拥着押走了。

阿爸不知被逮到哪里去了，也不知他的死活。被杀的人太多了。他同厂的那些好朋友，我的那些阿伯、爷叔们都被杀的杀、抓的抓，遭到了大难。我跟娘真是走投无路。娘仍旧缝穷。我有时讨饭，有时拾香烟头拾垃圾换几个铜板交给娘。在阿爸被抓走后约莫一个月的一天，又是一个大雨哗哗的夜里，来了一个穿蓝布长衫的人，打把洋伞，铜盆帽子压着眉眼，轻声地在门口问："这是老翼哥的家里吗？"我娘点头答应。他告诉娘："老翼哥现在被关在龙华国民党警备司令部监牢里，你们该去探望探望他。"接着，留下一个小布包，让我们先拿着用。他飘忽地走了。我们打开布包一看，里面是二十块洋钱。

从那以后，我们娘俩，每隔一两个月或者两三个月，总要去探望阿爸一次。阿爸被捕后受了重刑，但他是出名的牛脾气，敌人再凶也拗不过他！他没有暴露党的任何机密，也没有暴露自己的党员身份，被判的是二十五年徒刑。先关在龙华，后来又关到漕河泾去。他的两条腿，受刑以后，又受了寒，竟完全风瘫了。他像被絮般瘫在草褥子上。后来，我们探望、送东西可以，见他面十分困难，需要花钱，人家才肯把他抬出来见一次。他的生命似乎只剩下了躯壳！

转眼十年，我们走的是一条充满泥泞、雨水和恐怖、哀伤的生活之路。我二十岁了，那是"民国"二十六年的春天。经过西安事变，在中国共产党和全国人民的压力下，国民党反动派不得不释放了一些政治犯。残废、衰弱，被折磨得奄奄一息的阿爸算是被放出来了。这时，在苏北老家的爷爷奶奶早冻饿死了，我娘怀着一肚子痛苦，加上穷病，也死去三年了。靠当年阿爸的一个穷朋友的帮助，我进了船厂学做焊工。我们原先住的那个茅草棚子早塌了。我一个光棍汉，搬到了船厂附近一条小弄堂里的一个灶披间里住。一个春雨潇潇的晚上，我去接阿爸出狱。十年的监牢生活，四十八岁的阿爸看上去比六十岁还苍老。他的两条腿肌肉萎缩，浮肿得发亮。他的背伛偻着，须发全白了。消瘦的脸上，布满了纵横交错的皱纹，硬刷刷的络腮胡有寸把长，遮没了他那过去喜欢开口笑的方方的大嘴。他两眼无光，浑身虚肿，已经完全是个可怜的废人了。我淋着大雨，背着他出了监牢，雇了一辆黄包车拉回住处，让他躺在床上。我抱着他放声痛哭。我说："阿爸！我已经成人了！养活你没问题。你好好把身体养好！什么事都不要你操心！"

阿爸没有哭，静静地听着我的话，望着我。我给他理发、洗澡、换了干净衣服。他先是问我当前的革命形势和共产党的情况，见我似乎什么都不了解，知道我没有同党接上过关系，他一双深陷的眼窝里透出冷冷逼人的目光，两道浓眉痛苦地挽成一个疙瘩，劈头把我骂了一顿，说我太糊涂，太脓包，太没心眼。接着，他望望我住的这间灶披间的四角，忽然问："小翼，你搬家时，我那把斧子挖出了带来没有？"

不是他提，我早忘了。他一提，我倒想起来了。我像颗钉子钉在地上似的站着说："哎哟！阿爸，没有！"

"你也真正糊涂呀！为什么不把它挖了带来！"他皱起眉心暴躁地责问，简直好像我把一坛金子丢在地里没挖出来似的。接着，就是闷声不响，自顾自地埋头闭上了眼，满脸泛出了病容。

那夜，他不断翻身叹气。第二天一早，我要去上工，他忽然睁开眼说："小翼，放了工马上回来，背我去把钢斧挖出来！"

我说："啊呀！房子早塌了，那儿成了垃圾场，哪能找得到呢？"但看看他那凛凛的病脸和他那两只眼睛的神色，我知道非去不可。我顺从地说："阿爸，行！"

下午，放了工，我匆匆赶回来，带了把铁铲，背了他，穿过两条新建的马路，脚板踩得地面啪啪响，到那块老屋的地基上去。唏！遍地垃圾，到处荒草，三三两两拾荒的穷孩子在垃圾堆里乱翻乱找。过去我们的茅棚搭在哪里的呢？……阿爸却不模糊，对着西下的夕阳，观察、测量了方位，指指左近一块地方：

"就是那里，准错不了！"

我背他过去，把他放在地上，开始掘地。满头大汗，挖了两个圆桌面大一片，有一尺深，还是无影无踪。我脾气耿，越挖不到，越不服气。我怕阿爸着急，吁了口气拭着汗说："阿爸，你放心，一定能挖到！挖到天边我也要把它挖出来！"阿爸点点头，他紧闭着嘴，那些雪白的钢针似的胡子纹丝不动，黄胖浮肿的脸上毫无表情，只是低头看着我挖出来的土。忽然，他叫起来了："小翼，对了！你看，你现在挖的土色对了！这是黄土！你忘了吗？那年，是阿爸去挑了干黄土来垫屋的。你看，干黄土出现了。对！你再挖！往左边上前两步再挖……"他的语气兴奋热烈，鼓得我劲头更高了。

天渐渐向晚，凉风呼呼吹，远处传来黄浦江上船舶的汽笛声。……我鼻尖上沁着汗珠，一铲简直能掀起半担土。果然，一会儿，就挖出了油布角。我欢乐地高叫："看，阿爸，宝贝在这里了！……"话声刚落，只见阿爸脸上掠过了一丝欢愉的笑意。十年来，探监时，没有见过他有这种笑意！自从昨天他出狱到今天，我也没有见到他有这种笑意。但现在他的确露出了笑容。微微的一点残阳余晖照着他的脸。他的钢针似的白胡子颤抖着。我又仿佛看到他当年咧开方嘴笑笑的模样。我使劲地挖，两铲子就挖出了已经朽坏了的油布包。匆忙打开一看，我说："阿爸，斧子在这里，到底是顶呱呱的钢斧，埋了十年还是老样子哩！只有一点点锈斑"。我扬起了雪亮的钢斧，阿爸笑了，浮肿黄白的脸上病容一扫而空，摇着头欣赏地说："拿来拿来，快给我拿好，我们回去……"

我把斧递过去，他用皴裂僵硬的手指攥着斧子，看了又看，宝贝得像抱着一副心肝似的。我背起他，他抱着斧子，我吁吁喘着气拔腿就朝家奔。

回到家，他把斧子上的几个锈点磨掉以后，用油把斧子拭得雪亮，叫我马上特地去买了块红布来，把斧子包起。他把斧子放在枕边陪着他，才好像完了一件大事，疲乏地闭上了眼。

从此，阿爸没事就坐着拿起斧子来直勾勾地盯着看，好像是看老朋友的脸，又好像是看一本无字的天书，总看不够。看着看着，有时就望望自己那两条木柱似的风瘫了的腿，长吁几声："唉唉唉……"摇摇头，用红布包起斧子，又躺在床上遐想起来。

他身体衰弱，但像一棵生命力非常顽强的老树，虽被雷电当头劈断过，那巨大的根茎却仍找到了泥土深深又扎下了根。他不愿我借债花钱给他找医生看病，总是说："我这病，养养就会好的。"见他浮肿难消，我心事重重。他常问我共产党的消息，叫我多打听打听，常问我报纸上透露了些什么没有。我一有消息就告诉他。我告诉过他红军经过长征到达陕北后的一些情况，也告诉过他上一年冬天西安事变的事。这天，我告诉他：听说上海英文报纸上，登载了一张共产党的队伍正在向华北开拔奔赴抗日最前线的照片。他听了可高兴了，要我设法找那张英文报纸上的照片。我告诉他：我设法找过了，没能找到。他点点头，仿佛有滋有味地在体会什么似的。过了片刻，笑着对我说："小翼，去买点炮仗来，我们放一放！"

我一时没弄清他的意思，我说："阿爸，放炮仗干什么？"

他咧开方嘴笑笑："我们庆祝庆祝！"

我这才懂得阿爸的意思，连忙去买炮仗。炮仗是他伏在床上亲自擦洋火点火放的。他怕声音太响，叫我用个空木头盒子把炮仗罩着，炮仗噼噼啪啪一阵响，他高兴得呵呵笑出了声，对我说："小翼，你看，炮仗的颜色通通红，它爆炸得多猛烈，粉身碎骨都不怕，做人就要这样。人不是为活着而活着，人要有革命理想活着才行。我这次出狱，对你样样满意，就是一样不满意！老子革命，儿子也应当革命，可我见你在这上头差得远呢！"又说："十年前，三次武装起义，我们打反动军阀，在闸北用洋油箱装上炮仗放，敌人吓得要死，以为我们有机关枪，连忙缴械投降……"说起往事，他呵呵地笑得不住声，病真的好像轻得多了。

第二天，也正是他回来后的第十二天，恰巧是阿爸生日。那天晚上下了班，我特意去酒店沽了些绍兴酒，买了些卤菜带回来，想让阿爸高兴高兴。忽然，经过一家香烛店，见到有红灯笼卖。我立刻想到了当年阿爸给我带红灯笼回来的情景。那时的阿爸，多么豪放，多么英武，多么高兴呀，他现在却风瘫了！那时，娘也没有死，可是现在娘早已埋在普善山庄的义冢里去了。我心里像喝了用山楂跟黄连煮的水，又酸又苦，拿着酒和菜，提着红灯笼，回想着往事，擦着泪水走回家来。见到了阿爸，我强打笑容，点起了红艳艳的灯笼，把它挂在窗口，把酒菜摆在阿爸床前，我说："阿爸，今天儿子给您做生日，您喝一点，吃一点。"

阿爸那晚显得特别高兴，他呷着酒，吃了菜，看着那盏鲜艳的红灯笼，也想起了十年前那晚曾给我带过红灯笼回家的事，怀旧似的谈了不少感慨的话。突然，他拔出了枕边的钢斧，慨叹地说："我的心上早就结满了老茧！可是心里包着的是通红通红的热血！可惜我五脏六腑都给天杀的敌人搅坏了，我的腿也毁了！不然，我爬也要爬到陕北或者华北去！……"说着，热泪就潸潸流了下来。

从那以后，一连好几天，他有时看斧子，有时到晚上就对我说："小翼。把红灯笼点上吧！"于是，我点上了灯笼，让美丽可爱的红光弥漫破陋的灶间。阿爸在这时候，就看着红灯笼、拿着斧子遐想起来，好像又回到当年大革命时代那轰轰烈烈、扬眉吐气的日子里去了……

阿爸的身体确实令我担心。他早晚总咳得很凶，像要把心肝五脏都咳出来。他的浮肿再也消不下去，肚子上水光光的一揿一个凹。脸色像雪前冬日的天空——灰黄泛白泛青。再三劝他看医生，他总执拗地说："我们做工的哪有那么多钱花。我知道，阎王老子勾不掉我的名字，我死不了！这病，养养就好了！"没钱也是事实，我只得依从了他。我每天一早照例去上工。临走之前，替他把吃的准备好孵在一个破棉套里让他中午吃。但是，谁又想到，他没人照顾，竟出事了！

我清楚地记得，那是他回家后的第十八天傍晚，我下工回来，发现他口吐白沫，歪着身跌躺在地上。我脑袋里"嗡嗡"响，惊叫一声："阿爸！"他在喉咙里应了一声："唔！……"我连忙哆嗦着把他抱上了床。原来他口渴，移动着风瘫了的身子想去用手拿开水，不小心从床上翻栽到地上。这一跤摔得不轻，我真怕他有什么意外，心都要裂开了！我把他抱上了床，他抿着嘴唇闭着眼，呼吸急促，咳呛得厉害，有时夹着呻吟。他先闭眼定神，一会儿又睁开眼来，额上淌出了汗水，忽然艰难地咽下一口唾液，发出一声细弱的叹息，命令我："小翼，……点上红灯笼！"

我流着泪，看到阿爸浑身颤抖，脸和嘴唇都变了颜色，心里觉得不好，我照阿爸的吩咐点上了红灯笼挂在窗口。他望着灯笼的红光，咧开方方的大嘴，呆呆看着总有两三分钟，说："小翼，你哭什么？阿爸这些日子心里高兴着呢！这天下总有一天全要插上红旗属于无产阶级的。我看不到了，可你们都要这么努力去做！你们能努力，我也就满足了！"接着又问我，"小翼，斧子呢？"

斧子用红布包着就在他枕边，他却不知道斧子在哪了，我心里更觉察到不好。我含泪跪在床前把斧子的红布散开，攥起斧子颤巍巍送到他面前。我喉咙里哽着，说："阿爸，……斧子在这里！"

他呻吟了一声，眼光呆滞，看着我说："小翼，你拿好，斧子交给你！……"

我宣誓一样地说："阿爸，我拿好了，斧子在这里，您放心！"

他说："你知道这斧子是谁给的？"

我说："是上海总工会发的！"

他眼睛里噙着晶莹的泪花，浓眉竖成两把剑，额角上青筋暴暴，手掌紧紧握成拳头，说："对！是共产党给的！阿爸对你说过，阿爸做纠察队长，参加过武装起义，保护过汪寿华同志和施英同志……你记住！有朝一日，共产党来了，当年领导过阿爸的汪寿华和施英他们来了……你，你把斧子拿去，告诉党，我丁老翼这个党员是从头红到脚的！反动派断了我的腿，判我二十五年徒刑，十年铁窗榨干了我的血，我也没叫一声苦！阿爸是条铁汉！……阿爸只听共产党的将令！……"

我说："是的，阿爸，您是条铁汉！儿子要学您！"

渐渐地，阿爸眼里的火焰暗淡了，凝聚成一对内在深邃的光点。他说："好！有种！记住！……没有共产党，我们什么都不会有！我们会受苦！你一定要找到党，跟着党干！不要糊糊涂涂过日子……这把斧子阿爸传给你。要是再有一天四次武装起义，你别忘了用它来替党出力……"他断断续续讲着，嘴角耷拉下来。

我抹着眼泪说："阿爸，我听您的话，您放心！……"说完，我忍不住放声大哭了。我料到阿爸要撒手离开我了，我双臂颤抖着抱住了他，紧紧抱住他。阿爸喘着气满头冷汗，眼睛映动，想讲什么却没讲得出来，就断了气，灰暗的瞳仁凝住了，愤恨地仰望着苍天……

　　丁小翼拭干两行英雄泪，朴实激昂地结束了他的叙述，说："……我带着阿爸传给我的信念生活着。往后的种种，我就不多谈了。"他散开了桌上的红布包，出现了一把纯钢的雪亮利斧，说："这把斧，我一直像传家宝似的擦上油藏着。当昨天你刚找到我时，我知道这把斧是一件工运史料，应当拿出来。但是，我却又舍不得它。这些年来，它已经是我的老伙伴了，它又是阿爸教导我革命传给我的遗物，我怎么能就这样同它分手？可是，党要它！当然应当给党。现在，请接受这把斧子吧！我把它交还原来的主人——共产党！"

　　他说完，抬头看着我，眉心开展，两眼闪着泪光。一串泪珠，顺着脸颊滚落下来。

　　我任凭感情的湍流在血管里奔腾，心激烈地跳动，两眼又一次移到这把放在红布上的亮闪闪的钢斧上。斧子在我眼里倏忽好像是光彩夺目通红透亮了！我以为自己眼花了，因为似乎看到斧上有五个红字："革命不变心"！我拿起斧来，嘿，我不是眼花，这是丁小翼用红漆写在斧柄上的五个字。旁边，丁小翼还写着一行红色的小字：

　　"老工人丁老翼之斧"。

（原载《朝花》）

明月天涯

海上生明月，天涯共此时。

献给 G. V.

——唐诗

前　奏

一九五一年春天，香港德辅道一家小旅馆楼下嘈杂的走廊里，亮着电灯。日历牌特写：1951 年 4 月 12 日，星期三。

这是下半夜了。从一间客房里，猛地窜出一个男侍，他手里拿着一张信笺和一张照片，满脸惊恐之色，下意识地高声叫嚷："出事了！出事了！……"

一个女侍急忙上来，惊问："怎么了？"几个未睡和走过的旅客也围上来看。

男侍扬扬手里的信笺和照片："这房里的女客自杀了！"

女侍惊讶地："自杀了？"她朝房里张望。这是一间摆设普通的客房，电灯开着，衣架上挂着女人穿的时髦外衣，桌上有漱洗用具，茶几上放着小皮箱、旅行袋，但床上空荡荡的。

男侍推开围观的众人，用手带上了门，对女侍："人去跳海了，赶快打德律风报告警察！"

女侍从男侍手里接过照片来看，众人围观。这是一张六寸的半身照片。照片上是一个气质高雅美丽的女郎。她微笑着，带着向往的神情。这是齐燕。

第一章

1. 上海，沪西一条幽静的里弄里

下午，春雨淅沥，雨丝组成了一幕密密的水帘，迷濛地笼罩着一幢有小花园的三层楼西式住宅。楼下客厅里，传出来一阵阵叮叮咚咚悦耳奇妙的钢琴声。

2. 齐燕家楼下客厅，钢琴旁

悠扬神奇、动人心弦的钢琴声。

两只美丽白皙的手灵活跳跃地弹奏在钢琴键盘上。

客厅布置雅致，挂着华丽的枝形吊灯。齐燕在弹钢琴。敦厚但是充满青春气息的艾秋生站在琴旁。一盆盛开的娇艳的红玫瑰放在琴旁的茶几上。

齐燕，一个感情真挚、内心世界纯洁的少女，服装风雅而朴素，有两只光彩照人的眼睛，她正在唱《玫瑰三愿》[①]：

> 玫瑰花，玫瑰花，盛开在碧栏杆下，
> 我愿那妒我的无情风雨莫吹打，
> 我愿那爱我的多情游客莫攀摘，
> 我愿那红颜常好不凋谢，好教我留住芳华。

———————————

① 《玫瑰三愿》是五四以来优秀歌曲之一，龙土撰词，黄自曲。

艾秋生听完她唱，说："也许是学音乐的特点吧？我总觉得你心里的话常常总是在唱一首歌的时候表达出来。"

齐燕："是吗？这支歌你不喜欢？"她唇边挂着动人的微笑。

艾秋生："其实，愿望是靠不住的。"

齐燕："什么才靠得住？"

艾秋生朴实地做着手势："行动！比如，要幸福就得靠自己努力争取，要光明就得驱走黑暗，光有愿望只能是空想！"

齐燕陷入思索，忽然叹一口气："我发现你母亲和妹妹都不那么喜欢我，正像我家里人不喜欢你一样。"

艾秋生："我会使她们喜欢你的！"

齐燕叹了一口气，笑了："但愿如此！你看，我说的又是愿望！"

艾秋生也笑了。

春雨越下越大，敲打着玻璃窗。艾秋生看着窗玻璃上点点飞溅滚落的透明水珠，拿起了伞，亲切而幽默地笑着说："让贝多芬陪你吧，我得走了！"

齐燕："雨这么大！……"

艾秋生竖起一个指头："后天晚上，仍在老地方再见，好吗？"见齐燕点头，他说："我等着你！"

他向齐燕挥手，匆匆离去。

3. 客厅，钢琴旁

齐燕立在窗前，隔着雨水淋漓的玻璃窗，额头贴在玻璃上，看着艾秋生打伞的背影。身材肥大穿西装讲究仪表的齐威出现在她身后。

齐燕回过身来："爸爸！"

齐威走近窗口看着潇潇春雨中远去的艾秋生的背影："燕燕，这个年轻人也许很可爱，但我很怕他会给你、给我们一家带来不幸！"

齐燕："怎么？"

齐威点火吸着烟："我是一个律师，受理过各种不幸的案件，这是我职业上的敏感。而且，我知道如今在监牢里关着多少像他这样的年轻人！"

齐燕："他是一个好青年，朴实、敦厚、进步，有正义感，也有真才实学！……"

齐威摇头，喷一口浓烟："在美丽的少女面前，最多的是假象！同他的关系，到此为止吧！"

齐燕看着窗玻璃上泪水般滚落的雨珠，听着房檐水哗哗地泻下来，默默不语。

齐威在沙发上坐下，语气严厉："共军即将渡江，这以后血会流得更多。你不准再参加学潮！学音乐，是你的事，国家大事，少管！"

齐燕懊丧地拂动琴键，弹出了一串跳跃烦躁的音符，叮叮咚咚，像夏日的一阵急雨。

4. 黄浦江边，外滩公园，月夜

抒情的轻音乐旋律声。

月光皎洁，银波闪烁的江水在惆怅而安静地流。江上有可怕的漩涡。天上有浮云飘过，投影在江水之上。这一对可爱的年轻人在江边漫步。

艾秋生看着齐燕："你比月亮还美！"

齐燕微笑，但带着淡淡的忧郁。

艾秋生："你好像心里有事？"

齐燕看看天上的月亮、浮云和江水。轻轻朗诵起发自内心的诗句来：

　　　　我不过是天上的一片浮云，
　　　　你不过是水面的一朵浪花，

借着月亮的光辉，我把影子向你投下！

风来了！你随波消逝，我飘荡天涯！

艾秋生："啊，太消极了！"

齐燕："怎么？"

艾秋生："你听，我喜欢这样的诗——"他轻轻朗诵：

为我们的爱情歌唱，

歌唱我们的爱情坚贞如钢，

在明媚的春天里它闪闪发光，

在冬日泥泞的道路上它通行而无阻挡！

因为铸成爱情的——

是两颗通红的心和一个共同的理想！

齐燕娇柔地笑了，眼睛露出神往的神色。

5. 下午，艾秋生家那间破旧的客堂间里

艾湘湘正在煤油炉上煮饭，柳雪筠背靠枕头坐在床上，下身盖着被子，脸有病容。母女正在谈话。

艾湘湘："我不喜欢她！"

柳雪筠没有作声，似在思索。

艾湘湘："我们穷，人家是阔小姐。"

柳雪筠："她也参加学运的，是吗？"

艾湘湘："那是随大流！她爹是个国大代表！"

柳雪筠听到这里，似乎触动了心事，一会儿，说："看事情的发展再说吧！"

艾湘湘："妈，我看您也并不喜欢她！"

223

柳雪筠："你有这种印象？"

艾湘湘点头："嗯！"

柳雪筠若有触动："那我得注意！"

艾湘湘看看妈妈的脸，似在体味着妈的话，端起煮好的饭锅，说："哥哥怎么还不回来？……"

6. 一幢石库门房子的客堂楼上

天黑时分，门窗紧闭。武奔、艾秋生和几个青年人正在收听解放区的电台广播。女播音员的声音在广播解放军胜利渡长江的战讯："新华社长江前线四月二十二日二时电：英勇的人民解放军二十一日已有大约三十万人渡过长江。渡江战斗于二十日午夜开始，地点在芜湖安庆之间……"

一个青年兴奋得将帽子脱下扔向天花板无声地做了个欢呼的姿势。大家有的拥抱有的拉着双手热烈晃动。

女播音员的声音："国民党反动派经营了三个半月的长江防线，遇着人民解放军的进攻，一触即溃。……"

武奔，他约莫三十五六岁，老练而持重："蒋家王朝的老巢南京快解放了！……"

艾秋生兴奋地："上海也快了！"

武奔："听完，我们就来研究一下印发'约法八章'的事儿！"

7. 齐燕家客厅里

钟指六点三十分，灯光明亮。齐威一家五口均在，空气严肃。女佣端茶，走出。

齐威："看来南京快完了！我们马上去香港！"

齐朝礼："我就去订票！"

秦淮碧给五岁的小女儿薇薇编辫子扎蝴蝶结："我早说该去香港！"

齐燕受到突然袭击，乌黑的眼瞳里闪过一丝深深的忧思，惶惑地："我们该留下不走才对！"

齐威："那怎么行？我跟你哥哥都是律师！他们是不要律师的！我又是国大代表！而且，眼看战火临近，市里到处在修碉堡，准备打巷战，上海蹲不得！"

齐朝礼："妹妹，我对大局是悲观的，但我赞成走！你参加了学潮，但共产党来了，未必给个国大代表让爸爸做！我，《六法全书》背得再熟也一文不值！"

秦淮碧嗑着瓜子："妹妹，到香港，我给你介绍男朋友，那儿百万富翁有的是！去吧，那真是灯红酒绿的好地方！"

齐燕厌恶地皱着眉。

齐威看着齐燕，专制地："人生像一个大森林，你不要迷路！这件事，我做主！"齐燕忧心忡忡地怔在那儿。

8. 夜间空荡荡的马路边上

武奔同艾秋生即将分手，周围静悄悄地，天上月儿明亮。

武奔看看四下里，轻声对艾秋生说："有个紧急通知要告诉你！形势好，敌人更疯狂。考虑到你已经引起敌人注意，学联决定你马上撤退！"

艾秋生出乎意外："撤退？"

武奔点头，看着一辆"飞行堡垒"飞驰而过。

艾秋生："什么时候？"

武奔："今晚十点钟，联络地点是——"他附耳告诉了艾秋生。

艾秋生抬头看看远处江海关大钟正指着七点三十分，大钟敲响了，艾秋生心情复杂地问："撤到哪儿？"

武奔："奉贤乡下！"他发现艾秋生表情为难，"有困难吗？"

艾秋生想说而未说，敦厚朴实地摇头："我……可以克服！"

武奔安慰他："伯母和湘湘，我们会照顾的！"

艾秋生点头，又看看江海关大钟。

武奔同他握手告别，叮嘱："准时去联络！"

9. 齐燕家门口

艾秋生匆匆赶来，满头大汗，他揿铃，开门的是齐朝礼。齐朝礼彬彬有礼但是脸上冰冷："她出去了！"

艾秋生略带腼腆地："上哪了？"

齐朝礼有礼貌地摇摇头。

艾秋生有难言之隐，焦灼地："她什么时候回来？"

齐朝礼仍摇摇头："不知道！"

艾秋生叹口气，转身低头。门"乒"地关了！他拭头上的汗，眼神焦灼。

10. 艾秋生家

齐燕急匆匆来到房门口："伯母！……"她同艾湘湘点头招呼，湘湘毫不热情地点点头。

柳雪筠在床上客气而不亲热地："他不在！"

齐燕有难言之隐："他什么时候回来？"

湘湘冷淡地摇摇头。

柳雪筠："找他有事？"

齐燕心乱如麻："我……我明天一早再来！"

柳雪筠客气而不亲热地："要留个条给他吗？"

齐燕为难地："不……不用了！我明天来！伯母，再见！"她忍住心酸走到漆黑的街上，忍不住掏出手帕拭泪。

11. 冷僻的马路边上，昏黄的街灯下

月光似水。艾秋生匆匆跑回家来，他满面焦灼。

齐燕也在急走回家，满面愁容。

月光明亮，梦幻一样的意境，两人同时看见对方。

齐燕激动地叫了一声："秋生!"

艾秋生兴奋地跑上来："燕燕，太好了! 我正找你，急死我了!"他忽见齐燕拭泪，亲切地问，"怎么了? 我刚到你家去找你! 你去找我了?"

齐燕："我们全家马上要去香港!"

艾秋生吃惊地："什么，去香港? 决定了吗?"

齐燕点头："你说我怎么办?"

艾秋生"唉"地顿脚："风雨雷电都碰到一块了! 上边通知我立刻转移! ……唉! 香港你不能去!"

齐燕愁容满面："我是不愿去，但怎么办呢?"

艾秋生巴掌打着拳头："唉! 我真没一点主意了! ……"

有个警察踱过来，齐燕挽着艾秋生向江边冷僻处走去。

12. 外滩公园江边冷僻处

月光下，他俩踱到这儿来了。

齐燕勇敢地："我们马上结婚! 我就跟你在一起! ……"

艾秋生被她的勇敢感动但又理智地："那怎么行? 你想：住处，没有! 工作，你也没有! 妈和妹妹……唉! 而且，我还得立刻撤退! ……"他抬头看看江海关大钟，"时间快到了!"

齐燕失望地流着泪："那，那我回去了! ……"

艾秋生心如火燎："燕燕，这样的难题这么突然地放到面前，我真像挨了一个晴天霹雳……"

齐燕善良地点头，强忍悲痛，低头无语。

艾秋生突然想出了办法似的："燕燕，我问你，如果我们分别了，我写信叫你回来，你会立刻回到我身边吗？"

齐燕点头。

艾秋生下决断地："那，只有一个办法了！你跟家里去香港吧！但我们不要断了联系。上海一解放，一切都会变的！那时，接到我信，你立刻回来，找工作做，我们一同生活，一同革命，你说呢？"

月光下，齐燕脸色凄惶："也只能这样了！"

两人这时站在一大丛放射形的迎春花旁。迎春花已谢，但叶片茂盛。艾秋生又看看远处的江海关大钟。钟声当当正敲九点。

艾秋生焦灼而又难舍难分地："燕燕，时间到了！我们这就分别了！——"

齐燕："这就分别了！——"

艾秋生："记住！我写信你就回来，永不变心！"

齐燕凄然点头，嗫嚅地如同宣誓："永不变心！"

艾秋生突然掏出手帕，从迎春花上摘下一撮叶片来，放在手帕里递给齐燕，朴实地："燕燕，家乡的迎春花叶，带着吧，做个纪念，不要忘了这一个明月夜！"

齐燕接过手帕，月光照耀着她泪水晶莹的美丽的脸。

艾秋生遗憾地："那，再见了！"

月光下，梦幻一样的意境，两人分开。

齐燕："保重！"但她走了几步，突然回过身来，见艾秋生也回过身来看她，她飞也似的扑上去紧紧抱住艾秋生，泪如泉涌。艾秋生也紧紧抱住了她。

天上的皓月渐被乌云遮没，但公园里照明灯的光芒璀璨辉煌。

第二章

13. 一九四九年五月二十五日清晨的上海

街灯璀璨的光芒幻化为节日的焰火。

欢乐的《解放区的天是明朗的天》的歌声。外滩伪市府大厦竖着的旗。由林森路（即今淮海中路）进入上海的解放军和衣睡在马路边上。街上出现了打着"庆祝上海解放"、"中国共产党万岁"、"毛主席万岁"红色横幅的秧歌队和唱着《你是灯塔》的歌曲、扛着红旗的宣传队。

一支教职员和学生的宣传队走过来，正到处张贴"约法八章"，艾秋生兴高采烈地也在张贴。

14. 艾秋生家里

街上传来"你是灯塔，照耀着黎明前的海洋……"的歌声，歌声中夹杂着锣鼓声。

武奔："伯母，这以后，您老人家身体该越来越好了！"

柳雪筠："可不是，老百姓早就望穿双眼啦！……"她有些激动，湘湘上前扶住妈妈。

武奔对艾秋生："秋生，就这么定了！报社刚接收，但马上要出报！你明天就上班！"

艾秋生高兴地："今晚我就去！"

柳雪筠："老武！对秋生，你要多帮助他！"

武奔诚恳地："伯母，秋生敦厚朴实，工作积极，他的入党问题迟早会解决的！"他对大家打招呼："我走了！"

15. 同上景

艾秋生送武奔到房门口，回身走近桌边，拿出信纸信封。

艾湘湘："又给她写信？"

艾秋生："妹妹！……"

艾湘湘："老武刚才还说到你的入党问题呢！我可不要这种社会关系！"

艾秋生："要具体分析，别把去香港的人都看扁了！'小广东'邝美川不也跟家里去香港了吗？"他写起信来。

柳雪筠看着儿子，忽然慈爱而又严肃地说："秋生，我不觉得齐燕不好，她也许是很可爱的，但现在她已经走了，你似乎可以断了！"

艾秋生摇头："妈，我不能！"

柳雪筠叹了一口气。

艾湘湘："人说爱情会使人疯狂，这一下我倒有点信了！"

艾秋生自顾自地写信，但突然说："妈！我明天要同老武谈这件事！"

16. 香港，湾仔海边

响着广东音乐的旋律。

碧蓝碧蓝的海，飞翔着红嘴白羽的海鸥，远处停泊着货轮、邮船，齐燕和秦淮碧在海边观看卖海鲜的小木船正将活蹦乱跳的石斑鱼、铜盆鱼、龙虾等卖给顾客。

擦皮鞋的小孩争抢着要给过客擦鞋。一个瞎眼老人捧只空罐头筒两眼望天伸手乞讨。齐燕给老人手里放进一个银毫。

一辆"雪佛兰"轿车驶过，忽然"嗤"地停下，出来一个西装笔挺、头发乌亮的青年，喜笑颜开地："哈罗！两位蜜司，请上车吧！你们到哪去？"

秦淮碧轻声地对齐燕："妹妹，这是张大卫，我沪江的同学，他爹是中央委员，香港、台湾、南美都有产业，我给你介绍。走，我们上车去！……"她同张大卫招呼。

齐燕厌恶地摇摇头："我要逛一逛，你去吧！"

秦淮碧："那我坐他的车子去皇后大道买点东西！"她向汽车走去，和张大卫一起向齐燕招手："bye bye！"上车走了。

齐燕转身独自向海边走去，远处有外国水手在拉手风琴唱歌。一个报贩跑着过来："新闻纸！新闻纸！看《大公报》《南华日报》！……上海解放！上海解放！……"

齐燕付钱购报，得知上海解放，看报时喜形于色。她的心声："唉！我真想念上海啊！……"

忽然，一个衣着朴素、身材不高、活泼结实的广东少女走过，朝齐燕看看，高叫："齐燕！"

齐燕一看，兴奋地："啊！见鬼！'小广东'！你这进步分子什么时候也到香港来了？"

邝美川开朗地："一个月了！老板把厂迁到香港来了，我们是九龙人，我也跟父亲来了！"

齐燕热情地："见到你太高兴了！我寂寞得像在沙漠上一样！"

邝美川笑挽着齐燕的臂，做着手势："有了'小广东'，沙漠会长花草的！"

17. 上海，报社总编室，夜

透过有总编室牌子的门口，可以看到武奔正同艾秋生谈话。另一边，副总编彭雪霆正在撰写一篇稿件，他戴眼镜，严肃得近乎冷酷。显然，他也在听着艾秋生向武奔谈些什么。

艾秋生："……情况就是这样。我希望能让她参加革命，安排个工作，我好写信叫她立刻回来！"

武奔："她肯回来吗？"

艾秋生点头。

武奔："我了解你，这件事我也很同情。但目前要赶快出报，你也先集中精力办报。这个问题研究后再同你谈……"

艾秋生点头，但心里惆怅，无意中，他瞥见了彭雪霆那严肃而冷淡的眼光。

18. 上海，冷僻的马路边上，街灯下

艾秋生走过这里，江海关的大钟正"当当"敲响九点。

艾秋生眼前忽然出现幻觉，似见齐燕遍体光彩地站在那里，深情地望着他。但他眨眨眼、定定神，齐燕就不见了。

艾秋生怅怅离去，耳边却仿佛听到自己和齐燕的对话声。

齐燕："这就分别了！——"

艾秋生："记住！我写信你就回来，永不变心！"

齐燕嗫嚅地如同宣誓："永不变心！"

声音袅袅不绝，回荡在他耳边，回荡在空间。

19. 香港山光道齐威的住宅，齐燕卧室

齐燕正在写信给艾秋生，齐威在她对面坐着。

齐燕："我答应过他，我永不变心！"

齐威："他在上海，你在香港，相去万里，两个世界！一个人千万不要做傻事！信，不要再写了！"

齐燕不作声，仍低头写信。齐威指指桌上一张明信片式的唱片："这是什么？"

齐燕："我灌的唱片！"

齐威："寄给他的？"

齐燕点点头。

齐威摇着头深深叹了一口气，含着雪茄闷闷离去。

20. 齐朝礼的卧室

齐朝礼在独自闷闷饮酒。

齐威含着雪茄进来，把门关上："朝礼，我下决心了！"

齐朝礼："去台湾？也行！不过我总是悲观的！"

齐威："此地开支很大，坐吃是不行的。再说，我是国大代表，应当去台湾。而且，你妹妹也促使我下了决心！她的婚姻应当对我政治上有帮助，经济上有帮助，应当使她自己幸福！"

齐朝礼："现在台湾风雨飘摇，申请入台倒是好办！带她一起去台湾？"

齐威用力地揿熄烟蒂，点头。

21. 上海，报社的一间编辑室，夜

坐着六七个记者和编辑的大办公室，亮着日光灯。艾秋生正在灯下奋笔写稿。他旁边坐的是穿黄军服佩军管会符号的徐兰。显然，徐兰对他很有好感。她在自己倒水时，给艾秋生也倒了一杯。艾秋生点头致谢，仍继续写稿。

徐兰将自己写的一篇稿送到艾秋生面前："老艾，这样写行吗？"艾秋生接稿看了起来。

徐兰："我是工人出身，参军后在部队里才提高文化，干这一行吃力！"

艾秋生坦率地："不，写得很好。就这地方——"他用手指了指："这么改一改！"他拿笔涂了一句，又在边上写了些什么，"你看怎样？"

徐兰："好多了！"

一个戴眼镜的校对员，上海口音，拿一张报纸的大样进来："老艾，二版的大样来了，你看一看吧！"

艾秋生："好！"他问校对员，"听说你有个留声机？"校对点头。艾秋生："明天借我用一用？"

校对员点头："当然可以！"

22. 凌晨，报社旁一条空荡荡幽静的马路上

武奔："打夜班，辛苦，但想到明天读者能读到我们编的报，那种高兴也是没法形容的！"

艾秋生："我喜欢这工作！"他看着露出曙光的东方，诵出诗来："迎着辉煌的黎明前进，驱赶黑暗从地平线上撤退……"

武奔看着他那种朝气蓬勃的样子，忽然通情达理地说："秋生，那件事我还得同你谈一下！我了解你，但在这个爱情问题上，我要好心好意地劝你听我的话！"

艾秋生闷闷地沉默起来了。

武奔热情而体贴地："你是会难过的！但这不能怨你！"

艾秋生摇头："我不能！……"

武奔："徐兰同志这个人你觉得怎么样？"

艾秋生一怔："她？……很好！"

武奔："是呀，我这些天常想：你们倒是合适的一对！如果你同意，组织上可以出面。我看她对你印象也不坏！"

艾秋生摇头："不！老武！这不可能！我……不会那么做的！"

武奔："考虑考虑吧！"

艾秋生摇头，朝霞映红了他的脸

23. 上海，杨浦区一条不太繁华的路上

艾秋生与徐兰从一家船厂采访出来沿马路走着谈着。

艾秋生："明天你再来采访一次，可以写篇船厂工人护厂迎接解放的特写。"

徐兰："我发现你工作起来似乎一切都能忘掉。"

艾秋生："其实也不！"

他们走过一个卖玩具的小店，橱窗里陈列着可爱的布娃娃。徐兰立定了脚步，看着布娃娃，脸上有异样的表情。

艾秋生："怎么？这么有兴趣？"

徐兰点头："小时候，我一直想要一个布娃娃！可是家里穷，一直没钱买。我始终没达到自己的愿望。现在，看到这，总想起童年。"

艾秋生听了，满腔同情："人的一生有些愿望应该是容易满足的，但却常常不能！"

徐兰："你也有……这样的愿望？"

艾秋生："是啊！我深深爱着一个人，但她不在这儿……"

徐兰出乎意外："呵！……你有对象！……她……在哪儿？……"

艾秋生敦厚朴实地："这是一个很长的故事。说起我们认识的经过，是很有趣的。那是前年清明……"（化入）

24. 上海的一座公墓里，阴霾的天

艾秋生在一个写着"艾仁甫先生之墓"的碑前默立志哀。这时，邻墓前出现了齐燕，她在碑前献上一束通红通红的鲜花，默立志哀。

艾秋生瞥见墓碑上写的是"台湾齐林尹娟女士之墓"，不禁看看齐燕，正同齐燕目光相遇。

阴郁苍晦的天空变了！忽然洒下霏霏的春雨。雨，越下越大了！

艾秋生撑伞要走，发现齐燕没有伞。他朴实地："请用这把伞吧！"礼貌地将伞递过去。

齐燕大方地："谢谢，我们合用一程吧！"

一把伞下两人从一条柳荫下的小径走出公墓，在大树和矮树的后面时隐时现。

艾秋生看看齐燕的校徽："呵，你是音乐学院的学生？"

齐燕点头，也看看艾的校徽。

艾秋生自我介绍："我去年中文系毕业，留校做了助教。呵，你是台湾人？"

齐燕："苏州人，家母是台湾籍！"

春雨霏霏，雨滴密密地响，打在伞上，美妙而和谐。一把伞遮住一对年轻人在林荫道上踽踽向前走去。

25. 某大学草坪广场

艾秋生的画外音："几个月后，我们又见面了！……"

某大学草坪广场上，正要开大会。横幅："反饥饿反迫害大会"。大字标语："向炮口要饭吃"！人头攒动，一个阴暗的角落里，几个特务学生鬼祟地交头接耳。学生们正在高唱《团结就是力量》。艾秋生走过这儿，忽见齐燕和邝美川等几个音乐学院的女生也在放声歌唱。

艾秋生喜出望外地："齐燕！"

齐燕："呵！"她笑了。

艾秋生："想不到你也在这儿！"

齐燕指指邝美川："她们邀我来的！"

艾秋生："呵！邝美川，'小广东'！"他同邝握手，对齐燕："看到你来，我很高兴！"

齐燕可爱地笑了。

艾秋生："我去忙去了！再会！"歌声中，他向台上走去，但走远了又回头看看齐燕，露出友好的笑容。

齐燕对邝美川："他是这儿的助教吧？"

邝美川点头："最近，美国一所大学给了一个奖学金名额，他条件够了，可是他不去！"

齐燕不理解地："那为什么？"

邝美川："国家在内战，人民受苦难，他怎么肯离开？"

齐燕咬唇沉思。

艾秋生在台上主持会议："同学们,大会开始!……"

忽然,混在人丛中的特务学生放起了炮仗,故意高叫:"手榴弹!手榴弹!……"有的特务向台上和人丛中乱扔石头。一个为首的戴黑眼镜的喊:"打!"特务学生蜂拥而上。几个手持"中正棒"的特务学生冲向台上,目标是艾秋生。艾秋生在台上对着麦克风慷慨激昂:"大家镇静,将特务赶出会场!……"但,"中正棒"一下打在他头上,鲜血迸流……

齐燕、邝美川在人丛中惊呼,关切的特写。艾湘湘在人丛中惊呼:"哥哥!"但流血的艾秋生怒目回视特务,同特务搏斗起来。

会场乱了!进步学生反击。特务被驱赶,狼狈吹哨集合逃跑,秩序安定下来。

艾秋生脸上淌着血握着麦克风:"大会继续进行!……"但说完,他就晕倒了,被搀扶下去。有人在叫:"快送医院!"

齐燕关切的脸部特写。她不顾一切地从人丛中往前挤。邝美川也跟上。……

26. 医院病房里

艾秋生躺在洁白的病床上输液。他头缠纱布,昏迷。边上有几个关切地护理他的学生和他的妹妹艾湘湘。

这时,门开了!进来的是齐燕。她手里提着的是水果、炼乳。艾秋生醒来,睁开眼睛看到了齐燕。他们那脉脉含情的眼光久久交流。

27. 江边,外滩公园里

艾秋生与齐燕并肩站着,邝美川给他俩拍照。

邝美川:"我要拍一张艺术珍品,让人一看就说:'这一男一女真是天生一对、地造一双!'"

齐燕:"见鬼!'小广东'!"

艾秋生敦厚地笑了。

28. 马路上

艾秋生与徐兰的背影。但是两人保持着一定的距离渐渐远去，徐兰仍在听艾秋生讲着，讲着。……

29. 艾秋生家

艾秋生提一台留声机进来，匆忙从一包由香港邮来的邮件中抽出那张明信片式的小唱片，打开留声机正要放唱片。

柳雪筠夹着书回来了："秋生！"

艾秋生："妈，您今天怎么回来得这么早？"

柳雪筠："家庭教师嘛，人家要请客，让我早走。你这是干什么？"

艾秋生："妈！燕燕来了信，寄了张唱片来。……"

柳雪筠坐下看着艾秋生放唱片。唱片出声了，这是齐燕那甜润而富于感情的嗓音："秋生，你好。你说过，我心里的话喜欢在唱歌的时候表达出来，也许是这样吧！请听我为你唱一首——《燕语》①……"

艾秋生感动的面容。柳雪筠关切地看着儿子。唱片在转动，播送出奇妙的钢琴声和齐燕动人的歌声：

> 君莫问别来何处，君莫笑画梁依附，
> 君更莫虑归时巢，受尽风风雨雨，
> 我但愿共春同住，我但愿主人无故，
> 我便从头筑起新巢，哪怕辛辛苦苦。……

歌声中出现分割画面，一面是艾秋生放唱片，一面是齐燕在弹琴

---

① 《燕语》是"五四"以来优秀歌曲之一，韦瀚章词，黄自曲。

歌唱。……

画面幻化为阳光明媚的春日，桃红柳绿，在苏州"拙政园里的"见山楼"前，艾秋生和齐燕看见一对紫燕正辛苦衔泥在檐下筑巢。……

画面幻化为拙政园中"雪香云蔚亭"与"待霜亭"间的山林间，在一条山林自然风味特浓的小径上，艾秋生与齐燕同行，春雨霏霏，两人合打着一把伞，齐燕唱着歌。……

唱片放完，歌声不绝如缕，艾秋生听毕满面感动："妈，您听清了吧？她想回来！她有决心！她对上海的解放感到欢欣。……"

柳雪筠内心似有某种隐秘，但又被歌声和儿子的话感动，尽量克制地："是这意思吗？"

艾秋生："是的！妈，我懂！"

柳雪筠略带慈爱地叹一口气："秋生，妈想得很多，很多！妈爱你这个儿子，但是，在爱情上你要慎重！……"

艾秋生："妈，当双方相爱并了解以后，互相都有道义上的责任！这种真正的爱情，只能在每个人的心上降落一次。我了解，她！她善良、忠实、美丽而又坚定，她是可以革命的！是的，妈，我考虑过得失，但我能自私地随便抛弃她吗？我不能，也不会！因为我爱她！"

30. 吉普车里，在去报社的途中

彭雪霆："他有工作能力，但政治上呢？"

武奔："可靠！他是个烈属，学运中表现很好。"

彭雪霆："你似乎非常信任他！"

武奔："信任产生于了解。在白区工作，如果对人没有了解和信任，那在白色恐怖下，一天也活不下去！"

彭雪霆冷冷地："但在恋爱上他搞了这么个社会关系，怎么行？报社是重要部门！"

武奔："按照党的政策，可以劝他，但不能强迫他。他要求让对方回来，这没有错！"

彭雪霆："他不是党员，给他做了文艺部的副主任，他又要这么干，群众会有反映的！"

武奔："不能不让人革命！当没有解放区的时候，我们的人不都是从白区来的吗？共产党员任何时候总是少数，革命总是多些人好。你说呢？"

彭雪霆用手托托眼镜架："你……决定吧！"

31. 报社文艺部办公室里

就剩艾秋生和徐兰二人。他们都在写改稿件。

徐兰的态度已由向艾秋生表示好感改为尊重而关心："老艾，按照党的政策，你的那个愿望是应该得到满足的！"

艾秋生："但老武还没给我答复。"

徐兰："就会找你谈的！已经研究过了！同意她回来后安排工作。"

艾秋生喜悦地："徐兰，谢谢你！"

徐兰有一种革命者的那种纯净、轩昂的美好气质，此刻她脸上光彩照人："我？不，应当感谢党！"

32. 香港，齐威住处客厅

邮差送信揿铃，女佣收信送到客厅里。齐威正坐在沙发上抽雪茄，见信是艾秋生的，皱了皱眉。

齐朝礼手拿一张报纸进来。

齐威："你妹妹还没回来？"

齐朝礼："这下遇到了那个'小广东'，又不可开交了！那是个'左倾分子'，成天来往，我可很不欣赏！"

齐威："只要台湾的入境证一到，我们马上带她走！这儿，姓艾的又来信了，拆开看看！"

齐朝礼拆信，看了忽然脸色紧张。

齐威："怎么?"

齐朝礼："他叫妹妹立刻回上海!"

齐威掏老花眼镜戴上："快! 给我看!"他看信，将信狠狠揉成一团塞进口袋!"以后，信全给她——"他做了个"掐掉"的手势。

33. 齐燕的卧室，夜

齐燕躺在床上，窗开着，风拂动窗帘，台灯射出幽雅的绿光，她静静地闭着眼。

齐燕的心声："他怎么老是不来信呢?"

她躺着，入了梦境：月亮升出海面，海上风平浪静。在风平浪静的海面上有一架钢琴，齐燕正弹琴歌唱，她那抒情的歌声里包含着一种沉重的忧郁：

> 天上飘着些微云，
> 地上吹着些微风，
> 啊! 微风吹动了我的头发，
> 叫我如何不想他! ……

突然，海上雾气氤氲，艾秋生在海面上出现，从雾气中踏水而来如履平地，到了齐燕面前，他亲切地笑着朗诵了一首小诗：

> 你是我的，我是你的，
> 这是确实无疑的。
> 你已经锁进我的心里，
> 小小的钥匙丢了，
> 你就永远出不来了!

齐燕莞然笑了："我是把我生活中曾经有过的最可贵的感情都留给你了！可是你怎么不来信叫我回去呢？你说过永不变心！"

艾秋生朴实敦厚地："我永不变心！但你的歌声为什么这样惆怅？……"

雾气淹没了这一切，睡着的齐燕紧闭的眼睛里淌出了两颗晶莹的泪水。

34. 齐燕卧室，黎明

黎明透过窗口，流水般地送来了光亮。

一个情调柔和的寂静的早晨。卧室窗外是个美丽的小小的花园。

齐燕倚窗，她看到花间一对蝴蝶表演了它们相亲相爱的舞姿。它们使人感到一种说不出的美，也同样地给齐燕一种说不出的感触。

她又看到一只小黄雀飞来，停歇在一棵珍珠梅的枝丫上。但在黑暗的墙脚下有只黑猫躲藏着。黑猫两眼射出凶光。在一刹那间，黑猫猛扑上去咬住小黄雀就衔走了。这使她似乎受了点刺激。

有皮鞋声，齐威进屋来了："燕燕，好消息！"

齐燕回头，似要问："什么好消息？"

齐威扬着手里的一封航空信："台湾寄来了入境证，我们全家马上都去！"

齐燕事出意外："去台湾？"

齐威："唉！香港非久居之地，我和你哥哥开业都有困难，坐吃山空不行！"

齐燕"呀"了一声，坚决地摇头："我不去！"

齐威："那怎么行？入境证过期就作废，申请很不容易！"

齐燕痛苦："我怎么也不去！"

齐威："我不能让你一人流落在香港！艾秋生同你的事我也并非一

定反对！但那种人是不讲感情的！你看，你写信，他呢？"

齐燕摇头，坚决而恳求地："反正，我不能再去台湾！"

35. 香港某私人医生精神病诊所

门口有"留美医学博士金尔培精神病诊所"的牌子。

齐威正在里屋同一个面目阴沉留小胡子的医生在说："……小女的精神病，发作了就不好办。现在，想带她到台湾去，怕上船麻烦，特来求教！……"他笑着掏出一叠港币放在医生面前。

医生深深点头，仿佛很懂得齐威的心意。他从药架上一只白瓷瓶里舀出一撮粉末倒在纸上。……

36. 邝美川在香港湾仔贫民区的住处

这是一所有骑楼的二楼的一间后屋里，齐燕来找邝美川。

邝美川："啊，是你！齐燕！"她见齐燕脸色不好，忙扶齐燕坐下，问："怎么了？"

齐燕："见鬼！家里要带我去台湾！你说怎么办？"

邝美川"唉"了一声："不去！去了你不想想后果吗？"

齐燕点头："秋生始终不来信！"

邝美川："他这个人不会变心！会不会是你家里把他来信——？"她做了个"掐掉"的手势。

齐燕思索，点头："唔，可能！唉，你说我怎么办？漏屋老是碰到连阴雨！"

邝美川握着拳头作"抗"的手势："跟家里这样！你是一个柔中有刚的人，决不去！最后一步棋——你来跟我同住！我找到工作了——给厂里夜校教书。我有吃的就可以维持你！凭你的音乐才能，也能找到工作的！"

齐燕一把抱住邝美川："谢谢你，美川！我怎么也不去！"

37. 齐威住处餐间，傍晚

行装箱笼已经收拾就绪放在一边。齐威及子媳等正在等候齐燕回来。桌上摆好面包、西点等便食，茶几上放着玻璃杯及一些"可口可乐"。齐燕回来了，薇薇扑上去："姑!"

齐威："今晚我们就要上船。燕燕，等着你吃饭商量呢!"

齐燕："我留下!"

齐朝礼："这屋子已经退还房东了!"

秦淮碧抱着薇薇："妹妹，一同走吧!"

齐朝礼："我真为你悲观，你不能这么死心眼儿呀!"

齐燕摇头："我决定了，我不去!"

齐威："燕燕，你脸色很难看，好像要病了! 唉!"他向齐朝礼做了个眼色，似慈爱地，"大家先喝点饮料吧! 我们吃饭，一切可以好好商量。"

齐朝礼去开一瓶"可口可乐"，在那只早已放好一撮白色粉末的杯子里，倒进了"可口可乐"递给齐燕，又给齐威、秦淮碧、薇薇也一人一杯，自己却倒"威士忌"喝。

齐燕渴了，端杯喝"可口可乐"。

齐威举杯："喝吧! 喝吧! ……"

38. 分割画面

齐威的尴尬的、关切的、爱抚的、严肃的各式各样的笑脸。

齐燕昏昏欲睡的面容。

镜头旋转，幻化为流星般的大雨、茫茫的蓝色大海、滚滚起伏的波涛! ……

39．赴台湾的轮船上

流星般的急雨，滚滚起伏的深蓝深蓝的波涛，一只轮船航行在大海上。

齐燕在镶满窗玻璃的洁白的二等舱房中睁开眼睛，四肢无力。秦淮碧坐在她床边。

齐燕："这是在哪儿？"她眯眼看着雨箭击窗，在舱房窗户外是风雨中波涛起伏的大海和展翅纷飞的海鸥，她头晕眼花。

秦淮碧："妹妹，你病了，突然晕倒了！"

齐威偕齐朝礼进来。

齐威爱怜地："燕燕，好些没有？可把爸爸急坏了！"

齐燕挣扎着坐起，看着窗外哗哗的急雨和滚滚的海浪："这是在船上？……"她明白这是上当了，眼前浮起喝"可口可乐"时的情景。……

齐威："时间有限，你又突然晕倒了，我们不能丢下你不管啊！燕燕，爸爸年岁也大了，跟着爸爸……"

齐燕"啊"地惨叫一声，发狂地一下又一下用手将床边的热水瓶、玻璃杯、药瓶等，乒乒乓乓全抛甩在地上，都砸得粉碎。

然后，她无力地仰卧着闭上双眼，两行热泪滚落下来。

外边，是大风大雨中茫茫无边的蓝色大海，波浪相逐的惊涛，风雨中奋飞的海鸥。……

悲凉的古乐声中，似听到女声合唱的古代歌声："行行重行行，与君生别离，相去万余里，各在天一涯，道路阻且长，会面安可知。……"

轮船向渺渺茫茫的海天深处缓缓驶去。……

第三章

40. 上海，黄浦江边，倾盆大雨

悲凉的古乐声。

白漾漾的雨帘像一幅巨大的幔帐从天空直铺到地面。

风雨中，大海的波涛幻化为黄浦江滚滚的浊流。大雨打在江面上。江水呜咽，急流中漩涡在无声地洄转。艾秋生在黄浦江边他和齐燕站过的地方站着。他打着伞，这就是那把他认识齐燕时合打过的伞。他从袋里又掏出那封邝美川的信来看。……

出现了邝美川那坦率的面容和爽朗干脆的声音："……燕燕被他家里带到那边去了！你给她的信，她根本没有收到。她是坚决不去的，但是第二天我去时，已经人去楼空。……"

随着话音，出现了画面：邝美川去到齐燕家，只见人去楼空，门口有中英文的"招租"招贴。邝美川怅然若有所失。……

邝美川的声音在继续："今天我收到她从那边来的信，她说一定是她家里在饮料中给她服了什么药，才使她在一种昏迷无力的状态下被送上船的。我完全相信她的话。她爱你无比坚贞。但是，从此你们离得更远了！以后，你们通信，由我代转吧！……"

江水呜咽东流，大雨滂沱，江面上漩涡翻转。艾秋生手拿着信，望着迷漫的江水与长天，心潮逐浪。……

41. 艾秋生家中

一张用绳子拴钉在墙上的齐燕的四寸照片框。有一只手将照片框翻了过来，使框底朝外。这是艾湘湘的手。

艾湘湘："这下我更反对了！叫她回来她不回来，居然又去了台湾！还不该快跟她断吗？"

艾秋生压抑地："妈妈的意见呢？"

柳雪筠："我……同意你妹妹的意见！"

艾秋生捶腿："唉！问题确实更复杂了。但是……"

艾湘湘："算了吧！哥！你不入党我还要入党呢！徐兰多好！党员，支部成员，工人成分！组织上要给你介绍。你呀！……"

艾秋生烦恼地："你乱扯些什么！少说几句行不行？"他又对柳雪筠："妈，我去报社！还有很多工作，得开夜车！"

柳雪筠："秋生，听听领导上的意见吧！你再去找找领导，什么时候都别忘了依靠党！"

艾秋生点头将走，看见齐燕的照片框被翻过来了，朝艾湘湘瞪了一眼，又将照片框翻过来放端正，这才走。

42. 报社的总编室里

彭雪霆正同艾秋生谈话。

彭雪霆严肃得近乎冷酷："既然你找我谈，我就要劝你悬崖勒马。男女双方的结合，归根结底是政治的结合！同她一刀两断吧！……"

艾秋生："……"

彭雪霆似乎很爱护地："艾秋生同志，你这里——"他指指脑袋，"全是资产阶级恋爱至上的观点和小资产阶级的温情主义，需要很好注意改造啊！……"

恰好徐兰进来，将一份文件放在武奔那空着座位的写字台上。听到了彭雪霆的话，她皱了皱眉。

艾秋生耿直坦白地："老彭，我没有因为爱情而放弃革命或损害革命！无产阶级难道就不应当忠贞于爱情？"

彭雪霆神情玄妙："革命是不能要这种爱情的！要这种爱情，就难以革命！二者只能选一！"

艾秋生朴实地："我——都要呢？"

徐兰慢慢地走出总编室，心中若有所思。

彭雪霆一本正经地笑笑摇头："怎么可能呢？我们要从政治上考虑。你的问题根本在于立场！我认为需要对你进行帮助，在这过程中，我要建议暂停你的工作。你应当停止同她通信，要通信应当送给组织上审查。"

艾秋生气愤地站起："可以！不过，我想过：难道一刀两断就是革命者应有的态度，而像我现在这样就是错误？我还想不通？……"

彭雪霆教条地："想不通就再想想吧！把全部精力集中放到革命上来吧！革命，懂吗？这是高于一切的！……"

艾秋生感到委屈，也感到了压力，满腹心事，沉重地走出了总编室。

43. 艾秋生办公室里，深夜

一双疲劳的布满血丝的眼睛。

艾秋生独自一人手执毛笔在阅改稿件。

改着改着，他耳边就回响起彭雪霆的声音，似乎看到彭雪霆一本正经的脸上冷淡的表情："……同她一刀两断吧！""……注意改造！""……难以革命！""根本在于立场！"……

艾秋生满面出汗，眉宇间藏着忧虑，像是有重荷压肩，他的心声。"压力真大啊！……"

他额上滚着汗，自言自语："但是，我想不通！……"

忽然，一只手放到他的肩膀上，他一抬头，是武奔。

武奔："这么晚还在工作？"他坐下来掏出烟抽，"应当相信，我们会按党的政策执行的！……"

艾秋生因为感动，他的眼眶湿润了。

44. 报社小会议室，次日下午

武奔、彭雪霆与徐兰三人在研究艾秋生的问题。

武奔："革命利益高于一切，但革命从不排斥爱情。同意齐燕回来符合党的政策。"

彭雪霆："是不是右了呢？她爹……"

武奔："就是她爹自己回来，我们也应当欢迎。"

彭雪霆摇头："危险的爱情啊！她到底是个什么人物呢？谁知她会不会是派遣来的呢？……"

武奔："我是相信人民的力量的！好人总是绝大多数！"

彭雪霆向徐兰讨救兵："徐兰同志，你的看法？"

徐兰完全出乎彭的意外："艾秋生是个好同志。他没有违背革命利益来处理这件事。一个革命者倘若有忠贞于爱情的品质，我看很好。乱扣帽子倒是很不好，不按党的政策办更不好！……"

彭雪霆生气地以算账派的姿态严肃地说："谁是谁非以后看吧！"

武奔："老彭，你这话是什么意思？"

彭雪霆："就是我说的意思！"

45. 报社里，艾秋生宿舍，夜

深夜，艾秋生在电灯下写信给齐燕，但写了一点他就停笔了，他推开了桌前的窗，秋风吹动窗帘，屋外是一个晴朗的星空。他感到疲乏，伏在桌上。风吹动着他的头发，他却入梦了。

梦境：树叶斑斓的初秋，在灿烂的阳光下，艾秋生沿着假山石的小径上行，看到一座古亭。就是苏州的名胜沧浪亭，亭上刻有楹联："清风明月本无价，近水远山皆有情。"古亭四面古木森森，藤萝蔓挂，箬竹遍山生长，把山石都封满了。到得此地，仿佛是在深山幽谷之中。居高临下，艾秋生忽然看见齐燕出现在亭后假山石下的一个月亮门里，他叫了一声："齐燕!"飞步顺着小径跑下去。

齐燕也穿过月亮门跑上来,她凝眸在笑:"秋生!……"

可是,此路不通!他们之间被一道疏密有致的竹篱隔开了!艾秋生迎上前去,隔着竹篱同齐燕紧紧握住了双手,向齐燕说:"我说你会回来的!你一定会回来的!"

齐燕:"是的!我回来了!我回来了!……"

艾秋生无比激动:"这下你明白了吧!爱情的形成并不一定全由于政治观点的一致,但爱情要有幸福,常常不能没有政治观点的一致!……"

齐燕扑上前来,但竹篱挡住了她的身子:"我明白了!秋生!我明白了!"她眼里迸出泪来。

梦境消失。艾秋生醒来了,他略一怅然,继续写信。

他的心声:"这时候,她在哪里?我一定要叫她回来!一定要叫她回来!……"

46. 台湾,某海滨城市的海边,苍白的月光、深黢的星空

一个忧郁、美丽的单身年青女郎站立在笔陡的悬崖下,独自向北远望。海上远处有军舰的灯光闪烁,夜空有夜航机隐隐轰鸣。

风,吹动着她漆黑的长发,吹动着她飘飘的衣襟。

月下,她望到的只是无边无际的海。黝黑的大海正在动摇不定,海波触着岩石发出单调空洞的噪音。月光照得海水生辉,海波荡漾,这正像她那杌陧不定的心。我们这时看到的只是她的背影。

她望不到她所想望的东西。她仰首望天,天上是一轮明亮皎洁的冷月。一双忧郁、美丽的大眼,一双多么叫人同情的眼睛呀——这是齐燕的眼睛。

她唱起了一支抒情而动人的《明月天涯》歌,歌声美妙,包含着温暖和希望:

望明月，思故乡，

大陆、台湾隔海洋。

祖国山河生割离，

两地相思痛断肠。

梦去无踪难寻觅，

天涯海角永不忘。

心中奔腾热和光，

归海江流难阻挡。

何不能，插翅飞，

乘风万里回故乡？

人为藩篱尽冲破，

相见放声同欢唱！

　　齐燕对着大海，伸开双臂。唱歌时，她的动作渐渐地有了旋律，变成了舞蹈。在舞蹈着的她的背后的天空里，月环像七色的彩虹，给人一种无法形容的宇宙的美。……

　　我们听到了她那梦一样的内心独白："我的心被这种无尽期的分离毁坏了！要是没有大海将我们隔开？要是没有人为的藩篱使我们分离？要是台湾马上同祖国连成一片？要是今夜我看到了明月下的故乡，我们又聚在一起，那多好啊！秋生！你怎么不给我来信呢？……"

　　一辆黑色警车呼啸驰过。齐燕回过身来，厌恶的眼光注视着警车。

　　秦淮碧带着薇薇一起走近齐燕身边，她们是寻找齐燕来的。

　　薇薇："姑姑，你这么晚还不回去？"

　　秦淮碧："妹妹，我猜你准又是到这儿来了！快，快儿回去吧！"

　　齐燕抱起了薇薇亲了又亲，她的两只蒙蒙眬眬的大眼上的睫毛是湿润的。

47. 日本式的屋子，齐燕卧室，拂晓时分

齐燕睡在"榻榻米"上，迷迷蒙蒙的梦境。

梦境：她回到了大陆，眼前出现了心中常常眷恋着的江南家乡苏州的名胜美景，她仿佛自己置身于——

安谧的金色暮霭中岩上镌刻着"风壑云泉"四字的虎丘剑池。……

深秋黄昏时虎丘塔层林尽染。……

朝霞异彩中"铁华岩"下的"天下第三泉"。……

长廊回绕、曲径通幽、峰峦峻奇的狮子林。……

忽而，出现了端午节的景象：墙上挂着艾蒲，在艾秋生家那间屋里，她同秋生、湘湘乐呵呵地帮柳雪筠包粽子。

忽而，出现了中秋节的景象。月下，她看着露天供桌上一炉檀香青烟袅袅。……艾秋生在她背后笑着出现，递给她一束桂花。……

忽而，出现了旧历年的风雪。银装素裹的晶莹世界，洁白的雪花团团飞舞着飘落下来，在道路上撒成一幅晶莹闪亮又白又软而又广阔无边的地毯。远处有除夕前的爆竹声缥缈而微弱。她同艾秋生喜看着街头一伙孩子在燃放爆竹。忽然，一个"天地响"轰地爆响。……

她醒来，满脸是汗，见晨光入室，却听见隔室秦淮碧与齐朝礼在吵架。她皱起了眉头，听见秦淮碧的尖嗓子："你说，你上哪去了？……""乒"的又甩了一个玻璃杯。

48. 日本式的屋子，齐朝礼与秦淮碧的卧室

薇薇在床上哭。地上是花瓶、玻璃杯的碎片。

秦淮碧："你说，昨夜为什么不回家？"

齐朝礼抽着烟，颓废地："我对一切都悲观！像喝酒时一样，有送到面前的菜，我就享用！你何必吵得鸡犬不宁？"

秦淮碧又扔一只玻璃瓶："不行！……"

齐朝礼："不要逼我！我对大局悲观，对我自己悲观，对你我也悲观！我理解那种随风而逝的爱情！"

秦淮碧："我？"

齐朝礼："爱情的悲剧并不是生离死别，而是冷漠！"

秦淮碧："什么意思？"

齐朝礼："你的那位贵同学张大卫！你明白，我也明白！"

秦淮碧扑在床上甩掉了高跟鞋抽搐起来。

齐朝礼不以为然地摇摇头，去倒"威士忌"喝。

薇薇大哭。齐威出现在门口："唉！又吵！成何体统！"

他皱着眉迈步向齐燕卧室走去。

49. 齐燕卧室

齐燕正打开艾秋生的手帕包细看，手帕里包着的迎春花叶早干萎了！听见脚步声，她收起手帕包，开始梳头，齐威进来了。

齐威坐下："燕燕，我同你哥哥开业后，坐冷板凳的局面扭转了！昨天，我接了个大案子，你该高兴才是。今后，出入台湾控制更严，逮捕共党也更坚决。我是律师，懂得触犯刑律的厉害。你在上海参加过学潮，同艾秋生来往，是会引人注意的。言行要更检点，包括通信。我想给你找个工作做做！……"

齐燕用一种极其宁静的态度摇头回答："我不！"

齐威："怎么？"

齐燕："我愿自己的一生，像宝石一样晶莹纯洁！"

齐威皱眉，谨慎地说："好好好，你是学音乐的，继续深造吧！将来有机会，还可以去美国留学。……"

齐燕默不作声。齐威起身踱步："明天，张秘书长来作客。他丧妻独身，让人来说过你，年龄虽大一些，但并不老，有地位，有经济基

253

础，可以见见面嘛!"

齐燕摇头:"我鄙视这种在权势和金钱之间炫耀而又想在幻想里寻找满足的人!"

齐威:"唉，为了艾秋生，这实际吗? 年轻人每每相信许多假的东西!"

齐燕:"老年人每每怀疑许多真的东西!"

齐威:"他变了心呢? 没来过信吧? 人说他们是不讲感情更不讲爱情的。谁知他怎么样了呢?"

齐燕厌烦地:"地老天荒，我们互相信任!"

齐威:"过两个月，是你生日了! 我要送件贵重的礼物给你!"

齐燕百无聊赖地:"生日? 我早忘了!"

50. 齐家客厅，灯光雪亮

十多个客人。有男有女，有老有少。桌上摆着生日奶油大蛋糕，有酒有冷盘和饮料。齐朝礼夫妇正招待客人，电唱机放着爵士音乐唱片。薇薇在给客人表演踢踏舞，见齐威陪齐燕来了，客人们一拥而起鼓掌向齐燕祝贺生日。张大卫将一大盒扎着缎带的礼品放在桌上:"齐小姐，这是我从香港带来给您的礼物，请笑纳!"他同几个年轻人立刻同声唱起 "Happy birthday to you" 的歌来。

齐威突然用手一指:"燕燕! 看! 你的生日礼物!"

齐燕一看，原来是一架钢琴。

张大卫拍手:"party 开始前，请齐小姐唱一支歌吧!"

秦淮碧:"妹妹，试试钢琴吧!"

薇薇扑上来:"姑，你唱! ……"

齐燕走近钢琴，对钢琴的爱好，使她不禁用指头试了一下音。音乐的情思一来，她不禁弹着唱了起来:

念故乡，念故乡，故乡真可爱！

天甚清，风甚凉，乡愁阵阵来！

故乡人，今如何？常念念不忘！

在他乡，一孤客，寂寞又凄凉！

我愿意，回故乡，再过旧生活！

众亲友，聚一堂，共享从前乐！①

她唱歌时，自己也沉醉在音乐的神妙感情中，两眼发亮。齐威皱眉，一个老年的男客忽然悲戚起来将杯中酒一饮而尽。一个中年女客忽然拭泪。……

张大卫同秦淮碧交流眼色，齐朝礼看在眼里。一曲方终，歌声戛然而止，齐燕已放下琴盖转身走出客厅上楼去了。

留下了齐威和子、媳，客人们怔怔地愣在那儿。

齐朝礼喝一口酒，自言自语似指齐燕又似安慰自己地说："当悲伤过去了的时候，心会平静的！"

51. 齐燕的卧室

风掀窗帘，齐燕"啪"地拉灭了灯，让自己沉浸在黑暗中。

月光泻进房里来，她走近窗口看着金钩似的月亮，黑色的剪影特别美丽。远处传来荡漾在夜空里的音乐声。

她发抖的心声："生活啊！你为什么如此坎坷？难道我竟是这样的软弱，听任人间的折磨毁去一切？……"

天上的月亮由缺变圆，又幻化为午间的太阳。

---

① 这是德沃夏克的一首著名歌曲，流传世界各地。

52. 邮政局外马路上

午间，齐燕从邮政局里出来，沿马路走着，脸色气愤，似乎知道了一件令她十分气愤的秘密。

街边，有讨饭的乞丐，有拉黄包车的枯瘦老年人。

街上，有美军吉普飞啸驰过，又有警车飞啸驰过。

齐燕匆匆走回家去。

53. 齐威家客厅

齐燕泪流满面："我什么都明白了！真太不应该了！我打了长途电话到香港，邝美川告诉我，仅仅这半个月就转来了艾秋生三封信！……"

齐朝礼喝着威士忌略带醉意，阴沉、困乏地："何必把整个人生变作一种牺牲呢？爱情，好比喝酒！醉了的人，醒了还会再喝！爱过这一个的，将来还可以爱那一个！……"

齐燕异乎寻常地怒瞪他一眼，流着泪对齐威："快把信还我！……"

齐威叹口气，踱了几步，打开写字桌抽屉，在夹层中，是许多封被拆过的信："他异想天开要你回去！不可能嘛！怕你看了难过，这才……"

齐燕一把夺过信来，抱在胸前，眼泪夺眶而出。

54. 齐家屋前走廊上

父女对坐在藤椅上，沉默着，似乎正经过什么争论。天上，有一群鸽子在飞。齐燕看着自由飞翔的鸽子，她的心声："我愿意变一只小鸟，能在天空里自由地飞来飞去。……"

齐威脸色不悦，似是下决断地说："不能回去！热情不受理智管束是要倒霉的！你回去谁知是什么命运等着你！"

齐燕恬静地："没有亏心事，我怕什么呢？秋生不会害我，我也不信谣言。我不喜欢这儿，我想念那边，连做梦我都想念江南的青山绿水、风雨晨昏。……"

　　齐威："随着岁月的流逝，一切都会过去的。别太傻了！"

　　齐燕："一切都会过去，可一切并不都会忘记！"

　　齐威："你要吃苦后悔的！"

　　齐燕："是的，今后人生的道路上也许还会有许多磨难，但我永远不会后悔！"

　　齐威："你母亲是台湾人！"

　　齐燕："她长眠安息在那边！"

　　齐威："出境证困难！"

　　齐燕："您托朋友想办法总可以办成的！"

　　齐威咄咄逼人地看着女儿："那后患无穷！"

　　齐燕："我请求您！我的灵魂在受折磨！您不答应，我会死的！"

　　齐威生气地拂袖而起："与其这样，你还不如死了好！"

　　齐燕两只坚决而美丽的大眼勇敢地闪闪发光："好！我会作最后的选择的！就是灵魂离开了肉体，我也要回去！"她闭上双眼，似乎下了什么决心。

55. 齐燕的卧室

　　齐燕绝食睡在床上凄然闭目，面色苍白，衰弱而美丽。

　　齐威父子在室外，齐威脸上气愤焦灼。秦淮碧陪一个白头发、穿西装提着出诊皮包的医生从齐燕床边走出来。

　　老医生对齐氏父子："她精神失去常态，心理失去平衡，绝食这么多天，再下去，怕……"他连连摇头。

　　脸色严峻的齐威沉思、踟蹰。

　　齐朝礼："我早说我是悲观的！"

齐威叹气摇头："没有别的办法了！先让步再说吧！"

56. 齐家屋前小花园里

半杯吃剩的牛奶放在几上，齐燕半躺在卧椅上，面容比较平静。齐威坐在她对面一张藤椅上。

齐燕恬静地："您答应了我的要求，我很感激。放我走吧！就当从来没有我这个女儿！"

齐威变得颇为慈爱地："离台湾要有两家铺保，保证一定如期回来。燕燕，如果你回了上海，法律无情，两家铺保和我们全家都不得了。这一向，情况你是知道的！所以爸爸为你考虑答应你到香港，可是你也得为我们考虑不能回上海！我的意思，你到香港，把艾秋生搞到香港，我给他办入境证。……"

齐燕双眸一亮："这不可能！"

齐威："那你说怎么办？"

齐燕："我想回去！如果一定不行，我就见一见秋生……"她无限辛酸，"爸爸，那就永别了！……"

第四章

57. 从台湾到香港的轮船上

无线电里播放着一种远航出海、发人乡思的轻音乐的旋律声。

海上的波涛被船体分开，像一匹蓝莹莹的绸缎向后飘去。

一个美丽的有着黑色长发的女郎，独自在甲板上左船舷凭栏眺望。她用热爱的神态瞧着那片在斜阳下晃出金光的大海和红得像火一样的天空。无边的海上有几只从容盘旋的海鸥在飞舞。她看着初升的太阳，我们听到了她的内心独白："啊！残夜过去了！太阳从海上升起来了！虽然你初升的太阳对我是如此的陌生，却为什么如此地使我向往？

……"

海风吹拂着她的头发，抚慰着她飘飘的衣襟。

她——齐燕，眼望前方，千头万绪在胸中翻滚，似看见天边海面上出现了艾秋生的身影，似听见艾秋生微笑着在朗诵诗句："……在明媚的春天里它闪闪发光，在冬日泥泞的道路上它通行而无阻挡！……"

58. 香港六国饭店三楼一间临海的房间里

齐燕正在翻阅一叠新买的报章杂志。邝美川手提一些水果和煮熟的鸡蛋来了。她也没敲门，大大咧咧"乒"地推门就冲进来了。

齐燕用明亮、柔和的眼睛瞧着她，高兴地："啊！'小广东'！"

邝美川也高兴地："哈哈，燕燕！"两人热烈拥抱起来。

邝美川："你终于飞来了！大海为你铺路，把你送上了走向光明的大道！你们的爱情因为不幸而显得更加美丽！你来得对，应当祝贺！我给你带了一样礼物！"

齐燕看着她手里的水果和鸡蛋。

邝美川："呵，这是吃的！礼物在这！"她掏出一枚五星红旗的徽章，高举着："你看，我们的红旗！伟大的中华人民共和国的五星红旗！"

齐燕双手接来，突然热泪涟涟："'小广东'！你真好！"

邝美川："香港这地方，斗争很激烈。我参加的是进步工会，黄色工会跟我们常常摩擦，但他们日落西山了！这下，你真幸运，可以回去了！打电报告诉他了吧？"

齐燕含泪笑着点头。

59. 上海，报社总编室

武奔看了艾秋生送来的电报，递给彭雪霆："很坚强啊！回来了！"

彭雪霆看了电报："回来当然是好的。不过，她要你到香港去接她，我看你不能去!"

艾秋生点头:"工作忙,我本来就不打算去!"

彭雪霆:"那就叫她回来就是。"

武奔通情达理地:"她回来是革命的表现,你回去跟母亲商量一下。如果老人家要去接一接,我看倒很好。她孤身一人刚从台湾到香港,对新中国一无了解,接一接是必要的。有困难可以告诉我们。"

彭雪霆冷着脸。艾秋生却感动地点头。

60. 公园里水池边的靠椅上

艾秋生正同母亲谈话。柳雪筠手里拿着齐燕的电报。

艾秋生敦厚地:"妈妈,我真奇怪,为什么您一直反对我同齐燕的结合?她的回来,说明她多么的好!我们之间的爱情是忠真的!您难道就不动心?"

柳雪筠:"秋生!妈虽反对过,但不坚决。妈心头有个疙瘩,正因为妈没有坚决反对,所以一直没告诉你,妈希望你们不要这样相爱,尤其她先去香港又去台湾,妈觉得这样还是断了好。但现在这样,妈能不感动吗?燕燕是个好孩子!这是不容易的!所以,妈决定改变态度!"

艾秋生:"妈!你刚才说的疙瘩是什么呢?"

柳雪筠:"十五年前的旧事了!那时,你爹被捕后由租界引渡到警备司令部。当时,我找过那位齐威大律师,想请这位有名望的律师辩护,可是他不敢,拒绝了!不久,你爹牺牲在龙华。正因为这样,我不想你同他的女儿相爱。但是,我想得也太狭窄了!上一代的过失怎么该叫下一代来偿还呢?……"

艾秋生流泪:"妈,您真好!……"

61. **仍在香港六一饭店齐燕的房里**

邝美川掏出煮熟的鸡蛋和齐燕剥食着。她性格总是这样开朗、风趣、乐观。她递了个鸡蛋做手势叫齐燕将鸡蛋竖起来。

齐燕："干什么？试试有没有好运气吗？"

邝美川："你竖竖看！"

齐燕竖蛋，但总是失败。她叹了一口气："见鬼！我没办法了，你能行吗?"

邝美川："当然!"她"啪"地敲破鸡蛋的一头，将鸡蛋竖起来了："你看!"

齐燕笑了："这我也会!"

邝美川："可是你曾经绝望过，认为你没办法!"

齐燕："这是一种奇妙的启示!'小广东'，你真鬼!"

邝美川由笑到严肃："即使任何人都办得到的事，最初去做有时还是很不容易的。幸福要靠自己努力争取，这是很平常的道理，但从懂得到行动，却并不那么容易，常常甚至要经过生死的搏斗。……"

齐燕思索着："是呀!"

邝美川："我们是祖国的儿女！是新中国的儿女！台湾总是要回到祖国怀抱的！你听听大陆上唱的歌吧！真有劲儿！我在夜校就教工人唱这样的歌。"她手打拍子轻声唱起了《解放区的天是明朗的天》……

齐燕微笑地看着她唱。

62. **艾秋生家，夜**

灯下，母女正在谈心。

柳雪筠："湘湘，都讲给你听了。有件事，你哥哥可能不好说，但妈今天要给你指一指。你争取入党，是好的，也快批准了，正因为这样，你不愿有一个燕燕这样的社会关系。但是，妈是这样想的，这里边还是有自私的成分。如果真正为党的事业考虑，不必怕这个！革命总是多些人好，为什么不准齐燕革命呢？如果有这么一点私心，那就是入了党也不够一个党员的资格。你爹为革命流了血，我同他生活那么多年，可没见他干革命有过一点私心！……"

艾湘湘扑倒妈的身上："妈！……"

柳雪筠："湘湘，思想通了?"

艾湘湘点头，但眼里含着泪水，忽又问："那，妈，你身体不好，还亲自去那么远的地方接嫂嫂?"

柳雪筠点头："十五年前，我失去了自己的爱人，现在，我不能再让你哥失去他的爱人！"

63. 香港，海边岩石丛中

邝美川陪齐燕在唱《夜莺曲》。邝美川手里摘着一束野花，正在编成一个花冠。水天一色，海鸥飞翔，浪拍砂岩。她俩的小合唱：

> ……可爱的人儿最难忘，
> 勇敢进取切莫忧伤！
> 唱吧唱吧尽情唱，
> 驱散人世忧伤，
> 唱吧唱吧尽情唱，
> 驱散人世忧伤。……

邝美川："这歌好吗?"

齐燕点头。

邝美川又重唱了两句："可爱的人儿最难忘……"

齐燕接唱："唱吧唱吧尽情唱……"

邝美川踏上一块高高的岩石俯视比她低一头站在另一块岩石上的

齐燕："你现在想些什么?"

齐燕似沉浸在一种不寻常的兴奋里:"我真想,回去,跟秋生一块儿工作!可能的话,我要用我的歌声多给人们一些什么。但是——"她突又阴云涌上心头。

邝美川豁达地:"不要又'但是'了?"她伸出右手开玩笑地像给齐燕加冕似的把用野花编成的花冠戴在齐燕头上,又把右手平放在齐燕的头上,说:"为祖国的繁荣昌盛献出我们的一切吧!"她仰看晴朗明媚的天空,用手指着天空,说:"生活是青春常在的!"

齐燕仰脸望着邝美川:"美川,你是共产党员吗?"

邝美川摇头笑了:"哪有那么幸福!但我正在努力争取。总有一天,我会回答——是的!"她做着手势。

齐燕也开朗动人地笑了。

64. 上海公安局派出所申请出入境证处

徐兰将单位介绍信连同申请表递给民警:"同志,请尽量快一些让老太太去香港接儿媳妇!"

民警接表,彬彬有礼地对柳雪筠:"老太太,很快就会批下来的!"

徐兰扶柳雪筠要走,艾秋生在一边同行。

边上另一个申请出境的中年人上来:"老太太,您也去香港,结伴同行吧!"

艾秋生:"那再好没有了!"

65. 赴广州的火车上

火车在行进。柳雪筠坐在火车上,看着窗外苍茫夜色。

那个中年人坐在柳雪筠对面抽烟。

66. 香港六国饭店齐燕住的房外

一男侍同一女侍谈话。

男侍将电报交给女侍，指着齐燕那 315 号房门："急电，快送去！又是台湾来的！"

女侍把电报放在托盘内去敲齐燕房门。

齐燕开门，接过电报，关门。她走近沙发，坐下，心神不宁地拆开电报，在茶几上已经放着好几封电报和航空信件了。

齐燕看电报，一下子出现了分割画面，似有好多个齐威发怒、指责、规劝、爱抚的面容出现，似乎听到齐威时软时硬的声音："快回来！""回来！""快回来！"……齐燕紧张、忐忑，心慌意乱，出着汗。但，这时，敲门声"笃笃"响了。

她起身，去开门。门一开，意外地发现是疲惫憔悴的柳雪筠提了个包站在门口。

齐燕："伯母！……"

柳雪筠热情地一把抱住她："燕燕！我的好媳妇！我是来接你的！"

齐燕像见到亲人似的动感情了，猛抱住柳雪筠，热泪满脸。

67. 接上节，仍在齐燕房里

柳雪筠喝着齐燕倒的开水："燕燕，你看！"她拿出了一张艾秋生穿列宁装的照片。

齐燕接过照片，笑看着，但是含着眼泪。

柳雪筠："燕燕，你也许会奇怪地感觉到：我对你怎么比以前热情起来了，是吗？"

齐燕迟疑地点了点头。

柳雪筠："是你自己的行动感动了我的。你美丽、温柔而又如此勇敢、忠诚，我像我儿子一样，也爱上了你。我的媳妇，我们会处得非常好的，会越来越好的。你说是不?"

齐燕流下泪来:"伯母，是的!"

柳雪筠:"我们马上就可以一同回去团聚。你现在不感到祖国的温暖吗? 你回去就会更爱她的! 像你爱秋生一样! ⋯⋯"

齐燕忍住眼泪，忽然坚决地:"伯母，但是，我不能跟您回去!"

柳雪筠:"你还要回台湾?"

齐燕摇头。

柳雪筠:"你有顾虑?"

齐燕摇头。

柳雪筠:"那⋯⋯你知道，秋生他不能没有你! 他希望你做一只春风里的燕子，跟我飞回江南!"

齐燕忍住眼泪难过地点头。

柳雪筠:"那为什么呢?"

齐燕将茶几上那些电报和航空信件一起递给柳雪筠，低下了头，用双手捂住了脸孔，哭出了声。

68. 邝美川住的那间后屋里

在床上坐着邝美川和柳雪筠。

邝美川:"伯母，您就叫我'小广东'好了!"

柳雪筠:"秋生要我找到你，帮我让齐燕回去团聚。"

邝美川:"您就住我这里，地方挤一点，但我们都是'无产阶级'!" 她笑了。

柳雪筠:"你很可爱，'小广东'!"

邝美川:"齐燕的处境很困难，她像一只船在礁石上搁浅，进退两难了!"

柳雪筠:"我怕她出事!"

邝美川点头:"很可能! 她原来期望和煦的阳光，却偏偏有阳光更有冰霜!"

69. 香港六国饭店三楼齐燕的房间里

齐燕正在望海。海鸥飞翔的大海上正起潮汐，浪尖卷着浪花缓慢地一阵阵冲吻沙滩。她心潮奔腾，似乎听到一首荡涤太空的交响乐在鸣奏。……

敲门声响。

齐燕一开门，出乎意外见站在那儿的是脸色难看，提只手皮包，打扮入时的秦淮碧。

齐燕："啊！……"

秦淮碧进房坐下："妹妹，我是坐飞机来的，刚到！也是两家铺保，限期在港停留三天！爸爸和哥哥一定要我来立刻带你回家！"

齐燕摇头，头晕眼花。

秦淮碧点着了香烟吸起来："爸爸放你走后就懊悔了！他说，你必须立刻回去。他没让我带钱给你，说你不能为了自己毁了一家还牵连保人。他更让我告诉你：如果你不能让这种爱情进入坟墓，那你不如——"

齐燕："不如什么？"

秦淮碧："不如自己进入坟墓！"

齐燕"呵"了一声，眼前的一切，都旋转起来。她捂着眼昏厥过去，秦淮碧连忙上前扶起。

这时，门开了，邝美川和柳雪筠出现了。

柳雪筠："呀！怎么回事？"

70. 医院病房中齐燕的幻觉，有出神入化的钢琴伴奏声

齐燕正在输液，昏迷着，她的幻觉：

夜月皎洁，她同艾秋生站在海边。海上风涛阵阵，雾气飘

荡。……

齐燕仰望明月："为什么抬头望明月，低头就会思故乡呢？"

艾秋生笑了："你该问李白！"

齐燕："你没这种感觉？"

艾秋生："有！你记得那个难忘的明月之夜吗？"

齐燕点头："但是，有一把利斧，一下子就把我的希望砍倒在地上，切断了这些希望的根！我只能同你说：'永别了！'……"她向艾秋生招手，朝雾气飘荡的海里走去，走去。……

艾秋生："燕燕！"

齐燕仍在雾气飘荡的海里向前走去，走去。她的心声："只有死，才能摆脱我的困境！只有死！……"

海水逐渐深了！艾秋生追上来："齐燕！"

她仍在向雾气飘荡的海里走去，走去。海水快要没到她胸口了！

忽然，有声音在叫："齐燕！""燕燕！"……

她醒来了，微微睁了一下眼，觉得这是幻觉，看到柳雪筠、邝美川和秦淮碧都在床前，她又闭上了眼。

71. 医院病房

齐燕仍在输液。柳雪筠、邝美川和秦淮碧分站床的两边。思想上的距离在表情上看得很清楚。

一个身材高大戴眼镜的中年医生走过来。秦淮碧问："医生！明天我就得陪她回台湾，行吗？"

医生摇头。

秦淮碧："那怎么办呢？我限期明天必须回去。"

柳雪筠："请动身吧！我们会照顾她的。"

秦淮碧："不，她必须跟我走！"

医生："病人需要安静！"

但齐燕突然睁开了虚弱的眼睛，用低沉的声音说："你给我带信回去，就说，我不会再回台湾，但我也不会害他们！"

秦淮碧："你能保证？"

柳雪筠："你不能逼她呀！"

但齐燕闭着眼睛点头："我保证！"

秦淮碧："好！……"她悻悻地走了，也不同别人招呼。

邝美川气愤地："冷酷！"

72. 医院门口

秦淮碧出外，一辆"雪佛兰"轿车停在医院门口，张大卫讨好地迎着秦淮碧，开车门让秦淮碧上车。

张大卫看看手表，开车："美丽的孔雀，我等了您足足一百二十分钟！"

秦淮碧从皮包中摸出镜子涂口红，叹口气："唉，其实我也不是硬心肠的人！但怎么办呢？我们都被钉在人生的十字架上，命运并不由我们自己做主！倘若台湾和大陆之间自由来往，也就没有这样的事了！"

73. 医院的花园里，血红的夕照

齐燕坐在草地上的藤靠椅上。柳雪筠和邝美川在她身旁，那个高大的中年医生也在。

齐燕："我感到好多了！"

柳雪筠："等你再好一点，我们就启程！"

齐燕："伯母！我考虑再三，不能跟您走！"她掏出一个小包，打开来，这是她的一张六寸的十分美丽的照片和那块包着干枯迎春花叶的手帕包："请交给秋生，告诉他，我对不起他！祝他将来幸福！……"

邝美川着急地："唉！你呀！你打算怎么？"

齐燕："不是我不愿回去！我想见秋生，正如火焰需要氧气！但是，我不能为了自己的幸福牵连无辜的保人和父兄！生活的道路为什么如此漫长崎岖？我进退两难，似乎只有死，才能解决这个痛苦！"

柳雪筠热泪迸出："燕燕，我了解，你太痛苦了！但这样自杀是最愚蠢的行为！它不会带来幸福，只会带来不幸！希望和现实之间，并不存在不可逾越的鸿沟。我们可以想办法，只是绝对不能向困难下跪！"

中年的医生显然是个爱国的同情者："呵，老太太说得很好啊！"

邝美川："齐燕，别善良得使自己成了傻瓜！我已用电报通知艾秋生：今晚八点，他用长途同你通话！"

齐燕出乎意外，两只眼睛突然好像明亮起来。

74. 轻轻的歌声中的分割画面

这是齐燕唱的《燕语》的歌声，但轻微得似在虚无缥缈间。齐燕正与艾秋生在通长途电话，两人的分割画面同时出现。

艾秋生："燕燕，快回来吧！"

齐燕流着泪："秋生，我不能！……"

艾秋生："你答应过我，永不变心！"

齐燕："我答应过！……"

艾秋生："你答应过我，收到信就回来！"

齐燕："我答应过！……"

艾秋生："我对你说过，我们相爱，政治观点应当完全一致，才会爱得更深、更幸福！"

齐燕哽咽："我愿意这样！……"

艾秋生："记得有一次你唱《玫瑰三愿》时我说的话吗？"

齐燕："记得！……"

艾秋生："燕燕，方向一致，隔了大海也能相聚，方向不对，一条马路就能将我们隔在两边!"

齐燕落泪:"我……"她正伤心地不知如何是好,却忽见秦淮碧由张大卫陪同站在面前了。她"啊"的一声,挂断了电话。邝美川将她扶住,柳雪筠也护住她。

75. 医院里齐燕的病房里,齐燕躺在床上

秦淮碧:"妹妹,你看来好多了。好不容易请张大卫走了门路,我又申请延长了三天日期。爸爸来电要我一定带你回去。医院的钱我全付清了,明天或后天我们就一同走!"

柳雪筠:"不行!"

秦淮碧:"妹妹,你回答呀!"

齐燕半闭着眼睛,眼前出现了幻景,似乎自己正走在漆黑泥泞的道路上,却又有一道高墙挡在面前。……她恬静但是悲愤地:"哈姆雷特有句名言:'如果现在死,省得另一次!'"

柳雪筠气愤地对秦淮碧:"你再刺激,她能受得了吗? 你们这样做,将来是要后悔的!"

秦淮碧:"那你说怎么办?"(那个医生走上来了)

邝美川:"今晚让她好好休息,有事明天再商量!"

秦淮碧:"不行! 我不放心!"她问医生:"病人什么时候能出院?"

医生玄妙地:"现在这样子是不能出院的!"

张大卫对秦淮碧做眼色:"我想,大家都需要休息,我们明天上午再来!"他轻轻拽拽秦淮碧的衣襟,缠着秦淮碧走。

秦淮碧:"好吧!"她昂着头同张大卫走了。

邝美川对医生:"医生,我们想让病人马上出院,您看行吗?"

医生幽默而善意地笑笑:"我看行!"

76. 香港德辅道一家小旅馆楼下的一间客房里，华灯初上

柳雪筠刚讲完了什么似的："……现在，你可以了解也可以原谅我当初对你的冷淡了！……"

齐燕："伯母！……"

邝美川："能同艾秋生团聚，是多高兴的事呀！我祝福你有更好的生活！要我是你，早张开翅膀飞了！"

柳雪筠："明天，我们就走！"

齐燕痛苦地摇头。

邝美川："你要左右自己，敲鸡蛋的事儿忘啦？"

齐燕为难地："但是，除非我死……"

邝美川："那你死吧！……"

齐燕和柳雪筠莫名其妙地望着邝美川："……？"

邝美川："你们这样的爱情是不可被战胜的！要幸福的人应当是强者，决不选择弱者的道路！如果你要死，我就想办法让你死！……"

齐燕和柳雪筠仍旧奇怪地望着带笑的"小广东"，不知她是讥讽还是什么别的意思。

77. 同上地点，下半夜

我们又回到了在"前奏"时看到的场景上去了。只不过，房门外拥挤着大批小报记者和看热闹的人，也有巡捕。房间里镁光灯闪闪发亮，记者正在摄影。

一个警方人员在询问男侍："人是什么时候不见的？"

男侍："也许是上半夜十点多钟……"

一个记者用手扬扬那张齐燕美丽的照片叹息："真漂亮，为什么年纪轻轻就要自杀呢？"

另一个记者摇头："愚蠢呀！愚蠢！"

房里，齐燕的小皮箱、旅行袋、衣物、毛巾等原封不动地放着挂着。一个记者："东西全留在这儿了！人跳海了"

桌上，放着齐燕写的"绝命书"。一个记者给现场拍照，另一个记者用笔将"绝命书"的原文抄在采访本上。一个巡捕："这是'绝命书'！"

我们看到"绝命书"，似听到齐燕的声音！

我因身心交瘁，无限厌世，决定不再回台在此跳海自尽。我之死，纯属自愿，与任何人无关，特此声明。

齐燕绝笔

无边无际的大海，掀起汹涌波涛拍打岩石和沙滩的大海。……高高飞翔的海鸥……

78. 晨，香港一条马路上

卖报的小童用广东话高声叫卖："新闻纸！看台湾来港妙龄女郎投海自尽！看德辅道旅馆里发生奇案，少女香消玉殒！……"

行人纷纷买报，邝美川走来也付钱买了一份报。

她打开报纸，看到了齐燕那张美丽的照片刊登得很大。报纸标题是：

《妙龄女郎齐燕自台湾来港投海自尽

遗书声明无限厌世自杀与他人无关》

邝美川得意地将报纸卷起，微含笑意，精神抖擞地迎着阳光去上班了。

79. 中午，去台湾的香港启德机场上

张大卫送秦淮碧上飞机，在候机室休息。

张大卫展开报纸，看着齐燕的照片摇头叹息："她有火一样的爱情，美得像天上的一颗星星，可惜生命的光这么一闪就熄灭了！"

秦淮碧一把将报纸抢来放进手提包里懊丧地叹了口气："谁要她死呢？真不该逼她！有这报纸，回去可以交账！但她父亲和哥哥是要内疚的，我也永远见不到她了！"

张大卫："我们什么时候再见？"

秦淮碧情绪低沉地："再见的时候再见！"

张大卫："齐燕的死使我发现：占有并不说明什么，倾心相许才是一切！你对我不过是逢场作戏！"

秦淮碧叹一口气："你对我呢？"

张大卫默然。

尾　声

上午，深圳，罗湖桥头。

柳雪筠陪剪短了头发的齐燕一起走过站着边防哨兵的罗湖桥头。

正逢升旗，高音喇叭里响起了"代国歌"的旋律。齐燕看到了那面鲜艳飘扬的五星红旗冉冉上升。齐燕脸部容光焕发、神采奕奕的大特写，她那两只仰望国旗的美丽的眼睛的特写。我们听到了齐燕那梦一样的心声："啊！祖国！母亲！我回来了！……"

柳雪筠同她立正看着升旗完毕。她泪流满面，张开双臂，突然跪了下去，捧起一掬泥土亲吻着。……

《明月天涯》下半阕的歌声起："心中奔腾热和光，归海江流难阻挡。……"

歌声中，柳雪筠扶她起来，指给她看："燕燕，你看！"

阳光下，绿树葱茏，在深圳桥头那边，站着招手的是意气风发的艾秋生。他敦厚而朴实地笑着，笑得那么明朗，高兴。

艾秋生热情万分地高叫:"齐燕!"

齐燕抑制不住地高叫:"秋生!——"

远远的,她飞跑上前,艾秋生也冲上前来。美景如画,穿过一片翠绿的树林,在盛开着金黄色迎春花的花丛中,两人越跑越近,越跑越近,越跑越近……

柳雪筠忍不住微笑着用手帕拭去了眼里流出的喜泪。

齐燕与艾秋生两人热烈地紧紧拥抱在一起。

这是一个晴朗的鸟语花香的碧云天。绿草在欣悦地生长,蓓蕾在无声地开放。蝴蝶扑翅,紫燕成双。歌声在高山流水之上回荡,春花突然满山怒放。祖国大地是这样辽阔而坦荡,祖国天空是这样明净而深远。……

(原载《花城》)

密云骤风期的北京，留下了这两个萦绕在梦中的故事，使我沉思……

滚烫的回忆

人的一生，也许始终是在辨识、体味、接触好人和坏人这两个概念；也许始终是在做好人或做坏人这个范畴里翻腾的吧？当一个孩子根本没有什么人生经验时，看问题每每是机械的、简单化的。拿我的女儿小亮亮来说，启蒙时期，每当我和叶娟带她去看电影或戏剧时，对于银幕和舞台上出现的人物，她总要侧着小脸问我们："这是好人还是坏人？"孩子的心灵纯洁得像水晶，思维简单明朗得像无云的天空。在他们看来，一个人似乎不是好就该是坏，还意识不到一个人在"好"的幌子下可以干坏事，而在"坏"的帽子下干的也不一定是坏事。当两类不同性质的矛盾被混淆的时候，当民主与法制被践踏与破坏的时候，孩子更无法理解一个革命者会突然变成为"反革命"，而一个"不会犯错误的好干部"，实际上却距离一个真正的革命者的标准很远，很远。

每每想到这样的问题，我就热血沸腾，身、心都是滚烫滚烫的，使我不能不写下这样一个难忘的回忆。

这个故事的发生先得要说到小何。

小何，名叫何秉康，我和他同在一个刊物编辑部工作。我那年是三十二岁，整整比他大六岁。我是他的编辑组长。他，是上海一个船厂老技术工人的儿子，大学毕业后来到编辑部，在我那个组里是个工作积极、办起事来干干脆脆、夹风带火的编辑。他一支笔很行，写起文章来清楚、流畅，我总是把他当得力助手来使用。我们的宿舍就在机关里，同编辑部离得很近。我们两家又是邻居，这就更增加了亲密关系。小何是一个宽肩膀的瘦高条子，比我高半个头，头发墨黑，英俊的脸上有两只好沉思的大眼睛。他不大注意修边幅，却总给人留下一种蓬勃向上的印象。那时，他刚结婚不到一年。爱人小李，名叫李楠，中等个儿，长得很端正，文文静静，有一双闪烁着聪颖、智慧光芒的眼睛，是个安分守己的中学语文教师。工作像小何一样勤恳，一早去学校，晚上回来总是改作业、备课到深夜。他俩相亲相爱，当时还没有孩子，最喜欢我们的独生女儿小亮亮。小亮亮那时七岁，刚上小学，聪明活泼，绯红的小圆脸，黑亮亮的睫毛，扎两条小辫，穿什么样的衣服都招人喜爱。她放学回来，老爱钻到小何他们房里去玩，有时听个故事，有时吃个苹果，叫起他俩来，"叔叔""阿姨"的十分亲热。当时，在小亮亮的心目中，这个长得像个运动员似的脸色庄重、英俊的小何叔叔无疑是个顶好的好人；那个穿得挺朴素、长得很漂亮的小李阿姨无疑也是个顶好的好人。而在我心上，这当然也是毫无疑问的。因为我对他俩，通过日积月累的接触，有较深的了解，这种信任也是不可动摇的。

小何这个人当然不是没有缺点。比如说，他脾气急躁一点，在我看来，有些自信、执着，甚至偏激。又比如说，他性子直率，有时好放大炮，讲话不太注意方式方法。每当他和别人发生矛盾或碰了钉子的时候，在办公室里，他常对我叹息："老张，你修养比我好！我得向你学习哪！"一边说，一边睁大那双好沉思的眼睛明亮地望着我。说真的，我对人处世从不毛手毛脚急火火的，说话也不爱横扫直射，像打机关枪那样。我的工作培养了我的这种性格。我不愿意因为急躁在审稿改稿或发稿上出差错。"宁可慢些，但要好些"。就是写文章我也不喜欢急就章，锋芒毕露、一览无余，使人读了毫无回味。我喜欢那种曲折隽永，意在言外，读后如嚼橄榄的文风。对问题和处理事情，我总喜欢思考了再思考，然后再做出决定如何解决。但我倒也不是一个不讲真话或不能开展批评与自我批评的人。对党对同志，应当抱一个"诚"字，是我当时的信念。我总觉得共产党人不应当隐讳自己的观点，而且不能离开批评和自我批评这个武器，更应当倾听党内外群众的意见。但，人的性格有些也是天生的。比如我这种性格吧，我那个性情温柔的爱人叶娟虽然能忍受却并不喜欢。她有时总连嗔带笑地说："看你这黏糊劲儿！"或慢声轻语地说："你呀，稳得叫人真受不了！"遇到叶娟这样说的时候，总是我歉意地对她笑笑。因为，我自己也并不喜爱我的性格。相反，我却喜欢小何那种近乎天真的坦率与真诚。而我却改不掉！怎么办呢？

让我们言归正传。在一九五七年反右斗争开始之前，刚开始大鸣大放，五月初，编辑部让我同何秉康两人出发到东北去"走马看花"跑一大圈，收集情况并组稿。我们出发了。大鸣大放，是很使人思想活跃的。我觉得群众的思想面貌起了变化，敢于发表意见的人多了，出现了一些前所未见的气象。是好是坏，我还辨不清，只是引起了我思考。我和何秉康在沈阳看了些工厂，到鞍山看了鞍钢，到大连看了造船厂，又到抚顺看了露天矿……祖国建设那种蓬勃向上的景象和人民群众那种意气风发的劲头，确确实实鼓舞了我们。在将近一个半月的"走马看花"中，收获很大。组到了稿，收集到了需要的情况，也有了不少可以写作的素材。我俩一路上谈社会主义的远景，谈国家的光明前途，他总是说："我们应当多给党做点工作。""能在这么一个幸福可爱的社会主义新中国战斗，我感到自豪。"……我发现，小何浑身朝气。他是个新转正的党员，心像一团火，那种炽热的愿为革命献出一切的意愿，在我面前表露得十分真诚，十分鲜明。我觉得，如果我们党吸收的党员都像他这样，增加的都是这样的新鲜血液，党将是永远朝气蓬勃的！

我们从东北回来，已快进入六月份了，大鸣大放正是高潮。党内党外都在动员大家帮助党整风，要大家多提各种不同的意见。分党组成员、人事科长、戴眼镜的矮胖子老江到处动员："有则改之，无则加勉"、"言者无罪，闻者足戒"、"为了革命应当舍得一身剐"、"大鸣大放不要有顾虑"。当时，有些人还为没有意见可提而犯愁，考虑这是不是对革命不负责任啊？是不是不响应党的号召啊？……像叶娟就是一个。她文化不高，从小受苦，共产党给了她阳光，社会主义给了她雨露，革命给了她温暖，新中国给了她幸福。她对一切都够满意的了。她在一个报社的校对科里当校对，工作紧张忙碌，回来还忙家务，见闻少，脾气又好得出奇，同谁也不闹矛盾，看什么也顺眼，确实好像什么意见都没有。那时，她不止一次脸上微露焦灼，嘴唇的两角微微弯起，求助似的对我说："怎么办呢？你说我鸣放点啥好呢？"我就只能黏糊地说："慢慢考虑考虑吧！……"确实，那时候，我自己也在考虑怎么鸣放才对得起党呢？总想鸣放得深刻一点，提出的意见和问题对革命有点作用。这当然是要费思索的！

可是，这样的事儿，对何秉康那样的青年却一点也不为难。小何是个想到啥就能说啥的人。我们在东北"走马看花"时，发现群众的干劲很高，但存在着一个需要注意安全生产的问题。从我们跑过的厂矿来看，有些厂矿干部同我们谈的时候也不讳言这一点。我同小何在"走马看花"中交换意见时，小何谈过："回去后，要向编辑部写个汇报。这个情况一定要汇报上去！"我是同意的，因为我们希望有关领导机关能够了解到这个情况，引起普遍的重视。

回来以后，我说："小何，汇报由你写吧！"他眨着两只好沉思的大眼认真地说："老张，你写。你对问题考虑得比我深比我严密！"我既是编辑组长，这次出发两人都挺劳累，我觉得多担点责任也是应该的，于是，我答应了。不巧，过了两天，我突然发高烧，一验血竟是副伤寒，被送进了郊区的传染病院隔离治疗。谁知，就在我住院的这短暂的二十多天里，小何因为我病了，竟主动代替我写了汇报，并且又在一次鸣放会上出了大问题。

后来是人家告诉我，在我生病不久，一个炎热的下午，鸣放会上，何秉康这个"右派"认为"有利的时机到来了"，他那"拥护社会主义的假面具撕破了"，"反党反社会主义的凶恶面目露出来了"。小何的事对我简直像一阵急风暴雨般的冲击。我不禁想：要是汇报是我写了交上去的，我不也就是同小何一样的命运了吗？我脑海里成了万花筒，各种念头匆匆纠合，匆匆映现，又匆匆变幻。……

　　叶娟将我从医院接回家，我还不能上班，在家躺着，就听说社里正在批判八个右派，其中包括小何。那七个我且不说，对于何秉康，那我太了解他了，把他这样的同志当作"阶级敌人"，我怎么能想得通呢？

　　我懊丧地躺在床上，听着叶娟和小亮亮向我零零碎碎地报告一点情况。那时节，在我们那个单位，人同人之间的关系变得非常紧张了。本来很熟识的人一下子陌生起来，很少互相串门。一天，小亮亮从外边跑回来，她那圆圆的小脸上带着惊讶、恐怖的神态，两只美丽的眼睛老是一眨一眨，偎依在我床边，突然侧着脸问我："爸爸，隔壁小何叔叔是坏人？"我皱着眉看看她，问："怎么？"她天真地嚅动着小嘴说："我看到了！就在礼堂里，他站着，好些人都在熊他！礼堂门口还有大字报，上边画了他手拿钢刀嘴里冒黑水。人都说他是……"她想说"右派"，但不会说。听了小亮亮这番话，我怎么回答呢？我皱着眉点着了一支香烟慢悠悠地抽起来，心里乱得像塞了一团麻。谁知小亮亮却又把脸贴着我的身子，一把抱着我说："爸爸！你是好人！"说这话时，她似乎无限快慰，无限骄傲，无限自豪。我的心猛然揪紧了！我不忍心冷淡她。我抚摸着她那可爱的小脑袋，一下又一下。她又告诉我："隔壁小李阿姨眼睛都哭肿了！……"说着，自己的两个小眼圈也红了。我不想听了，说："走吧！去玩去吧！……"把她打发走了，我却默默沉思起来。

　　叶娟的单位里也在反右派。叶娟回来，说她们科里也有一个。"其实那人平日挺不错，鸣放时也没说什么了不起的话，只不过年轻自负，平日跟领导关系不好，这次排队排左、中、右就给排上了！"叶娟那么温柔的人，说这些话时也激动了，脸都红了。叶娟又告诉我：听说隔壁小何的爱人李楠也在挨整，这两天常在屋里哭，学校里说她有"同情右派的言论"，因为她说过："小何是个好人，他不会反党反社会主义……"

一天晚上，叶娟带小亮亮上街去给我买水果。戴眼镜的、矮胖的人事科长老江来了。

老江是个脸上难见笑容的人。近视眼镜后面的两只眼睛眼白大于眼黑，老是给人一种凝固不变的冷冰冰的感觉，但还算是个比较坦率的同志。他简单谈了一下小何的情况，然后就说："你应当带病参加运动！在批判会上揭发批判何秉康的右派言论和罪行！"他的表情异常严肃，"你想，你是和他一起去东北的，平时你们关系又那么亲密。他现在负隅顽抗，死不认账，反动气焰很嚣张。你沉默可不行，群众会有看法的！"我黏黏糊糊地抽烟，没作回答。老江那张白净的脸上像涂了霜，又问我："何秉康这次出差到东北，是怎么收集反党炮弹的？"从他的话里听来，小何似乎什么也没有牵扯我。

小何虽不牵扯我，我良心上是过不去的。小何到底鸣放了些什么呢？我的天！如果只是因为反映了安全事故较多的真实情况，就成了对党对社会主义"心怀不满"，那今后……我吸着烟，语调慢吞吞地、想坦率却又不敢坦率地陈述自己的看法，只说："小何平时工作很好，出身、社会关系也挺好！出差在东北时，我没有发现他收集什么炮弹！……"我还笼统介绍了同小何一起耳闻目睹的厂矿中安全事故的情况，最后，我说："排队，有百分比，万一没有真的右派呢？……"

老江用手托托眼镜架，用犀利的眼光看着我，脸色十分可怕："人总是分左、中、右的，还能没有右派？"

窗开着，吹进来一股叫人烦躁的热风，我淌着汗。

我语塞了。谁说不是的呢？我天天看报，报上是有提出要杀共产党的右派，也有提出要推翻共产党领导的右派，运动当然是不容怀疑的。但眼前本单位这种情况却又怎么能不使我心里忐忑？老江同我长期共事，关系一直不错，但到底是个宁"左"毋右的人，现在对我也是那种不能平等待人的作风了，说板脸就能板脸。他搔着平头上的短头发，两眼露出对任何人都不信任的多疑光芒，当场就冷着脸批评开了，说："我看你是右倾温情主义了！何秉康一直好放炮，平日对领导也不尊重，是个'刺儿头'，早有人说他有反党情绪。你必须站稳立场，对他要有正确看法！"我记得，小何有一次在党员会上就对老江提过意见，说："你是人事干部，做人的工作，脸上不能老是冷冰冰的，叫群众望而生畏。"当时，老江未置可否，这笔账，看来老江忘不了啊！……接着，老江又相当坦率地告诉我说："本来排左、中、右时，并没有把何秉康排作'右'，但他跳了出来，这是'阳谋'嘛！自己要跳出来向党进攻你怎么办？"我关切地问："他这就定成右派了？"老江冷漠地说："将来看百分比！要看运动后期比数怎么定，是百分之一二三呢，还是七八九！"又补了一句，"当然，也得看他的态度。"……我苦苦地抽着烟，也不想讲话了。老江说："你好好准备一下批判稿吧，火力要猛！"我推说身体不好，不肯发言，结果不行。老江非要我面对面地揭发批判，说这是"帮助"、"挽救"小何。他霸王敬酒似的站起身来，临走前说："好好准备吧！明天下午的大会上你发言！"不容我张口，他那矮胖的身体就迈着八字步急匆匆地走了。

　　老江走后，他那冷冰冰的脸和两道犀利的目光还留在我的眼前，使我有阴森森的感觉。我吸着烟，心里像打翻了五味佐料瓶。鲁迅先生说过："恶意的批评家在嫩苗的地上驰马，那当然是十分快意的事；然而遭殃的是嫩苗……"我还有那么点做人的起码准则，马列主义教导我：实事求是。我该怎么办呢？……叶娟带小亮亮买水果回来了。她见我倚在枕头上，脸色很难看，问我怎么了。碍着小亮亮在，我说：

"没什么"但我一支接着一支地抽烟,心里像是掀起了汹涌的波涛。我想:小何错在哪里呢?不过说了真话罢了!以后还叫不叫人说真话?还怎么叫人工作,怎么叫人做人呢?但不批判小何我能过关吗?怎么向老江交账?他不是代表他个人来的!怎么向群众交账?他们并不了解情况啊!……我心里鄙视自己这种想法,可又处在一种怕受株连的恐惧与矛盾之中。

小亮亮睡了,我把老江来的事一枝一叶讲给叶娟听,又叫她拿来纸和钢笔,我坐在床上写"批判稿"。拿起笔,却一个字也写不出。叶娟也为我露出不安的神色来。后来,她叹着气睡了。

灯光亮着,听着小亮亮均匀的呼吸声,我既无睡意也写不出批判稿。小何那张有着两只好沉思的大眼的脸庞,老在我眼前摇晃。叶娟好几次醒来,温柔地叹口气问:"你还在写?"最后一次,轻声地这么叮嘱了一句:"咱可不能丧良心啊!……"我,比刀子剜心还痛苦。我"哗"的将手中的一叠纸撕成两半,揉成一大团,"啪"的扔在地上,我对叶娟说:"你说得对!睡吧!……"

第二天下午,开何秉康的批判大会。天热,大家都出着汗。我扶病参加,心事杌陧。我相信我那本来苍白的脸色一定更苍白了,头昏昏的,腿里像灌了铅。没有批判稿,我只打算空泛地敷衍几句算了。就这样做,我也觉得自己已经很可耻了!我找了个角落坐下,见小何已来了,坐在前面第一排的位子上。会由老江主持。他先让小何自己检查。小何站了起来,我看清楚后,大出意料。他既不委顿,也不垂头丧气,庄重的脸上只是苍白了一些,态度很平静。他一甩墨黑的头发,昂着头,带点书生气地说:"我很好地检查了自己,缺点错误当然有,但反党反社会主义我没有!我反映的是真实的情况和问题,动机是好的。我觉得,不实事求是不好,那样不利于一个人的进步和改造。在党的面前,我觉得自己应当是一个透明体!……"但他的话刚说到这里,可不得了!会场里的人像打雷触电一般,乱了起来。有人吼他

"不老实"，有人骂他"反扑"……那喧哗声中，既有单纯的出于至诚的仇恨，也杂有天真的吵嚷和假充积极的嚷叫。老江站起来摆摆手让大家安静，说："何秉康，不要你检查了！"他冷着脸用敌视的尖锐目光盯着小何，说："现在，你站在那边接受批判！"小何站在那儿，一动也不动，似乎憋着满腔的火。然而，他的脸色还是十分庄重。我心里既钦佩他这种敢于坚持真理的态度，可是又隐隐作痛，为他着急哎！小何啊！你这样硬顶非吃大苦头不可！……就在这时，我听到老江点着我的名在说："现在，由张毅同志上台揭发批判！"

我的思绪像潮汐一样涌来，拿刀戳自己的同志，拿棍棒打自己的同志，这样的事我能干吗？小何错在哪里呢？我参加党也多年了，难道真的还不懂得阶级斗争？我汗水淋漓，感到天闷热得叫人窒息，迈着沉重的双腿向前边台上走去。直到这时，我连一句走过场的空泛敷衍的"批判"词儿也没有。只见小何脸色庄重朝我平静地看了一眼。我五脏六腑像拧到一块，思绪东闯西撞，心里乱糟糟地翻腾，额上冒汗，头里"嗡"的一声，眼前一黑，还没走到台上，竟昏厥过去了。我的病后衰弱的身体"救"了我。只知当时一跤摔倒在地，边上有人在叫："他晕了！……"醒来时，已在家里床上了！

这以后，我在床上又躺了一段时间。叶娟下了班就温存、体贴地照应我，也没有谁再来要我带病参加运动了。我们单位的运动进行得轰轰烈烈，但我却好像感到有一种罕有的沉寂在开始笼罩着这里的每个角落。隔壁的小何、小李两口子搬家了，说是下放到郊区绿化造林站劳动。他们走的那天，下着牛毛细雨。我坐在床上透过窗户的玻璃凝望着他俩，算是用我的心给他们送行。只见他俩都提着、背着东西。体育运动员似的小何仍旧是脸色庄重，两只好沉思的大眼还那么明亮。而小李却头发湿漉漉的，蹙眉懊丧，面带愁容，一对泪水汪汪的眼睛临走还向故居深深一瞥。

再以后，听说小何因为"态度恶劣"被划为"极右分子"，同小李两个右派双双被送到一个什么县里去劳动了。他们无声无息地就像被大海吞没了似的在我眼前消失了。他们的无足轻重，就像秋天的树上掉了两片黄叶，谁也不再谈起他们，谁也不去打听他们在哪里。我想找老江问问，每每话到嘴边，看到他那冷冰冰的面孔就又咽下了。只是我们的小亮亮，起初偶尔在寂寞时曾睁着一双乌亮的眼睛、嚅动着小嘴侧着脸问我："爸爸，小何叔叔和小李阿姨呢？"见我不答，她脸上又露出一副天真无邪的神气说："我看小何叔叔和小李阿姨不是坏人！你说呢？……"但后来，时日长了，她也不再提了。只是在我和叶娟带她看电影看戏时，她仍喜欢问："这是好人还是坏人？"但从她对小何夫妇俩的评论听来，孩子在判断好人和坏人的能力上，似乎已由简单进到比较复杂了。

谁心里没有一杆秤呢？我却得了另外一个结论，那就是：仅仅为了孩子，我也只能做好人，不能做"坏人"！何况还有叶娟！小何说：革命者在党的面前应当是一个"透明体"，能行吗？不，我不但不能做"透明体"，简直想用一块厚毡将我自己紧紧包起来。

用叶娟的话来说，我变得"更黏糊"了，"更稳得叫人受不了"了，变得"冷了"。她有时也怜爱地叹息着对我说："唉！你那额上的三道川字纹更深了！……"

是呀！小何成了右派，成了坏人，我当然要做个好人啰！谁愿意做坏人呢？谁愿意不做左派做右派呢？说我心悸，我确实心悸。那天，当小亮亮发现小何成为右派遭到批判，倚在我身边，把脸贴着我的身子，一把抱住我说："爸爸，你是好人！"说这话时，她那种欣慰、骄傲、自豪的表情，深深镌刻在我的脑海里，每一想起，我心头就热乎乎的。连一年级的孩子都懂这点，我能不懂吗？这迫使我下定决心：只能做好人，决不能像小何那样犯错误成为坏人！也真奇怪，从那以后，我老觉得自己走的革命道路充满着危险。这种危险有别于战争年代。战争年代同敌人作战被打死了是烈士，现在一跌跤，被自己的同志整一通，会变成敌人。我还想，作为知识分子，我更要时刻提防，不要一失足成千古恨，掉到什么深渊里去。

我工作一如既往，勤勤恳恳，可是顾虑却无穷大！话更少了，口头语是："我没什么意见"或"我还要考虑考虑"，再或是"研究研究吧"，……文章，尽量不写了。因为思想由于害怕也变得好像僵化了。一个革命者像我这样的思想境界真是太可怜了！可是不这样那会落得更可怜！过了一段，在编辑部里，有人夸我"稳"，夸我"细致"，夸我"勤恳"，夸我"耐心"；有人议论我"孤高"、"冷淡"、"遇事不表态"。总之，怎么说的都有，而我的内心世界，只有我知道，连叶娟也知道得不多，因为连在家里我的话也变得更少了。

人的遭遇是难说的。我在同小何夫妇分开后，谁料到竟又会重逢呢？

那是一九五八年大跃进的年月里，编辑部派我到一个县里去了解情况。这个县是大搞群众运动的典型，由于大放"卫星"，名声很大；又由于制订了"大破资产阶级法权，两年实现共产主义"的规划而上了报。我肩负着组织的信任，心中怀着热情和好奇，启程前往。

这是北方铁路线上平原地区的一个大县。我去时已过秋收时节。这里普遍实现了"吃饭不要钱"，到处竖着红旗和宣传标语牌，那气势，那种人们穷则思变，要干，要革命的热情，十分高昂，无法形容。来参观的人很多，应接不暇。下午，我在欢迎的锣鼓声中被请进了新盖的招待所。广播喇叭里不断传来奇迹般的工农业高产数字和豪言壮语。

傍晚，我被用大汽车送到最出名的一个公社去，住到了公社新建的很大的红砖房招待所里。点灯时分，女服务员端了羊肉水饺来。刚吃完，一个头上包块雪白羊肚毛巾的愉快的胖子出现在我面前。他满面笑容，个儿高大粗壮，说话高声大嗓，穿一身新的、但稍稍嫌小、裹紧了身子的灰布干部服，赤脚穿双黑斜纹布的圆口新布鞋，"嘿嘿"地笑着表示欢迎我，向我介绍他姓胡，说了个名字我也没记住。他颇懂人心意地说："叫我胖老胡好了！……"并说，来参观的人很多，明早一起组织参观，晚上，到新盖的公社大礼堂，去看公社专业文工团演出的歌颂三面红旗的文娱节目。我感到这个县真是陶醉在过年过节的气氛中了。

第二天上午，胖老胡陪同参观。平原上灰土很大，远望有一丛丛的树林，有隐隐的村落。公路上，常见有急匆匆跑着的大车。道边的农田都经过大兵团作战，深挖平整过了。我们先在夹道欢迎中参观了"敬老院"。那真是动人的景象：一所大庙，泥菩萨早已砸得精光，改修成了敬老院。一大伙白发老大爷和老大娘都穿得干干净净整整齐齐，在敬老院门口敲锣打鼓欢迎参观。热烘烘的气浪迎面扑来。我们一到，老大爷、老大娘上来拉手的拉手，拍肩的拍肩，一个个笑得合不拢嘴。有人问老大爷："大伯，生活好不好？"有的老人马上回答："好呵！托共产党的福呀！都靠毛主席呀！"有的老人回答说："这样的好日子，还是第一回呀！……"进了敬老院，我一看，心里真是满意：一间间新隔开的小屋，都是明窗净几，雪白的门帘，炕上都是一色新做的花布被褥，每两个老人住一间，农村能有这样的居住条件，确是高标准的。在敬老院里，到处看到一种浑厚苍劲的毛笔字体，那"敬老院"三个字是这种字体，其他一些《敬老院规则》等等也是这种字体。笔迹很熟，我却一时想不出是谁写的。陪着参观的胖老胡满面红光，得意地取下羊肚毛巾摸着光头，特意向我介绍老人中谁是烈军属，谁是五保户。看来，胖老胡还能背点古书，用他的话说："嘿嘿，上了年岁的老人这下真是'老有所养'了！"我当然心里也平添了几分高兴。

接着，参观幼儿园。幼儿园离敬老院很近，在一片美丽的枣树林旁边，是新盖的一大溜平房，四周插了篱幛子，有个挺漂亮的木栅大门。入托的约莫有一百多个孩子，有七八个打扮得漂漂亮亮的阿姨带领，也是敲锣打鼓地欢迎我们。孩子们每人手里都举着一根煮熟的玉米棒子在啃，都挺得意。他们好像很熟悉这一套了，高叫"欢迎"，小脸蛋上一个个都搽了胭脂，像红苹果。看到这一张张天真的笑脸，当然，也不由得不叫人心里高兴。突然，我看到在那些"阿姨"中，有一个文静端庄的熟识的面孔。她那两只细长好看的眼睛在我面前一闪，我立刻认出了：这是李楠呀！我忍不住地叫了一声："小李！"天已不热，这一声叫，我鼻尖上冒汗了！

仅仅一年，小李的变化可真不小。虽然她穿得干干净净漂漂亮亮，但黑了，瘦了，眉眼间似乎比原来憔悴、苍老了许多。她仍文文静静地笑着，慢慢投来惊奇的目光，迎上来说："呀！是老张呀！"我走上去讷讷地说："怎么样？还好吗？"她笑笑点点头："好好好，一切都好！"但那双虽然美丽的眼睛是失神、凄楚的，眼圈红着。陪同参观的胖老胡发现了，眼光像双蟋蟀的须角伸触过来，移身到我旁边说："呵，你们认识啊！"我点头："是啊！"看那样子，拘谨而神情恍惚的小李不会谈什么，我也不可能谈什么，胖老胡也并不想让我们谈什么。我只匆匆轻轻问了一声："小何在哪？他好吗？"小李低着头说："我俩都刚调上来。他在食堂！……"说完，她识相地又忙着照管起孩子们来了。这时，胖老胡大着嗓门笑着说："嘿嘿，唱个歌子吧！"那些穿得花花绿绿、脸蛋通红的孩子们，马上放开嗓门大唱起《社会主义好》来了。这次参观，我当然也是满意的。中国农村的幼儿园如果有这样的水平，还能不满意吗？看样子，孩子们吃得不错，穿得很好，保育员阿姨对孩子们的教育、照顾也是有水平的。我在记事本上写下了自己的这点感受。离开幼儿园时，我想跟小李打个招呼再说几句，但她像是有意回避，远远离着我，始终不朝我这边看一眼。我只得快快地由胖老胡陪同，跟大家一起离开了幼儿园。

路上，常有老人、妇女、儿童一群群过去，抬石头的，抬土的，推车、拉车的都有，也不知他们是去干什么的，但表现得十分忙碌、紧张。穿过一条槐树林中的小道，脚踏芜蔓的衰草，前往食堂的路上，胖老胡脸上带着鄙夷的神情，压着嗓门对我说："刚才跟你说话的那人是个右派，她男的也是个右派。是在咱这儿劳动改造的。"他大约见我临走同小李连招呼也没打，以为关系并不亲密，所以说："嘿嘿，因为他俩都有点文化水儿，刚把他们调上来不久，一个放在幼儿园，一个放在食堂。有些写写画画的事儿就叫他们兼带做些。这个女的还行，那个男的表现很坏！"我"嗨"了一声点点头，心里想：怪不得在敬老院里见到的笔迹那么熟哩，是小何的毛笔字呀！听说小何"表现很坏"，我问："他怎么表现很坏？"胖老胡显然是一个"立场坚定"的农村干部，揉着他那双下巴，瞪起了眼睛，声音甚至带着冷酷，对我说："他倔得说出话来牛都踩不烂！老是想反党，好事都给他说坏了！"胖老胡说得不具体，问题的严重性很鲜明。我心里急着想看看小何。虽然只不过一年不见，而我却时时在惦记着这个使我心灵受创伤、思想作风起变化的小何。他在蒙受了如此大的冤屈和打击后，现在是什么样了呢？胖老胡说小何"表现很坏"，不能不使我替小何捏把汗，我多么想找机会给他打个招呼，让他争取"表现好些"，以改善自己的处境啊！想着小何，小李刚才那凄楚、惨淡的笑容尚在我眼边一闪一闪，她那红着眼圈说的"好好好"的话语声也在我耳边回荡。终于，食堂到了！

食堂也是新盖的红砖瓦房，气派不小，挺像个样子。周围的砖墙上写着"人民公社好""吃饭不要钱"的特大红字标语。我们是被招待到食堂进餐的，目的是让大家尝尝食堂的手艺，品品食堂的优越性。钱，当然不收。我硬要付钱和粮票，却遭到了热情的胖老胡的笑话："嘿嘿，吃饭不要钱嘛！今年大丰收，粮食吃不了！共产主义快来到了！嘿嘿，吃一顿这么点小意思咱不在乎！所有来参观的，都在这里摆席！……"果然，摆的是酒席，除了冷盘和鸡鸭鱼肉外，居然还用白薯做成各种不同的点心端上来，所谓"粗粮细作"，烧的、烤的、油煎的、糖溜的……又好看又好吃，大家都欣喜备至。胖老胡一杯一杯敬酒，我从不喝酒，也被他灌了一盅。胖老胡酒量大，食量也大。我发现"吃饭不要钱"是造成他身上那套新衣嫌紧的主要原因。在上菜的过程中，胖老胡还让食堂的一位管理员向大家介绍了食堂情况。管理员是个三十来岁的络腮胡子，真有点说相声的口才，介绍得天花乱坠，他说："食堂自从实行吃饭不要钱以后，社员都能敞开肚子吃。不在食堂吃，可以打回家里吃。一分钱一碟的小菜，每天是十五种到二十种，酸甜苦辣咸五味俱全。细粮白面卷子社员吃腻了，就用粗粮细作给社员换口味。男女老幼人人对食堂满意。"最后，还背诵了一段歌颂食堂的快板："人民公社是天堂，社员个个爱食堂，食堂吃饭不要钱，共产主义早实现。"我听了，觉得又可信又不可信，一件事说得好过了头，总未免失真。何况这个人能说会道，给我一种不够朴实的印象。但酒意盎然的胖老胡一筷子给我夹了条大鸡腿放在面前，打断了我的思路。我啃着鸡腿，想着食堂吃饭不要钱的优越性，心里不禁又在惦念：为什么看不见小何？

　　我假作要解手，离席到食堂后面有意转一圈寻厕所，实际是寻小何。也巧，在一棵孤零零的大柳树下的水井边，果然看见萧瑟的秋风里，一个宽肩膀的瘦高条子，黑发蓬松，穿着灰色破旧而单薄的衣衫，正伛偻着身子在用井水淘洗大青萝卜，他躬着腰，手臂用着大力一耸一耸地在刷洗萝卜。在他身边，大青萝卜堆得像座小山。劳动是繁重的。一看那熟悉的背影，我就认准这是谁了！我叫声："小何！"放快了脚步走上前去，果然这是小何！他也像小李一样，黑了！瘦了！额上、眼角都有了皱纹。但那张挺拔英俊的脸上仍旧是朝气蓬勃，仍有运动员的风度。他眨了眨眼，一甩蓬松的黑发，昂起了头，我发现他脸上表情是激动的。但我只轻轻说了一句："我是来参观的。今晚七点我来找你，咱俩好好谈谈，行不？"他略一思索，四面看看，点头说："行！"又指指食堂南面小河边的一片杨树林，说："我在那里等你！"我点点头，上了厕所，同他远远打个招呼，又回去坐席了。

　　午饭后，参观访问继续进行。胖老胡情绪很高，走起路来，两个膀子忽扇忽扇地像要飞的样子。陪我们看了大字报棚，看了民兵打靶表演，还看了新造的大批男宿舍和女宿舍。这是为了实现共产主义"消灭家庭"而采取的步骤。男女民兵分居，到星期六一家人才可以团聚。我心里不禁打了个问号：难道将每个家庭这样"消灭"了就算共产主义了？但我却又在怀疑我的思想是不是落后于形势了？最后，看了一只巴克夏大猪，那只猪确实大得吓人。……

晚上，我推说头疼，不再去看节目了。到了约定时间，我急忙往食堂方向走。穿过一条白桦树下的小径，来到了食堂南边，天已黑了。我往那个小河边的树林里去，脚踩得草叶窸窸窣窣，果然，听到一声咳嗽，小何早在那儿等着我了。他招呼我："老张！"我走近了他。我们两只手紧紧握在一起，一时什么话都说不出来。但一会儿，我们就在河边枯草中坐下了。

月光淡淡的清辉从凋零了的杨树枝中间洒下来，使周围的景色变得斑驳迷离。小河的水在月光下静静地流，河水有股腥味。秋夜凉飕飕的。闻着小何身上散发出的从食堂里带来的那种烟熏火燎的气味，我说："小何，你还好吗？"

小何的脸在月光下像雕塑似的线条分明。他两只好沉思的大眼晶莹明亮，看着我说："老张，我相信，你是了解我的！那天，在批判我的会上，你晕倒了，我就明白你是了解我的！"

四周那样宁静，树影幽暗地投在水面上。有秋虫在哀怨地鸣叫。我的眼眶湿润了，我点头说："是的，我了解你！"

月光下，我见小何用抑郁的眼光看着我，说："我把生活看得过于单纯、美好了。一片真心真意，想将自己发现的问题提出来告诉党，让问题可以解决。没料到说了真话，却丢了党籍，戴上了右派的帽子。别的没什么，我只怕这种做法扩大了，今后上边就听不到真话，也了解不到下情了！"见我没作声，他忽地又说："痛心啊！说真话的成了坏人，说假话的倒成了好人！被敌人杀死的革命者不愧是英雄，被自己的同志错打成敌人的革命者呢，求一个慷慨的死来表明心意也不可能！

还要蒙受各种的侮辱与委屈。这恐怕是天下最惨的悲剧了！以后，你别沾我了！把我从你的社会关系中勾去吧！"

我默默无言，能说些什么呢？安慰吗？无济于他的实际。激愤的言辞吗？不足以表达我的感情。看着小河里的水缓缓流淌，我心头沉重而悲伤，说："小何，过去的已经没办法了，今后要注意表现！……"

谁知他像被火灼了似的扭转脸来瞅着我说："我明白了！有人告诉你我现在表现很坏，是不是？"

我不想隐瞒，缓缓地点了点头。我的心对他是充满同情的。

他突然笑了，笑得很不正常，但却习惯地甩一下头发，昂着头说："我吃过说真话的亏，但是我本来是一个共产党员，在党旗前宣过誓。我曾经无数次地思索着一个献身于革命的人应当怎么走他的路。信念不能动摇，革命的初衷不能叛变。虽然我已经被搞到这步田地，已经与地、富、反、坏为伍了，但我仍旧不愿意做一个损害党和革命利益的投机分子！……"

我从心的底层涌出一股热辣辣的感情来，但我还想弄清楚他这番话里是否有更深的含意，就说："再说得明确点好吗？"

小何点头，眼睛里闪烁着火样的光芒："你不是来参观调查的吗？你了解这儿现在的真相吗？"我未回答。他怒气冲冲地说："群众拥护党的领导，热情十分可贵。谁不希望大跃进呢？但是情况很严重啊！破坏和挥霍浪费太可怕了！树木砍伐得一塌糊涂，家家户户的锅都砸了炼铁。男劳力全在炼钢，炼出的全是废品；庄稼地里干活的都是老弱妇幼。吃饭不要钱。大兴土木造新房，钱粮物资消耗像淌水，家底其实已经搞光了。你下午见我在洗青萝卜吧？社员已经在吃煮萝卜当饭了！这儿丰产可没丰收。有的干部胡指挥、吹大牛。翻地一丈深；一亩地小麦下种一百斤，庄稼怎么长？什么白薯亩产多少万斤，小麦亩产多少千斤，全是假的。似乎谁最会吹牛说假话，谁就最革命。叫我跟食堂管理员一起吹大牛，我不干，就说'表现很坏'！社员里有谁说了不同意见，就拔谁的'白旗'！这儿还将每家人家都拆散了住，群众能欢迎吗？这里有些干部是好心没办好事，头脑发热，违反常理蛮干瞎干，有些干部是不敢说真话，随大流，扯顺风旗。如果这种现象在其他地方也有，甚至很普遍，那国家的损失可就太大了！国家的前途太叫人担心了！"他的脸色十分庄重，使我顿时想起了那次批判会上，他不肯低头认罪的情景。……

一只夜鸟不知怎么惊起，飞出树林，掠过小河的水面，哀叫一声飞向远处去了。四周的气氛是忧郁的。

我心头十分矛盾，说："你依然还是一个透明体！又放炮了吧?"

他深深点头，突然眼含热泪，月光照得他的泪眼水汪汪的。他神情激动、语气肯定："三面红旗好，可是能保证工作执行中没有缺点错误和问题吗？看到问题，提出了，解决了，那多好。不让人提，不知下情，把错的当成对的，老百姓能不倒霉吗？我何尝不懂得'枪打出头鸟'的道理，但我想得很多，这里不让人提意见，我已经写了信向中央反映。也许，我会有更悲惨的遭遇。小李也劝我注意，怨我'死心眼儿'，要我别再放炮说真话了。我也有十分激烈的思想斗争，失望，悲观都有过，但最后，我还是战胜了自己的错误情绪。我怎么能丢了党籍就从思想上也出了党呢？我要用事实来证明我是一个共产党员！就是招来更坏的命运，我也不后悔。"

秋虫在草丛里、小河边嘈杂地鸣叫。一股秋风，从杨树林的缝隙里冲挤出来，朝我身上钻，我不禁打了个寒噤。我更默然了。掏出烟来，闷闷点火，抽了一口又一口。

他吁口气，从口袋里不知掏了个什么在嘴里嚼起来，然后"咝啊咝"的直嘘气。我好奇地问："你吃什么?"他仍旧嚼着，说："干辣椒！我不会抽烟，心里苦恼烦闷时就嚼嚼干辣椒，刺激刺激，不让自己的意志衰退！"

四下里沉默笼罩着，他忽然问："小亮亮好吗?"我似乎能触及他那颗美好的心灵，我说："好，孩子上二年级了！"他说："我和小李都常念着她哩！在小亮亮的心目中，我和小李一定是坏人了！她后来也不上我们房里来了。见到我们，远远就躲开了，小李那时还哭过一场。"

远处模模糊糊影影绰绰的林丛、田野间蒸腾起的夜雾，都透出深秋的清凉气息，使月光变得更朦胧了。

我心头热得像火烤，说："孩子还是念叨过你们的。……"

我很希望好好谈谈，但忽然听到食堂那边有人高叫："何秉康！何——秉——康！……"我听出这是那个食堂管理员的声音。

小何手一撑地，"腾"地站起，说："喊我了！老张，我走！你知道，对我这个右派，人家是不放心的！"说着，他伸出手来。秋风将杨树凋零的叶片吹得刷刷地响，秋虫哀唱。我在一种微妙的难以表达的复杂感情中伸出了手，同他紧握。他说："再见了！也许这是我们最后一次握手了！……"我默默无言，感到黯然。我的视线模糊起来，看着他那宽肩膀、高高瘦瘦的背影在月夜的林中小径上隐没，唉！这个处在逆境中嚼干辣椒的人啊！……

我迈着沉重的步子回去。走了一段路，忽然决定顺路到幼儿园再看看小李。但幼儿园的木栅大门关了，我也不想惊动很多人，没能见到小李。我又决定顺道再看看敬老院。小何的话启发了我要深入，我不能满足于表面的参观和印象。

到敬老院时，白天那种敲锣打鼓的气氛完全没有了。大庙里一片肃静。我想：八点钟刚过，老人们还不至于全睡了吧？大门虚掩，我推开门走了进去，由于上午来过，路已熟了。我走到老大爷们住的那第一排第一间房，只听见里边有轻轻的话语声和哭声。掀开白布门帘再看，一股烟叶味冲鼻而来，只见几个老人都呆呆地坐在炕上，有的"吧嗒、吧嗒"抽烟，有的正在低声谈些什么。房里点着一盏半明不灭的小油灯，灯光摇曳，将他们的影子摇晃地映在墙上。见我去了，老大爷们都欠起身来或站起来了。灯光虽不明亮，我看得出他们脸上那种尴尬的、不愉快的表情。我还发现有两个老大爷脸上有泪痕。我说："大伯，你们还没睡？"哭着的老人都赶紧拭干泪痕，也没搭理我的话。我诚恳地说："大伯，什么事伤心？"一位老大爷认出我是上午来参观过的人了，说："你同志是上午来过的吧？"我请老大爷们都坐下，自己也往炕沿上坐了，亲切地说："是呀，我是来参观的。大伯，你们为什么哭呀？"

一个八字胡雪白的老头儿敲着烟锅直率地说："咱已经七十六了，不怕挨整！说真话，这儿照顾得挺不错的，这炕上也是新被新褥的，可是咱都有自己的家呀！金窝银窝不如自己的穷窝！咱不稀罕这新被新褥新屋子。咱想自己的家！……"

见他开了口，又一个矮瘦黑脸的老头儿，嘴里叼着烟袋杆，不清不楚地说："想儿的想儿，想孙的想孙！就说俺这样的五保户，有愿来的也有不愿来的，俺也想着左邻右舍哩！一股脑儿让搬这儿来，是谁出的点子呀？同志，你给上边反映反映吧！就说，敬老院好是好，可不愿来的让回去行不行？"

又一个瘦骨嶙峋的老汉叹了口气，声音沙哑地说："回是回不去啦，儿子跟儿媳都分开住了，孙儿早送幼儿园了！家里锅也砸了，桌子、大柜也劈了炼钢去了，回去又咋办？"

……老人们还要继续往下说，我却因时间已晚，无力地劝慰了一番，赶快离开了敬老院。当夜，我一直都没睡好，老是想着小何在河边给我讲的话。……

紧接着，我就开始了调查研究和采访，事实证明小何说的全很真实，包括对这里的干部的分析。

我心情懊丧地回编辑部了。那是一个秋风飒飒的早晨，阴云四合，冷雨霏霏。我在荒野里走着，看着一望无边的平原，心里老在思考着回去怎么汇报？

编辑部举行汇报会那天，真没想到，来听汇报的竟有领导机关书记处的陈书记。这更增加了我的紧张。但我决心是下定了：为了不做坏人，我不能说真话。而我也不愿说假话，那怎么办呢，我就将随同胖老胡参观时所见到的表面情况客观地叙述一遍：轰轰烈烈的气氛和大字标语牌呀，群众的热烈情绪和干劲呀，敬老院的设备和新建的大礼堂呀，食堂的粗粮细作和业余文工团的演出呀……这些都如实描绘，既不加上自己的看法，也不加上自己的感情。措辞是经过细心筛选的，语调是平平而又平平的，脸上是没有表情的，两只手始终搁在沙发扶手上拿着我的记事本。尽管如此，我说的都是违心之论。

听完我的汇报，大家的脸上似乎都有不满足的表情。我只要求不犯错误，不满足就不满足吧！头发已经拔顶的陈书记不大满意地说："太客观了！你自己的看法和意见呢？"我惴惴不安慢吞吞地说："我还没有形成看法，还在考虑，倒想听听领导的意见。……"陈书记抬起他那比较魁梧的身子准备走了，但环顾左右而言他地说："大家都听了，大家研究研究吧！……"

我想：唉！看来你也怕犯错误，你也未必敢有啥说啥哩！

当夜，夜深人静，床头柜上的绿罩台灯光线幽暗，小亮亮仰脸睡熟了，我同叶娟作了长时间的谈心。我的心冰凉、寂寞，将白天汇报的情况告诉叶娟，我感到刺心地内疚。叶娟先没有吱声。过了一会儿，她说："我不希望你比谁好！也不希望你比谁坏！只要你不犯错误……"她忽然自己叹息起来："真难啊，这可真难呵！"

小何夫妇被打成右派这件事像个幽灵，始终纠缠着我，在我灵魂中浮荡。我担心小何，不知他还会有什么不幸？但消息茫茫。不久，传来彭德怀同志成为右倾机会主义分子的消息，我更为小何的命运担忧。秋去冬来，接着就是三年"自然灾害时期"。小何对国家命运前途的悬念还是真的来临了！

这个阶段，带小亮亮看电影或看戏时，她仍旧有时会侧着脸问："这是好人还是坏人？"但更多的是自己发表感想了，有时说："这个人好!"有时说:"这个人坏!"甚至会用幻想的语气说:"这个人要是不这样就好了!……"或用惋惜的语气说:"他为什么要这么坏呢?!"当她这么问和说的时候,总推开我一连串的心潮:面对如此复杂的生活,什么是好人,什么是坏人,我好像弄不大清了!但细细一想,倒也并不是真的弄不清,而是我为了要做好人不做坏人,眼见是非而不愿直说,心有爱憎而不想明言,四平八稳,小心翼翼,小心翼翼。……

而这样的人,何止是我?何止是我?……

我由于从小何身上接受了教训,"聪明"地把自己培养成了一个"不犯错误的好干部"!

光阴似水,一晃二十多年过去了。经过史无前例、电闪雷鸣的"文化大革命",粉碎了"四人帮",去年春天,我竟又见到小何了!粉碎"四人帮"后,我们的刊物复刊了。小何的右派问题得到改正后,恢复了党籍,重又回到编辑部工作来了。

这年的春天来得早,编辑部的院子里一片新绿。一天下午,有人嚷了起来:"何秉康来了!……"我马上离开椅子走到门口去。他这天步入编辑部的情景,我是永远不会忘记的。体育运动员的风度已经消失了!那套去东北出差时穿的蓝制服,已经破得补丁摞补丁了。头发花白而稀疏,脸上布满了艰辛生活留下的深深皱纹。只是那双好沉思的大眼依然明亮、坦率。他的头仍然坚强地昂着。冰刀霜剑的生活哟!你将小何作践成什么样子了啊?!我本来体弱苍老,可比我年轻六岁的他,比我还显老。

我热情地同他握手,但忍不住鼻子发酸眼睛发涩。我握着的是一双长满了老茧,粗糙、多裂纹的大手。在这之前,我已知道:小李早已摘了帽子(当然仍是摘帽右派),他却始终没摘帽子。他俩始终在那个县里的农村靠工分生活,与四类分子为伍。他们没有要孩子。林彪、"四人帮"猖狂的时期,他们受尽了残酷斗争、无情打击,小李忍受不住侮辱和损害,终于在十年以前自杀了!……同何秉康握手时,我不禁想起了那位长得文静端庄，工作勤恳的人民教师。她是一位贤妻，一个很好的人。我很难忘记那个悲伤的雨天，他们搬走时，她那一双离别前一瞥故居的凄惨的泪眼。……

一个温暖而晴朗的春夜，我备了酒菜，请何秉康同志到我家吃晚饭。我和叶娟之外，还特地将亮亮找了来。当年的小亮亮已是二十九岁的女技术员了，结了婚，成了家，也有了孩子。平时脸上常有动人的微笑。她中专毕业后一直在郊区一家工厂里工作。

何秉康来到我的家里。灯光下，他、我、叶娟三人花白或斑白的头发都泛出银色。亮亮对当年的"小何叔叔"留下的印象早淡薄了，何秉康当然也惊讶面前的这个谈吐老练、举动利落的女技术员竟是当年缠着他和小李讲故事的小亮亮。他见到叶娟时倒还平静；当见到衣服穿得非常鲜艳洒脱的亮亮时，却激动得面部痉挛，似乎许许多多往事又触动了他的心，不住地说："啊！不敢认了！不敢认了！……"

故人相见，快慰何如！叶娟今晚衣服穿得素雅端庄，老花了的眼里满含着温柔的光，她那容易流露感情的脸上，泛出笑意，但泪水却常湿着她的睫毛。

我举起了鲜红的葡萄酒杯，首先祝贺小何的错划得到改正。我感情激动地说："谁也别低估这项政策的落实！它的意义是深远的。今后，将听到人民说真话，虽然，这还需要时间，但我却有了这种信心！……"

叶娟跟着举起了酒杯，用她那一贯无比和谐的声调，深情地说："让我们悼念李楠同志吧！"我说："是的，这些年，我们都有一些大小不同的伤痕，我们总还算活着，而且经历了林彪、'四人帮'为非作歹这场浩劫后，总算见到阳光了，但小李离开我们了！愿她安息！……"

小何动感情了，两只大眼深邃、凄楚。他遐想似的说："十年前的春天，李楠由于连日来同我一道受到林彪、'四人帮'爪牙的批斗，吊打、游街、示众，身体越来越糟，一天夜里，雨箭射在草屋顶上发出嗒嗒的响声，她沉静地对我说：'我不行了！一天一天，一年一年，已经整整熬了十二年了！我完全丧失信念了！这种残酷斗争、无情打击，怎么越来越厉害了呢？苦海无边，什么时候是个头啊？……'我心酸地说：'李楠，我不再说是我连累了你的话了！说一万遍也消除不了你的痛苦和我的歉疚。'她哭了！看着她文静的面容、纯真的目光，我无从安慰，更不能苛责。谁知，半夜醒来，发现她不在身边，我冒雨出去找她，第二天早上，才在一棵还没发芽的老槐树上找到了她的尸体……"他逐渐变得容光焕发，继续说，"生离死别、屈辱、愁苦、贫穷、孤寂，种种打击都似乎遥远了，但厄运未必就不会再降临到我这种爱说真话的人头上。我知道，落实政策中有过斗争，也有人冷笑一声说什么：'改正了也还是右派！……'但是，请相信我，在今后，我做人永远还是像一个透明体！"说完。他举起酒杯的手微微颤抖，仰脸将杯里的酒一饮而尽。但是，我第一次看到他的热泪涌满了眼眶。多少年的风霜雨雪，多少年的辛酸苦辣，钢铁的人也不能不掉泪啊！

我用筷子夹起一片鲜红的干辣椒，恭恭敬敬地放到小何的碟子里。我没说任何话，他却点点头，会心地含泪笑了。

一直在倾听我们谈话的亮亮，今晚脸上严肃，没有出现她那动人的微笑，这时她举起了酒杯。她讲话时仍像小时候那样爱侧着脸。她朝着小何说："叔叔，您是值得尊敬的好人！让我敬您一杯酒！"灯光下，她的脸上光彩照人。

这个春夜，我醉了！是生平第一次。

回忆，滚烫的回忆。我这个"不犯错误的好干部"，重见何秉康，既有欢乐，也有悲伤，更有愧疚。

（原载《十月》）

299

朦胧之谜

——一个奇怪而不荒诞的故事

·

我又梦见万花山了！梦见了被一片白茫茫烟雾缭绕的万花山。

整个身子仿佛被溶进朦胧雾气中了！像陷身蓬莱仙境似的，烟波浩渺，带着空灵的色彩，飘飘然。我看到，万花山高高的山峰海岛似的浮在氤氲的雾气上，露寒霜重，夹杂着红叶和黄叶的绿树丛中，一缕缕淡淡乳白色的蒙蒙白烟，袅袅飘荡，冷寂神秘，使人产生丝丝牵扯不断的回想……

一、故事的开头，似乎并不奇怪

那是一九五九年"大跃进"已经开始名存实亡的年月，随着盛行的浮夸风，在继续"高举三面红旗"的日子里，天灾人祸，使饥馑已经像魔鬼似的蹑足扑来。首都北京城里人们也饿得快要肚皮贴着脊梁了！秋季里的一个阴天，我和老吕、小赵三个人离开刊物编辑部，带上了劳动记分卡，背着行李卷，提着网兜，一同去到西山。

中央直属机关的干部们，每年规定有一个月的劳动任务。可以连续劳动，也可分散劳动，积聚满一个月就成。我们单位的同志排定了一张表，三人一组轮流来劳动。现在，饥馑虽已降临，大家体质普遍下降，劳动任务还是要完成，劳动地点是西山造林站，到那里可以住下安排食宿，任务是植树。

造林站工作人员不多，站长姓张，参加过抗美援朝，是个粗线条络腮胡子的中年人，贫农出身，缺一条腿，嗓门儿炸耳。他办事勤勤恳恳，为人正直，来劳动的干部都挺喜欢他。他随身不离一条黄狗，人拄着拐到哪，黄狗摇头摆尾跟到哪。黄狗取名"小黄"，是老张从小喂养大的。小时候叫"小黄"，长大了仍叫"小黄"。来劳动的人，都喜欢逗它。这条狗模样可爱，性子和善。管谁叫它一声，它都过来摇尾擦身。

造林站是四合院式的两进平房，砌的砖炕，来植树造林的干部都挨着睡通铺。有个小食堂。这时候，供应十分紧张。在前一阵"吃饭不要钱"的全国农村敞开肚子大吃大喝以后，吃空了家底。城市里每个人的定量供应通过"自报公议"都已减到最低限度。食堂供应的只是蒸窝头、熬的菜帮。这年白菜闹虫灾，菜叶子上满满的是腻虫，洗也洗不净，白水熬好的白菜汤上，总浮着一层黑芝麻般的腻虫。我们三人清晨离开市区一到造林站，天就下起了霏霏细雨。正碰上吃午饭，每人领了一碗无盐少油飘满腻虫的白菜汤，外加两个小小的窝头，就香喷喷地吃起来。吃饭时，张站长拄拐带着"小黄"来通知："现在大家粮食定量都不够吃，身体亏，浮肿的人多。今天下午，你们别劳动了！下雨，先歇一歇，睡个午觉，休息休息，明天一早再背油松上山种树。"张站长这样体贴人，我们都喜出望外。

我们回到屋里睡午觉，发现来劳动的人已经极少了，除了我们三个外，只有对面屋里有四个工会系统的干部。他们劳动了十天，明天一早要回去了，那时候，大家对劳动态度积极。只是天天带着饿，干起活来自然没劲。对面屋里的工会干部，躺在炕上懒洋洋正在嘀咕：

"真想再吃点！……"

"再来五斤我也吞了！……"

"反右"余悸尚在，多数干部，不像工农直率，说话讲究技巧，比如，可以说"真想再吃点"，但不说"没吃饱"，可以说"再来五斤我也吞了"，但不说"我太饿了，真想再吃五斤!"只是从话的语气里，还是听得出不满和怨尤。

我和老吕挨着在炕上躺下，小赵年轻，不知逛哪里去了。我和老吕谁也不说话，都躺着养神。木格子窗户上有些玻璃打碎了，是用桑皮纸糊的。我双手垫在脑后，躺着，从玻璃里可以望到雨中远处雾里高耸的香山。

秋天雨中的香山，是西郊最有诗意的地方了。奇峻的山势，忽隐忽显的峰峦，浓郁斑驳的红叶，金色点染的黄叶，绚烂夺目，构成令人心醉的画面。我躺在炕上，想起静宜园山谷林泉之美，想起早晚雾霭蒸腾的缥缈情趣，又想：唉，饥饿使人丧失精力，去年夏天来这里劳动时，我是同编辑部的老张、老李他们来的。每天劳动完了，用凉水洗了身子，兴致勃勃一同去爬山逛景，到过蟾蜍峰、玉华山庄，逛过颐和园、碧云寺，还到过万花山……可是现在谁有精力和兴致再去攀登呢？……

雨，哗哗地下得大起来了，玻璃窗外的山景全被雨幕、云团遮没。忽然，听见踢踢踏踏的脚步声，小赵回来了！他是个"消息灵通人士"，一回来，往炕上一躺，就报道了一条"重要新闻"：张站长养的"小黄"只有明天一天的寿命了！有个兄弟国家的代表团来了。这个国家的同志爱吃狗肉，席上要招待一道狗肉。来造林站劳动过的人多，谁都知道"小黄"，不知谁看中了"小黄"，通知张站长要"小黄"去做出"国际主义贡献"。上边又说：目前养狗浪费粮食，正好宴会需要，可以将"小黄"处理掉。

"常山赵子龙"这一说，我和老吕都激动了。

老吕，名叫吕进，是政治组的编辑，比我大八岁，四十五了，天津人，脸上常带微笑，但同谁都不亲密。干我们这一行的爱耍笔杆，老吕例外，从不写文章。他好像比较懒，工作不想出人头地，职务上从不与人争高低。但肚子里却是个有货色的人。听了小赵的话，老吕叹息说："人怕出名猪怕壮，'小黄'太出名又长得太肥了！"

我遗憾地说："它是张站长的心肝宝贝，老张怕舍不得吧？"

老吕点头："张站长是个光棍，无儿无女，'小黄'像他亲人，要是我也舍不得。"

小赵是个高中毕业生，常州人，大家开玩笑，叫他"常山赵子龙"。二十二岁的团员，搞通联的，爱说爱讲，调皮捣蛋，前年反右说他"同情右派言论"，批了一通，沾了出身好、年轻的光，没戴帽。从那，似乎"懂事"多了，也像"老练"些了。他有一张机灵的窄脸，两只精明的眼睛。这时，他笑了，舔着嘴，馋得要命地说："我舍得！要是我，等不到今天，小黄早下肚了！"

说得有趣，大家哈哈笑了一阵，小赵又讲了第二条新闻："听伙房工人说，张站长在万花山下有个亲戚，家有柿子树。张站长这几天，天天在吃柿子。……"

灾荒年月，掺糠的窝头都能使人淌口水，何况是蜜甜的柿子。对小赵报道的这条新闻，我和老吕都很感兴趣。我们合计了一下，万花山离造林站不远，明天劳动完以后，一定抽空去万花山，找到那户人家买点柿子吃！

下午，大家美美睡了个觉，到傍晚，去食堂吃饭时，忽然听到张站长在办公室里接电话，不知同谁在顶嘴吵架，他那粗门大嗓，震得人耳朵发麻，仿佛听他说："狗没了！……真的没了！没了就是没了！不见啦！……下午不见的！到处都找不到。不信？……不信你来找！……我没办法！……我负不了责！……"

我们三个边吃边听。小赵听着听着，挪身迈步走了。准是打听新闻去了。

一会儿，电话断了，一切归于宁静，我和老吕也吃完窝头喝完了汤。两人正打算回住处，见小赵捧着碗来了，他也早吃完了，狡黠地笑笑，说："你们猜，发生什么事了？"

老吕说："别打哑谜，说吧！听了好回去再睡！"他懒得只想睡觉。

我们边走边谈，由伙房回住处。

小赵幸灾乐祸地打哈哈，轻声说："'小黄，失踪了！哈哈，这下好！外国人狗肉吃不到了！站长他好大的火气，你们听到没有？"

我诧异地说："怪事？怎么偏偏要吃它的肉，它就失踪了？"

老吕用一副哲学家的面貌和口吻说："我看，有些事，可以意会，不可言传！"

我笑了："你是说，张站长将'小黄'藏起来了？他不肯交出去，就说'小黄'失踪了？"

小赵拍巴掌："你这就聪明了！听伙房工人说，张站长将'小黄'悄悄送到万花山他亲戚家去啦！这个铁拐李！看不出吧？真鬼！说谎骗人还挺有本事呢！"

我心里好笑：经过了大跃进，说谎骗人有什么稀奇？我亲眼看到有的地方弄虚作假，将稻子集中移栽到一块地里说是亩产六万斤；也亲眼看到报上登过地瓜亩产六十万斤的新闻……张站长说谎是使"小黄"留下一条命，有值得同情之处。骗就骗吧！大家都在骗嘛，何必大惊小怪！当然，想是这样想，我可没说，昏昏沉沉就睡着了。……

二、故事的高潮，我估计你猜不到是怎么回事

第二天，我们背树苗上山植树。老吕背两棵，我背三棵，"常山赵子龙"背了四棵。

行前，张站长拄着拐来了，说："同志们，现在大家都体弱，不能蛮干！今天任务就这些，早干完早歇着，不外加任务了！"有他这样通情达理的派活的，我们三个高兴得直点头。

我们气喘吁吁赶在中午时就将树植完回到造林站吃午饭，饭后，筋疲力尽，睡了一觉才缓过来。天色阴霾，为了要买到柿子，我们三个决定到万花山去。

这万花山，我去年爬上山顶去过的。山顶是一块平坦地，约莫有二三百平方米。春夏之交和初秋，山上盛开零星野花，像石竹、蒲公英、星星花、蓝矢车菊等。花并不多，为什么会有这样一个美丽动人的山名呢？我想过，却无处查考，问过"老北京"也没得到中肯的回答。

雾气像烟云似的环绕，万花山顶好像漂浮在流逝的白色波涛中。万花山给人一种虚幻迷蒙的印象，景物时而模糊消融，时而露出轮廓。雾气漫无边际，扑朔迷离，有一种无法形容的美。

我们三人沿着公路漫步走到万花山下来了。上午在西山种树时，鸟瞰到的一片被浓荫遮蔽在万花山下的瓦房农舍，此刻在树荫雾气间出现在眼前。越近越看清了，这是一个古老破旧的小院子，用旧的青砖墙围起来的。一扇古老的黑门，已被风雨侵蚀变得凸凹不平，门紧闭着，墙里墙外都有参天的大树。从茂密的树木间，可以看到里边那原先是小庙似的屋顶翘起的尖端和半月形的瓦当。这个破旧的小庙一定早改成了民房，住了老百姓了！它虽在路边，显得深沉而静谧，像个隐士似的蹲在树丛下。登万花山的人，每每掠过它近旁直接上山去，注意不到青砖旧围墙里还有人家。

小赵忽然高喊起来："听！"

我和老吕给他一喊，紧张地听到了狗吠声。

小赵嘴快："听到没有？小黄在叫！我一听就辨出是小黄的叫声！"

老吕笑了："是呀！看来小黄确实秘密藏在这里呢！"

我也禁不住打哈哈了，说："我们倒好像是来破案的！"

小赵说："你们听！小黄就在这院子里叫呢！"他忽然带着头，向那瓦舍后的一个高坡上爬去，说："来，侦察侦察，怎么不见柿子树呢？"

我和老吕跟着小赵走，爬上了瓦舍屋后那个长满了灌木和野草的荒坡，在那里，我们看见了一棵峥嵘的老柿树！它就长在屋舍后院里，上面结满了通红通红玛瑙般的柿子！

　　真是一幅美极了的图画。秋天，成熟的红柿子挂在树上，火焰似的，竟有如此美丽！我们三人都兴奋极了！

　　这时，狗吠声仍在传来，我们又看到：肥硕的"小黄"被一根绳拴在柿树下，这条好脾气的黄狗，为挣脱绳索，正在烦躁地挣扎，愤怒地吠叫。

　　小赵说："咱们去敲门，买柿子，看看小黄。"

　　我和老吕都同意，谁知，在这同时，听到汽车喇叭响了！通过灌木丛，只见公路上一辆黑色小轿车正疾驶而来。一会儿，汽车喇叭"笛——笛！""笛！——笛！"响了两次，汽车就"嘶——"停在瓦房跟前了。

　　小赵和我本来正打算下坡绕到屋前去的。老吕吆喝说："停！看！汽车！"我们都止住了脚步，透过灌木丛和树枝杈，看到汽车上下来了一个人，穿着深灰色干部服，匆匆低头向屋门方向迈步，模样有点紧张，那屋门一听到汽车喇叭声就有人开了。穿深灰衣的人闪身走进去了。

　　我不禁"哎"了一声，因为出乎意外地发现从小轿车上下来的是著名的京剧表演艺术家穆兰芬呀！去年，穆兰芬入党后，我访问过他，写一篇介绍他的艺术生涯和入党前后的文章在刊物上发表过，穆兰芬到这里来干什么呀？我脱口而出地说："啊！这是鼎鼎大名的穆兰芬呀！他怎么来了？"

　　老吕也见过他，说："对，是他！我是说脸熟呢！"

　　小赵惊讶地说："穆兰芬？没看错？"

　　我点头，说："看呀！"我们居高临下地透过灌木丛观看着周墙里发生的事情。狗仍在吠叫。原来，这时穆兰芬进了大门沿走廊向那"田"

字形的殿堂走去。带路的是一个白胡子老头儿和一个头发花白的老太婆。白胡子老头儿将两扇古旧的雕花木门开了，穆兰芬虔敬地低着头进去了。一对老夫妇在门口守候着，"小黄"仍旧在吠叫。

我自言自语地嘀咕："咦！怎么回事？"

小赵说："得提高革命警惕！"

老吕说："先得弄清这里是个什么地方，才能知道穆兰芬来干什么！"

小赵冒冒失失："趁这机会，就说买柿子，进去瞅瞅。"

我摇头说："那怎么行？不能冒失！穆兰芬认识我。"

那年月，人的阶级斗争观念都特别强，小赵不作声了，但像遇到了异常事态，唠唠叨叨："我一定要进去瞧瞧，这太神秘了！太奇怪了！"

我心里好奇地想：是呀，这地方确实神秘！鼎鼎大名的穆兰芬他鬼鬼祟祟到这么冷僻的地方来干什么？我虽不认为这里是特务机构，但也不能排除小赵提出的革命警惕性呀！我说："等他走了，我们想办法进去看看！"我又问老吕："你说进不进去？"

老吕幽默地说："少数服从多数嘛！"他一定也是被这件神秘的事吸引住了。

我们藏在坡上等着。说来也怪，不过八九分钟，穆兰芬风度翩翩地出来了！匆匆地好像办完了什么事要走了。依旧是守候在门边的白胡子老头儿和花白头发的老太婆跟着送出来，穿过走廊，被树木和墙舍挡住了我们的视线，看不到了。又一会儿，见穆兰芬出了门，走到公路边停靠的黑色小轿车旁。上了车，轿车发动起来，一溜烟地驶走了。

附近山峦层次不清，衬着雾气的茫茫白色，山峰变成黑压压的。四周又恢复了悠闲宁静的气氛。

小赵催促说："走！我们快去！"

我和老吕跟着小赵一同下坡，绕过围墙又到了那扇刚才开启过的破旧黑门前。黑门紧闭着，四下静悄悄。除了听到"小黄"仍在吠叫外，什么声音也没有。小赵用力敲打铁门环："嘭嘭嘭！嘭嘭嘭！"这铁环倒是稀罕物，放在城市里大炼钢铁时早拆下收去炼钢啦！敲打起来挺响。

没人来开门，我说："门不开，进不去！"

小赵眨着眼："没关系，他有他的关门术，我有我的翻墙法！爬墙进去！"他又用力敲门。

正说着，门"呀"地开了。站在门口的是那白胡子老头儿，脸上皱纹多得像蛛网，面色枯槁，也不说话，盯着我们三个，仿佛是问："干什么的？"

小赵问："老人家，这儿就住你们老两口？"

老头儿点头，仍不说话，脸上呆滞，眼神里有恐惧和疑虑。

小赵说："我们是造林站的。张站长介绍我们来买柿子。"说这话时，他已经站上了门槛，使老头儿无法关门了。

老头儿着急，连连摆手，闪着冷凄凄的眼光说："哪有柿子呀！没有没有！"他想关门。

老吕说："老人家，让我们看看你那棵柿子树吧！少卖几个给我们也行。我们出高价。再说，造林站那条狗'小黄'也在您这儿，我们想看看'小黄'！"

老太婆不知什么时候也移步到门口来了，说："唉，柿子不卖！这儿住家不让人进！"

他越这样说，我们越想进去看。小赵的调皮劲儿上来了，那时候谁也好像没什么法律观念，他轻声在我耳边说："一定有见不得人的勾当！不然为什么这么害怕！"他忽然像条鱼似的从门边一滑就进去了，说："老人家，我们不抢不偷，只要看看柿子树，看看那条狗！"

老头老太好像知道拦不住了，热锅上的蚂蚁似的。老头儿朝着我和老吕说："你两位多包涵！我们是给人看门的！要给东家知道了，可不得了。东家关照，不让生人进来的！"话声忐忑。

老太婆也在一边不安地帮腔："咱是两个孤老，食人禄，报人恩。你们看一看就出去吧！"

看样子是让进去看一看，只求我们看了快走。我和老吕都迈了步。老头儿迅即蹙着脸又将黑门关上了，跟在我们身后。

小赵早已进去在逗戏柿树下的"小黄"了。"小黄"认识他，跳跃着摇头摆尾。小赵对老头儿说："你看，'小黄'还认识我们哪！"

我安慰局促不安的老两口说："没事！我们看一看就走。"

四周静悄悄、凉飕飕，有淡淡的香火味和檀香气息飘来。

老吕问老头儿："刚才穆兰芬来过啦？我们看见啦！"

老头儿惶恐地说："是，刚才穆……来的。今儿是他恩师的忌日，他来烧了香就走啦！"

我心想：烧香？穆兰芬是党员了，还烧香？真是个猜不透的人呀！

小赵已经将那两扇旧朽雕花木门"吱一嘎"推开了。顿时，一个小小的被烟熏黑了的彩色斑驳的殿堂出现在我们眼前。我抬头看到：殿堂上一个被烟熏黑了的横匾，写的是"万花娘娘圣庙"。殿上供的是万花娘娘的塑像。她穿着红红绿绿彩色锦衣，戴着金珠冠冕。奇怪的是这个"万花娘娘"与我所见过的任何神像都不相同，别的神像总看得到脸面，万花娘娘的脸面却看不到。她的头是低垂的，脸藏进了胸襟内，一副羞羞答答的神情。我虽不免迷离恍惚，心里顿时明白一些了！我听人说过：解放前有一些被视为"下等"行当的人，尊侍万花娘娘，但"万花娘娘"是什么样的神？是什么模样？我这还是第一次见！根本弄不清。

怪不得这儿叫万花山！看来，是因为原先有万花娘娘庙，才有这万花山的名字的。

万花娘娘的神坛前，放着一个蒲团，供人跪拜。坛上有香炉烛台，有盏长明灯，香炉里先一会儿穆兰芬敬的香快烧尽了，仍在悠悠冒着青烟……

我一时颇有感慨，小赵已经闯到殿左的一间套房里去了，在那里嚷嚷："老田！老吕！快来！"

也顾不得看那老两口霜打茄子似的苦脸了，我和老吕跨步进去，更惊奇了！

原来，是个赛金花的灵堂呀！

小赵轻声在我耳边说："我还以为是个特务机构呢！没想到是这么个怪地方！"

灵堂阴森森的。灵堂中间供了一张赛金花的镶在大玻璃镜框里的大照片。总该是赛金花当年"花姿玉容"时拍的照片吧！还带几分洋气，眉眼波光回转，举止动态矜持。如果我没有记错的话：赛金花，十三岁坠入风尘，花名傅彩云，十六岁给苏州状元洪钧做妾。洪钧奉旨出使海外，她冒状元夫人称号随侍出国，历游德、英、俄诸国。洪钧死后，她又沦落北京，复为名妓，改名赛金花。一九〇〇年庚子战役，八国联军进北京，她与联军总司令德国将军瓦德西交往，人称"赛二爷"，有人指责她卖国，有人说她当时陷身北京，尽了力使帝国主义侵略军减少了骚扰给百姓办了好事，比清廷和官吏们好得多。一九三六年冬，她穷病死在北京，生后萧条，人们募捐将她葬在北京陶然亭鹦鹉冢旁。可谁想到，在她死后二十几年，经历了天翻地覆的解放后，这儿还在暗藏的万花娘娘庙里竟暗藏着她的灵堂！她生前一定是供奉万花娘娘的吧？

灵堂里供桌上摆满了烧檀香的香炉和点素烛的烛台，打扫得干干净净。灵堂里有许多陈旧的花圈、挽联，蓝色的、白色的、黄色的纸花，构成一种冰冷、死寂、素静的基调，花圈、挽联有些还是近年新献的。我瞩望着那些花圈飘带上和挽联上的署名，猛地发现一个花圈上赫然署有"赛二爷千古穆兰芬敬献"的字样。我不禁沉浸在一种无可言状的感情中。

老吕在我耳边茫然慨叹地说："啊，真想不到啊！"

小赵却轻声愕然地说："赛金花早批臭了！可这儿还供着灵堂！反动！"

老吕笑笑："有些东西，可不是靠骂几声反动就骂得掉的！"

一种冷冽的孤寂与陈腐、死亡的气息弥漫在空气中，也弥漫在我心中。我看到这里，觉得"神秘"已经揭穿，"案件"已经侦破。"小黄"仍在吠叫，我回头，见两个老人都在门首站着，秋风瑟瑟，吹动他们那打着补丁的旧衣，配着他们饥馑衰老的皱脸，显得分外凄凉。我提议说："我们走吧！"

老吕走近老头儿，问："这儿常有人来烧香？"

"不常有人！以后也没法烧香啦！如今没人卖香，以前留下的香，快用完啦！"老头儿摇头回答。

"是谁托你们在这儿照管这万花娘娘的？"我问。

老头儿摇头不答，只说："劳驾请回吧！劳驾请回吧！"语中带着恳求。

老吕也不想打扰人了，对我和小赵说："走吧！"

"小黄"被拴在柿树下，见到我们又摇头摆尾。看来，它藏在这里陪着万花娘娘，命倒是保住了！

小赵掏钱，对老头儿说："老人家，卖点柿子给我们吧，三角钱一只怎么样？"

这回，老头儿和老太婆倒没拒绝，说："你自己上树摘：一人买五个吧！可是买了出去别声张。这饥荒年月，咱的柿子得留下自己吃！"

小赵点头，像个孩子似的爬上了柿树。说实话，当时我看到了万花娘娘和赛金花，早把买柿子的事忘了，亏他还记住没忘。

三、一番谈话，好像说清了些什么，又好像没说清

我们三人带了十五个柿子回造林站。进门时，快吃晚饭了，迎面撞着拄拐的张站长。见我们三人手里都捧着红通通的柿子，一惊又一愣，想说什么，但什么也没有说，只嗫嚅着点头："你们回来啦！……快吃晚饭吧！开饭了！"

小赵将两个柿子塞到他手里，说："张站长，尝尝。"

张站长黑着脸，结结巴巴地说："你们这是哪儿买来的?"

小赵调皮地笑着摇头："保密！"

大家心照不宣，这件事就没人再提了。

但，晚饭后，躺在炕上休息，我们三人都有过一场闲聊。那晚，月光如水，洒进屋来。点着油灯飞虫太多；我们干脆吹灭了灯，让月光照明。铺席凉冰冰的，显出一片青色。墙角有秋虫唧唧哀鸣，秋声秋意，有点凄凉。

小赵忽然说："这张站长不是个真共产党员！他是个假党员！"

我说："怎么? 他抗美援朝立过功，断了腿，还有什么说的?"

小赵说："我去查问了张站长：你那亲戚干的好事！替穆兰芬他们守着万花娘娘庙，设着赛金花的灵堂，你知不知道? 你不管管吗? 你们知道他怎么说? 他竟说，那种事我文化低，弄不清也不想管。老头儿是我本家爷爷辈的亲戚，年轻时唱过青衣的，七老八十啦，无儿无女，有人念旧，养着他老两口，反正又不是搞反革命活动，看看门，打扫打扫，他们也愿意，自食其力，有什么不好！"

我听了，默默寻思，没有作声。

小赵挑起话题："老田，你是文艺组长；老吕，你是老编辑！你们水平高，你们说说这万花娘娘庙和赛金花的灵堂是怎么一回事?"

老吕玄妙地说："也很容易理解，也不容易理解！"

小赵笑了："政府规定有宗教信仰自由，但谁都明白不准搞封建迷信。你明处反对，穆兰芬这种老滑头就偷偷摸摸暗中跪拜，是这么回事吗？"

我想，规定了宗教自由，但规定了不等于真的给了，何况宗教自由和封建迷信的界限又没划清。如果真的给了宗教自由，也许就没有今天我们见到的这种事了！可是这点我不想说。我说："人可真是复杂的。如果不是亲眼看见，我可不会相信穆兰芬会在万花娘娘庙里烧香，我更想不到赛金花直到今天还有个秘密灵堂！"

小赵慷慨激昂："我发现，有些人不老实，耍两面派，这可不好。我赞成以后专门搞个运动整说谎骗人不老实的家伙。"

老吕笑笑，笑声闷在鼻子里："就怕搞运动达不到这个目的，还适得其反。'常山赵子龙'，你不是说过嘛：'你有你的关门术，我有我的翻墙法'！天下事每每如此！"

"怎么？"小赵听不懂，皱眉看着老吕，月光下脸色发青。

老吕掏出香烟来吸，解释道："比如，你一定要吃掉他心爱的狗，站长认为不合理，又无法不服从，就说狗失踪了！你不准他悼念赛金花或拜他的偶像，他觉悟达不到，又抗拗不过你，就秘密供在万花山下……"

我想：对呀！让人说真话人就老实，不让人说真话人就不诚实。其实，说谎骗人不都同搞运动有关吗？说老实话的人倒了霉，说假话骗人却可以获得安全和荣誉，这就把风气搞坏了！比起在一些有关国计民生大事上的弄虚作假来，张站长、穆兰芬他们这点戏法算什么？……可我只敢想，依然没敢说。

小赵似乎听不明白，愣在那里眨着两只精明的眼不作声。

我继续想：其实，穆兰芬从主流看，确是个挺不错的人。不但艺术造诣高，人品也是好的。过去敌伪时期，他有气节，在沦陷区蓄须明志，坚决不给敌伪演出。他对梨园同行，经济困窘的只要找他总有求必应。每到年关，总想到救济贫病的老艺人……但为了和缓场面，我说："今天的事，说明旧观念支配着人的思想行动多么根深蒂固，一个人要真正得到改造可真不容易。"

小赵在月光下眼睛雪亮地说："穆兰芬这家伙，我看该批判！反右派怎么没反到他头上的？赛金花是大坏蛋，他还献花圈，那就是罪证！"

老吕没理睬他，看得出不以小赵的话为然，自言自语地说："老田刚才说得对，人是复杂的，思想问题、信仰问题，勉强不得。毛主席说过：菩萨要靠人们自己去推倒，别人代他们推倒是不行的！再说，有些事也可探讨。就像赛金花吧！是不是大坏蛋呢！也得用历史唯物主义观点实事求是来看。"说到这里，他又不愿多说什么了，一口一口吸着烟。

那时节，反右心有余悸，谈话常含含糊糊适可而止，讨论任何问题总是唱唱一边倒的高调就罢休。但因为饥馑降临，大家有些怨气，政治空气长期绷紧后似乎和缓了一些，所以知识分子的"自由主义"有点冒头，老吕嘴上的岗就松了。

小赵听了老吕的话，表示不同意，说："反正，不必为穆兰芬这种两面派、老滑头辩护！"

老吕没理他，说："穆兰芬不但是个演员，还是个男扮女装专演青衣花旦的名演员！他在舞台下是个男人，有他的妻子儿女，他在舞台上那种女性的迷人的美，却又使人被他吸引忘了他是男的。他本来就是天天将人生当舞台在演戏的！真真假假，假假真真，何必简单化地骂他是什么两面派、老滑头呢？其实，在生活中演戏似的事，别人——包括我们，也不见得没有！"

这是同小赵在"抬杠"了！显然，闲谈并不轻松。我没有作声，咀嚼着老吕的话，小赵也皱着眉没再讲话。

后来，大家都睡了。我独自沐着月光躺着，透过玻璃窗向月下云雾弥漫的远山望去，又想了很久。想万花娘娘庙，想赛金花，想穆兰芬……想张站长和"小黄"。我也不知道自己为什么要胡思乱想。而且，确实也并没有悟出什么真理来。只想出了许多复杂矛盾使我心里纷乱的东西。这些事就集中汇成一个谜始终埋藏在我那记忆的深井中。

不过，由于我们隐瞒了"小黄"的事，张站长对我们变得更关心、照顾了。第二天一早，来布置劳动任务时，说："这几天，在这劳动的就你们三个，人少干不了大事。你们也歇着吧！今天不用上山了！伙房的小贾感冒病倒了，缺劳力，你们三人就一起去帮厨！"

在那饥饿的日子里，吃不饱还要上山劳动，确是苦差事，能不干重活干点轻活，谁不愿意？我们三个都应承了。其实，伙房一共不过办造林站上连我们才十一个人的饭，我们干得很轻松。而且，中午时分，每人盛菜时，都一人多吃了一大勺的菜汤。在那饿出口水来的岁月中，一碗漂满腻虫的白菜汤，就是使我们斯文扫地也管不得了！

那次劳动，本来应当说是很愉快的。只是，劳动结束回去以后，绰号为"常山赵子龙"的小赵，确实老实，写了一个"思想汇报"，对劳动中老吕说的一些话作了"揭发"，一个"回马枪"险些将老吕挑下马来。

啊，猜不透的人，估不着的事！不过，我可以保证，小赵确非两面派，也决非当面对老吕笑、背后杀一刀！他是出于一片老实忠诚才这样做的。我很侥幸自己当时嘴紧，想得多却没说什么，没什么可以给他抓辫子"揭发"的。但小赵的"揭发"，不但害苦了老吕，也害苦了我。因为要我作证，写老吕的材料。我给逼得没法，只好说谎，有的推说："没听见！"有的推说："记不清！"有的说："好像老吕不是那么说的。"有的说："老吕不是那意思！"这当然决非"积极"和"忠诚老实"的表现。结果，不久以后，老吕和我都遭到了"下放"的厄运，他"发配"去了青海，我"发配"到了浙江，都离开北京走向远方。

一个很重要的尾声

说来也有趣，我要悟而不得其解，苦思苦想也未有太多启示的这么一件在万花山遇到的略带奇异的事，却老在我头脑里忘不掉。我也悟不出这是什么道理。

一九六一年，我已下放到山东了！十二月里的一天，在报纸上看到一条消息：京剧表演艺术家穆兰芬病逝了！我就立刻想到了那在西山造林站植树劳动的日子和见到万花娘娘庙及赛金花灵堂的事。使我惊讶的是那段消息在歌颂了穆兰芬为京剧艺术和为人民所做的巨大贡献后有这样一段话："穆兰芬逝世后，本应安葬八宝山烈士公墓，但本人临终遗言要求葬于西郊万花山的自购墓地，故由其家属及弟子在万花山顶建墓树碑……"

这则消息，在别人看来，心上似乎不会引起什么波澜，在我，却有些震动。这个人呀！不要给予他的特殊光荣，却宁愿埋没在野山草莽之间？他生前的历史说明他对共产党的拥护与信仰是不可置疑的，但他要葬在万花山难道是因为他还虔信着万花娘娘的神灵？……那天在万花山的情景又重现在我眼前，我思绪回荡，不能自己，万花山朦胧之谜，又泛上心头。

一晃，又是几年，史无前例的"文化大革命"开始了！十年中，我见到许多传单、小报上刊登过"打倒穆兰芬"的材料，把他说成是"一面大黑旗"。只是，他早已长眠，这些"打倒"他未必知道。爱好京剧的戏迷，心里的偶像也并未因"打倒"而毁弃。不过，当时八宝山烈士公墓正同全国许多烈士公墓一样，遭到了浩劫，被挖掉了不少坟墓。不久，又听说被薄葬在陶然亭鹦鹉冢旁野坟堆中的赛金花墓也刨掉了！那时，我不禁想：穆兰芬在万花山上的坟不知怎么样了？恐怕一定也挖掉了吧？

十年内乱结束后的第三年，我有幸又到北京西山游览。正是红叶季节，四周枫林美得令我心醉。当年我们植的树早已成材成林，郁郁葱葱，无边无际。啊！当年成千上万中直机关的无名英雄们，连饥饿的岁月里都咬着牙来流汗绿化祖国，付出的心血和劳动，得到了应有的成果。西山确实更美丽了！

　　也不知是一种什么力量的吸引和驱使，我独自又徒步逛到了万花山下。我已看不到那个隐蔽在树丛中的万花娘娘庙了！公路已经拓宽，那所丛林间的瓦房、小庙连同围墙，早已倾颓荒废，完成历史使命，成了一片瓦砾。周围也无人家。我想登上万花山，但高高的山径，使我这年近花甲的老人只好仰望而无法登临。

　　旧地重游，一种怀旧之感充塞胸间，我又想起了老吕和小赵，也想起了造林站一条腿的张站长，甚至那只肥壮可爱的"小黄"……他们都已不知到哪里去了。

　　我在万花山下徘徊踯躅，见到一个老人荷锄走过。我忍不住上去问他："老人家，知道这万花山顶上有个穆兰芬的墓吗？"

　　"知道！"老人仰脸用手指着高处雾气缭绕的万花山顶说，"穆兰芬谁不知道呀！那墓，就在顶上，最近常有人来给他扫墓哪！"

　　我做着挖刨的手势问："'文化大革命'时，没有破坏？"

　　"没有！"老人嘻嘻笑了，"上那么高的山顶去挖人家坟，不累呀？"

　　我对穆兰芬给万花娘娘烧香、给"赛二爷"献花圈的事向来并不苟同。但一个名演员，以演员的态度与特点在生活，在那段使人不敢说真话的时期，使人弄不清真假，似乎也并不奇怪。我也不觉得穆兰芬有"先见之明"。他的坟墓未曾遭劫，纯属偶然，或者是沾了地利的光。但那场因个人迷信而引起的充满阴谋诡计与欺骗蒙蔽的大灾难，却使我每一想起就会唏嘘叹息。人生，是常有许多说不清、难说清的事的。别说穆兰芬了，就是那场震动世界的十年内乱，又何尝说得清呢？只是历史总会沿着自己的道路前进！应该存在和肯定的会存在和肯定，应该消失和否定的总会消失和否定，不过是时间早迟而已。这总不是不可以理解的吧？

谢过老人。我仰望万花山，山顶有云有雾，缥缥缈缈，朦朦胧胧。山顶上一些红叶树、黄叶树迎风萧瑟，白云在蓝天飘浮，那空间混沌一片，无穷深远，似乎是一个神秘的永远参不透悟不完的朦胧的谜。

那夜，我又梦见万花山了！梦见了被一片白茫茫烟雾缭绕的万花山。

（原载《清明》）

我不能忘怀沂蒙山，不能忘怀那些镌刻在心上的人和事，不能忘怀那些似梦非梦的遭遇……

爱的期待

　　一九六四年，华东地区要举办戏剧会演。地委宣传部希望我写一个剧本供剧团演出。我决定到沂蒙山区去深入生活，搜集素材。初秋九月，一天黎明，我离开了沙沟大队到南旺庄去。

　　南旺庄是一个四面都有青山屏障的村子。听说那里党支部的工作做得出色，有一个好的支部书记魏立武，我想去访问他。我挎着一个大帆布包，顺着一条林间小径逶迤上山。盘山绕来绕去，途中还绕岔了道，顶着火盆似的日头，多走了几十里冤枉路。直到傍晚，暮色从背阴的山谷里升起来浸染着整个山林，我才拖着沉重的双脚到达南旺庄。一天走了一百二三十里山路，我浑身汗湿，疲劳透了！

　　我见到了魏立武。老魏约莫四十多岁，朴实挺拔，黑黝黝的，是个转业残废军人，左臂早已截去，甩着一只空荡荡的袖子。他安排我吃了饭，然后又把我安置在大队办公室旁的一间瓦屋里住宿。这间瓦屋，屋前种着花草，房顶上结着朱红色肥硕的南瓜，屋内有些桌椅摆设，挺干净，也还宽敞，实际就是大队的"招待所"。地区或者县里来了干部都让住在这儿。初秋时节，蚊子嗡嗡地成团飞舞，天也还有点燥热。老魏用右手提来了热水瓶，放下瓶，又用右手熟练地从裤兜里掏出一盒火柴。他把火柴盒朝空中一扔，顺手"哧"的一下就擦着了火柴，点亮了桌上那盏小油灯，再用小油灯蹿蹿的火苗燃起了一根艾草绳熏蚊子。我简单说明了来意。他一脸诚挚的样子，连连摇着头说：

"我没啥好谈的，你安心在这住几天，看看我们这个庄子，多找群众拉拉。今天累了，早点歇着，洗洗脸烫烫脚，有事明天再办！"我确实累了，只好说："行！"

老魏是个忙人。接待我的时候，有好几拨人来找他，谈这谈那。他安顿好我，似要走了，忽又想起了什么，说："老王，有件事，我告诉你一下，免得受惊……"

窗外，是一棵枝枝杈杈的椿树，离屋挺近，月光扑朔迷离地穿过枝杈洒下来，月影朦胧。我诧异地问："什么事？"

他从腰里拔出短烟袋杆来，在灯上点火吸烟，说："咱这村上，有位军烈属陈大娘，是个孤老五保户，今年六十九了！解放战争时期，四七年打孟良崮，她亲自给独生儿子陈德明牵马戴花，送他去参军。德明参军后，入了党，当了排长、连长，立过几次战功，一直从山东打到长江边，又渡江打到了江南。可是，四九年冬天，不幸在浙江牺牲了。陈德明牺牲后，阵亡通知耽搁了，没及时传来，一直杳无音信。过了两年，通知来时，陈大娘却已经疯了……"

"疯了？"我慨叹地问。

"是啊！"老魏喷出一口淡淡的烟雾，说，"她年轻的时候死了男人，家里贫穷，就守着一个贴心儿子，好不容易拉扯大了。她是妇救会的，为了打老蒋，决心送独子参军。但儿子走了，她不能不想。她要儿子革命，又想念儿子，心里老是憋着，能不疯吗？"

我忍不住问："她现在还疯？"

老魏闷闷地点点头："是啊，从那就一直没好过。不过她这疯跟别人不一样，庄上男女老幼对她都特别尊重。"

我摸出香烟，递一支给老魏。他扬扬烟袋杆说："我有！"我就自己点着火，一边吸烟，一边心情沉甸甸地问："怎么不一样？"

老魏吧嗒吧嗒吸着烟说："她不打人不骂人，也从不吵闹。她是五保户，党和政府都很照顾她。但直到现在，她生活能够自理，历来有劳动习惯，还非要干点集体活不可。掰玉米、摘棉花什么的。她见了都抢着干。"

"那怎么说她疯了呢？"

"是啊！"老魏喷着烟说，"要说疯，也就只疯在两点上：一是一双一双不停地纳鞋底、做军鞋，板板正正地做好了就交到大队部来。这些年来，我们也总是不断给她送布、送麻、送针锥……她做的军鞋数不清有多少双了！二是只要外边来了人，就以为是德明的战友，要来看看，问问德明好不？只要点头回答她：'德明好！'她满意了，就没事了。要不，她就很伤心，回去一个人哭得不停，忘了吃饭喝水……"

听到这里，我黯然了，也不知为什么，心里像泡了醋似的很难过。我不禁问："儿子从不来看她，她倒也不想去找儿子？"

老魏思索着说："也许，是因为她疯了吧？……也许，本来就不指望要跟着儿子去享福。只要儿子好好干革命，她就满意了，活着就有想头了，她那颗心是金子铸的！"

我点点头，体味着老魏的话。

老魏这回真的要走了。他咬着烟袋杆，刚跨步出屋，忽又侧转脸来："她知道，外边来的人都住在这屋里。要是来了，你别给吓着，也别将德明的事露了馅就行！"

门前，树影儿参差疏落。我送老魏到屋外，并对他说："不会吓着的！"说实在的，我倒真想见见陈大娘。我见过那么多的母亲，听到、读到过那么多的歌颂母亲的故事和诗篇，哪曾想到有这么特殊的一位疯母亲呢？要不是十分疲乏，真想立刻请老魏带我去看望陈大娘。但脚底疼痛，骨头像散了架似的酸懒，才没有把心里的想法说出来，自己思忖：明天去看望老人家吧！……

秋虫奏鸣，四下一片寂静。月光美极了，水银般泼洒在门外，将婆娑的枣树叶稀稀落落映照下来。小油灯的光线很微弱，屋里弥漫着艾草绳的清香，嗡嗡的蚊群已被赶跑了。我揿熄烟蒂，沏上一壶绿茶，正想掩门洗洗身上，忽然看见月光下一位头发银白、中等身材的老大娘朝我屋门口走来了。一会儿，她就伫立在门口了。借着灯光和月华，我见她梳着髻，瘦瘦的，长得十分慈祥。她身板硬朗，穿一件干净的蓝布大襟褂子，下身是条黑布裤子。我正想请她进来坐，她已经开口了，神情和蔼，皱褶深深的眼角里隐约含着安详的笑意，用一种母亲对年轻人的亲切口吻说："同志！……"

我忙张开双手搀扶她到屋内唯一的一张椅子上坐下，叫了一声："大娘！……"忙给她斟上一碗绿莹莹的茶水。

她含着慈祥的笑容看着我，笑得使我想起了我的母亲。她接过我给她的茶碗，双手捧着，眼神温暖地说："你是从俺德明那里来的？你认识俺德明吧？"

我按照老魏的叮嘱，连连点头："对对，大娘！认识！认识！"

她笑了，无限欣慰。如果说，说谎会使人感到内疚的话，此时，我虽说了谎，却不但可以毫无愧色，而是心灵得到了安慰。

她果然又轻声问道："德明，他好？"

我按照老魏的叮嘱，装出一副高兴的样子，连连点头说："好！好！"其实，情萦肠牵，我的心是酸的。想多讲几句，终于哽咽着讲不出口。

大娘那细长的眼睛里溢出了激动的神态，又无限欣慰地笑了，笑得我虽然心酸，却觉得谎说得应该。我宁可伤自己的心，不能伤一个白发母亲的心！

用棉絮做成的小油灯的灯芯，摇曳着橙黄色的火焰，映出一圈朦朦胧胧的光环。她又问了："德明，他干得不孬？"声音里有对儿子的期望，也有自豪。

我连忙点头，软言温语地宽慰："嗯，他干得可好了！今年又能立功！"我的声音像飘忽的游丝，心里却在哀求宽恕："原谅我信口开河吧，大娘！……"

她突然掉眼泪了。两滴清泪从眼眶里流出来，月光透过薄薄的窗户纸照着她的脸和晶莹的泪水，反射出纯净、圣洁的光辉。她撩起衣襟擦拭着眼角，但慈祥的脸上依然停留着欣慰的笑。我心里仿佛掀起了巨涛狂澜，费了咬牙的力才忍住了泪。我动情地说："大娘，您老人家是位好母亲，你儿子是位好党员！天不早了，我送您回去歇着吧！"

她摇摇头，嗫嚅着说："不，俺坐一坐，看看你，你是俺德明的同志……"说着，她手捧茶碗，安详地坐着，抿着茶，用满含真情的眼睛望着我，就像一个母亲疼爱地望自己的孩子，显得那样满足、那样幸福……我浑身热血沸腾了！平时，听别人叫一声"同志"，很无所谓；今夜，大娘这一声"同志"，竟使我如此触动，像热焰炙心。

一会儿，我听到她长长吁了一口气，仿佛是牵连着一缕已逝的韶光，释放出郁结在胸底深处的思念和忧愁。那是一种奇异的感情。大娘在想什么？想儿子德明小时候在身边牙牙学语时的难忘岁月？想那战火纷飞年代碾小米送军粮的红火时光？想送子参军时亲自牵马戴花的豪迈心情？……我心潮翻腾，眼睛不知不觉模糊了。

又过了一会儿，她站起身来，依然慈祥地笑笑，说："同志，俺回去了。"我刚要搀扶着送她，只听见外边响起了噔噔噔一阵脚步声，原来是独臂老魏满头是汗甩着左衣袖出现在我的屋门口了！老魏用眼瞅瞅我，似乎知道没出什么事，放心地用那只未曾残废的右手扶着大娘，像一个孝顺的儿子搀扶老母那样，说："大娘，我扶您老人家回去！我扶您老人家回去！不早了！……"瞬间，从老魏对大娘的态度上，我就深深爱上了这位党支部书记了。我和老魏一边一个扶着大娘，踏着月光，循着幽静、蜿蜒的石板小路将她送回家去。远处的山峰，黑苍苍、蓝幽幽，像一幅泼墨山水。一路上，大娘没说话，但显得高兴。到了她的住处——那是一丛薄薄的柳树林掩映着的一所青石房屋——我才知道她就住在老魏家的一间北屋里。这样，显然便于老魏一家照顾她的生活。几株桃树和石榴斜斜地在月下映出荫翳。进了她的屋子，老魏擦着火柴掌了灯。屋里洁净，门口的水缸里满满盛着清水，该是老魏挑的吧！东墙上贴满了给烈军属的慰问信和奖状……老魏像个孝顺儿子似的，用右手攥着芭蕉扇子，一下又一下，给大娘赶帐子里的蚊虫。我扶大娘躺下，轻轻放下了帐帘。然后，我们吹灭了灯一同走出来。临别时，老魏听我讲了同大娘谈话的过程，放心地说了一句："今夜，大娘能安心睡个好觉了！"

月光缠着雾气，周围犹如梦境，南旺庄像是沉睡一般的宁静。那夜，我虽疲劳，却独个儿静静理着心事，失眠了！一个革命游子的心被搅乱了！月亮西沉了，星星疲倦地合上了眼，我仍辗转反侧。嗅着艾草烟的清香，听着一声两声秋虫吟唱，我老是想着陈大娘的事，也老是想着自己的母亲。战争年代，母亲为了掩护和营救党的地下工作者，做过许多工作。多少年来，她仍在南方那个城市里居住，我同她离得千里迢迢，虽然间或也寄点钱去、写封信去，但我却从没有像这天夜里如此思念母亲！这样感到自己对一位革命母亲怀有如此深刻的歉疚！夜里起了风，院子里的青枝绿叶瑟瑟抖动，灰色的枝影在窗户纸上扑来打去……我流泪了，也说不清是为陈大娘和陈德明流的，还是为母亲和我自己流的……

以后，我离开了南旺庄。离开的那天，下着初秋常有的那种霏霏牛毛细雨，远近的山峦一霎时笼罩在白茫茫的雨雾中。村庄里许多人家的瓦檐上飘浮着炊烟。我去看望陈大娘，但只按照老魏的叮嘱远远地悄悄地看看，并没有近前去向她告别。村头地边种满了翠蓬蓬的紫穗槐，像一层层绿云。我站在紫穗槐旁张望，见她正独自坐在家门前老榆树下。老榆树大伞似的挡住了纤纤雨丝，她带着一种守候的表情，不声不响地牵着长长的线在一针一针纳鞋底，间或望望远山，把锥针在白发上磨磨。她又在做军鞋了！哦，这南旺庄的日子，在她拉针引线之间，给人一种多么崇高而隽永的印象啊！

（原载《十月》）

新"三岔口"

我把三个小小"当权派"从"史无前例的'文化大革命'"到现在的一段曲折故事，讲给几位朋友听，他们鼓励我说："挺有意思，写出来吧！"这篇小说就这么诞生了。

我们三个是怎样先后被扫进"历史垃圾堆"的？

我和柴登高、夏永青三个被关在一个单间"牛棚"里，因为我们是"当权派"，罪孽深重，所以破格优待。

老柴是我们师范学校的支书兼校长。五十多岁，瘦高个儿头发灰白，有一张瘦削的长脸。为人胸襟开阔，有时爱说点风趣话，干工作有魄力，热心负责。缺点呢？有人说他"讲究仪表，穿着太整洁"；有人说他"有时说话不注意"；此外，倒也无懈可击。可是被揪出来以后，他戴上了"刘少奇忠实代理人"、"反革命修正主义分子"、"我校头号走资派"、"三反分子"四顶帽子。最后，又突然加上了一顶千斤皇冠——"大叛徒"！原因是：他解放前在白区搞地下工作，被国民党反动派逮捕过。

老夏这个人，壮实的中等个儿，方脸大耳，一头黑发，有两只与他五十岁年龄不相称的机灵的眼睛。平时，和教职员、学生很能打成一片。他艰苦朴素，笑起来"哈哈"出声。初见面，人会以为他是工农干部，其实，他同我一样是道地的知识分子。他早年中等师范毕业，教过小学。解放战争时期，在地方部队里待过一段，有一次奉命出去侦察，给还乡团抓去，险些送命，被我部队救出，后来入了党，在区里当文教助理。隔了些年，在一个县的教育局里干过科长。"文化大革命"开始前三年，调到师范学校当了支委兼副校长，分工管总务行政。

我比老柴、老夏都年轻，刚过四十，入党也比他们晚。大学毕业后，参加抗美援朝，在部队做文化教员，负伤回国后，在省报干了一段时间记者和编辑。一九六四年才调来，思想上总觉得革命锻炼比他们少，对他俩抱着尊重态度。在"文化大革命"前，我们三个分工合作，团结得相当好，够得上用"拧成一股绳"五个字形容。但是，这种团结的局面，在"史无前例"的"大革命"开始不久以后，就发生了很大的变化！

"大革命"一开始。学校里贴出了"第一张革命的大字报"，矛头直指党支部。接着，"炮打"、"火烧"，铺天盖地贴满了校园。在市委工作组行将进校的头天夜里，老柴找我和老夏到他办公室谈谈，我们都脸色紧张，心里打鼓。大家都像扎嘴葫芦，似乎都很懂得"祸从口出"的道理。最后，还是老柴虚无缥缈地感叹一声，咳嗽着说："工作组要进校了！看来运动……咳咳，规模很大！一切难以预测。工作中谁能没有缺点错误，自己的错误自己承担，不要推！……"我心里明白：他是一把手，预感到自己的日子会比我和老夏更难过，怕我们把责任往他身上推。老夏马上表态说："当然，只能揽！不能推！"老柴听了，欣慰地点头。我习惯地用手扶扶眼镜架，发自内心地说："这是品质问题，自己的工作当然自己负责！"……后来，被造反派批了一顿，说我们三个当权派"大耍阴谋"、"订立攻守同盟"开"黑会"。

谁知，工作组进校不久，老柴和老夏就好像忘了"黑会"上的默契与表态，他们组成了"联合阵线"，同工作组一起，把我这个出身不好的支委兼副校长，以"资产阶级反动学术权威"的身份抛了出来作"替罪羊",将"黑线"的一切罪责都推在我头上。于是我成了"黑帮",隔离批斗,实行"专政",吃尽了苦头。

历史曲折,事态的发展常令人啼笑皆非。一九六七年新年前后,工作组被红卫兵轰跑赶走,老柴和老夏突然在"造反有理"的歌声中被"横扫"来同我关在一起了。见到他俩来作陪,我有一种莫名其妙的欣慰,感到自己并不孤单,那种微妙的古怪感情颇难形容。从此,我们三个人被关在一起同挨批斗同劳动了。

我们三个是怎样又有矛盾又"相濡以沫"的?

关押、批斗、劳动的时间真长啊!春去夏来,转眼到了秋天。外边的情况我们毫无所知,只偶尔从看守的红卫兵互相谈话中知道社会上分成了两派,反正两派都要打倒当权派才算"革命"。"革命"在我们三个"黑帮"的头脑里已变得高不可攀了。我们只能在劳动中求得精神和肉体上的解脱。

我们的劳动是打扫全校十五个男女厕所。这也有个意想不到的好处,就是可以看到形形色色的被用来当手纸的传单、报纸。为了了解外情,我顾不得脏臭,常扶着近视眼镜架躬腰伸头仔细地阅读。老柴见了,总是风趣地说:"好好好,改造得不错!一不怕脏,二不怕累。"

这段时日,对我们三人来说,尽管提心吊胆,艰苦备尝,倒是值得追忆的。我们不但"和平共处",而且曾经破损的同志情谊又逐渐恢复了。一次,在厕所里,四顾无人,老柴找机会当着老夏不无歉疚地说:"老张,可能你对我和老夏有点意见吧?但是你如果处在我的位置上,也会这么干的。说真的,群众起来要搞你,我们要保也保不了。不要以为我们全是私心杂念,抛出你来保自己。我们其实并不想把你怎么样。运动嘛,总得搞些人的么!再说,群众也确实揭出了你工作中的一些问题。我心里是盘算过的,到了运动后期,是会正确处理的,决不会冤屈你的……"老夏也在一旁点头："是啊，老柴同我是这么谈过的！……"他们说的是真是假，我无法深究，但看到他们说话时那样诚恳坦率，我倒不能不信；又想到现在我们三人同样都成了"牛鬼"，还有什么再计较的必要呢！我这人一向宽宏大量，讲点感情，也就不心存芥蒂了。

我们三个"黑帮"，在红卫兵小将的眼里，最黑最黑的当然是老柴，因为他是"一把手"。其次是我，有的红卫兵干脆叫我："二黑！"甚至蔑视地加上个"小"字，叫我"小二黑"。相比之下，老夏的罪轻得多，他分工管总务行政，同黑线的关系少些。他又给人以艰苦朴素工农化的印象。所以，挨批斗，老夏挨得少；挨打骂，老夏也挨得轻。我呢？总是陪着老柴，他享受第一份，我享受第二份。

打扫厕所，活儿挺重。干活时，值班看守的红卫兵起先还煞有介事地押着。不久，大粪"香"他们吃不消，干脆不跟了。于是，我们"自由"了！在僻静处，干活可以聊天，太累了，可以休息一会儿。我们的闲谈，渐渐也由拘谨变得大胆了。一天，阳光很好，晒着太阳休息，老柴叹着气说："唉！贯彻的黑线不都是上面布置下来的吗？现在罪过都叫我们担着，谁能平气呀！"老夏也不打哈哈了，叹口气说："完了，这辈子算是完了！运动结束，斗倒斗垮斗臭后，我就回家当社员。"老柴又愤愤地说："怪事真多！文化大革命，党不能领导吗？怎么又搞个中央文革？他们凌驾于党之上！权真大啊！一句话就能兴风作浪地动山摇！……"我的天！他胆这么大，竟敢说这些！我和老夏都没敢答话。老柴见我们不答，也不说了，自己圆场说："好吧，不谈这些了，再谈又成'阶级斗争新动向'了……"

老柴怨气大，也很自然。他的日子比我们还要难过。他劳动完毕，还有个"交代叛徒罪行"的任务。专案组喜欢夜里提审。他劳动一天，夜里躺在那里，常常咳嗽，还没进入梦乡，红卫兵就在门口高吼："柴登高！滚出来！"——于是，他穿衣起身出去了。一去，起码两小时才回来。回来，默不作声。房里电灯通宵雪亮，是防我们自杀和破坏。红卫兵在门口横眉竖眼把守，所以我也不能问老柴什么。但看到他那副样子，头发蓬松，衣服歪扭脏皱，无疑是被揪打过的。有时，他满面尘土，脸上带伤。回来总是先整整衣服拍拍灰，照样讲究仪表，然后，脱衣上床，直挺挺往铺上一躺。有时上了铺微微呻吟，夜里睡着了还在哼哼或讲梦话。

有一天上午，我同老柴抬粪，他"吭吭咔咔"咳嗽着摇着头说："真奇怪！国民党的时候，我蹲监牢，那是因为我是共产党。现在，我成了我们共产党的专政对象阶级敌人了，这是怎么回事？'革命'与'反革命'仅一字之差，我怎么由革命变成反革命的，自己却不明白。你说怪不怪？"我说："不都彼此彼此么？当权派都在挨斗，长征干部、大人物那么多都斗得七零八落。想打倒谁就能打倒谁……"老柴叹口气说："奇怪的还有：过去，在国民党手里，我因为不肯泄露党的机密，不说真话，被折磨得死去活来。现在，我说的全是真话，却也是被折磨得死去活来，因为这些人只要假口供，一句真话也不要。你说是怎么回事？"他的话打动了我的心，久久不能平静，心头一个问号接着一个问号。确实不可理解！但能怀疑运动吗？不早说过了吗："理解的要执行！不理解的也要执行！"于是，我努力忍住怨气，努力去想自己改造得怎么不够，有哪些缺点，哪些错误？无限地上纲上线，深挖到世界观和阶级出身上去找根源，以求得安慰和心平气和。

在这段不平凡的日子里，老夏跟有些红卫兵的关系挺好。有的小将竟肯替他上街买香烟抽。他跟小将有说有笑，常常发出爽朗的"哈哈"笑声。他总是表现出衷心悔改，对劳动十分热爱和愉快，干活十分卖力，常常脱光脊梁赤着脚，完全像个庄稼人。为这，有的小将就表扬他训斥我："小二黑，看你戴着眼镜干活那熊样！你得好好向夏永青学着点儿！"我当然自愧不如。

有一次，突然开批斗会，把我们三个都揪了去。先要老柴坦白交代叛徒罪行，老柴咳嗽着说："实在不是叛徒，咳咳……"当场挨了几个耳光。接着，斗我排斥打击贫下中农学生？我说："没那种事……"也挨了一脚。只有老夏没挨打。不管谁揭发他什么事，他都点头说："我有罪，我有罪！""我是三反分子，我是走资派，我是反革命修正主义分子！……"斗完，训话，那个头头说："夏永青态度较好。柴登高、小二黑，你两个混蛋，再花岗岩脑袋，死路一条！"三人又去劳动时，老柴倒还平静，我则愁眉苦脸，老夏却扬声笑着说："哈哈，又不是在敌人面前，你们那么坚强不屈干啥？造反派的脾气你们不懂？"他的言行不禁使我想起："弹性存在于宇宙万事万物之中"。

唉！我们三个当权派，抛入在"文化大革命"的惊涛骇浪之中，一切都不由自主，也不知是否会被冲到岸边或沉下海底。劳改复劳改，解放的一线希望，在我们看来，简直像遥远迷雾中的一颗小星。处在逆境中，虽有矛盾，却互相同情，颇有"涸辙之鱼，相濡以沫"之情。老夏扭了脚脖，老柴懂点医道，亲手给他按摩。我的衣扣掉了，老夏悄悄递颗扣子将针线借给我说："钉上吧！"老柴有次夜里咳得不能入睡，老夏起来给他倒水，我起来将自己的枕头给他垫高了睡……谁知，以后突然刮来了一阵强"台风"，情况霎时突变。

我还记得那天早上，整个天空乌云四起，下起稀疏的细雨。我们提着工具正要去劳动，一个看守的红卫兵，从老夏那里捞了支香烟吸，悄悄将"官方"内幕告诉我们：红色政权要从我们三个当权派中解放一个，结合进革委会。革委会得老、中、青三结合，不可没有老干部。此外，也要从三个当权派中着重狠狠打击一个"坏中之坏"！这个骇人听闻的消息，像炸了一颗开花弹，一下子把我们之间"相濡以沫"的局面破坏了，出现了你砍我杀的高潮！

我们三个是怎样突然展开一场"生死搏斗"的？

我皱眉思索：将要解放结合的会是谁呢？既不可能是老柴，也不可能是我这"小二黑"，可能性最大的是老夏。要打击的"坏中之坏"是谁呢？既不可能是老夏，也不可能是我，很可能是老柴！

老夏当然也是这样判断。当那个红卫兵无意中抽着老夏的烟把这"重大新闻"透露给我们后，老夏的情绪特别高。像被撩人的美梦所陶醉，他的笑声有时更响亮了。挑粪时，秋意萧索，细雨飘飞，淋湿了我们的衣服，他毫不在乎，荒腔走板地哼着样板戏。跟我抬粪时，他说："哈哈，老张啊，表现得好一点啊！虽不能争取解放，至少也不能做'坏中之坏'啊！"我说："你看要结合谁？打击谁？"他的方脸上浮着得意的笑容回答："哈哈，谁知道哪！"但转瞬又皱着眉说："老柴我看够呛！……"显然，他为自己可能被解放结合而高兴，却又同情老柴行将到来的厄运。他对老柴并没有什么幸灾乐祸之心。我察觉他的估计与我相同。我对自己能成为两头不沾的"中间人物"已经有点满足，但也不能不为老柴发愁。我们本来合作共事，团结一致，是有感情的同志么！我想起这些，不禁耿耿难寐了……

那一夜，校园里的白杨树被大风吹得摇摆着、呼啸着，天还下着初冬的冷雨。雨水在屋顶上溅洒着，发出一种使人寒心的声音。被窝里凉气袭人，我睡不着，想呀想的。我明显地感到我们三人之间，要掀起一场大风暴了！试想，一共只有三个人，偏要突然选一个人升天堂，选一个人下地狱，这不明显地在制造矛盾，互相残杀吗?！可悲的是我们谁也不能主宰自己的命运！

我相信自己既不在解放结合、又不在重点打击之列，总是中间那个留在"牛棚"里继续劳动陪斗的人，也就暗自庆幸了。我对解放结合谁没有意见，对要重点打击老柴，则心有不忍。我同情老柴，也看出他知道"重大新闻"后有了"活思想"。那一天，避着老夏，老柴突然对我说："老张，你注意老夏的情绪没有？"我说："怎么？"老柴笑笑："他情绪很好。看来是指望结合他了……"老夏的表现确不一般：近来干活收工时，他总是最后一个走在后面，与老柴和我保持一段距离，似乎耻与我们为伍，也显示他收工最晚。请罪时，他十分虔诚，简直像一个狂热的宗教徒。一天，劳动归来，老柴和我筋疲力尽，都累得手也不洗，往铺上一躺，他却打开红宝书当着看守的红卫兵的面，独自在那儿"认认真真"地读呀读呀，一读两小时……我想着老夏的表现，嘴里"嗯"了一声。老柴忽然说："我有时说话不留神，容易给人抓辫子。但愿他不要……咳咳……才好……"我思索着，没有作声，老柴说这些，是什么意思？我以为老柴过于谨慎敏感了，老柴也过于看低老夏了！我心里是原谅老夏的。谁不想早日解放？谁不想早日离开这种"牛鬼蛇神"的屈辱可怜的政治处境？谁不想取得"革命"两字的光荣称号呢？老夏"积极"，毕竟是可以谅解的嘛，何况读的又是红宝书呢？

焉知天下事常有大出乎人意料之外的。

三四天以后，一个秋风瑟瑟的上午，我发现老夏同一个红卫兵闪在一边轻声细语后，他的情绪一落千丈。高兴的表情烟消云散，他那方脸盘上阴沉沉的像涂了霜。听不到他哼"样板戏"和"哈哈"笑了。这天，劳动时他始终皱眉不语。我心里揣了个问号，我见老柴有时也深沉地朝他瞅瞅，似乎在探测他为什么起了突变？

这一夜，白雾遮住了寒星和明月，四周一片寂静，屋里冷冰冰的，老柴和我早钻进了被窝。值夜看守我们的红卫兵在门口用斧子乒乒乓乓地劈碎一张课桌烧火取暖。老夏仍旧缩在屋角的小桌边读红宝书，吸着烟，写呀写的。但睡下后，我听到他在床上翻"烙饼"、叹气。他那壮实的身体压得床板嘎嘎响。

第二天一清早，来了几个红卫兵将老夏揪去了。约莫一个多钟点，老夏回来了，脸上肌肉抽搐。上午，我和他抬着一桶大粪到场上去，老柴留在厕所里清扫。路上，蔫头耷脑的老夏突然说："老张，你知道不？天上掉馅饼了！要解放柴登高了！"

我一愣，用手扶扶眼镜架，奇怪地说："解放老柴？"

"是啊！解放他！"老夏神态忧郁，涨红着脸，说："去外调他叛徒材料的人回来了。说他不是叛徒。有的头头决定解放他，说他本来是一把手，党龄长，革命资历长，作为老干部，牌子比我硬。还说他出身好，我是中农，他是贫农！……"

我这才体会到老夏为什么突然情绪一落千丈。我下意识地说："我一直还以为要解放你呢！"

老夏喘口粗气，愤愤不平地说："是啊！我那年给还乡团抓去用烧红的铁棍烙，也没今天这么难受啊！我受冤倒没什么，可怜的是老婆孩子。我两个儿子都要上进，我这做老子的太对不住他们了。我不能自己死在十八层地狱里让他们也做鬼呀！死在敌人手里是革命英雄，可我们现在死在自己人手里是牛鬼蛇神！说什么我也不能窝囊地老做反革命啊！"说着，他忽然泪汪汪了，但接着又说："你革命不也二十年了？你也有老婆孩子，你也要大祸临头啦！"

我心里发酸，思想一时没转过弯来，说："怎么？"

老夏眨着两只机灵的眼睛："书呆子，没想到吗？本来如果解放我，着重打击的'坏中之坏'，必定是老柴。他是一把手，头号走资派，又是叛徒。如果解放老柴，着重打击的'坏中之坏'，不明摆着就是你了吗？唉，要是成了'坏中之坏'，真是被踏上了一万只脚，永世不得翻身了！"

"呵！"他一提醒，一种末日临头的威胁侵袭着我，我心里"咯噔"一下，浑身冒汗了。他说的确是实话呀！我这"小二黑"，出身不好，又是抓教学的副校长……真想不到，河东突成河西，急转直下，我马上首当其冲了！一场新的灾难又要来了！我嗓子像噎着了似的问："你、你怎么知道的?"

他说:"小将里,有的跟我还不错。"

我黯然无语,寒气直冲脑门,脚步灌了铅似的沉重。我不但想起自己的冤屈和厄运,更怀念我那可怜的妻和两个还不太懂事的孩子了。稍停,我问:"今早上,他们揪你去干什么?"

老夏叹一口气:"造反派中间,一种要解放我,认为我表现不错;一种却要解放老柴。揪我去的,是主张解放我的。他们要我亮相,拿出爆炸性材料来揭发老柴和你,逼我揭发你们的反动言行。"

我气急败坏地问:"你怎么说的?"

老夏叹口闷气:"我本来不说。他们逼得我受不了,要我对革命负责,对伟大领袖负责。他们念语录:'什么人站在革命人民方面,他就是革命派……'"

"你说了?"

"为了捍卫……老柴的事我说了。你,我可没牵扯。"

我心里乱糟糟,酸涩苦辣什么味儿都有。

小北风锐利刺人,老夏和我汗涔涔地将粪抬到晒粪场上,他冷丁儿地说:"老张,有一次,我们三人一起在西边晒太阳休息时,柴登高说过反党的话,你也听清楚了吧?"问这话时,老夏涌现出一种为了"捍卫"粉身碎骨也不怕的神情来。他这种感情,当时看上去我觉得是真实的。因为他确是脸红脖子粗了!重要的是有了这种感情,人的内心就不会有什么不安。我发觉老夏当时就是这样。

我先是茫然,如在云雾里,又忽然明白了:老夏是在巧妙地递话给我。他是想拉我参加"联合阵线"呀!如果老柴垮台,解放必属老夏,我能得到的好处是避免成为"坏中之坏"。只要我点头说一声:"对!"就同他对上茬了!可是,我想:老柴一肚子气恼,并不奇怪。他的牢骚,其实我肚里也有,你老夏也未必没有,只不过没说出来就是了。能说老柴反党吗?不能!假如一揭发,上纲上线,老柴真死路一条了。我可不能这么狠心对待自己的革命同志。"牛棚"生涯，使我对许多事都不能不打上个问号。我的心底并无老夏脸上所表露出来的那种义愤，我不认为我必须揭发老柴。当然，我也没有否定老夏"捍卫"的态度。你要"捍卫"，你"捍卫"吧！我不参与！但刹那间，我对面前站着的颇为工农劳动化的老夏，产生了特殊戒备。我捺着气，不想得罪他，我看着他那与年龄不相称的两眼，说："啊……我不记得呀！……"

老夏满脸是一片"捍卫"的忠诚，说："嗨，你呀！柴登高说：'怪事真多！'文化大革命'，党不能领导吗？怎么又搞个中央文革领导？他们凌驾于党之上了！权真大啊！一句话就能兴风作浪地动山摇！'这是我凭空捏造的吗？你好健忘啊！你不知道'文化大革命'是谁亲自发动和领导的吗？我是反对无中生有的，可是也不能自由主义。如实揭发，无愧于心。你平心说：他能算比我革命吗？让他进入革委会，那是对革命不负责任！"

我悲哀地望着老夏两只机灵的眼睛，闷不吱声，心在叹息：人为地制造阶级斗争，使人学会了为保护自己而损害别人。只要需要，谁都可以用革命的词句来掩饰自己自私的灵魂。多么可怕，又多么冷酷！

老夏慷慨激昂，脸罩阴云，瞪着我说："老张，不要糊涂，你慎重考虑好了再回答我。不是小是小非，是忠不忠的大问题啊！再说，也关系到你将来能否继续革命和你老婆、孩子的前途……"

我摇摇头说："老夏，饶了我吧！我够了！……"我内心反感，激愤不已，心像要炸裂了似的难受……

我们三个是怎样"整来整去大家都挨整"的？

老夏揭发了老柴的反动言论！关键时刻致命的一击，当然立刻决定了老柴的命运。

夜里，我意外地被叫醒揪到专案组审讯。先挨了一顿揍。揍完，言归正传，要我交代揭发柴登高"恶毒攻击"的反动言论，并且向我宣告："从现在起，办你一个人的学习班！我们是'拉'你，不'推'你！如果你不坦白，誓与你血战到底！不投降就叫你灭亡！"

"学习班"说办就办。我始终站在那里，有时大弯腰，有时喷气式，有时低头，有时跪地，间或还被"砸烂狗头"，挨拳击，挨脚踢。"车轮战术"，威力无比。半宵下来，接着又"学习"一天，再来了一夜，早晨降临时，我感到快呜呼哀哉了。大冷，我浑身血液像已冻结，嘴唇发青，皮肤泛紫。我起先不忍使老柴成为"现行反革命"，我也不愿意自己平白无故成为反革命。这时，他们一遍遍地念语录："什么人站在革命人民方面，他就是革命派……"确实"攻心为上"，……我想：老柴是说了那些话的，老夏已经揭发，我不说也不行。至于我自己，当然得老实承认我跟老柴有类似的想法。我心里轻声在呻吟："老柴啊！反正我是陪你下地狱了！"我颓然喘着气，像闭眼放枪似的说："我交代！……"

一百八十度大转变，我从"学习班"立刻"毕业"了！

当从专案组被押回"牛棚"让我睡觉时，半路上正好迎面瞥见老柴和老夏挑了一桶粪走过。他俩都盯着我看。我发现他们眼神都很吃惊，一定是我的模样吓坏了他们。但从他们的脸上，我感觉他俩明白我已经"彻底交代"了。

我疲劳得要死，却睡不着。头脑里胡思乱想。我并没有愧歉的感觉。你老柴也违背过诺言整过我的嘛！我这次还为你背了多大的黑锅，受了多少苦刑！我保你也保得够多了，比保我自己还出力。虽然我也不能说自己毫无私心杂念，但我并不单纯是从个人私心出发这么做的。要是在敌人面前，我是会像个英雄那样骨头铁硬的。可是他们是"无产阶级革命派"嘛！为了"捍卫"，同反动言论划清界限，我觉得心安理得。在这样的情况下，我睡熟了。

睡得跟死人一样，但做着奇怪的噩梦：梦见我置身于古罗马的竞技场中。这里是让奴隶与狮子搏斗的地方，也让俘虏与俘虏搏斗残杀。杀死了对方才有活下去的可能！多么野蛮而又多么可怜。我一会儿同狮子搏斗，一会儿又执剑同老柴、老夏厮杀！……惊醒过来时，我浑身虚汗。屋里静悄悄的。我心里一片渺茫，也不知什么时候，泪水已经湿了枕巾。

我长久地思索着：我和老柴、老夏本来是那么团结一致为党工作的，现在却忽然互相残杀到如此地步。怎么回事呢？我们三人，不都是在敌人的监狱或刀枪、炮火面前受过考验的吗？面对暴敌，我们曾都不愧是英雄。现在，我们却被逼得你整我、我搞你了！是蜕化变质了吗？不，没有。只是因为这是一场混战！可是，我既不敢讲，也还看不清、想不明。

第二天上午，开"宽严大会"，学校里到处贴出了"夏永青的解放是革命路线的伟大胜利"的大幅标语。会上，宣布了解放夏永青，柴登高是"现行反革命"，要"彻底斗倒斗垮斗臭"，"打翻在地，踏上一万只脚，叫他永世不得翻身！"至于我，只简单带了一句："要继续批倒斗臭"云云。这我当然早在意料之中。到此，老夏搬出"牛棚"，只剩下老柴和我两人。

有意思的是在一个秋风萧瑟的下午，在全校性的批斗大会上，我和老柴竟目瞪口呆（虽然也在意料之中）地发现老夏已以结合的革命干部身份与造反派红卫兵头头一起坐在主席台上了。不但坐在主席台上，还由他"亮相"主持批斗会。他真是铁面无私，扬着眉，颤着声，把"黑线"的罪状全送给了老柴和我，仿佛他是一朵出淤泥而不染的荷花。

批斗会多得如家常便饭。老夏后来告诉我他当时是"傀儡"，我也相信。不过，当时他情绪还是很高的。"新官上任三把火"，不抓阶级斗争，算什么革命派！老柴和我，被斗得目黯神昏、蓬头垢面、脸色灰暗、心事浩茫……老柴显得衰老，脸上皱纹更多，脸也更长了。牛棚里没有镜子，但看到他的脸，我也可以想见我的脸。有一天，斗完以后，又去打扫厕所，老柴手执粪锹，咬牙切齿地："哼！……"但接受教训，话又吞下了，什么也没有说。不过，我懂得他的意思。有时候，沉默比一切言语表示的意思还要多！

那段时日，白昼如此可怕，梦乡反倒能给我带来慰藉。我总是借着繁重劳动和残酷批斗后的沉沉睡眠摆脱痛苦和辛酸。我常在梦魂之中向往许多美好的景物。只有在梦中，我才有了人的起码的权利。这就是我尚有生命活力的由来。我想呼吸自由而新鲜的空气，想听，想看，想寻觅真的、美的、善的东西。我在梦里，常常仿佛自己回到了我的家乡——江南水乡，见到淡蓝色的湖面上，轻舟荡漾；芳草如茵的绿岸，柳丝垂拂，泛着紫金色的青山，野花盛开；湿润的空气里弥漫着松针的香气……也见到那已经过去了的战火纷飞的年代，在那时候，党的阳光雨露滋润着每一个革命者的心，同志之间的爱使每一个来到革命队伍的人陶醉倾倒……也只有在这种时候，我那沉重压抑的心头，才稍有轻快之感。我常奇怪地想：所幸他们还不能对梦境实行"全面专政"，还不能取缔人们脑细胞活动的自由，受凌辱的革命者在自己的心田里还可以埋存着他们掠夺不去的信念、理想和希望。要不，所有被这样折磨的人恐怕都会被现实生活的苦难送往地狱去了。

妙的是，事情又有反复！

老夏的校革委副主任的宝座坐了大约一年，就垮台了。因为社会上两派斗争激烈，在我们学校里，两派以长矛棍棒相见，武斗了一场，原来掌权的一派垮了台，被另一派取代。新掌权的一派，决定解放"受迫害的老干部柴登高"，打倒"卖身投靠的三反分子夏永青"。学校里又到处张贴了大标语："柴登高的解放是革命路线的伟大胜利！"像走马灯似的，"牛棚"里老柴不见了，老夏又回来了。他背着行李卷被红卫兵押进"牛棚"来的那天，脸色非常难看。我书呆子气地吃惊地问："啊？

你怎么来了?"他只闷闷咕噜了一句:"妈的!谁知是怎么回事?……"

谁知是怎么回事呀?也许,连这都不懂,就是路线觉悟不高的表现吧?我这讲"恕道"的人,当时虽然惶惑,却又禁不住有点恶作剧式的痛快。我想:你结合当革委会副主任后未免太狠了些。你斗得老柴和我好苦呀……尽管如此,我心里更有悲哀,深沉的悲哀。我看不到自己的命运会飘向何处,什么时候才能结束这可怕的生活呢?我看不到我的命运会有什么好的转变,而整个社会上的大动乱、大破坏,又不能不使我深深为革命、为国家民族和子孙后代的命运忧心如焚……

柴登高当然也成了校革委的副主任。我又第二次目瞪口呆了!他一上台,正逢"清理阶级队伍",他就"狠抓阶级斗争"!"以大批判开路"!用老夏和我做"活靶子"!

"万里东风扫残云"式的批斗会简直斗得老夏和我上天无路入地无门。人群的粗暴和无意识的残酷对我来说也并不新奇,但我当时不能不有一种奇怪的想法:宁可进监牢,也不能在这儿住"牛棚"!监牢当然苦,比这人间地狱般的批斗生活总要好一点吧?我隐隐感到老柴是在报复老夏和我!但我也不能百分之百肯定这一点。他斗我们是名正言顺的。当时各个单位都如此,岂能怪他一人?他早说过:"你如果处在我的位置上,也会这么干的!"但,他在挨斗受苦时也常叹息地说过:"唉!我们贯彻的黑线不都是上边布置下来的吗?现在顶着这么大的罪名,谁能平气呀!"现在,他准是"好了伤疤忘了疼"了!人所处的地位变了,思想、感情也会跟着变。这也许是个规律吧?

"大革命"真有点像变戏法。有趣的是:不到半年,台上的一派又下台了,原来垮台的一派又上台了。像白日见鬼似的,我看到老柴又回到老夏和我中间来了。我们三人仍旧分享一个单间"牛棚"。造反派这时争权夺利不可开交,根本不想再解放原来的干部来分他们的一杯羹。我们三人仍同劳动同挨斗,只是互相之间的关系却起了变化。疑云弥漫,警惕备至,矛盾深化。三人互相都不说什么了,老柴的牙缝闭得尤其紧，似乎用铁钎也撬不开；老夏不再有"哈哈"的笑声了，偶尔想露个笑脸，表情比哭还难看；我本来胆子比他们小，这时更谨小慎微，神经质地唯恐他俩突然在我背后捅刀子……夜晚睡觉，老夏"格吱吱"的嚼齿声和老柴"呼噜噜"的鼾声依旧。我想起那句"仇敌与朋友同眠于此"的名言，但又心里明白。此间确无仇敌。形成这种关系，我们无从解释，彼此也无可指责。

经过了十年，我和老柴、老夏忍受了不可忍受的一切，却都侥幸地活下来了。

"四人帮"垮台以后不到一年，我们都落实了政策。老柴被任命为教育局副局长，老夏和我都恢复了原来职务，仍在原校工作。我心里有数，三人的关系是完全被破坏了！裂痕宽而深，过去"拧成一股绳"的情况，只是一种美好的回忆了。我同老夏貌合神离，互存戒心，互有看法，老夏老是避着同老柴见面；我也担心老柴对我抱有成见……

有趣的是，老柴忽然主动找到我和老夏了。

那是"三中全会"公报发表后的不几天，我意外地接到老柴亲自打来的一个电话。电话里，他咳嗽着，笑呵呵地说："老张吗？我是老柴啊！……对！……公报看到没有？太好了啊！……咳咳，有张小字报，我想派人送给你看看，你看好吗？"

嗄！被大字报吓破过胆的人听到小字报也不能不吓得胆战心惊。真是心有余悸啊！我手扶眼镜架发了呆，说："又是什么事？谁又写了我的小字报啦？"

老柴笑了："别紧张！这不是那种无中生有、造谣生事的大字报。这是我写的小字报。这样吧！我送给你看看，还附了一封信，向你和老夏交交心。"

我思想上毫无准备，但立刻答应了。

放下电话，我沉吟久之，猜不透老柴葫芦里卖的什么药。

一小时后，老夏跑来，告诉我：他也接到了老柴的电话，内容一样。老夏眨着两只同他年龄依然不相称的灵活的眼睛，问我："你看他搞的什么鬼？"

我摇摇头，猜测着，不敢肯定地说："他说是交交心，可能是想把伤了的和气弥补弥补吧？"

老夏点点头，若有所思地说："也许！不过往事不提也好。那时候，谁搞得清是怎么回事。账是没法算清楚的。"

我说："是呀，太复杂了。不过，你们俩都挨过整也整过别人，我却始终是挨整的，你们都整过我。"

老夏斜眼看我，手又着粗壮的腰，说："哈哈，你怎么老是害健忘症呢？你又何尝没整过别人？远的不说，那次我揭发了老柴，你不也跟着揭发了他？不管你是不是自愿，那次，整得他可不轻！"

我恨不得浑身都长出嘴来解释，但动了几下嘴，只能默然。

当晚，我真收到了老柴送来的一只信封袋。拆开一看，里边是一张小字报和一封信。小字报是老柴的毛笔字，写的是一张医生的诊断书，字迹苍劲有力：

　　　为柴登高、夏永青、张一帆诊断

　　　病情：分裂症，离心离德，互不信任，互有不满……

　　　由来：林彪、"四人帮"推行极"左"路线，搞阶级斗争扩大
　　　　　　化，人为地制造阶级斗争，混战了一场。

　　　第一回合：老柴、老夏联合整了老张；

　　　第二回合：三人一同挨整，

　　　第三回合：老夏整了老柴，老张也火上加油！

　　　第四回合：老柴、老张一同挨老夏整；

　　　第五回合：老柴整老夏，老张也陪老夏挨老柴整！

　　　第六回合：三人又一同挨整；

　　　第七回合：……

结论：今天你整我，明天我整你，整来整去大家都挨整。

问题：今后怎么办？

药方：团结起来向前看！

读完小字报，我慨叹地笑了。我觉得笑里有苦味，却又忍不住不笑。

我再看那封信，只见信是这样写的：

老张同志：

长期以来，感到我们三人"病情"都不轻。我开列了"诊断书"一张，不知你看后是否有同感？

我们三个，文化大革命里像演了一出《三岔口》，在黑暗中混战一场。导演者是极"左"路线。《三岔口》那出戏，灯一亮矛盾就解决了，但我们之间的裂痕和创伤，过去我认为不是那么容易消除的，现在我的看法改变了。我们都是同志，但都有错误，头脑里有了那么多的迷信，才生出那么多的闹剧来！我有对不起你们的地方，在此真心诚意地道歉。

让我们的这出新《三岔口》到此结束吧！一致向前看！如果同意，明晚请来吃饭。我还邀了老夏，我们三个老伙计，好好聚一聚，谈一谈。紧紧握手。

登高上

我心潮如涌，多少话梗塞喉间，不禁想起一句西洋格言："只要互相真诚，定可弥补不和。"

愿我们之间的伤痛能及早抚平，恢复互相之间的信任和团结。

（原载《人民文学》）

潜网上的漩涡

一

市报的副总编包思远今天傍晚下班回来，心里十分窝囊。

午后，总编室秘书小张拿了一封"怪信"给他。信很短，一共十六个大字，没有署名，写的是："办报不与民做主，你们不如回家卖红薯！"显然，是读者向报社提出尖锐意见的讽刺信。

接着，四点多钟时，一篇送到市委给金书记审阅的稿件大样退回来了。是一篇花费了极大力量打算发表的调查报告——《滨虹钢厂为何留不住人才？》。但金书记习惯地用鲜艳的红笔在稿上打了一个拳头大的"×"，批了"不发"两字。

两件事凑在一起，包思远就像喝了一碗酸醋，又被灌了一碗辣椒水。回家后，心里滋味十分复杂，既气恼，又尴尬，更有愤怒和无可奈何。头脑里像塞了一团猪毛，刺痛而又紊乱。踱来踱去，烦躁得很。后来拿起挂在墙上的月琴，弹了一曲《阳关三叠》。弹起这支古曲，他会想起青年时代在西北上大学时的那段日子，想起汹涌的黄河，美丽的五泉山，浩渺的大地风沙。这样，心情才微微舒展过来。

老伴尹芬下班回来忙着在厨房里办晚饭。高压锅煮的米饭，外加一个韭黄炒鸡蛋，一个海米炒芹菜，配了一碗紫菜汤，热腾腾地用托盘端到厅室桌上，招呼着说："吃饭吃饭！"她忙，根本没注意到包思远心情的变化。两人感情一向很好，包思远也不愿将自己心上的风风雨雨传染给她，反倒在吃饭时找点闲话谈谈。一会谈起大街上待业青年新开了一家西式快餐馆，一会谈起照相馆里增添了拍摄彩照的项目……滨虹是个地辖市，市区人口不过十万，靠近山区，比较闭塞。这都是些新鲜事。七谈八谈，包思远将心中的不悦丢到脑后，心情反而愉快了。

晚饭后，天已暗下来。包思远就开了电视机，像往常一样地独自在厅室里兴趣极浓地看"新闻联播"，看得正高兴，外边"嘭嘭嘭"，有人敲门。

谁来了呢？包思远出去开门。外边，是美妙的春夜，柔和的月光，洒满了围墙内栽种着花草的静谧小院。包思远开了院门，看到门外一胖一瘦两个骑自行车来的人正扶车站着。这是滨虹师专的两个中年教师郑成一和解力群。

粗胖的郑成一说："包校长，我们又来打扰您了！"

包思远"文革"前在滨虹师专做过副校长，滨虹师专的教师们习惯于像从前一样叫他"包校长"。

包思远连忙说："请进来，请进来！"他让客人进了厅室，开了电灯，请两人在大沙发上并排坐下，关了电视，自己坐在藤椅上不禁叹了一口气。先前那种不愉快的心情伴同着记忆又飞回来了。

那是三个星期前，数学教师郑成一和化学教师解力群到报社专程来过一次。他们除了来反映师专在落实知识分子政策上的问题外，还反映了学校里水井含氟的问题，说师专用的自来水不是自来水公司供给的，学校自己在东边一口大井旁造了个高高的大水塔供应自来水。这水里含氟量太高。氟，是卤族元素之一，是非金属中最活泼的元素，能同几乎所有的金属、非金属元素起狂热的反应而生成氟化物。氟，有极强的腐蚀性，有毒。除锂、镁、钙、锶、钡和镧系元素的氟化物难溶于水外，其他金属氟化物都易溶于水。饮这样的水，就会中毒。

那天，刚开始谈话，包思远就接到电话让他立刻去市委宣传部开会，他只好让文教组长马雪湘同两人继续谈。后来，马雪湘向包思远简单汇报了情况，说师专的主要问题是"左"的影响未肃清，另外，水的问题也严重。包思远要马雪湘到师专多找些教师到报社来开个座谈会听听反映。谁知，人和会期都定了，却出了稀奇的事：恰恰就在开会那天，师专突然"放假"，包了客车，组织全体教职员去八十公里外的英雄山"春游"，美其名曰"进行改革，关心知识分子"，规定："英雄山有烈士陵园，全体教职员不准请假一律要去凭吊。"好端端一个座谈会就垮了台。

以后，马雪湘因肾炎复发病休，这事搁了下来。想不到今夜这两个教师又来了。包思远知道这两个书呆子历来"无事不登三宝殿"，想起上次的事拖拉下来了，不禁深有歉意，叹口气说："唉，上次的事，我们虎头蛇尾了啊！"

郑成一憨厚地说："不不不，那个春游是个阴谋，司马昭之心路人皆知啊！"

解力群皱着眉说："说真的，我们也怕把事搞大，可是今晚还是得来谈谈水的问题。"

尹芬泡了一壶清茶，送来三只玻璃杯。包思远斟茶给客人喝，忍不住说："咦，'文革'里我在师专时，没听说什么氟中毒的事呀？"

郑成一点头："那时，学校没安装自来水。学校一共三口井。你住西边，用的是西边那口深井的水。"

解力群瘦削的脸上表情激动："氟中毒有个过程，有时要好几年，老传达肖大爷死了，死前关节都变了形，他老伴驼背，手关节佝偻肿大，腿部关节畸形。外语老师于允正背驼了，教语文的杨永信老师也这样。至于骨骼、关节出小毛病的人多得很，有的以为是'潮湿'，有的说是'劳损'，其实都是氟中毒。"

包思远心中搅起了浪花，方脸盘上神态挺严肃，问："这可靠吗？"他欠缺这方面的知识。

郑成一点头，急躁地说："当然！水样在卫生防疫站化验过。"他从上衣口袋中掏出三张化验单递给包思远，指着上面开列的数字，"看到吗？含氟量，这数字够高的了！"

包思远想到了儿子包昆。小昆在滨虹师专上中文系。包思远埋怨：小昆这孩子真糊涂。他住校，也喝这水，怎么就没听他反映呢？他看了化验单，点点头，递还给郑成一，忍不住问："学校领导坚持不给解决吗？"

他知道，本省有些地方从历史上看就是因为水中含氟量高而使有些人丧失劳动力或严重影响健康的。前些时，省里曾为此拍过一部科教纪录片，宣传氟中毒的情况和解决氟中毒的办法。其实也不难。简单可行的办法是重新打井，打深井。另外，利用化学处理过滤也能解决。

郑成一喝着茶叹口气摇头："唉，就是不解决。'文化大革命'贻害之深，决非把'四人帮'的头面人物判了刑就万事大吉了！"

厨房里传来"扑通"、"扑通"的水声，那是尹芬在用洗衣机洗衣服。

包思远听着水声，想着他俩的话，眼角有深深的鱼尾纹，问："难道他们自己不吃不用这井里的水？"

身材羸弱的解力群苦笑："妙就妙在这里了！书记余铁亭家住西边，那儿用水接的管子是自来水厂的。'事不关己，高高挂起'，反正他不会氟中毒。"

包思远早知道师专这个书记余铁亭是"四人帮"垮台的前一年从部队转业来的。听说在部队支左时派性大犯过错误。原来是河北某军事单位一个大队政委，要他转业，赖着不走，加了一级，才转到地方上来。来后，居然分到师专干书记。"四人帮"垮台前及垮台后那两年，路线极"左"，他倒十分卖力。可是随着三中全会批了"两个凡是"，这几年他越来越不干正事了。连打击经济犯罪的事儿也不干。人们反映搞基建的某些人有贪污事实，他不闻不问。他是个老干部，大家背地叫他"老不干部"。听了解力群的话，包思远不禁问："别的领导呢？"

天上有一架夜航机飞过，飞得很低，轰响的声音呼啸着震人耳膜。听到机声，使人想象得出，此刻，那架飞机上正亮着红绿灯在月光下西行。

郑成一憨直地说："党委办公室主任又兼行政总务主任吴玉英不在学校住，他老婆在汤沟疗养院工作，他全家住疗养院宿舍。他中午也回家吃饭，平时又常出外开会、跑工作什么的。基本不喝学校的水。听说这一向他从家里偷偷带个水壶自己喝。"

一提吴玉英，就勾起了包思远记忆的帷幕，眼前立刻出现了一张戴眼镜、黑黢黢的"张春桥脸"。这人名字像女的，却是个凶恶的造反派。"文革"前是个不合格的政治教师，讲课错误百出，如说奥地利在大洋洲等等。"文革"中，他高举语录本，叱咤风云，成了一派的头头。他这一派在本地是被领导层的某些人目为"正确"的一派的。他又善于看风使舵阿谀拍马，成了余铁亭提拔入党欣赏重用的红人。年前，师专有人告诉包思远：吴玉英现在较前沉默，很少在公开场合讲话。他当年那些同观点造反的铁哥儿们，仍常纠结在一起聊天喝酒。这一伙都年轻，有手腕，早掌握了中层领导权。各系的支书和系主任多数是他们把持，形成了一种可怕的力量。有的连升三级，评职称，他们首先报自己。吴玉英家里墙上还贴着样板戏的宣传画。学校里那些"文革"中刷的错误标语口号，有人建议刷除，他却置之不理。像吴玉英这样的人，最懂阶级斗争，他们是用进行阶级斗争的办法来应付当前形势的。

想到这里，包思远两只充满正气的眼睛像要冒出火光，想起中央一再强调"三种人"的问题，就觉得老一辈的革命家是有经验和远见的，绝非杞人忧天。但却不禁又深深叹了一口气：这种人难道就那么容易辨别和从庇护下肃清吗？……

包思远拉回思绪又回到本题上来，问："田志民呢？他也不喝学校的水？"

田志民是副校长，师专原来的校长谷挺病故后，现在还没有正校长。三个副校长，一个养病，一个专搞基建，一个就是田志民。田志民前许多年遭遇坎坷，在本地知识分子干部中是个著名人物。

郑成一喝着茶摇着大脑袋，答："不，他家倒是喝这水。但他是光杆副司令，学校班底是余铁亭的，对他能抱什么希望！"

小院外，本来是月色包裹着的静谧天地，美妙而奇异。此刻，不知有一伙从哪儿来的年轻人走过。男男女女，笑着，唱着，大声说着话。笑声、歌声、话声都隐隐约约、无忧无虑而又听不真切，转瞬又都渐渐远去……但却使人联想起：快乐的生活、可贵的青春、生气勃勃的好时光。

眼窝深陷的解力群叹了一口气："从改革来说，解决氟中毒的事不过是小改小革，可是却有大拦路虎。看来，小说、电影里写的乔厂长什么的，都是理想人物。不过，包校长，我们知道你为人正直，倒是希望你能做个'乔厂长'！或者做个当代包龙图！"

包思远想起下午收到的那封人民来信耳根发热，耸耸浓眉，苦笑了一笑，说："你们这一说，我得红脸！"

解力群捧着茶杯说："有人说：'要真理找电台，要清官找戏台'！但我们认为有正义感的好干部还是多数。所以白天上了课，今晚还骑车跑几十里路从汤沟来。你支持我们办这件事，办不成我们也无怨言。我们两次向你反映的情况完全属实。现在这氟中毒的事比落实知识分子政策的事更加需要解决。师专六百多师生员工，喝这水的少算算也占百分之七八十呢！"

包思远总想把情况摸清楚，思索着说："学校里那么多干部、教师、

349

家属和学生，对这件事难道没有强烈反应？"

灯光下，解力群的额头和眼角爬着一条条细细的皱纹义愤填膺地说："起初在部分师生中引起了重视，因为氟中毒不像人吃砒霜当场生效，它是在无形中日积月累造成危害的，短视的人就不觉得那么可怕了。"

郑成一急嘴快舌地补充："有人缺少科学知识，说：'我不信，我怎么没中毒！'余铁亭还说：'就是知识分子的事儿多，乱咋呼！'学生两年毕业，两年就驼着背走的人还没有；还有走读的，干脆不大在校喝水。他们就感到威胁不大了。"

包思远不由自主地皱眉深深叹了一口气。他听着他们说，眼睛却看着墙上金色镜框里的那幅油画。那幅油画是复制品，题目叫作"春天还是春天"。画的是乱石堆中一泓清泉潺潺绕过，一棵被砍伐掉的老树，根上长出一支绿色的新芽。那生意盎然的一点绿色，使人感到浓烈的春的气息。明暗的对比，静动的衬托，使人感到一种旺盛的活力。

解力群也看看墙上的画，说："当然，总的来说，群众是气愤的。可是想要'老不干部'余铁亭之流办好事，像指望太阳从西边出。我们出来呼吁，余铁亭极端不满，说我俩'不好好教，小题大做'。找机会他是要给小鞋穿的。"

窗外，掠过一阵微风，盛开着的月季花在月光下将清香悠悠地传进屋里来。五月中旬的天气，已经有些燥热，但使包思远感到燥热的，主要还是来客的情绪和叙述的事实。包思远解开了上衣纽扣，说："你们希望我怎么样？"

郑成一慷慨激昂地说："支持我们，管管这件事。你是这一届普选出来的人大代表，又是报社负责人。你对师专必然有感情。你不管，谁管？"

这两个教师身上起的变化，使包思远吃惊。两个都是书呆子型的人物，粗胖的郑成一整个"文革"期间都是逍遥派，"文革"前人总说他"埋头不问政治"。解力群出身不好，运动中一向挨整，平日老觉比人矮一个头："文革"中以"地主阶级的孝子贤孙"的身份，当了好几年"牛鬼蛇神"，瘦得可怜，树叶子掉下来都怕砸破头。谁料想，短短几年，竟都变得讲话有棱有角，有板有眼，真有一种国家主人翁态度了呢！……包思远一面想，一面心里暗忖：正因为我过去是师专的副校长，现在管这事就比别人不便。但我是人大代表，又是市报副总编，人民来访，我管，是天经地义，怎能推辞？想到这里，脱口问："你们向教育局反映了没有？"

胖胖的郑成一大摇其头："不但去过，还写了信。皮球踢回来，转到了学校。"

包思远不由自主"啊"了一声。

厨房里洗衣机的声音又"扑通"、"扑通"传来，单调震颤的声音听了使人不宁。

郑成一接着说："余铁亭在教职员会上说：'有人翘尾巴，越级告状！哼，事情还得我们办！'我和老解现在是豁上了，拿滚热的身子往凉水里跳也不怕！师专的改革老牛破车，太急人。氟中毒的事突破了，说不定才真能出现点新面貌呢！"

一阵清风，又吹来月季花香甜的气味。外边月光照耀着黑蓝色透明的夜色，给人一种万物好像在捉迷藏那样飘忽迷人的感觉，使人会去思索大千世界的奥秘。

解力群声音激动："过去，我们俩，谨小慎微，现在，感到不能再那样了。师专存在的沉闷局面很严重。可是我们不想叫你为难。别的事你不好干预，就先管管氟中毒的事吧。如果报上能发表人民来信，我俩愿意署名写。"

包思远心里嘀咕，唉，你们了解吗？这份市报，金书记亲自看大样，像这种信他是不给发表的呀！包思远只好说："暂时不考虑写人民来信吧！这事我接受下来，先调查一下，好不好？"

两人点头同声说好。但郑成一忽然神态杌陧地说："包校长，我们等你回音。不过，我最近也许要倒霉，有人想整我，在政治上陷害。"

　　包思远眼角的鱼尾纹变深了，忽然脑际出现了前些年整人时的那些场景。满墙耸动刺激造谣生事的大字报，批斗时那种尖厉可怕的嗓音和疯狂的口号声，专案组恐怖的夜审……事情过去很久了，却如此难忘。他勒住思想跑马，说："怎么回事？"

　　郑成一摇着大脑袋："你去调查就会知道的。那与氟中毒有关，但也无关。我们找你，主要是为了氟中毒的事，不是为了我的私事。"

　　又黄又瘦的解力群不同意，拿眼睨着郑成一说："怎么是你的私事呢？别把那看作是私事。我们没有私事会惹起'化身人'的仇恨。"

　　"化身人？"包思远觉得新鲜，问，"什么意思？"

　　郑成一笑笑："我们指的是那些对三中全会方针、路线、政策仇恨敌视的人，可是表面上却装得也举手拥护。'文革'中这种人会'台上握手，台下踢脚'，现在他们用的是类似手法。他们像氟，有毒，活动能量大，易与金属、非金属起狂热的反应而生成氟化物有害于人，太可怕了！"说到这里，他喝干了杯里的茶，说，"包校长，时间不早，我们走了。"

　　一番话震撼了包思远的心，认真地点头允诺："我一定抓紧办。"

　　两人同时站起身来，他们还要骑车跑长途赶回汤沟。包思远说："我也不留你们坐了，随时保持联系。"包思远叫尹芬："老尹，郑老师和解老师要走了！"尹芬系着围裙从厨房出来送客，说："不再坐一会儿吗？"郑成一说："以后再来。"解力群说："明天上午我还有三节实验课呢！"

　　外边，是一个晴朗、美丽、温馨的春夜。街上的路灯亮着，一盏接一盏。四周静得出奇。送走他们，尹芬又去忙着家务了。包思远关上门，沐浴着清亮、银白的月光，站在小院子里那一大丛月季花前，闻着花香，久久默立。也说不出是什么原因，心里动荡不安。两个教师留给他可咀嚼、可思考的东西太多了。

二

绿纱罩的立地台灯发出柔和的光，色彩虽然单调，屋里布满安宁、幽雅、舒适的气氛。

"你真准备跳进漩涡里去吗？"临睡前，夫妇俩并肩坐在厅室大沙发上谈话，尹芬问包思远。

包思远已将郑成一和解力群来谈的事都告诉了她。她是个循规蹈矩特别谦虚谨慎的人，在市图书馆干了三十年左右的管理员工作，只知道在买书、分类编目、登记、借书……上出力。她与世无争，与人无争，最近图书馆要评职称，人家说她是老中专毕业生，又熟悉业务，工龄又长，该报个馆员才合适。她却善良地笑着说："我水平低，报个助理馆员就行了。"听说市文化局政工科从师专调了一个大学图书馆系毕业的工农兵学员丁卫红负责评定职称，那个丁卫红试点时专爱露一手出点怪题难题考人，以示自己高明。有些同事听了愤慨，她却说："行啊，要是不够条件，我就不评也行。这么多年，没有职称，不也这么在干的吗？"现在，包思远要承办的事，在她听来，麻烦太多了，要得罪人。过去多少年来，她是深深懂得："得罪一个人就多一堵挡道的墙，为好一个人就多一条畅通的路"的道理的。她自然要提出异议了。

包思远胸怀坦然地答："当然，我是人大代表嘛，群众找上门来，怎能不管？"

尹芬用一种奇异的眼光瞅着包思远："人大代表是这样当法的吗？你不是说过：就是'代表代表'的吗？……"

她这么说，包思远忍不住苦笑了。

事情是这样的：市医院中医部主任袁崇洛，是包思远的老熟人了，也是人大代表。两年前，一次开会，包思远要提案请求彻查非法侵占、毁坏市内两处名胜古迹园林绿地的情况，并要求勒令侵占单位限期退出，请他在提案上联名签署。他对包思远说："以前我也做过咱们这个地辖市的人大代表，虽不是普选的也感到很光荣。这个案我也提过，一点用也没有。咱这代表没那么大的权威，不过仅是'代表代表'，说是权力机构个人并没有权。这点你要明确。我对这点是颇有认识的，开开会在小组会上哇啦几句就算了。"他的话使包思远想起在师专做副校长时的体会。那时包思远不是党员，书记兼校长谷挺有时有些不重要的会议就吩咐包思远："你代表我去开开这个会！"或"你去代表代表吧！"那样的会，多半是坐坐听听，回来既不传达也不贯彻的。包思远将这些事和感想告诉过尹芬，所以现在尹芬一说，他忍不住苦笑了。

包思远发自内心地点头叹口气说："是呀，我原先是这么想的，所以三年来空挂人大代表的头衔，啥也不干。今天，郑成一他们启发了我，我觉得过去错了。"

"错了？"

"确实错了！当了人民的代表不给人民办事，要你这个代表做什么？"

"有些事你办得了吗？你有那么大的权？"

"'苔花如米小，也学牡丹开'嘛！郑成一和解力群两个书呆子也奋发了，不应当学学他们吗？"

尹芬琢磨了一会儿，忽然叹口气："你的又犟又硬的性格没变，可是你那不管闲事的脾气变了！"

她一说，包思远细细想：这几年，是变了啊！尤其前年入党以后，总觉得心里照耀着太阳，有那么一种共产党员的责任感压在双肩。党吸收了我，至少要保证自己合格吧？此刻，尹芬这么一说，包思远抑制不住激动了，说："是变了啊！如果说过去我怯懦，现在勇敢了，过去明哲保身，现在想管管'闲事'了，过去闭关自守，现在敢于冲锋陷阵了！这是好的变化呀，你说是不是？"

谁知，尹芬眼眶却红了，说："可我总担心迟早又出什么事。你那又犟又硬的脾气，过去亏吃得还少吗？现在爱多管闲事还不更糟！"

包思远明白，她仍是心有余悸，安慰地攥住她手说："不要怕！谁能把历史再拉回去呢？人都在变，要是再有一场什么'文革'，我敢保险：郑成一不会做逍遥派，解力群不会老实蹲牛棚，我也不会违心地大弯腰挨批斗。"

"那你怎么办？"

"这当然完全是玩笑性的假设！倘若再有一场十年内乱，我会同许许多多党员抵制、战斗！因为我们的奴性和迷信已摧毁，马列主义却多起来了！"

尹芬点头："是啊！过去那种极'左'路线的迫害，那种个人迷信，那种驯服工具论，这几年一想起来总有一种梦魇似的窒息感觉。遥远了，是不是算永远一去不复返了呢？"

不知为什么，包思远突然眼前又浮起了吴玉英的"张春桥脸"。这种脸使包思远一看就想到血淋淋的极"左"的一套做法。包思远咬着牙坚定地说："不！不会再允许它回来的！正因如此，需要我们努力工作，也需要我们拿出勇气来铲除'左'的残渣余毒！"

后来，两人睡了。这一夜，包思远没有睡好。他发现，身边的尹芬也没有睡好。她是个蹲惯小天地的人，整天将自己藏在图书馆的书库里，戴着老花眼镜同书本打交道。回来谈话，总超不出她那图书馆里的一点人和事，听得包思远常发腻。不是说：今天买了哪些哪些新书，就是问："你看像《管锥编》该归在哪一类呀？"再不就是说："现在来借阅书籍到阅览室看报刊的人更多了！""农村一些青年人都常骑车来借书看杂志！……"如此等等。今夜，包思远有一种感觉。这几年来，尹芬由于所处的环境不同，始终好像包裹在一个罐头里，市图书馆的赵馆长又是个比较古板僵化的人，所以精神面貌上的变化确实不大。在师专上大学的儿子包昆这两年不像小时候了，变得好说好讲了，见到不平不正的事，爱发一通议论，尹芬总要阻拦他，说："言多必失，祸从口出！读你的书算了，唠唠叨叨干什么！"在这种时候，儿子有时就回嘴："妈，八十年代了，您的思想还停留在六十年代？……""为什么不说五十年代要说六十年代？""六十年代是你们被整得最服服帖帖的十年！"在这种时候，尹芬倒也并不生气，只是苦笑着摇头，既有不以为然，又有不知所措之感。这一夜，包思远翻来覆去，脑里老是倒腾着郑成一、解力群的事。他俩反映了一件难以解决的氟中毒的事，但更反映了一件"谜"一般的与此相关联的"化身人"的事！他们提出的这个"化身人"的问题，在包思远的感觉上是真实的，绝非向壁虚构凭空捏造的。这样的人，敢断定，在十亿人口的大国中，由于十年灾难，由于长期极"左"路线的执行，由于"两个凡是"的作祟，绝不是十个百个、五百一千！他们也许最终是要彻底服输的，在目前，他们实际上经过较量已经吃了败仗化装潜伏了！或者有一大部分将来会逐渐被"同化"或得到改造起了"质变"的。可是至少在目前，他们还不服输，他们成了"化身人"。在利用一切可以利用的方式方法还在挣扎反抗。有的消极怠工，情绪阴暗，散布不满，有的压制阻挠正确方针政策和路线的推行；有的表面顺从，暗中耍鬼，玩两面派。这样的事并不少。比如最近《人民日报》上登的湖南那个大学的情况吧，在执行知识分子政策上的那些做法，能说不是有这种"化身人"在捣鬼？比如生产责任制的推行吧，有的地方积极地实践、总结，取得很大成效；有的地方虽不积极，却也不破坏；有的地方却要嘛坚持反对，要嘛就以全面推广作幌子，干脆撒手"放羊"，造成群众不满和集体事业的巨大损失。当然不能说这样干的都是"化身人"，有的还属于认识问题，但说绝无"化身人"在中间捣鬼也就不是唯物主义者了！这种"化身人"，对三中全会敌视、反感，以至歪曲。他们和那些真正一时还不理解，一时还糊涂得无法从僵化的思想中解脱出来的人混淆在一起，利用那些人的愚昧、僵化，把自己也乔装打扮一下。让这样的人篡掌着权是最危险的了。严重的是你很难一下子就发现这些混在稻田中的稗草。对待他们当然需要通过教育，通过整党来解决。但不能让这样与党中央在心里保持分歧的人窃据要津，难道不是当务之急吗？……想着这些，包思远心里烦躁，更睡不着，像猜谜似的揣度郑成一他们说的"陷害"，也猜不出个谜底来。后来，半夜以后，算是睡着了，偏又乱梦颠倒：一会儿，看到吴玉英手里捧着一个弥勒佛笑面头套，戴在头上摇着芭蕉扇婆娑起舞；一会儿又丢掉笑面头套，杀气腾腾虎着"张春桥脸"，举着一根狼牙棒，偷偷摸摸像要暗杀谁……直到床头柜上的闹钟"滴铃铃"响了，包思远睁眼一看，尹芬已经不在床上，准是又到厨房里煮稀饭去了。包思远才匆忙起床。

　　早饭后，骑车去报社上班。照例像每天一样，包思远泡好一杯清茶就先匆匆翻阅浏览当天的各种报纸。从北京的《人民日报》《光明日报》《工人日报》……到省报。于是头里布满了莱索托王国首相将抵京访问、民航296客机机组人员和旅客愤怒控诉暴徒劫机杀人罪行、驾机起义归来的原国民党陆军航空队第一大队观测中队第一分队队长李大维抵达北京，同去年驾机起义归来的黄植诚等会见、总政要求贯彻中央指示和中央领导同志题词精神学习张海迪树立共产主义世界观……匆匆一翻，了解了大致情况后，包思远暂且搁下报纸，思索起这一期市报的版面和下一期稿件上的问题来，心里不禁又想：唉，我们这个报纸真难办！要办好它，不是我们没干劲，也不是我们的同志水平低，而是因为主管报纸的金书记对报纸不是抓得紧而是领导无方。他自己对三中全会的方针、路线、政策的精神有抵触，却不许报纸有革新，不许报纸同他的主张有任何违背。他只想将报纸办成个形式主义的、对市委某些领导人歌功颂德的园地。办这样的报，包思远是痛苦的。不让你全面宣传三中全会的精神，不让你在四项基本原则的基础上发挥主观能动性。于是，只能在版面编排、标题技巧、文字磨炼、校对质量上下功夫。包思远和助手们虽辛辛苦苦，报纸的印数可怜，在群

众中影响不大。办这张报，只能放马后炮。例如当生产责任制在许多
地区和市已经推开时，市报上却不许透一点风，金书记每期必看大样，
稍有不合心意的稿子一定抽掉。报纸要用许多版面照登与中央报纸、
省报雷同的过时新闻，要用许多版面照登市委领导同志出席各种会议
的消息、照片和讲话稿，要用一定的版面刊登不那么实事求是的歌颂
稿和表扬稿。只要反映群众意见要求，带有战斗性和革新意义的稿件，
或与金书记心思不合的稿子——例如落实知识分子政策、重视知识分
子的问题，那就绝对登不出来。前几年，当《歌德与缺德》的文章发表
时，金书记拍手喝彩："好！不歌功颂德就是右派！你们编报一定要牢
记，你们的任务就是只许做歌德派！"为这，包思远提出过看法。金书
记后来不谈"歌德派"了，实际上，他既定的方针不变。现在，搞改
革，中央各报版面上联系群众反映群众意见纠正不正之风的稿件多起
来了，使人一看就能感觉到一股改革的热浪。市报呢？什么也谈不到。
想起这，包思远心里就有遗憾、有懊丧、也有气恼。

这时，总编室秘书小张送报纸的大样来，市报是五日刊，每五天
出一期，这期十五日出。包思远今天上午的主要工作就是看大样。他
仔细看着二版头条标题是：

市委在深入调研基础上采取相应政策规定
解决提留过多农民负担过重问题
群众高兴地说："上级给俺减了载，俺奔四化步子快！"

包思远心中有数，这条新闻说是"解决提留过多农民负担过重问
题"，其实离"解决"还差得远。副标题上的两句话"上级给俺减了载，
俺奔四化步子快"，也准是农业组长刘之先自己编造的。三十五岁的刘
之先，能说会道，当过"老插"，爸爸是市政协副主席。他历来为了讨
好市委领导人，常犯"客里空"的毛病，编些顺口溜假借群众之口说出

来使新闻生动是其手法之一。这毛病包思远同他谈过,有时他说:"这丝毫不假!"你也难去调查;有时干脆笑笑:"金书记喜欢这样的写法。"刘之先善于跑上层。这次,这篇稿上有金书记用红笔批的一个"好"字。刘之先说:"金书记看过了,让就这样发!"清样来了,包思远总感到吹得不实在,谄得太别扭,想改一改,一时又无从改起。正费思索,门"呀"的一声开了,包思远抬头一看,"咦"了一声。两鬓花白的总编芦涌泉出现在面前。包思远兴奋极了,问:"你怎么来了?"

老芦是市委宣传部长兼着报社的社长和总编,平时轻易不来报社,业务全交给老包了。他每次来,有时是来传达些宣传上的信息,有时是顺道来研究问题谈谈心。今天,他进门就将提着的黑色人造革包往桌上一放,朝镀铬的钢架塑料软垫椅上一坐,解开领口说:"今上午有个照例是听废话说废话的会,我不愿浪费生命,钻空子想来同你谈谈报纸改革的事,你看好不好?"说着,掏出香烟来抽。

包思远连连点头:"当然求之不得,早盼着你来商量了!"他搁下大样,决定中午抽时间补看,把藤椅挪近老芦,说,"你已胸有成竹了吗?"

老芦爽朗地呵呵笑了:"哪里,我是来听你的。先谈谈你的意见和同志们的反映好不好?"

老芦这个老宣传部长,"文革"前是市委宣传部的副部长,那时的宣传部比现在管得宽,教育、文化都归宣传部管。老芦那时就管着教育,兼过市报的主编。"文革"中揪了他的"叛徒",原因只是由于他在白区做过地下工作,被捕过。"文革"里批来斗去,到后期才解放,先是复职当了副部长,粉碎"四人帮"后,升任宣传部长,但不是常委,分工管组织宣传的市委副书记金铁城并不放心让他干工作。他这人,办事比较稳健,讲政策,讲原则,有魄力,还有个特点:善于接受新事物。金书记正是在这点上不放心他。他年岁虽大了些,已经五十五了,思想不老,更不僵化,像他这样的老干部,是有威信也有工作经验和能力的。更有一种优良品质：敢于承担责任，从不推卸责任，遇事也从不含糊其辞，对了坚持，错了就表态改正。正因如此，人们乐于与他共事，也乐于在他领导下工作。他是包思远的入党介绍人之一。拿发展包思远入党来说，当时他也是力排极"左"思潮流毒坚决表态才使包思远被吸收入党的。但在市委里，上有金铁城的保守压住了他，他的年龄又使他感到已经日薄西山"夕阳无限好"了。虽未影响积极性，有时也难免不叹息一声，说："老了！该让年富力强的干了！"包思远对他有比较深刻的了解，认为像他这样的干部，在市委调整领导班子时仍可以放在一线上应用，他比有些副书记、常委能力要强得多。包思远自然也了解：有些人并不喜欢老芦，因为他不会奉迎或者随声附和。在一些对三中全会方针、路线、政策有抵触情绪的当权者心目中，他属于不讨喜欢的人。正因如此，他在调整时命运如何，难说。很可能会用"年龄大"这一条把他掐掉。报国唯恐无门，他的叹息所流露的情绪，正是为此。

听他这么说，包思远给他泡了杯茶，说："先给你看样宝贝！"他从抽屉里取出那封信递给老芦，说："人民来信，十六个字，字字珍珠！"

老芦看了信，苦笑笑说："一字千金，给我们加点压有好处。这信我收下，你再谈谈社里同志们的意见吧！"说着，将那信收入上衣口袋。

包思远一五一十讲起来。老芦听着。包思远先讲工业组长赵纯先的意见，又讲文教组长马雪湘的意见，再讲农业组长刘之先的意见，……意见总的是要求改革，一是希望实行岗位责任制；二是办好报纸的许多具体建议。谈完，老芦抓紧就问："你的意见呢？"

包思远皱眉说："他们想到的，我也都想过。改革的目的是为了把市报办得更好。大家希望市报反映群众的意见和要求，这类稿子不是没有，而是校样送审总被抽掉。最近，为了争取实现党风的根本好转，要刊登些敢于同党内外各种错误言行做斗争的典型事例和调查报告。

结果呢？都被金书记未说明理由就打上'×'撤掉了。"说到这里，他起身去桌上卷宗夹里将那篇《滨虹钢厂为什么留不住人才？》的校样取出递给老芦，说："市报不是宣传中央方针、路线和政策的武器，而只成为某一个人的好恶所操纵的工具，对国家对人民怎么交代？"

老芦默默吸烟看着校样，点头沉重地说："是啊，是啊，……"但却似有千言万语说不出口，只将校样也用手一折，装进上衣口袋，说："这也交给我吧！"

办公桌上的电话铃声忽然"滴铃铃"响了。包思远跑过去接电话，只听他"嗯"呀"啊"的，听对方讲话，从话筒里的声音听来，讲话的人很不冷静。……一会儿，包思远挂上电话走回来，叹口气，对老芦说："新华印刷厂的电话，嫌我们发的稿件常常抽调变动太多，嫌报纸印数不断下降，数字太少，不想排印，要我们换个小厂去印，话说得十分难听。"

老芦听了，直眨眼睛，说："我去找他们领导谈谈，解决这个难题。"

包思远端起茶杯喝着苦茶，想把刚才的话续下去。忽然想到了昨夜郑成一、解力群来找的事，又想起了老芦也是市人大代表，就前前后后地把昨夜来客夜访的事讲了。

老芦听了，闷不吱声，大口吸烟，半晌，才说："看来，领导班子调整得好，改革才能在健康迅速的轨道上向前推进。不然，阻力首先就在领导班子上要反映出来的。师专氟中毒事件，如你所说，只是小事一桩，办一件利人利己的好事，尚且有阻力，何谈其他！师专的情况我是知道一些的，只是'文革'前我们兼管教育，现在宣传部不管教育了。"

包思远清楚："文革"前，师专的教师老芦个个叫得出名字。现在，师专虽不属于宣传部领导，但三月里开会纪念马克思逝世一百周年时，他主持座谈，师专的政治、历史教师都参加了，跟他也很熟。包思远忍不住说："老芦，这件事我想管一管，你支持吗？"

老芦又莞然笑了，说："好事谁能不支持呢？也许，去促进人家的改革，反过来也会促进我们自己的改革。"

包思远体味着他说的话，说："我想到师专去一次，以人大代表的身份，而不是以报社工作人员的身份，要是发生了困难，就找你！"

老芦沉思起来，他也早听说师专落实知识分子政策很有问题，主要是余铁亭和吴玉英之流用派性和极"左"思想纠合在一起。吴玉英和他的铁哥儿们在余铁亭的庇护下，是实力派，是中年或青年，说起来既有学历，也是知识分子，纠合的人，有的在党委和政工方面，有的是中层党总支和系主任这一级干部。这种人的构成分子式是："文革"中造反派的派性＋极"左"流毒＋对三中全会以来种种不满＋嫉贤妒能。目前那儿是：好人入党难，好人受压制，政策难落实，"左"还很吃香。

想到这里，老芦刚刚把手里那支烟蒂揿灭，就紧接着从袋里又摸出一支烟来点火，叹息地说："师专的问题，其实金书记未必不知道，但他有他的看法。市委刘书记、谢书记都很重视与党中央保持一致，就金书记爱搞派性，但刘书记他们是外边新调来的。金书记是个'坐地户'，有他同观点的一帮人支持，他说话办事常比别人管用。你可能不知道吧？金书记同余铁亭沾亲，他们是本家兄弟。"

"什么？"包思远差点叫起来，太出乎意外了！

"金书记本来姓余，做地下工作时改姓了金。他在'文革'中又是与吴玉英他们这一派有瓜葛的。吴玉英保过他。教育局长秦文选也是他们一条线上的。人情大于王法，藤蔓缠绕，当然不得了。"

包思远睁大了两眼，愣怔住了。

老芦提醒说："别以为田志民不行。这人倒是不错的。早年是个参军抗美援朝负过伤的大学生，后来在省里《支部生活》杂志做过副主编。一九五七年时因为对知识分子的使用问题说过几句真话，未划成右派，却将他下放到我们市里来当党校副校长。干不两月，又突然补划成右派凑了规定的百分比数。以后，先在农村劳动，后来摘帽调回党校当教员，还干过些别的工作，直到前年改正后才像出土文物似的去到师专。表面是落实了政策，实际并不落实。孤掌难鸣，无法工作。你到师专，要了解情况，可以访访他。"

正谈得热火，"笃笃"有人敲门进来了。这是农业组长刘之先。这个刘之先，是金书记安在报社的一条"腿"、一只"耳朵"。他常跑市委大院金书记住的那幢小楼。据说，想活动去做金书记的秘书。他一进门，两只眼白多于眼黑的机灵眼睛一转，马上点头哈腰："啊，芦部长来了！"接着，就给包思远递过一个大信封，说："金书记前天在大会上关于五讲四美的一个讲话，很重要，让我带来在报上发一发。"

包思远刚才那阵愣怔尚未消失，将信封接来，抽出打印的那叠厚厚的讲话稿在手上掂了掂，未作表示，心里气恼。刘之先却在一边拖把椅子坐下了，悄悄斜着眼瞅瞅老芦。看样子，是想发挥"耳朵"的作用，听听宣传部长和副总编聊些什么。

房里出现了尴尬的沉静。这条"腿"和这只"耳朵"来了，老芦和包思远明白，刚才的谈话是继续不下去了。

老芦站起身，把吸剩的半截烟往地上一扔？用脚狠狠踩了一下，说："你们谈工作吧，我走了！"但转脸用一种赞许和鼓励的眼光看着包思远说："老包，干吧！该干的事我们多干一些，将来见马克思也不惭愧。你刚才的态度对我也是一种启发和教育，你同从前大不同了，正像你讲别人一样。你发现他们变了，我发现你变了。这种变，是一种了不起的变。振兴中华的希望，就在这种精神状态的变化上！"

他说得平静而激动，深刻而中肯，使包思远感到温暖和鼓舞。凝望着老芦那两只藏在深陷眼窝里熠熠发光的眼睛，包思远浑身的血都沸腾了。

但，被冷落在一边的刘之先脸上堆满了不解与惊讶，感到很不自在。他看着老芦开门出去的背影，回味不出这番没头没脑的话什么意思。

三

五月十四日，星期六，天气有点闷热。

前夜，下了瓢泼的暴雨，昨夜，又下了淋漓的大雨。早上，放晴了，阳光带着橘红色，将建筑物、树丛、田野、虹河都映照得清亮亮，水灵灵。公路湿漉漉，坑凹处还积着水。包思远搭公共汽车到五十里外的汤沟滨虹师专去。包思远的儿子包昆，没能考上一二类大学，只能在属于三类的师专上中文系。包昆常发牢骚说："咳，我们是三类！……"嘴上虽这么说，学习倒很努力。这师专，包思远做副校长时，原先是在市里。"文化大革命"，革了文化的命，师专被一鞭子赶到了乡下去。汤沟是个区的驻地。这一去，原来市里的校舍被一些机关瓜分了。师专又在汤沟盖了不少新屋。就像插队知青在农村娶了对象成了家，再也迁不回来了。这两年，许多人都主张把这所大专学校搬回市里来，据说并没有谁坚决反对它搬回来，但也没有谁做主让它搬回来。像目前许许多多办事情的方式和效率类似，它被拖拉搁置着……公路好似一条飘然欲动的带子，路旁的钻天杨一棵棵掠过去。包思远坐在汽车上，一路上，翻阅着当天的报纸：胡耀邦同志仍在南斯拉夫访问，莱索托王国首相乔纳森同赵紫阳总理在北京正式会谈，叶剑英赞扬橡胶种植北移了不起，勉励广东农垦职工努力创新成果，李大维被任命为某航校副校长，岳飞宗族家谱在江苏发现。公路两边是青翠的田野，一片耀眼的绿，汽车溅满泥污颠簸了半个多小时，抵达那有着灰色拱形大门的师专。看看手表，正是八点钟。

包思远是到师专进行调查的。实在太忙，不然，他该昨天就来的。昨天上午没抽出空，下午他又到卫生局去找人详细了解了关于氟中毒

364

方面的常识，就拖到了今天。到了师专的大门，包思远却感到挠头了。是不是会被看作"越俎代庖"呢？是不是会引起人反感呢？"文革"前，他在这学校做过副校长，熟人不少；小昆也在这里上学。本来，想等星期六下午小昆回家时，问问小昆情况的。想到小昆三个星期不回家了，包思远也就决定不等了。昨天中午，包思远挂了个电话到师专，找到了小昆。电话里，包思远要小昆专门了解一下关于井水里高氟中毒的情况和反应，叮嘱他星期六下午一定要回家见见面。事后想想，自己还是该亲自来尝尝梨子的滋味，这就登程了。他明白：如果正式找市人大常委会或由报社开个介绍信来，未免太郑重其事，显得过于严重，像现在这样，不开介绍信，怀里揣着记者证来，又有点像"私访"，也不讨好。但既来之，则安之。包思远想：光明磊落地办事，有什么关系呢？我就先访问余铁亭，再找田志民。

师专大大变样了。新建了不少样式新颖的高大楼房。树木长大了，郁郁葱葱，浓淡相间。包思远进门到传达室，发现传达是个二十来岁瘦瘦的年轻人，正在门口蹲在地上撒馒头屑喂一群刚出窝的小莱克亨鸡。二十多只小油鸡黄茸茸的正围着他"吱吱叽叽"。年轻人穿条筒裤，穿件红球衣，蓄着长头发，一脸懒散相。见到包思远，也不站起身，吆喝"留下买路钱"似的问："找谁？"

包思远问："原来的老传达肖大爷呢？"

瘦青年人翻翻白眼珠子："老两口子一个伸了腿一个罗锅啦！退出历史舞台搬后边住啦！"

包思远瞅他有点面熟，想起来了：这准是伙房工人老郭的儿子呀！脸长得跟老郭惟妙惟肖。老郭年轻时是在滨虹集上卖狗肉的，一九五八年大跃进的高潮中进了师专的前身——滨虹红专大学伙房当工人。包思远问："你姓郭吧？"

瘦年轻人抬起眼瞅包思远一眼："你怎么知道？"

包思远说："你是顶替你爹的吧？你爹好吗？"

瘦年轻人"嗯"了一声，懒洋洋站起身来，声音比先前略为和气一点："你找谁？填个会客单吧！"他去传达室一张小桌上拿会客单。

　　包思远掏钢笔填了单子。瘦年轻人懒懒地看了一看，留下存根，递过另一半来，说："认得不？进去，往东再往南，到办公楼找！"说完，又去门外蹲在地上从盒子里抓馒头喂起鸡雏来。顶替的青年人中，类似小郭这样郎当稀松抱铁饭碗的不少，包思远早就见怪不怪了，就按他说的向东走去。

　　向东那条大道两边的小白杨树都长大了，成了一条林荫道。心形的叶片在春风中闪烁翻飞。旧地重来，包思远不免感慨。"文革"中，被一鞭子赶到这里时，这儿只有三排平房和一百几十亩空地。当初原是一个麻风病院的旧址。麻风病院的造反派好汉们，"文革"中造反很起劲，说是历来被"压"在农村，现在要"杀回市里闹革命"，一窝蜂就杀回市里去了！那些病人，造反派用"老三篇"给他们治病，让他们"天天读"，背诵、宣讲，早请示、晚汇报，活学活用，立竿见影。据说不到一个月，病人都宣称病情好转，医生也宣称只要坚持这种治疗方法，必有成效。用"老三篇"治疗精神病的经验曾在报上发表过。病人就都被"解放"回家去了！麻风病院的造反派杀回市里后，将卫生系统举办的一个"职业病防治展览会"当作"四旧"砸烂，进驻了展览会的会址，挂上了一个"皮肤病防治所革命造反红卫兵"的牌子，一群长胡子的男红卫兵和当妈妈的女红卫兵就一直留在市里干革命了！当"革命造反"和"红卫兵"不吃香的时候，那块牌子就变成了"皮肤病防治所"。一些皮肤病患者可以去就近治疗，这块招牌与"麻风病防治所"的招牌不同，并不引人反感。所以直到现在，那"皮肤病防治所"仍在市里。那些麻风病人呢？他们混在群众之中怎么样了？包思远平时倒也想不到他们，这时却忽然觉得这问题涉及人民健康，相当严重。报纸上倒是可以反映一下，提出这个问题要求解决的。包思远当然也明白，真有这么一篇稿子，金书记是绝对不会让它见报的。只有向卫生局反映一下吧！办报纸，每天不知要接触多少问题，倘若都要我像处理氟中毒这样来解决，怎么可能？包思远觉得自己有点可笑了：自己本身的"病"不去治却来治人家的"病"，岂不有点讽刺性？

包思远继续在林荫道上走着，记得那是一九六八年左右吧，他在这里被批斗、劳改过。当时，就在南边那一排砖墙上贴着"打倒三反分子、资产阶级反动学术权威包思远"的大字标语。"包思远"三字被倒写成"囶曷卣"，名字上还用红墨水血淋淋地打着大"×"……夏季，一天半夜，吴玉英忽然带着几个红卫兵出现在"牛棚"里。"牛棚"里的二百支光大灯泡整夜亮着，门口是手执棍棒值夜岗的红卫兵。吴玉英走到床前高嚷："包思远，起来，走！提审！"包思远和衣而卧，一骨碌起身，被押出"牛棚"。外边黑黝黝，走了不到百米远，吴玉英忽然从后边猛的一拳，将包思远打得一个跟跄跌出去一丈多远，膝盖、手心全被尖石戳破了！包思远忽然想起了小说《红岩》中特务杨进兴杀人的故事，想：难道他们要杀人？包思远爬起来，又被吴玉英等驱赶到南边乱坟堆里去。那儿，黑压压站着一堆人，地上熊熊烧着一堆火——那是用课桌课椅劈了当柴烧的，四周被火光映照得明晃晃的。地上挖着一个坑，有些"小将"手里拿着锹镢。一个"小将"——当时校革委的"主任"汪钧平，穿一套旧黄军衣，背个军用挎包，见包思远到了，恶狠狠地指指大坑说："快交代你的三反罪行！不然今夜就活埋了你！"包思远看看那一群红卫兵连同吴玉英等一伙的脸面，一个个都像牛头马面，觉得他们确实想活埋人。在那种疯狂的政治气氛下，他们什么无法无天的事干不出来呢？

包思远是个倔强、实在的人，一个旧大学的文科毕业生，被扣上"资产阶级反动权威"和"三反分子""走资派"三顶帽子心里不服，每次批斗苦头总比别人吃得多，这次也不例外。吴玉英表示"革命"，高声揭发："包思远，有一天你洗衣时说：'领口袖子太脏了'！是什么意思？你以为你污蔑领袖巧妙得谁也听不懂吗？"包思远哑口无言，惊愕于吴玉英有如此奇妙"上纲"的本领。正在发傻，吴玉英已经飞起一脚将他踢得一头栽进了大坑。包思远头破血流，"啊"地惨叫一声，趴倒在坑里闭上了眼，心想：活埋吧！我也活够了！……但只听到上边人声喧哗，似乎有人在埋怨吴玉英不该这么做。……可见得那时红卫兵里也不个个都是凶神恶煞呀！后来，包思远被拽出坑，又送回"牛棚"。听说，那一夜，所有牛棚里的人，每人都如法炮制了一遍，目的不外是红卫兵和造反派要开开玩笑。

为什么又想起这些呢？是触景生情？这些，都已经那么遥远了！记忆中的往事有些也需要费点思索才想得起来了！一晃，十多年了。噩梦似的十年内乱早过去了。一切都变得好了，再想这些，又有什么意思呢？

正是上课时间，有轻微的教师讲课声随风飘散。外边很静，辨得出讲课声是从教学大楼里隐约传出来的。包思远忽然想起那时候绰号"大挎包"的汪钧平作传达报告时说过："什么是大学？大学就是大家都来学！……"汪钧平哪里去了呢？不知道。当时那些"昙花一现"或"臭屁一响"似的"风云人物"太多了，而今安在哉？

包思远挨批斗时，教学大楼还没有，是近几年才盖的。再放眼四周看看，师专的规模已经不小。房子盖得很多，一幢又一幢的。看来，有的是宿舍大楼，楼顶上竖着不少电视机的天线竿。旧地重游，这里确实改变得很陌生了。包思远按照传达室小郭的指点，朝南向一幢灰色的办公楼走去。

走着走着，见远处有三五个人抬着水桶，举着长刷，正在刷洗教室大楼旁一溜平房的外墙，那溜墙上"文革"时期涂满的那些乌七八糟的标语口号都还清清楚楚残存着。许多单位，这种事早都处理过了，这里现在才在清除，看来人说吴玉英对这种事有意置之不理的话并不冤枉他。现在，为什么又在洗刷了呢？是谁在洗刷呢？包思远看到一个指挥刷除残存标语口号的中年人正在指手画脚。这人中等个儿，瘦瘦的，穿得笔挺，有些架子，像吴玉英。是吴玉英吗？他现在为什么要洗刷起墙壁上残留的"文革"中那些错误的标语口号来了呢？能说不是"化身人"的一种化身法吗？……

包思远正在想，天下偏多巧事，只见那个中等个儿转过身来了。他蓄着长头发，戴副眼镜，黝黑的长脸，两只蛇眼，一颠一颠地走过来了。他烧成灰包思远也认识。那副"张春桥脸"，老远一看仍没变样。这是吴玉英呀！巧极了！来师专第一个就迎面碰到他，真是路窄！这些年，包思远没见过他，只听尹芬说，在街上遇到过吴玉英，很客气，还频频问起："包校长好吗？"那又何必气量窄小？只要他接受教训，认识错误，改了就好嘛！只是，那夜听郑成一、解力群说起了他的情况，包思远对他又不胜"感冒"了。这种人，不到黄河心不死，哪天才真会洗心革面呢？正想着，吴玉英灵敏地已经认出是谁了，"张春桥脸"上泛出了笑（当年有人说他像"张春桥"，他露出的就是这种笑容），十分亲热地迎上来了，说："啊，包校长，你好！你来了！"说着，热情地老远就伸出手来。

包思远同他握手，他手上有湿腻腻的冷汗，这点也未变。这人就有这么个毛病，一年四季都出手汗，同他握手，使人感到一种生理上的不痛快。

"包校长，你来有什么事？看包昆的吧？他在上课，我给你去找！"吴玉英以为包思远是来看儿子的。

包思远老实，竟未顺水推舟，说："呵，不是！"吴玉英那善于窥察的蛇眼里有一种"警惕"的凶光，包思远索性直率地说，"来看看你们余铁亭书记的！"

"我陪你去！"吴玉英要带路，一脸谄媚相。

包思远婉谢，吴玉英死皮赖脸要陪，拒绝不了，只得由他。一路上，他问："包校长，你在报社担任副总编，一定很忙吧？"

包思远想：嗬，他对我的情况了如指掌！笑笑说："也没什么。"话

369

不投机半句多，包思远不说话，他也似乎有所感觉，也不张口，包思远打量起他来。吴玉英发了点胖，穿得比过去讲究多了，身上是一套新做的灰色料子服，皮鞋也锃亮。记得那时他老是喜欢穿补丁叠补丁的黄军衣，配双车胎底的黑布鞋。谁穿得齐整些，他就说那是"资产阶级思想"、"资产阶级作风"。包思远想：他由一个不称职的政治教师大闹派性，现在收敛了，一官半职已经捞到，又升了级，评得了讲师的职称，总算得意了，可他仍旧不称心，仍想上蹿下跳，这是为什么？面对着吴玉英这样一个"化身人"，包思远真想赶快摆脱他。

吴玉英这人，身上过去老是有股"杀气"，连两片嘴唇也像刀片一样。现在，这股"杀气"变了，包裹在他的微笑和带几分做作的"温文尔雅"里了。他使包思远联想到包着橡皮的铁棒。他微笑着，陪着包思远走，见包思远沉默，他也一字不说。包思远不禁想：人都在变，他这人，过去在强调"念念不忘阶级斗争"的年月里，话很多。有一次开大会，他杀气腾腾说过："有些人沉默，为什么沉默？是阶级斗争的表现！是因为心怀鬼胎，说话怕被抓住辫子！"如今，听人说，他吴玉英也沉默了，岂不怪哉？像郑成一他们过去不说话的现在说话了！原来像吴玉英这样大讲"阶级斗争"的反倒不讲了！这种变化意味着什么呢？思索着，思索着，已经走到办公室前了。

包思远跟着吴玉英跨进办公楼，办公楼采光设计得不好，甬道里阴暗，到了挂着党委办公室牌子的门口，吴玉英推开门叫了一声："余书记，来客了！"那声音热情又带着讨好的味道。

只见一个在看报的胖高个儿，从沙发上站起身来。这是个花白头发大脑袋的黑脸胖子，两只金鱼眼泪囊肿肿的，穿一条蓝涤卡裤子、黄军衣上身，一看是个转业干部。态度很冷，架子挺大，正在揿灭一个烟蒂。

不等包思远张口，吴玉英已经抢先介绍了："原先我们这儿的包校长，现在是市报的总编——"他似乎故意漏掉了个"副"字，"就是包昆的爸爸。"

说到"就是包昆的爸爸"时，吴玉英声音格外热情，有点异样。余铁亭也好像变得热情起来，也有点异样。为什么呢？包思远心里奇怪。

握了手，余铁亭请包思远坐下。吴玉英就同包思远说："包校长，我走了！等会儿在这吃中饭吧，我叫伙房准备准备。"

包思远连忙摆手："不不不！……"

余铁亭也说："在这吃吧！"他两只显得浑浊的眼睛浮出一种老谋深算的光芒打量着包思远。

吴玉英要走，包思远补了一句："我马上就走，一定不吃饭！"吴玉英却已经含笑拉上门走了。

余铁亭坐的沙发旁，自己新泡的一杯香茶冒着热气。他也泡杯茶给包思远放在桌上，说："今天怎么有空光临的啊？"黑胖脸在笑着，眼睛眯成了一条线。又从袋里摸出香烟递过来。

包思远摇手谢了他的烟，说："我不会吸！"开门见山和缓地说："有这么件事，我是个市人大代表，想来了解一些情况。……"

"嗬，人大代表!?……"余铁亭流露出一种轻视而又意外的神态。

包思远明白：那种把人大代表当作空摆设的思想在余铁亭身上有鲜明的体现，不去管他，接着说："有群众来访，说师专井水含氟量高，有氟中毒的情况，希望能解决一下这个问题，所以我特地来了解一下。……"

话没说完，余铁亭的眉毛猛地跳了跳，脸色陡地变了，瞪着金鱼眼说："哦，知道知道，是谁去访问你的啊？是姓郑姓解的！是不是？这两个知识分子啊，小题大做，一直在跟我们领导作对！"

包思远浓眉不由得皱起来了，说："如果井水里含氟量高，需要解决氟中毒的情况，这也很正常。"

余铁亭摇头，黑胖脸上缓和了些，是不想得罪包思远。这人一定当官做老爷习惯了，是个老虎屁股摸不得的坏脾气，看得出他是强忍住火气，说："正常？完全不正常！"又说，"你我虽是初次见面，但互相都知道。我也不把你当外人。有些知识分子，现在尾巴翘得太高，像郑成一、解力群就是典型。郑成一有严重问题，我们正要处理。"

包思远心里一怔：那夜，郑成一已经预感到了。什么问题？包思远对余铁亭的语气态度很反感，插嘴问："他有什么严重问题？"

"现在，党委还暂不向外宣布！"

他这是明摆着不愿说。包思远想：郑成一会有什么严重问题呢？郑成一说可能有人要诬陷他，是不是指的这事呢？心里莫衷一是，决定抓着正题谈，又委婉地问："井里氟含量过高的事不知是怎么解决的？"

余铁亭像是被人揭掉了假面具，恼了，把头一摇，说："无中生有！没有的事，完全胡闹！"

看到余铁亭坚决的态度和跋扈的气势，似乎确实说的是真话毫不掺假，包思远倒被动了。唉，究竟是怎么回事？难道郑成一、解力群开玩笑、欺骗我？难道真的是无中生有捏造出来的事？包思远心里纷乱，又总觉得对郑成一他们是有一定了解的，他们做不出也不会做这种无中生有的事。包思远以一种怀疑的语调说："我想，结论应当产生于调查之后，我还是希望能协助我充分调查一下。"

"怎么？我的话你不相信？"

"是否可以提供什么证明，证实这是无中生有呢？"

话，触怒了余铁亭，只见他摸出烟来，自顾自地擦火吸烟，打官腔了："学校工作很忙。如果你以人大代表的身份来过问这件事，那么，让吴玉英同志同你谈，他是党委办公室主任，又管行政总务，这类事归他管！"

啊，如果以人大代表身份了解情况，就要降低接待规格。多可笑啊！

包思远心中生气，尽量使自己捺下性子，说："如果你不愿意谈的话，那也可以！"

余铁亭看看手表，说："过一会儿，我还有个会。这样吧，我让人带你去找吴玉英。"态度比刚才好些了，圆场似的解释，"实在太忙，不然，我得多陪你一会儿！"说着，他开了门，朝过道对面一间办公室里叫了一声："小吴！"包思远见他是下逐客令了，心里涌满气恼，站起身来，寻思：看他这种趾高气扬的样子，就叫人明白：他是不会很好落实知识分子政策的！他为什么这么飞扬跋扈呢？包思远不能不敏感地想起老芦的话，余铁亭是金书记的本家兄弟，有后台！包思远想：好吧！我这人就是有股韧劲，我下定决心了，一定要了解真相！了解到底！

小吴是个剃平头的农村青年模样的人，穿得挺朴素，半旧的蓝咔叽裤子、白衬衫，走过来站在余铁亭面前。余铁亭说："你带这位人大代表到吴玉英那里去！"说着，黑胖脸上带着笑向包思远伸手，说："对不起！对不起！"

包思远虽同他握着手，心里泛起一种说不出的不快。接触过不少老干部了！这样"二一推作五"的人真是少见。群众给他起了个"老不干部"的绰号，看来起得绝妙！包思远只想赶快离开，随着小吴走，头也不回。出了阴暗的办公楼甬道，看到外边阳光透过杨树枝叶间的空隙披洒下来，金光灿烂，才舒了一口气。

走在路上，包思远问："小吴，吴玉英在哪里？"

小吴说起话来，蒜味扑鼻，回答："此刻他在总务处！"

包思远突然有了个新的主意，不想先去找吴玉英了，想先看看田志民，就问小吴："你们田校长现在在哪里？"

小吴喷着蒜味儿说："他心脏不好，医生要他休息，在家里。"

"他常生病？"

"不，最近跟学生一起植树，累了一下，病了，所以在家里。"

包思远一听，正中下怀，在家里谈话方便，问了小吴田志民家怎么走法，说："小吴，你回去吧！我这儿熟人不少，自己去找吧！"

小吴不肯，经不住包思远固执地要他回去，才独自走了。包思远就匆匆向田志民家走去。

四

田志民家住在东边靠水塔附近的一溜平房里。平房周围砌了些矮墙，把每家每户都隔开。他住在最东边一家，包思远走到那里时，只见矮墙里，一条凸凸凹凹的鹅卵石小路通到屋门口，屋门前有一个人在紫藤花架下一张藤椅上坐着，精神集中地在看一本厚书。这人约莫五十来岁年纪，穿套半旧的蓝色干部服，花白的头发稀松干燥，很瘦，高颧骨，皮肤粗糙，额上有很深的三道粗纹。包思远从他的气度与年龄上估计，就是自己要找的人了。走上前去，隔着矮墙问："这儿是田志民同志的家吗？"

那人站起来迈步过来了。包思远看到他手里在读的一本厚书，书名是"官僚主义的弊害"，想：怪！这本书我倒没读过！

那高颧骨的瘦子说："你贵姓？我就是田志民！"他上来拨开小木门上的门插，放包思远进来。

包思远自我介绍了一番。田志民说："我早知道你，听不少人说过！"他亲切地让包思远进屋坐。包思远穿过小门从那条凸凸凹凹的鹅卵石小路上经过紫藤花架进了屋子。屋子里布置得简单朴素，却雅致不俗。墙上有一幅山水和一幅花卉，另外有一幅隶书，写的是曹操的《观沧海》，书画裱得都很讲究。两个简单的玻璃书橱，放满了书。写字桌上除了台灯，有一小盆泥土上长满青苔的文竹伸展着多姿的绿色茎叶。田志民去泡茶，包思远将他放在桌上的那本厚书看了一看，是商务印书馆出的书，作者是法国人阿兰·佩雷菲特。不知这本书内容是什么，但田志民看这本书，包思远感到他对官僚主义必然有一种深恶痛绝。难道不是想从这本书中寻找什么缘由或寄托什么感慨？

田志民回来了，端着一杯微微冒热气的清茶歉意地说："对不起，水不太热！还是昨天的开水！"

包思远看着那漂浮在水面上的茶叶，说："不要紧！我是专程来看望你，谈谈的。虽然没有见过，听老芦常谈起你。"

田志民说："对对对，老芦，他了解我。"

包思远开门见山，说："我是个人大代表，有群众来访，谈起你们学校里井水氟中毒的事。我虽然明知这可能管得宽了些，但不能推托。所以今天特地来找你谈谈。不知这事是真是假？"他指指泡茶的水。"这水有没有问题？"

田志民没有回答，眼光深沉，问："你找过别人了吗？"

包思远坦率地说："刚才找过余铁亭，他说这是无中生有！"

田志民叹了一口气，说："我猜，是郑成一、解力群他们找你反映的？"见包思远点头，又说，"他们并不是胡说胡闹的人！"

包思远说："那为什么有人竟说这是无中生有呢？"

田志民不胜感慨："我的过去是一个悲惨的故事，本来只想平平稳稳过晚年算了。近日休息养病，萌生出一种新的想法：年轻时参加革命，疾恶如仇，年岁大了，岂能革命世故？说实话，你要是前天来，我也许像泥塑木雕；今天来，我倒愿意谈谈心里话。"他说话时，额上三道纹路深得像刀刻一样。

听他这样说，包思远忽然想起鲁迅论及陶渊明时说过："'猛志固长在'和'悠然见南山'的是一个人，倘有取舍，即非金人，再加抑扬，更离真实。"在田志民身上，不也是"猛志固长在"和"悠然见南山"的是一个人吗？包思远说："那太好了！我本来把事情想得简单了，只以为来一了解，马上得出答案，如果确有氟中毒的事，提点建议，大家一同努力争取把问题解决不就行了！可谁想到，事情竟这么复杂，这么难办！"

田志民说："事情就是难办啊，自从我前年秋天进师专到现在，瞬忽一年半了，发现情况很复杂，有一种干部以'左'为荣，政策放在脑后，不懂科学，不讲改革，没有事业心，也不想接受新鲜事物。好事不干，却重用坏人，助歪风，压正气。最严重的是根本同党中央分道扬镳——当然，口头上是另一回事。但这种人因为有后台，有潜势力，会拉帮结伙有抬轿吹喇叭的，是不倒翁，掌实权，他会控制党委，你说怎么办？"

包思远纠起浓眉来了，明白他说的是谁，也明白他说的与郑成一他们反映的基本一样，忍不住说："我想不通，这氟中毒的事既然存在，为什么不办一办呢？"

田志民痛心疾首："开头，有人因为愚昧无知，不相信科学，说：'没那么严重吧？'自己又不吃不用这水，就有高高挂起不重视的思想。后来，嫌郑成一等这些他不喜欢的臭老九叫嚷咋呼得厉害，认为知识分子翘尾巴了，与自己作对，该办的偏不办，看你拿我怎么样？问题越闹越僵，当年造反掌权的一伙抬轿吹喇叭的人借这事要巩固自己在师专的力量，表明：你们说了不算！要我们说了才算！你们不低头摇尾乞怜，我们就跟你们作对到底！比比力量吧！随时可以打倒你们，决不允许你们抬头！……这不，终于发展到现在这地步。"

"党委意见怎么样？"

"意见不统一，但有人说话算数，有人像我这样人微言轻，说了不算数。"

包思远嘿然了，说："这水化验过，是高氟，而且有的受害者症状很明显，余铁亭却说这是'无中生有'，怎么能这样信口雌黄不负责任地乱说呢？他又说郑成一有严重问题，是怎么回事？"

田志民叹一口气，正要说什么，却听见屋外有"垮垮垮"的皮鞋脚步声，是有人从矮墙的小门里通过卵石路经过紫藤架走向屋里来了。两人都把眼睛盯着门口，听见一个沙哑的嗓子在嚷："田校长在家吗？"声音好熟呀！

田志民起身走到门口，包思远看到门口闪出一个身影，露出了吴玉英那张"张春桥脸"！他机灵得像猎犬，"跟踪"来了？包思远心里懊恼，同田志民谈得正要开始深入，偏偏吴玉英来了！一定是小吴去通报的，所以他赶来了。是监视，还是防备？

　　田志民陪吴玉英跨步走进来了。吴玉英脸上浮笑，龇牙咧嘴很难看，看得出他不高兴包思远到田志民这里来，说："啊，包校长，听我本家弟弟说你要找我，又说你上这儿来了，我所以马上赶来了。"

　　包思远想：啊，又是亲戚！那个满嘴蒜味的小吴是他的本家兄弟呀！敷衍着说："随便来聊聊的！"

　　田志民脸上平静，看不出喜怒，吴玉英是假笑，包思远却是有点掩饰不住的愠色。

　　吴玉英说："你们继续谈呀！"又把脸朝着包思远，"听说包校长来，是以人大代表身份为氟中毒的事来的？"

　　包思远心想：好呀，你同余铁亭已经合计过了，率直地说："是呀！我想了解你们这儿的井水是否高氟？"

　　吴玉英看看田志民说："田校长已经谈过了？"

　　田志民想说什么，包思远怕他为难，抢先说："刚要说，你就来了。这倒正好，这氟中毒的事到底有没有啊？"

　　吴玉英突然斩钉截铁："没有！完全是无中生有！"

　　田志民脸上稳不住了，说："不能那么说吧！人家化验过的，是高氟！何况，有些人的中毒情况很明显了！"

　　吴玉英脸上气色阴沉，跟电视里播放张春桥受审时那张脸一模一样，包思远又看到他那种刀子般的"张春桥脸"上的锋利恶毒眼光了。他气焰很高地说："田副校长。（说到"副"字时，用的是重音），你这说法站不住哇！人家化验过了，我们也化验过了呀！"

　　包思远铁塔般地站在那里又一愣怔，惶惑了。

　　吴玉英从上衣口袋里掏呀掏的，掏出一张化验单来，往包思远面前一递，说："看！卫生防疫站的化验单！刚才，余铁亭书记说你要证明，这证明行了吧？这上边清清楚楚写的是低氟，不是高氟！"

包思远一下子像嘴被堵住了，见田志民气得脸色惨白，包思远有一种遭到突然袭击打了败仗的感觉。稍一冷静，想：谁知你吴玉英这化验单是怎么搞来的？现在，有些人搞不正之风，假的病假条、假的报销单据、假的化验单、假的证明信，都有办法搞到手。谁知你是用什么办法搞来的？单凭这，可信吗？当然不可信，这一想，包思远的犟脾气又来了，向田志民说："请给个干净空瓶子给我，好吗？"

田志民点头，似乎明白包思远想干什么。吴玉英也明白，不悦地说："怎么？不信我们的这张化验单？"

包思远说："我想自己装瓶水去化验一下。这样，不是不相信别人，而是自己也掌握第一手资料！"见田志民找出一个空盐水瓶递过来了，包思远接过空瓶，说，"我到外边自来水上接一瓶水！"说着，迈步要出屋到水池上去接水。

吴玉英要阻拦，又没法阻挠，那张"张春桥脸"上两只"火眼金睛"（他过去开口就爱说："我们有两只火眼金睛，一切阶级斗争新动向都跑不掉！"）像真要冒火。但忽然完全出乎意外地，他竟打着哈哈笑起来了！打岔地说："包校长，你别'大水冲倒龙王庙'了！有件事你不知道？"

包思远停步回脸看着他，似是问："怎么？"

田志民也纳闷地瞅着他。

吴玉英皮笑肉不笑，又阴又冷："早上刚见你，我就想问问你。我猜你一定还不知道，事情是新发生的。"

包思远忍不住了，说："什么事啊？"

吴玉英说："你和我们的余铁亭书记可能快成亲家了！包昆和余书记的女儿海南在搞对象！这件事，包昆一定还没来得及告诉你。余书记倒是知道了。所以我留你今天中午一定在这吃便饭，你们该好好叙叙。……"

真是从何说起！包思远脸都气红了，心上像被电击了一下，不禁打了个颤！这个吴玉英呀，他拿出化验单，将了一军；我要拿水化验来反击，他又拿出这件怪事做杀手锏！对他这种做法，包思远好像吃青菜时搛到了一条弯曲的青虫，又像喝稀饭时发现了一只煮烂了的苍蝇，恶心极了！心里火冒三丈，又想起了包昆：小昆呀，小昆！怪不得你三个星期都不回家，你在谈恋爱啦？你同谁谈不行哪，为什么偏偏在你老子办这件事时，你要同余铁亭的女儿谈恋爱呢？包思远摇着头，嘴里连声说："不不不，这件事我不要知道！今天中午我也不在这儿吃饭！我得赶回去有事！"

"不知道也不要紧嘛！这是值得高兴的事嘛！"吴玉英不怀好意地瞅瞅包思远，又瞅瞅田志民，笑着说，"包校长留下吃中饭，同余书记好好谈谈吧！"

包思远意识到自己真的是陷进旋涡里了！但他的犟脾气又来了，耿直地说："不，我要声明一句，我这人爱讲公不讲私，爱讲是与非不讲关系学！"他说话声音很大，大得炸人耳朵，甚至显得书呆子气了！

吴玉英的"张春桥脸"上气色难看。包思远也不管，说着，忍着难耐的气恼，对田志民说："田校长，请你陪我接瓶水！"

田志民脸上显得憔悴而有病态，刚才那场风波刺激了他，他迈步陪包思远出屋到水池边接水。吴玉英却缩在屋里未动。他那异样的目光老像盯着包思远，隔着墙和门帘也能透射出来盯着。

包思远开了自来水笼头，"哧哧"装着水，只听到田志民在耳边轻轻说："我最近有病，脑子不好使，先一会儿同你说的话，我都收回，等于没说。我不想介入。"

他打退堂鼓了！也难怪，包思远想：我怎么好端端的又同余铁亭成了"亲家"了呢？唉，怪事！糟透了！本来，从田志民处可以得到些实际情况和支持的。突然，一下子都完了！包思远气得七窍生烟，心上似有阴云翻卷：恨不得马上见到包昆好好训他一顿！这个宝贝儿子啊！

五

包思远在师专取了水样，匆匆回到市里。吴玉英没能代表余铁亭把包思远留下吃饭。

包思远想：我要是吃了这顿饭那还调查什么呢？我总得努力保持住人大代表的尊严呀！他赶回市里，不到十一点，匆匆就到卫生防疫站，找了小费，交了水样，请求化验一下。小费名叫费邦，是包思远当年在师专时的一个学生，瘦瘦的，戴副眼镜，脸面跟鼎鼎大名的陈景润很像。现在卫生防疫站干政工。包思远要求他：一定好好给化验一下这水，看是不是高氟。小费答应两天后就将化验单亲自送到。

上午那样过去。中午，包思远就回家吃饭，把去师专遇到的事枝枝蔓蔓全告诉了尹芬，做母亲的总是偏袒儿子。尹芬说："生这么大气干什么呢？等小昆下午回来问问他。……"

下午，包思远在报社先是忙于看稿，谈问题，研究版面……后来，像往常一样地翻阅了一些新到的杂志，无意中在省里出的。一本《理论战线》杂志上，忽然发现到登有滨虹师专吴玉英的署名文章，题目是"论'无产阶级专政下继续革命'口号之谬误"。包思远"呀"了一声，对角线地一看，这条变色龙呀，现在又在乔装打扮捞政治资本替自己脸上贴金了！他自己是"打砸抢"的"英雄"，现在摇身一变俨然又是批判打砸抢的战士了！玻璃想冒充金刚钻哩！包思远心里很不是滋味，急着傍晚回家能见到包昆，好问问他是怎么一回事，肚里老是嘀咕：唉，我这个宝贝独生儿子哟，你怎么使我处于如此尴尬的境地呢？

包思远傍晚骑自行车回到家里，进门就听到录音机响。这是包昆回家来了的信号。他那个两喇叭的"皇冠牌"录音机，总是随他走的。回校，带到学校；回家，带到家里。说是为了学外语，同样重要的可能是为了听音乐。此刻，录音机里正唱着："……在这弯弯的小路上，我们走过多少回？……"

包思远有点反感：放重了脚步，进了门就高声叫："包昆！——"在这同时，听到包昆在对尹芬嚷嚷："妈，爹老头儿回来了！——"

这宝贝儿子，不知从哪天开始，背地里总是叫包思远"爹老头儿"，当面，见老子心情高兴时，也会冒出一两声"爹老头儿"。包思远对他一板脸、一瞪眼，他才笑笑不再叫。尹芬却宠着他，总是由着他叫。

一会儿，包昆应了一声，他那一米八的高个儿，从里屋窜出来，叫了一声："爸爸！"他一定预感到了什么。平时，包思远如果心里高兴，对他亲热，就叫他"小昆"；如果心里对他有什么疙瘩，就连名带姓叫"包昆"。今天，他从包思远的叫法和脸色上似乎察觉到什么，说："听说您上午到学校里去啦，怎么也不找我？"

包思远放下装着稿件的黑色人造革提包，也不回答他，劈头就问："你怎么三个星期不回家？"话正出口，尹芬从里边厨房里走出来了。她在围裙上擦着手，似乎有什么喜事，笑吟吟地站在门边。但见到包思远不悦的脸色，揣摸到包思远的心思了，收起笑容，说："快去洗洗手喝点茶歇息吧，有话慢慢谈。今晚我买到了瘦猪肉，炒几个好菜你尝尝。"

包思远脱下上衣，穿着衬衫打算去厨房洗手，嘴里仍叮问着包昆："你怎么三个星期不回来？"

"学校功课忙。上星期天，那是因为跟同学一起在电视上看世界乒乓球赛。再说……"他眼神里流溢着幸福、自得之态，用一种漫不经心的语气回答。

包思远气不打一处来，阻断他的话说："再说什么？你在谈恋爱了，是不是？"

尹芬打圆场地插嘴："哎呀，年轻人，也到年龄了嘛，交交朋友有什么不好。"

录音机里那个女声正在唱："……憧憬未来心相印，青春闪光比翼飞。……"

包思远百分之百肯定吴玉英讲的那件事是真的了，大步"垮垮"地走进厨房草草在自来水上冲了冲手，擦干，又走回来，坐在沙发上跷起腿，皱眉厉声说："把录音机关掉！"

包昆顺从地关了录音机，站在斜对面的书桌旁，毫无局促不安。父与子都沉默着。这个儿子，包思远老觉得他"小"，其实，并不小了。二十三岁了！他高中毕业因为基础差，补习了三年才考上这个三类大学的。包思远平时忙，同他也只是一星期在周末和星期日见见面，谈心也不多。但在不知不觉间，他也在变，而且变化很大。上午的事，促使包思远进行思索、琢磨了。一九六六年那场灾难降临时，他才七岁，刚上小学一年级。他虽小，看到老子被揪斗，还是懂得的。因为是"黑帮子弟"，上不了学，迟到十岁才又迈进小学的门。十年内乱期间，在学校里一直被有些同学欺侮打骂，抬不起头，养成了个特殊的性格：他能沉默着不说话，也能克制住不激动，总是给人看没表情的脸。最严重的是"随大流"，甚至哭笑都不敢随便。一次，在大批判会上听忆苦思甜报告：听到"苦"时，他哭得不够强烈；听到"甜"时，他笑得不够开朗。有"革命"的同学向他提了批评。从此，他更不知哭该怎么哭、笑该怎么笑了。平时，比如说，你给他穿双白胶鞋，要是班上没人穿这种鞋，他就不敢穿，你给他件蓝衬衫，班上没同学穿蓝的，他也不敢要。家里要他讲普通话，他说同学都讲本地话，就坚决不学。久而久之，发展到别人没说过的话他不说，人家没做过的事他不做，对什么事都不敢发表意见，也似乎没有任何意见。包思远有时想到这些，也挺伤心。"四人帮"被粉碎后的那年冬天，有一次，包思远对尹芬说过："唉，我们这一代人，给历次运动改造得谨小慎微，锐气全无，许多人都只想'不求有功，但求无过'就心满意足了。没想到'十年内乱'把我们的这个宝贝儿子整得简直唯唯诺诺奴性十足。你看他哪有国家主人的样子，一副孬种相，将来怎么办？"当时，尹芬听了，也不吱声，只是用手帕拭眼泪，后来，长叹着说："是呀，国家的希望在青年一代身上，可是'文化大革命'这场灾难，培养了一批头上长角身上带刺的青年；也同时培养了另一批胆小消沉甚至带点奴性的青年，是不得了啊！"这种"担心"，直到天安门事件平反，包思远和尹芬才有改变。发现青年的一代中，除了"头上长角身上带刺"的，除了"胆小消沉甚至带点奴性"的，还有大批能以国家人民前途利益为重而敢想敢干冲锋陷阵的青年人在。这是国家未来的中坚。多么希望包昆也成为这样的青年人啊！但是，这几年，生活过得比较顺利了，包思远也越来越忙了。包昆的这个问题，在他心上却很少或者根本不再被视为问题思索了。是什么原因呢？现在细细一想：是包昆也在变！他变了，越来越变得和从前不同了。把父亲叫成"爹老头儿"，也是这种变化的表现之一。不知不觉间，这几年他那种唯唯诺诺的精神状态不见了。那种"随大流"的做法消失了，对什么事都敢发表意见了。常会听到他议论些事情，倒也颇有见地，看得出他有忧国忧民的思想和振兴中华的信心。有时，个别问题上，包思远同他意见不一，说他几句，他也竟反唇相向，同老子各执一端。包思远有时忍不住生气地对尹芬说："哼，现在这些青年人！……"但事后细想想，儿子说的也不无道理。今天，突然间，包思远察觉到：这几年来，这个"宝贝儿子"在潜移默化之间也在起巨大变化。不知不觉间，他已经把过去被"十年内乱"中"唯成分论"和极"左"路线等等所构成的重大压力压扁压弯了的灵魂舒展开来了。不知不觉间，他已经从一个不正常的人又回到正常的人的轨道上来了。一个连笑都不敢乱笑、哭都不敢乱哭的人，变到现在这样子，岂是容易的吗？没有三中全会的阳光、雨露、春风，能使扭曲了的小苗又茁壮成长起来吗？刹那间，包思远心上感到温暖。是呀，经历过十年内乱，现在的青年人，是碰上好时光了！

这么一想，包思远倒忽然对儿子产生出一点同情和怜爱来了。唯唯诺诺的小昆，竟也大胆会结交起女朋友来了。大学生谈恋爱，包思远并不认为是值得提倡的事。小昆年岁还轻，但并没有说是要立刻结婚呀！他那一米八的高个儿，颇为英俊的仪表，说明他不但已经开始发育成熟并且是个有吸引力的男青年了。在大学里结识一个志同道合的女同学，将来毕业后如果双方满意，成为对象，有什么可以指摘的呢？到底八十年代了，难道这种事不靠自己还要靠"父母之命媒妁之言"吗？当然不！……想到这里，做父亲的产生了宽容，脸色和缓了，打破了沉默，指指对面的椅子，说："坐，我想同你谈谈！"

尹芬刚才在厨房门边站着作"观察家"，此刻，大约已经观察到了些迹象，知道不会有什么大不愉快的事发生，放心回身进厨房炒菜去了。只听到她的菜刀疾风骤雨在板上"托托……"的声音，只听到有葱花"哧啦"下锅飘来一阵油香，随着，就又有肉片下锅送来了诱人食欲的美味……

包昆昂着头，似在窥探老子的动静，这时问："谈什么？"

"你同余铁亭的女儿是怎么回事？"

"同学。"

"上午我听吴玉英说，不是什么同学关系。好像这事余铁亭也知道。看来，全校都满城风雨了！"

包昆眼光坦率："不，知道的人不多。我们交往得较多也只不过是最近的事。她家里是知道的。我上她家去过。前个星期六晚上和星期天是在她家过的。上星期天也到她家去过。吴玉英在她家见到我，他还在余铁亭面前败坏我，想搞点破坏，只是没有达到目的而已。这个坏蛋！其实，我和海南之间关系很正常，既未公开宣布什么，也没超出同学关系的范围。当然，我也不否认，我们的心灵上也许在萌发那么一点儿爱情的幼苗。"

"她看得上你？"

"怎么说呢？爱情并不需要什么条件。况且，我有好品质，我有上进心，像我这样棒的大学生，又有一米八的个儿……"

"嗬，倒挺自负哩！"包思远突然感到就事论事是无可指摘的，又问："她叫什么名字？海兰？人怎么样？"

"叫余海南，南方的南，生在海南岛的，跟我同年。现在跟我同在中文系，同学反映她人还不错。"

包思远沉吟了一下，发自内心地说："本来嘛，你逐渐也大了，这种事，我们也不一定要反对。可是，你知道，你爸爸目前正要调查处理一件群众来访，就是我电话上告诉你的关于氟中毒的事。上午我同余铁亭已经见过面了，谈得并不愉快，我对他印象不好。说实在的，我本来可以得到一些人的支持，了解到比较真实的情况的。可是，当人们知道我同余铁亭是所谓快要成为'亲家'的时候，谁能敢向我提供真实情况呢？在这种时候，我真不希望我同余铁亭有这些瓜葛，我要秉公执行一个人大代表的职责！"

包昆坐在那里，听着讲话，右手却像握着毛笔似的在悬肘练字。这个八十年代的青年人一直喜欢在同一个时间里干两种事。他说这是"充分利用时间"。比如开着录音机听音乐写文章，散步时拼读英语单词，躺在床上睡觉时背诵新诗或古文然后入睡，看着电视时面前摊本小说（有好节目就看电视，没好节目就看小说）。这会儿，他又是边听讲话边练毛笔字了。他前一段老是捧着本《中国书法大字典》在练字。现在，包思远一本正经跟他讲要紧事儿，他仍然不放弃"一心二用"。真拿他没办法。

包思远忍不住吆喝一句，说："你听好呀！"

"我在洗耳恭听，一字没漏！"包昆平静地回答，右手仍在悬肘练字。

包思远只好继续再说："你使我陷入了尴尬的境地！"

"那不会吧！"包昆不以为然地摇头笑笑，"您该怎么干就怎么干。而且，我同余海南并没有确定关系。就是确定了关系，她并不代表余铁亭，正像我也并不能代表您。"

"你懂吗？人怕官官相护。现在许多当官儿的互相之间牵扯着亲戚关系，对党和人民的事业有时就会带来不利因素。这种亲戚关系盘根错节，老百姓对此是不满意的。我可不喜欢把自己也牵扯到这种盘根错节的关系中去。"

包昆突然笑出声了，带点幽默地说："当官的既有子女总也得有爱情也得结婚呀！这不算特权吧？主要我看不在于有没有这种关系，主要是看有这种关系的人是不是官官相护干坏事，以亲戚关系代替党性原则和人民利益。"

包思远不能不承认儿子有见地，说："那我问你，如果爸爸调查处理这件事，对余铁亭不利，你站在哪一边？"

包昆又笑了，倒是相当老练，说："余铁亭在师专威信不高，都知道他是'老不干部'，我看他待不长，迟早退出历史舞台算完。我既不敬佩，也不想巴结，仅仅因为他是海南的父亲，我才搭理他。你可能不知道，余海南告诉我：她父亲并不满意我。但她说，只要她自己做主，谁也反对不掉的。"

"你的意思是你站在我这一边？"

"只要你有理，我当然站在有理的一边。不过，我想：氟中毒的事，再严重也不至于对余铁亭会造成多大损害吧？何况，你也别把你的人大代表看得太了不起。你拿着鸡毛当令箭，人家会笑话的。"

包思远有点生气。这种八十年代的青年大学生，总常常玩世不恭，揶揄许多不该揶揄的事，说："你胡扯些什么，我是同你谈正经事！"

"你上午走后，吴玉英之流就造舆论，反映马上纷至沓来。"

"呵，快说一说！"

"有人说：'根本就没有氟中毒的事，学校化验过了。听说这人大代表过去在师专当过副校长，可能是想借这件事抬高自己，压低别人！'"

包思远气恼地想：吴玉英这种人真是跟氟一样，活动能量太大了！

他与余铁亭这样的领导人起狂热的反应形成的氟化物就能放毒为害于人！真岂有此理啊！

只见，包昆在裤袋里掏呀掏的，掏出一封信来，说："您看，这是我回来前，有人放在传达室里让我带回来给你的一封匿名信。看看吧！"

又是匿名信？包思远接信一看，信封上写的是"包昆转交包副总编收"，信上用俏皮口吻写的是：

> 像阁下这样管得宽的人大代表，实在少见，可敬可敬。只是阁下如是全国人大代表，兴许还有点权力，可惜一个地辖市的人大代表，哈哈，未免太小了吧？
>
> 师专的事有党委管，一个地辖市的人大代表来乱插手不合组织手续吧？阁下这是把资产阶级民主的那一套用到咱社会主义国家来了！行得通吗？
>
> 可以休矣！可以休矣！

包思远血往脸上冲，气得将信捏成一团扔在地上，说："无耻！恐吓！"他心里思忖：准是吴玉英那伙戴假面具、长着七窍玲珑心的"化身人"干的。但你们的恐吓是妄想，我不吃这一套！他克制自己的火气，平静下来，问包昆："你对这问题怎么看？"

包昆右手仍在凌空划字，说："您不要急！当然对您好的反映也不少，不过，你要我调查了解情况，有些我根本无法判明。比如氟中毒的事，甲说有，乙说无。我回来之前，听说学校将化验单给你看过，堵得你哑口无言。这不假吧？"

包思远点头沉吟。尹芬已将菜饭用盘子托了端上来了，说："吃饭！吃饭！吃完再谈！"

包昆起身帮着妈妈开饭，摆筷子、盛饭。包思远感到嘴干舌燥，起身倒了一杯开水喝，回身走到桌旁，见尹芬办的四菜一汤，色香味俱全，又清淡可口：一个莴苣炒肉片，一个蒜拌黄瓜，一个蒜苔炒肉丝，一个木须肉，外加一个香油虾米榨菜汤。包思远饿了。尹芬端着"味美思"酒，问："喝一小杯？"包思远也没有喝酒的兴致，摇头说："不喝了，吃饭吧！"边吃就边和包昆又谈起来。

包思远嚼着饭问："你那两个老师，郑成一和解力群在学校里的表现怎么样？群众有些什么反映？"

包昆用匙舀汤说："都不代我们中文系的课。听说课教得了错，人也老实。氟中毒的事是他们嚷嚷开的。但有些事我弄不清。有人说，校领导对他们不好，也有人说他们存心要同校领导作对，到处告学校的状。他俩不是党员，有人说他俩政治上不行。"

"你这些消息是余海南供给的吧？"包思远问。

包昆也不否认，吃着木须肉说："也不全是她说的。"

包思远不得要领，问："听说师专知识分子政策落实得不好，改革工作也迈不开步？"

包昆点头："有这反映。以前我也跟您谈过一些。"

尹芬用筷指指碗里的肉片说："改革！哪那么容易！比如猪肉吧，大家都爱吃瘦的，可偏偏多的是肥猪肉。改一改不行吗？听说广东已经改了，可咱这儿就不行。为什么？收购价不合理嘛！越肥的猪收购等级越高，瘦猪饲养成本高收购价反而低，农民还会去改养瘦肉猪吗？所以有些事，光一个人或几个人要改可不行，说说容易做做难哪！"

包思远挟着瘦肉片说："你放心，只要人民群众都要吃瘦肉不吃肥肉，做领导工作的人有改革的决心，这瘦肉猪一定会出现。要不，你不说广东改了吗？这还是我们这儿工作不行呀！"

包昆说："反正，我看，寄望于我们学校那几个当官的搞改革，没门儿！调整一下领导班子，来点懂政策的实干家，能诚心诚意照中央意图办事的，那还差不多！"

尹芬默默听着，大约见父子俩谈得挺平和挺融洽，忽然对着包思远说："我看呀，这也不是什么严重得了不起的事。现在有些单位里比这种事严重的有的是。刚才小昆不说吗，学校拿水化验过了，没问题，那你还有什么调查的必要？能不相信学校党委吗？"

包思远不耐烦地说："你弄不清！事情不像你想的那么简单！现在的事，有些人会搞关系学，会搞假证明，有些人会造假舆论，还是林彪的'谣言千遍成真理'那一套余毒嘛！我就不相信吴玉英给我看的那张化验单是真的。我已经自己采集了水样送到卫生防疫站化验去了！"

尹芬吃惊地瞪大了眼睛，说："唉，你这人呀！干什么都这么顶真！你就不怕碰硬钉子，不怕得罪人使小昆吃亏受损？小昆还在师专上学，将来穿小鞋，分配上吃亏，都会来的。再说——"她突然从兜里掏出一张二寸的小照片朝包思远面前一放，说："这是余海南，我看不错！我喜欢！你可不要为这种可以不太顶真的事搞得小昆不如意，也搞得我不如意。"

包思远吃着饭看着面前桌上的照片。照片上是一个秀眉漆黑挺漂亮挺开朗的姑娘，扎两条短辫，微笑很恬静，眼睛亮晶晶的，像是两颗珍珠，学生味很浓。给人印象不错，跟她父亲余铁亭没有什么相像的地方。但，能为了小昆就住手了吗？包思远皱着浓眉说："唉，你就光想到自己的小九九。这件事，我决心是下定了，非搞个水落石出不可。我决心为这吃苦头、碰硬钉子！"

见包思远话说得哐哐响，尹芬和包昆都不再说话。尹芬默默地将余海南的照片又从包思远面前取回装进了上衣口袋。

空气僵持着，冻结了似的，倒是包昆搛着木须肉开口了，但说的话却完全出乎包思远的意外："爸爸，您可能还不知道。有件事，我回来时余海南告诉我的。本来也不想告诉您，刚才话到嘴边也就又吞下去了。现在想想还是得告诉您。"

包思远睨着他："你说呀！"

包昆大口津津有味地吃着，说："余海南听她爸爸说，郑成一有严重政治问题，正要处分。"

包思远和尹芬都惊奇地看着儿子。包思远说："嗬，余铁亭上午也对我说了，我问他是什么严重问题，他没有说。你知道原委吗？"

包昆点头："听说他秘密给外国的一个研究机关写了信。信里的措辞卑躬屈膝，有损国格。更严重的，是他在信里竟像乞丐似的向人家索取东西。"

包思远又是目瞪口呆，要确有这样的事实在是太糟糕了！一方面想：怪不得余铁亭那么说。他总不会胡编乱造；一方面又不免怀疑：真能有这样的事？怎么偏偏此时会出现这样的事呢？不禁问包昆："余铁亭他们怎么会知道的呢？"

"不清楚。"包昆答。

包思远缄默着，想：真是一波三折啊！这件事余铁亭早上保留不说，现在包昆却从余海南那儿知道了，又是怎么一回事呢？当然，现在许多事都保不住密。从"文革"开始盛行的小道消息之风，并未停歇。郑成一啊！倘若这事当真，你确是有损中国人的荣誉，就太糟糕了！但倘若这事并不确实，岂不是道道地地的政治陷害吗？

看来很简单的一件事，想不到会弄得这么错综复杂！那种陷入旋涡的感觉又泛上了心头。

包昆拔着手指头说："现在，有人说郑成一他们已经孤立，有人说支持他们的人也不少。但这件事传得很快，传开来后，有的人怕就不愿意再沾郑成一了！连带着当然也会不愿意沾解力群。爸爸，你是人大代表，要注意！现在，有些人有些事都是挺复杂的，可不能一片好心吃亏上当！"

尹芬用手掠掠鬓边花白的头发在一边也提醒："小昆的话还是对的。我看，人家说你多管闲事，你就少管点闲事算了。何必去惹那些麻烦，把虱子往自己头上抓。你就好好改进一下自己的报纸吧，你们那报办得人都摇头，你还指望去改人家师专的事干什么？"

包思远感到一种无名的疲劳，冒火了，说："要都依你啊，中国没希望！你在图书馆的小天地里禁闭得太久了，太不开展。你少管我的事吧！"

尹芬气得脸绯红，说："好吧，你是变了！谁叫你天生姓包的呢！犟得像条牛！你去做个当代包公吧！"

包思远嚼完了最后一口饭，推开了碗，气得有些发抖，将火发在包昆身上，用很响的声音对包昆吼道："包昆，我告诉你！这件事，我是要坚决管下去的！不管怎么样，不准你影响我主持正义！要是对我有影响，休怪我不顾父子情面！"

包昆已经吃完饭又在用右臂右手悬肘练字了。听了老子的话，嘴唇好像轻轻动了几动，但没听清他讲什么。

这天晚上，电视放映了四平市话剧团的新编话剧《少帅传奇》，只有包昆独自坐在电视机前，一边轻轻放着录音机听音乐一边看电视。尹芬老在厨房里不知忙些什么。包思远独自将自己关在书房里，翻阅一本《列宁全集》。一会儿，突然，用红铅笔将一段列宁的话重重地划出来，将书摊开在桌上，又突然走出房来，也拽把藤椅坐在包昆身边看起电视来，却对着厨房，用一种愉快亲切的声调高叫："老尹，快到房里去，看看桌上那本书上的一段话！"

尹芬和包昆都弄不明白他这是什么意思。尹芬听得出他语气亲切热情，"嗯"了一声，从厨房里走过来进房去看。只见桌上亮着台灯，放着一本《列宁全集》，上边用红笔划着一段话：

> 谁害怕暗礁而留在港湾中，当然不会有什么危险。但是，他永远也不会达到彼岸。

这个倔老头子，是用列宁的话来教育我哩！尹芬不禁莞尔笑了。

六

春天多雨，漫天飘洒着牛毛细雨，马路上腾起一片湿润的水雾，人都打着伞在街边走，或穿着雨衣在骑自行车。

按照约定的时间，星期一上午，卫生防疫站的小费，亲自冒雨骑车到报社，将化验单送到了包思远手里。

包思远放下在改的稿件，从长得活像陈景润的小费手里接过化验单仔细一看，立刻倒吸一口冷气，心里凉了半截。原来化验单上注明：氟的含量不高！是低氟，不是高氟！

是低氟，不是高氟？

包思远嗓音都变了，问小费："这……化验可靠吗？"

小费用手掠着湿发，扶扶眼镜框，点头诚恳地说："绝对可靠！"

"绝对可靠？"

"当然！"

小费走后，包思远懊丧地想：唉，糟透了！这件事还有什么可办的呢？搞了半天，郑成一、解力群反映了一个不确实的情况，我真是自找麻烦、自找苦恼了！我也太莽撞，现在这件事还能怎么去办呢？总不能无事找事啊！只有打个句号放弃了算了！包思远内心自谴：也许，对余铁亭，我过于计较他的态度？也许，对吴玉英，我过于保留着过去遗留下来的坏印象？将余铁亭看作官僚主义者，将吴玉英看作"化身人"，是否过于主观武断呢？也许，对郑成一、解力群我过于信任了！我发现他们"变"得与过去不同了，以为这是好的变化，其实，他们是学坏了，染上了"文革"里那种不诚实、乱攻击人的作风！……当然，师专的工作是有问题的，田志民也谈了不少。但那确实无须我去乱插手了！郑成一、解力群反映了假情况，辜负了我的信赖。我应当赶快从尴尬的境地中拔出腿来！……包思远心里发闷，像有阴暗的浓云缠绕，决定：这件事就到此停一停步，如果郑成一他们来，我要坦率批评他们。

忙忙碌碌改稿审稿到中午回家。细雨已经停歇。因为尹芬今天中午在图书馆阅览室值班，早上带了饭盒去，中午不回家。包思远骑车到家后，进门就到厨房将蜂窝煤炉的炉门打开，煮上水，准备等着水煮开下挂面吃。忽听有人"砰！砰！"敲门。包思远跑去开门，一看，来的不是别人，正是粗壮胖胖的郑成一。这次解力群没有来，郑成一仍是骑自行车来的，满脸是汗，气喘吁吁。包思远见他来了，觉得也好，可以同他当面把问题谈清。让他坐下，脸色严肃地说："你们反映情况应当真实嘛！上星期六，我到你们学校里去过一次，学校里领导说：井水经过化验，不是高氟，是低氟！………"

郑成一那胖胖的脸上气色疲惫，他似乎感觉到包思远的脸色和语气里颇为不满，打断了包思远的话说："不，是高氟！我们化验过三次，都是高氟！我们向你反映的情况完全属实！"

包思远有点生气了，说："他们给我看了化验单，并不假！再说，我亲自取了水样，送到卫生防疫站化验过了。"

"化验结果呢？"

包思远高声一字一顿地说："也——是——低——氟！"

郑成一突然满脸惶惑："奇怪！怎么回事呢？你的水是在师专取的？"见包思远点头，他忽然神经质地挥舞着手，"一定出了鬼！搞了什么鬼门道！"

包思远摇摇头，说："就算学校里的那个化验你们不信，我自己拿去的这个化验结果绝对可靠！出什么鬼？"

粗胖的郑成一颓然地低着头，但忽然又昂起头来，说："包校长，我的处境真是艰难极了。本来，我是不会再来找你的，但我相信：挫折是通向真理的桥梁。你是老领导，为人我是素来了解的。你正直，主持正义，'文化大革命'里，你被批斗得那样子，也没见你把责任推卸到人家头上去或者胡乱承认些什么。你的实事求是使我尊重。所以上次我才与解力群一同来的。"见包思远仔细在倾听,他继续说道,"谁知从你这里回去后,我们听说你和余铁亭是亲家了!"

包思远想辩解,但又觉得无可辩解,只得摇摇头,听他继续往下讲。

郑成一滔滔地说:"星期六,听说你到学校去过,结果如何,不知道。只听说,有些人对你去到师专很不满意,造了不少舆论,不外是说你多管闲事等等。我同老解商议:我们不再找你了!一是免得给你招麻烦,二是造成你们亲家关系不和也不好。谁知,事情发展到今天上午,我本来已有预感的事果然发生了!"

包思远瞧着他的眼睛,这双眼睛是坦率、真诚的。包思远不禁问:"怎么了?"

郑成一心事重重地说:"这一向,我早有预感,他们要搞我!因为听说,吴玉英等造了一个谣,说我偷偷给外国的一个研究机构写过信,言下之意要扣我一个'里通外国'的帽子。我问心无愧,今天已不是'四人帮'肆虐的时代了,无所畏惧,谁知,早上厄运竟真降临了!"

听他讲得真实,见这样一个粗胖老实的中年人眼眶里忽然涌上了热泪,包思远同情心油然而生,安慰地说:"不要激动,慢慢地说,发生什么事了?"

郑成一愤愤不平:"早上八点半,余铁亭派人将我叫到办公室,虎着脸对我说:'从今天起,你不要再上课了!暂时先调你到后勤上去,归吴玉英主任领导。'我气愤地问:'为什么?'他摆着架子说:'你的问题严重自己明白!'我说:'我不明白!'他说:'服从处理吧!去去去!'我说:'你随意将一个教师调去搞后勤,这不符合党的政策!如果是惩罚,应当说明理由!不然,我不能接受!'他板着黑胖脸说:'你给国外写了什么信?'我想:市里珠算协会要开展活动,我们几个负责筹备的同志,知道日本珠算活动开展得不错,同省里珠算协会也有联系,就写信给他们建议交换些学术性资料，为筹备开展珠算活动创造些条件。信是我以联系人的名字起草的。我据实回答后，谁知余铁亭脸一虎，一拍桌子：'不要狡辩了！这是现在，放在从前早可以逮捕你了！你翘尾巴，别以为管不着你。你写信吹捧外国，卑躬屈膝索取东西，信早退回来了！人证俱在！'我一再解释，他不理，凶恶地说：'走，从今天起，去搞后勤！你历来不把党放在眼里，对你这还是从宽处理！'"说着这些，郑成一语气悲怆，眼里满含泪水。

包思远听了，反而冷静下来了。用良知分析判断，不能不相信郑成一说的是真话。但包思远这次是接受教训了，不调查清楚，能说什么肯定的话呢？别又像氟中毒的问题一样，搞了半天，像堂吉诃德斗风车。化验出来并不是高氟，哑口无言，被动得要命。但包思远是同情郑成一的，心里决定还是应当支助他，就慰藉地说："别难过，事总是弄得清的。但，还是要有证明，氟中毒要有化验证明，这事也要有信件或其他可靠的证明。"

郑成一胖胖的脸上露出委屈，说："后来，我到处了解情况，才知道，那信确是退回来了。为什么退回来？不知道，吴玉英和他一伙人说是都看到了。说是在传达室里看到时，信已拆开，所以他们才看到内容。说一定是公安机关检查了，发现信的内容辱国才不让寄出国去退回来的。他们几个人在余铁亭面前异口同声咬定是亲眼看见的。我查问信的下落，却说信他们没拿，信件送在传达室后不见了！这明明是诬陷呀！"说着，他竟啜泣起来，"我早知道，由于我希望学校得到改革，得罪了他们，这不，连最卑鄙的手段也用出来了！"

包思远气愤填膺，但冷静地思索着，这时说："老郑，你也不要急。我想，要扣你帽子，就得拿出信件作证。有信件，事情就弄得清。"

郑成一着急地说："可是他们说信找不到了呀！"

包思远审视着郑成一说："如果没有信件作证，那信口开河也不行。你的信发出前，有珠算协会筹备小组的同志看过没有？"

郑成一兴奋地说："对对对，当然有人看过。一个是商业局办公室副主任陈和甫，一个是科协的章凤海。"

包思远站起身踅着圈子说："那好。此外，可以主动找一下公安局，谈清这件事，弄清这封信是不是他们认为有问题拆开退回的？问问情况。"

郑成一霍然站起，说："对对对，包校长，谢谢你的开导。我走了，我去办。师专许多老师都明白：有人想杀鸡吓猴。因为我是第一个站出来想揭露'左'倾思想的人。玻璃瓶里的一支烛光，只要将瓶盖一捂，由于缺氧，它是会熄灭的。有人想把我这支烛光扑灭。在这件事上我决不做软面条，也不是耗子胆。"说着，要走。

包思远用手拦住，说："不过，氟中毒的事不大好办啦。我化验的结果如此，不好再说什么了。"

郑成一忽然恳求地说："包校长，我以人格向你担保！我们认认真真化验过三次，确实均是高氟！我怎么能开你这个大玩笑呢？我总认为这是化验上出了什么问题。那些'化身人'神通广大。你能不能再化验一次呢？我求求你，你再化验一次好不好？一定要找十分可靠的人化验！我现在不能不求你这共产党员、人大代表和舆论界的负责人助我们一臂之力！我们面临危难实在太需要人来支持了！"说到这里，他的手瑟瑟发抖，两眼被晶莹的泪水模糊了。他突然站起来对着包思远九十度地深深鞠了一躬，泪水潺潺地流得满面。

动作比语言更庄重。在这种时候，包思远动了感情，浑身发热，连忙抓住他的手说："你不要这样！"

郑成一目光里饱含复杂感情，说："包校长，不要认为我这是向你一个人鞠躬！我是通过一个共产党员向党在提出请求。"

他的态度、语气和表情，使包思远无法拒绝。包思远虽然对氟中毒的事心里忐忑，终于点着头表态说："好吧，我一定切实取水化验一次！"说这话时，他头脑里打着一个又一个问号。

郑成一闭口不语,拭去眼泪,转身出门推车走了。送走郑成一,包思远突然想起:唉,我该留他吃饭的呀!刚才思绪太乱了,就把留他吃饭的事忘了。他这会儿出去到哪里去吃饭呢?追赶已经来不及,包思远去厨房准备下挂面吃。一锅开水早已翻滚,已经煮干了不少。包思远兑上冷水再煮,头脑里不禁又将刚才郑成一讲的事情重新思索了一遍。越想心里越气愤,事情是越来越复杂了。要是不想卷进去,现在还来得及!但,怎么能袖手旁观不卷进去呢?总得看到水落石出才行呀!郑成一他们,包括那个现在还没有起来冲刺的田志民,他们有揭开师专"左"倾思想盖子促进改革的意愿,这是可贵的意愿呀!正义感、责任感和犟脾气,使包思远欲罢不能。虽然明知这必然会造成自己同余铁亭、吴玉英之间的纠葛,造成小昆和余海南之间的不快,他也顾不得了。

七

中午,草草吃了一碗挂面后,包思远看看手表,已经无法午睡片刻了,百无聊赖地拿起挂在墙上几天不弹的月琴,拨弄着丝弦,又弹起了他最喜爱的《阳关三叠》。琴音似轻烟缥缈,带来了恬美心境。他嘴里也不禁轻轻唱了起来:"渭城朝雨浥轻尘,客舍青青,青青柳色新。……"

弹唱了一会,心情舒展了,决定干脆离家早早骑车到报社去,打算在那儿先看看稿子。

到报社后,进了总编室,见桌上有张条子,是总编室秘书小张的笔迹。

包副总编:

中午你刚离开,人大常委会蔡炳文副主任就来电话找,说:

下午上班时请你到他那里，有要事面谈。

小张

包思远将纸条看了两遍，心里转起磨来。蔡炳文，原先是市委副书记。这人包思远不顶熟识，但知道他一向倒有个廉洁朴素、不搞不正之风的好名声。干市委副书记时，只要下去到农村，总是自己带着干粮去，从不吃下边的招待。另外，谁如果到他家给他送礼，他是坚决不收的。群众对他这方面评价不坏。可惜的是他只能独善其身，却不能力排众议，怕得罪人，尤其怕得罪上司。他为人太"本分"，本分以外的事，不愿管，也怕管，常常变得无所作为。因为年岁较大，安排到市人大常委会，做了副主任。人大常委会主任是现在市委第一书记胡宗法，但人大常委会的日常工作是由蔡炳文主持的。平日，包思远同他很少交往，见面只是点点头说上几句应酬话。除了开会，他从来不找包思远，包思远也从来见不到他。为什么现在偏偏来找了呢？包思远感到这有点蹊跷，隐隐觉得很可能同师专的事有关。有这样的预感并不奇怪！如果不是为了这，又是为什么事呢？想着想着，苦恼起来了：如果与师专的事无关，那倒没有什么；如果与师专的事有关，显然是余铁亭之流进行了活动。难道是要用人大常委会的权力来约束我这个人大代表的秉公行动？

包思远心里像十五个吊桶七上八下，泡了杯浓茶喝了提提神，窗户里传来街上广播服务门市部里播放录音带的歌声。先一会儿是播的英文歌，现在是播的影片《城南旧事》的插曲。歌声有点凄凉，听了会使人产生淡淡的哀愁。一会儿，又改播台湾校园歌曲了。这些歌，放在一起，很不协调，在这中午时分播放，也很吵闹，本来市里有过减少城市噪音禁止用喇叭播放歌曲的规定，规定是规定，执行并不执行，管正事和管闲事的人似乎真不多。也许人们对习以为常的事会产生一种惰性吧？上班时间快到了，总编室的秘书小张第一个来上班。包思远向他安排了一下工作，就出门骑车到人大常委会去找蔡炳文。

人大常委会设在市委大院的一溜西式平房里，门前栽着龙柏、雪松，开着一片橙红、鹅黄色的"步步登高"花。包思远骑车到达时，正见蔡炳文手里提了个黑色公事包踽踽着走来上班。老头儿就住在大院宿舍楼里，据说上下班都很准时。见到了包思远，他老远就点头招手打招呼。包思远架好自行车上了锁，迎上去说："中午你打电话找我？……"

蔡炳文说："里边谈，里边谈！"他这人不急不慌，有人说他像那种受了潮擦不着的火柴。你用再大的力气，他也冒不出火，发不出光和热。

包思远跟着他往办公室里走，一边问："有什么事啊？"

蔡炳文将包思远带进了他那间空荡荡的有着办公桌和大小沙发的办公室，让包思远在小沙发上坐下，不急不慌从袋里掏出香烟来递给包思远抽。包思远说："不会！"他又忙着去拿桌上的小茶叶罐取茶叶泡茶。边泡茶边说："好久不见面了！是这么件事：今天上午师专党委派了个人来……"

包思远一听：猜准了！沉住气，继续听他叙述，准备看看他怎么进行阻挠，又怎么为余铁亭开脱。

蔡炳文脸上的皱褶像棉袄的褶子又短又深，腮帮凹陷着，皮色略带苍白，确实是老态了，鼻梁和眼泡上都有黑色的老人癍。他往自己的保温杯里也斟了开水，将包思远的茶杯递过来放在面前，在包思远身边亲切地坐了下来，说："来人是他们那儿党委办公室的主任，姓吴……"

包思远眼前顿时又出现了那张"张春桥脸"和两只"火眼金睛"。包思远沉默着。

宽敞明亮的办公室窗台上，摆满了一盆又一盆的花草：茉莉、海棠、米子兰、灯笼花、兰草、仙人球。……都水灵灵绿油油，侍弄得很出色，看得出主人平时的悠闲。但窗子紧闭着，包思远感到气闷。

蔡炳文无表情地说："师专说你最近以人大代表身份到他们那儿去进行'私访'，是有这么回事吗？"

包思远有点火了，说："你请说吧，到底是怎么回事？他们控告我？说我'私访'，说我不该去？"

蔡炳文毫无火气地说："是啊，虽未说是控告，难免没有那样的意思。他们说，你是以人大代表身份去的。"

包思远点头说："是的。有群众向人大代表反映了问题，人大代表去了解了解情况无可指摘吧？"

"你是否可以把情况说一说，让我了解全貌呢？"

包思远说："当然可以！"于是，一五一十把郑成一等第一次来访到今天中午郑成一独自二次来访的情况都说了。

蔡炳文静静听了，不瘟不火慢慢品着茶，最后说"呵，呵，呵。"也不知他什么意思。

包思远说："这件事我还要继续介入。你能把他们讲我的情况全部如实告诉我吗？"

蔡炳文和尚念经地说："师专党委的意思就是：学校的工作，有校党委和行政领导，无须外人采取私访的形式插手。他们问：你是不是人大常委会派去的？为什么不带介绍信？最重要的一点是：他们对所谓氟中毒的事，是重视的。但这件事根本不存在，反映意见的人有严重政治问题，希望人大常委会同你谈谈，让你了解真相，不要无所适从。"

包思远气得七窍冒烟，说："炳文同志，你说，作为人大代表，我到师专去一次还需要常委会讨论批准吗？"

蔡炳文是个谨慎人，不说需要，也不说不需要，微笑着回答说："咳，知道一下也好。人大的工作究竟如何搞？人大代表究竟是不是应该而且可以任意去插手外单位的工作，也还是个新课题。……"

听话听音，包思远察觉到蔡炳文的倾向性，说："宪法上其实有所规定。"

"那是对全国人大代表说的，哈哈。"蔡炳文慢吞吞地说，"我们是个地辖市，小了！我的意思不是说你做得不对，我是说，有些事不必越俎代庖。况且，你刚才说过，你自己化验了那井水，也没问题。这件事我看到此算了。"他的话是四平八稳的。

他的语气、态度，使包思远感到真是那种擦不着的火柴。包思远说："假如我不以人大代表的身份去了解这件事可不可以呢？"

蔡炳文愕然了，怔在那里一口一口喝茶，将吸到口里的茶叶吐在地上，说："你是个人大代表嘛！"这话像打太极拳，外软内硬。

包思远说："像这种事，就是中华人民共和国的一个普通公民，也有权可以过问，不然，当家做主的主人翁责任感到哪里去了！如果你觉得我不能拿人大代表的身份出去活动的话，那我以报社的工作人员的资格出去活动，难道不可以吗？"

蔡炳文忽然叹了一口气，说："不要激动，我们都不是年轻人了。平时虽不常接触，也都是老同志了。听人说过，你为人和工作都不错。你刚才谈了你的动机。我是很钦佩也很同情的。本来，这事可以研究，可是我也可以据实对你说。今天师专那个姓吴的同志来后，近中午时分，金铁城书记来了电话，谈起了这件事。我想，可能是师专党委找铁城同志反映了。他是管组宣的书记呀！他对你的做法谈了一下意见，大意是：事情可以让师专党委自己处理，因为最了解情况最有发言权的是他们。"

包思远听到这里，心想！呵！余铁亭和吴玉英他们真是调动了一切可以调动的力量了！抬出权威来压我了！心里非常生气，耐着性子继续听着蔡炳文说："铁城同志的意思是，让我跟你说，改革要有领导有步骤地来办，不能搞乱了。师专有党委领导，别人去乱插手或者单独去私访都不合适。"

看戏的人，往往只知道前台演出的戏，其实后台每每也同时有戏，而且前台的是假戏，后台的却是生活本身，是真戏。后台是生活的舞台，前台是舞台生活。包思远明白：吴玉英他们用的是"釜底抽薪"之计，心头那股郁闷之气汇集得更浓重了，愤愤地说："我并没有乱插手，过问一下应该过问的事，是一个党员的责任。"

蔡炳文轻缓地说："氟中毒事件是无中生有呀，你的化验结果不就是低氟吗？这一点站不住了，别的还谈什么呢？你要继续搞有什么意义呢？"

房里的几扇玻璃窗都紧闭着，真闷！包思远真想将窗打开，透透新鲜空气，吹吹清风。

包思远愀然作色，说："表面是一个氟中毒事件，其实内含的是很严重的问题。主要是有些'左'倾思想根深蒂固的人在阻挠知识分子政策的落实，在阻挠改革；一些'左'得出奇的人继续在为非作歹控制权势，迫害打击正直的知识分子。"

蔡炳文苦笑了，从口袋里摸出一盒清凉油来往额上搽，说："同志，我是将金书记的意见同你谈过了，他也管你们报社，你主动去找他谈谈我看也好。我这人大常委会副主任能做的也就是这些。我们不是公检法机关，也不是政府机关。"

马拉松式的长谈在继续。但，双方谈话，就像方底圆盖，合不到一块儿。

包思远磨嘴皮子磨得有些烦躁，又打断他的话说："不，蔡主任！我认为：人大常委会是可以做很多工作的。群众的意见、要求和批评，都应重视。既是民选的代表，吃人民的饭不管人民的事，或开完了会就百事不管，怕也不符合社会主义民主的要求吧？"

素菩萨偏遇荤和尚。空气凝固、沉寂。不知是从远处什么地方，透过密闭的窗户，隐约传来一阵欢快的手风琴声，拉的是那支流行的歌曲《金梭与银梭》，包思远常听小昆唱过，歌词大意是："大阳像一把金梭，月亮像一把银梭，交给你也交给我，看谁织出最美的生活。……"他真想跑出去听听那手风琴声，不再在这里同这阴阳怪气的老头子打舌战。

蔡炳文好像也在听，稍停，依然毫无火气地说："你谈得很坦率，也很新鲜。其实，你倒是可以写点文章去发表引起讨论的。"他是讽刺？不像！是真心的建议？听不出。但显然，他也不想得罪包思远，当然更不想得罪金书记。因此，他又重复说："我还是那个意见，你最好自己去找铁城书记谈谈。嗨嗨，金书记的水平比我高，也许能使你得到启发，知道该怎么做。关于人大代表职权的问题，你来之前，上午我又重新学习了一遍宪法有关条文。但宪法上在七十六条上只规定了全国人大代表'应当同人民保持密切联系，听取和反映人民的意见和要求，努力为人民服务'的职权，而地辖市一级人大代表却无此规定！"

包思远不想嘲笑一个软弱的灵魂，说："其实，联系群众、听取和反映意见，努力为人民服务，任何一个公民都可以干。宪法里也有关于公民基本权利和义务的规定。你说不对吗？"他终于闷得实在忍不住了，站起身来说："对不起，我想开一开窗子！"

他走近一扇窗户，"啪"的将窗扇用力推开。窗户缝还是冬天时用纸贴封住的，春天到了，却从未启封。所以包思远推窗时很费劲。窗户一开，舒适的微风伴着新鲜空气立刻流泻进来。

蔡炳文嘿嘿了，突然眨着眼点头说："是呀，想想也是这么个道理，但条文上确实没有具体规定，以前在咱们这里也没有别的人大代表像你这么干过！"

包思远心里并不苛责这根"擦不着的火柴"，上边有金书记在压着，再说，他来做人大常委会副主任，本来就是摆摆样子享受享受政治待遇来养老的。看着他老态龙钟的样子，包思远也不想给他添气恼和麻烦，说："下午报社里我还有很多事要办，你谈的我都知道了。倘若没有别的事，我想回去了。"

蔡炳文不想留，起身送客，忽然说："其实，我们这第一届普选产生的市人代任期也就满了！我也早想离休了。"言下，颇有迟暮之感。

这是又一种类型的干部。他说这话很真诚，是发自内心的。看来，他对包思远也有一定程度的同情，可又有难言之隐，他也不想抗上，用意是希望包思远谅解。蔡炳文这人不作违法乱纪的事，不搞不正之风，有点洁身自好，他历来是以此来保住自己的官禄的。但仅仅这样，就是目前国家需要的好干部了吗？他这样的人，工作中碌碌无为，历来上传下达不担干系，使包思远今天接触以后，感到他的灵魂和躯体被过去极"左"路线和多年官场沉浮的革命世故压缩拘束得伛偻着。由于年岁太大，骨骼定形，习惯成自然，已经无法再伸展开了！也许，在他来说，今天同包思远谈话，并未用极"左"的言辞压迫包思远，也能对包思远透几句心里的真诚话就是一种变化。这种变化放在从前也是不可能有的。可惜，他年岁到底太老了！独善其身和不愿得罪上司的作风，很难彻底变了！他也是确实应该离休养老了！

包思远同蔡炳文握手告别，看着蔡炳文多皱苍白的脸，怀着怜悯，却又心头如坠金石，觉得还要再说几句表态，就坦率地说："炳文同志，我这人认准了一件事总是要做到底的，必要时，我要向市委第一书记胡宗法同志反映！"

蔡炳文听了，似乎有点尴尬，不清不楚地叹口气说："胡书记太忙了！这样的事太小了！再说，也分工属金书记管！……"

包思远不再说话，推车就走。这种"擦不着的火柴"使他心里很不痛快，巴不得赶快离开。

包思远骑车出了市委大院，穿过热闹拥挤的大街回报社去。街上在修路，街边有许多小商小贩摆着摊子卖东西，也有驾着"嘉陵"轻骑的"二郎神"在卖稀罕货，挺有意思。过去这儿从来见不到的江苏的竹笋、黄海里的鲃鱼、梭子蟹，上海的时式男女服装，东北的木耳、蘑菇……现在什么都有，一片兴旺气象。距此三百里的海边上正在修建一个巨港，从港口通向津浦铁路的一条铁路新线正在修建，要经过这里。铁路后年要通车，三万铁道兵正在铁路线上奋战，街上不时有隆隆的铁道兵驾驶的十轮卡驶过。包思远从卡车、摊贩、修路工的压路机、沥青桶、黄沙和石块堆以及嘈杂的人丛中穿行，心上仍萦绕着刚才同蔡炳文的交谈，心里仍挂念着那氟中毒的事情。样水化验的结果不是高氟，虽答应了郑成一再化验一次，万一化验出来仍是低氟，就更被动了，那怎么办呢？这事真棘手啊！许多问题使你感觉到却抓不到。包思远苦恼极了，却似乎意识到：人的心灵也需要磨砺，在和风轻拂时固然舒畅，在遭到阴云覆盖时更需坚强。

回到报社，进办公室时，遇到秘书小张，小张说："刚才师专来了个人找你，我告诉他你出去了，他要了信纸写了封信留在你桌上。"

包思远想：嗬！吴玉英居然敢削尖脑袋钻到我门上来了？他想干什么？……

匆匆进办公室一看，果然有封叠成三角包的信留着，上写："留交包校长亲启"。打开一看，原来不是吴玉英，是郑成一！

郑成一又来干什么？包思远一看信，信上却释开了心中正在烦恼着的谜团。信是这样写的：

包校长：您好。

　　我刚才到了市公安局，谈了关于我写信的事。接待的是信访负责人臧云青同志，他正直而负责，使我十分感动。他同有关部门联系后，立即给了我答复。他说：宪法上规定公民通信自由受法律的保护。比如敌特等想利用通信搞破坏活动，他们是逃脱不了公安部门的监视的。但你没有这方面的嫌疑或其他！如果你的信确有被退回的事，那很可能是由于欠资等原因。邮局捡信时可以退回让你贴足邮票重寄，不会是其他原因，你可以放心。据此，我决定，回去后就要求学校改正对我的错误处分。

另外，我回去时路遇解力群，他是专来找您的，因他想到：为什么你取的水样化验出竟是低氟呢？如果不是化验上被人捣了鬼的话，就可能是因为你是在五月十四日（星期六）取的水样。五月十二和五月十三夜里均曾连降暴雨，井水被大量雨水渗积，井水中掺和了大量雨水，势必会使化验结果不准确！我同意他的意见，他回校了，我将这奉告供您参考，匆留。此致

敬礼

郑成一

83.5.16. 下午.

包思远决定取水样再化验一次的信心更坚定了！

八

次日，是星期二，天有雨意。包思远抱着一种单刀赴会的心情，终于决定第二次去到师专。

去的目的，是取水样，并且想继续同田志民进行深谈。

这次，包思远决定改在夜晚去，为的是避免引起声张，引起吴玉英等的注意。但想到自己作为人大代表，又是一个报社的负责人，了解一件群众反映的事，竟在外来压力和阻挠之下，不得不在夜间采取隐秘的方式，包思远内心感到很不是味儿！多灾多难的祖国，经过十年内乱，有了现在这样英明的党中央，却仍存在那么多阻挠党的事业前进的邪恶力量，想办一件应该办的好事，多么困难呀！自从与余铁亭、吴玉英等初次作了较量，自从昨天蔡炳文传达了金书记的"指示"后，包思远已经能意会到自己面临着的阻力有多大，好的是他那一往无前的犟劲儿和勇气并未减退。

包思远带了个黑提包，装了两只空瓶，骑车二十多公里到汤沟。他已经五十七岁，自从三年前查出有胆囊炎后，平日身体不大好。胆囊有时疼痛起来，脸色煞白，满头冒汗，不宜劳累，平日骑车也只是上下班，不骑长途。今夜成了例外。提前吃了晚饭后，尹芬送他出门，叮嘱："骑车当心些，别摔了跤！早点回来！"他匆匆上路，走在半途，天就黑了。没有月亮也没有星光，他在八点半时到达师专。

师专几幢教学办公楼里亮着不少盏明灿灿的电灯。大门传达室却偃灯歇火。那个小郭不知上哪里去了。这倒好，包思远也不乐意给他看见，骑着车按上次走熟了的路线一下子就将车停在田志民家门口了。

田志民的屋里亮着金光灿灿的电灯，院子里灯光斑驳，树影扶疏，静悄悄的。空气里飘浮着"夜来香"的香味。包思远隔着矮墙轻轻叩门。从屋里出来了一个瘦削的身影，正是田志民，问："谁呀？"

包思远笑道："我，对不起，夜里来打搅你了！"

白花花的灯光从屋里映射出来，田志民穿过紫藤架下来到矮墙的小门前，看清了是谁，上来开了门，说："啊，怎么夜晚来了？"说着，做着手势延让包思远进屋去坐。看他那意思挺友好。

仍旧是走过那条凸凸凹凹的鹅卵石小路从紫藤架下到了灯光明亮的屋里，有个瘦削的面带病容的女人从里听到声音走出来。里屋里有只收音机轻轻正播放着音乐。田志民给包思远介绍："这是老秦！"又对老秦说，"包思远同志！"

包思远猜到老秦就是他老伴。听说过。他这老伴是个最贤惠不过的人了！当年，田志民蒙冤屈倒大霉的时候，曾有人逼她"站稳立场"、"划清界限"，采取离婚行动，但她坚决不肯，说："我了解他！他不反党！"这以后，日子就说不尽的辛酸了。她是大学毕业生，学历史的，本在中学教书，却被派到副食品商店当了卖蔬菜的售货员。田志民去农村改造，她独自含辛茹苦将一个独生女儿培养到高中毕业进化肥厂当了工人。直到田志民落实了政策，她才调到师专附近的汤沟四中教历史。见到了这个瘦弱憔悴的女性，包思远心里有同情和钦佩，打了招呼。她就去泡了杯香茶过来，见包思远同田志民谈话，她就去里房忙自己的事去了。

田志民突然问："老包，你怎么又来找我了？"

包思远两眼热情地盯着田志民那张苍老、瘦削而严肃的脸，说："老田，钥匙和锁若不紧密配合，各自就都是一块废金属。你说，我怎么能不来找你？"

田志民笑了，那是善意的亲近的笑容。

包思远向田志民坦白说明了来意，又谈了这两天发生的情况。为解除他顾虑，包思远说："我知道，你经历过许多风霜雨雪，我自己进了旋涡，今天又来找你下水冒风险，说实话，我也是于心不忍的。但你请放心，我决定承担一切责任。我只是要了解真实情况，决不会做对不起人的事。"

里屋收音机里传出来的是一支川江号子，一个雄壮的男高音在唱：

……刀山难上船难拖，
全靠齐心拉索索，
拉得长江水倒流，
拉得船儿上山坡。
嘿左，嘿左，嘿左。……

这支川江号子，包思远在电视上听过，此时此刻，它听来却别有一番滋味。但忽然，歌声停了，大约是里屋的老秦将收音机关了。

田志民苍老的脸上闪出光彩，闷闷叹口气，意味深长地说："意志坚强的游泳健将是不怕旋涡的！"

他的话如同激流飞瀑，冲击着悬崖绝壁，进出回声，使包思远心里发出轰然的共鸣。包思远不禁默默受到激励，频频点头。

田志民话声里带着愤怒："这两天，师专掀起了很大的风波，与其说人们关心氟中毒的事，还不如说是人们更关心如何清理师专中存在着的'左'倾思想。可怕的'左'倾思想由来已久，它使人觉得到处有锋利的牙齿和凶残的眼睛。要肃清它的影响是一项十分艰巨的任务。我是副校长，有责任，但孤家寡人一个巴掌拍不响，'左'的潜势力，结成了铁疙瘩，主要领导干部却像把保护伞替他们挡风雨，掩盖、维护他们。"

包思远信任地问："郑成一这个人怎么样？说他有严重政治问题确实吗？"

田志民摇摇头："他不错，教学好，秉公直言。说他有严重问题，党委会上并未讨论过，我也只听吴玉英说过，没有见过那封信。余铁亭一定会搞得很被动的。他坐在屋里只听吴玉英的汇报。我看，信件的事是莫须有，拿不出物证也见不得阳光的！学校教师里对这反应很强烈，发展下去如果真相大白群众是会愤怒的！"

"解力群这个人怎么样？"

"老实人。郑成一遭到了厄运，扯着耳朵腮动弹，他日子就不好过了。但听说他倒也不泄气。"

包思远从提包里掏出瓶子来，说："今天我要再放两瓶水带回去。让我先把水放一放。"

田志民应声说："行！"陪着到屋外水池上拧开了水龙头放了两瓶水。包思远进屋将水装进提包，就同田志民接着谈起来。

灯光将写字桌上一盆多姿的文竹的影子放大了一倍投到白粉墙上，宛如一幅水墨画。四周静悄悄，小院里一片肃静，只有老秦在里屋踩缝纫机的声音"哒哒哒"轻轻传来。那是一种当家主妇发出的专心致志和勤劳的声音。

"夜来香"的味儿太浓郁了，一阵一阵飘进屋来。田志民说："上次见到你，我本来印象很好。后来听吴玉英说了些什么'亲家'的事，就有了一种很自然的想法：不能介入，要防止上当！但事后，向一些原先了解你的人一谈，我想，你是不会以私害公的。尤其是老芦，他突然找我谈了你。"

包思远听到这里，想：啊！老芦，你在暗中帮我做工作呀！你并没有来把这件事告诉我呀！听着田志民说，他心上发热。

田志民朴实地说："我反复思考，党既把我放到师专这岗位上，我就不该失职。可是，你也知道，副职就是副职，我并不能左右乾坤。师专要来一个好的校长就好了！"

包思远嗅着"夜来香"的气息，想：是呀，师专没有一个正职的校长，实在也太成问题。真是无法解释，找一个正校长就那么难？有些人事组织部门每每副职可以找到一大堆，正职任你缺着空着，不知是怎么回事？怪不得前两天一家报上登着一个诗人写的讽刺诗："人才啊人才，有眼的到处发现人才，无眼的遇到人才拿脚踩！……"

田志民有些激动："我想得很多，做个党员，混饭吃，让党养老，就太可怜了。国外有人致力研究人的现代化问题。我认为共产党人才该是真正跑在时代前面的'现代人'。我是下决心了，老秦也支持我。所以，我写了个关于师专的情况，打算单干，免得被人误解为我要拉帮结伙或在师专有野心。"

天上忽然隐隐有雷声，也有银色的闪电，像快要来雷暴了。包思远望望黑黝黝的窗外，又回眼看着墙上那幅隶书《观沧海》，说："还是联合一些好同志一起干得好。这两年，我有个感觉，有些好同志派到领导岗位上，但干不出成绩来，纠正扭转不了局势，为什么？派个光杆司令去孤掌难鸣，就是主要原因之一嘛！胡宗法书记从省里调来本地就是这情况。你做了领导，但说话下边不听，有'化身人'作祟，当你耳边风，当你放屁。你有天大本事也改变不了现状，打不开局面。我们反对结党营私、闹派性、搞山头，但这与领导者应当组织一个好的团结的班子是两码事。要不然，把关、张、赵、马、黄五虎上将中的一个人派到曹操百万大军中去，就是赵子龙一身是胆，至多也只是在长坂坡杀来杀去的一员败军之将。"

里屋缝纫机的"突突"声，仍在时停时响。

田志民站起来拿水瓶给包思远往茶杯里兑水，点头说："很有启发，'无私无畏即自由'嘛！我同意你的话，我写了一份详细的意见书，想向上反映，你是否先带回去尽快看一看？"

包思远喜出望外，说："你的支持使我很感动。"

田志民少有地开朗地笑了，说："该说是你的支持使我很感动。我是师专副校长，职责范围里的事，是你来促进了我才起变化的。"

远处天际又有隐隐的雷声滚滚传来。起了微风，盛开的"夜来香"味灌满屋里，沁人心脾。窗外小院里有树枝树叶轻轻的擦碰声窸窣作响。紫藤架下传来蚯蚓在泥土里发出的那种单调的长鸣。……

包思远也笑了，说："是呀，我们都不断在受促进起变化。你这一参战，师专局面定会改观。当然，也得准备吃苦、挨压力、走曲折的路。"说这话时，他感到胆囊炎犯了，疼得冒汗。

看看表，已谈了一个多小时。包思远连忙起身说："快下雨了，我走。就这样，回家已是半夜了！"

田志民将桌上一份材料拿了给包思远塞在提包里，但挽留说："住我这里吧，我们好作长夜谈。"

包思远说："不回去家里不放心的。我走！"

田志民起身送他，说："路上小心。"

小院里，屋里射出的灯光透过紫藤架映射下来，布满一种扑朔迷离的气氛。包思远穿过紫藤架从凸凸凹凹的鹅卵石小路上走出矮墙上的那扇小门，开锁推车，忍住胆囊的疼痛，穿上雨衣，同田志民握手告别。他感到田志民的手烫得像一块炭。

他跨上自行车。闪电时而劈射，雷声似千军万马在天空厮杀。他在闪电和雷声中，用最快的速度穿出师专校门赶回家去。夜晚的公路上，阒无一人，只偶尔有夜行的卡车亮灯飞驰。白雾迷蒙，夜色浓重。一个惊天雷携来了潺潺急雨。风儿把雨箭铺天盖地洒下来。包思远淋着倾盆雨，出着汗，忍着疼，拼力向前。到了家里，已经成了落汤鸡，看看手表，正好十二点。

尹芬没有睡，还在等着，见包思远冒着大雨湿淋淋回来了，心疼地赶快帮他脱雨衣，去拿毛巾给他擦脸擦手，说："呀，你脸色怎么煞白？"

包思远放下提包，将两瓶样水取出放在桌上，指指胆囊痛的部位，尹芬连忙扶他坐下，拿药，倒水，替他拿替换衣服，见他疼得缓和了些，才舒口气说："你走后，老芦来找你。"

包思远换上干衣，问："什么事？"

尹芬说："估计还不就是师专这件事吗？但他没说，见你不在，就走了。"

外边仍在下着乱箭似的急雨，雨声击窗，哗哗不停。包思远听着雨声，心里很不平静。尹芬催他睡觉，他说："我坐一会儿再睡。"尹芬就在一边陪着。见包思远脸色渐渐正常了，尹芬就去厨房里端了一盆热水来要他洗脚。

洗脚时，尹芬忽然说："有件滑稽事我还没告诉你哩。本来吃晚饭时我想讲的，见你要骑车去师专，怕影响你情绪，就没说。"

包思远预感到又是什么属于"捣鬼"的事了，停止搓脚，问："什么事？快说！"

尹芬苦笑笑，说："下午，一个年轻人找我。我告诉过你，他是文化局从师专图书馆调来的评定职称的小组成员，具体负责考核。因为文化局政工上没有'内行'。这年轻人名叫丁卫红。找我谈话时，手里拿着我填的那张'图书馆专业干部业务技术职称申请表'，说了些十分有意思的话，你想不想听？"

包思远急了，擦干脚，自己去门口将水"哗"的泼掉，回来说：

"老尹，别卖关子了，快说吧！"

尹芬说："他对我的情况摸得透熟，先说：包副总编该少管闲事，师专党委的工作很出色，氟中毒的事根本无中生有，郑成一有严重问题，受了处分。……"

硕大的雨滴鞭打着屋瓦，檐上滴下的雨帘那种单调的声音使人萌生一种撑着雨伞默默在雨中行的寂寥、凄清的感情。

包思远下意识地"哼"了一声。

一个闪电下来，尹芬的脸被闪电衬得苍白。尹芬接着说："重要的是要把他先讲的这些话与后面的话联起来听。他说：评职称这件事是要坚持条件保证质量的，当然，什么事都有个灵活性。依你的条件，工作年限和学历，评个副馆员是不必经过笔试了，但口头答辩还是必需的，请你准备一下答辩。这也难也不难，你思想上有个准备就行'！"

包思远说："从文件规定，像你，是免试的，怎么又要你进行什么答辩呢？"

尹芬笑笑："是呀！我提出后，他说：'现在办事认真不得，认真就要得罪人，得罪人事情就常办不成。比如副总编太认真了，就一定会同师专把关系闹僵。我太认真了，你也就不满意，道理一样！'我说：'啊，我明白你说的话是什么意思了！'他居然说：'那就好！其实，我这人就不愿意太认真。一些事不伤和气大家满意最好。我是希望你评上副馆员的'！"

包思远生气地站起来说："怎么这样坏？岂有此理！简直是个无赖！"

灯光辉映着尹芬鬓边银色的白发，尹芬说："看来是我的事，却是你的事引来的。这是通过我向你发出警告！你要是再管师专的闲事，那么你会得罪人，我的职称也要完蛋！"

雨声淅沥，像是天河决了口子。一个闪电白炽地劈射下来，伴随着来的，是一阵雷的怒吼。

包思远胸里闷闷地朝沙发上猛的一靠，胆囊又疼了，说："说实话，我有一种预感：我们还要碰到更大的压力和更糟糕的警告！"

"什么压力和警告？"

"老芦不是来找我吗？准是那位金书记通过老芦直接给我加压了！"

尹芬沉思着点头，在沙发旁靠着包思远坐下来。他们夫妇结婚三十多年来，感情一向极好，几乎从来没有红过脸或大声吵闹过。包思远的话不能不引起尹芬的关心和顾虑。尹芬愁云满怀地说："我们那个宝贝儿子，星期天下午回校后也不知怎么了？我想，他一定也不会在爱情上得意的，将来还要穿小鞋！"

包思远气愤地说："这样的一些事，放在五十年代都是不可想象的，现在却纷至沓来毫不稀奇了。可见，十年内乱把有些人的思想毁到了什么程度！但我始终是有信心的。"他眼睛看着墙上金色镜框里的那幅《春天还是春天》的油画。那乱石丛中一泓弯曲的清泉，那一棵被砍伐掉的老树根上长出的一支绿色新芽。此刻，给他一种温暖和启示，使他心中漾起一片跳荡的浪花。

尹芬点头，眼里闪着一种沉思的光波，但说："就怕'真理的蜡烛常会烧伤那些举烛人的手'啊！"

清脆的雨声使人听了感到清醒。包思远站起身来，开了通向小院的门。这门，刚才怕打雨，尹芬关起来的。此刻，门一开，风卷着纷纷斜斜的雨扫到门槛上，但却带来了院子里月季花的芳香和湿润新鲜的水气。包思远对着院子出神地望着绵密纷乱的雨线，深深呼吸了一番，让雨珠溅到自己的眼睛上和脸上，回转身来，右手攥着拳说："我决不后退。一切该会来的明枪暗箭都来吧！这种压力，放在以前，我抗不住；放在现在，我可不怕！"

尹芬鼻子不知为什么发酸，娴静地说："我真想平平安安过几年好日子啊！白天工作，晚上看看电视，一家团圆，悠闲悠闲。想支持你，又老怕出事。我评职称的事倒无所谓，评不上我也照样工作，何况我也快退休了！但你和小昆遭到麻烦，就可怕了。你现在既然下了这么大的决心，我当然不能自私扯你的后腿。你就干吧！不过，老芦同你互相了解，他又是你的入党介绍人。明天你听听他的很有必要。你一早就去找他！"她那双温情脉脉的眼睛，使他想起许多往事。

包思远从尹芬的话里感到一种安慰和温情，看看她已经染着的双鬓，想：她的心地一向善良和高尚！她年轻时曾经那么美丽。同我结合后，却像莫泊桑的《项链》里的女主角，我们的"婚姻"就是她那根"假项链"，她的美貌、青春，都在风风雨雨中逝去。她为我付出过多少牺牲？我对她有过多少拖累？这一切要是会写小说的人，是能写出厚厚一大本书的呀！包思远不禁攥住了她那已经因长年的家务和图书馆工作而变得粗糙了的手，双眼发热。

雨仍在紧密地下，也不知为什么，包思远突然想到前不久读到过的一首叫作《雨》的新诗。诗里有这样的句子："五月的雨滴，像熟透了的葡萄，一颗、一颗落进大地的怀里……"

这是春天的雨啊！……

为了安慰尹芬，他不愿再多讲刺激性的话了，却故意风趣地说："你不是怕我掉进漩涡吗？击水者是可以游出漩涡的，泥沙才会在漩涡中下沉！我是个勇敢的击水者，你别担心！"说这话时，心里想：就是老芦不同意，我也要坚持下去！无论付出多大牺牲，箭已射出，我是决不收回的了！

这一夜，包思远又是没有睡好，老是乱梦颠倒。一会儿，梦见吴玉英绷紧着"张春桥脸"带着一伙人提着糨糊桶来门上刷大字报，一会儿又梦见市委书记金铁城找自己去谈话，脸上气色特别难看！突然，他那张脸说变就变，变得又黑又胖，仔细一看，不是金铁城而是余铁亭了！

无数光怪陆离的梦的碎片像一群野马驰过脑际，从梦中惊醒。他心里烦躁得睡不着。他回顾了这几天干的事，突然想到一个哲学家说过的一段话：人生就像解方程，运算的每一步似乎都无关大局，但对最终的求解都是必要的，缺哪一步都不行。过程就是结果的奥秘所在。想起这番话，他心里忽然涌出几分轻松。

天快亮时，邻家有公鸡"喔喔喔"打鸣，包思远决定不睡了，心里急着想读一读田志民写的那份材料。"啪"的开了床头的台灯，穿衣起床。洗脸刷牙后，见尹芬已从厨房煮好稀饭回来了。尹芬说："为什么起这么早？胆囊还疼吗？"

包思远摇头表示胆囊不疼了，说："我要看份材料。"

麻雀在屋上吱啾翻飞。他搬把藤椅到院子里，见天已放明，东方浮起彩霞。红艳的月季又开了许多朵。嗅着甜蜜的花香，他戴上老花镜，就专心读起田志民写的材料来。

田志民一手字挺拔老练，材料约莫有八千字，具体扼要，颇有水平。开宗明义提出：师专的"左"倾思想亟待清理，列举许多例子，说明实况，提出：许多知识分子迄今仍抬不起头来，要求调动的人很多，学校的大权迄今仍控制在当年造反时威势赫赫而今天还掌实权的极"左"人物手中。这种人像《镜花缘》中两面国的人，恶劣地玩弄着两面手法。最后，他提出对那些人要进行清理，对师专领导班子要进行调整。

包思远想说的话，田志民都想到并且说出来了；不了解的情况，田志民都写了。这是一份有分量、有质量的意见书。它使包思远读后感到欣慰。这份意见书如果能加上记者的进一步深入调查，连同调查记一并发表在市报上，轰开师专"左"倾思想的壁垒，给师专的一些好干部和知识分子带来欣悦，那对清理"左"的流毒，对实行改革必然会起很好的作用，市报也将会在群众心目中面目一新。但这可能吗？太难了！包思远不禁摇头叹了一口气。

包思远站起身来，手里拿着田志民的意见书进屋。尹芬已经将稀饭、咸菜、咸鸭蛋和馒头放在桌上了。她见到包思远脸上的表情，皱着眉尖说:"你真是烦恼得人都瘦了,我夜里听到你睡熟了也在叹气,刚才又听到你叹气。这样能行吗?我看,吃了早饭上班前你先到老芦那里去一去吧!"

包思远喝着稀饭说:"不,我得先到卫生防疫站找小费!"他草草喝了一碗稀饭,就放下碗筷,去拿桌上两瓶样水放进黑提包里,说:"我走了!"尹芬看着他腰板笔挺但是步履沉重的背影,不禁心里火辣辣的,又叹了一口气。

包思远骑车去卫生防疫站,恰巧看见长得活像陈景润的小费戴副眼镜手里端着只新钢精锅,从防疫站隔壁的个体经营户那里打了豆浆买了油条走回来。见到包思远,他机灵地叫了一声:"包校长,是找我吗?"

包思远点头,把两瓶样水拿给他,他双手不好拿,说:"你给我插在上衣口袋里,一边插一瓶!"包思远照他说的办了,说:"小费,我把心掏给你说吧,我还是来化验氟含量的,这件事十分重要,上次化验的结果我有怀疑,这次你无论如何要托最可靠的人化验,化验时你最好亲自过问千万别出问题,能不能赶在今天就化验出来?"

小费点头,看得出一肚子纳闷,说:"包校长,你们这是干什么?真有趣,咱师专的老师郑成一、解力群来找过我,让我找人给化验水。化验过三次,都是高氟,后来,我见吴玉英也来过,但他没找我,找的是咱这儿的副站长老齐,听说他拿了一瓶水来,也拿了化验单回去,你上次和这次来找我,办的仍是化验水的事。……"

包思远诚恳地说:"小费,三言两语也说不清,你就把我托你的事办妥,结论一定要可靠,实事求是给我个结论就是。以后找时间我再把前因后果告诉你。"

小费目光闪闪地说:"您放一百二十个心吧!这事交给我办,保你满意。"

包思远同小费招手告别,上车就匆匆骑向老芦家去,一心想早点赶在老芦上班前在他家里谈一谈。

街上清洁而凉爽。谁料，刚转过弯走在横马路上，就见老芦骑辆自行车迎面过来。宣传部有汽车，老芦轻易不坐，喜欢自己骑车上下班。他个儿比较魁梧，又胖，骑在车上高头大马像个菩萨。见到包思远，远远就招手说："你怎么上这来了？"

包思远说："刚上防疫站送水样，正准备上你家哩！"

老芦笑了："我也是赶个早起想上你家，幸好在这遇着，不然，就走岔道了！"说着，转过车头。

一辆市里新添置的进口洒水车，浅绿的外壳闪闪发亮，耀武扬威神气活现地喷着水从马路正中驶过。扇形的水帘分成两片银色的弧，驱赶得路上的行人格格笑着躲避，两人急忙也下车闪身让到路旁。包思远靠近老芦，说："有急事？你昨晚上我家去了？我到师专去十二点才回家。"

早晨，路两边人行道上粗壮茂盛的法国梧桐枝叶相接，使长街形成了一条绿色的走廊。洒水车远去了，骑车和走路上班的人很多。来来往往，也有熟人，走过都点头打招呼。老芦说："走，上我家，家里没人，老婆上班，孩子上学，也该都走了！"

包思远干脆地说："好！"上了车，跟着老芦骑车去东大街他家里。东大街热闹，有绚丽的百货店橱窗，有"东方红"影剧院、新建的邮电大楼、青年劳动服务公司。十字路口也安上了红绿灯。

老芦住的是影片发行公司的家属宿舍楼。他家属老任在影片发行公司当副经理。他家在临街的二楼，是三室一厅的套房。他掏钥匙"吱呀"开了门，把包思远让进了窗明几净的那间会堂的厅室，在沙发上坐下来，说："开门见山谈吧！你把这两天的情况先讲一讲！"

包思远如实一枝一瓣地把这两天的遭遇，包括蔡炳文的谈话、郑成一的遭遇、尹芬评职称的问题，以及昨天见田志民等等的情况都谈了。老芦静静听着，一言不插，听完，带点神秘地说："你知道我找你干什么?"

包思远说:"我猜更大的压力来了! 是不是金书记让你跟我谈话,像蔡炳文找我谈的那样?"

老芦点点头,掏出香烟擦火柴点着,又搔搔斑白的双鬓叹口大气说:"是啊,你一猜就中! 压力大得承受不住了啊!"

"那,你……?"

老芦脸上表情特殊:"我只好屈服、投降了!"

包思远血往脸上冲,铁塔般地站起来,愕然瞪视着他,气愤地说:"唉,老芦,你! ……你答应过支持我的!"

"是呀,可是我顶不住这么大的压力呀!"

包思远真的忍不住了,攥着拳头说:"好! 这一次我是破釜沉舟了! 我本来觉得不能不作迂回的战斗,可是以后要不顾一切地正面同他干了!"

见他真的气得打哆嗦,老芦忽然哈哈地笑了。

听他一笑,包思远突然发现老芦的笑容里透露出一种天真的憨态。是人到最高兴时才会有的纯真表情,平时,极少见到老芦这样,他这样地笑,反倒使人纳闷,胸里像揣了个闷葫芦。包思远高声说:"我明白了! 你这是骗我? 吓我?"

临街的阳台下面,摩肩接踵的人行道上,传来熙熙攘攘的人声,马路上传来自行车铃铛声、汽车驰驱声、拖拉机的隆隆声……

老芦点头哈哈笑着喷一口烟,说:"是啊,不让你发急了! 对你实说了吧,形势不错! 我也许就要退居二线了。退休前,最后一班岗还是要站好! 平时,工作上我同金书记常有分歧,为了团结,我总让步,这种让步,我决定到此为止。如果他昨天不找我谈你的问题,我也打算找他谈谈他的问题。报社的改革和师专的事也是我要谈的。谁知,我想睡觉,他就送枕头,找我去谈你,要你对师专的事别'乱插手'!"

包思远点头想:哼,他让蔡炳文禁止我用人大代表的身份了解情况，又要老芦来禁止我用报社工作人员的身份了解情况，双管齐下，凶得很哪！

老芦吸着烟说："有件事，你可能不知道，省里刚调整完领导班子，原来的十六个常委保留下来的仅仅三个。原来的书记、副书记保留下来的也仅仅两个。年老的当然下来，原先那种以两面态度对待中央，以消极态度对待三中全会的人，也都下来了。省里调整完了，以后就是地、市、县的领导班子的调整了。目前，中央组织部和省委组织部有几位同志悄悄来到我们市，住在滨虹宾馆，据说上边对我们市的情况并不是不了解，而是很了解，最近也要开市委常委扩大会，在干部中进行民意测验。现在的中央最掌握下情，谁向中央反映情况都没有顾虑。极'左'路线受到了批判，那种惧怕反映真实情况会被打成'右倾'、'拔白旗'一类的恐惧不存在了。加强民主与法治后，人民群众对民主的体会也越来越深了！不能说向上反映情况所有的人都无顾虑，但至少像郑成一、解力群这样的人多了，像我这样的人也会越来越多……"

包思远说："对，这并不意味着下边的情况如何糟糕，而是说，需要为改革扫平障碍的意愿得到了比较充分的表达。"

老芦完全赞同地点头说："对，这种形势，像金书记这样的人，不可能感觉不到，也不可能不暗自惴惴不安。"

唉，时间呀！你为什么总是和人作对？被期待的姗姗来迟，被厌恶的徘徊不去？

包思远忍不住说："可是，他仍旧猛撞南墙不回头，我行我素！"

"也许，他对自己的估计过高？也许，不这样做怕维持不了自己的地位？听说，他很想仍留在领导班子里，正在活动。正因如此，昨天下午四个小时的谈话里，我给他服了一帖清凉解毒剂。哈哈……"说到这里，老芦爽朗地大笑起来，笑得十分开心。

包思远饶有兴趣地看着老芦，似乎是问：你同他争辩了？也直率地向他把问题都指出了？

老芦大口吸着烟说："我是光明磊落的，当他向我提出要你不准'乱插手'的问题后，我就摇头说：'办不到！'他诧异地望着我，我说：'他不是乱插手！谁如果禁止一个党员、一个新闻工作者、一个市人大代表、一个公民干他本分里应当干的正确的事，谁才是乱插手！'我向他如实反映了师专的情况，并且说：包括包思远在内的有些同志是会一不做二不休，直至向中央纪委反映的。他当然大吃一惊，像喝了麻辣汤，脸红得像鸡冠。于是，我告诉他：这个时期以来，我的感受和想法。他居然一反常态，静听我讲，一言不发，那种平日骄横跋扈、指手画脚的姿态完全变了。"

包思远心里欣慰，像有一道电光驱散了心上的阴霾，禁不住说："有意思，他也要变了！"

"也许是看到东风起了，他怕火烧战船，不得不变吧！"老芦说，"可是他一定奇怪：我这个平日忍着气不吭声的宣传部长怎么也变了？我滔滔不绝，讲了足足一个半钟点，然后，又继续交换意见，你猜，他的态度变成什么样了？"

包思远呆呆地望着老芦，无从猜测。

老芦在烟灰缸里揿灭烟蒂，说："哈，他竟说：'我不了解情况，只听了一些片面的反映，那你就不必同老包说了！?'"

包思远笑了："好呀，收回成命了！"

"不尽于此，他又说：'师专的问题，如果属实，可以调整一下他们的领导班子！'"

包思远摇头说："是想'丢车保帅'？还是想找替罪羊？我对这似乎不敢抱幻想！"

老芦眼里闪着一种异样的光说："临走，我语重心长地说：'金书记，报社的同志们很想把报纸办好，目前，市报无生气，群众性和战斗性都很差，与中央保持一致很不够。他们要求正确理解"歌德派"和"暴露

421

阴暗面"的问题。'我把那封劝我们回家卖红薯和那篇钢厂调查报告的校样都给了他。我说：'请考虑考虑，找时间你再找我们一起谈谈。'"

包思远忍不住乐了，急不可待地问："真是病隐千日，暴发一时。痛快！他怎么样？"

老芦微笑："满口答应，态度很好。应当趁热打铁，借东风，快把报纸改革方案送上去。"

包思远满腔热情瀑布似的飞泻出来，雀跃地说："外国有句格言：'胆怯离你越远，胜利离你越近'。一点也不错，如今果然'枣到季节自然红'了！"但又有点担心地说："你估计，局面就此会顺利下去吗？"

老芦沉思摇头："难说，但既然我们共产党员认识到自己在从事于与党中央保持一致的神圣事业，就无可畏惧了。兵来将挡，水来土掩就是！"

包思远沉吟着点头，眼里陡然闪现两点熠熠的亮光，说："田志民和郑成一、解力群他们都表露过要向中纪委和中央一级报纸反映问题的决心，我愿意在他们反映问题时也提供我的意见。但关于氟中毒的调查报告兼涉及郑成一的受陷害问题，为什么不能争取在市报上发一发呢？能发一发，拿这作为改进报纸的一个开头，不好吗？"

窗外的阳光直射进屋里来，照耀得老芦那鬓边的银丝闪闪发光。老芦思索着，终于说："努力争取吧！但是还要深入调查，一切必须符合事实！"

在这刹那间，包思远感到心里照耀着太阳，脑海里升腾起一片美丽的彩虹，浑身热血沸腾。他能预感到师专问题的解决还需有待时日，也还会有许多困难，但却似乎看到：灿烂的阳光下，改革的滚滚洪流不可阻挡！仿佛听到那滔滔向前的洪流溅发出的巨大潮流声。漩涡，会有的！但任何漩涡，任何水底存在的纵横交错的潜网也是挡不住这滚滚洪流的！那些会使人中毒的"氟"，也会被纯净奔泻的水冲刷得干干净净……

后来呢？

卫生防疫站的小费，按照约定给包思远送来了两瓶样水的化验单。化验单上注明水里确实含有高氟！

郑成一向师专党委提出了他被诬陷并受无理处分的事，要求余铁亭改正，受到了拒绝。因为余铁亭仍认为天上的雷是打不进防空洞里来的。郑成一要拼命了，对包思远说："有经过努力的失败，没有不经过努力的成功。"他决定到北京去。他带了有师专数十个教职员签名的一封信走。

与此同时，田志民将自己署名的意见书一式四份，分寄给中纪委、省委、省教育厅和市委第一把手胡宗法。

包思远又到师专进一步调查，亲自写成了关于氟中毒事件调查经过的报告，在报社通过后，上报宣传部请转金书记，要求批准在市报上发表，随同这个调查报告，还附去了市报的初步改革计划。

情况急剧变幻，斗争还在继续。

星期六下午，包思远收到了他那宝贝儿子包昆的一封长信，字是用毛笔写的小楷，龙飞凤舞，很出色。包思远未拆信时，心里忐忑。好端端的写信来干什么？把信一拆，谁知竟是这么一回事！下面是包昆的原信。

亲爱的爹老头儿：您好！

这星期六我不回家了！怕您和妈妈念，今天写上这信。我和余海南准备用星期六和星期日，合作构思并创作一篇小说。小说的题材打算基本采用您这次干预师专的事。当然，小说不可能也不必要写真人真事，我们将努力涂抹和减少真人真事的痕迹。我们准备将它作为合作创作上的第一块奠基石。

您一定记得：去年夏天，您问过我："知道青海的来历吗？"我摇头，您就讲了一个古老的传说：老龙王有四个儿子，他将海封给儿子，大太子封了东海，二太子到了南海，三太子得了北海，等封到四太子时，老龙王说："孩子，海已经封完了！你要是龙的传人，就自己去造一座海吧！"四太子驾云西飞，飞到高原上，大显神通，汇集一百〇八条江河，造出一座碧绿浩瀚的西海，人称青海。

我懂得，您讲这古老的传说是什么意思，我和海南谈定：青年该开创自己的前途，却不能听任命运的摆布。所以，两个爹老头儿的事，不能也不该影响我们之间的友谊。今天的时代和我们的思想，使我们不会像《伤逝》里的涓生和竹君；不会像《家》里的梅和觉新，当然更不会像《罗密欧和朱丽叶》中的主角。我们不会成为牺牲品或悲剧的主人公，我们会把握住自己的幸福和命运，有驾驭自己命运的能力和办法。海南对她的爹老头儿，虽有感情，但觉得她没有必要无理地偏袒他，更没有必要对他唯命是从。所以，她决不会在家庭的压力下离开"一米八"（这是她送我的绰号）的！

但，构思创作这篇小说时，有争论。

海南认为不必把那个党委书记写得太坏，他主要不过有点官僚，是上了手下窃居要职的"三种人"的当！我认为羊群是跟着牧羊人走的！应当把主要责任归之于这个党委书记，他像一把遮蔽党的阳光雨露的大伞，使"化身人"躲在他的伞下为所欲为，使改革受到阻挠。

海南认为塑造一个有血有肉的人大代表的光辉形象挺有新意。因为她希望我们国家里的人大代表真正在平时能起应有的作用。这在文学作品中似乎尚少反映。我认为还是塑造一个新闻记者为好，因为记者有采访和发表的权责，比较容易工作，您以人大代表身份到师专了解情况碰了钉子，正说明这一点。

至于结局，她认为应当是党委书记幡然觉醒，与人大代表携手合作，改革的大门从此敞开。我则认为按照人物性格发展，双方都要干到底，而且经过十年内乱，现在办什么事都并不那么容易，应当多写困难、曲折和斗争，只有这样，一则可信，二则最后透露出胜利的希望才有鼓舞人心的力量。当然，有一点是一致的，就是认为无论顺利或不顺利，由于今天中央的正确，人心所向，最后的胜券必然操在掌握真理与正义的一方手中，因此，我认为不写一个光明的结尾，使读者去揣摩，反而不落俗套更有回味。

亲爱的爹老头儿，您如果有空，回封信指导一下我们的创作好吗？

读着信，包思远感到字里行间充满笑意。嗨，真有意思！两个八十年代的大学生，一件多么麻烦的事，他们却用微笑在处理。

包思远决定立即回信。他想对小昆和海南说："要写好这篇作品，首先要变一变你们那种'置身事外'的'超然'态度。生活中的旁观者，恐怕是难以塑造出有光彩的改革先行者的。你们必需再加强是非感，理解你们作品中要塑造的主人公，与他同呼吸、共命运。那样，你们也许能写得好一些。……"

（原载《收获》）

王冠之谜

同她分手时，暮色苍茫，暮春的黄浦江面像笼罩着一层朦胧的淡雾。江水打着漩涡在凝重地轻轻吟啸，远处天边有一抹即将消逝的绯红。外滩江边，到处可以看到欢乐的人流和人们甜美的笑脸，国外来的旅游者有些正在摄影留念。我望着她匆匆消失在马路对面人群中的背影，心头有说不尽的感慨。

　　早年那些曾朝夕相处的人在哪里？那些似乎轰轰烈烈实际却又十分杌陧的记忆又在哪里？假如过去的真正能够过去，我多么希望自己能不被世俗的污秽沾染，只用纯洁的目光看到光明的世界，用充满生机的生命来享受世界。可是，过去的并不能轻易就消失，无论在记忆还是现实中都一样。人类每每生活在自己制造的框架里，顽固地让现实因袭着过去的轨迹前进。废除这些并不简单。这也许就是保存回忆并进行思索的价值了吧？

　　那一年，同她分别时是个寒雨潇潇草木凋零的秋天。当年，我们都正年轻，但时光飞逝，一晃三十多年过去了。流水般的光阴，岁月的风尘，早使她两鬓添霜，我也步入老境了！

　　现实和幻梦，常常那样难分，生活有时真像一个神奇的魔术师；同她相遇，也正是这样。

　　"啊！小梁，我还能叫你小梁吗？"

"当然可以！老张！……你就还是叫我小梁吧！……"

我们跌入了沉重的回忆之中，寻觅起那些难以忘却的遥远的往事……

(一)

十二月下旬了！冬日天黑得早，彤云在大上海的天空汇集，哗哗大雨，凉气逼人。雨水从油布帘子的空隙处喷射进来，不时溅打在史家禄的脸上。蹬三轮的老头儿浑身早湿透了。淮海中路的柏油马路被雨水冲洗得亮闪闪的，像镜面一样。十字路口的红绿灯光和街两边商店的霓虹灯光反射在马路上，形成了神妙变幻的氤氲气氛。天很黑，过了十字路口，史家禄脸色苍白，睁着大眼，从车帘空隙处望出去，前边一片黑黝黝，三轮车费力地在黑暗中前行。风声、雨声，暗夜的包裹……使史家禄仿佛有一种在走向毁灭境界的预感。

他叹了一口气，又叹一口气，心里有懊丧，也有后悔，更多的是怨恨。怨恨谁呢？怨恨自己？怨恨黄源茂？怨恨共产党？……他也说不明确，也没有多想，但反正是怀着这种情绪到达上方花园的。他突然觉得下大雨最好。这时节，不怕遇到熟人。他叫三轮车夫拉进弄堂，停在黄源茂家后门口。

小眼睛、秃顶、肥胖的黄源茂热呵呵地把他迎进门。屋里灯光雪亮，穿过有煤气灶的厨房，厨师傅正烹调着冒着火腿香的炖鸡汤。到达客堂间，扑面而来的是一股香味和暖气——屋里烧着檀香又生着马口铁烟筒管的花盆火炉。一进这熟悉的带有檀香气味的黄源茂家，他就有一种摆脱寂寞和孤单的感觉了。虽然懊丧、恐惧的情绪并未消失，心情顿时好一些了。黄源茂夫妇是相信菩萨的，虽然并不吃素也不念经，但客堂一角的香案上却供着个大肚子的弥勒佛，擦得银亮的铅烛台里竖着未点燃的红烛，黄铜香炉里燃着冒烟的檀香。檀香味真好闻，沁人心脾。史家禄掏出手帕擦拭身上溅着的雨水，一个娘姨已经送上滚热的手巾把来了。他用热手巾拭着脸，听到哗哗的洗牌声从楼上堂屋里传下来，还夹杂着娇滴滴的太太小姐们的谈笑声。

黄源茂笑着说："我们上三楼亭子间里谈谈去，好吗？"这个资本家，讲话带扬州口音。

史家禄看看楼下客堂里，红木方桌上已经摆上了圆台面和碗筷，还摆上了几只冷盘：油炸虾、酱煨蛋、凤尾鱼、皮蛋……已是快要吃晚饭的光景了，他无可无不可地点头说："行！"

黄源茂前头走，史家禄跟着就往楼上走去。心里慌乱、不安的情绪依然郁结难消。

越往楼梯上走，噼啪的牌声更响。听到燕蓓芬的声音，不知在说一个什么笑话，热闹地引起了一片莺啼燕语似的话声和笑声。二楼堂屋的门开着，史家禄本想随着黄源茂快点闪身过去直接去三楼。可是经过二楼客堂间门口时，刚抬眼朝里一瞅，已被在里面打牌的那个白胖白胖的李太太瞥见了。李太太正面对着门和楼梯坐着，她"啪"地打出一张牌，嘴里叫着"发财"，蓦然叽叽哇哇叫开了："啊哟，不是史先生吗？史经理不来打四圈？……"

给她一叫嚷，燕蓓芬和那秦小姐什么的也都一片声地招呼起来："史经理来了？""史经理来白相①几圈！"……

史家禄连忙点头躬腰，含笑摇手："不不不，对不起对不起，你们打，你们白相！我改日奉陪，改日奉陪！"一边说，一边跟在黄源茂身后上了三楼。

只听得麻将桌上又洗牌了。哗哗的洗牌声里，夹杂着秦小姐的尖嗓子、李太太的哑嗓子，仿佛在说什么"……史经理……"听不真切。

史家禄也不去分心想别的了，跟着黄源茂走进三楼亭子间，轻轻掩上了装着"司泼林"锁的门，马上叹气说："唉，老黄呀，大祸要临

---

① 白相：上海话，玩玩的意思。

头了!"他的语气真诚,但心里也希望带点夸大,好引起黄源茂的重视。

门一关,二楼的麻将声就差不多完全听不到了。黄源茂让他在大沙发上坐下,笑看着他,摆出一副若无其事"稳坐钓鱼台"的架势,敬他一支香烟,又从茶叶罐里取茶叶,提起开水瓶给他往玻璃杯子里冲龙井茶,说:"不要急不要急,今天的雨不小,风也大,可是——"他朝漆黑的玻璃窗外望望,雨丝正随着风一阵松一阵紧地沙沙敲窗,说:"风刮过去雨下过了也就完了!我还是那句老话,别的事难说,这个牵涉到金钱钞票的事,总归是'鸟为食亡,人为财死'的。我认为'人为财死'说的是人的本性。这一点过去历史上哪朝哪代改不了,共产党今天也改不了。哈哈……"他把玻璃杯亲热而又恭敬地端到史家禄面前的茶几上。

史家禄点一支香烟,吸了一口,又叹口气,说:"啊呀,你是不懂。我是共产党员,我比你这个不在党内的生意人要懂得多。共产党的事,那么好对付?八百万蒋介石的美械军队都完了蛋。抓这个'三反'运动,共产党还能没有办法?何况——"他感到头上冒汗了,把棉干部帽脱了甩在茶几上。

"何况什么?"黄源茂的表情仍旧不以为然,但却也带三分重视地问。

"何况这个'三反'运动老百姓都拥护,这就可怕!我现在的心里呀,真像老话说的是'山雨欲来风满楼'的状况了!我是怕的!你要知道,你是生意人,我是共产党的干部,又是党员,我不早已经告诉过你了,天津的地委书记张子善什么的都抓起来了,这还是刚开始,厉害的戏在后头哩!"

黄源茂脸上的表情看得出是重视了,但他尽量使自己放松,从碟子里抓一把白糖松子给史家禄放在面前,说:"哈哈,吃一点!蓓芬今天从采芝斋买来的。"他仍旧不急不慌,但用精明的眼睛看着愁眉苦脸的史家禄，寻根究底地问："你今天是开了什么'三反'动员会才这么紧张的吧?"

史家禄点头，激动地把在市府礼堂参加"反对贪污、反对浪费、反对官僚主义动员大会"的事情仔仔细细讲了。

黄源茂仔仔细细听了，打着哈哈说："哈哈，你们一散会，就有人打电话给我送过消息了。是呀，你是老革命，又是党员，你急，当然是有道理的。但我这个人呀，大风大浪经历得也不少了。我有条经验：那个蒋老头子虽然垮了台拍拍屁股跑了，可是他有句名言倒是蛮有道理的，就是'以不变应万变'。我觉得碰到危险疑难，碰到风浪礁石，这句话就可以使头脑清醒，像救命菩萨一样。那年我同人合伙做生意，跟着木船将钢材、药品送到苏北卖给新四军，一块钱可以赚四块。在江上远远看到日本人的巡逻艇来了，我想：真是死路一条了！急又有什么用呢？我索性'以不变应万变'，念了一串南无阿弥陀佛。哈哈，巧了！那夜有雾，东洋人竟没有发现我们的木船，逢凶化吉了!"

史家禄不耐烦听下去了，吸着烟说："这跟那不一样。这场运动，我看来势太猛了！我们出版社里呀，这一向，早像快要沸热的开水似的不平静了。今天下午'三反'动员大会一开，准要大动荡大呼啸了。钱英那人我了解，耿爱民那人我更知道。运动一来，掌握运动权的不会是我，而是他们。我和你的命运就握在他们手里！靠念佛能改变我们的命运？笑话！你不急我可真是急死了。从下午开会到现在，我一直浑浑噩噩。麻木呀！现在，我来找你，就是要好好商量商量，怎么个对付法?"

黄源茂像个无锡大阿福似的坐在史家禄身旁的沙发上，嚼着喷香的白糖松子，突然叹口气说："其实，我也不是庙里的烂泥菩萨。我未始不知道这股风来得劲猛。这场运动可能很厉害。可是愁呀急呀，吓得魂不附体有什么用呢？我明白，我和你，用乡下人的土话说，是'拴在一条绳上的两只麻雀'。你想往东我想往西，谁都飞不脱，要我们俩都向一个方向飞才行。我觉得我们相好一场，这两年多来，大家都得了好处。现在即使大难临头，我们也要一起向一个方向飞。我黄源茂，是个够朋友讲义气讲交情的人。这些天，报纸我细看，电台上的新闻我也听，我天天在寻思，像下棋看三步一样，什么坏的结局什么恶劣的遭遇都想到了。所以，你老兄千万不要以为我是个糊涂蛋。我心里已经有了几步好棋。……"

听他说到这里，史家禄的面部表情才开始舒展了一些。他是了解这个老搭档的。自从他们结识，这两年多来交情进一步加深，他深深体会到黄源茂是个既有魄力又有机智的商人。这人虽做生意，却很懂政治。实际上，他一直靠着政治在做生意赚大钱。是呀，他现在面对暴风雨将要到来的形势却坦然自若，这并不反常。他是肚里有了几步好棋呀！

史家禄急吼吼地插嘴说："啊，老黄，你一说，我好过得多了。你该知道，这些日子我方寸已乱，简直像脚踩西瓜皮，不知会滑到哪里摔一跤哩。你快把你的几步好棋讲一讲吧！"说着，他端起新泡的龙井吹掉浮在面上的叶片，一口口喝起来。龙井喷香，但茶叶放多了，也很苦涩。他喝了一口又一口，心里想听听黄源茂能有什么好的主意。

谁知，黄源茂并不急，说："我一向认为只要有钞票就有路可走。这条道理我是从来没有怀疑过的。别的不说，就说抗战时期吧，那时我把大后方需要的物资经过河南界首运到大后方去。那虽然赚大钱，却是玩命的买卖。但靠了钞票，天堑一样可以飞渡。汪精卫的和平军，日本人的宪兵队，国民党汤恩伯的十三军，都能闭上眼让我过去，甚至还帮忙押运。'有钱能使鬼推磨'、'金钱万能'，这一点我是千信万信的。所以，事到如今，我认为不管怎么样，最后捧出财神爷来，就没有过不去的关卡！"

他侃侃而谈，史家禄听了并不受用。史家禄心想：好呀，你这是损我呀！我算是中了你的圈套下了水了。现今你当着和尚骂贼秃，我也拿你没奈何了！又想：你也还是对共产党不了解，"金钱万能"在有些党员身上硬是起不到作用的嘛！远的不说，就拿我们出版社来说，你黄源茂也不是不知道：对钱英我们是碰也不敢碰他的，对耿爱民，你只以为他是个"土包子"，可是在他身上我们心思花了不少，效果呢？不等于零吗？……

这么想着，史家禄脸上出现了一种不耐烦的神色，蹙起两道眉吐着烟说："算了算了，我当你有什么锦囊妙计，说来说去还是你那老一套。说实话吧，你那是一厢情愿，不管用的。这几年来，在耿爱民身上，你不也该尝到滋味了吗？共产党你是不那么了解的。我是党员，比你要了解得多。共产党要想办一件事，没有办不到的。现在这个'三反'运动呀，我看就有这种坚决的苗头。你的想法救不了我的命。到这种时候，我才感到：搞来搞去倒大霉的是我。你一不是党员，二不是干部，三不过个资本家，倒起霉来也没有我厉害。所以你还是那么高高兴兴，我心里的苦呀，见到你笑我简直想哭！"

他一发牢骚，黄源茂又嘻嘻咧嘴了，停止吃松子，安慰地说："哈哈，老史，你我怎么能分得开呢？我一向是同你有福同享有难同当的。你别性急呀！刚才我话刚开头，你就不耐烦了。我是前前后后都想遍了，想得很周到。'兵来将挡，水来土掩'嘛！天下没有过不去的山！愁愁急急，自己苦自己有什么用呢？"

窗外的风声卷着潺潺雨声，白铁水溜管子的急急流水声也哗哗传入耳中。史家禄听到风声、流水声和急雨声，也说不出为什么心头有些凄凉、杌陧。但黄源茂的话给了他一点信心和力量。他捧起玻璃杯，又喝了两口苦茶，叹口气说："不要卖关子了！快点说吧！我真是回肠九曲，像热锅上的蚂蚁了！……"

黄源茂脸上仍旧不愠不火，带着微笑，说："这些日子，我倒也不是一个人在琢磨，我也跑出去找生意场上的熟人摸气候看风色，也听听他们的议论。慎昌百货公司的刘经理，人叫他小诸葛，他研究共产党的政策顶下功夫了。他说：看来这场风雨是不小，但是共产党现在进了城，同以前在山沟沟里不一样了。"

史家禄问："怎么不一样了呢?"

黄源茂笑着说："他听说，毛主席在北京给高级干部讲过一个李闯王进北京的故事。李闯王进了北京城，手下的将领都是找财宝的找财宝，找美女的找美女，短短没有多少日子，就一塌糊涂，后来清兵入关只得狼狈退出了北京城。毛主席当然是作为教训谈的。可是谈这故事说明共产党也面临着同样局面呀！我看，刘经理的判断有道理。北京哪比上海！上海是只大染缸，红的进来也给你染黑了出去。从前年五月底解放到今天，不过两年半光景，我听到的看到的事就不知多少了！我是说，共产党也在变。现在共产党的干部，坐汽车、住洋房的哪样没有？刚进上海时，那些赤脚不穿袜子的土包子，看到涂口红搽胭脂的女人说像妖怪，看到南京路上饭店餐馆里大吃大喝说浪费。现在呢？听说有的看到口红胭脂夸好看了，对大吃大喝也羡慕了，想买这样那样时髦东西的人也多了！将来，娶小老婆、吸鸦片烟的我看也要有。人只要贪图享受了，就会变。一变过来，要变回去就不容易了！刘经理说：要搞这个运动，阻力是很大的。投鼠还忌器呢！'拔出萝卜带出泥'，哪里没有牵丝攀藤的关系？大的干部即使自己是苦行僧的话，他的亲朋故旧还能个个手脚干净？所以说，这种事不是那么好办的。可以先看看再说。持刘经理这一派看法的人有的是！"

史家禄叹了一口气。

黄源茂继续说："华盛五金厂的徐老板，他同共产党干部的交往顶多了。他对情况估计得比较严重。但他也认为像解放前蒋经国在上海时那样，拍拍苍蝇可以，要打老虎是困难的。将来也许是个'杀鸡给猴看'的局面。但他认为要做好挡箭牌，披上铁盔甲……"

史家禄忍不住插嘴，揿熄烟蒂，问："此话怎讲?"

黄源茂笑了，又敬上一支香烟，说："那就是要找到保护自己的门径。"

"什么是保护自己的门径?"史家禄对这最有兴趣了。

黄源茂笑笑说:"哈哈,所以呀,这就各人有各人自己的情况了。不同的情况要有不同的处理。比如你我,我想了又想,觉得首先要做到一条最根本的,就是同心协力!"

史家禄有点失望,说:"那还用说!过去就一直是这样的嘛!"

黄源茂点头说:"现在风雨大了,这条就更重要。你不出卖我,我不出卖你;你保护我,我保护你;你不谈我们之间的事,我也不谈我们之间的事!这都得敲定,而且要'君子一言,驷马难追'!"

史家禄点头:"当然,那还用说!"

黄源茂又吃起白糖松子来了,说:"我们今天在此,上有天下有地,能不能约定做到?"

史家禄说:"当然能约定做到!"

黄源茂说:"你不会到那时为了解脱自己把我拉到水里淹死吧?"

史家禄鼻孔里冒着烟:"你呢?我还怕你把我拉到水里淹死呢!我是绝对不会的!"

黄源茂说:"我也不会!我早就说过,我们是'一根绳上拴着的两只麻雀',要向一个方向飞。这几年,我们是有福同享的。现在,也许是来了祸事,但只要我们合作得更亲密,一定能逢凶化吉,以后享福的时间更长。"

史家禄又等不及了:"你说这些道理都对,可惜都是空的,我是想听你讲点实的,比如说,兵来了怎么将挡?水来了怎么土掩?不拿出实实在在的办法,老说那些不成问题的事,真急死人了!"

黄源茂哈哈笑了:"你真是个急性子!我刚才说的那些话一点也不空!要逢凶化吉履险如夷我们首先要有默契。没有默契的时候,你能相信我还是我能相信你?是不是?所以这一条如果我们两人都同意了,才有谈具体办法的基础!"

史家禄略带信服地点头说："对对对，这一条当然无问题。我的为人，你应当了解。自从我们相识合作共事到今天，我是对得起你的。为了这，我付出的代价是很大的。现在，我就有一种站在船上船即将下沉的感觉。在这种时候，怎么能不同舟共济？你就放一百二十个心吧！"

黄源茂点头说："我和刘经理、徐老板他们都研究过了。看来，开展反对贪污、反对浪费、反对官僚主义，反三样比反一样好。如果只反贪污，厉害得多；反三样，就分散目标分散力量了！"

史家禄嘴里发苦，将半支烟丢在痰盂里，叹口气懊丧地说："可是反贪污放在三反中的第一个'反'字上呀！"

黄源茂说："是呀，可是没有说'一反'呀！说的是'三反'呀！那就可以浑水摸鱼了！"

史家禄大惑不解，蹙着眉毛问："怎么个浑水摸鱼法？"

黄源茂笑笑："我来找于瑞祥谈话，我和你及于瑞祥我们三个人的事，三个人都守口如瓶，刀架在脖子上也不说。除非神仙，不是神仙他就拿我们没办法。在'三反'运动中，你和于瑞祥在出版社里要把水故意搅浑……"

史家禄听出点滋味来了，点头说："有点意思，你快具体说说。"

黄源茂挥着手说："既是'三反'，我听说北京早已动起来，是先反官僚主义的。那么，上海的路子也一定是跟着北京走的。《水浒》上李逵有三斧头。我现在就想好了三斧头！"他见史家禄的杯子里龙井茶已经喝干了，马上起身拿热水瓶殷勤地替史家禄又把茶斟满，坐下来接着说，"依我对你们出版社的了解。运动恐怕由钱英领导。那么，好，既然先反官僚主义，就先把水搅浑，先反他钱英的官僚主义，或者反他耿爱民的官僚主义。他钱英，是你们出版社的社长兼总编辑，党内又是支部书记。他能没有官僚主义？耿爱民，是经理，你不过是个副经理，要反官僚主义，当然先反经理的，他能说自己没有官僚主义？

只要狠狠一反，他们的嘴就堵上了，封起来了！他们对搞运动的劲头也就不会足了。"

史家禄摇摇头："不见得！他们的问题不大，我又不能公开无顾忌地搞他们，于瑞祥的身份更不行！我顶多只能技巧地在背后暗中做做小动作。反不倒他们的！他们也不见得会害怕什么的。再说，反了他们的官僚主义，他们顶多检讨检讨，将来回过头来抓反贪污就更有劲了！"

"不要尽讲泄气话呀！你老爱往失败中想，必胜之仗也要给你打败了！既是要把水搅浑，就得想法去搅，要搅得达到我们的目的。难道一点可能也没有吗？"

史家禄闷闷点头，虽然认为黄源茂的话有一定道理，但并没有从中汲取到什么力量。他耐住性子问："你讲讲第二斧怎么砍吧！"

黄源茂继续说："这第二斧就是：万一反官僚主义的效果如你所设想的达不到我们的目的，钱英和耿爱民又来抓反贪污了，可不可以将编审部副主任魏原冰当目标？"

史家禄摇头："要说反贪污，大家首先想到的我估计会是于瑞祥。因为他是旧人员留用的。他是出版科长，跟你们商人来往多，大家是不会把编审部主任魏原冰来当目标的。编审部是清水衙门，没油水可捞！"

黄源茂笑笑："这就叫杀出冷门呀！每每出人意料的事更会引人注意，引起人兴趣。我听你谈起过魏原冰的情况。我认为他身上明明有可抓的把柄，为什么不把火引到他身上去呢？"

史家禄咬着嘴唇想，又茗着龙井茶想，终于，像有一点火光在脑际一闪，说："对了！他给私营出版社写稿！我知道，那个星火出版社的老板还在四马路会宾楼宴请他吃过饭。唔，他解放前就是在私营出版社里做编辑的，解放后同一些私营出版社关系不断……"

"对了，你这就同我想到一块儿来了。魏原冰这个人，不是党员！

听说解放前跟着些民主人士在一起参加过游行请愿什么的，是吗？"见史家禄点头，他又说，"做娘的要打儿子，亲儿子总是舍不得打的。魏原冰不是个亲生儿子，做晚娘的打他几下没什么关系，群众搞他也不会有顾虑的。只要有人这么用指头朝他一点，呼啦啦，所有枪头子都会对着他去了。哈哈……"他仿佛已经看到了自己所预计到的胜利，乐得嘴也合不拢了！

史家禄又蹙起眉头来了，说："这一斧也不能说没有用，是有点用的。但，万一再不行呢？"

"再不行，这第三斧就砍在于瑞祥身上，他是个关键人物！"

"他自然是个关键人物啰！唉，"史家禄重叹一口气，"我就怕事情坏在他身上呀！他是个有缝的臭蛋！我怕他们从他身上开刀。开了他的刀，一下子就拖出了我呀！唉！"

"我决定立刻找他深谈一次，要他作好打算，就是匕首对着心口也不能招供。"

"唉，匕首对着胸口有时倒不一定起作用。怕的是用比这厉害的软刀子——号召坦白交代！镇压反革命时就靠这条政策呀。最厉害了！'坦白从宽，抗拒从严'！号召大家赶快坦白交代：坦白交代了怎么怎么，不坦白交代，就怎么怎么。害得你一天到晚六神无主心神不安，害得你时时刻刻想去坦白交代。我今天下午参加了动员大会，大会上又着重讲了这个政策。这可比一把匕首凶得多，我真怕于瑞祥经得起硬刀子经不住这软刀子。这叫作政策攻心，懂不懂？"

黄源茂点点头，似乎也承认"政策攻心"厉害，却说："这些我是估计到了的，就像我做生意时我从来是把蚀本的因素不论是天灾还是人祸，都考虑得周周密密才动手做的。所以，这第三斧就是——在必要时抛出于瑞祥！……"

"抛出于瑞祥？"史家禄瞪大了眼睛张大了嘴，像条上了钩的鱼，"那不是暴露了我们？"

黄源茂诡谲地一笑点点头："对了！抛出他！让他做我们的替死鬼！"

"他能肯？"

"是呀，说来说去，又回到原来的地方了！我开头不说过吗？只要有钞票就有路可走，我是拜金主义者，我相信金钱的威力！他肯不肯就决定于我肯不肯。只要我肯多拿钞票，他就没有什么不肯的。你想，这场运动他跑得掉吗？如果他跑不掉漏不了网，他倒了霉害得我们也倒霉！绝无好处。因此，我可以摆明了同他讲，叫他坚决顶住。万一被逼得受不住了，也只能承认腐化堕落，不承认贪污。"

"倘若这再顶不住呢？"

"最后一步，是叫他承担罪责，说是他索贿的，说是他敲竹杠的，只承认他一个人的事，绝不涉及我们。我看，他是个旧人员，不是党员，最厉害也杀不了头，顶多是个有期徒刑罢了！那，我就负责养他的妻子儿女一大家，养一辈子，叫他彻底放心。这条件，只要我拍胸脯担保，说服他是不难的。他不是个笨蛋，是个聪明人，一算账，怎么合算怎么不合算就明摆在那里了。你说，这一斧行不行？"

史家禄显然高兴一些了，站起身来，摸出香烟盒取出一支烟用打火机点燃了吸着，在小小的亭子间沙发面前那一小块铺着蓝花龙凤地毯的地上踱了两个来回，说："你想得很周到！万不得已也只好连砍这三斧头了！虽然我心里还不踏实，但第三斧还是不错的！能把这一斧砍好，也许管用。"

黄源茂是个不抽香烟的人，他人胖，小小亭子间里被史家禄的香烟烟云散播得迷迷蒙蒙，他觉着有点难受，解松了西装领带，解开了衬衫领口，看着玻璃窗上淋漓泪水似的雨点出神。雨似乎小一点了。霞飞路上的电车隆隆声隐约过去，他已经感受到了史家禄那种忐忑不安的心情，开始平复。因此，他高兴地说："老史呀！放宽心吧！你可不要当着钱英、耿爱民他们的面被他们看出破绽来呀，那可就不好了！

你要镇定，若无其事，我们一起来做好这笔'生意'，就是'蚀本'的话，我看也不会倾家荡产。"

史家禄点头，把烟蒂又掐熄，说："以后，我暂时不来你这里了，吃饭、打牌都不来。有事我打电话约你外出谈。我总觉得要提防，我们暂时只能疏远，不能亲密。"

黄源茂点头："行！马上下去吃饭。我关照过蓓芬，我要同你谈要紧事，等我们谈完就吃饭。今天有好菜……"

谁知，史家禄连连摇头："不不不，今天这顿饭我是不吃了！我得马上走。"

黄源茂笑了，说："时候不早了，饭菜也是现成的，外边又下雨，你吃了走多好。不要怕，下边是几个太太小姐，不是外人，从这几个人身上是出不了问题的。不然，我今夜也不约你来了。她们都是蓓芬顶要好的一些小姐妹！"

史家禄撮着眉思索着说："好吧！那我吃了就走。你知道，我现在不但有外患，还有内忧。我家里那一口，我算是得罪了她了。现在，我必须赶快想法子圆一圆。'祸起萧墙'常常比什么都厉害。"

黄源茂好像被提醒了似的，也连忙点头说："对对对，对对对，田瑛那里你是要赶快想法子圆一圆。女人的事嘛，多说点甜言蜜语，多关心一点生活，赔个礼道个歉。好在这里蓓芬替你物色的人也未成定局，这倒是一个有利的局面，暂停一停以后再进行。你说得很对，要把田瑛这个漏洞堵住，不能出问题，要多下功夫……"

正说着，忽然，门上"笃笃"两声，门开了，站在门口的是黄源茂的填房太太——婀娜多姿的燕蓓芬。她穿一件黑缎面的丝绵旗袍，领口别了个钻石翡翠别针，涂着口红，那一头烫得流波翩翩的蓬松黑发衬得俏丽的面庞更加白皙。灯光下，她浑身似有迷人的光彩，用娇滴滴的声音说："什么要紧事呀？谈到现在也谈不完。我们十二圈麻将完了，肚皮也饿了，等着你们总是不下楼。现在，饭开出来了，请下楼吧，好不好？"

黄源茂站起身来，拽着心事并未散尽的史家禄说："走吧，走吧！老史，我还是那一句老话：人生在世，应当及时寻乐。孔夫子说过：'食色，性也'！我就不信共产党永远不会腐化。要想改变人性的事，过去历朝历代办不到，今天和以后，我看也永远办不到！"

史家禄有点浑浑噩噩，头脑里乱得像塞着一团猪毛。燕蓓芬已经乖巧地用她那指甲上涂着红色蔻丹的嫩手来拉史家禄了，嘴里甜甜地说："走走走，史经理！今晚你不喝三杯酒，我就不放你过门！……"当年"仙乐斯"舞厅的红舞女确实有套迷人的本领。

闻到她身上一股浓烈的"夜巴黎"香水味，史家禄脚下迈着步，心上酒色财气的各种七情六欲又像海潮似的涌来了！

　　上海早就又有不少跳舞场了！我有目的地选了一家在闹市中的舞厅在晚上去光顾了一次。电子音乐、彩色激光、流行歌曲、时髦服装……如醉如痴的男男女女，使我眼花缭乱。自从美国四声道立体声彩色故事片《霹雳舞》在影院放映后，霹雳舞像一股旋风在舞迷中流行起来。那晚，我亲眼看到一对青年男女用精湛的技艺表演了霹雳舞。那是一种火辣辣的舞蹈，使在场的许多人狂热欢跳。

　　健康的跳舞有益身心。舞厅的产生并不一定同罪恶、情欲有必然的联系，正如腐化堕落并不一定同跳舞有必然的联系一样。在改革、开放的热浪中，人的思想在变，眼光在变。人要适应时代潮流，但无论何时何地、何种情况，一个好人在有接近色情和金钱机会的时候，必须警惕任何可能向犯罪方向滑落的变化。

我是受一家法制刊物特约，为了解一件重大经济犯罪案件从北京来上海采访，想写一篇报告文学作品的。那案犯曾在上海的舞厅里挥金如土，有好几个情妇。这家舞厅就是他常来的地方。

啊！历史不会重演吗？三十多年前的往事又烟云似的浮上我的心头……

（二）

百乐舞厅是属于中等偏下一级的舞厅。

已经显得陈旧破落的装潢，黯淡无神变幻不定的灯光，一伙懒洋洋地奏出带着乱糟糟噪音乐声的洋琴鬼，还有一伙疲惫的全靠在红绿灯光下用脂粉唇膏化妆来掩饰憔悴的舞女……每天夜晚七时以后，在这里招徕一些习惯于在上海滩上寻找灯红酒绿纸醉金迷的舞客……

舞客比起解放前和解放初来，已经减少得很多了。取缔舞女和舞厅的呼声也越来越高了。今天是礼拜六，晚上舞客和伴舞的才勉强可以坐满舞池四周的台子。舞厅里充塞着香烟缭绕的蓝雾，夹杂着低等香水的气息。温暖的空气显得混浊，窃窃私语的话声、笑声与跳狐步舞的嘭嚓声、脚步的擦地声会合成一种令人刺激、神秘的声音。

舞池上方洋琴鬼们疯狂似的敲奏的地方，闪亮着一个彩色变幻的霓虹灯圈，一个权代歌女的舞女正嗲声嗲气唱着："夜上海，夜上海，你是个不夜城！……"

钱英从外边悄悄进来时，外边仍在哗啦啦地下着大雨。他连冬天也没有戴帽的习惯，淋到了一点雨，一头乌黑的头发已经湿了，身上的那件实行供给制发给科级以上干部穿的蓝布棉大衣也淋得有些湿了。他脱下了蓝布棉大衣挽在手里，身上穿的是一套旧的蓝哔叽中山装。这还是他解放前搞地下工作时穿的装门面的体面衣服，早就旧了，袖口和臂肘处都磨损了。但在舞厅幽暗、变幻的灯光下，他穿着这套衣服，仍然仪表堂堂。一晃眼，他已经好几年没有进过舞厅了。那时，搞地下工作，为了方便联系，有时利用喧哗热闹的跳舞厅来接头。但解放前一年多，他就没有进过舞厅了。解放后，当然更不会到这种地方来了。

可是，今夜他来了。而且，是特意来的。他已经久不习惯于这种气氛了。过去不习惯，现在更不习惯。舞厅里，那种暧昧的、神秘的氛围，那游魂似的忸怩在舞池中的对对男女身影，那软绵绵的歌声、乐声，那扑鼻而来的污浊的热腾腾的空气，都使他反感。他不由得皱一皱眉，有意让自己闪身到靠左边的隐蔽处去。他让穿白衣的侍者泡了一杯清茶，用两只精明的鹰隼般的眼睛四下搜索，寻觅他所要找的人。

哆声哆气的歌声不断送入耳内："……酒不醉人人自醉，胡天胡地度过了青春……"

他没有白跑一遭，果然看到了那个四十岁左右穿一套深色西装戴眼镜的瘦矮子正同一个穿酱红色旗袍的舞女在进进退退跳狐步。样子很亲昵。一曲舞罢，舞池里的人都回到自己的桌旁，他见那瘦矮子正搀着舞女的手向右边阴暗角落的一张台子旁走去。他有意闪身向一根圆形明柱后挪挪位置，好让明柱挡住自己。然后，就点起一支烟，观察起来，佯作等人的样子，乜斜着眼瞅着右边角落里瘦矮子同那舞女的动态。他隐隐能感到瘦矮子心神志忑而惶惑。

约莫半支烟的工夫，音乐又响。他见瘦矮子喝着茶，没有再下舞池跳舞，同那舞女在说悄悄话。灯光虽然幽暗，但表情依稀看得真切，那是一种夹伴着放荡、猥亵而又杌陧、苦恼的表情。

于是，他继续观察着，抽着烟，并且打量起周围的一切来……

尽管上海已经解放两年半了，歌场和舞厅都还暂时维持着。舞厅逐渐减少，有的关闭了，舞女也改行转业了，但一半左右还依然存在。"新世界"一带的歌场也没有消失。这正如电影院一样，有的电影院仍在上演美国片。抗美援朝在进行，有些美国片经过审查剪除掉一些极为反动和不堪入目的镜头后仍在放映。有人觉得不可理解，有人却觉得可以理解：如果在上海解放之日，一声号令，全部禁止，那并不难，但被称为"东方夜巴黎"的上海，立刻就会增加不知多少社会问题。生活在上海环境中的人将有许许多多会感到不习惯了，上海之夜将立刻黯然失色没有霓虹灯了，一百多家电影院全部将因为一时没有影片放映而关闭，电影院职工连同歌场舞榭的职工都要失业，上海的"繁荣"将消失。这本来是个消费城市，它向生产城市过渡向社会主义过渡是要有一定的步骤和假以时日的。暂时维持原样，适当纠正其中极其腐朽的成分，逐步使它起变化，最后从量到质，用新的事物来代替旧事物，这就是中国共产党的政策正确性的体现。而随着三反运动的开展，那些旧社会留下来的污毒势必会被大扫除似的扫进历史垃圾箱里去！

三十五岁的钱英就是对上海城市的治理抱有比较正确看法的人。他从小生长在上海，父亲本来是个绿衣邮差，靠点薪水收入让这个独养儿子上了小学又上中学。后来高中毕业，他就考取了邮局的练习生，进了邮局，得到了个铁饭碗。他就又上了夜大学法律系。在邮局里，他因为有工作能力，为人又认真负责，逐渐得到升迁，邮局里的进步力量也看中了他。在一些好朋友的影响下，他走上了革命的道路。在抗日战争后期和三年解放战争前期他始终在邮局做地下工作。邮局的斗争激烈尖锐，国民党利用陆京士之流黄色工会的头目把持邮局，但地下党却在明争暗斗中掌握了很大的势力。到了一九四七年初，因为工作需要，党让他以承受一笔在香港的姑母的遗产的名义，使他离开邮局到香港工作了一段。他从香港回来后，就以东方书局经理的名义在上海环龙路顶了店面，开起"东方书局"来，以文化人身份，给地下党的秘密刊物提供纸张和印刷场所，安插、掩护一些同志做地下工作。一直到上海解放，他才以地下党员的真面目出现，接收了国民党的正中书局等许多单位。最后，当成立这个公营出版社时，他就被任命为支书、社长兼总编辑了。

钱英是个面上看来温和平静的人，很少对人怒目而视或者铁板着脸。人们看到的他总是平静温和的微笑。这可能是同他长期在白区工作的经历有关。他也从不急躁，一副胸有城府的样子。

但是今夜，钱英的心里很不平静，下午在市府大礼堂参加了"三反"动员大会以后，他一直心情在激动中。在整个开会过程中，他的心情极不平静，他不时用眼睛数看着自己出版社的同志。他看到了经理耿爱民，看到了副经理史家禄，也看到了出版科长于瑞祥、编审部副主任魏原冰、编审部编辑兼负责书籍宣传工作的李应丰……他的头脑里像电闪雷鸣，心里在想：这场运动在我们这个出版社里会是什么情况呢？他认识到自己肩上的担子是重的，出版社是从上海解放后筹建的。建立这两年多来，他听到过一些情况，也感受到过一些情况，但这些情况有的并未引起高度重视。出版社里会不会有贪污呢？浪费当然是会有的。官僚主义呢？自己的官僚主义肯定也是有的。至少在中央提出"三反"之前思想上就从来没有想到过这些问题有多么严重嘛！下午，在动员大会上，市委领导同志讲话中说："推动增产节约运动，必须与反贪污、反浪费、反官僚主义的斗争密切结合。贪污、浪费是增产节约的大敌，它对于国家与人民利益的危害，已发展到相当严重的程度。如果对这种严重现象不加制止和克服，就会腐蚀我们新生的国家机构。而官僚主义正是贪污与浪费的温床！"最令钱英吃惊的是这样一句话了："凡是贪污浪费最严重的地方，必然是官僚主义最严重的地方。"钱英自忖，贪污，我自己是没有的！我重视党性，认识到自己是共产党员是革命者！我排斥资产阶级思想的腐蚀和一切有害于革命的东西，凡不符合革命利益的事、我认为不该做的事我决不做。在我的工作中，也不乏和私商资本家接触的机会，但没有人敢尝试着向我施放"糖衣炮弹"。我的官僚主义能说没有吗？肯定是有的。我听过反映，说于瑞祥的家庭生活开支和收入情况很不相称；又听过反映，说于瑞祥到了出版社里开口就哭穷，穿得也朴素。下班回家后有人几次看到他换上西装去他家附近的百乐舞厅跳舞。钱英想：于瑞祥是旧人员收用的。他早年做过出口麻袋生意，在国民党税务局也做过科员。后来和人合伙开了私营土壤出版社，他是股东之一，又是副经理，对出版业务逐渐内行起来。钱英在经营东方书局时，业务上同土壤出版社有些往来，有时头寸紧或者要调拨纸张等时，得到过于瑞祥的协助。解放后，土壤出版社停闭了。于瑞祥来找钱英，正好钱英缺少一个熟悉出版印刷业务的出版科长，于瑞祥就来上任了。他能力是有的，业务是熟悉的。当听到群众中有人反映他的问题时，钱英思想上认为于瑞祥是旧社会过来的，年岁也比较大，旧社会沾染的毛病自然比较多，在上海住久了的人见怪也不怪了，所以就没有特别注意。现在想想，就觉得问题并不那么小，事态也并不是不严重。一个国家工作人员，在解放以后已经两年半的上海，居然还留恋着舞场生活，从思想上来说，反映了什么问题呢？一个经常喊穷的出版科长，家里老婆孩子一大堆，每月虽然固定拿四担半米的补贴，暗中却把钱钞往跳舞场里送，这难道不蹊跷吗？他为什么一方面喊苦叫穷，一方面又能下班后换上衣装去跳舞场？一个表里不一致、言行有差异的人是可以信赖的吗？一个生活上不好的人政治上能很好吗？……当"三反"动员大会在进行过程中的时候，钱英不禁常常思索着，引起了反省。钱英也不禁常常有意无意地在端详于瑞祥的表情与神态。也许是心理作用？他感到于瑞祥的表情是异样的，神态是不安的。钱英心头涌起一阵悔意，他懊悔当初竟会只从业务上考虑，而让于瑞祥做了出版社经理部的出版科长。他也懊悔自己缺少一种独自的革命警惕，未能在听到一些关于于瑞祥的反映时，就防患于未然，就发挥好经济上的监督作用。他隐隐感到：出版社如果在贪污上有问题的话，这问题就有极大可能发生在于瑞祥身上……

散会后，他独自走出市府大礼堂。出版社里那些熟人都走散了，看见天变了，似有急风暴雨将来，他心里盘算着应当赶快回家去。他想看看步出会场的人群中有没有汤雪。人太多了。汤雪肯定是会参加这个会的。她是市妇联的秘书，今天来开了会，回家可能会早一点。平时，他两谁先回家，谁就把委托给楼下邻居金家婆婆代为照管的六岁的女儿小星星背回家。他看不到汤雪，估计汤雪今天一定会先回家的，想到今天是星期六，他决定暂不回家。他转弯到四马路的一家小馆子里吃了一碗阳春面外加一只葱油饼，打算去干一件解开他心上疙瘩的事，这就是到百乐舞厅看看今夜能不能见到于瑞祥。今天是星期六，虽然下午开了这样一个会，但有跳舞瘾的人越是心里苦闷越是会去寻欢作乐的，他要亲眼看一看，过去已经官僚主义了，今后不能再官僚主义。既然听到了有人对于瑞祥的反映，自己实地去印证一下完全是必要的。

他吃了晚饭，到江西路口搭上了电车。风驱赶着浓云，急雨哗哗下了。他下了电车，离百乐舞厅约莫还有半站地，他在一家小烟纸店门前站着避了一会雨，见雨并没有停歇的意思，便捺下性子等待。心想：早去也许于瑞祥还没到呢，不如迟一点好。等着等着，雨略小点了，他才拔腿向百乐舞厅跑去。

他终于亲眼见到于瑞祥了！反映情况的人没有说虚假的话。于瑞祥同那个舞女的亲昵态度说明了一些问题。于瑞祥的表情和神态也说明了另一些问题。钱英决定离开舞厅，他觉得万一被于瑞祥看见了自己不好，没有必要在这种地方多停留，也不可能在这里把于瑞祥的隐秘全部摸清。他决定走，但不是回家去，而是回出版社。此时此刻，他忽然觉得心里有许多话想同耿爱民谈谈。他感到一种苦恼。这种苦恼使他在这种时候想找到一位知心的同志交换一下看法，发泄一下心中的积闷。

钱英从"百乐舞厅"出来时，雨已很小了。街上人少了，柏油路被水冲洗后闪闪发亮。呼吸着夜间雨后上海的空气，比白天清新得多，比舞厅里更是新鲜得多。

出版社在蒲石路，是接收的一处国民党高级官员的住宅，有个种植着冬青、黄杨和樟树、槐树的小花园。一幢三层楼的西班牙式洋房坐北朝南在花园中央。这时，大铁门虚掩着，钱英推开门，传达室亮着灯，老传达冯玉明伸出头来，看到是他，笑笑打了个招呼。他踩着湿漉漉的甬道，远远就看到了二楼东边经理部那间屋子里的灯光。

灯光不很明亮，显出一种昏黄橙红色。这是耿爱民的办公室兼他的居住房间。耿爱民家在苏北阜宁农村，有妻子和儿子。妻子杏妮是个村干部。耿爱民随军渡江来到上海后，一直是光身一人随着机关生活，也总是办公室当家。他农村生活过惯了，对十五支光的灯泡很满意，自己只点十五支光，别人点大灯泡他就说是浪费。出版社里的人大多有家，下了班都回家去，住在出版社里的除老传达冯玉明和耿爱民外，一共不过两人，都是青年。青年人爱用大灯泡。耿爱民却要限制，顶多只让用二十五支光的灯泡，并且以身作则只用十五支光，说："十五支光灯装在台灯上像个小太阳，看书够亮了！"为这种用电的事，耿爱民同不少编辑都有过矛盾，最后钱英主张可以用大点的灯泡，限制提高到六十支光，但强调不用就随手关灯。他这样做是为了保护编辑的视力，也便于在社里的青年人看书学习。但今晚远远看到耿爱民房里的昏暗灯光，钱英心头突然有一种较平日不同的感觉。自从同耿爱民一起工作以来，他发现这个纯朴的贫苦农民出身的干部，虽然有时被人目为"土包子"，有时也有一些与城市工作不相适应的做法与想法，但在本质上，却始终保持着朴实、正派，始终是身在闹市一尘不染。他没有为吃喝玩乐这一套资产阶级腐朽的东西所引诱、侵蚀。他保持着一个共产党员应有的崇高品质。就拿这昏暗的灯光来说吧，耿爱民也许是过于偏激过于算小了，因此曾引起过一些青年人的不满。但究其本质，他是怕浪费人民的电呀！他知道上海在经历过美制蒋机"二·六"轰炸后，电厂被炸，工厂全部停工。他经历过抗日战争的艰苦；三年解放战争时期，他在鲁南，经历过蒋军的"重点进攻"；他也经历过我军由弱变强，由失败转入大胜利的艰难历程，胜利得来不易。现在，人民共和国刚建立不久，还在抗美援朝，国家有困难，节约自然是必要的。他有当家做主的思想，因此才连一支光的电都注意节约，像个最会精打细算的当家人。这是主人翁的思想！今天下午的"三反"动员会上，谈到浪费时，钱英就想到了耿爱民平日的节俭。现在，看到了这昏黄的灯光，感受就更深了。他想：一个耿爱民，一个于瑞祥，两人之间差别多么大呀！钱英就是怀着这样一种好感跨进耿爱民住的二楼那间小房里的。

耿爱民正在灯下手捧数学课本用自来水笔做练习题。他年龄其实比钱英还小两岁，刚过三十岁，长得老相，额上一道道深刻的皱纹，眉角间也有网状的鱼尾纹。皮肤是黑黝黝的，有点连腮胡子，剃个平头，穿的那套供给制发给的蓝布列宁装棉袄裤不太合身，有时外面加件旧草绿军装上衣绷紧在身上。脚上是双杏妮由阜宁家乡邮来的厚底黑布鞋。他的这间小办公室除了写字台和椅子，除了桌上一些文具和一只算盘，除了墙上一块记录着要事和代办的小黑板外，剩下的就是一只社里的简易书架，上面放着些本社出版的样书，还有一只锁着的文件柜。此外，他睡一只小铁床，床上铺盖都很简单，铁床下塞着一只纸箱和一个包袱，床头有只军用黄布袋，这就是他的全部财产了。见到钱英敲门进来，他抬起脸来，放下自来水笔，笑着说："啊，老钱？下着雨你来了，有什么事吗？"

钱英把湿了的棉大衣脱下挂在门后的挂钩上，在他床上坐下，拿出一支烟来，说："心里有事，想来找你谈谈。"他递过烟去，问，"香烟抽不抽？"见耿爱民不接，就自己擦火柴点着了烟。

耿爱民摸起自己放在桌上的短旱烟袋，说："我抽这个！"他在烟荷包里挖烟，装满了一锅，擦火柴点上："是今天下午开会的事儿吗？"

钱英点头，说："你猜得对！"

耿爱民有节奏地"啵啵"抽着烟袋杆，说："我开完会后，头脑里也老在琢磨着一些事，心里也有些不是味儿。我在想，今天动员会上，市委领导说：目前有两种干部是不能发动群众搞'三反'的。一种人是对于'三反'的重大意义认识不足的。他们不了解，对于贪污、浪费和官僚主义的严重现象，如果不加以彻底肃清，它们就要腐蚀我们的党和政府，使我们的许多干部人员身败名裂，给新成立不久的中华人民共和国造成极大的灾害。另一种人是自己手上不干净，他们害怕发动群众对自己不利，所以就会掩饰贪污浪费的现象。甚至找出借口，消极怠工阳奉阴违。我在想，我们出版社的情况怎样？我认为你手上是干净的，你不经手金钱和物资，你的日常生活和为人我也都了解。这点没问题。但，对于'三反'的重大意义认识够不够，就可以研究了。浪费和官僚主义同这是密切相关的。运动快要来临，我们都是党员，你是出版社的主要负责人，我是管金钱物资的经理部经理，我们交交心，谈谈看法，很有必要啊！"

钱英吸着烟坦率地说："我们自己的问题要让群众来检验监督，这不是我要同你谈的目的。我要同你谈的正如你所说的，是加深对这个运动的认识，以便今后搞好这个运动。"

耿爱民起身拿自己的搪瓷杯子从暖水瓶里倒了一杯开水递给钱英，自己又坐下，说："这一向来，我的心里很不平静。原先，没想到要搞运动时，整天上班、下班，说实话，我也不觉得有什么问题。自己也从来没想到要检查自己有什么官僚主义。这一向来，就不同了。尤其是今天下午开了会后，我就想：我这个小小的经理，就是沾染了官僚主义作风的，整天高高在上，形式主义地签字、盖章，对于实际工作和群众情况，既不了解，也不研究。这种作风？对于贪污浪费当然是最有利的条件……"

钱英点头自我批评地说："是呀，我也是终日忙忙碌碌辛辛苦苦，把自己的大部精力消耗在一些次要的枝节问题上面，不能掌握住工作的中心、问题的实质，因而仍然对于实际工作和群众生活的真实状况缺乏了解，这样势必不能正确地堵塞贪污浪费的漏洞引导群众前进。"

耿爱民"啵啵"地继续吸着烟袋杆，点头说："我曾想过，觉得我们这是个新单位，旧人员不多，也许问题不那么严重。看来，也是一种麻痹思想。"

钱英忍不住说："是呀，其实于瑞祥这个人就该打上几个问号！原先，听到些反映，也未深入去抓一抓……"说到这里，他忍不住把刚才散会后自己的想法和到"百乐舞厅"去的情况讲了一遍。

耿爱民瞪大了眼睛听着，大口大口地吸烟喷烟，心情似乎十分不平静，既吃惊又气恼。听完，一拍桌子说："这都怪我，我是失职了！我这经理没当好。对于瑞祥这个人吧，其实我也是注意的，我不太放心他。可是业务上他有一套，他熟悉，他又是上海本地人，同外边打交道很方便很容易，不像我是'土包子'，连讲话人都听不懂。再加上，史家禄也依靠他欢喜他，什么事都重用偏袒他。直到前些日子，史家禄还说我们这儿该算是个'清水衙门'，他对于瑞祥是深信不疑的，我也怕自己主观主义。再说，从账面上看，确实我也没感到有什么可疑的问题。但现在，我想想，这个人是绝对有问题的。出版社要搞运动，这个人就得查一查。"

钱英点头说："他进出版社，我有责任。他有问题，我是社长首先也得负责。现在的问题是，我们有问题就要有决心暴露问题。今后运动开始了，我们要普遍抓好进行'三反'的思想教育，去除障碍这一斗争的不正确思想，也要按照上级要求展开群众性的民主检查运动，采取号召贪污分子自动坦白、发动群众检举控告及展开批评与自我批评的方法，来揭发一切贪污腐化、铺张浪费和官僚主义的现象。"

耿爱民点头表示同意，说："我们心中有数十分必要，但我们心中的数未必比群众的多。再说，我们出版社的浪费也是不小的，也要依靠群众揭发、依靠群众监督。"

钱英说："节约方面你是注意的，我有时候还好讲个排场，讲个大方，还嫌你小气，现在看来，'大方'和'小气'都还需要具体分析。"

耿爱民思索着说："进了城，我带着农村观点，有些地方确不太适应。在这方面，有时候，我同些同志也有过矛盾。闹到你那里时，有时同你也有矛盾。现在看来，有的是我对了，有的我也不一定对，让群众教育我们也教育他们自己吧！"耿爱民脸上露出一种豪迈的气概，继续说，"入城以来，城市的五光十色，特别是资产阶级思想对革命队伍的猛烈侵袭与腐蚀，给党员干部的严重影响，我是缺乏足够的认识和估计的。我老是注意在那些用完自来水后不关龙头，不用电灯时不关电门，忘了关窗户打了玻璃等一类小事上。不是说这些小事不该管，而是说忽略了大事了。今夜你来找我，我想，你是支书，我是支委，我们应当用共产党员的坦率与忠诚交换意见，我想到什么就说什么，说错了我想也不要紧。"

钱英感觉到耿爱民眼光里那种火一样炽热的党性感情，点头说："当然，你尽管说，对我，尤其不要有丝毫保留。"

谁知，耿爱民说："我不是要谈你。对你，我刚才已把该说的都说了。我要说的是：我对史家禄有看法。"

"史家禄？"

耿爱民点头："对，是他！我这看法，埋在心里也不是一天了。当然，我只是感觉，没有证据。这就是我没有早讲的原因。再说，我也有私心。我是经理，他是副经理，我们有时候意见不一致，我更怕讲了会影响团结。"

黑夜静悄悄。雨，已经停歇，远处马路上的汽车喇叭声和有轨电车隆隆声隐约传来。

钱英认真地看着耿爱民，吃惊地问："你认为他可疑？是什么问题？贪污？"

耿爱民吸着烟，烟的火已经熄灭了，他仍丝丝吸着，边吸边说：

"我认为他不像个好党员!"

　　钱英不禁想:史家禄在解放前搞地下时还是出生入死有过不少贡献的。据说,他不止一次差点被敌人逮捕。最后一次被敌人捕去,由于他的坚定无畏,敌人用了酷刑得不到口供,最后,仍放了他。再说,他在搞地下兵站时,曾经好几次成功地把苏北解放区急需的药物、钢铁、纸张甚至黄铜设法运过长江送到对岸目的地,功劳是不小的……他觉得耿爱民既这样说,必然有根据,就没作声,听着耿爱民讲。

　　耿爱民说:"你知道不?他过去对我有过不少不正常的手段!"

　　钱英抬眼看看耿爱民,脸上的表情仿佛是问:"什么不正常的手段?"这时,他不禁想到:史家禄和耿爱民之间工作上是常有龃龉的。有些地方倒也不一定就是史家禄的错。比如,耿爱民刚来出版社时有一句引人发笑的口头禅:"那有什么关系!"史家禄就最听不惯。史家禄办事喜欢讲排场,有时还要请客同一些纸商拉热乎,耿爱民总是不同意。史家禄认为不请客不讲排场事情不好办,要被人笑话。耿爱民总是说:"那有什么关系!"编审部发了稿以后,嫌出书时间拖得太长,魏原冰去提意见,史家禄同意编审部的意见,耿爱民却说:"那有什么关系!你们配合政治任务的急件哪回误了事?这些一般的书稿,迟出两个月就坍了天?你们编审部自己也得检查检查书稿涂改得有多乱!"又有一次,因为纸张的质量不好,魏原冰找到史家禄,史家禄就解释了当前纸张紧张,苏联报纸不够分配,讲得很有耐心。可是耿爱民却说:"那有什么关系!书好纸坏问题还不大,就怕纸好书的质量差!为什么非要用进口纸?这虽不是苏联纸,但是我们国产的,比我们过去在苏北鲁南时用的纸好多了!"诸如此类。史家禄、魏原冰老觉得耿爱民这人挺"土",工作上难打交道!尤其在平时,他连一只大饼的钱都抓得死紧。史家禄常说他这人不好合作共事,没见过世面……钱英头脑里一边这样想着一边却仔细听着耿爱民讲。

　　耿爱民咂咂吸着烟袋杆,说:"也许,你觉得我平时跟他在合作上

455

不大协调，会认为我这是对他有什么成见。不，不是这样的。我这些事在心里盘算得也很久了。我起先是拿不准主意，所以一直闷在心上不说。现在，我越琢磨越准确了，他是可疑的。这都有迹象。本来，我也正在考虑怎么跟你说，什么时候说，恰好你今夜来找我了，我觉得倒是一个说出来的好机会了。所以我说一说，供你参考。你千万不要当作我这是私人意见，无端诬陷他！"

钱英点头，稳重地说："说吧！老耿，我们都是党员，应当开诚布公，出于公心。"他揿息烟蒂，又接上了一支烟。

耿爱民搔搔平顶头，说："我觉得他跟瑞祥之间关系不那么正常。于瑞祥对他一举一动都很巴结。于瑞祥当我面时对我好像挺尊重，实际有时不听我的，笑我是外行，但他从来没有不听史家禄的……"

钱英听着，心想：这倒也算不得是什么问题吧？于瑞祥同史家禄关系密切，可能是因为都是上海人，这有历史原因。再说，他们对业务都熟悉，你老耿的脾气固执，业务确不熟悉……他没有作声，继续听着耿爱民说。

耿爱民眯着眼，眼角的鱼尾纹皱成一个网，接着说：他们俩有时常在一块玩，这有人向我反映过，玩些什么当然不清楚。有一天，于瑞祥送戏票请史家禄和我去看麒麟童主演的《群英会》《借东风》《华容道》，我不愿去，史家禄劝我去，说：'进了城了，看看戏还不是天经地义的。'我其实心里是不愿接受于瑞祥请客，谁知于瑞祥好像懂我心理，说："这是朋友送的戏票，我只不过因为无法处理，没人看，所以做做顺水人情，转送你俩，免得浪费。'我被史家禄拽着，答应去了。于瑞祥要请我在外边馆子里吃饭，我不肯，史家禄竟说：'进城了，改善改善生活也应当嘛！'他和于瑞祥两人一劝一拉，连拖带拽，我就也吃了一顿馆子。吃饭时，他俩唱的一个调，什么'由乡村转入城市，要适应新的环境'啦，什么'交际应酬这一套还是需要学会的啦'等等。在戏院里，于瑞祥买水果、糕点，又买糖食，逢迎得什么似的。史家禄一点没什么不安。看戏时，于瑞祥在我身旁老是说我的好话，给我戴高帽子，我听了反倒觉得十分难受。史家禄在一边老对我讲于瑞祥业务怎么怎么好，为人怎么怎么好。于瑞祥最后看着《华容道》竟露骨地说：'古时候的人讲义气，关云长真是义高云天，我于瑞祥一生就是好交朋友，为了朋友赴汤蹈火也在所不辞……'我当场说：'那是江湖义气，要不得！革命队伍中应当是同志关系。'说实话，我觉得这人气味不对。我望望史家禄，他似乎毫不介意。散戏后，于瑞祥先走了，我和史家禄一路走着，我问他：'你看于瑞祥这人怎样？'他说：'是个好同志！可能有点旧意识，人是可靠的。解放前他也给我们党做过些有益的工作。'他处处都为于瑞祥打庇护的……"

钱英听到这里，皱眉思索，就凭耿爱民说的这些事，他觉得还不能肯定或发现史家禄或者于瑞祥有多大的问题。因此，没有吱声，觉得很难表态。他很怕这里边有耿爱民的偏见和片面性存在，他想再听耿爱民多谈一些，问："还有什么？"

耿爱民摇摇头，说："我现在感到的就是这些，主要是些感觉，但既是感觉，总有些道理吧？"

就在这时，门上"笃笃"响了，门开了，进来一个个子不高瘦瘦的尖下巴的青年人来，原来这是编审部兼管书籍宣传的编辑李应丰。这是个青年团员，二十四岁，解放前在苏北投奔革命的高中毕业学生。父亲是个小业主，娶了后娘，虐待他，促使他走上了革命道路。这人聪明、机灵、心眼儿多，对人不那么诚恳，好走上层路线，接近领导，群众关系也不好。

他一进来，耿爱民的话就被打断了。李应丰乐呵呵地招呼着说："啊，钱社长也在啊。"说着，就在耿爱民床上坐下了，突又机灵地说："你们谈什么我一下子就能猜个八九不离十！"

钱英笑了："哈，你成了看相算命的了！"

耿爱民也咧嘴笑了，嗞嗞吸着烟。他不太喜欢这个年轻人。这年轻人去了一下解放区，像镀了金似的以为自己了不起。

李应丰仍旧满脸机灵，说："那当然！我一猜就能猜到，你们保准谈的是今天下午开的动员大会的事。要不，下着大雨的夜晚，钱社长怎么会专诚来找老耿呢？你们一定是在谈这个问题，对不对？"

钱英被这青年人的坦率和伶俐逗笑了，说："你猜得不错！我倒想问问你，现在运动已经在全国范围开展，今天听过动员报告以后，你们这些青年人怎么个想法？"

李应丰翘起尖下巴说："我听辛萍说：这运动同我们有啥关系？我是校对，不管钱财，也不当官，没有贪污浪费的可能，更没有官僚主义！"

耿爱民摇头说："这话不对，上次出版社开读者座谈会招待作者时，剩下的糖果哪里去了？还不是几个年轻人自己拿去吃了？经理部有时有些资本家老板来接洽工作，一来就递香烟，接烟收下来的人没有吗？至于浪费，那就更不用提了。这些你们自以为没有什么，其实，受了贪污浪费的毒害，沾了边并不自觉。"

钱英笑了，插嘴纠正说："招待会后吃点剩下的糖果或抽了人家一支烟不算贪污。"

李应丰朝着耿爱民说："可是我也有个想法，贪污是犯罪，官僚主义也不是小事，浪费点好像问题不太大。"

耿爱民说："你们一些年轻人，星期天或假日常常逛马路，看着店家橱窗里一些享受的东西，思想里有没有受到资产阶级思想的侵蚀和引诱？是不是眼红心热啊？"

李应丰笑着说："那些恐怕不属于贪污，也不属于浪费和官僚主义吧？"

钱英也笑了，说："小李，青年团是党和政府的有力的亲密的助手，你是团员，今天，'三反'斗争正是党和政府当前最中心的任务，你们团员必须要在这个斗争中很好地起助手作用。青年人应该在'三反'中检查自己，也要发挥勇敢、积极、坦白、不怕困难的特性，发挥积极作用，向一切贪污、浪费和官僚主义行为做不调和的斗争。在斗争中提高自己的认识和政治觉悟，加强国家主人翁的思想。"

李应丰长着颗七窍玲珑心，他是个好看风使舵、扯顺风旗的人。平时，钱英是他心目中的崇拜对象，是党的化身，党员的话他也总看作是党的话。听钱英这么说，他马上连连点头，顺着钱英的意思说："那当然，那当然！你看着吧！我这个团员一定响应党的号召，要在'三反'运动中冲锋陷阵。你考验我吧！"

钱英笑笑，点点头：这个年轻人给他一种说不清的印象，似乎有时有主见，有时没主见；有时自大，有时自卑；有时过分地巴结领导，有时思想偏激过分地好臧否人物。钱英试过：李应丰以汇报思想为名，平日也向组织汇报一些其他同志的情况，比如说："女编辑孔敏礼给编辑组长任敏起了绰号叫'剪刀糨糊'，那意思是说任敏专门用剪刀剪报纸上的文章集起来编成书发稿。有时一天能编两本……"比如说出版科的办事员石勇"对党不满"……其实，经过钱英了解：给任敏起绰号的不是孔敏礼，而是李应丰自己。他对编审部发的一些"剪刀加糨糊"的书稿质量不满，所以给编辑组长任敏起了这么个绰号。至于说石勇"对党不满"，事实不过是有一天石勇同于瑞祥因为工作上的事争辩起来，史家禄未弄清情况，支持了于瑞祥，批评了石勇。石勇生气了，冤气冲天地抱怨了史家禄几句，仅仅如此而已。钱英在感觉上就觉得李应丰不够实事求是。此刻，李应丰表的态，钱英觉得是好的，也是对的。但同时又感到他的语气、态度甚至心理活动中，都有一种顺着领导的阿谀表现，是他不喜欢的，所以只笑笑点点头，别的就没说什么。

李应丰一来，钱英同耿爱民的谈话，被打断了。钱英不想多说什么，耿爱民也不想多说什么。李应丰又不识相，坐着不走。钱英看看手表，又看看黑黢黢的窗外，雨声已经几乎听不见了，只有微微一点沙沙沙的声音。看来雨小了，他说："老耿，雨小了，我得回去了！"

耿爱民也没有留他："好！我送送你！"

钱英说："何必送，你学习吧！"说着，披起大衣准备走。

李应丰说："我来送！"

钱英也没拒绝，同李应丰一起走下楼去。

楼下一片漆黑，过道里的电灯泡，本来都早被耿爱民换成了五支光的，现在有一盏灯泡坏了，也没换上新灯泡，再加耿爱民一直强调随手关灯，大家都养成了这么个习惯。所以，楼下此刻漆黑抹乌一点灯光也没有。

钱英在前，李应丰在后，一起摸索着下楼，脚步声"蹬蹬蹬"的，此刻只见楼下黑暗中一个暗影"嗖"地飞蹿过走廊，从门口窜出去了！

钱英警觉地吆喝："谁？"

李应丰从楼梯上连跳带跑地冲下去，只见那黑影在小雨中从花园紫藤架下跑远爬铁门翻墙出去了。

钱英也跟着追出来，见黑影隐没在夜色中早已毫无踪影，同李应丰两人淋着小雨走回来。这时，楼上的耿爱民闻声也跑下楼来，开了电灯，大家一同搜查，只见楼下财务科的门上那把锁已被撬开，但室内保险箱等依然未动，没有被翻动过的任何痕迹。

李应丰说："看来是个贼，被吓跑了！"

耿爱民说："门鼻子撬开了！是来财务科偷钱的？"

钱英说："俗话说：'偷风偷雨不偷雪'。今天有风有雨，小偷就利用天黑来偷窃了！我们社里这样的事还是第一次吧？"

耿爱民说："第一次！看来，夜晚下边没人，传达室的老冯一睡，贼翻门进来很方便。电灯全关闭也不是个事儿呢！一看漆黑，贼胆就大了！"

李应丰笑着说："是呀，五支光的灯泡确实太小吧？鬼火似的，该至少换上二十五支光的。"说着，嬉皮笑脸转向耿爱民，"耿经理！我这可不是要浪费啊！……"

耿爱民朴实地说:"换上一百支光的,贼要来还是会来!这以后,我晚上搬到楼下住!在楼下学习。有人把守,就不怕小偷来光顾了。"说着,他又朝李应丰说:"当然,我这不是说灯泡不要换。坏了的灯泡明天就换上,但装上十五支光的我看足够了。二十五支光开长明灯确实浪费太大,没有必要!"

李应丰笑笑,说:"其实这点节约有多少?放着官僚主义造成浪费,或者出一个贪污分子,那就不是几十几百个灯泡的浪费能抵偿的!"

钱英觉得李应丰这番话说得对,就点点头,但没有再说什么。他知道老耿的脾气。他既喜欢老耿这种认真负责的精神,对老耿说的"这以后,我晚上搬到楼下住,在楼下学习"感到钦佩,又对老耿的过于节约,纠缠在芝麻绿豆问题上觉得无法一时就改变老耿的意见。好在十五支光与二十五支光的确相差不大,这就由他,所以就没说什么了。

后来,钱英离开出版社到了外边。雨仍在淅淅沥沥地下。淋着雨,踩着两脚污水去公共汽车站时,他心里想:防止撬门入室的小偷还是容易的。老耿如果睡在楼下面也许以后贼就不敢再来了。但防止贪污却是难的。因为贪污的人比小偷的手法更高明。小偷利用黑夜、风、雨来掩盖他的偷窃行为;贪污分子却会用更巧妙的障眼法,用更策略和隐蔽的手段,甚至能利用官僚主义,敢在光天化日之下取走国家的财富。让你不知不觉。看来,未来的这场运动将是很曲折、很艰难的哩!他还想象不出这个运动如何搞,会如何发展?但有一种预感,这将不是一个小规模的平静无波的措施。旧中国贪污腐化这么多年,这个繁华的上海,向来是藏垢纳污、形形色色不法分子活跃的冒险家乐园。现在,新中国成立了,共产党要来从根本上清洗、改变贪污的污毒,如果不用雷霆万钧之力大张旗鼓雷厉风行地来搞怎么能行?

风卷着雨刮来,一种迎着风雨前行的激情荡漾在他的心间。

意外相逢，总是分外亲切。谈起分别后各自的遭遇：酸甜苦辣俱全，不禁唏嘘。

她，三十年前就转入公检法机关工作，现在离休了，还在检察机关里帮忙。我真想不到接待者正巧是她，仍旧是那种纯洁朴实的仪态，她陪我在检察院一起摘录案卷，同我叙旧谈心，使我看到了她那坚定的生活态度和对事业义无反顾的追求。

生活是永远向前的，生活也是不断发展变化的。回首往事，就像走过一条崎岖道路看到了留下的杂沓的脚印。

那件我们早年参与斗争、亲身经历过的旧事，尽管早已逝去，但却如此难忘。我们都记起了当时许多人，有好的，有坏的，有推波助澜的，有随波逐流的。有的早已离开人世，有的仍旧活着……

在摘录案卷时，我发现，我来调查采访的这个案犯也是从赌博开始走向堕落跌入陷阱的。赌博真是万恶之源，"我不能不立刻想到了当年史家禄的旧事。

听说，现在上海的赌风炽盛。有的个体户在牌九、"沙蟹"桌上输赢动辄数千元到数万元。有一个被处决了的贪污犯生前贪污盗窃了二三十万元，大部分却又都在赌桌上输掉了。监狱里，关着许多犯各式各样罪行的犯人，但因赌博而走向抢劫、盗窃、贪污、诈骗的占很大的比重。

啊，沉渣泛起，令人注目。但人类总是这样，发展变化了，又产生发展变化中的问题。只不过不是去制止发展，而是在进一步发展中解决。求全是不可能的。这就是生活的辩证法吧?

(三)

上海福州路江西路的弓形市府大厦二楼,有原来国民党政府上海市市长吴国桢用过的办公室。据传,上海解放后第一任市人民政府的市长陈毅在走进这间宽广净洁的办公室时,听说过国民党中某要员在逃往台湾前留下的一句话:"上海是个大染缸,看共产党来后怎么办吧!他们在上海蹲下来了,红色也会被染成黑色的!"

据传,当时陈毅市长听了冷笑着说:"好吧!看看共产党人是怎么对付这个染缸的吧!共产党人是特殊材料做成的!一个上海这样的染缸,休想叫我们的红色变黑。相反,我们要彻底砸烂这个臭气四溢的染缸!"

可是,像史家禄这样的共产党员,虽然经历过解放前地下工作的考验,胜利后却经不起资产阶级思想的腐蚀,被糖衣炮弹击中,身处染缸之中,沾染了一身臭气,红色真的被染变成黑色了!

史家禄今天晚上从黄源茂家里回到自己住的金神父路花园坊的家里时,与平时对待妻子田瑛的态度迥然不同了。平时,他迟迟进家门以后,脸总是板着的,总是闷声不响,从不主动理睬田瑛。田瑛如果同他说话,他有时简单答一个"嗯"或"嗷",有时干脆不理。他本来正在心里酝酿要离婚。有一次,已经向田瑛吐露了这意见,理由是"个性不合,感情不和",田瑛"有妇女病不能生育"。为了达到目的,半年来,夫妻同床异梦,田瑛没有看到过他的笑容。史家禄那张苍白的长脸,板起来是很可怕的。田瑛心里怨恨史家禄无情无义,他就完全忘掉解放前共同生活的那段艰苦时日子?在那段艰苦的日子里,田瑛为他担惊受怕,吃过多少苦!当时,生活艰难,田瑛在"向华中学"教书,每月赚来的钱根本不能开支。史家禄身体不好,有胃病,还贫血。

田瑛在刻苦自己的前提下，总是尽量照顾好史家禄的营养，真是"常带三分饥饿寒"。可是，上海解放才多久，史家禄却变了！完全变了！变得冷酷无情，变得晚上常常很迟才回家，变得思想上言谈间同从前根本不同了。田瑛知道他在外边结交了一些朋友，听他说是工作需要来往的。田瑛盘问过他这是些什么人，他从不肯明说，总是板着脸回答："工作上的事你过问干什么？"夫妻之间只要没有了共同语言，只要互相之间见了面没话谈，或者动辄口角，就是最痛苦的事了。史家禄感到这个"家"是痛苦的源泉，恨不得马上将田瑛一脚踢开，马上能离婚。田瑛也觉得这个家是痛苦的源泉，她却并不想同史家禄离婚。对一个女人来说，离婚是何等重大的不幸！她想不出史家禄是什么原因会变心的。固然，她明白：自己长得本来不漂亮，至少也不太丑陋呀！她也明白：由于解放前长期过了苦日子营养差，工作累，自己身体不好，脸上带着病容，身上带着病痛，经常同药罐子打交道，但过去的感情难道突然就全部丧失？史家禄真的铁石心肠？

她为同史家禄结婚是付出重大牺牲的。史家禄是个孤儿，从小父母双亡跟在无锡做纺织厂职员的一个叔叔长大。后来，叔叔送他读书，培养他到高中毕业。不巧，高中刚毕业，叔叔就去世了。他靠一个同班同学的帮助，在上海一个律师的法律事务所里找到了一个抄抄写写的录事职位。通过这个工作，他认识了一些人，打开了局面。后来，就给一家联合广告公司当跑街，又给一家私营出版社揽些出版、印刷、发行方面的活路。抗日战争时期，他认识了一些进步人士，其中有共产党人。时局的杌陧，生活的艰难，加上敌伪的残暴统治，他在一种爱国的感情支配下接近了党。那个阶段，他如饥如渴地阅读了一本又一本的进步书籍。他为人聪明伶俐，灵活机敏，活动能力很强，经过一段时间考验，党信任了他。他就在东方书局给党工作。恰好，抗日战争胜利后，建立了一个地下兵站，公开以"爱华贸易商行"的名义出现，在爱多亚路中汇大楼上顶了一间写字间。兵站的主要任务是将药品、钢材等急需物资购了运往苏北解放区。他被安插到了"爱华贸易商行"工作。他很能干，工作做得很出色，经常往来上海、苏北之间，去完成任务。在这时期，他碰到了高中时的同班女同学田瑛。田瑛在上海一家中学教书。两人之间萌生了爱情。但田瑛与寡母相依为命，一直过着贫穷的日子，母亲一心希望女儿嫁个有钱人，看不中史家禄，嫌他太穷，坚决反对这门婚事。田瑛虽然孝顺，为了这，坚持非史家禄不嫁。做母亲的一时想不开，有一天夜晚，发了一顿火，竟独自一人出走了。田瑛赶着出去寻找，兜来绕去找不到，最后，倒是警察局来了人。原来老太太在街上逛荡时，不幸被一辆卡车撞伤，送进了广慈医院。田瑛赶到医院，老太太已经伤重弥留。田瑛守了一夜，到天亮时，老太太断了气。以后，田瑛同史家禄结了婚，她心中的创伤一直难以平复，总觉得自己对不起母亲。婚后，史家禄后来以"爱华贸易商行"副经理名义活动，被捕过一次，给敌人上过酷刑。由于他什么也没招认，给党组织营救出来。营救，是由田瑛以妻子名义进行的，往返奔跑，上下打点，受尽辛苦。在婚姻大事上，她为史家禄付出了如此重大的牺牲。现在，解放了，史家禄"得意"了，忽然翻脸不认人提出"离婚"了，叫田瑛怎么能不伤心呢？由于史家禄回家来，始终很少理睬田瑛，很少开口讲话，田瑛弄不明白史家禄到底是怎么一回事。她当然不会知道史家禄与黄源茂的关系，不会了解黄源茂的女人燕蓓芬正在要替史家禄找一个年轻貌美的对象。田瑛有一次实在忍受不了，曾经跑到出版社去找钱英。她想：找到组织上把情况谈谈，让组织上教育教育你！但偏巧，去了以后，钱英不在，耿爱民也不在，都出去开会去了。她只好回来。回来以后，又渐渐不忍心了。她就是这么一个心肠有点软的女人，心想：我又不愿同他离婚，吵闹到他机关里去，对他影响一定不好，何必呢！"家丑不可外扬"嘛！就忍住气没再去第二回。倒是史家禄，他预料到田瑛可能会闹到自己单位上去，为了先发制人，来一个恶人先告状，他在出版社里，不时要散布点对田瑛不满、贬损田瑛的言论。比如说："我娶那个老婆真倒霉，脾气古怪极了，难以相处。""我真想离婚，同我老婆在一起生活真受不了!""我那老婆像个药罐头，不会生育，懒得要命，整天病恹恹的。"诸如此类的话，反正，给人的印象是：田瑛这个女人不好! 他们之间的感情很坏，很可能要离婚! 这种夫妇之间的家庭事，别人是难以乱插手的，他既然单方面散布有关田瑛的流言蜚语，给出版社里同志们的印象，就是田瑛这个女人确实不怎么样! 这是史家禄早早为离婚作准备下的一步棋，只是田瑛不知道罢了。

史家禄其实也不是一开始就变得这么坏的，他在解放前为党搞地下兵站工作时，确实还是一个很能干，也很正派的人。即使身体不好，有时胃疼得连饭也不能吃；即使穷，有时口袋里连买一碗阳春面的钱也没有；即使那时经常有危险，随时都能被国民党反动派逮捕进监狱；他依然还是一个正派的为革命积极工作的人。

可惜的是，上海解放以后，当他到出版社做了副经理，认识了黄源茂以后，他就变了!

变，是从思想开始的。

黄源茂是个能干人，由于业务上的关系，解放前史家禄在开东方书局时，就认识了纸商黄源茂。黄源茂的大华贸易公司在东方书局隔壁。有一次，因为头寸紧，史家禄找黄源茂帮过忙，黄源茂表现得很爽快，给史家禄很好的印象。后来。交往不多，因为黄源茂不仅仅是纸商，又是大华贸易公司总经理。他这大华贸易公司是兼营五洋生意的。所谓五洋生意，就是：洋火、洋皂、洋烛、洋油、洋烟，他靠这"五洋"，财发得很大，在乌鲁木齐路买了一幢三层楼的大花园洋房。"大华贸易公司"的写字间，也迁到了南京路上的慈淑大楼上去了。

上海解放，史家禄到了出版社。当时要印工人政治课本和工人文化课本。上海有一百万工人，需纸量极大。黄源茂当时五洋生意已经不好做了，主要是做纸生意了。一九四九年夏天，史家禄和黄源茂两个老熟人又碰面了，马上有了业务关系。

黄源茂是那种"眉毛动一动，钞票有人送；眼睛眨一眨，老母鸡变鸭"的手段高明的商人。做生意要讲心理学，他最懂得人的心理。见你打呵欠他会送枕头，见你舔舌头他会泡龙井。他是上海大夏大学经济系的毕业生，有较广的知识。对史家禄，他俨然是以一个进步的爱国的民族资本家的姿态出现的。他的进步话比谁都讲得多讲得好，还讲得真。仿佛真是从他内心深处讲出来的："啊，解放了，真高兴呀！人民政府为人民嘛！老百姓这下真的翻身了！""我本来是可以到香港去的，人都劝我去，可是我坚决不去。中国人嘛，我是早就从心里拥护共产党了！""我一向做生意最讲信用，共产党给我的印象是历来干什么事都说到做到，这最对我的胃口。我要好好加强学习，做个红色资本家！"……诸如此类，使史家禄觉得这个资本家确实人不错，可靠。

黄源茂又会给人戴"高帽子"。史家禄在旧社会多年，摔打滚爬，处境一直挺艰难，很少有人给他戴高帽子。黄源茂却懂得在人前怎么给史家禄捧场，在人后又怎么恭维史家禄。比如在人前，当着人面，他就说："啊，这位史同志，我解放前早认识。那时，我就发现这个人不一般。嗨，解放后才知道，他果然是共产党员。"这话说得抽象，可内含的潜台词很多。"你们各位可能不知道，史同志他解放前被敌人抓去，上老虎凳，搓排骨，灌辣椒水，什么刑没用过？把身体也弄垮了，可他那时一个字口供都没有！真是视死如归，了不起的英雄。"这话形象生动，简直好像他是当场目击者一样。如果背着人面，就他同史家禄两人在一起，他的"高帽子"又是另一套手法了。他会一口一个"史经理"，叫得史家禄晕乎乎的，说："史经理，你是老革命了！我真要好好向你学习！""史经理，你为人真好！我真想高攀同你做个好朋友！""史经理，你同那些'土包子'干部不同，你是应当重用的！熟悉上海的人在上海做工作，才能做得好。""共产党由乡村转入城市了！为适应新的环境，用一套农村的办法来工作不行。像你史经理，是懂得怎样工作的。你是不可多得的人才呀！"……这些话不咸不淡，说多了却有潜移默化的作用。

逐渐，见史家禄对这些话都从思想上接受了，黄源茂的话就加深加重了。有时很体贴地说："唉，史经理呀，你这人样样都好，就是太规矩，不懂得爱惜自己的身体。你们为革命舍生忘死打了天下，说实话真是从阎王生死簿上留下来的。不容易啊！享受点又怎样？不应该吗？我看共产党最宝贵的是干部。应当爱惜干部的身体，尤其是好干部的身体！现在江山拿下来了，改善改善干部的生活人民一定会双手拥护的。国家等着你们这些干部拿出精力来治，人民等着你们这些干部有个好身体来服务哩！"……

夏秋之交，有一天，黄源茂硬拉着史家禄到家里去吃晚饭。史家禄不肯。

黄源茂央求着说："你要是不去，就是看不起我。"又说，"又不是请客，是吃便饭，你客气什么？"

史家禄碍于情面，只好去了。去后，下起雨来了，黄源茂夫妇非常巴结，他们是存心用手腕慢慢拉史家禄下水的。先是让史家禄看到他们家里的讲究摆设和许多舒适的用具：华生电扇、飞歌收音机、蝴蝶牌缝纫机、白雪电冰箱、凯歌留声机……应有尽有。晚饭时，燕蓓芬亲手做的一桌清淡不腻而十分讲究的菜肴：番茄沙司炒虾仁、腌炖鲜、炒鳝糊、清蒸黄鱼、奶油菜心、芙蓉鸡片、烩鸭掌……样样对他的胃口。这天晚上，他的物质生活欲望被逗引刺激得无比强烈，他不禁想："唉，我还拿的是供给制！哪年哪月才有可能过上黄源茂他们这样的生活啊！……这样想的时候，他突然感到一种颓丧情绪侵袭过来，颇有一种做生意蚀了本的感觉了。"

黄源茂似乎能看穿他心中想的什么了，说："史经理，人生在世，讲享受不对，不讲享受我看也不对。一个人一生能活多少年呢？六十七十就了不起了吧？所为何来？……"

他没有反驳黄源茂的话，觉得黄源茂是对他亲密，无话不讲。那晚，黄源茂的女人燕蓓芬同他第一次见面。他震惊于燕蓓芬的容貌美丽，仪态不凡，心里又十分羡慕：唉，我那个田瑛真是黄脸婆了！黄源茂真是好福气，有钱就有漂亮女人！燕蓓芬对史家禄十分尊敬，十分客气，陪他谈天说地，拿照相本给他看，那本照相本上，年轻美貌的女人真多！差不多个个都是使史家禄看了心动的女人。

燕蓓芬用手亲热地搂着他说："这都是我的小姐妹，有的结了婚，有许多还没结婚，你看，这位秦小姐怎么样？标致吧？这是裘小姐，也不错吧？她们都托我做媒，都愿意嫁共产党的干部！史经理要是……以后有机会我给你介绍！"

黄源茂在边上哈哈笑着说："蓓芬，史经理是有家属的人，你说这话要是叫史太太知道了，可要不答应了！"

燕蓓芬连忙道歉："啊呀，我还以为史经理没有结过婚呢！该死该死！不过，史经理做做好事，替我的小姐妹介绍点你的熟人吧！"

史家禄心里不宁，脸上平静，问："他们要什么样的条件？"

燕蓓芬笑了："有你史经理这样的条件就蛮好了！一定一介绍就成功！"

事情过去很久了，他心里始终记着燕蓓芬用手搂他说要给他介绍小姐妹的情景和当时的激动心情，回味无穷。

那晚，临走，下着大雨。黄源茂叫女佣人叫了一辆三轮车送史家禄回去，又拿出一件崭新的 A. D. K 风雨衣给史家禄披上，说："这雨衣我有两件，这件放着也浪费，正好借花献佛。"

史家禄推辞不掉，只好收下。燕蓓芬更是热情，将一瓶多种维他命丸和一包人参硬塞到史家禄的皮包里，说："都是家里现成的，你不要嫌弃。听说史经理身体不好，你吃着试试。这人参吃法简单，用剪刀剪成薄片一天用七八片泡水当茶喝就行。喝了精神好，人也年轻，大补的……"

女人嗲声嗲气同他一客气，他不收也不行，只好再三道谢，心里觉得这家人家真是热心待人，留下了好印象。

接着，史家禄同黄源茂的交情就深了一步。逐渐，黄源茂常打电话来约史家禄到家里叙叙，也一同出去看戏。他知道史家禄喜欢京戏，就请史家禄到黄金大戏院、天蟾舞台看京戏。麒麟童、黄桂秋、赵晓岚……都看过。吃饭、看戏时，两人谈天，黄源茂少不了总要谈到钱的问题上来。说到钱，他说："钱这东西，没有不行！老话说，'一钱逼死英雄汉'嘛！""人说金钱万能，这我体会很深，有钱才有一切！人生在世，老是穷得可怜，太乏味了！"然后，吹嘘起自己的富有和慷慨来了："我这人呀，你将来就了解了！我有钱，可是从不守财！对朋友，我是向来真心真意相待的！我历来自己富了也希望我的好朋友也富起来！……"

他说这些话什么意思？史家禄琢磨着，思想上的警戒线松了，甚至可以说是崩溃了。黄源茂和燕蓓芬送了一次东西后，接着就送第二次、第三次，开始时是："你身体不好，再吃点鹿茸精！""你们供给制在机关吃的大灶伙食太坏，对你的健康不利！我给你在锦江饭店包了伙食，这是餐券，吃一顿付一张，那里离你们出版社不远，你一人去吃没人知道的！""这里有样小玩意儿，是人家从香港带来送我的。你看，蛮有趣的，是个钥匙链子，比你那根钥匙链子好多了！"

隔了一个星期，史家禄同黄源茂看戏时，黄源茂送一只装饰性的纯金鹰洋给史家禄，说："挂在你的那根金链子上吧！这是我解放前特地让银楼店铸的，造型不错吧？"史家禄这才知道钥匙链子是真金的。退已经不好退也不想退了，当然只好连同纯金鹰洋收下，而且是心甘情愿地收下。

有一天，黄源茂再约史家禄去家里吃晚饭，史家禄兴致勃勃地去了。燕蓓芬打扮得花枝招展，约了五六个小姐妹在家陪史家禄吃晚饭。这些小姐妹，有的是结过婚的，像李太太、唐太太，有的是没有结过婚的，像秦小姐、裘小姐和裴小姐，一个个都是身材匀称，五官秀媚，打扮得花花绿绿，叫史家禄看了高兴。大家都一口一声"史经理"地叫。吃饭时，对他又是敬酒，又是夹菜，谈得十分热闹高兴。俗话说："酒是穿肠的毒药，色是刮骨的钢刀！"史家禄沾了酒，向往色，就完全不能自拔了！吃饭后，燕蓓芬忽然提议掷骰子玩。掷骰子，是谁都会的，用一只景德镇瓷碗放在桌中央，用三颗骰子掷在瓷碗里转，转定后，比谁的点数大定输赢。史家禄被一伙莺莺燕燕拉上了桌，不能推脱。用的是筹码赌输赢。黄源茂也参加了。燕蓓芬说："老规矩吧！不要太大，也不要太小。"大家都同意，也由不得史家禄问一问这"老规矩"一底筹码是多少钱！大家从八点玩到十点，谁知史家禄的手气不好，整整输了两底筹码。到了十点钟，几个小姐妹说是太迟了要回去了，停下来结账。一结账，史家禄倒抽一口冷气，才知道这"不大不小"的"老规矩"，一底筹码是一百五十元，两底就是三百元。史家禄整整输了将近两底，折算为二百八十七元。

黄源茂马上叫燕蓓芬当面拿现钞给史家禄垫上付给了赢家。他怕史家禄难堪，还故意说："史经理有钱存在我这里，蓓芬你去拿一点来。史经理今天一定没多带现钞……"

史家禄心里十分感激，但心上压了个大包袱，自己如今拿供给制，一个月零用才两三块钱，欠下的黄源茂的这笔赌债如何得了？当夜回家，心里充满悔意，烦恼极了，几乎一夜没有睡着。

第二天，黄源茂来电话了，在电话里神秘地说："史经理，今晚请来舍间便饭，像昨天一样，大家都等着你！今晚包你手运好。你要收复失地……"

"收复失地"，他当然懂得指的是扳本。赌徒历来总是砸锅砸在"扳本"上的。当晚，史家禄在莺声燕语中，闻着脂粉香，吸着香烟，吃着燕蓓芬专为他煮的桂圆莲心汤，玩掷骰子很快就又输了近两底，又是燕蓓芬去拿现钞给他结账付了将近三百元出去。然后，黄源茂提议，说："史经理掷骰子手气不好，玩 Twenty-One 吧!"他叫燕蓓芬拿扑克牌来。

史家禄不会玩 Twenty-One，但赌红了眼，听黄源茂一讲，决定"脚踩西瓜皮滑到哪里算那里"，试一试手气。燕蓓芬坐在他身边教他：Twenty－One 就叫"二十一点"，一人发两张牌，加起来比谁的点数离二十一点最近。如是二十一点就赢，如点数太小，可以再要求发牌，超出二十一点就算"胀死"，不超出，就同庄家比点子的大小。谁知玩"二十一点"，史家禄的手气也不好。这比掷骰子输赢更大，他一下子输了三底。黄源茂夫妇都是赢家。赌到十一点钟，小姐、太太们要散了，史家禄这一个晚上，连掷骰子加二十一点共输了将近一千元。他觉得自己已经像一个人跌在大海里快遭没顶之灾了!

那些小姐、太太走后，黄源茂留他稍坐一会，像递一只救生圈给他似的说："史经理，钱的问题，你不要着急，一切由我! 兄弟我不会叫你吃亏的! 我们交朋友还刚开始，今后要做生死之交。你不要着急，回去安心睡。明天，我们好好谈谈。"

当夜，史家禄回到家里，田瑛盘问他怎么这么迟才回来，他也不说。最后咕噜了一句："开会!"田瑛当作真的。谁都知道干部的会议多，就不多想。史家禄上床以后，想得很多。他明白自己是栽了跟斗闯了大祸了! 他也明白商人资本家总不会平白无故给你沾油水占便宜的。虽然黄源茂这人给他的印象不错，他也明白黄源茂是别有用心的。可是局面已经到了不可收拾的地步，不同黄源茂把这交道打下去是不行的了，倒是同他好好谈谈条件采取合作互利的方式相处可能好些。他像一个豁出一切的"拼命三郎"，决定违背党纪国法，违背自己的初衷，违背革命的利益，重新走一条路。虽然有顾虑，不走这条路已经不行。何况，他早感到这种拿供给制的干部生活如同中世纪的苦行僧一样。他的七情六欲此刻鼓动着他去违法乱纪。他怀着一种破罐破摔的心情入睡。夜里睡得不安宁，早上肿着眼泡去上班，心情一直忐忑不安，直到晚上见到了黄源茂，两人开始了谈话，才使他从忐忑中得到了感情上的平衡。

晚上，是应黄源茂之约在平安大戏院附近的"叶子"咖啡馆里见面的。那里的火车座特别幽静，不但灯光幽暗，而且侍者在端送了咖啡后，你不揿铃他决不再干扰。这里是让那些一对对的情侣在此约会的。每杯咖啡的价格比其他咖啡馆要昂贵二至三倍。黄源茂约在这个地方密谈，地点选得确实是好。共产党的干部一般是不到这地方来的。

说是谈话，确切地说是谈判。

一个人的灵魂可以埋葬及消灭于钱堆之下。原来的遮羞布已经撕开，史家禄已经不再拘泥小节，不再害怕什么党纪国法，不再担心什么钱英、耿爱民的牵扯了！而黄源茂，他这一向来，处心积虑要达到的目的，已经水到渠成了。本来不可能做的事将变得可能做了；本来不能讲的话，现在变得可以讲了。这个共产党的干部史家禄原来是个不能控制的人物，如今可以由他放在掌心上玩弄了！他可以牵着史家禄的鼻子走，可以指挥史家禄，可以命令史家禄，让史家禄作为他的代理人安置在共产党办的出版社里，让他作为他的替身，给他办事，替他谋利。他早就认为：我就不相信共产党的干部永远不变质！我也不相信共产党的干部到了上海这个大染缸里永远不变色。那么，现在事实说明：他的推理是有根据的！史家禄这个共产党的干部，在国民党警备司令部的刑讯室里都不屈服的人，硬刀子不吃，软刀子却可奏效。如今，只由他略施小计就拖下水了！他觉得无比兴奋。所以，两人在"叶子"咖啡馆见面后，很快就都单刀直入地谈到实质性问题上来了。

黄源茂依旧那样温文尔雅，表现得非常尊重史家禄，说："史经理，打开天窗说亮话吧！我是真心诚意想同你结个生死之交的。我向来不给人亏吃。你同我交朋友，也是不会吃亏的。这里——"他摸出一个信封袋，递到史家禄面前，带着笑说，"里边是一个银行存折！我替你存的活期，都是你的钞票！"

"我的钞票？"史家禄奇怪地问。

黄源茂吐着烟圈，打着哈哈点头："哈哈，是呀，那天，你输了钱，我不是说过你有钱存在我的地方的吗？我说的是真话呀！这笔钱是你的，是我给你老兄的手续费！"

"手续费？"史家禄不由自主地拿起信封袋来，取出存折一看，心里"咯噔"一沉。他绝对想不到，这笔存在黄源茂手里的手续费竟有这么大！他愣了，一时竟说不出话来。

黄源茂看得出史家禄心里想的是什么，莞尔一笑，说："哈哈，收下吧！你老兄不会吃亏的。此事你知我知，我们两人今后同生死共患难，互相帮助。这样的事连蓓芬我都没有告诉。"

史家禄突然有一种走在路上无意中拾到一只大金元宝的感觉，喜出望外，却又不免惶惑。但不由自主地又真的将信封袋塞进口袋里去了，心想：偌大一笔钱，靠我拿供给制，拿到死我也拿不到个零头呀！放着这块肥肉不吃，我岂不太傻了？平日黄源茂常讲的那些属于"花开堪折直须折"、"今朝有酒今朝醉"一类的话，在他心上起了作用。他是真的下了决心了，他将装存折的信封袋塞好以后，说："黄经理，那我就信任你了！你知道，我们共产党的干部是不兴这一套的。我这样做，全是为了你！"

黄源茂笑笑，吐着烟圈，纠正他似的说："史经理，哈哈，应当说，是为了我们！来！——"他举起咖啡代酒，邀史家禄碰杯，说，"从今往后，我们好好合作。保险，你我都能发财，都能有最富足的日子过！你要是还有怀疑，就往下看！我们既不必干杀人放火的勾当，又不必用偷盗撬窃的手段，我们是公开的、堂而皇之的。你做你的经理，我做我的经理，互相在业务往来上，心照不宣地互惠两利。有事我们互相商量着办，保你天衣无缝，金元宝从天上不断飞来！"

听他讲得神奇，史家禄吸着烟，说："你要我帮你干点什么呢？"

黄源茂笑了，他早等着史家禄说这句话了。说："其实，有些你已经在做了，只是无意识无目的地罢了！比如，出版社的生意你多照顾我；比如，你们的用纸计划用纸量就提前告诉我；比如，纳税的问题上你多帮忙；比如纸张的好坏上，在轻磅和重磅上你马虎一点。外行，像耿爱民这种土包子，好糊弄，纸质好坏，他是弄不明白的。"

　　史家禄叹了一口气。其实，他早发现了一些问题，但没有好意思顶真去同黄源茂交涉，还不是由于"吃了人的嘴软，拿了人的手短"吗？他又问："还有呢？"

　　黄源茂咧嘴说："哈哈，我希望我有违约不向出版社交货或迟交货的情况时，你能袒护一下。这样，有利于我头寸的周转。另外，我希望能用出版社的印信，介绍我派人去东北采购纸张。"

　　史家禄沉吟着，皱着眉，说："还有呢？"他想听听黄源茂的全部打算。

　　黄源茂胸有成竹地说："你是共产党的干部，消息灵通。如果知道纸要提价，就赶快给我通风报个信，这对我非常重要！"

　　史家禄额上一根青筋突突地跳，说："你可以去套购抢购，然后再用高价卖给我们出版社是不是？"

　　黄源茂哈哈笑了，说："哈哈，羊毛总得出在羊身上的嘛！这又不需要你拿一个钱的！对国家来说，九牛一毛，小意思。对我们来说，大有收益。"说到这里，他忽然像给史家禄一个甜头尝尝似的说，"将来，你的钱多了，如果你愿意，我悄悄替你入股。蚀了算我的，赚了算你的。我早说过，同我相交，不会吃亏的。我上面说的这些事，我敢断言，你那里的什么钱英、耿爱民之流，他们不但外行，而且也想不到我们会这么做。神不知鬼不觉地我们就发了财。将来，财发大了，我倒劝你，你想做干部就继续做，不想做干部，你有了钞票，就有了一切！你想干什么就可以干什么！"

　　史家禄闷闷抽着烟。他认为黄源茂说的话是有一部分真理。心里有个隐忧，不能不说，就用商量口吻说："这些论理都可以办到，但一是我势孤力单不太好。耿爱民是经理，他虽是个土包子，但不讲情面不太好对付，我有点含糊他。二是放着个出版科长于瑞祥，他是个内行，过去解放前他是土壤出版社的股东，做过副经理。别人不懂，他懂。要瞒住耿爱民之流还容易，要瞒住于瑞祥可不容易。他是个挡头，我有些担心。"

黄源茂皱皱眉头，本来险险脱口而出："那还不容易！如法炮制把他们也拉下水来不行吗？"一想，这样说，要伤害史家禄的自尊心，所以改得口气和缓地说："这样吧！耿爱民是个土包子，我看乡下人进城，要他晕头转向不会太难。于瑞祥我听你以前谈过这个人，说他是个旧人员，做过股东，这样的人，倒是好交朋友的。这一向来，我同他处得也还可以。我来接近接近他，把他也拉到圈子里来，好不好？"

史家禄端起咖啡杯，喝了一口，苦津津的，心里想：你这个黄源茂，真有一手啊！但除此之外，确无他法了，只得点头说："好！"

果然，黄源茂施展手法，想拉耿爱民，也想拉于瑞祥。只不过他拉于瑞祥一拉就成，他让史家禄和于瑞祥拉耿爱民竟未能拉成功。黄源茂有些生气，说："这个老耿，死脑筋！好在他是个土包子，外行，他不干，我们也不需要他，把他当作烂泥菩萨撇在一边就是！"

隔了一个星期，有一天，黄源茂请史家禄和于瑞祥一起到"老正兴"吃晚饭。席间，黄源茂举起酒杯把话挑明了，说："哈哈，从今往后，我们三个赛过刘关张桃园三结义，应当同生死、共患难，有福同享！业务上的事就我们三个知道，决不外传。要是同意我兄弟的这些话，大家干了这杯！"

三个人都将杯里的酒一饮而尽。从此，出版社纸张仓库的大门钥匙就捏在黄源茂手里了！他假借出版社名义去东北采购纸张进行投机也成功了！

今晚，史家禄回到家里，一路上思前想后，心情像风浪袭击时的黄浦江面，动荡摇晃，十分不安。他回到了家，见到了田瑛，态度尽量装得好，此时此刻，运动将来，他明白不能再同田瑛闹僵。田瑛多多少少能感觉到他的一些问题。虽然他同黄源茂、于瑞祥的勾结是瞒着田瑛的，但田瑛有几次问过他："你的钥匙链子和一只纯金鹰洋哪里来的？""你那件雨衣是谁送的？""你吃的人参哪里来的？""你怎么常常这么迟才回来？"……这女人真讨厌！也不知哪天能甩掉她重娶一个年轻貌美讨人爱的家小①。但此时此地可得罪她不得。要将她稳住，稳住她就是稳住了大后方。所以他一进家门，疲乏地往藤椅上一坐，却给了田瑛一个少有的笑脸，说："今天本来要回来陪你吃饭的，会开得晚了！只好在外边吃了点生煎馒头！"

田瑛用鼻子嗅嗅，说："我闻到酒味呢！你喝了酒？"她心里奇怪史家禄今天为什么态度如此和蔼亲切，又想：也许是喝了点酒，带点酒意了吧？

史家禄点头："是喝了点酒。下雨关节疼，在小酒店里要了一盅酒。"

"今天又开什么会？开到这么晚才回来？"田瑛见史家禄今晚态度好，忍不住问。

"你不知道吗？今天市委召开了全体党员干部大会。党内的事……"他向来可以用"党内的事"来拒绝回答田瑛提出的问题的。

但，田瑛"哦哦哦"起来了，说："哦，是的，我知道，听说要开展反贪污、反浪费，还有反……"

"反官僚主义！"

"对了，是叫'三反'运动是不？"田瑛说，语气里含着兴奋，"我们学校里老师中间都传开了，大家都说应当反一反！而且，首先要狠狠反贪污！"

---

① 家小：上海当时的语言，称妻子为"家小"。

"为什么？"史家禄从藤椅上站起身来，自己去拿茶杯泡茶喝。酒后舌燥，加上心里有事，烦得发热，他早想喝水了。自从同田瑛的关系搞僵后，他回来，田瑛就不像从前了。要喝茶向来是他自己倒的。

田瑛回答："这还要问？上海这地方是花花世界，旧社会的吃喝嫖赌那一套坑了不知多少人。解放到今天，两年多了，上海在共产党领导下变了不少，但共产党的干部也有变坏了的。据说，贪污的、玩女人的、贪图享受的也都有！原来留用的旧人员，说是也变成了为人民服务，实际有的并没有变，还是贪赃枉法。反一反，应该！"

见田瑛那种拍手称快的样子，史家禄心里不受用。但今天是存心同田瑛想把关系弥补好的，不愿再弄僵了。先不作声，一口一口喝着热茶，踱了一会儿方步，说："你可能不知道什么叫搞运动吧？"

田瑛正坐在椅上补袜子，一针一针地缝着，这时抬起眼来看着史家禄。她发觉史家禄对开展"三反"运动似乎很抵触，语气和态度是不满的。她想听听他说些什么，说："怎么能一点不知道呢？镇压反革命、抗美援朝，不都是搞的运动吗？"

史家禄懒洋洋地又在藤椅上坐下了，说："镇压反革命，那是针对反革命的，阵垒分明，好办。抗美援朝，是志愿军上前线，也好办。难办的是敌我混淆在一起的运动呀！刚解放那阵，我们单位搞了个'整理机关、团结进步'运动。这个运动没对外说，是内部搞的，不像这次搞'三反'要大轰大嗡，但已经吃不消了！'整理机关、团结进步'运动，实际是清理一下有问题的人，当然，主要是政治历史问题。要每个人交代，大会点、小会攻，火药味儿浓得很。我被捕过，也要详细审查，详细追问，详细交代。当然，因为证明人都在上海，不怕弄不清，我也没吃到什么大苦头。但我看到有的同志苦头吃得不小。"

"那总是他本人有问题！"

"也不见得！你可能不知道，从前延安搞整风运动有多厉害！"

"有多厉害？"

"我是没有经历过，但经历过的老革命说过，厉害得很！那时搞'抢救运动'，冤枉了不少好人。我别的不担心，担心的是一搞运动，不分青红皂白，乱搞一气，乱怀疑、乱审查，好人也给整得要死！"

"要相信党嘛！"田瑛说，"身正不怕影斜！反贪污又反不到你，你怕什么？"说这话时，她忽然想到了史家禄的那根金表链、金鹰洋，想到了人参，想到那一个个夜晚，史家禄总是很迟很迟回来，回来总是喝过酒的样子。……她心里有那么一点点疑虑，忍不住说："你这方面没有什么问题吧？"

史家禄像突然被火烫了一下，睁大了眼："我有什么问题？我拿过多少钞票回家来交给你了？你怎么这样想的？真是糊涂！我是说：怕遭冤枉！"

田瑛叹口气："我只是随便问问，你这么着急干什么呀？"

史家禄脸色缓过来了，心里警戒地叮嘱自己：注意！注意！千万别露马脚！也千万别同她闹僵！这人不可得罪，得罪了必有祸害！你看，她似乎已经对我有点怀疑了！……他想起了她盘问他的金链子、金鹰洋等事情的眼神，那是一种富有警觉性的眼神。幸亏黄源茂早打过他招呼："老史啊，我们之间的事，无论巨细，你回家千万别讲。你有钱，也别在家里露富，在家里还得装穷！你不是要蓓芬给你介绍对象吗？离婚成功之前，千万别在你女人面前泄漏天机。不然，落个把柄在她手里就不好办了。最毒妇人心呀！……"他觉得黄源茂真是老谋深算，真有预见。

想着这些时，史家禄装出笑容说："我着急什么呀！平生不作亏心事，夜半敲门心不惊！我只是向你闲谈谈，想到什么就说些什么罢了！"

田瑛微微地笑了。她对今晚史家禄回来后的态度倒是比较满意的，但心里不免纳了个闷葫芦：怎么这么长时间以来，他对我一直不是冷冰冰就是找岔子，甚至提出要离婚，今天却突然变了，变得这么和气，这么亲近了？忍不住说："你今天怎么啦？我感到你有点两样！"

"两样？怎么两样？"史家禄问。他弄不清田瑛的话意，以为田瑛又发现他有什么蹊跷了，所以急吼吼地问。

田瑛笑笑，说："这一向来，你回家以后总像个瘟神，横眉竖眼。今天怎么变得又像从前一样了？"说这话时，她不由得想起当年刚结婚时的幸福情景。解放前，虽然穷苦，虽然时常担惊受怕，夫妻关系是融洽的。史家禄回来总是和蔼亲切的，互相之间总是十分关心的。在一起的时候，谈起话来也总是高高兴兴、好像说不完的……

史家禄"嗽"了一声，笑笑说："是吗？今天，跟几个同志聊天，大家谈到了家庭和睦的问题。一个同志说：家庭是社会的细胞，家庭的气氛与家庭成员的健康关系甚大。因为人的心理活动与生理活动是密切相关的，所以中医有'内伤七情'之说。家庭不和，一个人精神状态不好，时间久了，会使大脑中形成一个恶性的兴奋灶，使神经系统的功能下降，身体的抵抗力减弱。家庭如果和睦，欢乐气氛会使一家人的心理活动处于良好状态，人就健康长寿。这些话对我的启发很大。我细细想想，我们之间，一向关系很好，算得是共过患难的夫妻了，为一点性格上的小事互相烦恼太不值得。所以……"说到这里，他用一阵无声的微笑切断了下边的话。下边的话尽在不言中了。

听他这样说，田瑛不知为什么突然悲从中来。过去与现在的许多事都涌上心头，也说不清是伤心还是高兴。她的泪水沿着鼻梁淌下来，一会儿，竟抽搐起来。

史家禄过来，用手摸摸她的头发，装出几分爱怜，像哄孩子似的说："田瑛，这样做什么呢？老夫老妻了，还这样做什么？牙齿舌头有时还打架呢！我向你赔礼道歉好不好？你别哭了！听话！听我的话！我们睡吧！"说这话时，他感到心里有三分高兴。这个女人现在又可以牢牢掌握在他手里了。家庭这个"大后方"，是可以安定了，不至于出什么问题了！

这一夜，两人同床睡时，旧情好像突然恢复了。只是两人亲热以后闭着眼都许久并没有睡熟。

田瑛在想：他真的是改变了吗？真的是像他所说的听人讲了一席话就改变了吗？……

史家禄灵魂深处似有污水在流动，想：看来，三反运动是不可避免地像狂风暴雨要降临了！我真倒霉，当初真不该同黄源茂穿起连裆裤来，又同于瑞祥这个容易在运动中成为靶子的人物勾搭在一起。这下，就怕超脱不了干系，弄得不好会翻船了。他心里充满了悔意，一个人最难堪的事情，莫过于被迫去为自己的失误而引咎自责。他此刻是在吃后悔药。但事已如此，他知道光后悔也不行，主要的是要想出对策来。……

不知什么时候，雨又哗哗地下大了！雨水扫在玻璃窗上发出"嘁喇喇"的声音，使人听了心里更烦躁。他将晚上黄源茂提出的"三斧头"逐一在心上斟酌，觉得黄源茂老奸巨猾，这三斧头确实会有威力。但头脑里忽又转到了耿爱民身上。这个"土包子"经理同他关系不好，他受黄源茂的嘱托同于瑞祥一起想拉耿爱民下水失败了，反倒可能落下什么疑点。耿爱民可不是个善人！他那两只炯炯的眼睛就叫史家禄感到胆怯。他觉得黄源茂的"三斧头"，防范和对付耿爱民还不够有力。这使他无法入睡。无论如何，对耿爱民这个软硬不吃的家伙，是要想点办法认真对付的。

他想着想着，听着雨声，又听到桌上的旧台钟敲了十一点，又敲十二点。还睡不着，他也不敢多翻身，怕惊醒了田瑛。在台钟又敲十二点半的时候，他突然想到：应当同黄源茂合计一下：派个人到苏北阜宁，给耿爱民家里送笔钱去。不说是耿爱民叫送去的，也不说不是耿爱民送去的。反正，是送一笔不明不白的钱去，就让这笔钱糊糊涂涂送到他老婆杏妮手里。农村人嘛，都穷得可怜，见钱还能不开眼？只要他老婆糊糊涂涂将钱花了，事情就好办了！你耿爱民不是要清白吗？这样就叫你清白不了！欠上一大笔来路不明的钱，怎么还得清？又怎么说得清？我当初不就是因为赌那什么掷骰子和"二十一点"输了一笔钱还不出才同黄源茂伙在一起的吗？只要耿爱民的老婆接下钱用了这笔钱，看你怎么办吧！无论如何，你得背上包袱！你背上了包袱就好！万一出了事，也有个把柄在我手里：你耿爱民比我官儿大，互相至少也得承担些。再说，万一你再不买账，那也好办！不买账就叫你跳到黄河里也洗不清！你没有贪污吗？谁能信你？你还有什么好说的？你要是识相，照识相的办；要是不识相，我倒霉你也别想得意！总而言之，你老婆要是收下这笔钱一开支，你也就是上了钩了！你别想干净利落！……

他记得很清楚：耿爱民的女人叫施杏妮，是个村干部。耿爱民家里的地址他也记得很清楚。他女人杏妮每次来信，用的都是那种老式的在苏北买的白底红框的土式信封。信封上每次都是端端正正写着苏北阜宁施庄的地址的。

想到这条妙计后，他有一种将人拖下水了的快感。传说水鬼每次将人拖下水淹死时是会高兴得狂笑的。当死人的家属痛哭时，正是水鬼狂笑的时候。现在，史家禄就有一种想狂笑的痛快劲头。

他后来，在雨声中睡熟了。纠着眉，咧着嘴。台上那只旧台钟"铛！——铛！"正敲两下。

在当今中华人民共和国九百六十万平方公里被开放、改革沸腾了的大地上，产生了推动着时代呼啸前进的一代英雄人物。他们身上汇集着优良的革命传统和创造的开拓精神。这样的人，在工农兵和干部、知识分子中都不计其数，说什么"工农兵时代过去了"的话，那是偏激、片面的！

我曾多次怀念过耿爱民，思索过他的为人。完美的人是没有的。何况他是那个年代里的人物。耿爱民有他的缺点与缺陷。他文化低，似乎有点保守、有点呆板和固执。他不是那种精明强干思想活跃的干部。我甚至设想如果是在今天，他能不能适应时代，能不能在改革与开放的浪潮中走在前面？当然，这仅仅只是推测。我不能不承认，我喜欢他忠于革命、忠于人民；我喜欢他那种从部队里带来的优良传统和优良作风；我喜欢他那种农民特有的纯朴；我喜欢他那种共产党人应当具有的实事求是精神和拒腐蚀的作风。我认为这在今天特别重要，特别宝贵。

耿爱民在那次运动中的表现，迄今在我和小梁的心中留下了不能磨灭的印象。我同小梁一见面就用惋惜和遗憾的声调谈到了他。他那高大的身躯给我留下的是高大的形象。可惜他死得太早！在1958年的"大跃进"中，他在大炼钢铁时，带着高血压和哮喘病一连七天七夜坚持不睡。那个秋天的一天早晨，人们发现他流了一大摊鼻血死在土高炉旁……自从经历过十年动乱，在"触及灵魂"的挣扎和反抗中，在整个民族的痛苦呻吟中，经过沉思，我渐渐懂得了我们都应当真正多一点马列主义的智慧，好好清除头脑中那种愚昧。老耿如果活着，他也会这样的！

小梁告诉我：杏妮也已在十多年前病故。我恻然！啊，老耿的这位善良、贤惠、体现美德的妻子哟！我又仿佛看到她那两只美丽、真诚的眼睛了！人生何其短促！……小梁似乎发觉我在想些什么，说："也许你想不到吧？他们那个儿子现在是个著名的人民律师了！"

"是吗？"我既喜出望外，也感到突然，想：新中国的律师曾经销声匿迹二十多年，是这些年才恢复的，不禁感慨系之地说："嘀！他同老耿真是完全不同了！……"

小梁懂得我指的是什么，点头说："是呀，他深深懂得对所有执法的人来说，他们的最高上级应该是人民，是党领导人民制定的法律，对党和人民的忠心，是对法律的忠诚。而当他父亲活着的时候，我们还缺少健全的法制！"

我不禁想：是呀，那时候，我们似乎感到欠缺了法治和民主，却又并不能深刻领会。是从血和泪的教训中，这些年才真正越来越感到民主与法治的可贵的呀！……我不禁沉默了。

后来，我对小梁说："哪天你有空，陪我去看看这位律师吧！"我是带着对老战友的思念与往事的追忆说这话的。

（四）

耿爱民说搬就搬，当夜就搬到了楼下经理部的大办公室里住了。

他的行李很简单：一条黄油布垫底、打包；此外，一条旧毯子，线的，还是当年离开军长时，军长送他作纪念的；一床旧棉絮，是在苏北时杏妮给的；一个小枕头，上边有杏妮绣的花，一朵红花旁边绣了五个字："为人民服务"。做枕套的土布已经快破了！冬天，寒冷，进城到上海后，单位里也没有火烤，夜晚有时冻得慌。好在他总将供给制发的蓝布棉列宁装衣裤一起盖在身上，也就不太冷了。他的全部"财产"，除了一肩行李，就是破纸箱里放着的一些零星杂物和一点书籍、本子以及几件旧衣。住到楼下，不过是为了给出版社防贼看门。除了铺盖，别的他都不带下楼。楼下经理部大办公室没有床，他也不将楼上的一只小床搬下去。他干脆睡在办公桌上，打算晚上摊开被子睡，早上将被子、毯子一卷塞进壁橱就事。生活上，他简朴惯了。现在，进城到了繁华的大上海，他也仍旧习惯于原来那种行军中的简单生活。

钱英走后，李应丰还陪着他。他说："小李，我要抓紧时间学文化，你去忙你的吧！”他不喜欢晚上闲聊。谁要占用他学文化的时间，那可不行。

给他一说，李应丰不好再逗留，只好点头说："对对对！"马上离开了他。

李应丰和编辑刘开英两人合住在二楼一间小房里。出版社一共四十多人，分编审部、经理部两大部门，编审部下面分政治、文艺、美术、综合四个组；经理部下面分校对、出版、财务三个科。外加社长室，设一个秘书兼人事干事。平日，住在社里的一共只有四个人：老传达冯玉明住在传达室，耿爱民住在二楼；另外两个就是李应丰和刘开英，合住在二楼一间北房里。李应丰和刘开英都是青年，没有结过婚的光棍，两人都是家在苏北，也都是在苏北参加革命的。来到上海，举目无亲，所以住在社里。而社里其他人都是有家在上海的。社里有条规定：凡家在上海的一律不许住在社里。因为上海房荒，住家一般房子都紧。如果没有这条规定，大家都要往社里住，就招架不住了。李应丰和刘开英住一间房，但两人相处得不好。刘开英是个党员，性格内向，脾气有点怪。最近正在闹情绪，显得落落寡合。他早先在部队里算是连级干部，现在放在政治组，没有给他编辑组长干，只是编辑的名义，叫他负责政治组的工作。他心里不高兴。虽未明说，意见满腹。外加，同李应丰一间房，李应丰先占了靠窗的床位，他又不高兴。他也看不起李应丰那种风风火火的个性，李应丰好闲扯，他爱独自看书。两人合不到一块。他老是闷闷的，李应丰拿五句话换不回他一句话。两人虽住一屋，心却离得很远。李应丰晚上想来找耿爱民聊聊，一是为了解解寂寞，二是认为这是"接近领导"、"靠拢党"，有利于自己入党、提拔。但耿爱民下了逐客令，他也只好一个人独自踅回去躺在床上看小说了。

这里，耿爱民赶走了李应丰，自己将行李扛到楼下经理室，独自开了台灯，继续学起文化来。他用的是出版社编印给工人学的课本，包括语文、算术和常识课本，每种都有四册。他顺序自学，语文课本一课一课抄背，算术课本一个习题一个习题地做。有不懂的就找编审部的编辑问。他是个二级残废，那年，东进时，随首长在前线肺部负过伤，每到冬天好咳嗽，伤口又常常隐隐作痛。坐久了，更是有种说不出的难受。他心里明白，进入大城市后，需要文化水。自己那点文化水，太少太可怜。要干革命工作，不刻苦不行。他清楚记得老首长——军长是非常关心他学文化的。在苏北因负伤离开老首长后，他伤愈后见到过一次老首长。老首长送他一支很漂亮的橡皮头铅笔，笑着对他说："你好好用这铅笔写写字，学学文化。将来，我再送一支自来水笔给你！"果然，上海解放了，老首长也来到了上海。前年冬天，他去看望了老首长一次，老首长很高兴，打着四川腔说："耿爱民，你来啦？文化学得好不好？"他汗颜地回答："学得不好！"老首长朗朗笑了，说："啥子不好嘛！下次再来要说好才行！"接着，老首长忽然将自己插在军装胸袋上的一支自来水笔拔下来递给他说："现在进了城了！自来水笔不像在苏北时那么稀罕了！我欠你的这笔债今天就还。可是你欠我的债别忘了呵！"他明白，老首长说的这个"你欠我的债"，指的是叫他学好文化。他脸红心跳，接过老首长送的钢笔，"啪"的立正敬了一个礼，险些掉下泪来。钢笔上好似还带着老首长手上的温暖。这种温暖永远不会消失。只要他拿起这支自来水笔，就会感到这种温暖。这种温暖会激励他在学文化上冲锋陷阵。正如当年在老首长身边冲锋陷阵一样。

外边，雨仍未停歇，淅淅沥沥，沙沙沙地响。花园里的树木，在这严寒的冬天，叶片早已凋尽。但一些雪松、龙柏仍然苍翠，雨水一淋一洗，更加郁郁葱葱。他一笔一画抄写着课文，感到吃力。听着雨声，更感到心里不定。雨声仿佛淋洒敲打在他的心田上。心海里好似泛漾出波涛和涟漪。他平日学习文化时，是很少像今天这样心神不定的，今天什么原因会这样呢？

是因为下午参加了市委召开的全体党员干部大会？是因为钱英来谈了那些事？是因为想起了出版社里的一些人和事？是先前那个小偷突然来到楼下财务科撬门想偷盗？……

是的，确实是由于这些事汇合在一起，引起了思索，引起了不安，打乱了心上的宁静。

耿爱民不禁放下了笔，听着外边泼洒的雨声，沉浸在思索中。

刚进城不久的一天，在一次党员会上，他听到一位领导同志在讲话中说：毛主席最近在北京讲了李闯王的故事。毛主席说：崇祯十六年，李自成在襄阳称新顺王，同年，在河南汝州歼灭明朝陕西总督孙传庭的主力，乘胜进占西安。次年正月，建立大顺政权，年号永昌。不久，攻克北京，推翻了明王朝。当时政治形势很好，但进了大城市后，起义军的领袖犯了胜利时骄傲的错误，有的甚至腐化堕落了。一天到晚在那里搞金银财宝和美女。失去警惕，明将吴三桂就勾结满族贵族入关，联合进攻农民军。结果，李闯王迎战失利，退出北京，以后终于失败。毛主席讲这个故事的意思是：我们共产党现在也进入大城市了，我们要注意不要骄傲，要警惕非无产阶级思想的腐蚀，不然，我们进了城也可能会再像李闯王那样退出北京的……

耿爱民听了，当时很受震动。毛主席的话，是否太危言耸听了？能会这样吗？再细细一思忖，这样讲，确是有道理的。历史上李闯王的故事，他从前就听讲过。他过去在苏北，还看过《闯王进京》的京戏呢！那是部队文工团演的。看了以后，他心里怪不好受的。好好的一个胜利局面，那么凄惨地完了！都怪他们不争气呀！他心里暗暗下了决心：我是一个共产党员，我是不会腐化堕落的！

说实话，他对现在的生活已经感到很不错了。他父亲耿宗恒，是一九二八年加入中国共产党的老党员，曾任南通县余西区委书记、红十四军一支队二大队的大队长。红十四军失利后，他和部分战友在如皋东乡掘港一带坚持斗争。一九三〇年八月因叛徒出卖，在洋岸乡被捕。敌人百般利诱、刑逼，要他交出余西区党组织的材料，他厉声大呼："我是共产党员，你们只能杀我一个人，决不能消灭我们共产党！"不久，慷慨就义在掘港镇。父亲牺牲时，耿爱民只有九岁。父亲死后，他随母亲逃往阜宁依靠叔叔维生。十年以后，抗日战争已经爆发，新四军成立了江北指挥部，开展了江北抗日游击战。耿爱民找到了自己的队伍，参了军。他是个苦孩子出身，进入革命大家庭以后，处处感到温暖、幸福，样样事都积极。后来，在二十一岁那年，做了陈军长的警卫员。他跟军长的时间不长，一共不过两年光景。在一次派他去盐城执行任务时负了伤，后来就离开了军长。他离开军长养好伤后，一直仍在部队工作，干过司务长，在后勤部门做过干事、科长。南下渡江，进入上海后，转业到了出版社来当经理。

离开军长以后，耿爱民常常挂念着军长。军长当了三野司令员以后，耿爱民仍像从前一样称他为"军长"。到上海后，军长当上了上海市市长。老耿真是喜出望外，曾专门去看望了一次军长。但他知道军长日理万机，忙得很。尽管军长笑着对他说："耿爱民，你有空常来耍！一定要常来耍！"他去了一趟后，就未再去过。他不愿意打扰军长。平日，他也从不向谁谈起自己认识军长当过军长的警卫员，在干部登记表上也未具体填上这一点，只说自己干过警卫员而已。只是，有一次，过中秋节，突然来了一辆汽车，上面下来个军管会的人，到出版社找耿爱民，说是首长要请他去吃晚饭。这下，李应丰等青年人就传开了。原来耿爱民有个老首长在上海，而且跟他关系不错，居然主动来请他到家里过八月中秋节。不过老耿自己却从来不提这事。谁问他时，他总是支支吾吾，表示是有一位老首长在上海，关系一般，从不透露老首长是谁，从不炫耀。时日久了，大家对这件事也印象淡薄了。

但，陈军长对耿爱民说过的话，他却是常常放在心上的。在他到上海后第一次去看望老首长时，陈军长笑着对他说过："嘀，耿爱民当了人民的经理了！当人民的经理可得小心，跟当资本家的经理不同！

要廉洁奉公，不能腐化！你常常跟金钱打交道，公私要分清！手不能长！不能乱伸手！"说这话时，军长很亲切，可是他知道话的分量有多重。他把军长的话都镌刻在心上，时常在脑海里品味、琢磨。

在过中秋节被军长派人接去的那天，他到军长家里吃晚饭时，军长正在写字。张茜同志在给军长研墨。他去了，军长高兴地说："耿爱民，今天中秋，我想着你一个人在上海一定寂寞。所以接你来一块团圆一下。可我晚上还有外事活动。你先吃月饼！我给人写幅字，写好就陪你一会儿！"

不知怎的，他当时也想请军长给他写一幅字。军长能文能武，会作诗填词，这人人都知道，新四军的军歌当年就是军长他在东进时写的歌词。军长的一笔字好，也是人人都知道的，所以向军长索取墨宝的人也不少。

他嗫嚅了一下，终于开口了，说："军长，您也写幅字送我做个纪念吧！"

军长那晚兴致很高，他晚上还有外事活动，但还是说："好！耿爱民，你要我写我就写！"果然，军长写完了那幅送人的屏条后，又拿出宣纸给他写了一幅小字，写的是草字，写完，递到耿爱民手里，风趣地说："好，给耿经理留个纪念吧！这是古琴曲《阳关三叠》，你可能一时看不太懂，但你不是在学文化吗？多看看多想想，慢慢就懂了！"

他接过那张一尺多长、八九寸宽的宣纸来，看到军长挺秀的草书写的是："遄行！遄行！长途越渡关津。历苦辛，历苦辛，历历苦辛，宜自珍！宜自珍！渭城朝雨浥轻尘，客舍青青柳色新。"有些字，他不认识，意思一时也不太懂，但"宜自珍"这样的话意，他懂。

他心里感动，这幅字，一直珍贵地装在一只信封袋里藏着。有过几次，他很想把它用图钉钉在自己办公桌旁的墙上。细细一想，那样不好，字上有军长签的名字，一贴出来，不是在张扬了吗？所以，他每每只是在夜深人静时，独自拿出来看看。真的，起先是不懂的，有些生字，像"遄"、"澠"、"渭"等都需要查字典，但自己在学文化，这两年来，文化有所提高，这幅字多看多想以后，自己似乎真的逐渐懂了，而且越来越有体会了。他觉得老首长是在告诉他：革命像长征，很不容易，要努力，要自己珍重！希望他能不断前进，到达一个美好的境界……军长是不是一定是这意思？他摸不准也拿不定，自己既有此体会，他觉得应当这么做。每当夜晚独自一人在灯下看书疲劳时，他看到这幅老首长写的字，心里就受到鼓舞，受到激励，马上提起精神，有时去用凉水冲冲头，重又打起精神来学习到深夜。

耿爱民初到上海，进了大城市，确实有点目迷五色。夜晚红红绿绿的霓虹灯，川流不息的汽车电车，涂着口红胭脂穿高跟鞋紧身旗袍的女人，坐着男女两个人的三轮车，灯光闪烁幽暗中传出靡靡之音的舞厅，放映着美国五花八门电影的影院，摆满酒席的饭店，繁华热闹的大公司，橱窗里稀奇古怪的货物……都使他觉得好奇、刺激而又不习惯。对比之下，确实感到自己寒碜，穿得蹩脚不说，冬天还常赤脚穿着布鞋。橱窗里的东西，有不少是吸引他的。比如，有些日记本就很讲究，有些钢笔很可爱，钟表店里的钟表都很有趣，布店里有些漂亮的花布要是给杏妮扯上一件她准欢喜，那百货店里的小孩鞋袜要是给儿子小民买一些多好，茶叶店里的茶叶如果给杏妮她娘买一点捎去她也准会高兴。但，供给制一个月只有那么一点零用，买这些都是不可能的。他就不去多想。干革命嘛，要勇于为革命为人民奉献一切，要给予，而不是要自己去攫取。这道理，他很懂。等到将来，革命和建设都搞好了，生活是必然会提高的！现在，条件还不允许，革命战争还在进行，全中国尚未解放，抗美援朝任务很重，还需要革命战士艰苦朴素……

李闯王的故事，上海是个大染缸的比喻，以及老首长赠他的那幅字，都激励着他时刻警惕：千万不要被资产阶级思想侵袭腐蚀！一定要保持无产阶级的优良品质。

他来到上海后，给在苏北阜宁的杏妮写过一封信。信上他谈过对上海的印象说："杏妮同志：我已经来上海三个多月了，一切都好，不必电（惦）念。太忙，今天才写信。上海是大城市，高楼大夏（厦）很多，汽车电车一群群的。黄浦江里的船比我们射阳河里的船又大又多，热闹得很，但我还是想念苏北。我在上海，一切会听党的话办，保持艰苦奋斗作风，决不被资产阶级思想俘虏（虏），望你放心。这里有很好看的花布，我想你穿上一定好看，可是那要花很多钱买。现在革命战争还在进行，我们生活还不富玉（裕），等到将革命进行到底了，生活会好起来的，花布什么也会有的。杏妮同志，你工作忙吗？小民儿好吗？娘身体好吗？你还在学文化吗？希望你坚持学文化，我们开展革命的竞赛，大家更好地为人民服务。有空来信……"

他到上海后，常常也想念杏妮。杏妮并不很漂亮，他心上觉得她好看。杏妮跟他一样，高头大马的，但长得水灵水鲜的，也泼辣得很。当初，在苏北时，杏妮抬担架、送军粮，能顶一个男劳力。目前在家乡当村长，里里外外，一定忙得脚不沾地。上有老，下有小，办饭，缝缝补补、纳鞋底、绱鞋子……兼带着种庄稼，从收到割，又有工作，可不容易。她是个说话、办事都干干脆脆的女人，从不忸怩。渡江之前，那时风闻要打大仗，要打过长江天险，杏妮特地到过一次部队驻地看望耿爱民，但只住了一天就走了。

临别，杏妮说："听说要打过长江去，看来这仗十分险恶，你就安心去立功，别挂念家！"

耿爱民说："你多住两天走不行吗？"

她笑笑，说："少住两天好！军情紧张，多住两天离开了反倒你会更想我。"说过，就坚决走了。从那，整整两年半没见面了，信通得也不多。耿爱民给杏妮寄过一张照片去，她连一张照片也没寄来过。阜宁拍照不像上海方便吧？到了上海，住在喧哗热闹的大城市里，耿爱民却觉得寂寞了。社里差不多人人都有自己的家。下了班，除了开会，人都回家了，只留下几个无家的人住在社里。人同人之间的关系比从前在苏北、在部队里不一样了。在部队里时可真是革命的温暖的大家庭，互相之间交往多，生活在一起，谈心也多。到了上海这大城市里，好像变得各顾各了。耿爱民倒也并不觉得这不好。这样，时间倒是富裕，学文化的条件不错。可是正因为时间多，就不能不在寂寞时想念自己在苏北的家、想念杏妮和自己那个五岁的儿子小民了。小民一定整天在屋前的干草堆里打滚，春天里跟着邻家的小把戏①在田地里剜野菜，夏天时在小河沟里摸螺蛳、捉蝌蚪了……他同杏妮约定过：小民将来长大，一定得让他上学读书。他和杏妮都吃了缺少文化水的苦。现在，村里有新办的小学堂，小民离入学年龄已经不远。想到这些，他在思念之中，心里带着甜味。

自从做了出版社经理部的经理，耿爱民是兢兢业业的。经理工作他实在不熟悉，给他配了一个副经理史家禄，确实是个能干人，对业务很内行。可是他渐渐觉得这个人同他有很大的不同。两人的关系像一只圆锅配了个方盖，配合不好，总觉得不合适。比如水啊电啊的，耿爱民很爱惜、怕浪费，史家禄认为耿爱民是只抓芝麻，不抓西瓜。比如付稿费，耿爱民常嫌编审部开来的稿费单上稿费每千字付八块钱太高了，就动笔将八元一千字减少为四元或五元。为这，编审部副主任魏原冰和编辑程雄等都同耿爱民发生过矛盾，不止一次争执起来闹到钱英那里去。钱英也说：付稿费应按照稿酬条例付。稿费条例是仿照全国其他出版社的条例制定的。耿爱民如认为"稿费太高"，可以提出意见同编辑们商量了办，但不能擅自就改变，而且改变得不符稿酬条例更不妥当。为这，耿爱民思想不通，认为"少付一点稿费那有什么关系？""人民的血汗钱怎么能这样大手大脚？"史家禄就讥笑耿爱民是"土包子"。又比如社里要开一次作者座谈会，邀请些作者来请大家为

---

① 小把戏：苏北口语，"小孩"的意思。

出版社出主意、写稿子。因为会半天开不完，估计得留下作者吃一顿午饭。钱英批准同意了，让经理部给点钱由编审部召开座谈会。史家禄按钱英的意见办了，耿爱民知道后，就批评说："开会就开好了，花钱干什么？"他一文不准给！同史家禄又闹到钱英那里去。钱英对耿爱民说："老耿，你的节约观点是对的，也是好的。但目前在大城市同在农村时不同，方式方法得要变一变。大吃大喝不对，适当地弄点茶水香烟留着吃顿便饭有利于工作是可以的。"耿爱民却仍是不通。史家禄就说耿爱民是"农村观点"！有时，出的书封面用纸太差，印得挺糟的。编审部的编辑提了意见，魏原冰找到耿爱民和史家禄，说："你们看看，这封面印得像什么样子？"史家禄说："对对对，以后注意！"耿爱民却说："那有什么关系！我看不错嘛！从前在苏北时，新华书店印的那些书比这孬多了！……"魏原冰气得不行，说："从前是从前，现在是现在！像你这样的经理，我们的工作还能搞得好吗？"这事，其实该史家禄负责任，史家禄却脸上带笑居间调停起魏原冰和耿爱民的矛盾来了。他将魏原冰劝回编审部，说："老耿是个好同志，只是太外行，又保守，又固执，你不要生气！……"给人的印象，书籍印制质量差全是由于耿爱民造成，同他没有关系。只是由于耿爱民外行、保守、固执，使得他无能为力。

史家禄既同黄源茂勾搭上以后，又将于瑞祥控制在手中。为了在出版社里通行无阻，势必要搬掉耿爱民这只拦路虎。

怎么办呢？黄源茂明白：由他出面，耿爱民是不会买账的。耿爱民这种土干部，最讲究的是讲阶级斗争。对资产阶级、资本家怀着十分的警惕，你想同他交朋友，是讨不着好的。策划以后，决定由于瑞祥和史家禄两人上阵，一个拉，一个帮，来试试。

这就发生了上面耿爱民对钱英谈的于瑞祥和史家禄请他看戏吃饭的事。但耿爱民并没有说完。除了看京戏和吃饭之外，史家禄和于瑞祥还做了些别的手脚进攻过耿爱民。

史家禄在请耿爱民看京戏失败的事上嫌于瑞祥不会办事，说起话来太俗气、太明显，嫌他性急想吃热汤圆，反倒会烫了嘴巴。同黄源茂合计以后，决定不要于瑞祥再尝试了，因为他和黄源茂都认为于瑞祥是旧人员还做过私营出版社的股东老板，在耿爱民这种人的印象里，是不值钱的。进攻耿爱民，应当就由史家禄上场。

史家禄也警惕到：耿爱民是有警觉性的，别让他怀疑我与于瑞祥有什么勾搭了，就有意打了于瑞祥的招呼，两人尽量少在一起。自己则开始对耿爱民亲近起来。本来，他连耿爱民处处精打细算的事即使正确的，也要指摘为耿爱民"大不算，小欠转"，"拾了芝麻，丢了西瓜"、"农村土包子观点"等等的。后来，突然都不说了，有时还装作检讨地说："老耿啊，我真要好好向你学习呀！你到底是从解放区来的同志，觉悟高。我们在白区搞地下工作的时间长了，看问题就不像你那么尖锐，有些事，比如浪费一点什么的，认为无所谓。其实，这种事在你身上充分体现了劳动人民的美德。""老耿啊，以后我工作中或者言谈中有什么不对的地方，你尽量多帮助，及时向我提出。你比我党龄长，是老党员了！你对我多帮助！……"

他没有想到：耿爱民这人有点犟脾气。他同你顶嘴或者争辩得面红耳赤他不在乎，你要是给他戴高帽子说那种讨好巴结的话，他最厌烦。他感觉到史家禄这种"变化"。听了史家禄的话，嘴上说："那有什么关系！……"心里却在想：这人怎么啦？尽说些阿谀我的话干什么？

接着，有一天，下班以后，史家禄没走，邀耿爱民说："老耿啊，你到上海时候也不短了，我看你老是不出去，这也太拘谨了吧？上海现在是我们共产党的天下了！你在上海工作，首先得了解上海。我来陪你出去吃晚饭，陪你逛逛，怎么样？"

耿爱民抽着烟袋，认真地问："上哪逛去？"

史家禄神采飞扬："你想上哪儿我就陪你上哪儿。或者，我就随便陪你逛逛，哪里热闹就到哪里逛。上海有些地方，毫不了解，是要被人笑话的。我们出版社这一带，夜间冷冷清清。可是'大世界'、四马路那一带，夜里灯火辉煌。你也得看看嘛！"

耿爱民皱皱眉，说："我听说大世界、四马路那一带，不是好地方！"

史家禄笑笑："好不好开开眼界，怕什么！眼见是实，看一看也知道是怎么回事！"

耿爱民喷一口烟，摇摇头："我不想去逛！我每晚都有事干！"他这指的当然是学文化。

史家禄无计可施了，只好笑笑，说："可惜啊，太可惜了！共产党人应当不怕邪！对上海有个全面了解是必要的嘛！你太胆小了！"说这些，他是为了自己下台，也好转圈。

又过了一天，史家禄给耿爱民带来一只手表，趁四下无人的时候，将表塞到耿爱民手上，笑着说："老耿，我有两只表，想送一只给你！我看你没有表，工作起来不方便，出外开会也不知几点钟。"

说真的，耿爱民对手表是有兴趣的。那是在苏北进攻顽军韩德勤的时候，缴获了一些手表。当时，一切缴获都归公。但有个连长杨捷，因为作战英勇，被奖到过一块缴获的大罗马手表。当时，耿爱民看过他的那块表。表壳明光锃亮，走起来"喀嗒喀嗒"的，可爱极了！他那时想：我要有这么一块表就好了！可是，现在，当史家禄将手表塞到他手上时，他却未去想看一眼这只手表。他只在想：咦！奇怪了！他好好的最近这么拍马屁似的讨好我干什么？他好好要送我一只手表干什么？为什么他趁四面无人时才将手表塞到我手里？他那脸上一种暧昧的神情是为了什么？……这么一想，他心里就烦了，马上将手表退给史家禄，说："老史，我不要！"

史家禄用两只大眼睛瞅着耿爱民，说："客气什么呀！你拿着用！都是同志嘛，还这么分你我？"又将表递过来。

耿爱民摇头，用手将史家禄递表的右手推回去，说："同志们没有表的多得很，总不能一人给一个呀！你的表你留着吧！我现在也不需要。我这人，不喜欢收人的东西！"

史家禄苍白的脸上有点红了，说："啊，你看，就当作我借你用的就是。你先用着，对工作有利嘛！什么时候你不要了还我就是。这有什么！"说完，拉着耿爱民又将表塞过去。

耿爱民站起身来，摇头说："老史，别这样！我说不要就不要！"说着，他转身走出经理室上厕所去了，心里对史家禄刚才拉拉扯扯那种语态和神情很反感。

史家禄明白：牛一样犟的耿爱民是无法被拉下水的了。能用的办法都用了，不能用的办法还不敢用。同黄源茂商量以后，决定拿出最后一招来，留下个把柄，万一将来需要时，可以拿出这件秘密武器来应急。

那天，史家禄随耿爱民一起到爱多亚路外滩劳动印刷厂洽谈业务上的事，谈完走出印刷厂，耿爱民路不熟，跟着史家禄走。走到金陵东路一家小舞厅——大华舞厅门口时，舞厅里正跳着舞，门口人很多。突然，史家禄不见了，耿爱民立定脚步东张西望，忽见一个花枝招展的舞女模样的年轻女人走上来，用上海话笑着问耿爱民："山东路在哪里？"

耿爱民听上海话费力，回答女的："我听不懂……"

女的笑得又甜又腻，仍纠缠着耿爱民问路，说："你不懂上海话我来教你！"又说，"我陪你进去跳舞白相好勿好？"

耿爱民心想：这个史家禄，他到哪里去了？正被舞女纠缠得心里发烦，大声说："你走你走，我不跳舞！……"

正在不可开交，幸亏史家禄忽然出现了。那女的却笑着要请耿爱民和史家禄一起进舞厅里去坐坐。

史家禄马上吃惊地问耿爱民："怎么？老耿，你认识她？"

耿爱民摇头。舞女模样的人却说："我们是老熟人了！"说着，用手帕捂嘴笑个不停。

耿爱民听懂了，摇头生气地说："我不认识你哪！你开什么玩笑？"

史家禄笑了，说："哈哈，老耿！你着急什么？其实，在上海，到舞厅里看看也不算什么！解放前，我们搞地下，接头常在舞厅里。"

耿爱民摇头，生气地拔腿就走，说："乱弹琴！"

那舞女还跟上去招呼耿爱民："喂！回来呀！回来……"

耿爱民走远了，史家禄紧紧跟上。

耿爱民摇头说："她怕是认错人了！"

史家禄只笑笑不答。

耿爱民问史家禄："你刚才怎么不见了？到哪里去了？害得我等在那里，惹出这么个坏女人来。"

史家禄反倒装得莫名其妙，说："我走着走着，就看不见你了，害我找得好苦。"

这件事，耿爱民心里觉得异常，也说不出是怎么回事。他当然不知道，这是黄源茂和史家禄设下的圈套：那个舞女，是黄源茂熟识的，名叫黄玫玫，收了黄源茂一只翡翠戒指，办了这件事。耿爱民当然不知道，就在这舞女纠缠他时，在对街有人用照相机偷拍了他同那舞女说话的照片。尽管不知道这些，耿爱民今夜回想起来，总觉得这件事里边似乎有什么花样，有什么说不出摸不着的东西。他当然还体会不到这里边有个阴谋。但，仅仅想到这种难以揣摩的事，就已经使耿爱民心里有点纳闷了。

窗外的雨，哗哗下得更大。耿爱民点火柴吸起烟袋来。供给制发的那点香烟不够他吸，他在苏北吸惯了的五寸的烟袋杆始终跟随着他。他摊开文化课本，忽然有一种想放声唱歌的感情。他唱歌唱不好，总是跑调，过去在部队里时，同志们常笑他是"鸭嗓子"，但他仍旧爱唱。只要一唱歌，心里就是有什么不愉快也会烟消云散了。他此刻正需要唱一唱，门窗都紧闭着，雨声又响，他大声唱起新四军军歌来……

记忆并不遥远。

人民共和国建立不久，还没有强调重视社会主义民主和法治，还没有宪法规定："一切国家机关和武装力量、各政党和各社会团体、各企事业组织都必须遵守宪法和法律。""任何组织或者个人都不得有超越宪法和法律的特权。"

党章上也没有规定："党必须在宪法和法律的范围内活动"，党员要"自觉遵守党的纪律和国家的法律"。

正如小平同志说的："往往把领导人说的话当作'法'，不赞成领导人的话就叫作'违法'！领导人的话改变了，'法'也就跟着改变。"

既不是"有法可依，有法必依"，也不可能"执法必严，违法必究"。

在一次轰轰烈烈的"运动"中，就出现了那个荒谬而不可笑的悲喜剧。这样的事永远忘不了，记住也有好处。

我同小梁几次谈话，都认为那种在"左"的思想指导下的践踏民主和法治的运动再也不该出现。我们也都同意：那场"三反"，如暴风骤雨，清洗了旧社会留下来的污毒，反了腐蚀，是很大的成绩，用今天的尺度去衡量和要求那时尽善尽美，是不恰当的。那时有那时的历史条件，但我们也认为绝不应该忘记那些必须接受的经验教训。

一次长谈以后，同小梁在录音机里响着轻音乐的街边匆匆分手。街上熙熙攘攘，尼桑、桑塔纳……进口的与国产的汽车大大小小在流水般行驶。霓虹灯光迷幻闪烁，喧嚣、繁华，那是大都市的姿影。皎洁的新月装饰了春天的夜空，路灯放射出金色温暖的光。她的脸上一直没有放弃思索的样子，最后说："人，每每好像要跌过跤、经历过挫折才会找到正确的东西！现在，我们回首当年，也许比那些年轻的没有经历过我们那种生活的人会感到更幸福！你说是吗？"

我心里觉得她说得对，但当时没有即刻回答。我对她说："我还要来找你，还要来同你多谈谈的。"

（五）

一九五二年的元旦过去。第二天，报纸上头版头条刊登的特号宋体字新闻标题是：

> 毛泽东主席在中央人民政府
> 元旦团拜时发表重要的祝词

下面是用黑体字排的副标题：

> 号召我国全体人民和一切工作人员一致起来，大张旗鼓地，雷厉风行地，开展一个大规模的反对贪污、反对浪费、反对官僚主义的斗争！

史家禄一早到出版社上班，看到这条新闻后，魂不附体。真怕"病隐千日，爆发一时"。

上午，他假说要到新华印刷厂有事，跑到外边，打了个公用电话，同黄源茂约定立刻在外滩公园见面。

十点钟时，黄源茂匆匆赶来，同史家禄两人在江边的一条靠椅上坐下。天，有太阳，但江边风大寒冷，两人都缩着脑袋拢着手。江上对岸浦东上空有些淡淡的烟雾，江上有些小舢板和汽艇在移动。江水打着漩涡流逝，两人的心里也像打着漩涡，纷乱不安。一人手里都拿着一份当日的报纸。

史家禄四面张望，唯恐遇到熟人。紧张地说："老黄，你要好好琢磨一下他说的这段话，注意这种提法。这种提法，每个字有千斤重！"

黄源茂虽然机灵精明，工于心计，对这种事却还是缺乏经验。史家禄一说，提醒他注意了。他说："是呀，是不一般，你看：'一致起来'，'大张旗鼓'，'雷厉风行'，'大规模'！这十五个字确实不得了！"

史家禄点头说："你的体会算是对了！这个'三反'运动，我看，第一是动员起来的人多；第二是要大搞特搞；第三是要立刻就搞闻风而动；第四是规模很大！你看怎么得了？"

黄源茂眉头缠着愁云，本想吸支香烟，嘴里发苦，烟也不想抽了，说："是啊，昨天说的话，今天报纸上立刻登在第一版头条了！证明来者不善！事到如今，你也不必太急。我想，只要我们施展浑身解数，小心谨慎对付，按照原订计划来做，哈哈，没什么可怕的。"说这话时，他其实心虚，但怕史家禄泄气，故意要使自己镇静下来，好给史家禄一个岿然不动的印象，所以仍勉强哈哈笑了一声。

史家禄叹一口气，问："那你的意思，是说还是按原定计划从第一斧头开始？"

"一点不错！"黄源茂点头，"你们出版社什么时候开展'三反'？有消息吗？"

"有！"史家禄又叹了一口气，想起了党支部前天召开的支委会上的情况，"立刻开展！上级已经部署好了！我不是扼要告诉你了吗？"

"从反官僚主义开始，这没有变呀？是不是？"黄源茂问。

史家禄点头："嗯，反贪污、反浪费、反官僚主义，首先是从反官僚主义开始。原因是官僚主义会包庇和造成贪污和浪费。先反了官僚主义，才能保证反贪污、反浪费反得彻底。官僚主义存在于领导人身上，反掉了领导人的官僚主义，才有可能使领导人坚强地来带领大家反贪污和反浪费。"

这些道理我明白。那，就决定照原计划进行吧!"

史家禄嘴角露出一丝苦笑："也只好冒险走钢丝了!"

两人来时是愁绪满怀，分手时也是满怀愁绪。

临别，黄源茂不放心，特地叮嘱了一句："老史，我们随时保持联系。哈哈，你不必担心! 我黄某人在上海滩的江湖上走了二十几年了! 还没有跌过跤栽过跟头! 这次，他大张旗鼓，我们就偃旗息鼓;他雷厉风行，我们就以不变应万变。我是不怕的，你也不要胆怯。暴风雨越大，过去得越是快! 哈哈，风雨过去了，我们照样可以过神仙般的日子。只要手里有钞票，走遍天下总有肉吃。"

给他打了气，史家禄倒确实是鼓起了一点劲头，抱着侥幸心理回到社里。

出版社规定："三反"运动开始，每天上午办公，下午学习。运动先从学习文件开始。

史家禄本来对学习十分不感兴趣，这种"三反"运动的学习当然更不感兴趣。又不能不参加，只好尽量装积极。经理部与编审部全体人员混合编成两个大组。他参加的是第一学习大组，组长是李应丰。运动从反官僚主义入手，为便于让群众提意见，当领导的都不做学习组长。整个下午，大家学文件:毛主席的元旦祝词，《人民日报》的社论，《解放日报》社论，市委的文件……大家念文章，李应丰总喜欢独自一个人把持着念。边读边议，谈论着市委秘书长因为官僚主义被撤职的事。那么大的干部都被撤了，充分说明党发动这场"三反"运动的决心。

李应丰当了学习大组长，情绪高，念起文件来声音很大，发言时滔滔不绝。史家禄注意着耿爱民，老耿仍是稳稳的，不多言语，抽着烟袋杆，有时看看这个人，有时看看那个人，史家禄感到:耿爱民朝于瑞祥看的时候最多。瘦矮的于瑞祥坐在那里，局促不安，但脸上装笑，有时也顺着大家的发言插上一二句话，不外是："对呀！""是呀！""'三反'运动太必要了！"等等。史家禄很讨厌于瑞祥，心里暗想：如果出纰漏，一定先出在于瑞祥身上！谁叫他是旧人员，又谁叫他当过私营出版社的股东老板？谁叫他自己不检点？又谁叫他这么不善于镇定掩饰？唉，跟他勾搭在一起太不合算，真是失策！

史家禄心里有点神魂不定。为了怕露马脚，尽量稳住阵脚，也学耿爱民的样子，装得稳稳地坐着不动，偶尔冠冕堂皇地按照社论和文件的精神空洞无边际地讲上一点大道理，心想：我这第一斧怎样砍过去？

他高兴的是"三反"运动先从反官僚主义入手。这一关自己大不了浮皮潦草地检查一点空泛的鸡毛蒜皮的小事就可以过关，钱英、耿爱民他俩却不能！这一关，自己只要处理得好，就可以按原定计划引导群众将矛盾指向钱英和耿爱民！但，怎么发轫呢？还思索不好！

夜里，继续开党团员联席会。这次会，实际是三天前一次党团员会的继续。钱英在会上又作了发动，要求党团员们放下情面，在"三反"运动中打头阵。他说："我的官僚主义肯定是严重的！有的已经认识到了，有的还没有认识到或认识还不足。我希望党团员同志们以党的利益为重，好好反一反我的官僚主义，也好好反一反我们出版社的其他领导人的官僚主义！当然，首先，是反我的官僚主义！言者无罪，我向大家保证，我们一定虚心接受批评揭发，决不允许有任何打击报复！……"

钱英定了调子，耿爱民也表了类似的态，说得很诚恳。史家禄本来也要表态，但刚开口，钱英止住了他，说："为节约时间，不必一个个顺着表态了！"

史家禄心里有点纳闷，也有点恼火，想：为什么不要我表态呢？是他怀疑我了吗？细细一想，又看看钱英那种开朗坦率的表情，还不像是怀疑的意思，一颗忐忑的心才放下了。会议最后是在口号声中结束的。钱英带着大家高呼口号。那口号实际就是毛主席的元旦祝词，一些年轻人热情很高，口号呼得震天响！说明"三反"是得到大家拥护的。

散会后，史家禄独自快步赶回家去。他想先给黄源茂在外边打一个电话，通报一下今天会议的情况。找到一个小烟纸店正想打公用电话，听见身后有急急的脚步声。回头一看，不是别人，是尖下巴的李应丰。

史家禄心里惶惶不安，想：他跟着我干什么？问："啊，小李，是你啊？"

李应丰喘着气说："我是来追你的！你真是飞毛腿，差点没追上你！"

史家禄心里更奇怪：他找我什么事啊？问："有事吗？"一颗心像吊桶打水，七上八下的。

李应丰点头说："当然，无事不上三宝殿！我是否陪你走走，边走边谈。"

史家禄想：把他带到家里也讨厌，倒不如走走谈谈得好。揣摩不透李应丰想干什么，点头说："好的，好的！"

两人沿着马路向前走。夜晚的马路上行人不太多，灯光也不太明亮。有小吃店里传出的葱油香，有收音机里播放的谭元寿唱的京剧《江汉渔歌》……

李应丰做着手势说："老史，'三反'开始了！我们青年团员要冲锋在前，你是支委，又是副经理。这反官僚主义，你说，我们该怎么反？"

史家禄心里一阵喜悦，真好比想吃核桃人送了把铁锤来。自己这第一斧正想往下砍，有人送砧板来了。他本来心里怕李应丰是不是别有用心来试探的，现在从李应丰的脸上和语气里窥测到李应丰讲的都是真话。李应丰这人就是这样，心里想什么，即便掩饰，史家禄也看得出来。史家禄立定脚步，皱皱眉装作思索地说："该怎么反？当然要无私无畏好好反一反啰！老钱说啦：言者无罪嘛！官僚主义为害之烈，通过学习文件，大家都认识到了！官僚主义者我看哪个单位都有。你们应当响应党的号召，不管是谁，都要不讲情面地反！"

李应丰伸颈说："你能不能说得具体点？"

史家禄又迈开了步子："我的官僚主义肯定就不少！但我们整个出版社的官僚主义更厉害。这是必然的。今天老钱老耿不是说了吗？要大家反一反他们，我想他说的是真心话！"

李应丰点头："嗯，那当然！"

史家禄技巧地说："你们青年团员应当打头阵！"见李应丰点头，又说，"我在想，像我们出版社这种清水衙门，贪污是不大容易有的。比如我这做副经理的吧，并不经手现款，怎么贪污？但浪费，肯定不少的。出版社的浪费，我想到的都同官僚主义有关。比如老钱签发的书，卖不掉积压的都是浪费；比如接收国民党'正中书局'的仓库，里边不少值钱的好东西像印刷器材什么的，听说都被老耿这外行当废品处理掉了。总之，都该由群众根据党的号召来揭发。"

李应丰竖起耳朵听着，一边听一边点头，说："是呀！这些情况像你这样的中层干部最清楚！"

史家禄摇摇头，说："我在等待着你们反我的官僚主义呢！言者无罪嘛！等你们把老钱、老耿他们的官僚主义反透以后，我要好好检查我的官僚主义！我这人呀，是个辛辛苦苦的官僚主义者！"

他上面说了这许多话，都是在设法要把李应丰的思路引到对付钱英、耿爱民身上去。可是从他嘴里说出来的话，又好像都是挺有原则、挺符合运动精神的。

李应丰并不觉得自己被人拉着手在走，却认真地听着史家禄的指点，点着头说："经理部的官僚主义主要应当是老耿负，他是经理你是副经理吰！他这个人呀做经理我看不大行。"李应丰不喜欢耿爱民，说这话时不免夹杂了私人成见。

史家禄却有意加以利用了，说："老耿这人有些地方还是不错的。比如注意节约水电啦什么的，平时为这我还老觉得他'土包子'，今天看来，水电浪费也不好。这点，我不如他。"

李应丰头摇得像货郎鼓，说："你比他强！反正，他的官僚主义是得好好反一反！"

两人走走谈谈，到了淮海中路口了。夜晚的淮海中路，橱窗有的仍亮着灯，行人也比较多。史家禄很想甩掉李应丰了，但意犹未尽，站在路口说："小李，我的话，只是你要我谈我就随便谈谈的。你刚才说的一句话很对：中层干部情况最清楚，你应当找中层干部了解了解，听听大家的意见。"

李应丰逞能地说："我们早有这打算了！"

史家禄惊诧地问："你们？"

李应丰笑一笑，说："是啊，我们一些团员已经商定了，我们决定分头找中层干部谈话，收集材料！"

"你们要找魏原冰？"

"那当然。他了解编审部的情况！"

"耿爱民呢？你们也要找的吧？他最了解老钱的情况，不过就怕他扯不开情面。"史家禄言外有意用问话的方式谈了自己想谈的话。

"是呀！"李应丰得意地点头，"我们是打算这么干！"他本来倒并没有找耿爱民收集钱英材料的意思，听史家禄一说，马上想把史家禄的意思变成自己的意见。

史家禄放心了。他要讲的话都讲了。想达到的目的估计都可达到了。黄源茂交给他的利斧，第一斧已经砍出去了！结果如何，尚不知道。这一斧砍出去，目标是指向钱英、耿爱民的，水即使不能大浑，也要小浑。至少，这矛头不会马上就指向自己和于瑞祥。

他决定马上甩掉李应丰，说："就谈到这里吧，时候不早了，你回去吧！有什么事我们以后再谈。"为怕李应丰不高兴，又给李应丰戴个高帽子，说："小李，你早够条件入党了！我觉得你各个方面都不错。过去，只是有的同志对你印象不好……"他这影射的是耿爱民，含而不露地透露给李应丰知道，"运动中好好表现吧！运动过后，再写入党申请。如果可能，我给你当介绍人！"

李应丰喜滋滋的。他是个好表现自己的人，也是个喜欢被人夸奖的人。史家禄的话投其所好，使他心里兴奋得热乎乎的。他同史家禄告别，说："老史，明天见！"匆匆地转身回去了。

甩掉了李应丰这条尾巴，史家禄决定到淮海中路找个公用电话打给黄源茂。走了十几步，又决定不打电话了。自己的第一斧既已砍出，砍得又很成功，何必急着让黄源茂知道呢？让这只老狐狸多担担心也好嘛！他带着一种恶作剧的心理，决定不打电话了！另一个念头涌上心头：现在时间还不迟，手表上刚指着九点钟。对，到钱英家去一次。

他到淮海中路，搭上了公共汽车。钱英家在汉口路，他估计二十分钟内可以到达。公共汽车人不算挤，售票员正同司机在聊天，聊的正是"三反"。售票员说："官僚主义没什么反的，要反就得反贪污！"司机不同意，说："共产党就是不一样！不好的事情就要反。贪污要反，官僚主义也要反！"有个满脸络腮胡子的乘客点头："是呀，国民党那时候，只拍苍蝇，不打老虎！共产党就不一样，先反官僚主义，大公无私，不讲情面！……"史家禄不想听这些话。他毫无兴趣。"三反"运动大张旗鼓，看来，群众都动起来了。越是这样，他心里越是寒丝丝。公共汽车旧了，车门缝隙里寒风吹进来，有点刺骨。从车窗里望出去，外边街两侧店家亮着的灯已经不多了。经过一家小舞厅，门口亮着霓虹灯，但冷冷清清。他想："三反"运动来了，上跳舞场的人也少了。那个于瑞祥，是个舞迷，恐怕也不敢上舞场了吧？旧上海的夜市，灯光绚丽，有时通宵达旦，不知为什么，现在令他有留恋的感情。共产党来后，上海的夜市基本取消了。上海居民的生活也在变化，而且是不小的变化。"三反"来了，看来生活会有更大的变化。想起这些，使他心里有一种形容不出的懊丧。似乎失落了什么东西似的。

公共汽车在汉口路石路附近停了。他下了车急急忙忙，快步向钱英家走去。刚才同李应丰一场谈话，他需要在钱英面前掩饰一番，也需要去摸摸底作些铺垫的工作。

他估计钱英此刻一定在家。他离开出版社的时候，钱英也刚走。他被李应丰拽住谈了一通，钱英此刻该早到了家了。他到钱英家来得不多，一共不过数得出来的两三回。钱英的家是个幸福的小家庭。钱英和汤雪感情很好，一个小女儿星星长得活泼有趣。据说，钱英和汤雪从未吵过架，倒不是从来不存在矛盾，是由于两人是同过患难的夫妻，既有共同的理想和事业，互相都能互敬互让互相体贴。他对钱英这个家庭很羡慕，可惜自己办不到。汤雪长得白净美丽，眉眼清秀，风度翩翩，钱英又是个不管什么问题都善于正确处理的能干人。他既不如钱英能干，又偏偏只有一个病恹恹的黄脸婆，家庭当然不圆满。所以他只想同田瑛离婚，能由燕蓓芬介绍一个小姐妹，比如秦小姐或裘小姐给他。只可惜，秦小姐或裘小姐都有那种布下迷魂阵而又使你不得要领的本事，若即若离，让你抓不到又摆不脱。只要女人漂亮，他就可以忍让，像田瑛那样的女人，要他迁就忍让，他是做不到的。可恨"三反"来了！这个计划当然只有搁下，以后再说。想起这些，他又叹了一口气。

他匆匆走着，到了钱英住的弄堂里，找到了三十二号的后门，"剥啄"敲门后，楼下的一个老太太开了门，他就往楼上走。快走近二楼亭子间时，他高声叫了一声："老钱！"

钱英家住的二楼客堂间加上一间亭子间。他叫声刚落，亭子间里出来一个人。他一看，正是钱英。"啊，是老史啊，你这么晚来？"

史家禄被请到亭子间里坐，说："有点事啊，不告诉你于心不安，想想时间也不算迟，就来了！"

他见钱英正坐在桌前不知在写什么，台灯开着，桌上摊着纸张，纸上已经写了不少字了。

钱英说："小星星感冒发烧了！汤雪抱着她上医院了！我正在写官僚主义的检查。官僚主义这东西，使人糊涂。通过检查，可以清醒一点。"

史家禄讨好地说："官僚主义人人都有嘛！你也并不特别严重。"

钱英没有搭腔，问："老史，什么事使你心不安啊？"

史家禄来的目的，主要是想配合第一斧把水搅浑，又想来从钱英这里摸摸底，见钱英这么问，说："我是支委，有些情况知道了，理应向你通通气，让你也知道，今天散会后，有人找我收集你和老耿的材料。看来，他们认为反官僚主义首先要从你还有老耿的身上下手。"他故意先不把李应丰的名字说出来。

钱英坦然地说："我是出版社的社长、书记兼总编辑，反官僚主义首先从我身上下手，这没错！"

史家禄摇摇头，抽出袋里的一包香烟，叼一支在嘴上点火吸了一口，皱着眉，装得对钱英十分亲切关心地说："是的，这本来是对的，可是，据我估计，现在许多人都勾在一起了！……"

钱英突然敏锐地插问一句："是你知道，还是估计？"

史家禄愣了一下，说："当然是知道，但据知道的材料，有些是可以做出估计的。看来，要大搞你！你当然是不怕搞的。但他们还要大搞老耿。对老耿的工作，有意见的人很多。这次他们当然要反他的。奇怪的是，听说老耿又同他们伙同一气。老耿被他们拉住在向他们提供你的材料。"

钱英专心听着，微微笑笑，说："他有这个权利！"

史家禄知深浅地说："我就直率向你汇报了吧，李应丰他们一伙青年团员都在大肆活动。年轻人嘛，热情可贵，可惜不免幼稚。他们今天——"他故意把李应丰一个人找他，说成"他们"，以示来势凶猛，

"找了我，我对他们说：我在等待着你们反一反我的官僚主义呢！可是，他们说：你是中层干部，对老钱的情况最清楚。耿爱民能提供钱英的情况，你不提供？这我才知道，他们正找老耿以及所有的中层干部在提供你的材料！"

钱英听了，平静地说："这些也都很正常，不必不安。群众现在还没有发动起来呢！搞'三反'，是非发动群众不可的。他们要你提供什么情况，你尽可以提供。"

史家禄心里有点着急，自己烧的火，碰到钱英这块湿布头，燃不起来，摸底说："老钱，其实，我们出版社这种清水衙门，能有什么大问题呢？搞'三反'油水我看不大的。你一天到晚辛辛苦苦，谁都看在眼里，谁对你不实事求是，我心里就不受用。我最怕同志之间的关系夹杂着个人的恩怨和情绪。……"

钱英听了史家禄的话心里一动，想起了那一天下午参加市委召开的党员干部会动员"三反"后，晚上同耿爱民谈了话。耿爱民说起的有关史家禄的事，他俩合作关系上是不太协调的，工作作风也不同。耿爱民认为史家禄与于瑞祥的关系不正常，又认为史家禄对他有过不少不正常的手段很可疑。但这些都是云里雾里尚无确切凭证的事，目前不能说是也不能说非的。需等运动发展、深入后，让群众发动起来后，才可鉴别真假的。今晚史家禄突然来汇报，钱英觉得史家禄颇有来讨好卖弄的意图。从史家禄的话里听来，认为出版社基本上应当算是清水衙门，不会有什么大问题的，似乎正如市委负责同志在召开的党员干部会上说的：目前有两种干部是不能发动群众搞"三反"的，一种人是对于"三反"的重大意义认识不足的；另一种人是自己手上不干净的。史家禄属于第一种还是第二种呢？

钱英说："老史，运动刚开始，单位和个人的结论都还不要下得过早。出版社是不是清水衙门？每个人是不是有大问题？都让群众和时间考验才行。"

史家禄意会到钱英的话的分量，警觉起来。他想摸底，底似乎摸到了一点：钱英这个人厉害！他自己站得正，身正不怕影斜，看来，这运动他是要坚决大搞下去的。他明白今晚来等于白跑。钱英对他说的话并不感兴趣。他只能装得平静地说："是啊是啊，运动刚开始，我知道了一些情况不能不让你及时知道。说了也就安心了！"他本来想问一句："老钱，你觉得我工作中的缺点有哪些？"但一想，太露形迹了！不如不问为好。站起身来，看看手表，说："时间不早了，你的小星星又有病，你不也该到医院去看看吗？我该走了！"

钱英说："星星是感冒，问题不大。汤雪去了就行了。你走，我送送你！"

他送史家禄下楼。史家禄走到弄堂里，心里惧丧，独步踽踽地回去。他准备回去后告诉田瑛，他是到钱英家去的。这就也可以起一点掩饰他以前晚上经常迟回去的破绽的作用了！

在开放改革的时代，许多事千变万化，观念更新实在不是一件容易的事。我总是感到：有不少想法是不适应许多新见解的。听说一位中央负责人说道：我们的干部需要看看外部世界，对一些问题要重新认识。这很必要。我们被"左"的思想干扰得久了，"闭关锁国"的时日久了，如果在今天，再对外仍闭着眼睛，或用老眼光来看待新事物，显然不是看到许多事都很突兀，就是自己变得很可笑了！

去年春天，我到香港去了一次。香港这几年又有许多新大厦落成，消费水平高，经济繁荣。我们必须反对资产阶级自由化和"全盘西化"，抵制封建主义和资本主义的腐朽思想的侵蚀，但对现代资本主义经济如果用老眼光、老理论去全盘否定，而看不到它的创造力；如果认为建设有中国特色的社会主义无须借鉴吸收现代资本主义经济的那些可以利用的做法，那是毫无见地的。我在这里所说的，当然不仅仅指经济，而且也指的是包括在上层建筑中的某些如法制问题等可以参考的部分。

把民族资产阶级同官僚资产阶级区分开来，来发挥民族资产阶级的作用，应当说是明智的、符合马列主义的做法。但从理论到实践，在实践中由于"左"的干扰，我们往往一谈到资产阶级就"谈虎色变"，在对待资产阶级中那些"左"的态度和做法不能说没有发生过偏差。想到我们当年在社会主义初级阶段过于早地要铲除资本主义，甚至在农村也要"割掉资本主义尾巴"造成的不良后果不免遗憾。

这次到上海，见到小梁，听她说起黄源茂夫妇都已死了，但黄源茂的儿子在香港做生意却发了大财，不少人侧目而视。

六十年代里，黄源茂夫妇的这个独养儿子受出身的牵连，找不到出路，"文革"中与一个资产阶级家庭出身受歧视的女同学结了婚。那女同学的母亲与她的后父在香港，于是七十年代后期两人就去香港定居了。最初，生活艰难，但两人奋斗，终于闯出了一条路，开办了一个实力雄厚的贸易公司。这几年，回过几次上海，也到过重庆、成都等地，受到青睐，处处被视为上宾。

小梁又告诉我："听说黄源茂的儿子去年正在活动要替他父母平反。黄源茂后来是病死在狱中的……"

我不知有没有这种可能！因为由于当时"左"的影响，也许黄源茂夫妇的问题中还有一些我还未曾认识和了解的地方；也许黄源茂夫妇的罪不该像后来被送入监牢所判的那么重！——那时法制是不完备的，量刑标准宽严也未必得当！

当年对资本家的处理，看来，有必要重新认识和对待。

我是不会侧目而视的。但，我当时听后竟感到语塞，说不出话来。

（六）

晚上，史家禄推开那扇沉重的弹簧门，又同黄源茂在"叶子"咖啡馆里见面了！

这个幽暗灯光将一个个火车座遮蔽得严严密密以供情侣们喁喁谈心的咖啡馆，呈现出一副快要停业的样子。一是生意不好，二是公安局已经正式给了警告，不准照原来的方式营业，必须敞开座位，加亮灯光。

史家禄和黄源茂虽然约定在这里密谈。一进来，发现原来的火车座已经改变样子。灯光变亮了，火车座的屏挡没有了！坐着谈话，透明似的，四面通风，很不是滋味。早先，顾客很多的咖啡馆里，客人现在很少了。只有近门口的墙角里有一对青年男女在谈心，其他位置都空着。一副萧条景象。柜台里的那个穿西装的胖老板，倚着柜台双手托着脸，脸上发呆，几个白衣的仆欧——现在叫服务员了，都在闲聊天，无事可干，有一个还大声打着呵欠。早先，电唱机唱片里放的总是些什么周璇、李丽华等唱的解放前的电影歌曲。如今，收音机里放的是电台在播的歌曲《我们工人有力量》。

史家禄听着歌声，摇头叹气，狠狠抽着烟，对黄源茂说："第一斧头砍空了！谁料到反浪费、反官僚主义就不过是那么一回事，做做样子走走过场的！……"他心里着急，突然感到鼻涕也流出来了。他一着急，常常会流鼻涕，也不知是什么原因，马上摸出手帕来擦鼻子。

黄源茂仍旧冷静地抽烟吐着烟圈，大圈叠小圈，一个圈又是一个圈。他看着脸色苍白的史家禄的眼睛，感到史家禄的两只大眼大而无神很像死鱼的眼睛。他明白史家禄心里是火烧火燎。他心里也急，因为报上说要开始在全国资本主义工商业者中开展"五反"运动了！真厉害呀！这"五反"，是"反行贿，反偷税漏税，反盗窃国家财产，反偷工减料，反盗窃国家经济情报"！对干部只是"三反"，对资本家要"五反"。拿这"五反"偷偷一对号，好像样样都能沾上边。黄源茂怎能不急？但他尽量不露声色。唉，共产党的事儿真是捉摸不定。千变万化！平时他的嗓音像金属般的嘹亮，现在变得又轻又低，他说："老史，别急！我早说过：这就像下象棋！你是当头炮，我就马来跳，不要紧的。你慢慢把情况讲一讲，我们好好商量商量。"

史家禄浑身没一点劲儿，又叹口气说："我不是说过了吗？反官僚主义，我以为起码也得反上一段时间才结束的。我也感到我那第一斧砍得还不错。谁知，不到一礼拜，钱英作了一次检查，自我批评了一通，大家认为他检查得很深刻，居然就这么虎头蛇尾地结束了。而且，一根辫子也不抓，好像他检讨过了，那些事也就完了！"

黄源茂深沉而坚决的目光凶得叫人害怕，突然说："呵，这样我倒放心了！"

"放心了？怎么呢？"史家禄两只大眼里透露出疑问的眼光问。

黄源茂摇摇头，弹着香烟灰，说："我说的嘛！共产党也总是要包庇自己的干部的。再说，这种运动也是吓吓人的。解放前，国民党时代，蒋经国到上海来。雷声大，雨点小，也只敢拍苍蝇做做样子。我就不信共产党真能……嗨嗨……这倒好！这我就放心了！本来，我以为处理这些问题会很严，现在举一反三，看来，处理贪污的问题也是不会严的。一叶可知秋嘛！"

史家禄茫然若失，连连摇头："你这是不了解共产党！怎么能拿腐烂的国民党来同共产党比？共产党有账总要算的！我在机关里做干部，又是党员，十分了解。我是告诉你，这次运动，看来是要重点反贪污！官僚主义和浪费，不是不反，但重点是抓反贪污。所以，对官僚主义和浪费不严，并不意味着对贪污不严。再说，官僚主义和浪费也得看严重到什么程度。像市委的秘书长，不就撤职了！那可是个大干部啊！"

黄源茂似乎回过味来了，问："钱英这一检查，威信还有吗？"

"当然有！不但有，威信更高了！群众反映他的检查深刻，说他的态度诚恳。这下好，我卖了许多力，屁用也没有！"

黄源茂听了，心里发烦。那只收音机里播的《我们工人有力量》已经唱完，又在播《志愿军战歌》了，他皱着眉对柜台里的老板打招呼说："关掉收音机好不好？我们想清静一会儿谈谈话！"

胖老板点头，将收音机关了。

黄源茂又问："那你们的反贪污就开始了？"

史家禄喝一口咖啡，咖啡苦涩，味道不好，可能是好的舶来品咖啡已经不进口了。这种咖啡不知是什么货色，一点也不香。他点头说："今天是礼拜六，我估计，下星期一就要正式开始了！"

"耿爱民怎么样？大家不是对他的意见很多吗？"

"对他是提了不少意见，但不外是些'外行'啊，'脾气不好'啊，等等，没什么了不得的事。有些事都由钱英替他承担了责任。比如那个'正中书局'仓库里的一些物品当作废品处理的事，钱英说，有的无用的当了废品处理是报请上级批准的。有的能用的移交给劳动印刷厂了。解释清楚了，事情也就过去了！"

"你不是说那个李应丰什么的本来坚决想搞钱英和耿爱民的吗？"

"本来是那样。可是，当反官僚主义的风一下子转到反贪污上来，他们就得跟着转了呀！领导运动的权在钱英手里！钱英说什么就是圣旨！他们不跟着转也没用！"史家禄又叹一口气，他的精神状态萎靡不振。

黄源茂用手指头不停地弹着桌子，这是心神不宁的表现。"情况就这些吗？"

史家禄点点头，双唇闭得铁紧，好像不想再多说什么了，脸上木然无情。

黄源茂为了给史家禄打气，说："老史，别担心！事情的发展并没有离开我们的估计。我们的三斧头仍旧继续砍！第一斧也不能认为就是落空了！至少，第一斧砍过去，大家注意力还是集中在钱英、耿爱民身上的。这就是成功，你说是不是？"

史家禄苦笑笑："也只能这么聊以自慰吧！"

黄源茂没有搭理他，自顾自地说："说实话，我丝毫不为你我担心。我对于瑞祥倒是不放心的。他是个旧人员、股东，又不够检点，蠢得很，只怕反贪污时，会搞到他！"

史家禄点头，苦闷地吸烟，黄源茂的担心也正是他的担心。

黄源茂不动感情地说："我看，还是以不变应万变，照原定计划不动，将第二斧砍下去！再说，第一斧也不能算砍完了，可以继续砍！这样，好处是暂时先救一救于瑞祥。让大家注意力先放到别人身上。你看如何？"

史家禄思索着，只好点点头。他也早思考过了，只有将目标放到那个编审部副主任魏原冰身上，拿他作替死鬼。他知道，现在为了反贪污，正在让每个人交代自己与资产阶级的关系。虽然未规定凡亲朋好友中有资产阶级的一律要交代，实际每个人都是这么"严格要求"在做的。他将这情况告诉了黄源茂，然后说："你同我的关系，我是不准备交代的。我把你同我的关系作为工作上的一般关系对待。但以后，我们要尽量少见面，也尽量少通电话。我也要悄悄打于瑞祥的招呼，叫他注意这一点！"

黄源茂声音里夹杂着上腭和鼻腔的音调，说："对对对！"

史家禄声音阴沉，说："共产党的事儿，马虎不得。一个小裂缝就会变成个大窟窿的。你没看到吗？一切都是越来越紧了！拿这个'叶子'咖啡馆来说吧，像现在这样子，谁能来谈秘密话或幽会呢？我看这个咖啡馆门可罗雀快要关闭停业了！"

黄源茂看看咖啡馆里四周冷冷清清的景象，心里想：唉，"三反"运动和"五反"运动一搞，那些本来爱坐咖啡馆的人也都不想来坐了！有的恐怕都在唉声叹气等着挨整呢！最近舞厅人也少了。"新世界"那种地方的歌楼里听歌的人也少了。四马路的妓院早已经取缔，那部新拍的影片《姐姐妹妹站起来》，听说正在组织原来妓院的人和公安机关的人当作教材在看。北京的妓女都转业了，妓院老板有血债的，在镇反时就镇压了！共产党真厉害啊，什么事都一步一步来！瓜熟蒂落了就动手！想到这些，黄源茂不由得抓耳挠腮，长长地叹了一口气，点头说："你说得有理！现在'三反'运动也开始了！我要想想招架的办法！我们的学习，上边抓得也很紧。以后，尽量少见面、少通电话。但，有重要事情，还是要秘密通通气。"

史家禄心灵里暴躁和空虚，问："上次，我同你谈过的给耿爱民的女人送笔钱去的事，你说要考虑考虑。现在觉得怎么样？如果再不办恐怕太迟了！"

黄源茂整个脸色焕发起来，微微一笑，轻声地凑近史家禄说："哈哈，你那是个高招，当然要办！我正要告诉你呢！我已经派人去苏北阜宁了！估计几天以后会回来的！"

"去的人可靠吗？能干不？"

"当然可靠！不但可靠，而且一定会办得不落痕迹妥妥帖帖！"他不想把什么事都让史家禄知道，所以不说名字。

"是谁去的?"史家禄手托住下颊，伸长颈子问。

黄源茂两手放在肥胖的肚子上，笑笑，没有肯讲，小眼睛骨碌碌发亮，说："哈哈，你以后会知道的。现在，让你背个闷葫芦！"他故意用一种轻松愉快的声调讲这话。

史家禄想：反正只要你办了！就比不办好！也不追问，说："那，我就开始砍第二斧了？"

黄源茂点头，说："对，狠狠把这一斧砍下去！我祝你成功！"

他举起咖啡杯来，像干杯喝酒似的同史家禄碰了杯。然后，同史家禄一起将杯中已经冷却的咖啡一饮而尽。

史家禄喝干了苦涩的咖啡，嘴里苦苦的，看看手表，起身同黄源茂告别，说："我先走！你慢一步走！"他是怕一同出去万一碰到熟人不好。现在一切都得谨慎。

黄源茂两眼光芒四射，带着倨傲和猜疑的神色，点着头，摸出香烟来，又点上一支，看着史家禄穿上大衣戴上干部帽缩着脖子推开玻璃门走到外边去。外边，两排路灯在迷蒙中闪烁，仿佛同他一样心事重重。但他还有信心要同共产党较量一番。正因如此，他起身穿上大衣，打算去舞厅里再坐一回，跟熟识的舞女再跳几支舞。

星期一，果然不出史家禄所料，运动转入重点反贪污。

上午，是全体人员一起到市委大礼堂听报告。做传达报告的是副市长，讲话的火药味儿很浓：周恩来总理一月九日召集中央一级、华北一级和北京、天津两市的高级干部，以及各界人士共一千三百多人，举行关于"三反"运动的报告大会。会上，周总理宣布："从去年十二月起，毛主席所号召的'三反'运动，现在已经在全国范围内开展起来了。"中央人民政府节约检查委员会主任薄一波作了《为深入地普遍地开展'三反'运动而斗争》的报告。

下午，出版社里仍是分组学习。学习上午的传达报告，也学习文件。史家禄在学习时，思想老是开小差，一是想着怎么砍这第二斧；二是想着怎么找机会同于瑞祥打个招呼：让于瑞祥以后少同黄源茂和他打交道；三是在观察着大家的表情与表现，尤其是观察耿爱民的态度，大家刚初步学习，一般都是扯远不扯近，空洞而不具体。不少人都在谈论隔壁机械局车队里揭发出了一个贪污盗窃分子。此人不但在本单位贪污和偷盗，被检举揭发出来后，还供出有一夜下雨时他曾翻墙跑到出版社来偷盗未遂的情况。李应丰谈得尤其津津有味。因为那晚是他同钱英看到一个黑影在撬财务科的门被吓走的。

大家这么谈着，"东扯葫芦西扯瓢"，但史家禄心里明白，这样学上几天以后，马上就会谈得具体了！这是个规律。他心里毫不轻松。

休息时间，他去上厕所，正在小便时，见于瑞祥推门趑进来了。一看于瑞祥贼头贼脑的样子，他心里十分厌烦。这家伙，真是"烂泥抹不上墙"！显然，于瑞祥是有什么话要同他说。见他上厕所，所以也跟来了！

他轻声对于瑞祥说："老于，注意！运动开始了！你少接近我！我们千万别做焦赞孟良老沾在一起。你也少找老黄！知道吗？"

于瑞祥把头直点，走近小便池也上来假作小便，愁眉苦脸地说："老史，我怕……"

史家禄不容他多说，瞪他一眼，怕他噜苏得没完，故作胆壮地说："有什么可怕的！现在什么事都一点影子还没有呢！老黄不早对你说过了吗？退一万步说，也已给了你保证。何况，事情还没有发展到那一步！我们都是一个篓子里的螃蟹！哪个钳子动一动也会夹着别人。你要稳着，若无其事，但实际上要加倍小心！懂吗？"

于瑞祥眼角的纹路像两把打开的扇子，这几天，他突然老了，灰溜溜乏力的样子，连连点头。

史家禄已经小便完了，他不愿意在厕所里同于瑞祥一起待得太久，万一被人撞到不好。在运动中，人人都是十分敏感的。他也未同于瑞祥打招呼，匆匆转身走了。

史家禄走出厕所，快到办公室时，见一个老年的木匠，捧着几个木头箱子带着锤、钉等工具来了。木头箱子每只有台钟大小。箱子上都用毛笔写着"检举箱"的字样。他明白，是市节约检查委员会统一规定的：每个单位必须设置检举箱，允许群众将检举揭发材料写了投入箱内，也允许群众坦白交代自己的贪污罪行。箱子密封加锁，由上级节约检查委员会派人来会同本单位党组织负责人一起开锁。

他见那个老木匠，在楼下进门处的墙上"乒乒乓乓"钉上了一个木箱，又抱着木箱上楼去了。他心里突然一亮，本来正愁不知如何砍第二斧呢！这下好！放着检举箱在那里，通过检举箱来砍这第二斧，岂不是既秘密又保险？

他装得悠闲、坦然地回到经理部大办公室，仍旧在原座位上坐了下来。学习又开始了，大家情绪很热烈。李应丰正在慷慨激昂地发言，重复早上传达报告里讲过的话。史家禄心里打着算盘：应当不声不响地写一份检举魏原冰的材料，早点投入检举箱，并且悄悄打好了腹稿：

敬爱的党支部：

为响应党的号召开展"三反"运动，特据实检举我部副主任魏原冰的贪污罪行如下：

魏原冰解放前曾在私营出版社任编辑，与资产阶级来往关系密切。来我社后，与资产阶级仍有千丝万缕之联系，划不清界限，私商曾在酒楼宴请魏原冰赴宴。魏是否有泄露我社出版选题计划给私商，十分可疑！魏原冰身为国家出版社之干部，竟仍与私营出版社来往，为他们写稿，接受资产阶级所给予的酬金。此酬金名谓稿费，实际应作为贿赂看待。我社绝大部分同志都勤勤恳恳全心全意为人民服务，魏原冰之类的蜕化变质分子当然是少数。"三反"运动中应当狠狠予以揭露打击，彻底查清其严重问题。……

署什么名字呢？史家禄决定署一个"群声"的假名。笔迹被人认出怎么办呢？找人代写没有恰当的人可以代笔，写仿宋体吧，怕也易被人认出来。他决定还是用左手来写这封信，尽量写得慢，写得与自己平时习惯的起笔与落笔有区别。人家是看不出来的。为了转移目标，使人相信这是编审部的人写的。他又决定在开头"特据实检举魏原冰的贪污罪行"一句中，在魏原冰的名字之前，加上"我部副主任"五个字，并且用编审部编辑们用的稿纸写——他知道那些编辑们的桌上有人是摊放着空的稿纸的，顺手拿几张就行。他想妥了腹稿，心里感到轻松，又决定复写两份，故意失落一份在编审部办公室的地上，不管让谁捡了去，声张开来，比用他自己的嘴说出来要巧妙有力得多了！自己可以在人们传开后，用一种出于义愤的态度来提议追究的。那时，魏原冰就打入十八层地狱做冤死鬼了！

想到这些，他认为自己设计的这第二斧，手法十分高明，一定可以奏效。他心里明知魏原冰的这些事同"贪污"之间是距离很远不能画等号的。魏原冰同资产阶级并没有什么联系，私营出版社是政府允许存在的，写稿付稿费是劳动所得，并不给国家造成任何损失。这不同于贪污盗窃，并非不劳而获。但既有心把水搅浑，就该在这种可以把界限搞乱的地方搞得他乱糟糟的，搞得他似是而非。好在共产党废了国民党的"六法全书"，废了律师制度，既没有一部法律条文，又没有律师辩护制度。你说它完全没有法律吧，好像也不是，政协有共同纲领，平时有些文件上也有点临时性的规定。但却是既不完整也不完备，极为随意也极为灵活的。人家都说：办事时要碰运气，碰到好干部是这样，碰到坏干部就那样，没一定的标准。拿现在要进行的反贪污来说吧！什么叫贪污？什么样才算贪污？什么样不算贪污？什么样的贪污治什么样的罪？都是一盆糨糊，随意性很大。那么，你魏原冰今天要想逃脱贪污这顶帽子，看来不容易！尤其现在运动刚开始，枪刀箭戟不知往哪里射！你魏原冰像只老虎似的一出现，大家的枪弹刀刃不往你身上放才怪呢！……想到这些，史家禄感到心里痛快，颇有几分得意。看看手表，离下班时间不远，大组学习会已经快要结束。他觉得从头到尾一言不发不好，就抓紧时机作了一通发言，态度是慷慨激昂的，声音是稳重有力的，内容是符合文件精神的，语气是不愠不火的。既不失一个副经理的身份，也表示了拥护"三反"运动的积极性，叫人揣摩不出他的真实感情。

他急着能早点散会，然后赶快设法完成往检举箱里投匿名揭发信的任务。

1988 年 4 月在全国人大七届一次会议上，有位厦门大学政法学院的教授建议说："冤案赔偿制度是现代法治国家的一个重要标志，应当考虑制订冤案赔偿法，被错判的公民在政治上获得平反，经济上获得赔偿，这是社会主义国家赋予公民的一项权利，宪法上亦应有相应的规定。这样，我们的法律才能真正起到打击敌人、保护人民的作用，促进社会的安定团结。"

不能不说，这个建议提得有一定的道理。

建国后多少年来，一些运动中由于无法可依，由于界限不清，由于无限上纲上线，由于逼供信，由于在没有法治而只有人治的情况下，冤假错案层出不穷，数不胜数。冤枉了！假了！错了！给你平反似乎也就行了！既无经济上的赔偿，也无制造冤假错案者罪恶上、过失上的追究。这怎么行？法律不完备，公民的权利没有保障，既伤害了好人，也是容易被官僚主义者和坏人钻空子的。

建国后，花一封平信贴上八分邮票，写上一封匿名信胡乱诽谤、陷害人的事并不少于贴一张大字报编造些耸人听闻的罪行来置人于死地的事。大字报废除禁止了，诽谤陷害如今也有法律明文规定有罪了！这当然是一种值得称道的进步。

对比当年，老老实实的魏原冰，他由于给私营出版社写过稿，竟被作为贪污论处，既是界限不清所造成，也是被人陷害和逼迫所造成。小梁告诉我：魏原冰现在在F大学中文系任教，已经是有名的教授了。回想起他遭委屈的往事，我有许多感想。他的感想应当更多吧？

知道他的住址后，我当时心里就决定：离开上海前一定要去看望他和他的爱人卢肃。看看他目前的生活，好好叙一叙旧。……

（七）

天，又下着冬天常有的那种淅淅沥沥的冷雨。

出版社楼下会议室里正在开会。会议室很大，可供全社工作人员开会用的。但此刻开的是支委会，人少，会议室里显得空落落的。

参加支委会的党支部书记钱英和支委耿爱民、史家禄正在研究一个星期以来检举箱里投入的一些揭发材料。出席会议的还有社长室人事干事兼秘书梁锦兰，她兼做记录。

虽然，学习文件已经一星期了，可是运动还刚刚开头。检举箱里的材料不多。可能是由于还缺少面对面揭发的勇气吧？检举信都是匿名的、改换笔迹的。

两份检举材料，是揭发于瑞祥有贪污嫌疑的可能，写得很简单，只是说：于瑞祥是旧人员，过去是土壤出版社的股东、副经理，本身应当说就是资本家。他同资产阶级肯定关系密切。他又曾去跳舞厅里跳舞，生活腐化，但从贪污方面来说，只是怀疑，没有具体事实。

一份检举材料，是揭发出版科办事员石勇，怀疑他可能在将工人课本及其他书籍送到工厂去销售时，有揩油售书款的贪污行为，但也只是一种怀疑，没有事实和证据。

一份检举材料，是要求继续重新查处接收正中书局仓库后那些废品的处理问题：要求弄清内中有没有贪污行为。检举材料虽未提名，显然是涉及钱英和耿爱民了。

分量最重的一份材料，当然是揭发编审部副主任魏原冰的一份材料了。这份材料比较具体。一看检举信，使人觉得魏原冰问题很严重。经过比较，那三份检举材料，都等于"备案"，要在运动中进一步具体查清，重点讨论是放到了这份对魏原冰的检举信上了。

窗外的冷雨敲响着玻璃窗。讨论已经进行过一会了。钱英、耿爱民和史家禄都发表过意见了。史家禄装得惊讶，其实戏法是他变的。不但魏原冰的检举信是他写的，那石勇的揭发材料和要求继续查清正中书局仓库里那些废品处理的材料也是他写的。

史家禄大前天写揭发魏原冰的材料时，心里想：只写一份揭发魏原冰的材料未免太傻了！多写几份别的夹杂在一起岂不更可把水搅浑！所以，他又加写了两份。一份是石勇的；一份是锋芒指向钱英和耿爱民的。检举箱里的五份材料，除了揭发于瑞祥的两份外，其余三份全是他变换字体一手包办的。

今天，报上公布了昨天北京市召开公开审判大会判处两个大贪污犯薛崑山、宋德贵死刑的新闻。史家禄早上看了报，思想上、心灵上压力极大。但正因压力大，更想作一番挣扎。此刻，他装得情绪很好地在高谈阔论："看来，魏原冰的问题确实比较严重。这封检举信是有分量的，很像是编审部了解内情的人写的。既这样写……"

钱英打断了他的话插嘴说："奇怪！我看这份材料同另两份揭发石勇和关于正中书局仓库废品处理的材料，好像出自一个人的笔迹。虽有变化，但仔细对照，仍像是一个人写的！"

耿爱民拿起几份材料来看，来比，默默抽他的烟袋杆，吧嗒吧嗒的响，眼角鱼尾纹皱得很深。

史家禄心里一惊：钱英真是有心人呀！但尽量镇定，说："哦，是吗？……我看不大像呢！"又接着往下讲，"……既这样写，我认为不像有些材料是捕风捉影的。这是有根有据的。他已经将揭发材料故意丢了一份在编审部的地板上，并且也已听到编审部里传说魏原冰的事了，所以说，哦，据我听到编审部有的同志在说，魏原冰是拿了私商的钱的，而且不止一次！"他是有意把魏原冰拿私营出版社的稿费说成"拿了私商的钱"，来增加问题的严重性。

耿爱民将几份材料比了一下，也看不出他的判断如何，这时却说："魏原冰是国家工作人员，是干部，竟拿私商的钱！不管是不是稿费，总是同资产阶级关系不清。问题确实不小！"

钱英突然像提问似的自言自语："贪污有没有个界限呢？这问题我确实还拿不准！魏原冰拿的是稿费，稿费应当算是劳动所得吧？他是替私营出版社写过两本通俗读物。国家出版社的工作人员可不可以替私营出版社写稿呢？没有规定说不可以呀！……"

史家禄很激进地抬起深于世故的眉毛，说："我们的政策是灵活的嘛！灵活就符合辩证法。稿费是劳动所得，但国家出版社的干部替私商写稿，就不是劳动所得了！这是利用职权嘛！如果这不算是贪污，不算是同私商勾结，还有什么才算贪污呢？"他并未能自圆其说，但拼命想把魏原冰往死里打，苍白的脸上布满了残忍的神色。

耿爱民在不知不觉中历来有个"左"比右好的思想，在苏北三查三整时，他得到的经验和体会就是"左"比右好，"左"是革命。再说，对一个国家工作人员去给私营出版社写稿，他反感。有稿为什么不给自己出版社用？为什么要给私营出版社用呢？还不是为了贪图稿费吗？贪图稿费就是贪图金钱，贪图金钱而且拿的是私商的金钱不是贪污是什么？……

耿爱民烟气从鼻孔里冒出来，用一种绝不容争辩的肯定口吻说："我同意老史的说法，对魏原冰的问题，当然应当肯定是贪污！马上就应该从他开始进入反贪污！要他坦白交代！"

史家禄得到耿爱民的支持，喜出望外，马上火上加油，连连点头说："老耿的意见很对！运动刚开始，有人讨论时说：编审部的人员同贪污没有关系。好像经理部的人天生该是同贪污有联系的。魏原冰的事倒可以给他们看一看：主观想象胡乱怀疑人是不行的，要拿出具体的罪状来，才能下手！"他说此番话，目的很明确，在使人不知不觉间，既是为自己辩护，打个埋伏，又是为于瑞祥辩护。

钱英皱眉思索着，他头脑冷静，眼光既机巧又严肃。两票对一票！面前放着的是新事物：一次反贪污的运动，一次打退资产阶级猖狂向无产阶级进攻的战斗！没有一部现成的法典放在面前，政策界限似明确实际又不太明确。比如眼前魏原冰的事就是，应当请示一下上级然后再办。但，上边说过："矫枉必须过正"，不怕矫枉过正。运动刚开始，决不能右倾，右倾了就无法发动群众。运动尚未开展，就前怕狼、后怕虎地顾虑多端，怎么能"大张旗鼓，雷厉风行"呢？他想：老耿和老史都意见一致了！他们说的话我并不全同意，只是一时拿不出强有力的理由来驳倒他们的意见，怎么办呢？

钱英细长的眉毛，有力地向上扬着，诚实地沉吟着说："有些属于政策上的问题，我想去请示一下。但这不妨碍我们开展运动。魏原冰的问题，既有人揭发，我们当然要立案审查，决不放松。"

史家禄点头表示同意，心里充满了兴奋的感觉，又加强语气地说："其实，像我们这样一个清水衙门似的出版社，我看逮到一个像魏原冰这样的老虎，就很不错了！应当让美术编辑画点漫画，向魏原冰开火，逼他交代！"

钱英点点头，说："可以！"他也说不出为什么在今天的会上，脸色苍白的史家禄有点超乎寻常的兴奋和积极。史家禄与平日有些不同。无论他的眼神还是语态，都透露出这一点。钱英心里在想：这是为什么？……

钱英老练而周到地朝着作记录的梁锦兰说："小梁，你把魏原冰的情况讲一讲，让老耿、老史他们了解一下。"

梁锦兰的神情始终是平静的。她不很漂亮，但有一双又大又沉思的眼睛，一种出于天然风度的雅淡的美。乌亮的黑发直直的，列宁装洗得已经泛白，浑身没有任何加工，却又朴素得叫人看了舒服。在这种会上，她照例只是做她的记录，从不开口说话。

梁锦兰打开魏原冰的档案袋，介绍说："魏原冰，今年二十九岁，出身自由职业者，本人成分学生，江苏镇江人，党外群众。现任编审部副主任。一九四七年毕业于上海民治新闻专科学校，曾在神州国光社任编辑，在《大晚报》做记者。一九四八年与我地下党有联系，与民主人士一同参加过民主运动。一九四九年六月由地下党同志介绍来我社工作。其父魏彬，原为律师，一九四九年冬病故，其母蒋巧云，家庭妇女。魏原冰有弟妹三人，均在上学。"念到这里，她合上档案，说："魏原冰的情况大致就是这样。"

雨声淅沥，清脆地敲打着玻璃窗。炭盆里的火早已自己熄灭了。听到这种冷雨敲窗声，使人感到夜间那种抑郁和神秘。

钱英点头，说："我再补充一点，魏原冰平时工作中的表现是好的，勤勤恳恳，认真负责，人的品质也是好的，没有什么腐化堕落的行为。当然，这同贪污问题无关。我到他的家里去过，他母亲有肝病，比较严重，弟妹都上学，生活困难。他本来在《大晚报》时，是工资制，参加革命后，变成了供给制，每月给他两石米的补贴照顾家庭生活，确实不够。他写稿，可以得到一些稿费收入开支家用。……"

耿爱民喷口烟说："那也不是贪污的理由！"

钱英点头说："是的！但这些情况我既知道，就说一说。"

史家禄笑了，用玩笑口吻说："听来，老钱对魏原冰是有点偏爱和同情的。说实话，我对魏原冰印象本来也不错。这个人谦虚，像是比较老实。但他有了贪污罪行，怪谁呢？只能怪他自己！唉，可惜啊！这个人！"

他这里，话没说完，钱英也正要说什么，忽然听见"剥啄"的敲门声。敲门的人很小心，声音很轻，不是胆怯就是拘谨。

钱英嘴里说："咦，谁呀？"他站起身去开门。

大家都眼睛对着门口，门开了，只见巧不巧地站在门口的正是魏原冰。

　　个儿高高的魏原冰，蓬松着头发，瘦削的脸上脸色苍白，近视眼镜下两只无神的眼睛朝屋里一扫，说："啊，我不知道你们在开会！……"他似乎进退两难局促不安，一副不知所措的模样。

　　钱英态度很好地说："你还没有回去？"

　　魏原冰摇摇头说："没有！老钱，我想同你单独说一说！只需要几分钟！"

　　钱英点头说："你进来，这里没有外人。我们在开支委会，有事一起谈不要紧！"

　　魏原冰脸上疲倦潦倒，透露出不安，摇摇头，带着紧张情绪说："不不不，我只要三分钟就行。你出来，我们就在门口谈一下就行。"

　　钱英皱皱眉，向耿爱民和史家禄招呼说："好，我同他谈一下就来。"他跨步出门，将门半掩着。

　　屋里的人听得到魏原冰在絮絮叨叨不知跟钱英说些什么，声音很低，但显然是一件秘密的涉及他自己的事。

　　史家禄向耿爱民轻轻地说："可能他他自己主动坦白交代问题了！"

　　耿爱民抽着烟袋杆没有作声。史家禄觉得没趣，心里很厌恶这个"土包子"，有时常是这种阴阳怪气的架势，憋着气也闷声不响，看着梁锦兰身上那套列宁装。这个梁锦兰，本是烟草厂的工人，身材很好，一套旧的棉列宁装她穿在身上，依然有胸有腰，很合体。史家禄估计：梁锦兰一定是自己动手将宽大的列宁装改缝过的，不然，决不会这样贴体合身。

　　果然，魏原冰仅仅只占了三四分钟，没有多噜苏。一会儿，听到他的脚步声远去。钱英进房来，关上了门。

　　史家禄急着问："怎么了？"

　　钱英手里拿着一只信封，用手扬了一扬，说："魏原冰自己主动交代问题了。"

耿爱民问:"他说了些什么?"

钱英的一双眼睛眼光温和,闪烁着富有经验和洞察他人的光芒,说:"魏原冰说,编审部里不知谁扔下了一份揭发他的材料,有人拾到看过以后放在他办公桌上了。他看了那份揭发材料——这份揭发材料也在这信封里,跟投入检举箱的那份我们看到的一样。他心里很不是味。他说:他本来意会不到这是贪污,但既然怀疑并且揭发他贪污,他有必要自己交代一下问题。所以今天下班后独自在办公室赶写了一份材料交给组织。"

史家禄瞅着钱英手里的材料,说:"不知他怎样交代的?"

钱英把材料递给梁锦兰,说:"小梁,你给大家念一念。倒真好!说到曹操,曹操真来到了!"

梁锦兰将魏原冰的材料从信封里抽出来,一份是附的拾到的揭发材料,一份是他自己写的交代材料。梁锦兰说:"我来念一下!"说着,念起那份魏原冰写的交代材料来了。

魏原冰的交代材料是这样的:

通过学习,对"三反"运动的重大意义,我有了越来越深的体会。昨天,我在办公桌中,看到一份不知谁拾到了放在我桌上的检举材料,说我犯了贪污罪行,今天,报上登载了北京市昨天公审贪污犯大会的消息。最高人民法院院长、临时审判长沈钧儒宣判对曾任中国畜产公司业务处副处长的大贪污犯薛崑山和曾任公安部行政处处长的宋德贵处以死刑。又读了中央节约检查委员会主任薄一波同志的讲话,使我十分震惊。现在,将我的问题写出来让组织了解。

自从参加革命以后,由于母亲肺病严重,需要治疗,弟妹三人上学,要缴学杂费,组织上虽然已经十分照顾我,给了米贴,但生活上仍难维持。为此，我仍同解放前一样，不断写点稿子，凭借稿费贴补家用。为此，除给党报副刊写点短稿外，还给私营出版社写过下列各种通俗小册子：

一、给火星出版社写了《三年解放战争》一书，共十五万字；

二、给通俗文化出版社写了《通俗哲学》一书，共十二万字；

三、给大众出版社写了《劳资两利、发展生产》一书，共十二万五千字；

四、给大众出版社编过连环画四册共计四百六十幅。

以上各书，均收过稿费，所收稿费，数字列表附后。

我现在思想上十分痛苦，因为我一直认为写稿拿稿费是劳动所得。这种劳动很艰苦并不轻松。我都是利用工作之余在夜晚写的，有时为写稿常常至夜间十二点以后才睡，以致损害了身体健康。我还认识不到我这样竟是贪污行为，贪污行为应是会给国家造成损失的，而我写的稿，只起好作用，不起坏作用。是的，在写稿时，我思想上由于阶级觉悟不高，确实认识不到自己是国家工作人员就不应向私营出版社供稿，也认识不到替私营出版社写稿就是与资产阶级划不清界限。因为有些书稿是那些出版社的编辑来向我约稿的；有的是我以投稿方式寄去被采用的。我思想上一直以为这样做是可以的。从未把以写稿取得的稿费当作私商的贿赂看待。现在，我心中交杂着悔恨与恐惧，不知如何是好。将情况全部如实交代如上，请组织上按照党的政策实事求是给予处理。

下面，是附的一张开列了所收稿费的数字单。

梁锦兰将数字单也念了一遍，念完，自己拿起茶缸去开水瓶里倒水喝。

史家禄把头直摇，用一种机警精明的表情说："我本来以为魏原冰挺老实，现在听到他写的交代，感到完全是会耍笔杆子的滑头。他承认的事实与人家揭发的基本一样，确有同资产阶级勾结的事，也确是受了资产阶级的贿赂而且数字不小。可是他轻描淡写地一写，往'阶级觉悟不高'上一推，好像就没有什么责任了！而且，新的材料、人家未揭发的材料一点没有！太不老实！"

耿爱民咬着烟袋杆，说："事情算是交代了，只是没有上纲，这不行！不上阶级斗争的纲，不合马列主义。"

史家禄不等钱英说话，抢在头里给耿爱民戴了个高帽子，说："老耿说的这点对，到底是从解放区来的老同志，讲话有立场。魏原冰的事只要一上纲，什么性质还不清楚了吗？他在交代材料上说，看到薛崀山、宋德贵那样的大人物都枪毙了，十分震惊。如果意识不到自己贪污，会这样想的吗？他是明知自己贪污了，收了资本家的钱了，却不肯承认，玩花招，想狡猾抵赖呀！"说这话时，他心里想起薛崀山、宋德贵的死，打了个寒噤。为了要拿魏原冰当替死鬼，狠狠砍出这第二斧，也只好硬着嘴这么说了。

钱英朝史家禄看看，心中觉得史家禄今天有点异常的感觉更强烈了。他对魏原冰的交代，感到态度还是老实的。他对魏原冰提出的一些疑问，自己思想上也打着问号。但运动开始，不能右！这点，上级在做报告时也反复强调过。他觉得自己不能袒护魏原冰，也没有理由同史家禄和耿爱民辩论。魏原冰的问题只能就这么先搞着，也不必匆忙下结论，至于处理，等到运动发展下去再说，那时许多政策上的杠杠可能会明确些。他严肃地说："魏原冰开始交代了，很好，应当鼓励他继续交代。根据他的交代，我们应当抓紧核实。现在，运动刚刚开始，突破口已经有了，说明出版社绝不是清水衙门，绝不可以掉以轻心。我们应当一步一步使运动深入，把所有的问题都搞清楚。"

钱英说"出版社绝不是清水衙门"。史家禄听来，感到是同他先前说的话针锋相对的。这种话他听了感到刺耳刺心。只是又不能反对，只得边听边点头，表示他是同意钱英说的话的。他思想上以为今天的会大约快要结束了。谁知，这时他见耿爱民"吧嗒吧嗒"吸着烟袋杆，忽然开口了。

耿爱民浓浓的眉毛向两旁竖起，声音洪亮地说："老钱的话很对。我再三想了又想，于瑞祥这个人，非好好攻一攻不可！今天有了两封检举信，说明群众对他是有看法有警觉的。他的情况，我们也不是一点不掌握。"

他说到这里，史家禄心里一惊。

耿爱民接着说："本来，决定给他立案，这当然对。现在，我建议应当将他当作重点来审查。要继续发动群众揭发检举，内查之外，也要外调。这个人，我老觉得他脸上戴着假面具！"

史家禄心里又是一惊，尽量镇静，假作俯身下去系鞋带。

耿爱民高声说："现在，在运动中该给他把假面具揭下来！"

史家禄呆呆坐着，精神纷乱。耿爱民说的话每一句他都不受用。他原来以为自己的目的已经达到：大家的注意力已经集中到魏原冰身上，魏原冰自己已写了交代。他觉得自己的第二斧砍得非常出色，谁想到：耿爱民忽然一下子又将矛头对到于瑞祥身上了呢？搞到于瑞祥，很容易"拔出萝卜带出泥"的呀！他心里像百爪剜心，坐立不安。想再说几句，又怕引起怀疑，只好装出一副思索的样子，剥着手指甲，憋住气不作声。

钱英把右手稍微举了一下，点头说话了，他说话时常有这个姿势。他说："老耿的意见很对！于瑞祥是应当作为重点来审查的。这个人，目前的材料似乎还不具体，不如魏原冰多。实际上，他如果有问题，肯定比魏原冰要严重得多。出版科，同资本家交道打得多，不可不警惕！"

史家禄心里又气又怕。一句不说，心有不甘，说："于瑞祥嘛，当然要审查。可是眼面前重点是不是还是放在魏原冰身上？魏原冰自己交代贪污罪行了，又有具体检举揭发材料，放着他不当重点搞，转移到了于瑞祥身上，群众怕会有意见的，我看不合适！"他明知胳臂已经拧不过大腿了，重点审查于瑞祥已经不可避免。说到这里，怕自己的尾巴露了出来，又说："我的意思是魏原冰和于瑞祥都是重点！"补上这一句话，等于前边的话又变了调子，他自己也觉得自己有点语无伦次了。

耿爱民不表示反对，只是抽烟。

钱英点头说："意见看来没有什么不同。魏原冰已经是重点了，于瑞祥再作为重点来抓是必要的。我看，也许还会有更重点的贪污分子要在运动再深入后才会冒头，还需要发动群众检举揭发，好好训练一下积极分子队伍，让大家既掌握政策又能擦亮眼睛。同时，要使宣传工作紧紧跟上。"他对梁锦兰说："小梁，这些都记上了吗？"见梁锦兰点头，又说，"你再记住，明天下午，再开全社大会，我来再作一次动员。你早上就出通知！"见梁锦兰又点头，钱英又问耿爱民和史家禄："你们看，这样行不行？"

史家禄抢在前头连声回答："行！行！行！"

耿爱民依然吸着烟袋杆点着头也表示同意。

会议就这么结束了。

雨，仍在哗哗地下，雨声急骤，外边黑沉沉的。钱英看看黑黝黝的窗外，问史家禄和梁锦兰："雨这么大，现在走还是过一会等雨小些了再走？"

梁锦兰说："我马上走！"她家在普陀路，家里有个老娘，她是个孝顺女儿。她带着油布伞，收拾东西拿起伞就走。这个女工出身的人事干事兼秘书，一向沉默寡言，总是埋头工作。会议结束，她就不声不响地走了。

史家禄把风雨衣穿在身上，说："不早了，我也马上回去了！"其实，他是急着想赶快出去，找个地方打电话给黄源茂，把今天的情况说一说，商量商量怎么办。他穿上雨衣，说了一声："我走了！"也离开了社长室。

钱英见史家禄要走，说："我想等会儿雨小一些再走。"看着梁锦兰和史家禄一前一后都走了，他在耿爱民对面坐下来，拿起热水瓶往玻璃杯里倒水喝。

忽然，耿爱民说："老钱，先一会儿我没有讲。我对了笔迹，尽管写的人尽量改换笔迹，可是我总觉得笔迹有点熟。那三份检举材料，我觉得都是一个人写的。而且，我怀疑——"说到这里，他吧嗒吧嗒抽着烟，两眼炯炯发亮，用右手擦着平顶头，停住不说了。

钱英用含着深意的敏锐眼光望着耿爱民："我知道你要说什么，你要说的这个人，远在天边，近在眼前，是吗？"

耿爱民咧开大嘴笑了。今夜从开会到现在，他是第一次笑，点头说："不错！我怀疑写的人刚才同我们在一起开会！正因如此，今夜开会我都不想多说话！"

钱英点头，但说："我也这样想。但你笔迹认得准，不会主观主义？"

耿爱民点头说："没错！我跟他接触得多。他虽改变了笔迹，字的精神变不了，有些笔法变不了。比如钩和撇，细细多看就是他的字。"

钱英沉吟着说："今天开会前，小梁告诉我，她对了笔迹，说有几份材料像是一个人写的。我也仔细对过笔迹了。我找来了他的档案中自填的表上的字迹及平日的字迹查对过。对他确有怀疑。所以开会时我特意说：'奇怪，我看这份材料同另外两份揭发石勇和关于正中书局仓库废品的材料，好像出自一个人的手笔！'当时，他的态度不太自然。而且，按照常规，他应当也把三份材料拿来比一比才合情理。可是他没有那样做，似乎心里有鬼！……"

耿爱民点点头，似乎同意钱英的意见，说："这些情况，我们两人既然都注意到了，就以后再继续注意。倘若真是他写的。他的目的是什么？是不是想转移目标？是不是别有用心，想把水搅浑？如果是的，他为什么要这样做？这样做，自然说明他有严重问题。没有严重问题不可能也没有必要这样来捣乱呀！……这需要我们密切注意。"

钱英点头，皱着眉，说："老耿，你说的对！但我们要尽量排除一切主观主义形而上学的做法。要重证据！笔迹的事，我来找个军管会里熟识的同志，请他给送到市公安局，去检验一下。据说他们是可以检验出字迹的真伪的。字迹确定了，也还是要找证据。反正，'三反'这场斗争很尖锐，决不可以掉以轻心。"

耿爱民放下手中已经吸完的烟袋杆，说："是啊，目前的迹象是：我们这个出版社，表面看来风浪不大，问题不多，实际未必！我们本来对官僚主义做了检查有了认识，但绝不是一检查一认识就会结束的。原来的官僚主义未必已经检查彻底，也未必已经认识清楚。今后也绝不该再犯更大的官僚主义！"

窗外，雨淅淅沥沥地落着。风在助长雨势。雨洒在靠近窗户的雪松、龙柏上，发出潇潇的声响。窗外一团漆黑。钱英披上雨衣，说："啊，这雨更大了！看样子是不能再等了！我得走！"

耿爱民陪他出来，送他到过道口。花园里的树影黯淡，风刮得有的树枝乱舞胳膊。倾盆大雨的哗哗声和水管的流水潺潺声都注入耳内，看到钱英穿着雨衣踩着泥水冒着大雨走了。耿爱民独自在过道口站了一会，风将雨吹溅过来，洒落在他脸上，凉津津的。他心里不禁想：进了大城市，到了地方上的新单位，遇到一批从不了解的人，一切都变得比从前复杂了。如果不认识到这一点，那怎么行呢？……

那一天午，小梁陪我去第二律师事务所看望了耿爱民和杏妮的儿子耿拥军。拥军身材像老耿一样高大魁梧而眉眼酷肖杏妮。见到了我们，表现得很热情、尊敬。

我们没有多谈过去。因为对他父母的过去他知道得也并不多。我主要问了些有关他做律师的工作情况，并且向他请教了些关于我正在采访的案件的法律上需要注意的问题。最后我问他："中国的律师同英美等国的律师有何不同？"

他回答的一段话对我很有启发。

他说，有人问一位来中国讲学的美国律师："如果您在办案中发现检察官还没有掌握、但对您的委托人不利的证据时，您怎么办？"

美国律师毫不犹豫地回答："我不会发现的。"

耿拥军说："这是一个典型的西方律师，他们忠于自己的主顾。而我们社会主义国家，律师忠于的是事实，是法律，是自己的人民，我们是从这立场出发来替当事人辩护的。"

我不禁想：这样的律师真是太需要了！

放在以前，尤其是在政治运动中，自己固然不能替自己辩护，别人又有谁敢为谁仗义执言辩护一句呢？许多人和事正因为无人辩护，事情的真相就只能被掩盖，无法弄清也弄不清。那时，类似"阶级立场不稳""同敌人划不清界限"等等的大帽子，使得父母子女和夫妇之间，也要都装出一副"左"的面孔与"冷"的态度来。明知冤枉，明知无中生有，却无人肯帮着作证或说明，许多悲惨的事都是这么产生的。

像卢肃肯为魏原冰挺身而出，她的勇气，她对爱情的忠贞怎么该用"丧失立场"的帽子来攻击她呢？……

（八）

魏原冰冒着大雨回到家里，心里懊丧。雨水淋湿了他的全身。他今天没带雨具到出版社里，刚才把写的交代材料交给钱英以后，他带几分神经质地淋着雨就往回家的路上跑。午饭，他是像每天一样，在社旁的一家小面馆里吃了一碗阳春面。晚饭，他没有吃。现在，腹内空空，肚子里唱空城计'咕噜噜'叫，但他并不想吃东西，一种疲劳外加失望的情绪弥漫心田。他内心痛苦、烦闷、彷徨，不知所措。

他的家，住在延安中路的一条小弄堂的石库门房子的楼下厢房间里。房子很古老破旧了，阴暗潮湿。一间长长的厢房间隔成了两间，母亲同两个妹妹搭一只大床住在后间，他同一个弟弟合一只大床住在前面半间。他抵家时，家里已经吃过饭，卧病在床的姆妈正在盼着他回来，妹妹和弟弟围坐在一盏十五支光的电灯泡下的小方桌上看书、做功课。见他浑身被雨淋湿了，姆妈心疼地说："原冰，快换衣吧！不要受凉了！"

弟弟魏原光给他拿了擦脸毛巾来，递到他手里，说："阿哥，擦一擦吧！"

两个妹妹原隽和原秀忙着给他端出留给他吃的饭菜，说："阿哥，快换了衣吃饭。"

他去脱掉供给制发的蓝布列宁装棉袄裤，递给妹妹原秀去火上烘干，拿出一件解放前穿的旧棉袍来穿上，说："我吃过饭了！"其实，他心里苦，吃不下。

姆妈叹着气问他："原冰，今天怎么这样迟才回来？"

他尽量抑制住心里的痛苦，平静地回答："姆妈，有些稿子上的事要处理。……"

姆妈在灯光下看着儿子瘦削的面孔和苍白泛黄的脸色，心里有说不出的难过，说："你没有什么不高兴的事吧？"她发现儿子的眉眼神情之间，有一种平日少见的极不愉快的神色，所以忍不住这样问。

魏原冰摇头，走到姆妈床边，说："没有不高兴的事呀！姆妈，你今天身体感觉好吗？"

他是个孝顺的儿子，想到姆妈的病，就不愿把自己的痛苦和不幸告诉姆妈了！其实，此刻他心里的愁苦像千斤重担似的压在心上，摆脱不掉。但他下定决心在家里要守口如瓶。为了不说，只有装得若无其事。他想：有千难万劫也让我一个人独自承担吧！不来打搅姆妈，不来打搅弟妹。他这个家，很贫穷，屋里家具都是老式的。父亲生前做律师，并不走红，常坐冷板凳。有没有积蓄，连姆妈都不清楚。平日家是由父亲当的。父亲与一个姓周的律师合一个事务所。写字间是在浙江路上。他大学毕业后，对当时国民党政府的腐败专制，有深刻的认识，认识了些地下党员与民主人士后，他对革命抱着高度的热情。解放后，他离开报社到出版社工作，就是由于出版社拿供给制，是作为参加革命对待的；留在报馆，就等于是旧人员留用了。他既决定参加革命，不计较工资待遇，宁可放弃工资制来拿供给制了。谁料，一九四九年冬季，有一天，父亲突患脑溢血在家里去世。死前一句话也未留下来。那时候，律师早已等于取缔，父亲实际是失业者。但原先在浙江路的那个写字间还是一笔财产。孰料父亲一死，姓周的律师说写字间是他一人当初出金条顶来的，产权归他。他父亲有无存款，谁也不知道，反倒欠了一屁股债。因为有两个当事人，说已经付过事务费给他父亲。案件未了，人家凭收条要讨回付的钱。那时，他们住的房子除了厢房间还带楼下的客堂间和后边的一间灶披间。为了还债，只好将客堂间和灶披间都顶给人家偿还债务。接着，姆妈又生了肺病，家境更加困难。为了姆妈的病和弟妹上学，魏原冰除了变卖一些家里的细软物件和父亲生前搜集的金石图章外，只好靠写稿子来赚点稿费维持生活。他是个工作认真负责的人，写稿只能放在夜晚和假日，所以总是到了夜里当弟妹入睡以后，他就在昏暗的灯光下写呀写呀！写得很苦。一个家终于靠他这样勉强支撑维持下来了。正因如此，家里很和睦。他在家里，姆妈心疼他，弟妹尊敬他，互相都很体贴。

现在，姆妈见到儿子脸上的愁云似乎散了，不知道是儿子有意强颜欢笑，却放心了。说："我今天很好！吃饭前，卢肃来过，陪我谈了一回。问你什么时候回来。我看她像有什么事要找你。等了一会儿，见你不回来，她就走了。我在想，现在还不算太晚，你是不是到她那里去一下？"

弟弟原光插嘴说："卢肃姐姐走时，我送她出门，她说：'晚上我再来！'看来，过一会儿她还是要来的！"

魏原冰心里一怔：卢肃看来是有什么事找我？一想，有点明白了！卢肃同出版社编审部里的女编辑孔敏礼过去是大学里的同学，又一起参加过学运。会不会是从孔敏礼那里得到了什么消息？不放心了！他心里苦闷，此刻，正需要同卢肃谈谈心，把自己不能在家里讲的也是不便同别人讲的痛苦，告诉卢肃，并且听听她的意见。

魏原冰说："那，我到卢肃家里找她问问去！"

姆妈说："好的，去一下好！"她对儿子的这个女朋友很满意，很喜欢，巴不得他们能成功，早点办喜事。现在提倡公证结婚，花费少，也不时兴请客。卢肃家就在这个弄堂里的三十二号三楼上，相距不远，去也要不了十分钟。所以姆妈又说："你早点回来！打把伞去！"

魏原冰看看窗外的哗哗大雨，听着马口铁水管里的淌水声，忽然又不想去了，说："雨下大了，我不去了！"他心里像乌云翻滚，阴霾笼罩，想：唉，我去见了卢肃，说什么好呢？她同我知心，对我了解，但我如果成了可耻的贪污分子，她对我的看法会怎样呢？能不改变吗？她家里本来一直反对我同她好。这下，如果知道了我的事，不是更要反对了吗？……想到不顺心的事，他心里乱极了，简直不知怎么办才好。他在自己的床前那把藤椅上坐定下来，不禁像平时习惯了一样地，拿起挂在墙上的琵琶，轻轻拨弦弹了起来。

琵琶，是他父亲生前的爱物。父亲喜欢弹琵琶，他从小，父亲就教他弹琵琶。家里现在住房小，但他弹琵琶，姆妈和弟妹平日听惯了，并不嫌他吵闹，反倒是如果几天听不到他弹琵琶了，会问他："你怎么几天不弹琵琶?"他最擅长弹的两首曲子，也就是他父亲最擅长弹的两首曲子，一首是《十面埋伏》，一首就是《阳关三叠》。弹起《阳关三叠》时，他每每低声吟唱起来：

> 渭城朝雨，一霎浥轻尘。更洒遍客舍青青，弄柔凝，千缕柳色新；更洒遍客舍青青，千缕柳色新。休烦恼! 劝君更尽一杯酒，人生会少，自古功名富贵有定分，莫遣容仪瘦损。休烦恼! 劝君更尽一杯酒，只恐怕西出阳关，旧游如梦，眼前无故人! ⋯⋯

今天，他拿起琵琶，不知不觉又弹起《阳关三叠》来了。他记得半年多以前，有一天，耿爱民拿着半阕手抄的《阳关三叠》请他讲解过。那歌词与他会唱的不同。可是那歌词比较昂扬激奋，又比较意味深长，他很喜欢，也背诵了下来。此刻，他一边弹，一边心里在无声地吟唱。弹着唱着，不知不觉泪水竟潜潜下来了。他警觉起来，立刻偷偷用手背拭去了泪水。姆妈好像已经发现了，姆妈在叫他："原冰，你过来!"

他放下琵琶，默默走到姆妈床前。

姆妈掠掠银丝闪烁的鬓发，两只慈祥而充满母爱的眼睛盯着他的眼，说："原冰，告诉姆妈，你今天是不是有什么不顺心的事?"

"没有呀!"他掩饰地说，"没有什么事呀!"

姆妈摇头，眼光充满关切，说："不要瞒姆妈，我从你的琵琶声里听得出你有心事。你的心很乱。你不要瞒姆妈。"

他既已打定了主意，不愿把心事告诉姆妈，就坚定地不说了，虽然心里流着泪，却摇头仍旧掩饰着心境，假装出笑容说："真的，姆妈，确实没有心事。有心事我能不告诉您吗？我只是有点疲劳。今天出版社里杂事多一些。"

做娘的，不再追问了，轻轻地叹了一口气。她理解儿子，儿子一定有什么事不肯讲，追问是问不出来的。她只能说："你为什么不去卢肃处呢？去吧！去吧！多大的雨啊，宁可你去，不要让她再跑一趟。"显然，老人家是怕她同卢肃是不是闹了什么别扭。

姆妈这么说，他不能不去了。他默默地点头，说："好，姆妈，那我去！"

魏原冰去拿了一把黑洋布伞，换上一双胶鞋，掀起棉袍衣襟，打着伞走到弄堂里。外面，雨渐渐小了，天漆黑，弄堂里的路灯灯泡光线半明不灭，是苍黄橙红色。他匆匆往卢肃家走去。

他同卢肃是高中时代的同学。他比卢肃大两岁，两人住在一条弄堂里。天长日久，从中学时代就熟识了，大学里，两人不在一个学校，来往很少。但，他参加学运时，在一九四六年上海人民"六·二三"反内战大示威时，他在北火车站遇到了卢肃。那天清晨，上海各界，包括大学、中学、专科学校、中学教师职业保障会、小学教师进修会、各职业工会、中纺公司所属各厂工会、各大公司事业工会、百货业、西药业等三百多单位，共五万人，从四面八方向北火车站集中，欢送上海人民代表马叙伦、黄延芳、盛丕华、雷洁琼等及学生代表赴南京请愿，要求停止内战，实现永久和平。上午十一点，火车在汽笛长鸣声中离开了北站。五万群众进入市区游行示威。魏原冰意外地见到了卢肃。两人都分外高兴。游行时就在一起。当时游行队伍受到了广大市民的欢迎。天气热，许多商店自动烧茶供给茶水。许多老太太和男女青年为了怕坏人放毒，分段组织起来，手提茶壶给游行队伍送凉茶。游行队伍经过八仙桥青年会门前时，有特务躲在楼上，将瓷盆、洋瓶扔下来。游行队伍中有的人头部被打破。当时，卢肃就是给一只洋瓶砸在肩上，肩部负伤倒地。魏原冰马上护送她到八仙桥一家私人诊所去包扎。从此，两人又恢复来往。以后，在一九四七年红五月学生运动中，两人又常在一起，思想感情上的接近，使两人产生了爱情。卢肃大学毕业后，先在沪东一家纱厂的工会夜校教书。上海解放以后，就原职原薪借调到纺织工会工作。两人一般每到星期天总要到公园里见见面谈谈心，年龄逐渐增长，两人也早该到了商量婚事的时候。但卢肃是个独养女儿，卢肃的父亲看不中魏原冰的家庭，认为他家穷，母亲有病，弟妹太多等等，很反对这门婚事。卢肃的母亲虽然心爱女儿，不坚持反对，实际上也不赞成这门婚事，加上，结婚可以去法院公证倒花不了多少钱，婚后住房却成问题，如果有了小孩更成问题，归根结底是缺少钱。魏原冰是供给制，还要养一家人。卢肃工资低，父母可以不需要她养，但魏原冰不能不赡养姆妈和弟妹，要她独自养自己和未来的孩子，可是太艰难的事了。所以，两人在爱情上正面临着很大的苦恼，要是再来意外的波折，魏原冰就感到很不好办了。偏偏，"三反"运动开始了，魏原冰蒙受到这么严重的情势。魏原冰一边走一边心里不禁想：算了吧！我何必牵累卢肃，倒不如趁这时候，早点割断这根情丝吧！让她自由！她条件不错，我不应当让她为我付出太大的牺牲。断了，我于心没有负担，她的父母会满意，她也可能会找到一个条件比我好得多的爱人。我少了对她的牵挂，怎么样的倒霉事降临我也不顾虑了！我宁可牺牲我的感情，牺牲我对她的热爱，让我一个人喝下苦酒，也不愿连累她苦恼。

他抱着一种自我牺牲精神，带着临时确定的这种决心，迈步淋着雨向卢肃家走去。

卢肃家的那幢石库门房子大门紧闭着，平时也是这样，要大声高喊卢肃的名字，卢肃才会从三楼上下来开门。由于卢肃父母反对卢肃同魏原冰要好，魏原冰平日很怕到卢肃家来。每每两人总是预先约定好在附近路口或在哪个公园见面。魏原冰总是避免到卢肃家来的。但下着雨的今夜，他只有硬着头皮来了。他决定，叫出卢肃以后，约他逛一逛马路，然后同她将问题谈开，以后两不相涉。

他心里十分难过，哀伤而动感情。到了卢肃门口，他仰脸高叫："卢肃！——""卢肃——"

夜深人静，雨声哗哗，冰凉的雨水溅在脸上。他很快听到三楼上有声音答应了。而且，他一听就明白：是卢肃的声音！

他停止了叫喊，一会儿，卢肃的身影出现在门口，正合他的心意，卢肃手里拿着一把雨伞，说："你来了？好！我们一同逛着谈谈！"

他看不清她的脸和表情，但从语气里听来，她见到他是高兴的，而且是亲热的。

他沉默着，心里发酸，嘴里发苦，同她并肩打着两把伞向弄外走去。这样的雨夜，两人并肩走着，使他想起了戴望舒的一首名诗《雨巷》：

撑着油纸伞，独自
彷徨在悠长、悠长
又寂寥的雨巷，
……
她彷徨在这寂寥的雨巷，
撑着油纸伞
像我一样，
像我一样地
默默行着，
冷漠，凄清，又惆怅。……

他的心情恰如诗中所说的：冷漠，凄清，又惆怅……

她似乎了解他的心情。她找着话先说："原冰，我晚饭前去你家里

542

了！伯母说你没回来。你刚回来吗？今天发生什么事了吗？"

他由于先前已经作了决定，摇头，只说："没发生什么事！"但突然叹了一口气，说："卢肃，我想同你谈谈我的心里话。"

她用一种诧异的神情看着他，从她的语气里，他有这种感觉。她说："你想说什么？"

他说："我觉得，也许我们的相爱是一场误会。它会给你带来不幸的。我想，是否我们立即中止这种关系？……"他嗫嚅着，一时说不下去了。他心里像刀剜似的，违心的话，说出来是困难的。

卢肃忽然反问："原冰，你是什么意思？难道我对你说过不幸一类的话？难道我表露过一丝一毫对你的不满？"

魏原冰摇着头："没有！你对我一直非常好，非常非常的好。正因如此，我承受不了这么多的爱。我决定我们还是各走各的路好。因为，那样你会有幸福的。而这样，就不会……"

卢肃叹了一口气："原冰，你能把事情说得明白些吗？"

魏原冰摇摇头："我觉得无须了！反正，我感谢你，真正的是从心里感谢你。你曾给过我春雨滋润禾苗一样的纯真的爱。给过我宝贵的鼓励，给过我永远难忘的友情。但是，我现在只有对不起你，向你说一声忘却过去吧！今后，请不要再爱我，不要再管我。你应当自己去找你的幸福。而且我相信你一定会有幸福的生活！"

她把头直摇，把身子紧紧偎依着他，使他感到她对他的话是置之不理的。她是一个有主见的女青年。他此刻感到她的体温，仿佛也能听到她的心跳。只听得她说："原冰，你看你说的是些什么呀？你不想一想，你应该这么说吗？……"他感到她的声音里有痛苦，也有悲伤。

他想：必须坚定！不然，是不可能使她同意这样做的。他了解她。她并不是那种轻易就肯将爱随便交给一个男人的女性。他说："卢肃，听我的话，忘了我吧！断了我们之间的关系！也许，将来你会明白我的心的。你无需对这负任何责任。这件事完全该由我负责。我对不起你，可以为你负疚一辈子。但请你一定答应我的要求。"说到这里，他立定脚步，仿佛想同她告别，立刻离去。

他们这时，刚走到弄堂外，折回来还不远。

卢肃拽了魏原冰一把，说："不行，我们往前走。我今晚要好好同你谈谈！"

他默默地只好又与她并肩同行。街上，像水洗过似的，镜面一般闪闪发亮的柏油路上偶尔有汽车飞速驶过，发出"哧哧"的水声。远处，十字路口红绿灯岗位闪烁着光芒，路上行人不多，有些小馆店还开着门亮着灯等待顾客吃夜宵。雨，倒是渐渐小了！偶尔随风飘到脸上来的雨水，凉丝丝的。

她说："原冰，我今天找过你，别以为我不了解你的情况。我本来正要好好跟你谈谈呢！果然，你刚才说了那么多的莫名其妙的话，你真不应该。"

他心里恍然大悟：是呀，不出我的估计，她确是听出版社的孔敏礼说了些什么了。她是那么聪明的人，现在工会系统也在搞"三反"。她当然会知道的。想起自己的事，他感到痛心和羞耻。他一向自以为是最清清白白做人的，谁料到偏偏要扣一顶最肮脏的贪污分子的帽子到他头上呢？抑郁在心中的许多块垒，此刻都在冲击他的感情。他忽然淌眼泪了，泪水冰凉地淌在脸上。他赶忙掏出手帕来擦，问："你听孔敏礼说了？"

卢肃点头，说："昨天下班，路上碰到孔敏礼，谈起在你们编审部捡到一份揭发检举你的材料，也许是人家失落的，也许是谁故意放在那里的。你的事像长了腿似的传开了。今天早上，看了报纸，知道了昨天北京开公审大会宣判两个贪污犯死刑的事。我就按捺不住了。我知道你的性格！我怕你受不了！所以急着想同你见面谈谈。谁知你一见面却就说那些没边没际的话。你究竟是怎么一回事呀？"

魏原冰叹了一口气，说："我一向认为我是清高的、清白的。对

'三反'运动我也认为是十分必要的。我也恨贪污行为。可谁想到：我竟会无意识地陷在一种说不清道不明的尴尬境地中，好像自己突然成了可耻的贪污分子了！我怎么受得了呢？我看很可能就此会毁了我！……"

卢肃摇摇头："别这么泄气！我了解你，你一不贪，二不污，三不盗，四不窃，你没有干见不得人的肮脏事，为什么这么怕呢？"

魏原冰摇头："天下事每每不是凭主观如何就能如何的。你没看到那份检举材料。凶得很哪！如今，国家刚建立不久，还没有一部完整的法律，具体规定什么是贪污，什么不是贪污，没有法律规定，什么是犯罪行为什么不是犯罪行为，全凭领导人的头脑里的想法来定夺。有些事，甲说一，乙会说二，丙可以说是三。越灵活，越容易界限不清。我父亲是做律师的。对法律这种事如果一灵活，随人而异，就十分危险了！青红皂白是可以不分的。岳飞在风波亭被置于死地，不只需要秦桧说一句'莫须有'三个字吗？"

卢肃摇摇头："不，原冰，归根结底，是一个相信党的问题。要相信党，共产党是不会冤枉好人的。"

魏原冰点头："我当然相信党。我今天下班后，已经写了交代材料交给了党组织。但是你知道，我很怕有人将麦苗当韭菜！你知道，如果将我算作贪污分子，我将会丧失生活的勇气！"

"会分得清的！并不是人人都会将麦苗当作韭菜的！"卢肃的话音里也透着悲哀，语气并不太硬了，说，"你是怎么交代的？"

魏原冰详详细细把交代的内容和情况都告诉了卢肃。

卢肃像淋了一头冰水，默默低着头不作声。她的思想里斗争得很激烈。说实话，此时此刻，她心里也是忐忑不安。这算不算贪污呢？她认为不应当算！但是，这是否肯定会不被算作贪污呢？也不，因为这涉及金钱。如果硬去往私营出版社这个资产阶级关系上去扯，就扯不清了！这里面确实有灵活性！要看领导人怎么掌握了！她心里火烧火燎，不断用牙齿咬着嘴唇，极力掩盖着痛楚的心情。

他俩已经漫步走到十字路口来了！十字路口一会儿亮着红灯，一会儿又亮着绿灯，在这滂沱的雨夜，车辆不多，行人也不多。红灯和绿灯都分外好看。灯光和雨水洗涤过的路面辉映成趣。他利用灯光能看到她的脸了！白净的脸上泛起一层红灯映来的红晕，更显得妩媚漂亮。他凝望着她，悄然无语，想起了过去的许多同她在一起时的美好时光。岗亭上一个穿雨衣的民警站在那里，灯光将他高大的影子隐约地映在湿漉漉的镜面似的马路上。他似乎在端详着这一对打着伞踯躅街头的情侣，看他俩在做什么。

两人到了十字路口，不想再往前逛了。魏原冰提议说："回去吧！"两人就又折回来走。

魏原冰突然心里的决定又冒上来了，说："卢肃，详情你全了解了！我想，我们还是分手的好。你去找你的幸福，不该再受我的拖累。答应我的要求吧！从今以后，别管我的事了。由我去吧！你答应了我的要求，我反倒心安了！我已经给自己带来了耻辱，不能再让耻辱像脏水似的泼到你的身上。请你同意。从今晚分手开始，彻底忘掉我。只当世界上没有我的存在。"他的话说得富有感情，叫她听了心酸。

卢肃像挨了一顿闷棍，突然冷笑了，说："原冰，这就是你对我的了解？这就是你对我的估价？你把我当作什么人了？正像我解放前投身革命一样。我并不想获得什么，只是因为我爱革命。我爱你，并不是草率决定的。你应当了解我为什么爱你。我爱你，就是因为你这个人好。我了解你，我不在乎别的。我也不相信人家怎么说你。我心中有把尺，也有杆秤。我对你决不变心。除了爱你，我还要去找什么别的幸福？你怎么能说出这样难听的话来呢？我们互相如果互换一下位置，你如果变成了我，你会怎么样？你会在我最需要慰藉的时候丢掉我去找自己的所谓幸福？……"

魏原冰语塞了。他能体会到卢肃的感情，也明白她的坚决。但正因为他爱她，他更不愿意牵累他。他说："唉，有什么比贪污这样的事更丑恶呢？而我，却很可能被推进这个臭水坑里去了！原谅我吧！还是同我断了吧，由我去吧！"他诚恳地哀求着。

卢肃忽然抽泣起来。一会儿，止住了哭泣，噙着泪水说："不，决不！"她立定了脚步。

他感到无计可施了。他实在是爱她。此刻，他感到自己也确实离不开她。他的泪水流了下来，说："本来，可以只让我一个人痛苦。你这样，可就要让我们两个都痛苦了。"

卢肃像发誓似的说："我愿意！如果你是真正的贪污分子，我要你立刻去认罪，我也要揭发你！但你不是，我决不会在这种时候离开你！一个人的痛苦让两个人承担就轻得多了？"

他不知再说什么好。只有紧紧用自己的左手握着她的右手，握得那么紧，那么紧。

天，好像漏了。雨，突然又下大了，瓢泼似的洒下来。他俩已经快走近住的那个弄堂了。

魏原冰说："卢肃，不早了！雨又下大了，我送你回去！"

她却立定了脚步，说："我在想，是不是把你拿的那些稿费全部都退出来。这样，总不能再扣你一个什么贪污分子的帽子了吧？"

他摇头："我到现在，还认识不到这算是贪污。我的交代上也没有承认我这是贪污。我只是想让组织了解真相。然后实事求是的告诉我：'魏原冰，你的事不算贪污？'……何况，这些钱早已都用在姆妈的病和弟妹们的上学上了！……"

卢肃体贴地说："我也不认为你这是什么贪污。我相信党迟早会做出正确的判定的。你们那里的钱英同志听说是个很好的人。但是，现在运动刚开始，来势凶猛，大家对贪污这种事痛恨，界限一时又有点混淆，很容易扩大。拿我们那个单位来说，大家在学习时，有的人发言就把什么鸡毛蒜皮的事都列入贪污了，也把许多正当交往都列入同资产阶级的不正当关系中去了。这使我很担心。我想，如果把你拿过的稿费交出来。至少，总要好得多。"

魏原冰摇头："那些已经用掉的钱，我就是卖掉自己也退不出来呀！况且，这以后不能写稿了，家里的开销怎么办，我正愁着呢！"

出乎他意外的，卢肃贴心地安慰他说："原冰，不要急，我有点存款！本来，是为了准备着我们将来结婚用的，我节衣缩食在悄悄存钱，夜晚我还替人家打绒线衣积蓄点钱。平时我不告诉你，是想让你有一天突然高兴一下，这我都可以拿出来。我还可以向爸爸妈妈讨一点钱，把你的稿费补上后，将来，我每月的工资可以给你拿去养家。"

她说得平静又有感情。她的话令他吃惊。但他的心更加酸痛了。不知说什么好，泪水扑簌簌地浸满了眼眶，流到脸上。

她又说："只要你平安无事。迟十年、二十年，哪怕一辈子不结婚，我也高兴。"说这话时，她温柔而且用的是开朗的语气。

雨哗哗下着，他心上也像淋着雨般地流着泪。已经到弄口了。他得送她回去。他真希望她永远停留在他的身旁啊！……天寒冷，但有她刚才的话，他感到心里温暖。

随着改革开放，一大批为祖国"四化"、为中华腾飞而在勤恳工作、努力开拓的人成为当代的风流人物，但却也有一些经不住潮流考验的人像泥沙沉入了深邃的海底。

我要采访的这个案件的主要当事人是 K 省有色金属进出口公司总经理 E。此人在得悉其严重经济罪行败露后，已在出访泰国期间畏罪叛逃。E 在日常生活中，表面上无特殊嗜好，实际上却是个贪得无厌、挥霍无度的伪君子。他在进出口公司任职期间，常常背着有关人等，单独与港商或外商洽谈。

这种违反外贸工作纪律的行为，显然是 E 的一个阴谋。据查，去年进出口公司与外面签订的合同，有三分之一是 E 独自签订的。E 在外面的关系网盘根错节，他和一些港商、外商打得火热。他利用职权，索取收受了某港商贿赂的二十多万元港币，早在 1985 年，E 就通过某港商，为他的老婆弄到了香港的出生证，把妻子和小儿子迁居去了香港。去年，E 又通过某港商为留在广州的两个儿子办理去澳大利亚自费留学的手续。由这个港商付款及担保，E 在泰国期间，与在香港的妻子经常保持热线电话联系，当 E 的老婆向他通风报信：同案人已落入法网后，E 就突然"失踪"逃之夭夭了。

在采访与 E 有关的案情时，我不断地想到当年黄源茂、燕蓓芬夫妇与史家禄勾结捣鬼耍尽狡猾伎俩的往事。具体情况虽然与当年有异，手法基本类似。"糖衣炮弹"始终是一种凶狠的有效武器！因金钱而把灵魂卖给魔鬼的人什么时候都是有的！人们，你怎么能不警惕？……

（九）

史家禄绝对想不到，黄源茂会约定今天上午九点钟在虹桥公墓里见面。埋葬死人的公墓，离市区又远，自然人迹稀少，他真佩服黄源茂的足智多谋。

昨晚，他同黄源茂打了电话。电话里，他用含蓄的、可以意会的语言大致告诉了黄源茂新发生的情况，提出要同黄源茂见面好好商量商量。

史家禄语调很低，声音像蒙着盖着什么似的，说："我马上到你家里来，好不好？"

出乎意外的是黄源茂固执地压低声音嚷嚷："不要不要！后天不是礼拜天吗？我们后天上午九点整，在虹桥公墓见面！我也有事要告诉你。注意！一定要准时，风雨无阻！我们好先商量商量，我后天也约于瑞祥去，不过是让他十点半钟到那里去。我们三个在那里定一定大局。"

史家禄历来信任黄源茂有手腕、有策略，但从电话里听来，黄源茂也有些气急慌张，看来，他那里给"五反"运动的学习整得也不好受。听黄源茂这么说，他就答应了。

今天是礼拜天。一早，他坐了一段三轮车，转坐公共汽车直奔虹桥。他心里明白：黄源茂约在这里见面，唯一的原因是机密，不会被熟人碰见，也不怕人监视。

冬天的虹桥公墓，显得分外寂寞凄凉。除了松柏等常青树，一些树枝都光秃秃的。草地苍黄。不像清明时节，这里开满五色缤纷的野花，摇动的树梢在墓碑上投下游移的阴影，也有小鸟在绿树上唱歌。如今，一片凄凉，无人过问的十字架和墓碑在此长眠，使他陷入朦胧孤寂的沉思，想到了死亡、没落、地狱……

他摒弃着这些不吉利的念头，张眼四望，突然听到了窸窣的脚步声。一转身，发现不知什么时候，黄源茂已经站在身后不远处了。

黄源茂穿着一套蓝布干部服，头上戴着一顶蓝布棉帽子，除了气质外，确实挺像个大干部的样子。见到他，咧嘴打着哈哈看着手表说："哈哈，老史，你早到了八分钟。这样最好，我们可以多谈八分钟！"

阳光灿烂，是个晴朗的日子。黄源茂指指西边一丛柏树说："走，我们到那边找个地方坐下谈！"

史家禄点点头，跟着他走，说："这地方太远了！其实，在市里找个地方也可以嘛！"

黄源茂摇摇头："大意失荆州，要不得啊！你要在市里，那怎么行？现在'三反'、'五反'一起来。你的家、我的家、老于的家，都不能碰头！共产党的事，说不定，早有人监视了！原来，咖啡馆、舞厅、馆店都还可以碰碰头，现在，'三反'、'五反'一搞，这种地方就成是非之地了，原先，跑这种地方的人，我看起码一大半是问题人物了！目前，这些地方都冷冷清清，工会一动员，说不定那些端盘子的、结账的、卖票的，都是共产党的眼睛。你去，不是自讨苦吃吗？市里的公园，耳目也太多。想来想去，只有这种葬死人的地方顶保险！我们现在最需要的是秘密！"他絮絮叨叨，像个喋喋不休的老太婆了！

史家禄听他一说，觉得确实姜是老的辣，连连点头，又急不待暇地讲了魏原冰的事和耿爱民、钱英对于瑞祥的态度，那语气和表情，说明他心里很乱，又很着急。

黄源茂一边走一边听，尽管听了这些话心里也急，脸上一点也不表露，他想用自己的镇静换来史家禄的镇静。已经走到柏树丛旁的一条石椅跟前了。他指指石椅，说："坐，坐！不要急，你说的那些事好办！好办！"

"你那边'五反'进行得怎么样了？"史家禄问。

"只要你和于瑞祥这边不出问题，我那边就不会失街亭！"黄源茂说，"我现在用的是软磨韧顶！"

史家禄坐下，石凳冰凉，说："你看怎么办？是不是我要将第三斧赶快砍下去？"

黄源茂肥腆腆的肚皮紧绷绷鼓出来，像是用汽筒打起来的，两只胖眼睛眯成一条缝反问："你的意思呢？"

史家禄掏出手帕擦鼻涕，说："我看，于瑞祥是进了老鼠笼的耗子了。谁也救不了他！目前的问题是要救我！我真怕这个家伙连累我！"

黄源茂点头，说："当然不能让他连累你！我看，决定砍第三斧吧！把他抛出去，丢个车只要能保住你和我，就没问题。"

有几只乌鸦不知从哪里飞来，降落在墓冢间啄食。乌鸦"呱呱"叫着，声音难听。黄源茂似乎感到厌烦，站起来挥手大声吆喝着："去！去！"将几只乌鸦赶飞了。

史家禄关切地问："于瑞祥的事你跟他谈得十分牢靠了吧？"

"谈定了！今天当着你的面再谈一谈！我们三个是拴在一根链子上的，像'隔山买黄牛'——凭的全是互相信任。他要是下了水，我同你在岸上还能拽他起来。他要是把我们都拖下水，只好三个人一起淹死。这道理他明白。"

一阵西北风吹来，扬起一片落叶和败草。黄源茂掏手帕捂住鼻子。

史家禄嘴角战栗，说："我现在心里很乱，六神无主了。这个魏原冰，真混账！他要是不主动交代，那么，搞他也得多花些时间，又可以拖一段时日。他偏偏听说有人揭发就交代了。他的事本来分量不重。看钱英那意思，不该作贪污算，是我硬要把他的事往贪污上扯，耿爱民倒支持我。但能扯成什么样，还难说。"

黄源茂突然从口袋里掏出一张《解放日报》来，叹口气说："唉，今天的报，我是带给你看看的。现在，我每天起床第一件事是听广播，然后就是看报。不能不关心啊！你看看这条消息：共产党的手段真厉害啊！"他叹了一口气。

史家禄打开报纸，按照黄源茂指点的地方一看，大标题是：

上海市公安局逮捕大奸商王康年！

王犯腐蚀干部、盗窃国家资财、骗取志愿军购药巨款，罪不可逭。逮捕后群众拍手称快。

史家禄倒抽一口冷气，默不作声地将整个新闻报道看了一遍。他明白黄源茂此刻的心理状态。王康年的这些罪，除了坑害志愿军这一条外，他黄源茂不也都有吗？他也腐蚀了干部，他也盗窃了国家资财。这'五反'的五条，多多少少，他都能沾边。他黄源茂的罪不轻呀！

史家禄叹息一声说："照这条件，逮捕你也够格了！"他这是脱口而出的。

黄源茂瞅了史家禄一眼，他有点讲迷信，讲吉利，不喜欢听史家禄这么说，吐了一口口水："呸！"他自己心里最担心的正是怕自己将来会有这种下场。他说："你诅咒我？你呢？你是共产党员！国家干部！你更严重！王康年不过逮捕！宋德贵、薛崑山他们可是枪毙啊！"

史家禄体会到自己刚刚失言，引起黄源茂的不快了，马上说："嘻嘻，老黄，你生气了吗？我不是诅咒你！我说的是严酷的现实。我们都坐在一条漏船上，都要意识到问题的严重性，赶快想法子自救。"

黄源茂点点头："我早说过，只要你们这边不出纰漏，我那边就不会翻船。"刚才他是生气了，脸都涨红了，现在转过情绪来，装得若无其事地看着面前那块墓碑转移话题说，"去阜宁的人回来了！"

"是吗？"史家禄本来也正要问这件事，忙不迭地问，"怎么样？"

"去的人假说是上海去的干部，见到了耿爱民的女人杏妮，给她带去了一些衣料、吃食，说是耿爱民转托人让带给她的，还给她带去了一个三钱重的金戒指和一笔钞票，说是让她花用的。叮嘱她：耿经理嘱咐，这事千万不要对别人说，写信也不要提起。那女人是个村长，看来还挺有原则，问：'为什么？'回答她：'不清楚，是耿经理这样嘱咐的。'她先是不肯收，后来，硬给她留下了就回来了！"

史家禄的净脸上绽出兴奋，巴掌拍着大腿，说："好极了！这样处理最巧妙！"他灵机一动，说，"老黄！你说的三斧头，我们再来加上第四斧如何？"

黄源茂歪脸望着史家禄，像要听听他怎么说。

史家禄说："第三斧是抛于瑞祥！第四斧是对着耿爱民狠劈下去。这检举信写到市的节约检查办公室，让老耿作替死鬼！"

黄源茂哈哈地笑了，点着头欣赏地说："老兄真有噱头。这第四斧加得好！但我看索性来个五斧头！第四斧我们给耿爱民把那张照片先寄去，让他不得利索！然后，到一定火候再砍第五斧，揭发他贪污盗窃，并派人到他家乡调查。势必搞得他跳进黄河也洗不清！"他说得得意，把先一会儿的忧虑和不快都一股脑儿丢到脑后了。

史家禄思索着黄源茂的话，说："你这分两斧砍的办法太妙了！就这么办！但是，这匿名信谁写呢？我已给出版社写过三封匿名信了！笔迹再改也困难。说不定写多了会被核对出来的。这信由你写如何？"

黄源茂两只小眼睛骨碌碌转，心里想：让燕蓓芬来写吧。但不明说，说："可以，信由我写！但稿子你拟的好。现在——"他摸出一个小本子拔出钢笔，说，"你口授，我来记！回去照抄了就挂号发出。"

史家禄点头，说："好，我来拟稿。"他用口授的语气，思索着，一字一句地念着说："中共上海市委增产节约办公室负责同志：——"

黄源茂一字一句在小本子上记录着。

史家禄继续念："我们是几个出版社的干部，对经理耿爱民的贪污罪行及腐化堕落行为感到十分愤怒，曾向领导检举。但支书兼社长钱英对耿一贯包庇，不闻不问，所以只好向市委再行揭发。……"

黄源茂说了声："好！这一来，把钱英又搅和上了！就得让他也不清不白才好！让他受受罪吧！于瑞祥是他介绍到出版社的。他要搞于瑞祥，也不能不牵连到自己。现在把耿爱民同他又扯到一块，他更陷得深了！"

史家禄双手拢在衣袖里继续念着腹稿："耿爱民自从进城以后，受资产阶级思想腐蚀，羡慕上海资产阶级花天酒地灯红酒绿的生活，平时伪装简朴，实际偷偷出入歌场舞厅，为证明事实，我们曾跟踪耿爱民，并拍摄下他与下等女人交往的情景（照片一张附上）。我们怀疑，耿爱民还有更腐化堕落的行为，只是没有被揭露罢了，耿爱民善于伪装。他与钱英在处理接收你'正中书局'仓库的物资时，很可能有共同贪污的行为。而且，耿爱民与资本家也颇多接触。……"

黄源茂停笔说："不行不行，这样写不行。这样很容易扯到我的身上了！"

史家禄点头，说："你把这句划掉。我再往下念，文字不必讲究，只要内容有力！"说着，又打着腹稿念道："而且，耿爱民收受贿赂之外，他住在社里，我们怀疑他曾盗窃社里物件出售。……"

黄源茂装出得意来壮胆，说："哈哈，这一来，以后再把第五斧砍去就更有劲了！"

史家禄点头，斟字酌句地说："总之，我们认为耿爱民是我社的大贪污犯！'三反'运动如果只拍苍蝇不打老虎，就不能符合中央和毛主席的要求。出于对革命负责，特检举如上。"念完，他问："你看怎么样？"

黄源茂斟酌着，忽然说："分量还不太够。要打耿爱民就得分量够。不然，打不死反会被它咬一口。是不是第五斧头也加上！一封信里两斧头，就凶了！添上一段，说耿爱民贪污以后，据悉曾将款及金饰等物偷偷捎回家乡阜宁交给其妻秘密窝藏。这样，倘若有人去苏北调查，杏妮说了既不好，不说也不好。钱她总要花掉一些的，只要钱花了！不是贪污也有口难辩。你看怎么样？"

史家禄笑了，说："妙极了！妙极了！你今天回去就办这件事。明天这封信就可以到市委了！"

黄源茂脸上有疲倦眼里有兴奋，说："我一定扎扎实实办，而且造个假地址挂号寄去！但不知会不会受理？"

史家禄冷笑笑，说："当然会受理！你放心。现在正在运动的风头上，巴不得老鬼越多越大越好！耿爱民他跑不了！这下我算比较放心了！他的目标总比我大呀！搞了他，我兴许就滑过去了！只要把于瑞祥这一关把守好，我看出不了问题！"

黄源茂也高兴，说："老史，我们同心协力共渡难关。有朝一日，运动过去了，我请你再到舍间庆祝，让蓓芬给你亲手办一桌好菜。哈哈，将秦小姐、裘小姐她们都请来陪你打麻将。你的事到那时也该定下来了！我看这两个小姐都不错！你就挑定一个！我记得你是五月里过生日吧！我想，到五月里这断命的'三反'、'五反'早该结束了！那时，同你祝寿，喝你的喜酒，我们俩要合作发财，越发越兴旺。哈哈……"

他讲的事史家禄觉得很遥远，但感到几分鼓舞。也真有趣，在这到处是坟墓的公墓环境里向往着未来的快乐美景，确实十分别致。风，寒冷刺骨，阳光晒下来的一点热气都被寒风吹散了。史家禄拉起羊毛围巾捂住了嘴，叹口气说："唉，现在才二月初，往后的日子怕连一天都不好过啊！我这下算是尝到'大张旗鼓、雷厉风行'的滋味了！"

黄源茂看看手表，说："快到时间了！于瑞祥也该来了呀！"

寒气无声无息地袭来，身上浮起了鸡皮疙瘩。史家禄说："他不会不来吧？……"正说着，见一个瘦矮的穿蓝棉布干部服戴蓝棉帽子的人，戴个大白口罩捂住半个脸，正蹒跚着在远处一边张望一边走来。正是于瑞祥！

黄源茂站起身来，拍拍巴掌，"喂"了一声，招招手。

于瑞祥看到了，急匆匆地跑回来，棉帽子上的两只护耳像猪耳朵似的一甩一甩。

史家禄看着他说："怎么现在才来？等你好久了！"他是故意这么说的。

于瑞祥看看手表，说："哪迟到了呀！比老黄约我来的时间提早了半小时呢！"

黄源茂让于瑞祥挤坐在自己身边，说："开门见山地谈吧！老于，你可能还不清楚。你的处境已经像'瓮中之鳖'了！检举箱里有检举你的信，而且不止一封。马上要开始搞你了！"

于瑞祥刚揭下雪白的大口罩透气，一听黄源茂的话，像迎面给泼了一盆冰水，脸色十分难看，嘴眼都歪曲着，说："那怎么办？"

史家禄苍白着脸说："你没有知道！可我却知道。我参加支部会，已经决定拿你开刀了！"说着，把魏原冰坦白交代的事一说，加重语气地说，"其实，魏原冰的事儿并不严重，严重的是你的事。因为你是留用的旧人员，你过去就可以算是资本家。不搞你搞谁？……"

于瑞祥翻着两只死鱼眼睛，张着嘴，说不出话来。

黄源茂责怪地说："你平时又太不检点。大约你跑舞场玩女人什么的这类事，人家早掌握材料了！这次，显然你是逃不脱的了！"

于瑞祥尽量冷静下来，脱下棉帽，额上有汗水，冒着热气，又说："怎么办呢？"

黄源茂叹口气说："唉，如果没有你，我们平平安安一点事也没有。有了你，怕连我们也要倒霉！我问你！我以前对你说过的话你答应了，算不算数？"

手瑞祥掏出手帕拭汗擤鼻涕，连连点头，说："当然算数！决不变卦！我保证砸碎骨头熬不出油。剥皮抽筋咬紧牙不说，割舌剜眼也不承认！"

史家禄瞪着大眼说："老于，我今天同你讲的都是党内机密。同你讲了，让你心里有数。可是，这就泄露机密，你可要稳住，假作无事，千万不可在社里露出破绽来！"

于瑞祥用脚踢着地皮，一下又一下，点头说："那当然！"

黄源茂握拳做着手势，说："你首先要顶住，坚决不要坦白交代！拖时间！共产党的一套，诳骗你交代，你交代了照样关你、杀你！不承认同承认一样。你看魏原冰，自己交代了，不照样还要搞他！"

于瑞祥没有作声，只点点头。

史家禄教诫地说："现在，据我所知，还没拿到你的贪污证据。所以老黄说得对，你要顶住，千万别讲，什么都不要讲，不承认！这办法最好！"

于瑞祥点着头说："我一定顶住！"

黄源茂眨着小眼睛说："我们今天谈妥当！你分三步走！第一步是顶住，顶到实在不能顶了；就实行第二步，只承认有腐化堕落，生活上的腐化；到第二步也实在不行了，就实行第三步，只承认有一点点的收贿行为什么的，就捏造说别的商人给你行过贿。这种罪不会太大的，但坚决不能承认贪污或同我们有什么关系！"

于瑞祥苦蹙着脸，点点头说："这我知道！你上回同我说过了，我决不会连累你们！"

黄源茂用那口沙哑的扬州人讲上海话的口音说："退一万步，如果将来贪污上面被他们攻开了口子，涉及我了！那你只能承认自己的责任，不要对我落井下石，这点做得到不？"

于瑞祥赌咒说："当然做得到！我要是说话不算数，叫我天打五雷轰！要是他们逼我逼狠了，我就乱咬他们！"

黄源茂带三分高兴，说："嗯，这倒也是个巧妙的办法。你咬咬耿爱民，说是他贪污了分了钱给你，让他有嘴也没处辩。谁叫他们逼你的？逼急了，不乱咬又怎么办？是不？先一会儿，我跟老史在谈，我们三个像拴在一条链子上，你落下了水，我俩在岸上还能救你起来，拉你上岸，如果你把我俩都拉下了水，只好三个人一起淹死！这道理你总该懂吧？"

于瑞祥点头："我懂！"他脸上一副六神无主的样子。

黄源茂脱下帽子搔搔秃顶，说："我是有身价的人！老史是党员，是副经理。只要不牵扯到我们。你出事以后，你的女人、小孩的生活你尽管放心。我们全包了！准保叫他们生活得好好的，等着你出来团聚。"

于瑞祥胆怯地问："我会不会被枪毙？"

史家禄安慰他说："别想得太严重了！你的罪哪有那么严重！当然，现在办事灵活得很，也没有个法律条文可查。但我想，关起来也许可能，处死刑，你还嫌太小！"

黄源茂两只精明的小眼睛盯着于瑞祥，说："老史懂政策！他的话你可以相信！"

史家禄眼眶深凹，说："以后，在社里你别老是用眼睛对我看，别偷偷同我说话。我也不理你。不但不理你，运动开始了，我还要装作狠狠搞你，划清界限，懂吗？假戏要真做！这对你对我们都有利。你心中要有数，我先打你招呼！你别忘了！"

瘦矮的于瑞祥可怜巴巴地说："我心里有数，不会忘的！"

黄源茂从干部服口袋里摸出一只信封袋来，递到于瑞祥手上，笑笑说："哈哈，这点，是我的心意。你拿着，你不要太怕！我看，运动过去以后，我们重新合作还是有机会的。目前，只是要把这场运动挡过去。京戏《八大锤》上，王佐还有断臂的苦肉计呢！你自己要钻进革命单位里工作，这叫自讨苦吃。这不，一整资本家就整到你头上来了！怨不得别人！我们既然同你合作了！得讲义气！你也要讲义气！……我们三个人今天的攻守同盟就这么定了，好不好？"

他话未说完，一阵西北风刮来，又卷起满地灰尘。三个人都闭上眼捂住嘴。

风过去后，于瑞祥又把头直点，说："老黄，老史，你们放心！我一定说话算数！一定算数！"

黄源茂看看史家禄，说："老史，话就这么大家谈定了！我们三个人也不要一同回去！这样，你先走，然后，我再走，最后老于走！"

史家禄觉得黄源茂真是个帅才，他既像一个司令，又像一个军师。

史家禄拔步离开柏树丛旁的石凳。后来，他回头看了一眼，见黄源茂同于瑞祥仍坐在无数坟墓前的那条石凳上聊天，态度很亲切。他心里不禁想：不知他们又在商量些什么？……他的心情很复杂，像打翻了五味瓶。他想起过去，又想到现在，更想到未来。过去，他曾在为革命干地下工作时舍生忘死。现在，他却成了一个出卖党的利益同黄源茂和于瑞祥相勾结在一起的贪污盗窃分子。为了逃避惩罚而在秘密策划。未来，会怎样呢？远望着那片枯草丛生、光景惨淡的墓地，他心里惶惑得很。……

像陷身梦幻中似的，我又来到蒲石路，站在当年出版社办公的三层楼洋房的大门外了。透过紧闭的大门缝隙处我张望到里边的情景。故屋无恙，人事全非。几十年风风雨雨理应早该剥蚀的大铁门经过修葺给人一种没有多大变化的感觉。只是花园里那些树木都变得高大了。有录音机在播放台湾校园歌曲，乐声若隐若现从窗口里飘来。

　　小梁那天告诉我："你不必再去看望那幢房子了！那幢房子的男主人死在台湾了！女主人在美国定居，去年从洛杉矶回来探过亲。房子发还给她了，听说如今由她的一个什么亲戚在里边住着。……"

　　啊！时光流转，日月如梭！我简直说不出自己有的是一种什么样的感想。但我稍一冷静，就明显地感到这种做法是合乎唯物辩证法的。这也正同"一国两制"的提出以及改革开放中一系列政策的提出一样，是在创造、发展中运用马克思主义。从祖国统一的大处着眼，实行这样的政策对人民是有利的。

　　可惜我们曾在极"左"的思想指导下，有些事曾丢弃了马克思主义，在搞机械唯物主义和主观唯心主义，以致给共和国及其人民带来过那么多灾难和不幸。

　　过去，只要运动一来，总是先反右。这样，必然是给"左"大开绿灯。当年在这幢房子里搞运动时，先反右倾，然后大胆怀疑、大胆假设，一再强调"深山密林，必有老虎"的情景，又浮现在我眼前了！……

　　啊，往事如烟，往事如烟！……

（十）

出版社成立了"打虎队"来进攻贪污分子。

梁锦兰是打虎队长，任敏是副队长。打虎队员的名字用红纸写了张榜贴在楼下过道里。

楼下那间平日开全社大会用的大厅，现在被布置得杀气腾腾！墙上到处贴着大字标语和大幅漫画。大字标语写的是"坦白从宽，抗拒从严"、"擦亮眼睛，检举揭发"、"贪污分子不投降就叫他灭亡!"、"不获全胜，决不收兵!"、"拒不交代，死路一条!"、"大张旗鼓，雷厉风行将三反运动进行到底!"……

所有漫画，都出自美术编辑刘锡的手笔。他是个二十八岁的青年人，解放前在一家广告公司画广告，解放初招聘进来的。他画的漫画很像漫画家米谷的风格。这些天，他日夜赶绘漫画，画一幅就往会议室贴一幅，已经画了十几幅。他打算把楼下、楼上走廊、过道里都贴上漫画。然后，每间办公室里也贴上漫画。

他画的漫画中，有的使人看了想笑，有的使人看了痛恨贪污分子。有的让贪污分子看了会坐立不安。有一幅漫画画的是一个贼在挖墙脚，偷了一大包东西要逃跑，贼的身上写了"贪污分子"四字，墙上写的"社会主义事业"六字，标题是："抓住他!"也不知为什么，史家禄感到那个贼的嘴脸很像自己。刘锡这个浑蛋，为什么要这样？他是不是故意的？……有一幅漫画，画了一只凶恶的大老虎隐藏在草丛中，一个戴高度近视眼镜的人摸索着在向草丛行进，标题是："我怎么看不见有老虎？"……有一幅漫画，画的是一个贪污分子背上驮着一大包赃物压得喘不过气来，标题是："快坦白交代! 快放下包袱!"偏偏这个贪污分子史家禄又感到很像自己，心里更不是味。……有一幅漫画是：一小撮贪污分子像过街老鼠东逃西窜，四面围着高大的巨人般的群众队伍，众目所视，众手所指，对准那一小撮逃不脱的贪污分子，标题是：

"哪里逃？"……更有一幅漫画，画着一个穿干部服的人同一个脑满肠肥的资本家穿着连裆裤子在偷盗国家财产，标题是："揭发检举这种人！"。也不知为什么，这个干部的脸型和眼睛，史家禄觉得像画的是自己。

标语加上漫画，使出版社里充满了搞运动的气氛：紧张、热烈、严肃，也有些乱糟糟。人们多数板着脸不说话，互相之间很少有人谈笑风生。打虎队已经组成。一些年轻人同贪污无缘被当作积极分子使用的，很喜欢搞运动。他们丢下本职工作，有的去布置环境，像张贴漫画和标语等；有的去参加查账；有的去寻找和研究蛛丝马迹；有的奉派出去搞调查。比如，魏原冰交代他写稿的问题后，就有一些人四处去几家私营出版社和报社调查他交代的情况与实际是否符合，也到他住的里弄里找干部调查他家庭的生活情况。

正常的业务工作基本停顿了！出版社嘛，迟出或少出点书似乎不是什么大问题，耽误了运动就是政治问题了！虽然上边也说过要"生产、运动两不误"，但要两不误总是困难的。钱英同耿爱民商量，想搞两套班子：一套搞运动，一套搞工作，原则是这么定了，但人员调配不开。只能尽量调拨少数人来处理日常工作上的事务。好在全市各单位都在搞运动，大家都自顾自地忙碌，工作业务上的交往事实上也大大减少了。钱英自己经常不断要出去开会。一会儿是市委召开的会，一会儿是出版印刷系统的会，一会儿是全市性的交流"三反"运动经验的会。他人很疲劳，明显地看出是消瘦了。

头一天下午，全社人员在楼下会议室开了大会，钱英主持。让魏原冰在大会上向全社人员作了交代。他的情况经过内查外调，已经弄清。同他交代的是一致的。钱英这样做的目的，是让魏原冰的自我交代起个带头的作用，启发有问题的人，也学魏原冰一样坦白交代。准备让魏原冰交代以后，他的问题就暂时告一段落放在一边，等将来具体政策条例下来后再作处理。在告一段落后，按照市委传达的政策，可以解放魏原冰，让魏原冰恢复工作，甚至也可以让他参加打虎队。

但，魏原冰是个犟脾气。在交代前，钱英和耿爱民同他谈了话，要他在交代时先承认是贪污，从贪污的角度做出检查。魏原冰坚决不同意。他强调："我可以交代全部情况，但不能承认是贪污，因为我还认识不到这是贪污！"

耿爱民说："你既不承认是贪污，那为什么要交代？"

"因为有人揭发检举我，我知道了，觉得应当交代出来让组织上了解。"

"你一点不认为自己干的事是贪污吗？"

"至少，我头脑里还不明确！……"

强迫他显然是无效的。钱英最后个别同耿爱民说："这事的政策界限确实还不清楚。我们是重事实重证据的。他肯说出并承认全部事实，就行了！如何处理等到运动后期再说。现在不必一定要给他戴贪污的帽子。"

耿爱民起先有点踌躇，后来也表示同意。

魏原冰就作了交代。他作交代后，钱英除了号召有问题的人赶快学魏原冰坦白交代争取宽大处理外，并且宣布解放魏原冰，让他专门承担处理编审部来稿的工作。

谁知，会议结束，钱英刚回到二楼自己的办公室里，李应丰一脸正气地来社长室找钱英来了。

李应丰因为打虎队没有安排他当副队长，心里有情绪。外加，他原来建议将魏原冰关起来坐小房间隔离审查，交给打虎队审讯，钱英不同意，他也不满。现在，开大会听魏原冰交代时，史家禄同他坐在一起。史家禄吸着香烟，看得出李应丰闹情绪，故意轻轻挑弄他说："小李，你是打虎队副队长吧？"

李应丰翘起尖下巴瞅瞅史家禄，想看看他是开玩笑还是真不知道。见史家禄脸上平静，以为他是真不知道，回答说："我哪数得着！"

史家禄苍白的脸上表情惊讶："呵，你不是？是谁呀？"给李应丰的印象似乎是支委会讨论时本来决定是李应丰，后来被谁改变了！

李应丰生气地说："管他是谁！"

史家禄亲切地说："不去计较那些！只要你好好表现，在运动中做出成绩，运动后期我一定来当你的入党介绍人！"

后来，魏原冰进行交代时，史家禄专心注意于瑞祥的表现。他发现于瑞祥脸色铁青，两只死鱼眼睛老在骨碌碌转，心里很不平静的样子。他心里很生气：这个家伙！一点也不沉着！颇担心于瑞祥会不会违背诺言，中了钱英的攻心计。魏原冰结束交代后，钱英在说话。史家禄对李应丰说："你注意了吗？魏原冰这种交代检查怎么行呢？这么一只大老虎他连贪污两个字都不提！像这样子算是打虎吗？"

李应丰连连点头："不像话！我要找老钱提意见去！"他的"左"的情绪被煽动起来了！

史家禄故意劝阻："算了吧！看来，他们喜欢魏原冰！……"那意思是说在包庇魏原冰。

李应丰不作声了，心里想：这是包庇！钱英、耿爱民你们就是偏心！喜欢一些人，排斥我这样的积极分子！

所以，会议结束，李应丰风风火火来找钱英了！

钱英正在看文件。市委发的增产节约简报上登了许多单位的情况和案例。他在研究、比较和分析。对搞运动，他自觉缺少经验。反贪污，这类经济上的犯罪事情又是极复杂的。他很怕掌握得不好，会扩大化，打击了不该打击的人，也怕会放走了应当打击的贪污分子。他先看到了一会儿梁锦兰交来的一个文件夹，里边有不少检举箱里的新的揭发材料，也有一份打虎队员交来的研究蛛丝马迹的表格式材料。钱英看了那些材料，心里不安。材料中，对史家禄、于瑞祥、石勇等提出了怀疑，但没有具体、扎实的材料。还有些材料，界限混淆得很厉害。例如，开作者座谈会后，有人将吃剩下的糖果拿去吃了；公家发的擦手毛巾，有人带回家用了。这些点点滴滴的事都被作为贪污……钱英觉得群众热情可贵，不能泼凉水，而且还要进一步发动群众来揭发检举，但自己必需头脑清醒，尽量稳健，所以，看文件时，很想从外单位的经验体会中得到启发。这时，李应丰带着怒气来了。

一看李应丰满脸愠色，钱英明白这个年轻人是来提意见的。

李应丰翘着尖下巴，瞪着眼说："老钱同志，我来提个意见，行不行？"

钱英点头："当然行！你坐！"他指指对面的一把椅子。

李应丰理直气壮地说："我看，老钱，你有点右了！群众有意见呢！"他是用"群众"来压钱英。

"右了？"钱英不解地问，"怎么呢？"

"比如，对魏原冰！这样一只大老虎，而且是我们出版社第一只大老虎！材料确凿，你就随便高抬贵手放了，这能行吗？这不是挫伤群众的积极性吗？而且，从整个社来说，运动开展迟缓，打虎队的领导不力，成绩可怜！我老早摩拳擦掌了，可是无虎可打。这不是领导思想上右了是什么？"

钱英思索着他的话，觉得同这年轻人多辩没有必要，显得不虚心，理应将各种意见都听听，自己做出抉择。所以，点点头，说："你提的意见很好，我们一定好好考虑你的意见。但我从思想上检查，右倒还没有。我们要重事实、重证据。目前许多调查工作还正在积极做，并不是停顿不前或开展迟缓。"

李应丰气鼓鼓地说："我反对你对魏原冰这样无原则的宽大！"

"你认为应当怎么对待他？"

"这种贪污分子不能再让他当干部当编辑！应当让他劳动！让他打扫厕所，让他扫地！"

"让他干的工作也是脑力劳动嘛！那摊工作需要人做嘛！你说，我们出版社的运动应当怎么搞？"钱英虚心地问。

"打虎队既然成立了！就该打老虎！把有嫌疑的贪污分子都交给打虎队审问。再把那些跟我们出版社有来往的资本家都找来审一审。你看吧！领导要是把这任务交给我，我一定很快拿出成绩来！"

钱英摇摇头："那样，恐怕不行吧？嫌疑并不一定都是事实。调查研究应当走在头里。要不，如果大家审问逼供，不要乱套了吗？"

"所以，我说领导上右了呀！前怕狼后怕虎的，怎么打得出老虎来？老虎不但凶而且狡猾，你右，正好成了老虎的保护人！"

钱英有些生气，说："如果我有保护老虎的行为，谁都可以揭发检举！"但想想这话是带着气说的，不妥，忍住气又说，"你提意见很好，我个人会好好考虑的，也会将你的意见拿到会上研究的。"

李应丰见钱英脸色不好看，明白自己扣了钱英一顶"右"的帽子钱英反感，心想：也不能太得罪他了！语气和缓地说："我一直想入党！这次运动中，我向党保证，一定党指到哪里，就打到哪里！一定争取有好的表现。目前，我感到自己有劲儿使不上，有力气用不出，所以……"他的话已经说得很明白了。他是希望得到重用。

钱英看得出这一点，对李应丰这个人他有一定的了解。他不喜欢用封官许愿的方式对待下面的干部。他点点头，说："你不是在参加查账吗？查账是十分重要的工作，你应当和大家一起踏踏实实把这工作做好。"

李应丰摇头："账是死的！贪污分子在账面上可能啥问题也没有的。查账我看是走走形式！会计、出纳有问题我们是查不出的。我不懂会计，查账没劲道！外边有些单位已经打出许多老虎了，我们真可怜。为什么不能也像人家一样猛烈发动进攻呢？"

钱英唇边浮起一点防御性的微笑，说："以后，要干的事还很多很多，可以考虑再干旁的。但目前一定要将查账的工作做好。小李，我们打虎的目的是什么？我看，是要反掉贪污这种污毒，将本单位的贪污分子揭出来。将内查外调的工作慎重做好，才可以心中有数、实事求是地打胜仗。不打不行，乱打也不行！"

李应丰心里不以为然，也不多说，站起身来，说："我走了！"心里想：我一定要写信给上级，反映你的右倾！他气鼓鼓地走出社长室，脸上怒气腾腾。

钱英看着李应丰的背影，心里波涛起伏。刚才，李应丰说他"右"了，对他形成一种刺激。他头脑里反复地问："我是不是'右'了?"

其实，李应丰提出这问题之前，钱英这两天早在思索着这个问题了！

昨夜，他回家时路过江西中路，恰巧碰见从一幢大楼的三楼窗户里跳下一个自杀的女人来。真是惊心动魄的景象，跳楼的女人"啊——"地叫着，"乒"地着地，着地后有人上去扶她，她跳了几跳，鼻子里流出血来。围观的人一大群，跳楼自杀的女人被送进了医院，看来是活不成了！围观的人中有人议论。一个眼睛凹凹精瘦的中年人，带广东口音，对一个像他妻子模样的人说："这两天，跳楼自杀的好几起了！'三反'运动谁不拥护，太'左'了就不好了！……"

他回家后，忙着打开封着的煤球炉淘好米做饭，一直在思索着路上看到的这件惨事。自杀的女人，也许是个罪大恶极的贪污分子畏罪自杀；也许是个被冤枉了的嫌疑者受屈自杀，但，反正如果处理得当，是可以防范发生自杀的。

后来，汤雪下班回来了！她买了菜，又将小星星从楼下金老太太那里接了回来。小星星独自忙着脱鞋上床玩积木。他忍不住把刚才目睹的那件惨事讲了，然后将自己准备解放魏原冰的打算遭到李应丰反对的事也讲了，最后说："汤雪，你看我是不是有点'右'啊?"

汤雪在泡一把粉丝，打算做鸡蛋粉丝汤吃，用两只好看的大眼睛望着他，说："我不认为你右呢！'左'还是'右'要看是不是实事求是！不实事求是，就会不是'左'就是'右'！我看你处理问题的思想是实事求是的，就不要怕被人说右！比如这个魏原冰吧！说他是贪污，别说他想不通，我也想不通。老耿和老史他们，倒是不是有点'左'？"

钱英摘着一把芹菜，说："'三反'运动，大家都拥护，只要不是贪污分子，都认为应该反贪污。正因为这样，搞时更要慎重。群众起来了，热情很高，既要不伤害群众的积极性，又要将群众发动起来。全靠领导艺术。干这种事，'右'，会妨碍运动的进展和深入，'左'，似乎比'右'容易。但'左'了就可能出人命，扩大化！我们党的历史上，有过'左'的教训。现在，让我这个缺乏经验的人来领导运动，我真有如履薄冰之感。"

汤雪来帮助钱英摘芹菜的叶子，说："我们那里倒是搞出一个大贪污分子来了。此人在给公家盖房子时，与私商勾结偷盗建筑材料，群众要求逮捕他，也有嫌他不老实要动手打他的，但被说服禁止了。反正，我看不是群众要怎么就怎么，而是要掌握政策进行引导，不做尾巴主义者！"

钱英问："这个人现在怎么处理的？"

汤雪在自来水龙头上洗芹菜，说："关小房间了！隔离审查，不让他回家，由打虎队在内查外调。"

钱英忽然想到李应丰曾提议将魏原冰关起来坐小房间交给打虎队审讯，不禁思索着说："有些问题我也没有想成熟。比如隔离审查囚禁在小房间里吧！这种做法，不采取不行，采取了也不好。随随便便，任何一个单位都能随意把一个人关起来，又不是法院，又不是公安局，合不合适？开了这样的头，人民的权利就似乎没有保障了！但现在，允许这么做，有权的人说话就成了法律，这样好吗？"

汤雪笑了，说："书呆子！这我倒跟你看法不同！我们是人民民主专政的国家嘛！对于贪污分子，难道关一关、专政起来不可以？你那是受旧的法律观点的影响，现在，允许这么做的嘛！"

钱英先是点头，说："是呀，对证据确凿需要隔离的贪污分子现在是允许这么做的。但我想的是一个国家法制总是要的，没有法制，会天下大乱的！会造成许多冤案的！我们应当有一部人民的法律，那当然绝不是国民党的‘六法全书’所能比拟的。今天，新中国刚成立不久，还来不及有一部比较完整的法律，但今天没有，将来也该有！不能随随便便允许关人、抓人、侮辱人。公民的合法权益应当有保障，不犯法的人应当受到保障，犯法的人应当按照法律治罪。大家做事都能有法可循，有法可依！"

汤雪点头笑笑说："嗨，有点道理！可是搞运动嘛！也顾不得那么多了！国家刚建立不久，又在抗美援朝，哪顾得上这些！"

钱英将洗完的芹菜拿到锅上去炒，又说："我找魏原冰谈话时，他就说：‘要是有部法律就好了！我可以知道怎么是犯法，怎么不犯法？也可以知道自己应当算有罪还是无罪！’我认为他这话说得很真，也是有道理的！"

小星星要喝开水，汤雪忙着给她去倒开水。后来，两人忙着炒菜、吃饭，谈话没继续下去。但今天，李应丰来提意见后，钱英不禁又回想起昨晚的这次谈话来了，他皱眉思索着，将魏原冰的事放在自己心上那架天平上称了又称，觉得处理得并不右，但将于瑞祥的事放在心上那架天平上称了一称，就感到自己确实有点右！他拿起梁锦兰送来的卷宗材料继续翻阅。检举箱里在检举史家禄的材料中，有一份说史家禄与资本家黄源茂关系密切，业务上与黄源茂来往最多，有人见到史家禄同黄源茂一起走进"叶子"咖啡馆里去过。他觉得李应丰的意见，正如斯大林说的：哪怕有百分之五正确的也该接受。他决定要在于瑞祥和史家禄的事上寻找突破口。关键当然还是只有一条：走群众路线，搞好内查外调。他看到打虎队的追查蛛丝马迹的材料中，有一份是调查那些同出版社有联系的资本家的材料。"三反"同"五反"如今是紧密相连的。打虎队在外调资本家时，那个黄源茂一口否认他同社里任何人关系密切。但有的资本家却说："你们的史经理和于科长同黄源茂经理要好，生意差不多都让黄源茂做去了！"钱英自己对史家禄最近的表现也有一种感觉。史家禄的态度常常不正常，有一种神魂不定的样子。仔细回想一下，他老是好像在要把运动引到别人身上去。那是为什么？请军管会那位同志转托公安局检验的那三封检举信的笔迹，结果已经送来了，结论是："像是同一人的笔迹。"这结论不太肯定，看来公安机关在检验笔迹方面还不能做到完全有把握。不过，结论虽不完全肯定，也包含了基本肯定的成分在内。钱英不禁想：史家禄这样鬼祟干什么？……他觉得群众的力量真是巨大的，按现在的步骤与做法努力做下去，抓紧弄清于瑞祥和史家禄的情况十分必要。

这样做了决定后，他倒感到心里轻松些了。他将那些材料继续一份份翻阅下去，沉浸在思索中……

门，忽然"剥啄"敲响了！他叫了一声："进来！"

进来的是门口传达室的老传达冯玉明。这是财务科出纳田寒晖的一个表叔，出版社里需要一个看门的，冯玉明本是"英联造船厂"的老工人，年老体衰退下来了。由田寒晖介绍到社里来工作的。冯玉明来送一封信，说："刚刚一个女同志送来的，说是重要信件，让快送给你！"

冯玉明老头走后，钱英拆开信来一看，一笔娟秀的钢笔字呈现在眼前。信是一个名叫卢肃的女同志写来的：

钱英同志：

我名叫卢肃，是纺织工会的干部。我同贵社的魏原冰同志过去是同学，后来建立了恋爱关系，最近，他为写稿事，在运动中被人检举，他已将全部情况据实向组织作了交代。我同他相交多年，对他有较深的了解。他家有老母卧病，弟妹三人都在上学，经济一向困难。写稿是为了以劳动所得来维持家庭。他对革命一向热爱，对工作一向认真负责，写稿全部用的是夜晚时间。而且，本人一向严格注重品德修养，不义之财是决不会取的，当然更不会做贪污盗窃勾当。但现在由于界限不清，似乎将他写稿得到稿费的事与贪污相提并论，我认为是不符合党的政策的。写稿是否是一种艰苦劳动？如果肯定这一点，那与不劳而获的贪污盗窃是否应当区分？国家干部是否不能在业余写稿？过去无此规定，现在也未见有此规定，那能否将业余写稿就列为贪污？如说稿费系来自私营出版社，似乎这就是收受资本家的金钱应算贪污，那请问目前上海数十万私营厂的职工，每月从资方。取得的工资是否也应都作为贪污论处？凡此种种，不但魏原冰同志想不通，我也想不通！

　　贵社派出的打虎队员，日前曾来我单位调查我的情况，并又通过我调查魏原冰同志的情况。我除如实反映外，我单位领导已嘱我站稳立场，与魏原冰划清界限。但我觉得应当站稳的是党的立场、无产阶级的立场，应当划清的是政策的界限、是与非的界限。魏原冰如是贪污分子，我一定会毫不留情地揭发检举。但他不是贪污分子，我也决心不能无中生有落井下石。魏原冰近来心情极坏，我也受他影响，但考虑到对党对革命负责，理应将事实真相和真实的想法向您汇报。您是魏原冰的领导，过去常听他说起您为人心直，政策性强，本想前来当面汇报，并听取教诲，但考虑到您忙，而且我也不愿到贵社抛头露面，所以写上此信。目的并不是要为魏原冰同志辩护，而是希望弄清是非界限，保证运动健康发展。信中倘有错误及不恰当之处，请予批评。写此信时，我也顾虑重重，深知万一不幸会蒙受立场不稳之嫌，但事关个人，也关运动，就不考虑到别的了！您忙，信可不复，但应从党和人民的利益出发，也从爱护年轻的同志这点出发，能俯听一下我的微弱呼声，则不胜感荷之至。

　　此致革命敬礼

卢肃敬上

1952 年 2 月

桌上的一只小钟滴答滴答。钱英读完了卢肃的信，眼面前仿佛出现了一个有个性的正直的年轻女干部的形象。他没有见过魏原冰的这个对象卢肃。但文如其人嘛！读了信，仿佛看到卢肃带着询问和质疑的表情站在面前似的。他心里觉得卢肃信上写的是有道理的。但现在正在搞运动呀！如果马上就宣布说：魏原冰不是贪污，弄错了，那同李应丰等这样一些群众思想上的距离太大了。群众刚发动起来，就这样泼凉水显然是不利于运动开展的！但他心里作了决定：到适当的时候，可以实事求是说明魏原冰的问题。好在，在今天的会上魏原冰作了交代以后，已经作了决定：让他恢复工作处理稿件。下一步，是可以让他也参加打虎的！

　　这样想着时，他的心里变得比先前轻松些了。他将卢肃的来信顺手也放在那个文件夹内。

　　　　反对贪污、浪费，反对资产阶级思想腐蚀，始终是需要的。不开展群众运动，也不意味着不走群众路线。群众路线也始终是需要的。

　　我这次来上海，听说了一件新鲜事。有一些里弄里，赌风曾经一度很盛。有些赌徒一个个都赌昏了，旷工的、偷窃的、卖衣物的、打妻子的……什么都有。那些赌徒的妻子们终于组织起来了。她们成立了一支禁赌队，"侦察"到了赌窝，团结起来根据法律一起去禁赌。结果，由于态度坚决，又能合情合理地掌握火候，正确对待，更得到公安部门和政府部门的支持，那些男人们一个个都乖乖地戒了赌。

　　男女双方组成的家庭，双方都有维护的必要。妻子对丈夫或丈夫对妻子的规劝与监督十分重要。我这次来采访的这个案件中的主要当事人E的妻子，如果是个识大体、明大义的人，E恐怕就不至于坠入深渊不能自拔了。现在有些人收入工资不高，但大把大把花钱就像流水。钱从哪里来的呢？这种情况首先能察觉的应当是自己的伴侣。有责任的伴侣遇到这种情况，怎么能视而不见，"心里明白装糊涂"呢？

田瑛不知哪里去了？多少年来都打听不到！这次问起小梁她也不知道。我在采访E的案件时是常想起她的。史家禄贪污的事，她是规劝过的。而且史家禄很多事都瞒着她。在史家禄犯罪的事上，她没有责任。想起她，我心中不禁涌起一阵同情。她身体不好，也许早不在人世了吧？……

（十一）

史家禄家住在金神父路花园坊。金神父路改名叫瑞金二路！花园坊都是些红砖洋房，房子中等水平。他同田瑛住在二楼，包括一间客堂间、一间亭子间，倒是光线明亮，房间宽敞。自从同黄源茂勾结贪污以后，史家禄对这房子早不满意了。他一心想像黄源茂那样，也能住到上方花园那样高级的房子里去。只是，他也懂得，一下子就露富，会引起人怀疑的，需要等到同田瑛离婚实现，重新结婚以后慢慢再说。

晚上，史家禄下班回到家里，田瑛正在忙着准备晚饭。这些天来，史家禄总是在家吃晚饭，对田瑛的态度也好了。可是田瑛发现他的心情很坏，常有心事。他话不多，晚上总是开了收音机听听节目。收音机里常常播放的是配合"三反"、"五反"运动的节目，连弹词开篇、沪剧唱段都是配合中心的。他不爱听。听着听着，就将收音机关了，然后拿起晚报或小说来看，有时还要叹口气。

田瑛对史家禄早有点怀疑了。经济上的犯罪，每每总是从生活上的变化可以察觉的呀！夫妇是同住在一起的，关系究竟同别的关系不一样。要想在一个朝夕与共的人面前完全掩盖一切，绝对是困难的。自从史家禄身上起了变化以后，田瑛一直在探索着造成这种变化的原因。她是在上海土生土长的，对旧上海的畸形繁荣，声色犬马种种情况，大致都了解。在旧社会，许多原来可以上进的年轻人，只要堕落在纸醉金迷灯红酒绿之中，就像进了陷阱，常常毁灭了自己。史家禄过去是不错的，思想进步，有正义感，为党工作十分积极，将敌人的白色恐怖也放在脑后，不怕豁出命来。但解放了，他当上出版社的副经理了！是什么原因使他变了心，也变了气质和作风的呢？

那一度，史家禄常常深夜回来。多数都是喝了酒，回来后脾气暴躁，对田瑛百不顺眼，不是不理睬，就是呵斥。问他："你到哪里去喝酒的？怎么这么晚回来？"他马上火冒三丈。只能不问，由他去。

有一天，田瑛在他的衬衫衣领上发现了一点红色。像是从女人嘴唇上擦拭下来的口红！一叶而知秋，一滴水可以反映海洋，史家禄在干些什么事，还不明白吗？

又有一天，田瑛在他的口袋里，摸到了几张百乐门舞厅的舞票。

又有一天，田瑛发现他有一根金表链和一只金的鹰洋。

还有一天，田瑛在他口袋里发现一个铜板大小的绿色赛璐珞圆片，是赌钱时用的筹码。

还有一天，他酒喝多了，回来就睡了。田瑛想检查一下他的黑牛皮拉链包，却发现他将皮包放在枕头下自己压着睡。是什么秘密使他喝了酒也忘不了这种警惕呢？……

又有一天，田瑛远远在出版社附近等着，看见他出来以后，远远跟着。见他走了一段，突然叫了一辆三轮车坐了上去，田瑛也连忙叫了一辆三轮车跟上。后来，发现他是到上方花园里一家人家去的，是个什么去处？田瑛不知道。到里弄里打听，才知道那家人家是个资本家，姓黄。

一些零零碎碎点点滴滴的事，加上史家禄有一天突然提出离婚的要求，使田瑛胸间酝聚了一块大疙瘩。这块疙瘩似可触摸又实在摸不到。因为这些点点滴滴的事只能构成疑问却还拿不到具体的把柄。比如衬衫上的红色，也许不是女人的口红呢？比如舞票，也许偶尔被人拉到舞厅去一次呢？解放前他干地下工作时舞厅有时也是去过的呀！比如金链什么的，他说是朋友放在他那里的，后来确也不见他再用了，也许他说的是真的呢？比如绿色赛璐珞的圆片片，也许不是赌钱用的筹码而是什么别的东西呢？比如黑牛皮包枕在头下睡，也许里边有公家的重要文件呢？比如他到那家姓黄的资本家那儿去，也许是工作业务上的需要呢？田瑛是个规规矩矩、谨慎惯了的人，这些疙疙瘩瘩的事就只好放在心里，像一个隐病似的。

开展"三反"以后，田瑛忽然发现，史家禄又变了！从态度上看，好像变回到过去时的史家禄了！可是从精神、心理状态上看，史家禄并没有变回来！她老觉得史家禄像戴着一只假面具。她看不到他的真面目。她也听不到他心里的真心话。他像是在演戏，在敷衍她。田瑛是聪明敏感的。学校里也在开展"三反"，通过学习，她老是容易怀疑史家禄在贪污方面可能会有问题，虽然她没有见他带过大量的钱回来，没有抓住他的把柄，但她有这种感觉。有时候，从长期相处通过种种印象汇聚而成的感觉并不全是主观的。史家禄是副经理，业务上常同私商打交道。史家禄那一段时间，在外边的交际应酬非常多，总是很迟回来，总是吃了饭喝了酒回来。在史家禄闹离婚的阶段，她曾经不止一次想到出版社去找领导，反映史家禄的变化和问题。但她有点软弱，也爱面子，更不愿将夫妻关系闹僵而不可收拾，总希冀着史家禄能变回来。现在，"三反"开始了！史家禄是变回来了呢，还是未变呢？她又说不清了！她老觉得史家禄现在对她是个谜！身上有许多她无法猜测得到的谜！但随着"三反"、"五反"的逐渐开展，她似乎越来越可以肯定一点：史家禄是一定有问题的！问题大小她不知道，但史家禄心神不定，从平时的话语和表现看来，在运动中他对运动反感、抵触，甚至仇恨。他好像有沉重的包袱背着，心情阴暗，有时唉声叹气，有时夜晚睡着做噩梦，发出梦呓和惊喊声。

一晚，她问过史家禄："家禄，你有心事？"

史家禄连忙摇头："哪有什么心事？"又反问，"你怎么觉得我有心事呢？我会有什么心事呢？"

有一天，她高兴地告诉史家禄："我们学校的总务主任，是个贪污分子，已经给揭发出来了，大家可高兴了！"

史家禄脸色难看地说："高兴个屁！……"

她也不知他为什么要这样骂？是什么情绪支配他这样骂的？他又为什么同情贪污分子呢？事后，她想得很久。

她曾想同他深谈谈，劝劝他：如果有问题，还是早点向组织坦白交代。可是她不敢。史家禄的脾气解放后越来越坏。这些时刚好一点，她一劝，一定要崩；不劝呢？不劝她又于心不安。

她决定要尽量设法了解史家禄的情况。

报上登着逮捕奸商王康年的新闻的那天，好像是二月四号吧？是星期天，史家禄一早起来就匆匆要出去，连刮胡子时都在看手表。她问："去哪里？"

史家禄有点不乐意回答："到公园里逛逛去！"

她说："我陪你去！"她察觉史家禄有心事，也好像有约会。

史家禄突然笑着说："骗你的！哪是逛公园呀！没有雅兴了！我是到一个同志家去坐坐！我们要谈谈社里'三反'的事。"

她当然不好再提出跟他一起去了，不作声，看着史家禄下楼了，她决定远远跟踪。她给自己戴了个大口罩，快步跟了出去，仍像上回一样。史家禄出门以后，叫了一辆三轮车，她也叫了一辆三轮车跟着。后来，出乎意外地看到史家禄是到了去虹桥的公共汽车站。后来，上了公共汽车走了。

她心里纳闷：这是干什么呀？这么神秘，去虹桥干什么呀？可是谜底她回答不了。

午后，史家禄回来了。她几次想问他，但怕问不出结果来，反会造成不愉快，都忍住了没说。

出版社的"三反"开始后，有一次，晚上他催她早点睡，说："你早点睡吧！我今晚有点事要办！要睡得迟点！"

她问："什么事这么要紧？"

他说："写点东西！你先睡吧！"他说着，拿了些纸张离开客堂间卧室去亭子间里了。

她心里有事，睡不着。后来，史家禄在亭子间里写了一个多钟点回来睡了。半夜里，她假作上卫生间，轻轻踅到亭子间里，细细翻找，发现字纸篓里有一些撕得很碎的写过字的纸张。她不作声。第二天，史家禄去出版社上班没回来时，她在家里将字纸篓里的碎纸拼七巧板似的拼起来。虽然残缺不全，很难拼，最后终于基本拼成了个大概。一看，是信稿，有草稿，也有抄稿。抄稿只是一半，大约抄得不好就随手撕了。令她奇怪的是：那是史家禄改变笔迹写的。是写给出版社的检举揭发信，揭发魏原冰贪污和揭发有关"正中书局"仓库处理废品方面的事。

她思索了很久，史家禄在揭发别人，现在号召检举揭发，各单位都在搞。他检举揭发别人也不奇怪。可是为什么要改换笔迹呢？为什么这种事要瞒着我干呢？当然，也可解释：他不愿意让人知道是他揭发检举的，所以要秘密干，要改变笔迹。反正，这个人呀！老叫人不放心！老叫人摸不透！有什么比同床异梦的夫妻生活更痛苦的呢？田瑛想起了这些，心里酸溜溜的，有一种难以形容的哀怨和不满。

今天，报上登了一条重大新闻。这条新闻一定轰动了全国，全上海的人也都在谈论这条新闻：二月十日，河北省人民政府举行公审大贪污犯刘青山、张子善大会。省人民法院临时法庭奉中央人民政府最高人民法院令准，判处二犯死刑，立即执行，并没收其本人全部财产。

早些天，报上登过，中共河北省委开除了刘青山、张子善的党籍，并依法将他们二人逮捕。想不到这么快就判了！而且判的死刑！

刘青山曾任中共天津地委书记，被捕前是中共石家庄市委副书记；张子善曾任中共天津地委副书记，被捕前是天津地委书记。他两人利用职权盗窃国家财产一百七十一亿六千二百七十二万元①。数字是大，可是他们的官职不小，都是老革命了！判得这么重，这么快！哪能不震动全国？

田瑛教书的中学里，今天下午教师们学习了报上的这条新闻和社论。大家议论时，有人大叫痛快："共产党真是英明伟大！干部再大哪怕过去有过功劳的，堕落了也一定处理！不讲情面！""只有这样，'三反'才真能反彻底！"……

有人惋惜："刘青山、张子善本来也是对革命有过贡献的干部嘛！为什么会受资产阶级思想腐蚀到这种地步？真值得深思！""他们一定是不肯坦白交代，被揭发出来以后，必须严惩。如果运动一开始就坦白了，怕不至于这样！"……

也有沉默的、心事重重的。……田瑛一方面心里觉得这两个大贪污犯枪毙了也不冤枉；另一方面，立刻敏感地想起了史家禄，不知他到底有没有问题？问题大不大？……只要一想到这，她立刻六神无主、心事重重了！她急着想早点回家，见到史家禄，看看他怎么样！

她回家时，史家禄还没有回来。天刚擦黑时，史家禄回来了。田瑛给他递过一杯水去，发现他气色特别不好，脸上有股黑气，霉烘烘的像给人打了一顿似的萎靡。她忙着办饭，他坐在客堂间里一口一口吸香烟，闷闷的不说话。然后，一同吃饭。他只吃了半碗就放筷不吃了。那种沉郁气闷的情绪，像六月里大雷雨前阴了天的架势。

她故意逗着他说话，说："今天报纸上登的新闻看了没有？"

---

① 当时旧人民币一万元，等于现在的人民币一元。

史家禄闷闷地回答："看了！"又去换香烟点火。

"你们学习了吗？"

"嗨！"

"你觉得这两个人杀得该不该？"

"谁知道呢？讲是依法逮捕！法到底在哪里？谁知道！两人枪毙了，到底贪污多少要枪毙，也不清楚！……"

"我们学校里的同志说，要是早坦白交代了，兴许没事！坦白从宽嘛！"

史家禄叹口气："谁知道呢？"他闷闷地站起来踱步，倒很像一只老虎关在笼子里似的。

她吃完最后一口饭时，忍不住了，爆发性地说："家禄！我实在不能不同你谈谈了！我早想谈了！不谈我的心不得安宁！我问你，你到底有问题没有？"

史家禄突然像被什么东西螫了一下，睁大了惊恐的双眼："你乱说些什么！你……"

田瑛突然悲从中来，流下眼泪，说："你别将我当傻子！我同你天天在一起，我对你还能不了解？你有事能瞒住别人，你是瞒不住我的。"

史家禄又像被针刺了一下似的把脚一顿："你真是胡扯！说话要负政治责任的呀！你是我老婆，你这样说，我没问题人家也要说我有问题了！你……"

田瑛拭着泪继续说："我不是乱说！也不是胡扯！我是诚心诚意为你好！你如果有问题，还是早点坦白交代的好，可以争取宽大！你又不是不了解，什么事都瞒不住党的！纸包不住火，我看你近一向来，日夜不安心！……"

史家禄仇恨地睁大眼睛，真像要一口吃掉田瑛似的凶恶，顿脚叫喊："你给我闭嘴！你这个死女人！你要害得我也去枪毙？"

田瑛止住了哭，说："正因为我怕你有问题，怕你像刘青山他们一样，才劝你呢！你也不想想，你是个党员，你不听党的话，能行吗？"

"我怎么不听党的话？"史家禄想嘴硬，但语气是软弱的。

"你别以为我不知道！"田瑛抽搐着，"解放后，你变了！那一度，你闹着要离婚！你的衬衫上有女人的口红，你的口袋里有赌钱用的筹码和舞场的舞票。你身上突然出现过金钥匙链子和金鹰洋。你的黑牛皮公事包里藏着什么秘密东西？你到上方花园姓黄的资本家家里去……"她把积聚在心里的疑窦全部抛了出来，又突然止住了。因为她发现史家禄的面色变得苍白，浑身战颤。这么冷的天，他额上竟冒出汗光来了！

史家禄说："你……你胡说！……你轻声点好不好？你是要害我？"

田瑛摇摇头："这些日子，你每天神魂不定。你以为我对你的情况不知道？"

"你知道什么？"

"你星期天到哪里去的？你坐公共汽车到虹桥那个方向去干什么的？"田瑛观察着史家禄的脸色，"你夜里写检举材料，你撕掉的那些信稿我都留着！……"

史家禄刚才险险要被田瑛吓倒，真想一下子跪在她面前把真相全部告诉她，求得她的同情和宽恕，让她帮她隐瞒一切。可是现在，他也在窥测着田瑛的表情。他发现，田瑛"抛"出的材料打不倒他，他到底是在地下工作时期得到过锻炼的。他突然觉得：无论如何，不能让这个女人控制住我！无论如何不能让这个女人知道一切底细！我应该镇定，应该对真相一字不漏。如果将把柄交到她手里，我才真要完蛋了！反正，现在于瑞祥的事已经做好了布置；黄源茂那边出不了什么问题，他的第四斧也一定已经砍出了！胜负尚未可知。我不想做刘青山、张子善，能隐瞒我得尽量隐瞒。这个女人，将来我还是要同她离婚的！我决不能把她当亲人！对她我只能用假面具，不能露真面目！

……他这样想着时，心里越来越镇定了。

史家禄将烟蒂揿灭，脸上严肃凶恶地说："田瑛，你呀！太糊涂了！你对我好，对我关心，我不是不知道。可是，你这能算对我关心对我好吗？你这是要害我杀头的呀！我明明清清白白，你却硬是要往我头上戴上一顶贪污分子的帽子。你是有精神病不是？你说的那些事，要不要我给你解释解释？"

田瑛一下子愣了，没想到史家禄态度会变得如此快。这会儿，他刚才那种惊慌不安的神态都消失了，脸上荡漾着一种半真半假的笑意。田瑛倒真的犹豫了！她对他也只是怀疑呀！并没有拿到他贪污的什么证据呀！她心里当然决不愿意他是贪污分子，她只是担心他贪污了，怕他隐瞒下去而最终隐瞒不了被抓出来就悔之太晚了。现在，见他的态度是这样，她却语塞了，说："你解释呀！"

史家禄吸着烟耐着性子说："你说我衬衫领子上有口红，怕是看错了吧？解放前我都不跟下流女人接触，今天我是共产党的干部会玩起女人来了吗？钥匙链什么的我早对你说过了，是人家怕丢了暂时交我存放的，后来就还给人家了。舞票嘛，是社里那个出版科科长于瑞祥，这人是个旧人员，舞迷，有人拿了他掉在地上的舞票交给我向我反映他跳舞的事。所以我放在口袋里，大约被你看到了的！于瑞祥这家伙，我看他很有可能贪污，至少生活上也不好，可能正要打他的老虎呢！至于筹码，是我们出版社里用来清点存纸时记数用的。你看看吧！你这么多心乱怀疑，叫人受得了吗？你那么嚷嚷，要是碰巧被人听见了，我真是要给你害苦了！唉，你这个人呀！"

"你去上方花园黄家呢？"

"姓黄的是同出版社有业务来往的！"

"那，那你去虹桥呢？"

"好呀！你成了福尔摩斯了！我没有去虹桥呀！我坐四十八路车到了常德路那儿就下来了。我去看了一下出版社的程雄！同他谈他要入党的问题。"

田瑛哑然无语，将信将疑。说不信吧，史家禄说得头头是道；说信吧，心里早已积聚下的怀疑一时又消失不了。她喏嚅着说："家禄，我是为了你好！为了我们这个家好！说真的，我多少次梦中被你的呓语和喊叫惊醒，夜里久久不能入睡。我总觉得你有心事，我也真怕你有问题。我是想：如果有问题，不管大小，还是听党的话，坦白交代的好。迟交代不如早交代，所以……"

史家禄不耐烦地打断田瑛的话，气恼地说："夫妇之间相处，得有一个起码的了解和信任嘛！你怎么这样不信任我？我如果贪污了，怎么没拿大批金条和钞票回来给你？你这人呀！真拿你没办法！先前你大声讲得好像有根有据，我真给你气得要发疯！你能不能以后稳重些？现在搞运动，正在火头上，大轰大嗡，冤枉的人和事是很多的。你不要害得我倒霉！你不怕害我平白无故被人怀疑作贪污分子？你总该想想你自己做贪污分子的老婆有多难为情呀！绝不能无根无据把我往坏处想呀！讲话做事在运动中要特别小心！比如今天你这无端猜疑吧，实在有点像发神经！搞运动，人人都紧张，我是支部委员、副经理，我忙，比一般干部紧张，有什么大惊小怪的，也值得你来把嘴架在我身上？"

田瑛是个软心肠的人，不由得相信了，心里有点后悔。想想也是的，对自己的丈夫，是不该乱猜疑的呀！在运动中，由于自己不小心说错了什么，害得他倒霉，怎么行呢？心里懊悔，她拭干眼泪，悄悄叹了一口气，将剩菜碗端去收到菜橱里，收拾桌上的碗筷去洗。

史家禄坐在藤椅上，一口一口吸香烟。他侥幸自己今天算是在田瑛面前对付了过去。他听说于瑞祥的老婆在钱英派人去了解于瑞祥家庭的情况时，曾揭发了于瑞祥在外跳舞乱花钱不顾家里生活困难的情况。这使他警惕。他盯着田瑛的后影，心里想：这个女人，今后得更加好好提防着她才行！原来她一直在密切注视着我！原来我还是落了点痕迹在她眼里！他觉得她的背影很难看！那件宽大没有身腰的列宁装穿在她身上灰溜溜的，一点没有女性的魅力！同秦小姐、裘小姐她们的婀娜多姿简直不能相比！他心里恶狠狠地想：等运动过去了！迟早我还是要同你离婚的！但，他瞬即又心事重重起来。今天，枪毙刘青山、张子善的新闻对他的震动太大了！看了那条新闻，他老觉得像看到被枪毙的两个死尸血淋淋地躺在地上，使他恐惧、沉重、不知所措！他想：唉，"三反"运动真叫人难熬，可是还仅仅是方兴未艾呢！于瑞祥，这个倒霉鬼看来是快要被打虎队痛打了！下一步会怎样呢？像一道难解的算术题放在面前，他无法知道答案。……

　　遥夜沉沉如水，我睡不着，点燃了一支香烟，站立在宾馆四楼临街的窗口伫望。无形的雾，在金黄色路灯散漫的照射上，乳白而半透明。倏忽来去的轿车，像海底的大鱼一闪而去，无声无息。街边空寂无人，我的心空荡荡的，思绪却像这倏忽来去的轿车，随着回忆无端地来，又流泻地逝去。

　　在从前，宪法和党章中没有具体规定有各政党、社会团体、各企事业组织和个人都必须遵守法律的条文，在历次运动中，工作组总是代表"党"来的。工作组的领导就是党的领导。于是，工作组总是超越在法律之上，工作组的话就是"圣旨"，就是"法律"。牟武城当年就是以这种"朕即是法"的君临态度来到出版社的。他的气焰谁也挡不住！当然，这种气焰并不是他独有的！把运动中发生的大大小小悲喜剧一切都归罪于牟武城个人也是不公允的。除了没有法制和民主，除了牟武城个人品质上的原因外，自然还有更为深刻、复杂的历史原因和现实原因。他不过是当时那种没有法治的环境中的一个小小的代表人物而已。

这样的人物，缺乏马列主义，自然可怜，但却充满了个人主义，谁又能说他不可恨呢？直到今天，想到他当时的所作所为，我又仿佛看到他凶横跋扈的嘴脸了！我仍然禁不住心头涌上浓烈的厌恶感。

（十二）

出版社里绝大多数的人谁也没料到，就在报上登出刘青山、张子善被枪毙的消息以后的第三天，像晴天霹雳似的，工作组竟然宣布正式进驻出版社了！

钱英自以为是第一个知道工作组将立即被派进出版社的人。节约检查办公室用电话告诉他："鉴于出版社运动毫无声势，进度迟缓，工作很不得力，已决定从即日起派驻工作组到出版社。工作组由牟武城同志为组长，组员有张开太，你也参加工作组。希望在工作组到达以后，立即做好交接事宜。工作组全权领导出版社的'三反'运动。在运动期间，代替出版社党组织的作用。这通知由你向全社工作人员宣布，望大家协助工作组搞好运动。不获全胜，决不收兵！"

钱英接到电话后，心情是十分复杂的。他听得出电话通知中说的"你也参加工作组"这七个字的分量。就是说：你是勉强参加工作组的，也随时可以不是工作组的。如果干得不行，随时可以去掉你的！他听到说："鉴于出版社运动毫无声势，进度迟缓，工作很不得力"，知道这是很严厉的批评！实际是批评自己右了！他更觉得奇怪的是：原来的党支部成员，现在暂时只保留了我一个，耿爱民和史家禄都被排除在外了！史家禄是可疑的，目前正在密切注视并抓紧弄清他的情况。可是耿爱民呢？老耿是个艰苦朴素正派清白的同志呀！怎么将他排除在外呢？他立刻敏感地想到：风云突然变幻，绝非偶然！一定是有人向上级反映了什么情况，检举揭发了什么事，所以才发生今天的工作组入驻的情况。他又在心里问："我真的右了吗？"他觉得自己的答复是否定的。本来，运动的深入必须有个过程，人证物证的收集、事实的调查也都需有个过程，绝不是靠蛮干或瞎哄可以办成的，怎么能乱比什么声势和进度呢？我并没有怠工不干，我是按照党的政策在办的。遗憾的是，现在显然有一顶右的帽子扣到我头上来了！是怎么回事呢？

他预感到必然要有一场不同寻常的疾风暴雨马上降临！谁知道这个出版社会在"三反"运动中变成什么模样了呢？

他感到自己掌舵、驾驶的一条船，突然陷在沙海里不能动弹了！

钱英是知道牟武城这个人的。牟武城是新调到某产业工会的副主席。此人解放前是永安公司的职员，在地下搞店员工作的。同反动派斗争很英勇。一九四七年二月九日，在劝工大楼楼上召开爱用国货大会时，特务捣乱，当场杀害了永安公司职员梁仁达。为了抗议"二九惨案"，牟武城的表现很好。以后，在迎接、配合人民解放军解放上海组织人民保安队时，他又做了许多工作。人都知道他胆大，有魄力，勇敢，不怕死。他文化不高，但有满腔热血，敢作敢为！派牟武城来，钱英估计到：他一定会纠正我的所谓"右"的！但他会不会"左"呢？……

对张开太，钱英不太熟悉，但也有一点了解。张开太是从市总工会文教部抽来参加工作组的。张开太，工人出身，也是解放前的地下党员，早年在纱厂当保全工时，在有地下共产党员当理事的工会办的夜校读过书，平时爱自学，爱看进步文艺书籍，后来一直是厂剧团的积极分子，他除了自己能演演话剧外，也能动笔，曾编写过一些反映反动统治贪污腐化的小戏和演唱材料让工人上演；也在工会办的俱乐部里工作过。那俱乐部里可以排戏、唱歌，当唱《茶馆小调》《傻大姐》等进步歌曲时，也由他掩护；平时，地下党员可以在里面开会，印秘密传单，将俱乐部变成了小解放区。这人很正派，不多说话，比较稳健。钱英在解放后，参加短期党训班时，同他一起生活相处过半个月。

想不到他也来了！对他来，钱英倒是放心的。但在牟武城的领导之下，他又会怎样呢？……

钱英思索着：应当马上通知梁锦兰，让她通知耿爱民、史家禄及刘开英、任敏，一起开个党员会传达这件事，商量交接，然后再召开全社干部大会，宣传这件事。但，他正要去找梁锦兰，梁锦兰却急急忙忙手上拿着一张纸走来了。一看梁锦兰的神态，钱英心里立刻猜到发生了什么事。

钱英问："小梁，怎么了？"

梁锦兰拂拂黑发，眼瞪着钱英，把纸递过来，说："上边派工作组来了！工作组长牟武城同志，还有工作组的张开太同志，都来了！这里——是介绍信！"

钱英接过介绍信，站起来问："他们人呢？"

"我请他们上楼来坐，牟武城同志说，他要到处先看看。他带着张开太在楼下到处去看！我上来时听到他们走进经理室，已经自己在宣布工作组进驻出版社了！"梁锦兰说这番话时，似乎对工作组牟武城的做法有些诧异。

钱英想：嗬！这种做法是特别！理应先见见面商量一下，然后通过会议介绍的嘛！怎么采取撇开我们的这种方式呢？又一想：也不必计较这些了！国家新建立！干部新提拔，做法也不一定非统一不可嘛！反正工作组来总是要宣布的。他自己宣布了，我们也还是要开大会正式宣布的，就说："走，小梁，我们下去！"

他带着头，抱着去欢迎的态度走下楼去。梁锦兰跟着也下来了。走到经理部朝里一望，牟武城和张开太不在，耿爱民坐在那里含着烟袋杆发呆，边上坐着闲得无聊的史家禄。经理部里就剩他俩在。

钱英伸头问："工作组呢？"

耿爱民一脸纳闷，说："刚来过，走了！说是有介绍信的，是上级派来的吗？"

钱英点头说："我也是十五分钟前刚知道。上边打来电话，说派来工作组，我刚想开个党员会传达，没想到他们这么迅速就到了！"说着，把电话通知的内容一五一十讲了。

史家禄的脸像只被霜打过的蔫了的茄子，灰溜溜的，显出皱纹来了，说："真想不到！真想不到！"他心里十分复杂。本来为想把水搅浑，同黄源茂商量了砍出第四、第五斧发出匿名检举信给市节约检查办公室，将火烧到耿爱民身上去，顺带也让钱英不得安身。没想到，上边立刻会派来了工作组，而且，刚才看到了牟武城那种雄赳赳气昂昂自高自大的架势，那两只杀气腾腾的眼睛，他忽然感到不好，这个人可能厉害得很，真是烧邪香引来了恶神！万一这家伙搞耿爱民也搞我，不是太倒霉了吗？一想，他懊悔不迭，真是多一事不如少一事，自己把虱子抓到头上来了，怎么办呢？他心情复杂：既见耿爱民被排除在工作组之外，他意会到老耿很可能要挨整了；可是刚才牟武城听他介绍耿爱民时，表情和眼神不是亲切而是敌视，是居高临下的一副藐视的神态，又听钱英传了电话通知中的"鉴于出版社运动毫无声势，进度迟缓，工作很不得力"，他心里又"扑扑"跳个不停了。他心里尴尬，脸上也尴尬，极力装得平静，也不作声，只是苦苦地吸烟。

只听耿爱民说："老钱，你去吧！去看看他们在干什么！刚才，你下来之前，我听李应丰在吆喝，把些年轻人都吆喝到会议室去了！说是工作组让大家去！你看看，是不是干脆开个全社干部大会，宣布一下。总不能把我们都排除在外吧？"

钱英看得出耿爱民脸上的愠色，也听得出耿爱民心里的不快，说："我们一起去吧！"但见耿爱民摇头，便说："嗯，我去！"他招呼站在身后沉默着的梁锦兰，说："小梁，我们一起去看看！"

钱英和梁锦兰赶到会议室的时候，只听到掌声如雷。接着，听到一个洪亮的带钢音的嗓子在说话。那声音震耳。钱英估计到是牟武城。走近会议室门边时，话声也听清楚了，讲的是："……同志们，我率领工作组今天从现在起，来领导出版社的'三反'运动！我们是做打虎武松来的！不管它大老虎、小老虎，也不管它是上海虎还是苏北虎！我们都要把它从山林里抓出来狠狠地打！打得贪污分子屁滚尿流，个个老老实实坦白交代！……"

钱英想：他的气势真是不小！却为难了！站在这里听吧，成了偷听壁角了；不站在这里进去吧，人家正在讲话，进去不好处；如果转身回去吧，似乎也不合适！刚一犹豫，梁锦兰说："还是进去的好！我进去通报一声。"说着，梁锦兰已经快步走进会议室去了！

钱英也跟着进去。会议室里坐了足足已有近三十人，李应丰、任敏、刘开英、刘锡、辛萍、孔敏礼等打虎队员差不多都到齐了！张开太也在。只见牟武城正在高声说话，左手插着腰，右手握拳挥舞着做打的手势："……你们这里，运动没有声势，开展迟缓，原来的领导工作很不得力！到今天，打出了几只老虎？有大的没有？为什么会没有？这么一个单位，一年出一百多本书，印那么多课本，资金周转数字那么大，全社有三十九人，能没有大老虎吗？……"

钱英心上被他的每一句话都一刺，只见梁锦兰已经上去了，说："牟武城同志，钱英同志来了！"

牟武城停止了讲话，朝钱英看看点点头，毫无笑容。钱英上去，他也不握手，说："我们来了！"仿佛又想继续讲下去。

世上常有许多蹊跷事，也有许多蹊跷人。牟武城这个蹊跷人干的就是蹊跷事。

钱英觉得牟武城这种态度是不对的，心里并不想立刻计较，同张开太点头握了握手。张开太倒是态度很好，平静、朴实。

钱英问牟武城，用征求意见的口吻说："是不是马上召开个全社大会？我来正式宣布一下工作组的来到，并传达一下先一会儿的电话指示？"

牟武城似乎想说："不必了吧！"张开太在边上插嘴抢先说："老牟，

老钱的提议很好！马上召开全社大会正式宣布一下比较合适！"

牟武城皱了一下眉，勉强点点头，说："行吧！"他对本来在听讲的近三十个人说："那，我等一会儿再接着讲！"说着，在一张椅子上坐下了，嘴里叽叽咕咕自言自语地说："其实，不必讲究形式嘛！……"

梁锦兰问钱英："我去通知大家都来开会？"

钱英点头："好，把大家都叫来！"又对坐在后边的打虎队副队长任敏说："任敏同志，你也去！越快越好，把人都找来！"

梁锦兰和任敏去了。这里，钱英陪牟武城和张开太讲话。

牟武城指指墙上的标语、漫画，说："这些布置得还可以，还有点气氛。外边还不行！要把环境好好布置起来，有战场的样子！使人人一进出版社就像看到刀枪出鞘！要使贪污分子一进出版社就胆战心惊。没有战斗气氛，是打不了胜仗的！"

钱英心想：搞运动同打仗是一码事吗？也许这也是我右了？却不能不点头。他感到牟武城对他在施加一种压力，一种强大的压力！历来"左"的那种压力在党内总是先声夺人的。人都好像"左"一点没什么不对，如果右，则就是耻辱，就是投降，就是错误了！

牟武城又在说："你们这里打虎队恐怕要重新练一练兵，也要调整一下。其实，据我所知，优秀的积极分子是不少的！不用他们或轻视他们，实际是右的表现。……"

这人句句话带着训斥和批评，句句话带着命令式。钱英感到：牟武城正在将一顶顶右的帽子扣过来，心里生气。见耿爱民、史家禄、于瑞祥等都陆续进来了，心里更气，想：显然，牟武城来之前，对出版社情况是摸过底带着框框套套来的。他的底未必摸得准，他的框框套套却已经固定难改了！也许，他已同出版社里的某些人有过交往，听过反映。然而，也许是不正确的反映！他注意到：今天李应丰坐在前排，有点神采飞扬。他想：很可能，李应丰是到上边提过意见反映过材料了！他对他倒感到可以理解，只是觉得把自己和耿爱民都排斥到这种状态，很不正常。又意识到自己目前的处境，只有闷不吱声，听着牟武城趾高气扬地继续指摘。

牟武城口水喷溅地高谈阔论："钱英同志，'三反'运动的意义，用不着我多说了。'大张旗鼓、雷厉风行'八个字，要好好多琢磨琢磨。听说出版社刚打出一个老虎来，你就要放虎归山，可要好好考虑考虑！"

他说到这里，恰好魏原冰同石勇等其他两个人走进来。牟武城的话声音很响，说是同钱英谈的，大家都听得一清二楚。魏原冰一进来，马上所有的眼睛都看着魏原冰。魏原冰局促不安。他先一会儿听人说工作组来了，正召集积极分子去开会。他知道自己是不在内的，埋头安下心来在办公室里看一部稿子。谁知，不一会儿，编审部的任敏突然跑来，叫他下楼开会。他连忙赶来了。现在，一进会议室，觉得气氛不对，见大家都朝他望，还有的窃窃私语声。更见一个陌生的高高大大的人，用两只雷公眼凶狠狠瞪着他，像看敌人似的。他意会到：这是派来领导"三反"的工作组的，心里不由想到自己的命运现在又转换到新来的人手上。这人如此凶狠，会怎么样？一想，心里酸溜溜的悲哀，只有垂头丧气地坐到后排一个位置上去。近些日子，早没有人肯同他并肩坐在一起了。他识相地往那里一坐，只有于瑞祥走过来像个瘟三似的同他保持着距离，坐在后排另一个位子上。

梁锦兰、任敏等都回来了，连传达室的老头儿冯玉明也被叫来了。全社的人到齐了！

钱英对牟武城说："老牟，开会吧？"见牟武城点头，他说：同志们，我来先介绍一下工作组组长牟武城同志和工作组成员张开太同志！"在一片掌声中，他介绍完牟武城和张开太后，传达了电话指示的全部内容。他的语气毫不隐讳什么，也毫无泄气或消极的表现。然后，讲了自己的态度：要办好交接，并要在工作组领导下努力把"三反"运动进行到底！说完，他请牟武城讲话。

牟武城在掌声中，敞开棉袄的衣领，扬起下巴颏儿，睥睨四海地站起来讲话。他别的理论不行，对于无产阶级的领导作用这一点，自认为是认识得特别清楚的。他是血统店员出身，父亲当年是银楼店的店员。他为这个出身很骄傲。自己虽有初中文化水平，对文化比他低的人他看不起，对文化高的人他又有一种特殊的看法，认为这种知识分子很讨厌，是小资产阶级或资产阶级。认为应当在这种知识分子面前摆摆无产阶级的架子。未到出版社，他知道这里知识分子多，更有一种要打掉知识分子威风的欲望。他听说钱英有文化，心里讨厌三分，又听说钱英是邮局高级职员出身，他觉得高级职员实际是算不得无产阶级的，有心要一来就杀杀钱英的锐气，给出版社里的人一个下马威！他以一种当仁不让的态度讲话，眼睛好像长在额头上似的，摆出君临一切的架势，咳嗽了一声，清清嗓子，高声说：“我是奉上级命令，派到出版社来领导打虎的！也就是来搞‘三反’打退资产阶级猖狂进攻的！先一会儿，我已经说过了，我们工作组是来做武松的！管你什么老虎！管你是上海虎还是苏北虎！……”

　　钱英这是第二次听牟武城讲这句话了，有点意会到牟武城这句“苏北虎”，好像是有所指的，朝耿爱民看看，见老耿含着烟袋杆正在凝神谛听，老耿可能没注意到这句话哩！

　　牟武城攥拳大声疾呼：“管你是大老虎还是小老虎！管你躲藏、包庇得有多好，都要打得你躺倒在我们面前！出版社的运动，前一度搞得不死不活，阴阳怪气，刚打出一只老虎来，又放虎归山了！是不允许的！是右了！是右倾的表现！是违背中央大张旗鼓、雷厉风行的指示的。从现在起，我们要立刻反右倾，上山打老虎！打出巨大成绩来！不管你老虎多凶恶，我们要刀枪上阵，拔你的牙，砍你的爪，开膛剖肚，挖出你的心肝五脏。出版社，就是景阳冈，老虎一只不能留！我牟武城，解放前同反动派斗争的时候，就有股不怕敌人的牛脾气！现在天下是我们的！贪污分子是敌人！我决不手软！我们出版社就肯定没有刘青山、张子善吗？谁敢肯定没有的举手！……"

全场肃然，没人举手。

牟武城有三分得意，突然语气更加严厉："出版社知识分子多！你们是不是有人看不起我这个工人文化低？对不起，文化是不高，可是觉悟不低！要是不相信，嗨，试一试吧！不服从无产阶级领导是不行的。在调来之前，我在我那个单位十六个干部里已经打出五只大老虎了！只花了不到一个月的时间！我可以保证，我们这里老虎一定不会少！我们那里十六个干部里有五只老虎！出版社近四十人有十几只老虎有什么稀奇呢？"他说到这里，嗓音故意拐个长弯，以增加其中的神秘色彩，"右倾是不行的，必须好好反一反！现在，'五反'也在进行，无商不奸嘛！不法奸商多得很！我们'三反'打虎要同'五反'配合！凡与出版社有关的奸商都要搞一搞，两头一打，老虎一定会原形毕露。……"

史家禄心里冰凉，听到这里，胁下冷汗淌下来。牟武城的威势更凶！看看于瑞祥，于瑞祥像个乌龟似的缩着脖子低着头。一定也给牟武城的一番话吓怔住了。

牟武城拳头一挥，用打雷似的声音说："我今天不多说什么！多说没有用！主要是看成绩！我的话完了！"

他的一番话，像轰了一阵排炮。大家听后鸦雀无声。听完，被他的话镇住了，连拍手也忘了。还是李应丰他没有忘，带头鼓掌，响起一阵掌声。

钱英在掌声中想：看来，这人一点政策观念也没有！"左"得要命！他是给我正式戴上右倾的帽子了！

耿爱民对牟武城的印象很坏，听牟武城的话很多都不顺耳。想：怎么派这样一个人来当工作组长的？但又不奇怪了！当年在苏北搞土改时，有些极"左"的人总是在开头得势红得发紫的！因为他们"左"，开头总是好像搞出了"成绩"来的，就会被重用了。可惜这种人每每工作是经不起考验的！他生气地想：说"出版社有十几只老虎不稀奇"，他是根据什么说的？是怎么估计的？……

梁锦兰在掌声中也想：工作组入社也不能把老钱他们全踢开呀！牟武城这种做法对吗？又想：打老虎不只是一种譬喻吗？你看他说得多凶！好像真要动刀动枪打，合适吗？像他这样做法，我这打虎队长可干不了！

李应丰鼓着掌却在想：好了好了！可以大干一场了！是得有这样强有力的领导，才能有魄力把"三反"搞得轰轰烈烈呀！他心里高兴。他曾写信向市节约检查办公室反映了对出版社里运动毫无声势、进度迟缓的意见。后来，又亲自去慷慨激昂地谈了自己对社内运动的看法。先前，牟武城来，见到他，知道他就是李应丰时，说："啊，你就是李应丰？你的意见我看了，很好！很好！"他猜测：牟武城是一定会重用我的！

魏原冰颓丧地在想：此人好"左"呀！他说的"刚打出一只老虎来，又放虎归山了"，指的不是我吗？看来，让这样的李逵来领导打虎，我是非倒霉不可了！

史家禄抑制不住心跳，双手鼓着掌，心里想：唉，糟了！糟了！姓牟的是个愣头青！看来要不分青红皂白乱打一通了！他要在出版社打十几只老虎，岂有打不到我之理？唉，他还说"凡与出版社有关的奸商都要搞"！黄源茂当然脱不了身！把这尊瘟神请来了，真是弄巧成拙，搬起石头砸自己的脚了啊！

于瑞祥坐在那里魂飞魄散，他仿佛看到牟武城要拿他开膛剖肚剖出心肝五脏来。他也仿佛看到刘青山、张子善被枪毙的惨状！他胆战心惊，想：怎么样也不能坦白交代！黄源茂和史家禄要我顶住死不承认，这方法对！好在他要打十几只老虎呢！他越打得多我越占便宜！我反正总是老虎这点是跑不脱了。但是，只要他抓不住证据，我顶住不承认看他怎么办？要是实在顶不住时，也是越慢承认越好。别被他当刘青山、张子善来对待，那可受不了！

石勇心里忐忑不安。他并没有贪污，只是在去杨树浦工厂区推销书籍时，丢失过一张发票，数字虽很小，只有旧人民币十多万元，总是工作中的一个差错。当时他向经理耿爱民和副经理史家禄如实汇报后，他们要他找一找。他找不到，就由他写了个经过情况，由耿爱民签了字入账。最近，他见打虎队查账时，对他这件事也在清查，他很怕弄不清会蒙受冤枉。偏偏今天牟武城率领工作组一来，就讲了这么一个开场白。看来，牟武城挺主观挺武断，也会大刀阔斧蛮干。他很怕自己也会被错当作老虎挨打。他情绪低沉，老是蹙着眉。

其他所有在场的人都有点战战兢兢。四十个人打十几只老虎岂不是每三个人中要有一个挨打变老虎的？这当中想法也多种多样：有的害怕轮上了；有的想，只有积极表现才可以救自己！把别人打成了老虎就轮不到我了！

牟武城讲完话，见李应丰机灵地带头热烈鼓掌，引起一阵"啪啪啪啪"像板子打屁股的声音，他十分高兴，觉得自己的话水平不低，博得了群众的热烈拥护，带着严肃的微笑坐了下去。

钱英请张开太讲话。张开太摇摇头，没有肯讲，张开太听了牟武城的话，心里很不是味。他刚认识牟武城，又归牟武城领导。今天也不能就在大会上对牟武城的话提出相反的意见或进行纠正，形成唱对台戏损害团结的后果。他虽然同牟武城刚接触，已经感到牟武城是个自高自大目中无人唯我独尊喜欢独断独行的人了。他不想马上就把关系搞得十分紧张，以致工作无法进行，所以他决定暂时抱着沉默的态度，等真正了解出版社的情况后再说。

大会议室里没有生火，寒气包围着每一个人。钱英感到自己虽然有许多话要讲，却又不能讲，只好不讲。对牟武城的一番话既不肯定也不否定，他抑制住心情的激动宣布："散会！"

有一个关于汉朝廷尉张释之依法执法的故事流传到今天：

汉文帝出巡，路经中渭桥，忽然有人从桥下跑出来，把马惊了，险些翻车。汉文帝大怒，命侍卫逮捕那人交给廷尉张释之法办。张释之亲自审问，那人说："我从外地来到长安，听到禁止通行的命令，就躲在桥下，等了好久，以为皇帝已经过去了，可是出来见马车正在经过，就赶快逃跑，不料惊了御马。"张释之查明案情后，呈奏判决结果说："此人违犯禁止通行的命令，判处罚款。"汉文帝大怒说："他惊了我的马，险些翻车伤了我，怎么只判罚款？"张释之说："现在法律是这样规定的。如擅自加重刑罚，法律就会不受信任，执法的人就会因此任意增减刑罚，那时怎么办呢？请陛下三思！"汉文帝想了好一会儿才说："廷尉的判决是正确的！"

在当年搞运动时，那些极"左"的做法由于没有民主和法制，得以通行无阻。当时，一方面是无法可依；一方面有的人又偏偏有一套积累下来的"左"的搞运动的"经验"在指导运动。这就每每造成了无限度地扩大打击面，混淆了界限和两种不同性质的矛盾，甚至把无罪的人定为有罪，为害无穷。依法执法的问题岂能忽略？无法可依，没有法律作为准绳，又受到个别领导干部的权力和意愿的干扰，它造成了一种"左"比"右"好的气氛和心理状态，也使人人自危。

自危是一种怯懦的表现。它使人宁"左"毋右，它也使人"噤若寒蝉"明哲保身。扪心自问，我当时心里也未始没有怯懦与勇敢交织的斗争！

"你知道牟武城的情况吗？他在哪里？"那天我问小梁。

小梁语气平静不带感情："呵，他在'文革'时期自杀了！"

"他自杀了？"我不禁处在一种复杂的感情中，不能自拔。

小梁告诉我："据说牟武城自杀后，发现他写的一张纸条，上面只有两句话和一串问号：'我有什么罪？为什么没有人能为我说一句公道话??????……'"

我想：牟武城一直很得意。在历次运动中，他都是整人的，自己从未挨过人整。所以到了"文革"，被造反派整得七窍生烟，他就受不了啦！据说，造反派要他承认是叛徒！打得他皮开肉绽。他终于在一个风雨之夜里用碎玻璃割腕自杀了。他遗言提出的两个问题似乎得不到解答。其实，他应当是自己都能够解答的！不是吗？

唉，牟武城死于"文革"，自然是一个悲剧，但如果他没有死，难道不也是一个悲剧人物吗？

（十三）

牟武城来到出版社后，出版社的"三反"运动确实热火朝天气象不同了！是好？是坏？是对？是错？一时谁也似乎难与评说。

牟武城不知从哪本小说上拾到一句话："带火焰的宝剑"。他很欣赏这个比喻。他心里自诩是一把"带火焰的宝剑"。为了表示谦虚，就在嘴上说："工作组应当像一把带火焰的宝剑！"什么叫"带火焰的宝剑"？"带火焰的宝剑"具有什么功能？他未查考，别人也不深究。反正，从字面上看来，大约他指的是有威势又锋利！那么，这一点，他确是做到了的！

他是个好大喜功的人，也喜欢独断专行。他个儿大，身子壮，声音响，嗓门儿粗，说话时两只手好做手势，好竖起大拇指，确实颇有威势。解放前，他做地下工作时，情况瞬息万变，遇到事情每每只能自己做主随机应变。这养成了他一个人想了就说，想到就做的习惯。他还缺少做领导工作的经验。同谁也不多商量。对张开太，他没有好印象也没有坏印象。但工作起来，他常常忘掉了张开太。对钱英，他是抱着成见来的。来出版社是为了要纠正钱英的错误。他当然更不把钱英放在心上，眼面前就好像没有钱英这个人。至于别人，有的他早已在心中内定了是老虎，有的都是他的部下，他当然更不会征求意见或同人家研究商量了。

　　所以，他在到出版社的当天，立刻宣布改组打虎队、调整打虎队长，他任命李应丰为打虎队队长，刘锡和刘开英为副队长。免去了梁锦兰的队长和任敏的副队长。倒也不是认为梁锦兰和任敏不好，而是他觉得原来的打虎队既是钱英任命的，又未打出成绩来，就该改组。梁锦兰是女的，干打虎队长没有男的有威势。任敏是个知识分子，讲话一股学生腔，小资产阶级味道太浓，戴副眼镜，外表斯文，看不出有什么特殊能耐和贡献，不如刘锡的漫画画得多。刘开英是个党员，解放区来的部队转业的连级干部，听李应丰说他对未受重用有牢骚，对钱英和耿爱民也都有意见，那当然可以用一用试试。所以，打虎队经过改组后，他宣布：从明天起马上练兵，好好上山打老虎！

　　刘锡整整一夜没睡，按照牟武城的要求，画了十几幅大漫画张贴到院子里的大墙上，琳琅满目，那种临战的气氛极浓，原先钱英对漫画还要"审查"一下，考虑考虑政策。现在，牟武城魄力不同，他定了些题目，对刘锡说："小刘，只要对打虎有利，想怎么画你就怎么画！不要有顾虑！画了一律贴出去！只要有声势就行！我支持你！"

　　因此，两幅战斗力最强的大幅漫画，第二天一早就张贴在院子里最引人注目的朝南的大墙上了。

　　一幅画上画题是："坚决反右倾！"画的是十几只大老虎躲在草丛

中，一个模样像钱英似的干部戴副老花镜远远望着那许多老虎说:"那是山羊!"在这干部身后，许多打虎队员手持刀枪要打老虎，但右倾的这个干部用双手阻挡，不让打虎队员去打虎。

一幅画的题目是:"立即向我社的刘青山、张子善开火!"画的是许多打虎队员手持枪支瞄准十几只穿了干部衣的大老虎开枪，血肉横飞!……

一早，八点钟，李应丰和刘锡、刘开英等带了全体打虎队员集合在墙前两张大漫画下，先是宣誓，接着分成两批，高呼口号，造成声势:

"坚决、彻底反右倾!"

"必须人人彻底检查、批判右倾思想!"

"大张旗鼓、雷厉风行，将'三反'运动进行到底!"

"打虎队员勇敢上山打老虎!"

"立即向我社的刘青山、张子善开火!"

"贪污分子必需彻底坦白交代!"

"贪污分子拒不交代死路一条!"

……

口号声此起彼伏，排山倒海般响，这一批打虎队员喊口号时，那一批休息;那一批打虎队员叫口号时，这一批休息!整个出版社的院子里，高昂响亮的口号声震动人心。未被吸收参加打虎队员的人听了，更加感到汗毛凛凛。

一早，牟武城迈着大步来了。昨天已办好交接，他已经同张开太在二楼钱英的社长室里办公。钱英搬到梁锦兰原来放人事档案并办公的那间小房里去了。牟武城进了办公室，见张开太正站在窗口朝下看，他也挪步过去，从窗口里俯视，见打虎队员正按照他的要求在"练兵"。喊口号后，将集中分组学习，每个人都检查、批判自己的右倾思想。他心里很满意，让张开太下楼到各处看看情况并摸摸情况，自己到二楼编审部的办公室里去找魏原冰谈话。

魏原冰像往常一样，一早就来了。本来正坐着在看稿，被牟武城铁板着脸叫到原来的社长室里去谈话。

牟武城也不让他坐，由他站着，自己在一把转椅上坐下，瞪着眼睛说："你是魏原冰？怎么贪污的？"

魏原冰有点萎靡，也有点生气，更有点着急，说："我……"他觉得承认贪污想不通，不承认贪污又面对着一个不讲理的蛮横的工作组长，怕要吃苦头，犹豫了一下，仍旧决定实事求是，把情况一枝一瓣如实讲了。

还没讲完，牟武城听了，横眉竖眼很不满意，桌子一拍，说："我不要听那些！我是问你，你承认不承认是贪污？承不承认你是老虎？听说你还不承认？"

魏原冰坦率地点头，说："我还想不通！"

"想不通？贪污了还想不通？"

"我觉得写稿也是劳动，而且是很艰苦的脑力劳动！……"

"胡说！那算什么劳动？工人的劳动是劳动！知识分子写稿能算什么劳动？写稿如果算是劳动，那知识分子也都是工人了！知识分子能同工人比吗？你不是知识分子吗？这点知识为什么没有？"

魏原冰给噎得说不出话来，半晌才抖抖嗦嗦说："我想，贪污是盗窃行为，跟写稿拿稿费是不同的。贪污造成国家的损失，写稿没有！……"

口号声从楼下一声声传来。

牟武城摇头："你这顶贪污帽子是戴定了的！你贪了钱财，就是贪！拿了资本家的稿费，就是污！这还不是贪污是什么？"

"我还想不通！"

"你会想得通的！"牟武城冷笑笑，"人民的巨掌会叫你想通的！从现在起，不许再坐办公室了！你需要劳动改造！每天打扫厕所，打扫卫生，继续交代！"

"我已经全部交代清楚了！别的没有任何事再需要交代！"魏原冰委屈地哀诉。

"你能在稿费问题上贪污，别的问题上就不会贪污吗？不会的！你必须老实交代！告诉你！我牟武城不是好对付的！以前别人处理的都不算！我来了！你不老实，我叫你……嗨嗨……打虎队随时会找你的，你必须一边劳动改造、一边继续交代！"

魏原冰险些要掉泪，面如死灰。听了牟武城的话，感到有理讲不清，他也不要听你讲道理，真是"秀才遇到了兵"！看来，钱英原来说的话，牟武城认为右了，现在要纠正。他觉得真是苦海无边，心里痛苦极了！谁知，更痛苦的事又来了！

牟武城突然从桌上的文件夹里，拿出一封信来，说："你有个未婚妻叫卢肃的是不是？"

魏原冰机械地点点头，卢肃写信的事他不知道。现在，看看牟武城的表情，听听他说话的语气，他似乎猜到一点了，惶惑地想：卢肃怎么样啦？难道她为我的事写了什么申诉信？

楼下打虎队的口号声响过一阵后停歇了。看来，打虎队员分头去开会反右倾，人人去检查、批判自己头脑里的右倾思想去了！

只听牟武城大声说："卢肃是工会干部，丧失立场，写信为你喊冤，想干扰破坏'三反'运动，错误严重！她居然敢在运动中写这种信，进行威吓质询，公开为贪污分子鸣冤叫屈，对运动进行攻击。好吧！你回去见到她时，对她说，怪不得我棒打鸳鸯！她这是十分严重的反攻倒算行为！我决定将她的事通知她们单位的领导，让那边对她进行帮助。你这只老虎我们是打定了！决不会放虎归山的！你叫她死了那条心！你自己也死了你的心！我是不会右倾的！想滑过去，你办不到！"

魏原冰泪水潸潸流下来了。他早怕连累卢肃，正因为怕连累卢肃，他曾提出要同卢肃分手。偏偏卢肃要为他写什么申诉信，把柄落到了牟武城手里，眼看卢肃也要挨整了！怎么对得起她呢？她会有什么样的遭遇呢？……他想不清，也想不明，站在那里，耷拉着头，心在发抖，感到自己蒙受的耻辱和冤屈太大，蒙受的压力和负疚的心理也无法承受。

牟武城吆喝着说："你首先要认罪！不认罪是不行的！……"

正在这时，张开太进来了。他在楼下，遇到耿爱民。耿爱民向他谈了些意见，他觉得有些道理，所以上楼来向牟武城反映的。进来恰好看见魏原冰站在那里掉眼泪，他在一边坐了下来。

只听魏原冰书呆子气地说："我想来想去，不能承认是贪污。你对贪污下的定义，我还想不通。如果说贪了钱财就是贪，从资本家那里拿了钱就是污，那私营厂的工人或私营店的店员每月拿的工资怎么办？不承认写稿是劳动，我也想不通！列宁对脑力劳动也是承认的……"

"好呀！"牟武城火冒三丈了，"你拿列宁来压我？你这贪污犯！告诉你，这里的'三反'是我说了算！你反扑就不行！我要打得你这条老虎服服帖帖！不准你狡辩！"

魏原冰横下一条心了，说："党有政策的嘛，该怎么就怎么，要尊重事实嘛！总不能钱英同志他们定的事，你来了就都该推翻吧？他们也没肯定我是贪污！"

牟武城拍桌子站起来，声音震得天花板也颤动："他右倾！我不右倾！他不肯定，我来肯定！你给我滚！马上停止工作！去打扫厕所！不听话，马上要你的好看！"

魏原冰浑身没一点劲儿地含着泪走了。他显然很生气，"士可杀而不可辱"嘛！出房门时"乒"的重重将门带上。

魏原冰一走，张开太说话了："老牟，我有些想法想跟你交换交换意见。我们是工作组，来了以后，积极开展运动是对的。但是，首先要摸清情况，要讲政策。比如，这个魏原冰的事，我认为算不算贪污还值得研究。好像你是要他停止工作去打扫厕所。这种做法是否合适？……"

牟武城不愿意听了："怎么？你也这么右？魏原冰是贪污还有什么疑问？对贪污分子叫他打扫厕所劳动改造他那种贪污本性有什么不可以？打扫厕所是劳动嘛！为什么轻视劳动？"

张开太心里摇头，但耐心地说："'右'是要反对的，'左'也要反对！比如工作组来了，对原来社里的钱英、耿爱民这些同志，在未肯定他们有问题之前，把他们撇在一边，似乎也不对。刚才，老耿在楼下对我说：'希望解释一下，为什么我被排除在运动之外？我希望能找我谈谈！'我认为他们有这种想法很正常。……"

牟武城胸有成竹地冷笑笑说："这我可以回答你！他们确实有问题！我这样做，是有根据的！"

张开太认真地说："老牟，我是工作组成员，当然归你领导。可是我认为有事还是大家多商量的好，不然就派你一个人来就行了！现在，工作组是三个人嘛！当然，你是组长。但我和钱英都是参加工作组的。情况应当了解，你有事也该同我们商量研究。那样，才稳妥些。我坦率地说吧！昨天你在会上的讲话，今天你布置的口号、漫画等，包括刚才对魏原冰的处理，我都觉得有可以商榷之处。……"

牟武城又要打断张开太的话了，不满地冷笑着说："嗬，我变得一无是处了吗？你不要右！千万不要右！钱英这个人，右倾，也有问题！他现在不宜参与机密。钥匙和锁应当紧密配合，不能紧密配合，宁可不要！……"他这后一句话包含着对张开太的威胁。

张开太也有些激动了，强自克制，说："让我把话说完好不好？"牟武城点头，他继续说："比如你昨天说：出版社近四十人里有十几只老虎不稀奇，你想过没有？比数是从哪里来的？是不是主观？这样提有没有害处？你说：出版社的运动前一度是'右'了，上边派我们来，是让我们先看看是否'右'了，而并未给了我们一个'右'的结论。你这样说和做，是否符合上边的精神？比如你拿刘青山、张子善硬套到这出版社来，恐怕也不好。贪污分子听了这话，会不会影响他们的坦白交代？诸如此类，加上今晨楼下打虎队叫的口号，像什么'立即向我社的刘青山、张子善开火'啦！'必须人人彻底检查、批判右倾思想'啦！我觉得都说得过了头。漫画上，问题也是一样。工作组现在刚进社，威信很高，说话办事更需注意。一句话说错了，造成的影响可能就不小！……"张开太是个朴实正直的人，说的话像他的为人一样，光明磊落。

牟武城这下算是真的忍不住了，看着面前这个个儿不高颇有城府的人，说："张开太同志，你也不要主观主义！我给你先看点东西！本来是要让你看的，还没来得及！现在给你看，也不迟！"说着，将自己随身提带着的一只蓝布袋从桌上拿起来，从里边摸呀摸的，摸出了几封信来。先将一封信递到张开太面前，说："你看看吧！这是耿爱民的好事！"他先从信里抽出一张照片来，递给张开太，指着照片说："你看，耿爱民在舞场门口同他相好的舞女拍的！你看看检举信就明白了！他可不像你想象的那么正经、老实啊！"

张开太带着一种苛刻的观察力将信一句句匆匆读完。这是一封匿名信，信中揭发耿爱民的腐化堕落及贪污罪行，并控诉钱英包庇耿爱民，除说耿爱民花天酒地伪装简朴外，寄来了耿爱民与一个时髦女人在舞厅门口亲切交谈的照片作证。并指出耿爱民与钱英在接收处理伪"正中书局"仓库物资时有共同串通贪污的嫌疑。更说耿爱民住在社里，有盗窃社里物件出卖的嫌疑。最严重的是有根有据地说耿爱民贪污的赃款偷偷托人捎回家乡阜宁交给他老婆秘密窝藏了。……

张开太看完，拿着照片出神。照片上，耿爱民只拍了个背影，脸上表情看不出，但确是耿爱民则是无疑的。那个年轻女人，打扮得风骚得很，同耿爱民笑着亲热地说话，表情哆得很。张开太嘿然了！

牟武城弹着眼看看张开太，得意地站起来背着手踱方步，说："怎么样？有点明白了吧？你想想看，这种人，能信任还是能依靠？我说的吧，我们不能右！我这人是从来不右倾的！"

张开太皱起眉，那张机警、线条分明的脸上有思索的神情，说："这个写信的人似乎很了解内情呢！"

"那当然！天下事是真是假每每一看便知。这封信一看，就知道不会假！何况还有照片！铁证如山啊！"

"写信的是谁呢？谁才能这么知情呢？再说，这张照片！……是哪里来的呢？这个人在什么情况下才会拍到这张照片的呢？他拍照片时就想到要写检举信的吗？……"张开太似自言自语地提出一连串心里解不开的疑团，语气里带着怀疑，纳着闷。

"怎么？怀疑？张开太同志，你怎么老是从'右'的方面看问题呢？"牟武城不耐烦了，说，"这检举人如果是个有心人，出于对贪污分子的仇恨，出于对钱英这种官僚主义者的仇恨，自然会收集点证据的！这有什么奇怪？"他把脸朝着张开太，说，"这个出版社的问题可以堆成山哪！你说我讲的要打十几只老虎是讲多了？也许我讲得还少了呢！上海是个花花世界，好人到这里变坏的何止成千上万？耿爱民是乡下人进城开了洋荤！这些知识分子集中的单位，千奇百怪的事都会有！你看着吧！从明天开始，我们就行动！——"他将另外几封信拿在手里，放了两封在张开太面前，说："这是检举于瑞祥的！"又放一封在张开太面前，说："这是检举石勇的！"还有一封，他在手里扬了一扬，说："这是李应丰写的关于本社的材料，那就更多了！他年轻有为，积极性高，听话！钱英他们是不敢重用好人的！我要重用！他的材料里，敢大胆怀疑！怀疑是需要的嘛，不怀疑就丧失革命警惕了嘛！他涉及钱英、耿爱民、魏原冰、石勇、于瑞祥，还有史家禄，也包括那个看门的老头。别看是传达，据说也可能受资本家的贿赂呢！何况，经管钱财的还有会计、出纳！此外，像编辑孔敏礼、校对辛萍，是资产阶级家庭出身！像被我免去打虎队副队长的任敏，是地主家庭出身，家在上海，亲友中资产阶级关系不少。……"他倒确实是费了心思的，如数家珍地报了一串人的名字和情况。

张开太心里想：牟武城真是"敢想敢为"！出版社成了洪洞县，没有好人了！……难道我真是'右'了？……他历来办事顶真，他觉得耿爱民的问题也好，别人的问题也好，都要经过调查核实才行，不能只凭一封检举信就全部信以为真，一切事的结论应当放在调查研究之后，他认为是一条马列主义的原则。他把自己的想法如实谈了。

牟武城听他谈完，冷笑笑，说："张开太同志，别人的事你不相信还可以说得过去！这耿爱民，照片放在面前铁证如山，你还不相信，说得过去吗？"

张开太摇头，思索着说："我在想：万一是陷害呢？因为来的是匿名信！如果是陷害人，每每会弄得情况特别像真实的。因为那才会使人相信是真的，才能达到陷害的目的。这张照片，我老觉得有问题。什么问题我一时也说不出。但凭这样一张同女人一起站着讲话的照片就给我们一个干部扣上腐化堕落的帽子，那是不慎重的！"

"那，我把耿爱民的专案就交给你办！"牟武城粗门大嗓地说，"你就凭你的意思去办吧！耿爱民是经理，应当是只特大的老虎！你把他打出来就是一大功！再说，说不定把他这只老虎打出来会带出一串老虎来呢！我给你时间，你要调查尽管调查吧！其他家里的事，都由我来办！你就不必多操心了！"

有的人不喜欢意见不合的人在身边一同工作，就会想法将别人差遣出去。牟武城心里感到张开太这个人不讨喜欢，有点讨厌。那么，把耿爱民的专案交给他去办，就把他打发走了！心想：省得你在身边拌手挡脚、意见一大堆！我倒要看看你的本领！靠不住，你那里耿爱民的老虎尾巴不想揪，我这里已经好几条老虎都打死在面前连耿爱民也带出来了呢！

张开太心里明白：牟武城这人不好共事！牟武城既把耿爱民的专案交给他，他没有理由推辞，心里也想：好呀！你干你的，我干我的！干一段回过头来，看看谁对谁错！你老是说我'右'，你是不是太'左'

605

了呢？也带点赌气的成分，慷慨地答应说："好！我接受！不过，我要个助手行不行？"

牟武城点头，大大咧咧地说："你挑一个吧！你要谁？不过，李应丰他们这几个打虎骨干不能抽去！"

张开太平静地说："把梁锦兰给我吧！这位工人出身的女同志，对社里情况熟悉，为人朴实。我想，关于耿爱民的事，要从调查着手，需要到苏北阜宁他家乡先去一下，带个女同志去找耿爱民的家属比较方便。"

牟武城并不喜欢梁锦兰，他认为梁锦兰好像是钱英的心腹，打虎队长免职后留着也无大用，爽快地说："可以！你通知小梁好了！"

张开太本来意犹未尽，还想谈谈魏原冰的问题以及不应该把钱英搁在一边的问题。只是心里明白，说了也无用，想：我先办耿爱民的专案吧！从阜宁回来后再同他谈谈，就不再说什么了！向牟武城告辞说："那，老牟，我就去办你叫我办的事去了！"

他走到门外，经过二楼小会议室的时候，听到里边有一个组的打虎队员正在检查右倾思想，语声喧哗，倒是热气腾腾的。他心里明白：检查、批判了右倾思想，马上必然"左"的思想要大大抬头了！

小梁有一个幸福的家庭，两个女儿早已结婚。大的随爱人在深圳工作；小的在南京一家工厂做工程师。小梁的老伴金汇文原本是市委的一位中层干部，已经离休。那晚，小梁约我去吃便饭。我见到老金是个很爽朗的人，热情而朴实。晚饭后，下起雨来了。邻居来约老金打桥牌。他似乎也有心让我和小梁多谈谈，就去玩扑克了，说："老天爷帮我们留客了！下雨，别急着走。我们这儿有空房间，可以住！"我感谢他的盛情，同小梁继续谈起来。

看到小梁脸上的皱纹加头上的白发，我觉得小梁真是老了，但发觉她那种积极乐观的朝气同以前并无改变，这又感到她并不老。我们谈起了当年的事。我说："小梁，你一直是革命队伍中的积极分子。积极分子是可贵的，可贵在能对革命事业采取积极态度，做出贡献。评价积极分子，应当就是这样一个标准。可是，过去在一些运动中，有李应丰那种貌似积极实际是帮了倒忙的人，他们原是不配戴'积极分子'桂冠的。而且，他们混同在真的积极分子中间，得到了一条'护身符'，那就是：'无论怎样，也不容许给积极分子泼凉水！'有了这条护身符，就只能是非不分了！"

小梁看着玻璃窗上溅落的雨箭，点头说："是啊，固然假的'积极分子'也是多种多样的。有的确是由于认识不清或者出于盲从还情有可原，但有的应当是属于品质不好、有私心杂念，一味保护，是非不分，甚至还给予信任和荣誉，公理与正义的天平怎么能摆得平？党的事业怎么能不受损失？"

雨声淅沥，我说："马列主义者不怕公开纠正自己的缺点错误，马列主义者是应当善于实事求是地处理这类问题并善于区分真革命和假革命的。回想当年打老虎时各种人物的登台表演，连史家禄都想乔装改扮夹在打虎队里胡乱咬人转移视线，实在既觉得有趣又觉得心惊。"

后来我问小梁："李应丰以后的情况你知道不？"

小梁说："他后来是调到北京去的，听说也得意过一阵。六十年代初，下放到徐州了。'文革'中徐州有两大派，一派叫'好派'，一派叫'屁派'。听说他是'屁派'的，闹得很凶，在一次武斗时，送了命！确不确实也弄不清了。"

我也说不出自己当时听了是一种什么样的感情。他似乎合情合理地找到了自己的归宿。一时间，随着雨声李应丰当年拍桌子敲板凳大声吆喝的声容姿势顿时都浮现在我眼前，仿佛像昨天的事一样。

（十四）

张开太走后，牟武城感到遍体轻松。

牟武城觉得，做领导工作，一人说了算，最方便也最干脆。什么商量商量，什么研究研究，都不过是浪费时间、增加麻烦。

牟武城心里只希望赶快打出老虎来！出版社，他认为是油水足的单位，肯定可以打出惊人的大老虎来。既然上级信任，派自己来当工作组长。说明上级对自己前段打虎的工作是满意的，说明自己应当继续打老虎打得有成绩，打出令人不敢置信的特大老虎来！不是一条老虎，而是二条、三条、四条！……十几条！

那样，我牟武城该是一个多么神气的活武松！

经过一天反右倾的"练兵"，打虎队员们差不多个个都劲头鼓得足足的。一个个表态："工作组指到哪里，我们就打到哪里！"

第二天，牟武城看看打虎队员们，觉得反过右倾以后，大家精神面貌不同了，有不少都摩拳擦掌表示想立刻上战场打老虎了。他在上午九点钟的时候，就召开全社大会，给大家讲话，进行动员。

牟武城有着扇面形的宽肩，摆开两条长而强健的腿站在那里，身材魁伟、仪貌堂堂，全身精力充沛，嗓音响亮而冷酷，说："出版社是深山密林！深山密林必有老虎！何谓深山密林？右倾思想就是深山密林，可以隐藏老虎；经管财物也是深山密林，凡经管财物的就可能是老虎，大家必须擦亮眼睛，千万不能麻痹大意！……"

牟武城强调："秕子一时能瞒过人们的双眼，却闯不过风车这一关！打虎队就是风车！要加大风量！呼呼呼！让贪污分子一个个都闯不过这一关！"

听着牟武城的讲话，钱英心里老在想："深山密林必有老虎"！这个观点，是马列主义的呢？还是主观主义形而上学的？

耿爱民也觉得这句话刺耳。如果说"深山密林必有老虎"，那我们经理部的人从经理开始，个个都得让打虎队打一打了？

牟武城进行安排：钱英、耿爱民二人仍处理日常业务，做到上级号召的"打虎生产两不误"！其实，已经没有什么业务可干，只是把他们排斥在外，并要他们承担不误生产的责任而已。其他人，除了几个继续在做调查工作和查账工作的，一律参加打虎队的打虎会。

牟武城指出："出版科对外联系多，同资本家交往多，也是深山密林，现在是个死角，还是世外桃源。现在已掌握了不少有关人员贪污的材料。并且宣布：根据检举揭发，自即日起，出版科科长于瑞祥，停职反省，限令立即交代贪污问题！"又宣布："大老虎、贪污分子魏原冰，态度恶劣，拒不认罪，必须打掉他的威风！要他认罪并彻底交代贪污罪行！"

散会以后，打虎队员分成了两摊。人多的一摊，由李应丰、刘锡领着，在楼下会议室围攻于瑞祥；人少的一摊，由刘开英领着，在楼上小会议室围攻魏原冰。

听说打虎队围攻于瑞祥，史家禄胆战心惊。他本来被分配去参加打魏原冰的那个组，斟酌再三，他决定找牟武城请求准许他到打于瑞祥那个大组去。他的想法是：我去，可以起监视作用，使于瑞祥看到我在场，不敢乱说，不敢不按原来约定的办法做；我去，可以表示积极！需要时不但可以动动嘴，也可以动动手，撇清我同于瑞祥的关系，解除人的疑惑；我去，通过打于瑞祥，可以了解不少对我有用的属于经理部和出版科方面的内情。打魏原冰却不可能了解什么对自己有用的情况。

史家禄伪装积极地带着笑脸跑到牟武城面前，讨好卖乖地说："牟组长！我参加打于瑞祥的这个组好！对出版上的事我熟悉！他要是说谎我可以给他指出来！他要是不老实我要叫他老实！……"

牟武城瞪着两只大眼朝他看看，心里想：你是副经理，属于深山密林的人物，反正是个跑不掉的老虎！你现在爱怎么就怎么！点着头冷冷地说了一个字："行！"

　　史家禄见牟武城点头说行，十分兴奋，也浑身是劲，犹如也参加打虎队反了右倾，强打精神地到了楼下会议室，找了个同于瑞祥面对面的地方靠后坐着，既向于瑞祥显示自己的打虎者的地位，又向别人显示自己很受工作组信任的气氛。他对离自己不远的打虎队副队长刘锡用一种打招呼的姿态说："牟武城同志让我来参加这个组的！……"说着，咧开嘴露出一点笑容。

　　刘锡无可无不可地点点头，没有说话。

　　史家禄张眼四望，只见李应丰坐在上首，满面神采，精神抖擞。牟武城仅仅来了一两天，让他当打虎队长也不过是从昨天一早开始的事，可他已经像升了官似的满身荣光。坐在那里，很有个架子了！他是属于那种一得意就不知自己的骨头有几两重的人物。此时，环顾四周，很像一个审案子的大法官。

　　史家禄再看看于瑞祥，只见于瑞祥今天不知为什么偏偏换了件特别旧的补了补丁的蓝布棉中山装穿着。大约他是想以此表示自己的清贫和朴素？他本来模样矮小猥琐，穿了旧衣更显出一股霉气。他倒垂着八字眉，两只眼更像死鱼了！老是掏手帕在拭鼻涕、擤鼻涕。他简直不敢抬头，虽然坐着，但坐在下首，又老是垂着头，很像戏台上受审的犯人。史家禄心想：这家伙！显然是个窝囊废，还刚开始搞他，他就蔫成这样子，装得这么可怜了！叫他开头一定要"顶"住，他办得到吗？心里有点疑惑，不免烦躁起来。

　　大会议室里的标语，平时史家禄很少认真看。他怕看。这时一看，标语换了不少新的，点名指姓地写着："于瑞祥不坦白交代死路一条！""于瑞祥不投降就叫你灭亡！""向大老虎于瑞祥猛烈开火！"……一张大漫画也是新画出来张贴的，题目是"撕掉于瑞祥的假面具！"画的是：

610

于瑞祥被揭掉了干部帽和假面具后，露出的真面目是头上长疮的一只大老虎。那两个大疮上，一个写着"腐化"，一个写着"受贿"……刘锡的漫画将于瑞祥的神态画得很逼真，尤其那两只死鱼眼简直惟妙惟肖。

史家禄倒抽一口冷气，只听李应丰大声说："现在我们的打虎会开始！于瑞祥，你先交代！"

边上的打虎队员一片起哄声："交代！""快交代！"……

矮瘦的于瑞祥装得苦瘪瘪的，抬头蹙着眉摇摇头："我没有贪污！"

李应丰大声呵斥："你的罪证早拿到了！你不交代死路一条！"

史家禄从李应丰的话声里听出：这是恫吓和骗诈，明白其实并没有掌握到材料。

于瑞祥采取的是软磨的手法，仍旧哭丧着脸摇头："实在没有！"

打虎队员们有跟着李应丰拍桌子的，有敲茶杯顿脚的……

李应丰吼着说："你不要不见棺材不落泪！现在是给你一个坦白交代的机会，过了这个机会，逮捕你、枪毙你，你就别后悔了！"

于瑞祥摇摇头，挤了两点眼泪出来："我可以对天发誓！我的确没有……贪污！"

打虎队员们不耐烦了。编审部的编辑程雄，是个性情比较和缓的人，慢吞吞地讲了一通大道理，不外是说明坦白交代的好处，劝于瑞祥赶快坦白。给他一噜苏，刚才热烈的气氛松弛下来。

李应丰嫌他说得既噜苏又无力，打断程雄的话，吼着于瑞祥说："你讲不讲？"

于瑞祥摇头。他是铁了心了！

李应丰命："给你面子你不要！你给我站起来！"

于瑞祥乖乖地站起来了，像个戏台上的武大郎那么窝囊。

史家禄想：体罚开始了！他相信，李应丰火气上来，是会动手打人的。他心里有点替于瑞祥担心，不知于瑞祥怎样才能熬过今天的这道关！

　　于瑞祥在不断拭眼泪，也许是真哭，吓得哭，想起了他的问题不好解决要哭，想起了他的老婆子女要哭；但也许是假哭，哭给大家看的，让大家同情他。倒看不出，于瑞祥还挺会演戏哩，哭的时候，十分悲伤。

　　史家禄感到自己老是坐着作壁上观不行，那样老是不开口，至少要被人视为右倾的。甚至会使人猜测他同于瑞祥有什么瓜葛。所以这时大声激昂地吼："于瑞祥！不准哭！你快交代，到底贪污了多少？"

　　于瑞祥仍旧拭眼泪、摇头，用蚊子般的嗡嗡声音回答："确实没有贪污！要是不相信，要是我说谎，不得好死！"

　　史家禄觉得已经发过言了，心安理得地坐着，听着别人嚷嚷成一片，心里幸灾乐祸地想：看你李应丰带着这伙打虎队员怎么办？他觉得于瑞祥装成孬种是一种策略，一种很聪明有力的对付打虎队的方法。

　　李应丰又大声吆喝起来了，说话像放机关枪，又是拍桌子，又是跺脚，大声说："你要是交代了！今天晚上可以放你回家！不交代，从今天起，就关你在社里，让你住小房间！不准你回家！"

　　于瑞祥装得更加孬种，连连摇头："我真的没有贪污！真的没有？"他因为已经探测到了虚实，知道打虎队员并没有掌握到他的真凭实据，心里并不真害怕。

　　史家禄着急了，心儿像一条被鱼钩紧紧勾住了的鱼：呵！看来于瑞祥要隔离审查了！实际是关禁闭坐监牢呀！将人关起来，不放回家，剥夺自由，随时审讯，不知要关多久？就是非逼着你承认不可呀！于瑞祥经得住这个考验吗？

　　正想着，打虎队员们又拍桌子敲板凳吼了一阵了。只听李应丰大声喝问，连骂人的话也出口了："放屁！你这个混账王八蛋！今天要是不老实，我们打虎队员要叫你变老实！你回答吧！你交代不交代？"

　　于瑞祥仍旧站在那里摇头，像个瘪三。他可真是以不变在应万变了。

李应丰翘起下巴，气得涨红了脸，对靠近于瑞祥坐的打虎队副队长刘锡说："刘锡！把他的棉袄给他扒了！"

刘锡有点犹豫。一时没有上去动手。

李应丰火了，说："把贪污分子的棉袄扒了呀！为什么不动手？对老虎还能慈悲吗？"

刘锡硬着头皮，上前扒于瑞祥的棉袄。于瑞祥装得老实，乖乖地自己脱了棉袄。他棉袄里面居然是两件新绒线衣。脱了棉袄，一时还冷不着。大家看到他的两件新绒线衣，叽喳开了。史家禄心里一怔：唉！穿新绒线衣干啥呀！

李应丰大声说："看到没有？这个坏蛋肥得很呀！他老是哭穷装穷，其实，有钱得很呀！绒线衣都是新的呀！外边穿旧衣，里边穿新衣，装穷！他这么有钱，不贪污才怪呢！"说着，又对于瑞祥吼："给你最后三分钟！如果不说，我们要抛材料了！抛了材料就要了你的命！'坦白从宽，抗拒从严'你不懂？抛了材料就不算你自己坦白的了！"

于瑞祥装出一副寒冷的模样，缩着脖子瑟瑟抖，仍旧摇头，哀怜地说："真的没有！"

李应丰突然说："我先抛一点点材料，启发启发你，你上过跳舞厅嘣嚓嚓没有？"

于瑞祥愣怔了一下，不敢说没有，点点头，硬顶说："那，去过的！"他心里捉摸开了：这件事，是公开的秘密，自己上舞厅时被社里的人碰到过，所以他不太害怕。

全场空气比刚才热烈了一点，似乎进攻于瑞祥有点门道了。史家禄心里在盘算：上舞厅的事不是要害，于瑞祥不会败阵，但不知李应丰还会抛出什么材料来？……

李应丰大声叫嚷："于瑞祥，你挤牙膏是吗？我们抛一点材料，你就承认一点。挤一挤，出来一点！我们不上你的当！你快坦白交代！

你先谈谈你怎么腐化的?"

于瑞祥变得结结巴巴:"腐化吆? 我……我解放前到舞厅里跳过舞,那时,跳舞的人多,不稀奇的。解放了,不应该再去跳舞,可是,遇到了解放前相识的两个舞女,她们约我去跳跳玩玩,不要我的钱,是白跳的! 我……仍旧去跳了一两次,这……就是……就是腐化! ……"

他像讲故事。大家听得不满足,追问:"还有呢?""还有呢?"……

于瑞祥摇摇头:"没有了!"

"那两个舞女叫什么名字?"有人问。

于瑞祥摇摇头:"只是认识,这种女人,姓名都是假的,一个叫陈娜娜,还有一个,还有一个好像叫……好像叫朱娟娟! ……"

史家禄心里叫绝:于瑞祥! 妙!

李应丰和打虎队们吼得窗户玻璃都震动。李应丰高嚷:"你狡猾透了! 我抛出你跳舞的材料,你只好承认跳舞,别的滴水不漏! 我问你,你想死想活? 你以为我们对你毫无了解吗? 你穿了旧衣上班,下班换了西装就上舞厅腐化! 看到的人不止一个,情况我们早掌握了!"

确实,于瑞祥的狡猾激动了公愤,打虎队员们都七嘴八舌骂他、吼他。他穿着绒线衣站在那里颤颤发抖,是吓的? 还是冻的? 抑或是假装的? 弄不清。史家禄看了倒心里痛快:于瑞祥装死狗软磨软顶倒真有点技巧呢!

李应丰急于求成,巴不得马上打出一只大老虎来好向牟武城请功! 可是上阵第一仗就不利,怎么能平气? 他离开座位了,走到于瑞祥跟前,气得咬牙切齿像要发疯;这个于瑞祥,太狡猾了! 如果于瑞祥不是老虎,没有贪污过,他主观上无论如何不相信! 于瑞祥是个旧人员,解放前做过书店股东老板的嘛! 这样的人,还敢顽固,是可忍孰不可忍! 这是在跟他李应丰过不去呀! 这是要阻挡我李应丰进步呀! ……他越想越气,真恨不得有真刀真枪上阵,好将于瑞祥这种人戳一刀捅一枪! 忍了又忍,决定再问,翘着下巴威逼着说:"于瑞祥! 今天你不交代，决不放你过去！你快交代腐化的情况！……"

于瑞祥装傻装呆，愁眉苦脸，叹气。还是不说话。

女编辑孔敏礼一直未说话，冷静地出点子说："腐化的情况他可能不肯当众说，让他详细写出来交代！叫他在这里交代同资本家的关系吧！"

史家禄心里一惊：这个孔敏礼厉害呀！光搞那些生活上的腐化的事有什么意思呢！要于瑞祥交代同资本家的关系，这才真是敲敲敲在鼓点子上呀！

只听到李应丰吼着说："快交代！一个一个交代！"他回身对当记录的孔敏礼说："你记录好！他说一个，你记一个！来，快！把你工作上有来往的商人一个一个交代出来，并且交代你同他们的关系！我们全部都要拿去核对的！"

于瑞祥像具僵尸一声不吭了。

李应丰气急了，挥起右手一巴掌"啪"的打了于瑞祥一个耳光，嘴里骂道："不打你是不肯讲的！你以为我们不敢打你？打死你这个王八蛋！……"

耳光打得很重，"啪"的一声，震得人一愣。也巧了，巴掌偏了一点，甩在于瑞祥左脸一侧的鼻子上。于瑞祥的鼻血马上滴下来了。

于瑞祥把头低着，嘴里"喔哟喔哟"叫，故意用手去抹鼻血，又故意将鼻血抹得手上、脸上全是的，简直成了个血人，可怕得很。

反了右倾以后，没有谁在这种场合下愿意说李应丰打人不对！大多数人肃静无声，只有少数人还在吼于瑞祥："快交代呀！""交代了就没有事了！""不交代能行吗？"……

史家禄心里发怵，物伤同类，打戒一开，恐怕动手就不算一回事了！但他懂得于瑞祥把鼻血涂抹得一脸一手的作用！这不是李应丰和打虎队员的胜利！这是于瑞祥的胜利！

偏偏，于瑞祥挨了一耳光，似乎着急了，不知所措地瑟瑟抖着，忽然捂着鼻子朝史家禄看了一眼。他也许是无意，也许是有心。这一眼既有怨尤，也像求援，更有一种不知如何是好的动态。他这偶然露出的一眼被李应丰注意到了。李应丰突然好像想起了什么似的，皱了皱眉，转脸对史家禄说："老史，你不是参加楼上打魏原冰老虎的那个组的吗？怎么到这里来了？"

史家禄被刚才于瑞祥那一眼望得真不是滋味，心里像揣着小兔子，被李应丰一问，只好硬作镇静地说："是……我问过工作组牟组长，他让我来的！"

李应丰表情有点飞扬跋扈，把头摇摇，翘起下巴说："你还是参加魏原冰那个会好！你去吧！你不去，我去请示老牟，让他叫你去！"

他为什么这样？史家禄想：也许他们要动武大打出手了！不想让我看到？我不是打虎队的，他们有顾忌？也许是他李应丰怀疑我同于瑞祥的关系？我在工作上同他是关系密切呀！唉，这个混账的于瑞祥，他刚才好好要瞅我一眼干什么？他是着急了才这么的呀！可是这不是险险泄漏天机引起人的疑窦了吗？唉，唉！……容不得他多想，他觉得李应丰敢这样一反常态，肯定是他怀疑上我了！或者他们确实掌握了我的什么材料了？李应丰目前是牟武城的心腹大红人呀！他敢将我这个副经理不放在眼里，绝不是偶然的！……史家禄心里像火烤！我的命运不可知！如果我一走，于瑞祥看到这情景，于瑞祥的防线会崩溃吗？……

史家禄心里七上八下，只好故作毫不在乎地笑笑对李应丰说："好！我去参加魏原冰的那个组！但——"他站起来，走向于瑞祥，说，"于瑞祥这个贪污分子，太不老实，太令人生气了！我——"他突然走上前去，对着于瑞祥就是一个耳光，"啪"！打得又响又脆，对捧着脸哼哼的于瑞祥说，"你要是再不老实，群众非打死你不可！"说完，对李应丰说："我真恨透了！平时被于瑞祥伪装积极蒙骗了！没有发现他品质如此恶劣！不打一下不解恨啊！好，我现在去参加楼上那个组打虎去！"

他走得有点狼狈，但心里觉得打这一下于瑞祥的耳光极有必要，既可缓解李应丰的怀疑，又可伪充积极！实际又是在于瑞祥前再次叮嘱他坚决顶住！这样走，又在群众面前保持了自己的面子！他从会议室退出来后，听到里边李应丰的吼声和拍桌声比刚才更响亮更有力了。

史家禄突然有点头晕目眩。这一向来，夜晚总是睡不好！噩梦频繁，白天又心事重重，人总感到疲乏。刚才参加打于瑞祥老虎的会，更感到过分紧张，心理上的压力使他受不了。他走出会议室，蹒跚着，不知该不该到楼上打魏原冰老虎的那个组去。去吧，似乎这时去不太好，容易引起人注意，不去吧，似乎也不好。他心里有点后悔，后悔刚才在会上起先表现得太不积极！这是不是引起李应丰不满的原因呢？后来，退出会议室前动手打于瑞祥，似乎又表现得太积极了！不知后来那一下耳光打在于瑞祥脸上，李应丰他们对我有些什么看法？是好是坏？好在我同于瑞祥已有攻守同盟，打他踢他都早打过招呼，不要紧的！但我在李应丰这边没有掩饰好！唉，唉，真难啊！我没有把这出戏演好啊！……他懊恨万分。

想了又想，史家禄决定还是上楼，去参加刘开英领导的那个组打魏原冰的老虎。在他心目中，刘开英比李应丰厚道一些！再说，如果不去，到哪里容身？逛逛荡荡，被牟武城碰到了怎么交代？岂不是对运动消极的表现？上楼到小会议室去，就对刘开英说是李应丰让去的，还有可说。况且，看看他们怎么对付魏原冰的，也好了解点情况呀！

他终于硬着头皮推开小会议室的门进去了！

史家禄一进二楼小会议室，十分尴尬。因为魏原冰正像楼下于瑞祥一样地站着受审。在上首的位子上坐着在大声吃喝魏原冰的，不是别人，竟是瞪着眼珠凶神恶煞般的牟武城！这个组原来领着打虎的是刘开英。现在，工作组长在这里亲自领着打虎，刘开英坐在一边当记录呢！史家禄心里又一阵懊丧：早知牟武城在这里，宁可装肚子疼躲到厕所里多蹲一会儿也不进来了！已经进来了，他感到太不自在了。

只听牟武城朝着他瞪眼问:"你怎么又上楼来了?你不是要去楼下的吗?"

史家禄觉得牟武城态度凶恶,心里想:看来是要搞我了!"深山密林必有老虎"嘛!不管真假有枣无枣他也是要打三竿的嘛!不然,他怎么会这么凶呢!一想,更加泄气,气馁心虚地答:"是……是李应丰叫我上楼来的!"

牟武城不作声,鼻子先一哼,不清不楚地把手一挥,才说:"那你坐着吧!"

史家禄选个边上的位子坐了下来,像只煨灶猫,不声不响,灰溜溜的。

牟武城刚才大约正在"劝导"魏原冰,话没说完,这时继续说了:"……你魏原冰,到现在还不承认自己是贪污分子,你以为这就是你凶?你不承认有什么用?你不承认,我们照样可以给你戴上贪污分子的帽子。我们照样可以叫你坐牢!你不是说怕这件事被你娘和你里弄里的人知道了没脸见人吗?我可以告诉你!你要是不承认贪污,不彻底交代你的罪行……"

魏原冰突然插言:"我的事全部都交代了!别的确实没有,我受不了这种侮辱!……"

牟武城拍桌子训斥:"住口!我说话不准你打断!你太不老实!你要是不承认贪污,今天下午我们就派人到你住的里弄里去,将你的罪状张榜贴出去,让人人知道!你怕不怕?你要是怕,就快承认!快交代!"

魏原冰两道泪水滚落腮上,突然咕噜了一声。声音轻微,听得却很清楚,那声音像微喟,又像叹息:"我……我不想活了!……"

二楼小会议室里的打虎队员,没有楼下大会议室里打虎队的气势,是少了李应丰?是因为魏原冰在人们心目中同于瑞祥不同?还是因为牟武城在这里蛮横凶恶,反倒使群众产生了同情魏原冰的情绪?还是因为刘开英不够积极,没有起好带头作用?……反正,大家都像嘴上贴了封条，只让牟武城独自在哇啦哇啦。

牟武城一拍桌子，开口大骂："娘格×！你要死，你就死！死一只老虎我们怕什么？刘青山、张子善不死我们还枪毙哩！……你要死！就是畏罪！……"

谁也想不到，牟武城哇里哇啦话未说完，站着受审的魏原冰突然像支离弦的箭似的，头往白粉墙上猛地一撞，只听"砰"的一声，几个靠他近的打虎队员嚷嚷起来了："啊！""啊呀！"……

魏原冰撞墙自杀了！

只见那白粉墙上溅上了通红的鲜血。史家禄心惊胆战；只见刘开英等几个打虎队员慌忙去挽去扶魏原冰，有的在说："快送医院！……""快先扶他坐着！"……

牟武城一脸紫气，事出意外，他既气又恼。他瞪着眼睛走上前去，在人丛中俯身看了一看，说："不要紧的！死不了！他这自杀是真是假还难说！贪污分子畏罪常用这种手法！不要被吓倒！把他送医院，轮流派人看守！他的问题不算完！等伤治好了关他小房间里隔离审查！我倒不信老虎能比武松还凶！……"

刘开英等扶着魏原冰下楼雇三轮车去医院。人都拥出去了。

牟武城跟着出去大声叮嘱刘开英："刘开英！好好看守他！出了事我找你负责！……"

史家禄独自留在小会议室里感到不好，他也迈步走出去。牟武城正在外边过道里，瞪着眼珠朝他看了一眼，忽然说："深山密林必有老虎！你是副经理，现在还暂时顾不上弄清你的问题！你有问题自己要赶快老实交代！争取主动！"

不知牟武城是估计、猜测还是试探？抑是真的已有根据！史家禄还了他一个尴尬无所适从的表情。但心里又想：打老虎这种打法岂不是打成一团糟了？青红皂白既然不分，史家禄倒觉得不太可怕了！

我还清楚地记得，六十年代初期夏季里的一天，我听到了钱英在机关里被作为"修正主义"分子进行揭发批判的消息。那天非常热，听到一个与钱英同在一起工作的同志谈了详细的情况后，我掏出手帕不断拭汗。可汗水怎么也拭不完。我是怀着一种吃惊与痛楚的情绪听完叙述然后陷入沉思的。

　　人家告诉我：钱英硬得很，他坚决不承认自己是"修正主义者"。有一次，在批判会上，他大声悲叫："总得讲点实事求是吧？为什么真的事实都不要，假的揭发材料却句句都要呢？"他这种"顶"的态度坚持了很长的时间。最后，终于不能不在一次次的批判"帮助"后，承认自己"犯了修正主义的错误"。

　　钱英遭到的厄运是由于他率领一个工会代表团到南斯拉夫做了十天的访问。回来后，奉命介绍了南斯拉夫的情况。他向机关里的同志做了汇报，并有篇文章发表在报上，这就是"罪证"。但其实他的介绍是很客观的。他之所以被打成"修正主义分子"，只是由于当时正开始批判南斯拉夫的领导人是"修正主义者"。谁叫钱英偏偏去的是南斯拉夫呢？何况，他作汇报、写文章还都是奉命完成的任务！

　　像每次在搞运动时一样，都说是反对逼供信，但逼供信的办法却总是变换着手法在使用。如果你把揭发批判信的罪状"包"下来，就是态度比较"好"，"对错误尚有认识"，可以"从宽处理"。如果你为自己辩护，想实事求是，那就是"对抗"、"迎风上"、"顽固不化"、"与党不一条心"，要"从严"。据说，他在承认自己"犯了修正主义的错误"时，流着泪长叹一声说："如果在敌人的面前，我是宁死也不会讨饶的！但在自己同志的面前，怎么办呢？……"

钱英后来被下放到一个西北的边远省份里，去当了一个木器厂的副厂长，汤雪和小星星都跟着去了。若干年后，听说他被平反了！但再以后，在"文革"中，就像流星似的消失了音讯。

他的遭遇，只要想起，就会使我心里难过。

（十五）

两天以后的一个早上，牟武城在自己的办公室里，看着笔记本，心里盘算思索着这几天进驻出版社后的战果……

于瑞祥给打出鼻血以后，李应丰领导的打虎队又开了他两天会。连喝带骂，连推带打，最后李应丰得到了于瑞祥的一纸坦白的交代书。交代材料里承认他跳舞腐化，也承认他有过贪污行为。具体来说，是他曾经吃过私营大光印刷厂老板刘成都的请。刘成都在"绿杨邨"和"洁而精"两家名餐馆里请他吃过饭，并且送过衣料。此外，他承认自己曾经利用制度不严将出版社的一批未入账的废旧书处理出售给收旧货的，款子吞掉未缴。这只老虎问题还未弄清，但于瑞祥是一只老虎已是定论了！牟武城认为李应丰领导打虎队既有魄力，又不怕疲劳，很有成绩，让继续打！并且又交给了李应丰一个新的任务：打石勇！石勇是出版科的办事员，印刷厂工人出身，掌握的贪污疑点是他在去工厂区售书时，有过遗失发票单据的可疑行为。而且，他既在出版科，同于瑞祥有没有什么勾搭？听说平时他对耿爱民不错，耿爱民也常表扬他工作有干劲，这中间有没有什么玄妙？……都需要查清。

魏原冰自杀未遂以后，牟武城布置让刘开英率领的一批打虎队员打传达室的老传达冯玉明。据反映，冯玉明曾经收受过纸商黄源茂的一条飞马牌香烟。冯玉明也曾经将办公室的旧报纸悄悄收去卖给收旧货旧报纸的小贩。冯玉明当然不是什么大老虎，但先把这种小贪污扫一扫，弄清问题可以予以宽大，给以解放。牟武城感到是符合政策的。光打出大老虎来，没有这种可宽大的小贪污也不完美。况且，牟武城觉得刘开英这个人积极性不高，有点疲疲沓沓，缺少创造性，缺少魄力，不像李应丰和刘锡，不可委以重任。把刘开英放在李应丰之下，牟武城认为刘开英是不满意的，消极疲沓也许同这有关。刘开英又有轮流派人到医院值班看守魏原冰的任务，倒不如交点小任务让他带着几个打虎队员对付冯玉明的好。打完冯玉明，然后再让他带领着打别人。例如女会计施玉芳和女出纳田寒晖，都要打！深山密林必有老虎嘛！他在产业工会就是先从会计和出纳打出老虎来的。查账没有大用，主要靠"打"！不加压力打，老虎是不会老实的！这是他的信条！

牟武城将希望寄托在李应丰打于瑞祥和石勇的身上，想从出版科打出缺口，拔出经理部的耿爱民和史家禄来。尤其是耿爱民，他希望在张开太带梁锦兰去苏北阜宁外调回来之前，就已经挖出耿爱民这个大老虎来了！到那时，他一方面可以向上级报告战果，一方面可以使张开太目瞪口呆自叹不如。

出版社里老虎真多呀！牟武城眼里的敌情十分严重。在他看来，假若攻开了出版科，也打下了财务科，矛头可以直指经理部，然后从经理部说不定还可以直指到钱英那里。他喜欢大胆假设，发挥丰富的想象力。对编审部，他觉得好像是清水衙门，不掌管钱财和物资，但都是些知识分子呀！都很复杂呀！都同资产阶级可能有千丝万缕的关系呀！也不能放松！目前在打虎队里的人，有些也值得怀疑，只是需要一步一步来抓就是。

牟武城排了一张"老虎表"，写在他那本红簿面的小笔记本上。这当然暂时是秘密的，只是自己要心中有数。

写画在笔记本上的表是这样的：

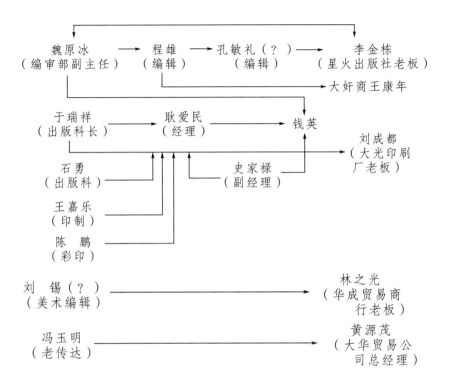

辛萍（？）（校对）

施玉芳（会计）

田寒晖（出纳）

　　这是他的估计和假设，编审部的程雄原先以为是地主家庭出身，现在摸清了，他也应该算是资本家家庭出身，孔敏礼也是的，都有复杂的资产阶级社会关系。而且，听李应丰送来的最新消息，程雄家还同已被逮捕的大奸商王康年有点亲戚关系。

　　出版科一共四人，于瑞祥和石勇是当然的老虎，王嘉乐负责印制，陈鹏管彩印，虽然迄今尚未有人揭发他们什么，他们也都在打虎队里，但"拔出萝卜带出泥",于瑞祥和石勇是老虎,他们能干净得了吗?出版科一定是个"烂"了的部门!这两个人应当估计上去。

女会计施玉芳和女出纳田寒晖,无论如何是必须列入老虎行列的,工作性质决定了的。女人总是脆弱点的,恐怕比较好攻,管钱管账自然是"深山密林"!

刘锡现在是打虎队副队长,画漫画很积极,但从魏原冰自杀未遂后,刘锡吓坏了。突然自己写了坦白交代材料,说他曾应私营华成贸易商行老板林之光的请求,设计过一套业务上的广告宣传品,收过林之光一套画具作报酬。那,这性质同魏原冰有点相同了!不过,"钱"同"物"不一样,再说,一套画具所值无几,不像魏原冰稿费数字大。牟武城有点后悔来后立即任命刘锡当了打虎队副队长,目前怎么能搞他呢?我刚任命他为打虎队副队长,不能自己打自己耳光呀!再说,还需要他画漫画和打虎!只有到适当的时候,宣布:刘锡早已主动坦白交代并作了书面检查,并揭发了奸商林之光,鉴于他打虎表现较好,一套画具价值不多,可以不予处分。但从这件事上,牟武城悟到一个真理:千万不要麻痹大意,千万不能"右"!我并不是"左"!你看,谁想得到刘锡也会同资本家有瓜葛呢?知人知面不知心啊!……他更觉得自己是正确的了!

牟武城十分满意地看着笔记本上这张表。他一次再次地点着人数。可不是嘛,我说可以打十几只老虎!张开太不信,说我主观!那让他回来看看吧,就这张表上列出的是十五个人名!姓名后有(?)号的是候补老虎。如果数字够了,就算了!数字不够,可以补上。我看呀,只好猛烈进攻,狠狠打!一只老虎也跑不脱!他觉得信心百倍,喜悦要从喉咙里溢出来。他在办公室里踱来踱去,忍不住轻轻哼起新学会的那只打虎队员们唱的歌来:

　　三反运动掀呀掀高潮,

老虎老虎你呀你往哪里跑？

打虎队员志气高来志气高，

贪污分子快坦白呀快讨饶，

快坦白呀快讨饶！……

正轻轻哼着，有几分得意，忽听门上"剥啄"响了，有人敲门。

牟武城答了一声："进来！"出乎意外地看到开门进来的是钱英。

体格匀称、挺拔的钱英，眼睛奕奕有神，带着严肃、庄重的面容、朴实、正直的表情，站在他面前。

牟武城一直避免同钱英和耿爱民见面谈话。好几次，远远见到他们俩时，他就转道走了。迎面也撞着过一两次，他都像视而不见。牟武城觉得这两个人肯定有问题：你们自己应当识相！至于现在，牟武城还不想同钱英和耿爱民谈话。有什么好谈的呢？谈了反而招麻烦！按原定计划打老虎就是！把这两个人撇在一边，有当无，这是最好的处理办法。

现在，钱英找上门来了！看到钱英浓眉下两只炯炯的眼睛，一副坦率的表情，他明白：钱英要么不来，要来，是有事的，而且不一定好对付的。他对钱英有一定的了解：这个人解放前在地下时期，工作很出色，人都夸他能干、有水平。但好人也是会变坏的嘛！那么，他现在找上门来了，看来，是忍无可忍了？一定是"无事不上三宝殿"的！他心里琢磨着这些，嘴上不瘟不火，心里却又气又恼地说："呵，你？坐吧，坐吧！"

钱英在一只椅子上坐了，显得不卑不亢。牟武城心里想：也许，一星期以后，你就不会这么大咧咧的了！……

牟武城的脸上表情像个救世主一样庄重，问："有什么事吗？"是明知故问，所以语气拒人于千里之外。

钱英停顿了一下，说："我本来以为，你是会找我谈谈的。……"

言下之意，是认为不谈不对，但话只说了半句。

牟武城敷衍地点点头，在办公桌后的那只转椅上坐了下来："呵，忙，太忙了！出版社的问题太多，老虎太多，事情得分轻重缓急来办！"

钱英看得出他的态度矜持，说："我经过考虑，觉得还是应当找你谈谈。因为我们都是共产党员，我也是工作组的成员。"

牟武城心里暗想：唏！怎么毫无自知之明？随口说："有话你就说吧！"语气十分生硬。

钱英这几天一肚子的气已经憋足了，一肚子的苦闷也贮满了，对牟武城来后的极"左"做法很有意见，本来指望牟武城以平等态度，也主动听听意见。没想到牟武城君临一切，唯我独干，完全采取排斥态度，心里很不是味，所以决定来恳切谈谈。现在一见牟武城的态度，明白这次谈话是不会愉快，也不会成功的。既来了，又不能不说，终于光明正大地说："我听说，魏原冰自杀，撞伤了头未死，在医院里治伤；又听说于瑞祥被扒下棉袄打出了鼻血。打虎队在开会时，动手动脚已经好像是家常便饭了。我在想：是不是应当引导一下！"

牟武城一听，心里冒火了，瞪出眼珠，冷笑一声，说："打老虎打老虎！老虎打两下值得大惊小怪？怎么老是同情贪污分子站在他们的立场上为他们鸣冤叫屈呢？这种立场对吗？"

钱英感觉到牟武城的话像刀刃一样锋利，回答说："我是站在党的立场、政策立场上说这些话的！贪污分子当然应当由打虎队来审查他们的问题，但不能真的用动手打的方法、用逼供的方法来对付！还是要靠用政策攻心，用证据和可靠的材料来挖找！我们对反动派的军队还有三大纪律、八项注意的政策，对贪污分子也是一样。"

牟武城被堵得一时说不出话，暴躁地说："我希望你做到一点：自己右倾，不要再要求我像你一样右倾！你即使打不出老虎来或有心无心包庇了老虎，可也不要妨碍我来打老虎！"

钱英也被牟武城反堵得一时说不出话，但据理回答说："你说我右倾，据我所知，上级并没有下这个结论。只是派工作组来调查为何运动开展迟缓的原因！进度所以有人认为迟缓，其实是由于内查外调尚未完成。其实内查外调我们抓得是很紧的，现在反倒似乎放松了，把搞调查的人大部都抽到了打虎的会议上。这你应当了解，没有理由说我们的做法是右倾……"

牟武城拦腰打断他的话说："右倾的结论，我已经做了！你就是右了！直到现在仍然是右！"

钱英知道牟武城不好说话，又不能不说，继续发表意见："你说我右倾，我是不能接受的！就是上级给我下这结论，我也要申诉。我倒是认为你太'左'了！你的估计太'左'！小小一个出版社，你未经充分调查研究，就宣称要有十几只老虎，是不是'左'？你提出'深山密林必有老虎'，提法对吗？那不就变成凡掌握钱财物资的人都得作为老虎打一打了吗？以后谁肯再干财经工作呢？是不是应对贪污的严重性在调查后做出充分估计，也对我们的干部队伍有个正确的基本估计呢？……"

牟武城又打断钱英的话，用挑战的眼神瞅他，说："你已经成了贪污分子的代言人了！你的言论已经对'三反'运动造成阻力和羁绊了！给你这样干扰，我感到不能保证运动的顺利开展！……"

"共产党员应不应当实事求是？"钱英愤怒地问。

"你这不是实事求是！是道道地地的右倾！我要立即向上边汇报，请求撤销你的工作组组员的职务，并且要求给你处理！"

钱英克制住火气，微笑了，但微笑中有一种深深隐藏在背后的敏锐和锋芒。说："可以！你可以向上反映！我，也要保留我的发言权！我认为你如此蛮干，出版社将被你搞得一塌糊涂！……"

"我不会像你包庇魏原冰，放虎归山！"

"魏原冰的问题，我保留我的看法！凡事都应当有个界限！贪污也不例外，混淆和扩大都是不对的。"

"那你就少费心了！反正，我要走我的阳关道，你去走你的死胡同就是！"牟武城摸摸口袋里的那本笔记本，陶醉地想：就是这本笔记本上，我已经排出队来，十五只老虎稳扎稳打！

钱英认为牟武城无可理喻，想：我得把心里的话说完，尽量使自己平静下来，说："牟武城同志，我是以一个共产党员对革命的责任感来同你谈话的。不管你爱不爱听，也不管你听不听，我更不会考虑个人得失，我总得把话说完。我要建议你，在所谓反右倾后，应当干涉一下打虎队员动手打人和采取逼供的错误做法。用错误的做法，什么口供得不到呢？那势必会乱了！另外，我和耿爱民同志，你不应当将我们排斥在运动之外。……"

不料，牟武城哈哈笑了，笑得勉强，说："不会排斥在运动之外的！管他是谁都不会被排斥在运动之外的。"他话中当然别有含义。

钱英听得出他话中有话，心里一怔，更生气了，强压住火，说："一切结论应当产生在调查之后！我建议你还是要加强调查研究。除了内查之外，比如对资本家、对家属、对里弄工作干部和邻居，诸如此类，都应当加强调查，不要形而上学……。"

牟武城冷笑笑反问："那么，依你，你的重点放在谁的身上？"

钱英坦率地回答："如果工作组不来，我们等材料就绪，本来要先重点审查于瑞祥，再重点审查史家禄的！我们是要根据掌握的情况做出这种决定的！"

"你认为就两只老虎？"

"在没有开展调研和结束审查之后，谁也不能预先确定。"

"耿爱民呢？史家禄不过是个副经理！他是经理！"

"耿爱民是个廉洁奉公的同志，这一点，我对他有个基本的估计。"

"不见得吧？"牟武城又冷笑笑，"你又来帮他打包票了！人参燕窝我不会当烂稻草，可是烂稻草我也不会看作是大补药！"

钱英不想谈下去，起身准备走。同牟武城谈到现在，他认为一直是在对牛弹琴。但终于又说："过河也得蹚清楚水的深浅。不然，一下河就淹得无头不见影了，那不好！"

牟武城脸上抹出寒霜，摇摇头，不以为然地说："你谈完了吧？好啊，我们都等着看吧！"他以一种胜利者的骄傲姿态，以驱赶钱英快走的态度送钱英出门。

钱英走到过道里，听到二楼那个小组里，打虎队员正在"打"那个老传达冯玉明。吆喝声、拍桌声，好像还有"啪啪"的殴打声和冯玉明的隐隐约约的哀告呻吟声，清楚地传来。

市委领导一直在提出：不要打骂！要禁止变相刑讯，禁止体罚。可是，就在工作组长牟武城办公室近旁，打骂声这么响，牟武城竟好像看不见也听不见。

钱英走进自己的小房，紧紧闭上了门。一种巨大的失落感包围着他。他走到窗前，站在窗前发呆。窗外，下起了牛毛小雨，他心里乱得像这霏霏的雨丝。下边花园的一角是肃杀凄凉的冬日景象，有阳光时还好，下雨时就分外寥落。他心里不禁天马行空般地神驰起来：唉，一种正确的做法，换个领导人就完全变了！是什么原因呢？呵，如果是法治，不是人治，恐怕就不会这样的吧？现在，领导人一变，一切都变了！随意性这么大，主观性这么严重！"左"的情绪又这么高涨，能把"三反"按照党中央和市委的要求搞好吗？……

他心里像风筝断了线，飘飘忽忽，惶惑得很。

我漫步在清晨热闹的外滩江边，经过开往南通的轮船停泊的码头，望着那些带着行李物件匆匆上船的旅客不禁停住了脚步。

在我的眼前，黄浦江水仍旧在滔滔地流动，江上布满了大大小小各种颜色的船只，对岸浦东那鳞次栉比的房屋、烟囱在阳光下闪耀着金光，外滩江边的树木都比当年高大得多了，外滩的景色也比从前更加美丽了！各种进口的和国产的机动车鱼贯着在来往行驶，流动着的人群中，穿着各种颜色鲜艳服装的那些忙碌、欢快的女人特别引人注目。

忽然，我瞥见一个涂口红穿黑色紧身裤和蝙蝠衫的女人，那两只大眼睛特别熟悉。呵，对了！这两只大眼睛跟当年杏妮的两只眼不是完全一样吗？当然，眼前的这一个八十年代的年轻人绝不是杏妮，杏妮如果活着，也该是六十岁的人了！

此时此地，我不能不想起当年与小梁一同去南通转道往阜宁进行外调的往事。

一切结论应当产生于调查之后。我们当时是这样做的。以事实为根据，是实行法治的基础。没有事实，法律的执行就只能建筑在沙滩之上。过去这样，现在仍然这样。

回首当年，我沉浸在一种梦境般的境地中……

（十六）

张开太和梁锦兰由上海出发，坐轮船到了南通，又由南通坐长途公共汽车经过如皋、海安、东台、盐城到了阜宁。

到阜宁时，天已擦黑。成群的老鸹拍打着沉重的翅膀，"呱呱"叫着飞过天空。天有雨意，灰蒙蒙、空荡荡的苍穹压在头顶，使人心情很不舒畅。

在阜宁，两人打听施庄的情况。其实，他们坐长途公共汽车由盐城到阜宁时是途经施庄的。施庄离阜宁县城很近，紧靠县城，他们怕那里地方小，住宿不便，干脆住到县里，决定了解了解情况，然后去施庄。

阜宁小县城的城堞上满是苔痕，通衢大道的中心，一条平坦的石板道从东门外迤逦而来，一大片黑瓦接堞的屋顶，曲曲折折的大街小巷，都是苏北风味。他们在大街上找了个较大的旅店住下。在街上，这是家好旅店了，但仍旧很不卫生，地是湿漉漉的，野狗也窜到店堂里钻来钻去。旅店里，男的是打统铺的木板床，一间大房挤住十几个人。肮脏的被褥上都是臭虫、虮子血。张开太住下了，占了一个床位，替梁锦兰找了个只放三张床给女客住的小房，因为女客少，两张床空着，实际是梁锦兰一人独住。

　　一路上，张开太对梁锦兰有了进一步的认识。这个女工出身的出版社人事干事兼社长室秘书，文化不高，党性很强。认识了她，张开太才知道她就是解放前一次纱厂罢工时出了名的"红衣女郎"。那时，梁锦兰在做沪东各纺织厂的妇女联谊会的负责人。一九四六年，她曾和一些同志积极筹备了反内战的"六·二三"和平大游行。游行以后，黄色工会的特务头子陆京士曾找到梁锦兰，责问："游行是谁发动的？"梁锦兰说是："大家自己要去的。大家既然要去，我不能不去！"第二天，警备司令部曾派车子来逮捕梁锦兰，她逃到工厂办公室的三层楼上。那天，她穿一件红毛线衣，特务要抓她。她站在阳台边沿上大声说："你过来！我就往下跳！"特务奉命要抓活的，看她那样子，说跳是真话，没敢上来抓。事后，在妇女联谊会里和混在黄色工会福利会里的地下党员做了工作，说梁锦兰年轻幼稚，所以发生了工人出动游行的事，是偶然犯的错误，没掌握好。敌人对她还存在可以拉拢利用的幻想，就由黄色工会头子找梁锦兰谈话，训了她一顿："年轻人不懂事，在外面闯穷祸！……""要不是我们在上面说情，早把你捉去了！"……这下，"红衣女郎"梁锦兰就出了名。后来，一九四八年冬天，梁锦兰患了严重的肺病，卧床治疗，病了半年多。病好以后，她刚参加一些活动，敌人的黑名单上就有了她。她只好奉命撤到浦东乡下潜伏起来，秘密做点交通工作，直到上海解放。

梁锦兰不多主动说话，张开太一路上找机会同她谈谈，向她了解出版社里每个人的情况。她管人事，情况了如指掌，对每个人也都能实事求是说出自己的看法。张开太觉得她是可以信任的。

在途经南通的一个夜晚。谈到钱英，梁锦兰认为钱英是个正派的、有能力的领导同志，认为他进行"三反"是按照党的方针、政策进行的。她不认为钱英"右"。相反，她谈了自己对牟武城的看法，认为牟武城的工作方式方法和工作作风都有问题，认为牟武城在来到后第一天的讲话，看来革命，实际是"左"！她拿自己解放前搞地下工人运动时的体验来说："当时党一再指示要隐蔽精干、利用合法斗争，不能像从前一样搞什么'飞行活动'等等。要讲究战斗策略，要团结一切可以团结的力量，都是对的。蛮干，看来轰轰烈烈，把自己人往敌人那边推，觉得人人都是敌人，随意扩大敌人力量，那也不行！"

谈到耿爱民，张开太要梁锦兰发表看法。梁锦兰说："我觉得老耿是个好同志，非常朴实，对革命忠心耿耿。他过去在部队负过伤，一直表现很好。如果说他文化较低，对城市工作不熟悉，对出版工作不熟悉，对城市生活不适应，说他工作中有官僚主义等等，都可以存在。说他腐化堕落，说他贪污盗窃，我就觉得不可思议！在工作组入社之前，我们至少没有掌握这方面的任何材料。他有个老首长就在上海，是谁我也弄不清，但听说是个大干部，但他没有炫耀过，也极少去造访。他住在社里，以社为家，白天工作，晚上自学文化，三餐饭是在隔壁机械局车队的食堂里吃的。进城到今天，除了供给制发的东西外，我注意过，他没有给自己添购过一样新的东西。他的零用剩余的都交了党费。"

张开太叹口气说："但，人是可以变的！他的过去，未必一定说明他的现在！"说这话时，他心里既有矛盾，也有怀疑和惋惜。

梁锦兰问："老张，难道你们真的掌握了老耿的什么贪污腐化的材料了吗？"

张开太点点头，说："我们一同出来外调，任何情况都应当让你知道！说实话，我本来对耿爱民也认为是不会有问题的，但有一封检举信你可以看一看！"

梁锦兰仔仔细细将检举信和照片看了，心里像浪潮翻卷。说是相信吧，觉得不能相信；不信吧，又觉得怎么能完全不信！连照片都在眼前了！直率地把这种心情讲了。

张开太叹口气说："我也同你一样啊，所以要出来调查，看看检举信上说的确实不确实。"

梁锦兰低头思考，说："当然，大胆怀疑是可以的。但我总是心里怀疑这会不会是陷害？尤其这张照片！倘若耿爱民腐化堕落，一定偷偷摸摸干，那么，谁可能拍到这张照片呢？能拍到这张照片，说明写这信的人早有揭发的打算，才为拿出罪证拍的这张照片。只要是事实，检举揭发就可以了，为什么还要附上这张照片呢？附上照片的意思不外是想用照片证明耿爱民确实是腐化堕落，可以给他定案。是什么人，这样关心和必须置耿爱民于死地呢？……"

张开太点点头说："对，小梁！你继续说！你的分析对我很有启发。"

梁锦兰看着照片继续说："再说，这张照片好像证明了耿爱民的腐化堕落，但又实际并不能一定证明他的腐化堕落。同一个女人在舞厅门前讲话，这算什么腐化堕落呢？给人一种腐化的印象，却不构成已经腐化！这证据是无力的！"张开太喝彩，梁锦兰继续说："万一是设下的圈套，让个女的同她谈话拍摄的呢？耿爱民在舞厅门前，但穿的是日常常见的旧衣，耿爱民的表情也看不见，万一是过路的一个女人同她说些什么话呢？……"

张开太又从梁锦兰手里拿过照片看了又看，点头说："是啊！……疑点不少！而且，可以肯定这封信是出版社里的人或同出版社里的人有密切关联的人写的。外单位的检举揭发信不会是这样子的。这是对出版社搞运动情况很熟悉的人写的。我曾苦思苦想过：是谁写的？如果是陷害，为什么要这样陷害耿爱民呢？"

梁锦兰先是沉默，接着，说："我想起一件事，史家禄可能曾经偷偷改换笔迹写过三封信偷偷投在检举箱里，一封检举魏原冰，一封检举石勇，一封揭发检举有关钱英和耿爱民的事。笔迹虽改变，我和老钱、老耿都认出来了。经过公安局鉴定，也认为可能是一个人写的。我有个想法——"她又拿起检举信看，但看了又看，叹口气说，"唉，笔迹同那些信都不同，同史家禄的笔迹也毫不相同……"

张开太似有触发地问："小梁，你大胆说，原先，你们搞'三反'是打算怎么搞的？"

梁锦兰如实地说："原先，从未估计说出版社会有十几只老虎！钱英和老耿他们在魏原冰的问题上，认识有不同。钱英认为不属于贪污，但是在运动中，既然有人检举他，本人也交代了，事情就先告一段落，让魏原冰抓抓业务工作，适当时还可参加打虎。重点是于瑞祥和史家禄，因为从掌握的蛛丝马迹来看，他俩可能有较大的问题。老钱这人稳重，强调要重证据。所以抓紧在搞内查外调。他的计划很具体也很庞大，除发动群众继续深入检举揭发和号召有问题的人交代外，开始查账。并要调查所有与出版社有来往的公司、厂家、资本家，调查有关里弄干部、家属等等，准备把材料搞充分就进一步深入打虎。可是正在这时，工作组突然来了！……"

张开太点头，思索着说："嗨！"他嘴里念着于瑞祥和史家禄的名字，沉吟了一会，说："会不会是谁玩的陷害耿爱民转移目标引火烧人的把戏？"

梁锦兰思索着说："也不是不可能！史家禄是个有心计的人！他有解放前做地下工作的经验。他有对付敌人的一套。如果自己贪污腐化了，用一套手法来对付我们，自然手段也是会很高明的……"

现在，张开太和梁锦兰住在阜宁的小旅店里，决定明天一早去施庄。两人的心情都相似，谁也没有下结论，一切都想等到调查以后再说。一切都觉得有点可疑、神秘，难以预料。

天黑时，一个瘦长条子的年轻伙计端了油灯送到梁锦兰房里来。张开太正同梁锦兰在商量明天一早去施庄找到耿爱民的女人杏妮时，该怎么谈。张开太向送油灯的伙计打听到施庄的情况，顺便问问施庄的种种。巧不巧的，这瘦长条子的年轻伙计正是施庄人。

听见张开太和梁锦兰打听施庄，瘦长条子的年轻伙计说："同志们去施庄干什么？你们是从上海来的？"他是看了登记簿的。

张开太不愿让他知道详细情况，敷衍地说："对，是从上海来的，有个同志给他家里捎点东西去！"

年轻伙计咧嘴说："呵，大约十多天前，上海也有个女同志来住在我们店里，也是去施庄边上射阳村的。那女同志，镶着白金牙齿，可阔气啦！一人包了一间上房，绕着舌头说一口上海话，我们听都听不懂！"

梁锦兰听了，马上引起注意，问："是上海什么单位的？"

"记不清了！旅客登记本上有的！"年轻的瘦长伙计说，"她戴顶干部呢帽子，穿的新列宁装，烫了头发的！洋气得很！"

"她来干什么的？"张开太无心地问。

"也弄不清。兴许是办什么公事吧！也巧了，她找到我打听我们村里的女村长施杏妮。我说：你问到我算是问巧了，问别人兴许还不知道呢！女干部住了两夜就走了！"

梁锦兰一听，心里有想法，故意问："施杏妮是个什么人？"

"她呀！当过妇救会主任、青救会长，现在是村长，年轻时有人叫她'假小子'！当年支前抬担架、做军鞋，都是模范。人不错！她男的在上海做干部。……"

张开太也有心地问："嗬！男的在上海当干部，她家生活一定挺红火吧？"

年轻伙计摇摇头："我们那个村本来还行，去年有点灾情。土改虽分了地，生活仍不好。她做村长，整天为公事为人家的事操心，男的也不带钱回来，是供给制。她上有老下有小，生活哪能好！"

梁锦兰说："她男的在上海当干部，还能真的一个钱一样东西都不带给家里？"

年轻伙计摇头："我听说啥也没带过。她家的草房早该修修苦苦了，下雨都漏，可一直没钱，也没修过。"

梁锦兰看看张开太，张开太叹口气，又问了年轻伙计怎么搭车去施庄再由施庄步行走到射阳村的路途情况，决定第二天一早就去找杏妮。

一宿无话，第二天一早，两人要去施庄，偏偏天下起雨来了。雨点很大，天上的乌云翻滚。两人心里急着想赶快查明真相，也顾不得下雨了，决定卷起裤腿打着伞搭车到施庄，然后由施庄步行去射阳村。

雨云低矮、沉重，缓缓地掠过头顶。两人到施庄下了车，穿过一条闻得到炸油条香味的石板道街，按照那瘦长条子的年轻伙计说的路，沿路又一一问人，从一条泥泞的大车道冒雨搭一辆牛车到射阳村。目前是冬季，弯弯曲曲的田塍，深深的枯草，田里显得荒芜。那辆古老的牛车，车轴上裹着铁辙。车轮缓缓地沉重地从泥泞的大车道上辗过，压下深深的印痕，车架子吱吱嘎嘎、摇摇晃晃，两人打着伞坐在车上，到了射阳村，这是一个倚河的小村庄。一条河，像条银色玉带弯绕而过，大约就是出名的射阳河吧？雨中看来，村里的草房、瓦屋都格外破旧，但从一些错错落落临着大车路的破旧草房上，看得到当年人民解放军用白粉写了残留下来的部队指路字迹和箭头。使人能想象得出当年解放战争时期，在这里曾有过战马奔驰、部队前进，民工抬着担架、推着小车、用牲口拉着大车运送军粮弹药的情景。

雨，瓢泼似的降落着，路上的积水一小洼、一小洼的。经过一些人家，门敞开着。天下雨，女人都在屋里勤劳干活，看得到老太太有的拿着线砣捻线，老汉们有的不停地在搓稻草绳。张开太和梁锦兰打着伞，上身还好，下身早都又是泥又是水的湿透了。两人打听杏妮的家，一个在草房里用火纸煤点旱烟的老头，指给他俩："就在那里，那大槐树旁……"

张开太和梁锦兰两人不费事地就到了两间旧茅屋前。屋前有夏天时残存的瓜棚豆架，屋后、墙根、菜园边，有残留的向日葵秆。门前有半个草垛，草房上开了个不太大的窗户，为了冬天堵风，塞的是稻草。门首放着罱河泥用的工具。

张开太和梁锦兰在门口一站。张开太朝着草屋里喊问："施杏妮同志在不在？"

只见一个中等身材、高鼻梁、黑亮大眼睛的女人走过来了，后边跟着个六七岁光景的小男孩。那女人一张圆脸黑里透红，长得结实、粗壮，是个精干的农村女干部模样。她说："我就是杏妮！你两位同志找我？外边雨大，快进来吧！"她语气温和亲切，给人朴实的好印象。

扑鼻传来一股药香。草房里很暗。张开太、梁锦兰这才眯着眼看清了：里边垫着厚厚茅草的硬板床上躺着个老太太。看样子，是在生病。屋里正在熬药，有烟味，更有浓郁的药味。

张开太和梁锦兰迈步进屋。

张开太点头打着招呼和蔼地说："我们是从上海来的！……"

他刚这一说，那杏妮招呼着说："快坐！快坐！"将一条条凳和一只小板凳挪过来让客人坐。小男孩长得挺瘦，剃着光头，瞪着两只大眼看着来的陌生人。两只大眼挺像耿爱民。梁锦兰朝他笑笑，小男孩怕生人，闪身躲到他娘背后去，一会儿又遛到他外婆床前去了。

外边哗哗下着急雨，里边屋顶有几处漏着雨，都用破瓦罐泥盆在地上接着水。

杏妮说："啊，这么大的雨，你们浑身都湿透了！"她话声里带着歉意，"有什么事吗？"表情显露出不安。

雨水从屋顶漏处"嘀嘀嗒嗒"落在破瓦罐泥盆里，发出清脆的音乐般的声音。屋里破烂，没有一件值钱或精美的东西……这是一户很穷的人家，生活很艰难啊！

张开太点点头，从带着的公文皮包里取出介绍信来。他觉得杏妮是个朴实的村干部，又是党员，可以信任。说："我们是来了解些情况的！现在正在开展'三反'运动，这你知道？"

杏妮点头，说："知道！我们这里也在搞！"她说这话时，有点心事重重。

张开太继续说："运动中，对耿爱民同志的家庭情况，我们想做些调查。所以，特地来找你！"

杏妮忽然忧心忡忡地问："他怎么啦？他贪污啦？他不会吧？……"

屋外，有牛叫声传来，牛在棚里等着人去喂草了！

张开太摇头说："现在，没给他下这结论！你是一个党员，我们了解你一直表现是很好的，所以是相信你的。你可以不可以告诉我们一些关于老耿的情况？"

躺在床上的老太太在咳嗽，杏妮跑过去端了些水给老人喝。又回身来，在小凳子上坐下。看得出她听了这些话心情沉重。她突然转身去窗户台上拿了一封信回来，说："我会一枝一瓣告诉你们的！这是老耿昨天来的信，你们先看吧！"

张开太和梁锦兰一起看信，信是耿爱民写的：

> 杏妮同志：很久没去信了，你也很久不来信了。我常念着家里，不放心娘的身体和家里的困难，我在外工作，不能同你一起分代（担）困难，辛苦你了！现在国家还困难，抗美援朝也在进行！将来生活总会越来越好的，只有咬牙熬过眼前的困难，这我们要有信心。最近，三反、五反运动正在全国深入开展，打退资产阶级猖狂进攻。贪污分子人人仇恨，我们都该勇敢投身运动。

我自从进城到上海后，时刻不忘党的教导，警惕资产阶级思想，保持发扬艰苦朴素革命作风。上海繁华热闹，我不习惯，常常想念家乡，但是革命需要，自然应该安心工作。我学文化天天坚持，希望你也坚持，你写写信，不要怕写不好，多写就好了。拥军顽皮吗？要好好教育，也教他识点字。其他下次再谈。

　　此致

敬礼

同志

耿爱民上

　　梁锦兰看着信，有些心酸，老耿家里这么穷困，可从不听他讲呀！她心里又想：从这封信的日期看，是在工作组入社后的头一天写的。从信上的词句看，很真实，不像说假话。

　　梁锦兰问杏妮："我把信抄下来好吗？"

　　杏妮点点头。

　　梁锦兰掏出笔记本抄起信来了。

　　张开太同杏妮开始谈心。看了信，他觉得信上的词句内洋溢出的感情是真诚的。信上所谈的内容如果是真，耿爱民就没有任何问题。不，不但没有问题，还是一个好革命干部。但检举信上的事又是怎么一回事呢？他问杏妮："最近，他就来过这一封信吗？"

　　杏妮点头："我很少给他去信，他的信也写得不多，一般是一两个月写一封信。"

　　张开太点点头，想吸支烟，但摸出袋里的一包香烟，已经全湿了，他只好又将湿了的香烟放进袋里，直率地问："老耿他到上海后，给家里带过钱或东西回来没有？"

　　梁锦兰也抬头看着杏妮。

　　雨，像箭杆似的哗哗下着。

压下的隐痛和忧虑，一时竟弥漫她整个胸腔，杏妮突然问："你们二位同志能不能告诉我：耿爱民是不是出了什么问题？是他贪污了吗？"

她先前已经这么问过一次了，现在又这么问，显然，是见到两个从上海来的干部来外调耿爱民的情况，使她吃惊了。她怀疑耿爱民出了什么问题……

张开太在分析、观察杏妮心理状态的同时，说："杏妮同志，你要相信党！老耿现在有些问题我们要通过调查弄弄清楚，只有实实在在回答，才有助于弄清问题。你就按照我们问的回答，好不好？你告诉我们：他到上海后，给家里带过钱或东西回来没有？"

杏妮突然脸上表情凝滞，眼眶里含满了泪水，说："我当然相信党，你们不问我，我也要问你们的！我心里揣着个闷葫芦拔不开塞子呀！老耿到上海两年多了，一直没有带过钱或东西回来。但是半个月前，突然让一个女干部给捎回来了东西！那女干部有点鬼鬼祟祟的，不正气，也不说她的工作单位，一定要同我两人秘密谈话。她说老耿带了东西来，也没说清是怎么一回事，把东西硬留下就走了！可是，你看，老耿来信上又一点没提起这件事！这一向，我老在想：事情真奇怪！可也弄不清究竟！起先以为他会来信讲的，可是昨天收到信没讲！我正打算写信去问他！"

张开太和梁锦兰一下子都警觉起来，引起了注意。同时，又都想起了昨晚在阜宁县城住店时听那个瘦长条子年轻伙计讲起一个镶着白金牙齿烫发的女干部的事。

梁锦兰插嘴问："那女干部什么模样？镶着白金牙齿烫着头发是吗？"

杏妮点头："是的！那女干部挺年轻、时髦，一笑露出牙齿，镶的是白金牙！"

张开太追问："她代老耿给你捎来些什么？"

雨声紧，风声急，檐下的溅水声和屋里的漏雨处的接水声淋漓不绝。牛哞声仍不时传来。……

杏妮起身说："我拿给你们看！"她去患病的老太太睡着的床上，掏呀掏呀，掏出个瓦罐子来，从瓦罐子里掏出一个旧布包，又从屋角一只破旧纸盒里提出些食品盒和瓶罐来，说："你们看！我一点都没有动用过！"

张开太和梁锦兰打开旧布包看时，都大吃了一惊，检举信上说耿爱民在贪污以后曾将款及金饰等偷偷捎回家乡阜宁交给其妻秘密收藏，确实一点不错了！旧布包里，放的是：一个大约三钱重的黄灿灿的金戒指，一大厚叠新钞票，数了数是五百元。两段花布料，两段绸缎料。另外，那些盒子、瓶罐是上海买的两罐福建肉松、两罐人参大补膏，外加一盒饼干。

杏妮带着烦恼和怨恨地说："全都在这里！连吃食都一点没动。"

张开太皱眉说："你把当时那女干部来送这些东西的情况详细讲一讲，越详细越好。"

杏妮回忆着说："当时，我觉得蹊跷，问那女干部到底是怎么回事。她老支支吾吾的，只说，她是老耿的熟人，来办公事的，老耿让她把这些东西带来交我存放在家里。她说：'老耿叮嘱，一定要保密，千万别对人说，写信到上海也不要提起。'我问：'为什么？'她说：'不清楚！'我说：'他哪来这么多钱的？他是供给制呀！'她说：'我是受人之托、忠人之事！反正耿经理当了经理了，他总是能有钱的呀！这点钱在上海也不算一回事呀！'我说：'不，这么多钱，还有金子，来得不明不白，我不能收！'说实话，我是心里生疑呀！老耿他不干坏事哪来这么多钱的呀？可是老耿不是个会干坏事的人呀！他怎么托人捎这么多东西和钱来，连个二寸宽的纸条也不写呀？我心里奇怪，那女干部笑了，说：'嗨，钱不咬手！衣料你们做了穿，吃的给孩子和老人吃！这金子和钞票收着用。往后，耿经理还会带钱回家的！'我不肯，我说：

'我觉着收下不合适，我看你带回去吧！'她说：'我人来了，东西带到了，不就行了！你不收，我怎么办呀！'……"

张开太皱眉听着，边听边往小本子上记，说："你的意思当时是不收？"

杏妮点头，揉揉酸涩的眼皮："是呀！我当时心里也说不出是生气还是怨老耿，我想：你难道到了上海就变了吗？你哪来这些金子和钱的呢？我们是穷苦人出身，跟党干革命可不能有二心呀！目前全国都开展反贪污，你是不是也成了贪污分子了呢？我这人是个硬性子，再穷再苦顶得住，不义之财一个铜板也不能拿的。可是我又疑疑惑惑：老耿他这人，我对他是了解的呀！他不是那种见钱眼红的人呀！所以，我不肯收，我让那女干部把钱带回去！"

梁锦兰问："她肯吗？"

杏妮摇头："她不肯！这女干部，说实话，我印象不好！她说话不诚恳，态度也虚伪，不像你这么朴实！她可时髦啦！穿的是你们这种衣服，可是崭新的，烫了头发像个狮子，还有，还有那手指甲盖上有的还涂了红颜色的……"

梁锦兰纳闷了，问："涂了红指甲的？"

杏妮点头："有的涂了，有的剥落了！反正是染过色的！颜色比我们农村早些年用凤仙花染的要红得深！"

梁锦兰对张开太说："怪啦！哪有女干部涂指甲油的呢？上海的女干部也没这样子的呀！"

屋顶上的雨声，好似在落黄豆粒儿，风声呼啸，屋外的几株大树枝杈撞击。

张开太对梁锦兰点点头，说："杏妮，你接着讲吧！"

杏妮又继续回忆，说："因为我不肯收，她就把东西都硬留下了！临走之前，又再三叮嘱两件事：第一，是要保守秘密别被任何人知道；第二是写信到上海也别问别提。她走后，我心里越想越不是味，老耿他可不是个鬼鬼祟祟的人呀！他不贪财，也不会乱花钱！你看买的那些吃的、穿的，都不像是老耿干的事呀！……这成了我的心病啦！我跟娘说了，娘也纳闷。我本来要写信去问老耿的。可我想，他带了这么多东西来，总该会来信说一说的吧？他也久不来信了！等着他来信再说吧！可是事情弄清之前，他捎回的东西一指头我们也不碰！都圈圈收着。我们再穷再苦，肮脏的不清不楚的钱物不能要！可他昨天来了信，一字没提，信上反说'贪污分子人人仇恨'。信我看了好几遍。一遍一遍地看，老耿这人是不会说假话的。他信里说的跟他捎这些钱物回来的事毫不相关。我心里更推不开磨了！这不，你们二位果然来了！你们说，是不是老耿他真的……贪污了？……说真的，你们代我捎信给她，他要真是贪污公子。我可饶不了他！今生今世我可不要再见他！但，我实在不信他会贪污呀！……"

张开太眉头皱得更加突起，心里也是举棋不定，听着雨声哗哗，头里像塞了团猪毛，想：唉，事情确实蹊跷！与检举信上说的倒完全符合！正因为同检举信上说的完全符合，却又叫人觉得奇怪！确实有金饰钞票带回来交杏妮秘密收藏了！论理该是罪证确凿了吧？可是又不能定！因为杏妮对老耿的为人是有认识的！来送钱物的这个'女干部'又这么令人奇怪！她是个什么人呢？会不会是老耿腐化堕落认识了的什么坏女人冒充女干部来办这件事的呢？老耿来信为什么不提呢？他当然不敢提，他让那个女干部通知杏妮写信别提的嘛！他信上说的那些关于"三反"的话，都是假话吗？又不像！在"三反"中，老耿如果贪污了，有什么必要在这种时候将钱物转移到杏妮手中呢？他是了解杏妮的嘛！杏妮知道他贪污是不会包庇他的呀！……唉，唉，疙瘩多得很，到底是怎么回事呢？……

梁锦兰已经早抄完了老耿的那封来信，将信还给杏妮，说："这信，你保存好，别丢了！"她听着雨声，透过低矮的草屋的门楣看着外边漫天风雨，心里也在翻江倒海，想：唉，难道耿爱民真的贪污了！托那个女干部捎财物回家窝藏是为了什么呢？那个女干部有点不同寻常，是个什么人呢？耿爱民是个直性子的人，向来不会作伪的，他信上的话难道是作伪吗？有必要吗？……如果不是耿爱民贪污，那又是怎么一回事呢？是陷害？谁这么陷害呢？……她心里很同情杏妮，也很喜欢杏妮！这是个朴实忠诚的农村女干部，热爱党和革命，她见到来调查的同志，毫不隐瞒，表现了大公无私的品质。收到这笔来路不明的财物，她不是高兴，而是发愁，连吃食都未去碰一碰！梁锦兰相信杏妮说的话。但是，现在问题显然是更复杂了！本来，以为到阜宁来就马上可以水落石出的。现在看来，结论还早呢！……

外边，风雨更大。张开太和梁锦兰继续同杏妮聊天。杏妮仰脸看着天上方兴未艾的风雨，说："这雨，不会很快停的！还要下呢！'下雨天，留客天'！你们二位同志走不掉就住在我这里，条件差点，都是革命同志，你们也别见怪，我来给你们办饭吃！……"她说着，去端下药壶，又去洗锅、涮灶，忙着煮水烧火。

张开太和梁锦兰也不客气，但不约而同地心里都想：下一步该怎么办？怎么办？

　　　　　　　　·

一个关于古希腊学者阿基米德"王冠之谜"的故事，还是那一年钱英讲的。听后镌在我脑海中几十年从未消失。每当想到这个故事时，我觉得可以回味之处很多很多。

故事是这样的：

一个金匠给国王制作了一顶王冠。国王怀疑金匠在王冠中掺了假偷取了黄金，让阿基米德来查证处理这件事。

阿基米德利用把王冠浸入装满水的容器，然后计算出排出水体积的方法，证实金匠在王冠中掺了银子。他解决了王冠之谜后，制作王冠的金匠即被指控弄虚作假而被关进了监牢。

谁知，金匠入狱后不久，一位白发苍苍的老太太来到王宫求见国王。她当着国王和文武百官以及阿基米德的面，打开一个白布包，拿出两颗光闪闪滴溜滚圆的金球。金球一大一小，上面雕刻着飞禽走兽，花草虫鱼，金光灿灿十分可爱。她双手捧着金球走到阿基米德面前说："尊敬的聪明人呀！请您鉴定这两颗金球里是不是掺了银子？"

阿基米德按照在此之前鉴定王冠的办法，把金球放入水中，结果却使他目瞪口呆。原来小金球排出的水比同样重的银子排出的水还多。大金球则漂在水面上，根本不下沉。

阿基米德拿起金球，掂了掂，立刻明白了：如果球里面是空的，就不能简单地根据它们的排水量来鉴定是否掺了假。显然，把金匠关进监牢的根据是不足的！原先的结论并不准确。

这白发苍苍的老太太是谁呢？她就是金匠的母亲。她威严地说："王冠上有几十个配件，如果有的是空心的……"

老太太的话，惊呆了国王和文武百官，也惊呆了阿基米德。制作王冠的金匠被释放了！

但，那顶王冠里究竟有没有银子呢？这又成了一个谜！……

啊，阿基米德究竟不愧是阿基米德！当年的牟武城，也终究只是牟武城！

但，就是阿基米德，这王冠之"谜"在他当时依然并未就能解开，正像许许多多冤假错案一样，有的当时就能看出，有的却每每要在若干年后，有了各种条件才能真正把谜解开！人类总是在不断纠正自己的错误中加深认识并前进的。关键在于是不是肯及时承认并改正错误。如此而已！

　　就是有了健全的法制，王冠之谜的故事，过去，现在，今后，恐怕也仍然是值得回味、富有意义的吧？

（十七）

　　由于大风雨袭击，从阜宁到南通的公路被水冲毁隔断。张开太和梁锦兰两人在阜宁逗留了好几天，公路通了以后才经由南通坐船回到了上海。

　　想不到回到上海到了出版社后，社里的打虎运动进展神速：从墙上的漫画和大标语看来，"贪污分子"魏原冰仍在医院养伤并继续交代；老传达冯玉明将一些沾油沾水的小事全部坦白交代承认了贪污；于瑞祥和石勇两只大老虎都关押在小房间里，已经打得现了原形，数字惊人。于瑞祥承认贪污五千多元，石勇承认贪污八千多元，两人并已咬定大贪污犯、经理耿爱民贪污数达三万元以上。目前，打虎队在牟武城亲自指挥下，由李应丰率领，正在猛攻耿爱民。耿爱民十分顽固，正在负隅顽抗。耿爱民被关在二楼他原先办公并住过的那间小房里，由打虎队派人轮流看守。有时开他的打虎会，有时勒令他写交代材料。

　　早上八点多钟，张开太和梁锦兰回到出版社，也未休息，看了一下楼下张贴着的"打虎简报"和漫画、标语后就去见牟武城。

　　牟武城已经搬到社里住了！在他的办公室里搭了一张小床。看来，他很疲劳，说话嗓门虽大，也有点沙哑了，只是情绪很高，皮肉里都漾着笑意和得意的神色。

　　张开太和梁锦兰向牟武城要汇报工作，在那间本来是社长室的办公室里，牟武城没让张开太和梁锦兰开口，就瞪着眼珠笑声朗朗地先说了："你们回来，一定感到'三反'运动的面目一新了吧？你们走后，钱英来找我提意见，说我左了！想用他的右倾思想、右倾观点影响我、批评我。事实证明他是错了！现在，上级已经撤销了他的工作组组员的职务，并且要他停职反省。他说是病了，这两天正在家里写反省检查！社里运动形势很好，打虎队员劲头很足！最大的收获是终于打出了大老虎耿爱民。我已经无须知道你们的调查结果了！就是不用你们的材料，他也逃不脱了！……哈哈……"说完，一阵得意的大笑。

张开太听了，心里吃惊，情绪也很复杂，问："怎么这样快啊？"

牟武城心满意足地笑笑："我早认准他是大老虎了！根据于瑞祥和石勇的揭发，他贪污起码在三万元以上！"

张开太暗想：三万元以上？这数字真吓人！就算耿爱民贪污，他送回家去的金饰、钞票和衣料、食物，至多也不值八百元呀！那其他的钱藏哪去了呢？问："这数字可靠吗？是于瑞祥和石勇说的？"

牟武城瞪起眼珠，手叉着腰说："当然可靠！"他从一份卷宗夹里，取出两份材料，递到张开太手里，说："张开太同志，看吧看吧！好好看一看！一份是石勇的交代，一份是于瑞祥的交代！都盖着手印的，很具体呀！他们是一伙的！顽固堡垒攻开啦！"

梁锦兰坐在那里，心里不安。听说钱英被停职反省，她大吃一惊，又不平又惋惜。又听说耿爱民是大老虎，贪污三万元以上，而且听说是于瑞祥和石勇交代揭发的，说他们是一伙的，她心里更不是味了，不知是该相信还是不该相信。太出乎意料的事每每使人难以置信。她不信耿爱民是贪污分子，但到苏北的调查结果对证上海出版社里的打虎结果，看来耿爱民确是贪污分子无疑了！但耿爱民贪污那么多钱藏到哪里去了呢？送到苏北的仅仅不过是一只金戒指和五百元钞票及些衣料吃食呀，这又是怎么回事呢？平日里，耿爱民伙同于瑞祥、石勇一起贪污，怎么我们毫未发觉呢？难道我真的同钱英两人都一样麻痹大意被蒙骗到这种地步了吗？……她惶惑得很，估计张开太一定此刻同她的想法一样。她闭口沉默，静静听着牟武城同张开太谈话。

张开太仔细看了石勇和于瑞祥的揭发和交代，不能不相信这是真实的。确实都盖着鲜红印泥的拇指手印，确实是两人自己写的交代。

确实一笔一笔写得很具体，有时间、有地点、有钱数，两人的口供是吻合一致的。但张开太终于还是大胆用疑问的口气问："这是石勇和于瑞祥交代的材料，行贿的资本家承认了吗？"

"当然承认了！"牟武城得意地又从卷宗夹里拿出几份材料来，"我们将几个有关资本家都找来讯问过了！都顽固得很哪！经过两天同他们面对面的斗争，又同他们交代了政策，都老老实实坦白了。打虎队员很辛苦啊！不过战果辉煌！你看看吧！你也看看！……"他将几个资本家写的交代材料交给了张开太，又将石勇和于瑞祥的两份材料递给梁锦兰，趁着他们看材料的时候，他从转椅上站起来，踱着方步，说："总算没有白辛苦，响亮地打了右倾主义者一下响亮的耳光！也好向上边交差了！……"说到这里，转脸对在看材料的张开太说："张开太同志！这一下，你可以同我步调一致了吧？哈哈……"

张开太细看着三份资本家写的材料。三个资本家是：大光印刷厂老板刘成都、华成贸易商行老板林之光、大华贸易公司总经理黄源茂。刘成都除承认向于瑞祥行贿外，承认给耿爱民行贿一万元；林之光除承认向美术编辑刘锡送过一套画具外，向耿爱民行贿一万元。黄源茂除承认曾向老传达冯玉明行贿飞马牌香烟一条外，向耿爱民行贿一万一千五百元。三份材料也都盖着鲜红印泥的大拇指手印，材料上也是有时间、有地点、有钱数，而且同石勇、于瑞祥的交代是完全吻合一致的。张开太没有作声，心里十分气闷。真是铁证如山哪！能再不相信吗？看来，这个贪污集团勾结资本家确实是手段高明、罪恶严重了！他默默地将看过的材料也递给梁锦兰看，自己低头思索着。

梁锦兰看完了石勇和于瑞祥的材料，接着又看三个资本家的交代材料。也实在不能不相信了！这三个资本家同出版社的业务来往确是最多的。但平日他们同史家禄的来往也不少啊！她不禁想：史家禄怎么这样干净呢？……想着，不禁随口问了一句："牟武城同志，史家禄没有什么问题吗？"

牟武城得意扬扬地踱了两步，声音震耳地说："怎么能没有问题？当然是有问题的！不但史家禄，我早说过：出版社的老虎多，是深山密林！我的本子上，有一批名单，都是问题中的人物，不多不少，足足十几个！一只只都要收拾的。只是，现在还不到时候，还顾不上搞！我们已勒令史家禄每天到社里来坐在办公室里写交代。他磨磨蹭蹭还没交代出什么问题来。我看，把耿爱民的堡垒炸开了，下一步也该开他的刀了！现在，首先要鼓舞士气，要打出成绩！'擒贼先擒王'嘛！通过出版科这个突破口，直指耿爱民。已经打出这只大老虎了！我们是重材料的！耿爱民顽固透顶！他一定是问题太严重，怕枪毙呀！死死咬住牙什么也不承认。我早说过嘛：出版社也有刘青山、张子善，耿爱民就是一个，靠不住还有别人！……"他这好像指的是钱英。

张开太突然问："耿爱民什么都不承认？"

牟武城点头，抓起桌上搪瓷缸咕噜噜喝了几口开水，说："他是'不见棺材不落泪'，我打算呈报上去请求逮捕！"

张开太和梁锦兰都吃了一惊：逮捕？

牟武城仿佛从他们的脸色上看到了些什么，说："对付牛魔王，要用金箍棒！我在想，可以拿石勇、于瑞祥做'坦白从宽'的例子，拿耿爱民做'抗拒从严'的例子。昨天开会时，我已经向上边汇报过了。上边认为很好，要报材料去审批。只要材料送去审批，是没问题的。这些材料都是他们亲手写供的！耿爱民再不承认也不行！我看他是想走死路了！"

张开太和梁锦兰都给塞上了堵口梨，说不出话来。

倒是牟武城突然打着哈哈声音洪亮地问："怎么样？你们到苏北去了不少天啦，成绩不小吧？"

张开太如实地将去苏北的全部情况讲了一遍。讲完，说："小梁，你补充！"

梁锦兰心里像迷茫在一片无边无际的原始大森林中，黑黝黝的也弯弯绕绕的找不到出路。本想不再讲，因为张开太讲得很详细了，又一想，还是该说几句，就说："苏北之行，情况就像刚才张开太同志讲的，但疑点还很多，需要再进一步查一查。"

牟武城用一种诧异的眼光不满地瞅着梁锦兰，说："疑点还很多？我们在上海已经肯定他是大老虎了！你们的调查结果我认为也证明他是大老虎了！还疑点很多？"

张开太理解梁锦兰的心意，见牟武城语气不满，说："我同小梁商议过了，进一步再查一下还是有必要的。有利而无害嘛！比如那个女干部是什么人，也应当查明才行；其他钱藏到哪里去了，也要查明；甚至照片上的那个女人，也应查明……"

牟武城带几分厌烦地挥手，他不想听下去了，说："好吧！都是些猫不吃秧、鱼不下蛋的事儿！你们闲得没事干要查就再查一下好了！等你们的材料查来，恐怕要晚三秋了！那时，材料成了'年三十晚上打的兔子'，有它过年，无它也过年了！但刚才汇报的关于耿爱民托人捎回家财物的事你们写一写，好一块儿上报！"他心想：反正你们这两个人放在这里也挡手绊脚，倒不如让你们再去搞外调的好。为显示自己领导打虎的成绩，说："耿爱民还在负隅顽抗，他问题越严重就越不敢承认了，这当然也并不奇怪！打虎今天上午停止半天，让打虎队休息一下。下午开始，他们要用新战术进攻！你们俩这些日子也没参加过打虎战斗，今天你们可以休息休息、写写材料。明天上午，我让李应丰给你们俩排一个班。你们参加一下打虎有好处！可以丢掉幻想，克服右倾，加深对贪污分子的仇恨，看看耿爱民可恶的真面目！只是必须注意：我们掌握的这些材料不能全抛给他，只能有选择地抛。全抛给了他，就上他的当了！也就不算主动坦白了！这点李应丰会掌握的，你们注意就行了！"

张开太和梁锦兰都点头。他们俩的想法一样，都愿意参加一下打虎，看看耿爱民是如何抗拒抵赖的，而且有些问题也要问问他。

牟武城讲的打虎"新战术"，实际就是疲劳战术。这是《说岳全传》上提到过的当时岳飞与金兀术交兵时，为了血战金弹子用过的"车轮战术"：岳营的武将们一个一个轮流上阵，想使金弹子疲劳不堪，然后获胜。现在，李应丰遵照牟武城的吩咐，将打虎队员集中使用，分班分批战斗，日夜对付耿爱民。分班分批打虎队员的名单用大字写了张贴在楼下进门处的墙壁上，每班四人，每四人一班打三小时，日夜不停，决定连打耿爱民三天三夜，争取在正式逮捕耿爱民前，耿爱民能够缴械投降。

张开太和梁锦兰接班的时间，是向牟武城汇报后的第二天上午八点钟，地点就在二楼小会议室。这时，耿爱民从头一天下午两点起已经被连续"打"了十八小时了！

张开太、梁锦兰是同李应丰、刘开英四人一班，组长是李应丰。李应丰精神抖擞，连眼角、嘴角都凝聚着得意的笑容。刘开英仍旧是不声不响沉默寡言，叫人猜不透他肚里在想些什么。四人在门口见面进会议室去接班时，李应丰问张开太："老张，听老牟说，你们已经查到耿爱民捎财物回家窝藏的事实，成绩不小啊！"

张开太不愿多说，他不太喜欢李应丰那种既得意又讨好的气味，含糊地答："情况向老牟做了汇报，还要进一步调查。"

李应丰摇摇头："其实，已经没有什么必要了！这案子不管他承不承认都得定了！他是抵赖不了的！……"

张开太不作声，同梁锦兰随李应丰、刘开英一起进小会议室时，耿爱民抬起眼来望了他们一眼。梁锦兰发现：耿爱民瘦了！瘦得脱形！

耿爱民穿着棉袄裤站在那里。天冷，整夜未睡，黑黝黝的脸色发灰，嘴唇发紫，额上的刀刻文更深，眉角的鱼尾纹也更密，那点连腮胡子更浓，两只手由于垂手站立，血脉不和泛出青紫色，不时发出干咳声，一下子看上去增了十岁年纪。看到他，使梁锦兰觉着有一股冷

651

气顺着脊梁升起。

小会议室上首一排桌子坐打虎队员，像审判犯人似的，面对站着的是耿爱民。天冷，窗子门户紧闭，空气污浊，屋里残留着弥漫在空间的香烟烟雾。是上一班夜战的打虎队员残留下来的气味。

梁锦兰坐在那里，青彤彤的齐耳短发像一蓬黑色的雾霭，半掩她端正娴静的脸庞。她心里有些不忍。她只是从一种直感，一种同耿爱民相处两年多的时间给予的感觉上，使她老是不能完全相信耿爱民会是大老虎。遗憾的是牟武城给看的证据又使她不能不相信耿爱民是大老虎。她处在这种矛盾复杂的心情中来打虎，见到耿爱民这副狼狈的惨样，心里感到这种车轮战术实际是一种变相的刑讯。她觉得不符合政策，又不能提出抗议或意见，那样又是"右倾"了！反"右倾"的厉害就是可以堵住一切人的嘴，使大家见到失误都不敢说，赶着大家往"左"倾上跑！她心里不忍，坐在张开太身边不声不响。

张开太的心情同梁锦兰基本相仿，只是程度不同。他同耿爱民没有相处过，本来听了梁锦兰的介绍和见了杏妮谈话后，他对耿爱民的贪污是认为必须进一步调查后再下结论的，但回来见到了牟武城拿出的那么多确凿的黑字白纸的材料，他虽一方面存在着疑惑，又不能不相信耿爱民是大老虎。昨天向牟武城汇报后，下午，他同梁锦兰谈话，谈话是围绕着耿爱民是不是大老虎进行的。

梁锦兰问他："为什么我老是觉得耿爱民不是大老虎呢？"

他只好富于哲理似的回答说："可能是你看到的证据不是你自己去掌握来的吧？"

梁锦兰点点头，说："经你这么一点，我开窍了！是的，大约就是这样！我只有用自己掌握到的确凿证据才能推翻和改变耿爱民原来在我心目中所树立镌刻着的形象。老张，你能支持我一同去获得这种证据并去除我们心中原来存在的那些疑点吗？"

张开太点点头，说："当然！我同耿爱民过去没有相处过，也没有感情，肯定他或否定他只要有证据都好办！老牟拿的证据，我不能不相信，但原来调查中发现的疑点确实没有得到解答和排除，当然应当继续抓紧进行。"

……

现在，张开太坐在梁锦兰和李应丰中间，李应丰再过去坐的就是刘开英。张开太感到自己虽是工作组成员，其实并没有很好起到工作组组员的作用。比如这种"车轮战术"，怎么能用在打老虎上呢？看到耿爱民那种疲劳、干渴、气愤，站立了十八个小时的模样。他觉得突然有了一种新的想法。这种变相刑讯，目的不外是强迫人家承认他不肯承认的事情。用这种办法打虎，打出来的成果是否可靠呢？自古以来就有"重刑之下，哪得不招"的冤案先例的嘛！……他痛恨自己无力阻止这种错误的打虎方式，而且自己也跻身在打虎行列中，倘若不是为了想了解些情况，他真恨不得马上拔身离开。

李应丰捧着上一班留下的打虎记录本在看。看了一会，开始指挥打虎了，绷紧凶神恶煞般的脸，说："耿爱民，据上面六个班的记录，你很不老实，对你的贪污罪行，死不承认！现在，我警告你，我们这次是下定决心了！你要是承认了，马上让你回去休息、喝水、抽烟、吃饭，你要是不承认，那好！你就站下去吧！不管几天几夜，站到你坦白交代了为止！我们奉陪到底！你听到了吗？"

耿爱民既未点头也未摇头，反而问："能给点热水喝吗？我实在渴了！"说完，剧咳起来。

桌上有热水瓶，是上一班的打虎队喝水用的，也有几只空杯子。梁锦兰站起身来，拿一只杯子要倒点热水给耿爱民喝。李应丰发现了，马上阻止："小梁，这不行！不能给他水喝！"

梁锦兰诧异地看着李应丰，明白了！刚才李应丰说的"你要承认了，马上让你回去休息、喝水、抽烟、吃饭！……"看来，这是一条规定呢！不给吃喝，不给休息，不给吸烟！……梁锦兰产生了反感，朝张开太看看，虽未说话，目的是争取支持。

张开太忍不住了，说："水，给他喝一点吧!"见梁锦兰倒了水递过去，张开太接着说："耿爱民，你应当老实交代呀!"

李应丰对让耿爱民喝水极为不满，但张开太是工作组的，又不便生硬顶撞，只好忍住气，说："耿爱民，别以为给了你水喝，你就可以更顽抗了! 你知道，我李应丰对贪污分子可从来不右倾的!"他这话实际是在骂张开太和梁锦兰对贪污分子右倾。

张开太既不计较，也不理睬，对耿爱民说："耿爱民，党的政策你不是不懂! 你为什么不坦白交代?"

耿爱民一边咳一边一口一口喝干了那杯热开水，放下玻璃杯，像缓过一口一口气来似的把眼一翻，说："我没有贪污，坦白交代什么?"

李应丰拍桌子大吼："放屁! 你想狡赖，办不到! 你别强盗装菩萨了!"

耿爱民仿佛实在太疲劳了，闭上眼不作声。

李应丰口气锋利："你的罪证我们都掌握了! 不抛给你，是等你主动坦白，不然就要从严处理! 不要执迷不悟了! 快交代! 我问你，私商大光印刷厂老板刘成都和林之光，还有黄源茂，给你行贿多少钱?"

耿爱民快快地摇头："没有! 他们行贿我也不会收!"他脸色难看，干咳着，眼皮睁不开的样子。

李应丰生气地拍桌子，不干不净地骂了几句，说："给你喝了水了，你就更得意了吧? 你不说，往后别想再喝一滴水!"

刘开英拼命抽烟，闷声不响。李应丰用肘碰碰他，轻声说："你也提问呀!"

刘开英不作声，像没听见似的。

张开太感到奇怪，这个打虎队的副队长怎么这样疲沓，似乎很有情绪!

张开太决定要听听耿爱民怎么解答捎财物给杏妮的事了，问："耿爱民，你老实回答：二十多天前，你曾派一个女人到阜宁你家中找施杏妮，那个女人是谁？"

耿爱民眼都不张，也不回答。

梁锦兰激动地说："回答呀！"她对耿爱民这种态度有点生气。

耿爱民突然睁眼，说："没影儿的事，无中生有！"说完，又咳起来。

张开太有点奇怪，也冒火了，说："什么无中生有？我问你，你让那女人给施杏妮送了些什么东西去？"

耿爱民摇头，答也不答。

梁锦兰说："你怎么不回答？你如实说呀！"

耿爱民抬脸，满脸气愤："如实说？把我当坏人！不当人待！这对吗？老实话讲了那么多，你们爱听吗？我告诉你，我从未给家里捎过东西！"他哼了一声，负过伤的地方在隐隐作痛。

李应丰在边上拍桌子又吼："你不老实！……"

刘开英倒是有点兴趣了，看着张开太和梁锦兰问话，像作壁上观似的。

张开太暗想：耿爱民确实狡猾呢！确实什么都不想承认呢！又想：会不会确是有人设计陷害呢？这种可能不是没有，但这种可能应该说是很小的。谁会搞这么周密的圈套呢？如果说：那个女人去送东西是陷害，那这里石勇、于瑞祥和三个资本家提供的材料也都是陷害吗？……不太可能吧？因此，厉声说："耿爱民，你快老实说！……"

耿爱民干脆不理了，不闻不问似的，闭着眼像站着打瞌睡。偶尔干咳一声。

梁锦兰知道耿爱民的牛脾气上来了。她对耿爱民不好好回答问题也心里不满，这时说："耿爱民，我们到苏北你家里去过了！什么情况都查清了，你不答有什么用？你快回答刚才问你的问题吧！"

她这一说，耿爱民似乎注意了，突然睁开了疲乏的双眼，眼神惶惑，摇摇头说："确实都是无中生有！该说的我早说过了！我困了！实在累了！"

李应丰翘着尖下巴拍桌子："困了？告诉你！你不坦白交代，还早着呢！困死你也不让你睡！他妈的！你成了老油条、运动员了！"

耿爱民好像根本不听李应丰说些什么，自言自语地舌头舔着嘴唇说："再给点水喝吧！"

李应丰冒火地冷笑："休想！——"他站起身来，拿起热水瓶，不是给耿爱民，却是给自己，满满倒了一杯开水，冷笑着喝给耿爱民看，说："你不坦白，只有看着我们喝水！有水泼在地上也不给你这贪污犯喝！"说着，他真的将半杯水"哗"的一声全泼在耿爱民面前的地上，溅得耿爱民裤脚上全是水珠。

耿爱民冒火了，雷霆霹雳般地忽然攥起拳头像要动手殴打上来。李应丰一惊，身子向后缩，嘴里嚷嚷："你敢！你敢！……"但耿爱民忽然松了拳头，叹了一口响亮的闷气，嘴里说："如果我不认为你们是同志，我早跟你们拼了！……"他那一口闷气的声音，好像在房里旋转经久响在张开太和梁锦兰的耳边。

张开太和梁锦兰对李应丰刚才泼水的事十分不满。刘开英坐在那里，脸上却有一种玩世不恭的表情。他一直自顾自地吸着香烟，腾云吐雾，这时忽然站起身来，倒一杯水，出人意外地迅速递到耿爱民手里，说："我明白，你是嘴干说不出话来了，是不？给杯水你提提神吧！好好讲！"

李应丰想干涉，但觉得无从干涉。况且，刘开英这人有些古怪，只好不作声。

耿爱民又一口一口地喝水。他身体里一定严重缺水了！他一边喝水，一边咳嗽。

张开太问："耿爱民，听说你对自己腐化堕落的事也一点不交代，你这很不好！我们掌握了你的证据！你不说，也无用！你快坦白！"

耿爱民似乎非常生气，表情愤激，朝张开太瞪了一眼，说："也都是没影儿的事，我没法讲清子丑寅卯！"

张开太实在不能不拿出"法宝"来对付这个顽固的耿爱民了，将随手携带的黑牛皮公事皮包打开，将那张检举揭发信上附寄的照片拿在手里，说："耿爱民，你睁眼看看。这是你吗？我问你，这女人是谁？"

李应丰兴奋地说："看吧！铁证在此！你再狡赖死路一条，把瞒天过海的事招出来吧！"

耿爱民喝干了水，放下杯子，睁着布满血丝的双眼瞪着照片看，表情先是迷惑不解，接着蓦然像想起了什么似的，说："呵，对了，是我！……"沉吟着又自言自语："怪呀，谁拍的照片呀？……"

李应丰激动地吼："要你回答呀！"

张开太也激动了："怎么？嫌人家拍了照片了？你不到舞厅跳舞，谁能给你拍照？这不，你赖得掉吗？"

耿爱民忽然一脸悲愤，把头摇了又摇："没影儿的事！我从不跳舞！也不会！"

"那照片上是怎么回事？"梁锦兰伸着颈追问。

耿爱民摇头："不知道！唔，我记起了！好像那天经过那里，是一家什么舞厅来着，对了，还有史家禄在一起。一个女的，就是照片上这个女的，问我路……"他断断续续，结结巴巴，看上去也不知是不肯讲、想编造谎言，还是确实记不清了！

但，梁锦兰警觉地注意到了：史家禄！同史家禄在一起！又是史家禄？……她忙问："确实同史家禄在一起吗？"

耿爱民思索着："同他在一起！……"

"你从来没有腐化的事情？"张开太问。

"没有！"耿爱民回答。他突然发出令人毛骨悚然的呻吟。

张开太轻声向坐在身旁的梁锦兰说："你去看看史家禄在不在楼下办公室里写材料。如在，拿照片问问他：是不是他这天同耿爱民在一起！了解一下详情！"

梁锦兰应了一声，拿了照片走了。这里，张开太、李应丰继续叫耿爱民交代！耿爱民仍旧总是摇头，尽量不答，要答也总是说没影儿的事，无中生有。

过了一会儿，梁锦兰来了，轻轻告诉张开太说："史家禄一口咬定：他不记得有这件事，也不知道这件事。"

张开太深深叹了一口气。耿爱民的事扑朔迷离，他真觉得像坠在五里雾中了。

整整三小时，白白浪费，一点成果也没有。交班出来，李应丰咕嘟着嘴，埋怨开了，对梁锦兰说："你不该给他水喝的！"又对刘开英说："你怎么三小时里一言不发呀？"

刘开英气咻咻地顶了他一句："我怎么一言不发？不是我递杯水给他喝，他能讲那么多话吗？靠不住他早支持不住躺倒在地送到医院里抢救去了！"

李应丰愠着脸翘着下巴回了一句："别信他装的！他身体壮着呢！这还不满二十四小时，等到真的三天三夜下来，你看着吧！他非交代不可！"

李应丰急匆匆去牟武城房里了。估计他一定要去告状的！

刘开英也独自古古怪怪地走了！

梁锦兰向张开太说："老张，我们下午就研究研究怎么行动吧！"

那天傍晚，我独自经过人头攒动的四马路，走过了老天蟾舞台附近。四马路早没有人叫它"四马路"了，人都叫它"福州路"。天蟾舞台也早已改名了。这儿周围的环境有变化，但变化不太大。气氛的喧嚣、繁华比不上解放前，但比"三反"运动那些日子里的冷落与萧条迥然不同了。

到了此地，我不能不想起当年那个寒冷的早晨在天蟾舞台开大会逮捕耿爱民的事。在那天的大会上，耿爱民面临手铐、囚车，在台上麦克风前高亢无畏地喊出的两句话，成了我对他最深刻的记忆而历久弥新。他那炯炯的眼神盈盈一闪，有一种无端的魅力，它超越了我对他平时的认识而指向一种更为深邃的所在。

五年前的一个冬天，我在北京街头偶然遇到多年不见的刘锡！当年的这位美术编辑，1957年因为在报上发表了一幅漫画《叶公好龙》，讽刺一些领导人口里会说运用批评和自我批评这个武器，实际却害怕批评和自我批评，结果差点被错划为右派。以后，他被下放到西南一个省里的一家出版社工作，许多年里，他不再画漫画，专攻版画，后来在版画家中已经小有名气。但"四人帮"被粉碎后，他又拾起了漫画这武器，我在报刊上见过他讽刺"四人帮"的精彩漫画作品。这次，他是由S省来北京参观画展的。

我们见面都很高兴。但未能有充足的时间多谈。当他从我口中知道老耿已经在大炼钢铁中积劳病逝时，却长吁一声，说："耿爱民是一个够格的共产党员啊！我那时画了他不少漫画，事后常常内疚。由于这种心情，前年，我在一幅木刻中改正了他的形象。将来，我寄一张给你作个纪念。……"

他言而有信，一个月后，我果然收到了他挂号寄来的一张版画。这版画的题名是"蒙辱的英雄"。画面上是在"打倒"、"火烧"、"炮轰"的标语旁，一群红卫兵在围攻一个粗壮高大穿朴素旧军装的人。画面中心那位英雄，模样像彭德怀，又确实非常像耿爱民。

刘锡为什么这样设计人物的形象，创作这样一幅版画？

我似乎明白，却又不是一下子就能说得清的。我捧着画不禁心潮起伏，久久凝思而不能释手。……

后来，我将那幅版画用镜框装了挂在我的书房里。

（十八）

牟武城办事喜欢自己"一锤定音"。他相信自己动动嘴唇皮，句句咒语都灵验。

据说牟武城上报材料以后，亲自去作了口头汇报和催促。他好大喜功，巴不得自己的成绩尽早让上边知道、尽早被吹得天花乱坠地公之于众。所以，节约检查办公室的一个工作人员看了他呈交的材料，并听了他汇报的耿爱民死不认罪态度恶劣后，很欣赏这个有魄力的"三反"工作组长的成果，也痛恨耿爱民的顽固，很快就同意他的要求：召开一次出版印刷和发行系统的大会。在会上将坦白从宽、抗拒从严的典型亮出来，从宽处理石勇和于瑞祥，从严逮捕抗拒交代的大老虎耿爱民，来推动出版、印刷、发行系统"三反"运动的深入，分化贪污分子，打击最大最凶恶的老虎！

这样一来，本来要用三天三夜车轮战术对付耿爱民的，在打了二十四小时以后，牟武城下令马上停下来。因有耿爱民在傍晚时分由打虎队员讯问时他突然晕过去了，是疲劳过度加上缺水缺食所致。牟武城对李应丰说："赶快停下！看来，他是下定决心死不认罪了！跟他去扯，七天七夜也扯不清羊肠子。好在要逮捕了！逮捕时轰他一轰，我看会有效！逮捕进了公安局，他不承认也不行！罪证都在，不承认也可以判刑！……"

中国流传古代的民谣："吴王好剑客，百姓多创瘢。楚王好细腰，宫中多饿死。"

牟武城的所好，李应丰当然努力迎合。李应丰是在这方面突出的"能人"！

但，李应丰对逮捕耿爱民并不像牟武城这样积极，这样得意忘形。

牟武城在上报材料前，曾问过他："这材料牢牢靠靠的吧？"一问，似乎所有责任都架在李应丰肩上了，全部信任都交给李应丰这个打虎队长了！

李应丰为了炫耀和肯定自己的成绩，点头说："当然牢牢靠靠！"打虎队，是他领着干的！除了会上攻打，他又个别地同"老虎"们谈话，攻心、加压力！他当然并不想打假老虎。他有想向上爬的思想。他也恨贪污分子，有心想积极地把老虎都抓出来。但他"左"，他不能信任老虎们的交代。在他印象巾，所有老虎，采取的都是抵赖、蒙混、挤牙膏的战术。既要"挤"，就要永不满足地打！穷追猛打到他对数字大得满足了，他才觉得可以住手！他起先对出版社贪污情况的估计也并不充分。当牟武城初来出版社认为可以打出十几只老虎来时，他也吃了一惊，认为数字可能大了。但打老虎开始后，他觉得牟武城到底是有魄力、有眼光的。他对牟武城产生了一股崇拜劲儿。打出一个老虎，又打出第二只老虎，这样，他对谁都认为可疑了！凡是贪污分子，当然都不可信任。他也绝不手软！他要像个厉害的、有魄力的、有能耐的打虎队长的样子！也像一把"带火焰的宝剑"！他相信：棍棒拳头底下出成果的真理！贼呀，强盗呀，包括贪污分子呀，你不用刑怎么行？当然，他明白，真正用刑是不允许的！牟武城也强调过上边的指示：不可以用肉刑等等。可是嘴上不说，打老虎时真用拳头打几下踢几脚，而且变相来点刑罚，他觉得是可以灵活机动的。他不逼他，不施加压力，他会那么容易招认吗？何况，牟武城对这些也是睁一只眼、闭一只眼心照不宣的。所以，结果是：他逼了，老虎也供了！供的东西他也就相信了！牟武城好大喜功，他李应丰也好大喜功！牟武城急于出成绩，他李应丰也急于出战果！牟武城主观规定打老虎的指标，他就努力去完成指标！在运动中，积极总是被人目为好的，他为什么不应当积极呢？当打石勇和于瑞祥时，他除了加压之外，也给予"启发"。

他认为"启发"是必要的,"诱导"也是必要的!贪污分子只要自己承认了,写下了招供,摁下了手印,一切就由他们自己负责。他不想去揣度也没有去揣度老虎们的心理。比如于瑞祥,他一再加压以后,于瑞祥承认贪污了,但数字很小,他不满足,不相信,又给"启发":"你坦白可以从宽,抗拒要从严,你招供的这一点贪污数字谁能相信你?"于瑞祥就想:好在我也不想说真话,我也不想牵连史家禄和黄源茂,就胡乱编造承认一些吧!胡乱编造承认一些,好在是假的,我随时可以推翻,将来总可以说清楚查明白的。而且,我也可以在将来适当的时候提出:你们压得我实在受不住了,我才勉强承认的。是你们诱导我承认的。既然如此,你一千元不满足,嫌太少,我就加码,承认二千、三千、四千……直到你们满足了为止。好在数目越大越好!越大越不真实,越不真实就越不可怕!……终于,累计将贪污数字增加到了五千多元!你们要我供认同耿爱民和石勇的关系,那也行!好在我同他们毫无关系!史家禄是不可以拉扯上的,因为是真的;耿爱民和石勇是可以拉扯上的,因为是假的!胡扯在一起有什么关系?将来总是弄得清的!贪污分子的心理总是唯恐天下不乱的!你们逼我于瑞祥承认贪污了五千多元,石勇承认他贪污了八千多元!(于瑞祥想:嘻嘻!他一定也像我一样是被逼得走投无路才承认的吧?)耿爱民身为经理,当然要比我们多才行呀!我狮子大开口,一下子就说私商给了他五千元,你李应丰说不止,我加到了一万元,你李应丰又说绝对不止,我就再往上滚雪球。我不愿扯到黄源茂,可是你们非逼问不可!那我只好胡扯!真的不能扯,我就扯假的!扯黄源茂同耿爱民的关系就是!妙哉!三个私商行贿的数字要我来编造,岂不可笑,我把数字加到三万元以上,你李应丰满意了,我也才到此为止!你要我写材料,我就按供的写!要盖手印,我就乖乖地盖!好在都是假的,是你们逼出来的!我负不了责!要负责任你们首先有责任!我看你李应丰其实也是"怀里揣着明白装糊涂"!……

至于石勇，情况也相仿。我石勇并没有贪污呀，那张单据确实是遗失了的，但现在硬是怀疑并且肯定我是贪污分子了！打我的老虎，岂不冤死人了？你们打呀打呀！有时拳打脚踢，有时夜里不让睡觉，有时整日折磨。是往死里打呀，我石勇怎么受得了呢？真不想活了呀！与其死何如承认下来呢？承认下来，将来总有一天会有我说理的时候吧？运动总是这样的，风头来时不能迎风上，风头过了就可以比较实事求是了！你李应丰说我不交代，后来又嫌我承认的数字小了。大会整、小会攻，你又对我进行"个别帮助"！我只好把数字往上提。提呀，提呀，加到了八千多元，你们才满意，说我"态度转变"了！"老实些"了！其实，我并没有贪污呀！你们又要我交代我同于瑞祥和耿爱民的关系，问我同他们怎么勾结起来贪污的。我说没有，你们不信，不让我过关！你们告诉我于瑞祥已经承认了他同我和耿爱民的关系，这真是天晓得！那我只好也说有了！你们不要听真话，要我编故事，我自然只好"顺着竿子往上爬"，照着你们的指示编，编得完全符合你李应丰、牟武城的心意。你们问我耿爱民贪污多少，我说少了你们又不依，好呀，那就追加！想不到这于瑞祥真是个混账王八蛋，胡编乱造的本领比我大得多！什么我们同耿爱民是一个集团呀！什么哪年哪月哪一天在哪里谁谁谁行贿多少呀！……好呀，你自己不怕承认贪污，你自己不怕诬赖好人，我又何必怕？我照着你的假招供也来供就是了！李应丰呀，打虎队折磨起人来真没个完！你们逼我说资本家行贿多少，我怎么知道？好吧，我石勇既然已经胡乱承认自己贪污了，又同于瑞祥一起胡乱咬了耿爱民，我又何在乎咬那些资本家？你们要我说多少我就说多少！数字不够就往上加呗！加到你们认为及格了为止！好呀！耿爱民成了受贿三万元以上的大老虎啦！我这老虎比他可小多啦！好在大家都是假的老虎！是你们乱打乱整搞出来的呀！怪谁？不能怪我！得怪你们自己！怪你牟武城、李应丰！这下倒好，你们反倒说我"主动"、"老实"、"认罪"，可以从宽处理了！唉，多滑稽呀！……好吧！

要我写材料揭发耿爱民，我照写无误，顺着于瑞祥承认的事实和数字写，不一致的地方，你们提出来逼问的时候，我再按一致的去写。叫我摁手印，好，我摁上就是！我没有责任，都是你们强迫屈打成招的呀！……

三个私商呢？也各有各的想法，也有一致的想法。

大光印刷厂的老板刘成都，其实还是个比较正派的资本家，为了想做出版社的生意，按照生意场中的惯例，曾请于瑞祥在"绿杨邨"和"洁而精"吃过饭，因为于瑞祥暗示喜欢花呢衣料，他就送了衣料。现在，被出版社打虎队找到社里，关在小房间里，由李应丰亲自审讯。他听说于瑞祥咬他行贿三千元，心里气愤，想：好呀！你既然承认我给你三千元自己是贪污分子，我为什么要为你受皮肉和精神折磨之苦？我照单承认就是：石勇说我行贿五千元，我点头！你们揭发我向耿爱民行贿一万元，我说没有，你们就斗我、打我，纠缠折磨得没完，说我承认了可以放我回家！那我也承认了就是！这责任我可不负！是你们逼的！你们对自己的干部爱怎么整就怎么整，整的是你共产党的干部与我无涉。我只求早点过关放我回家就行，别受罪了！……

华成贸易商行的老板林之光，送给美术编辑刘锡一套画具。他是个精刮的人，请刘锡设计了宣传品，舍不得给酬金，就送了一套蹩脚画具。本来，他也不认为这是行贿。现在，刘锡自己交代揭发了。他被李应丰派打虎队员"请"到出版社，只好承认这是行贿。结果，出乎意外，于瑞祥坦白交代说他行贿两千元。他想：唏，真是怪事！可是于瑞祥承认了，他不承认能行吗？当然不行！像老虎似的挨了打，只好承认："有这事！有这事！"招供的口径与于瑞祥的由不一致到一致！刚承认了，写好材料，谁知于瑞祥和石勇又揭发他向石勇行贿一千五百元，向耿爱民行贿一万元。林之光差点气晕了！心里叫苦：哪有的事呀！最后，怕受苦，只好爽快承认："我都包下来！我都包下来！"结果，同刘成都在李应丰"启发"下，取得了口径一致，提前释放回家了!

大华贸易公司总经理黄源茂的心理更复杂一些。他是向史家禄、于瑞祥行贿并伙同贪污盗窃的主要罪犯。被出版社打虎队"请"到社里关押起来又开始审讯逼供时,起初是胆战心惊十分惶恐,不知史家禄和于瑞祥出了什么问题,不知自己是不是末日临头。心想:唉,这下完了!这下完了!谁料,情况完全与想象的不同。李应丰首先问的是他给老传达冯玉明送过一条飞马牌香烟的事。这点鸡毛蒜皮,他当然坦白承认了。接着,就是要他承认向石勇行贿了一千七百元的事。他想:这真是天上掉下来的事了!离奇得很。心中也有数了:看来,史家禄和于瑞祥都没有松口!不但没有松口,还在把水搅得更浑,真是了不起!听说,刘成都和林之光都坦白承认并且被释放回家了!他马上干脆地答应:"我交代!什么都交代!"于瑞祥和石勇交代他向耿爱民行贿一万一千五百元。他脸上装得苦心里却在笑,兴奋和激动达于高潮:于瑞祥的计谋真是巧妙!石勇这家伙肯定是随着于瑞祥的路子在走。这下史家禄可就安全了!只要于瑞祥不吐露真相,只要史家禄平安无事不牵涉到我,我黄源茂怕什么!咬耿爱民一大口,太精彩了!让他当替死鬼吧!这个老耿,本来是个死硬的共产党员,自命廉洁的!现在,你们共产党自己要打倒他,要借用我黄源茂,我能不服从吗?这责任将来我是不负的!我可以解释,是你们强迫的嘛!是你们暗示的嘛!好在都是假的,假的承认下来翻案不难的嘛!……所以,他写材料摁好手印被释放回家时,出了出版社的大铁门,昂首阔步,颇有点飘飘然。虽不免惆怅,又不免高兴。

李应丰打了几只老虎,抓到了耿爱民这条大老虎,完成了牟武城的大胆设想,觉得成绩大大的,功劳大大的!李应丰将打虎的事弄得真真假假,自己似明白似糊涂,有点怀疑又不愿怀疑,他陶醉在夸大的成绩之中,不能自拔,不能自已,越陷越深。有时候是心里明白佯作糊涂,有时候是心里糊涂做法也荒唐。本来以为这可以骗取荣誉,但等到真要让公安局逮捕耿爱民了，他又有点担忧，又有点不安，又有点拿不定主意，又有点感到不牢靠了。不过，终于这种担忧、这种不安、这种拿不定主意、这种感到不牢靠，很快又消失了。历史上拿出假成绩说谎骗人谋高位、坚持真理说老实话受惩罚的实例并不少，他知道一些。老虎都在，供词都在，都是老虎亲笔所写，白纸黑字，都有老虎鲜红的手印，要负责首先得他们自己负责，牟武城身为工作组长他也首先要有责任。打老虎是他领导的，老虎是他点名打的，怎么打法他也有过这样那样的指示，我李应丰怕什么？李应丰是个在紧要关头时做事拿得起放得下的人。这样一想，"信心"坚定，十分坦然！对逮捕耿爱民反而感到对自己是件好事，巴不得立刻执行了！

于是，就有了一场十分不寻常的演出！

这天一早，天气寒冷，风吹在脸上像刀刮。出版社全体人员由工作组长牟武城带队，率领打虎队员带着打出来甩在一边的"死老虎"老传达冯玉明和今天要从宽处理的老虎石勇、于瑞祥，以及在牟武城笔记本上列入名单的不久就要打的一批大小老虎，连在医院养伤尚未痊愈的魏原冰也被派人扶来夹在队伍中，一起浩浩荡荡，准时在上午八点到达四马路天蟾舞台参加出版、印刷、发行系统的"三反"坦白从宽、抗拒从严大会。张开太和梁锦兰当然也在。他们看到钱英也来了。钱英脸色苍白，听说是重感冒发烧，昨天烧刚退。因牟武城要他一定得参加这大会，所以他也来了。他不同任何人说话，独自站在队伍中间，但心境看上去似乎是平静的。

就是看不到耿爱民！耿爱民哪里去了呢？不知道！这支队伍中除了牟武城外，仅仅只有少数人知道耿爱民要逮捕，多数人都蒙在鼓里。张开太和梁锦兰心里是明白的，估计耿爱民此刻恐怕已经交由公安人员在管押了！

各单位的一路路大军都像潮头一般地流入天蟾舞台。天蟾舞台解放前专演连台本戏的。现在有时上演京戏，有时出借作为大会会场。

它有二楼和三楼，椅子设备都已破旧。出版社的座位排在前面，整个楼下不一会儿就黑压压的人头挤动，坐得快满了。台上中央挂着毛主席彩色像，大横幅上写的是"反贪污坦白从宽、抗拒从严大会"，红纸上贴的白字鲜艳耀眼，会场空气严肃、紧张。

张开太和梁锦兰坐在一起，看到第一排的位置都空着，又看到李应丰和其他三个打虎队员押着于瑞祥和石勇坐到第一排边上去了。又一会儿，听到人声浮动，有人指指点点。原来两个公安人员押着身材高大的耿爱民也来了，坐在第一排的边上。会场空气更加严肃，更加紧张了。张开太拿着一张《解放日报》看，上面有美帝在朝鲜进行细菌战的报道，还有志愿军归国代表团在北京做报告的报道……他就低头读了起来。

会议在八点半准时响铃召开，市节约检查办公室的一个负责人坐在一侧铺着红布的桌前主持会议。台两侧的连椅坐着另外一些单位的负责人。台中央放着一个麦克风，市节约检查办公室的那个负责人照着一篇讲话稿站到台中央麦克风前开始发表讲话。他的讲话很长，内容其实半小时足足可以讲清的，他足足讲了两个多小时。总结了前一段"三反"运动的成绩和不足，指出下一阶段使运动深入的步骤，表扬了牟武城在出版社打虎的成绩，指出：对贪污分子情况的估计不能保守，运动必须再接再厉大张旗鼓、雷厉风行地进行，不获全胜决不收兵！也指出要善于利用政策，在打虎中不要发生体罚等行为。他颠来倒去谈了"坦白从宽、抗拒从严"的政策，最后宣布：今天的会，是要体现政策的会。台下的人听得头脑又疲惫又亢奋。他最后宣布，由贪污分子出版社出版科长于瑞祥坦白交代并检举揭发。

台下第一排坐着的于瑞祥，由李应丰陪押到台上的木台阶旁。于瑞祥独自走上台去，在台中央麦克风前恭恭敬敬向毛主席像鞠了一躬，又转过身来向大家鞠了一躬，摸出袋里的坦白揭发稿和尚念经似的念了起来，声音有点嗡嗡嗡，但听得倒清楚。他说："……我先坦白交代我的严重贪污罪行，再检举揭发我社经理部经理大贪污犯耿爱民的贪污罪行。……"

于瑞祥承认自己从一九五〇年初到"三反"运动之前，共贪污旧人民币折合现在的人民币五千多元，并接受过资本家衣料等物，吃过资本家的请。接着，谈了"三反"运动对他的挽救，他对政策的认识及决心坦白的经过。最后说："现在，我必须揭发我社经理、大贪污犯耿爱民贪污三万多万元的罪行！……"这一部分，有时间、有地点、有人证、有罪证，讲得很具体。他讲着，台下人声鼎沸，嗡嗡嗡，喊喊喳喳……一片意外的唏嘘声，一片愤怒的议论声。

于瑞祥在结束检举揭发时说："……我们的贪污实际已经成了一个小集团，是以耿爱民为首的小集团！……"他发表了自己对耿爱民和资本家的仇恨意见，也讲了自己对党的忏悔和对人民的歉疚，感谢党的挽救。讲完，又照样鞠躬下台。

于瑞祥下了台，又坐回到第一排的李应丰身旁。石勇上台自己坦白、交代并检举揭发耿爱民，情况、内容与于瑞祥相仿。经他再一讲，台下空气更加热烈，几乎像要炽热得爆炸了。

石勇是在口号声中下台的。台上有人领呼口号："坦白从宽，抗拒从严！""不获全胜，决不收兵！""一定要将'三反'运动进行到底！""贪污分子必须低头认罪！""耿爱民不认罪死路一条！"……

口号声中，人们看到两个公安人员将耿爱民押上了台。耿爱民穿一套旧蓝色棉布列宁装，脸色黑里发灰，态度倒很坦然。两个公安人员让他站到台中央的麦克风前，退到台侧等候。耿爱民站在那里干咳了几声。

会场里坐着的一千多人，一道道带钩的目光死死扎在他身上。口号声此起彼伏，会议主持者走到麦克风前，等口号声停止后，宣布："现在，由大贪污犯耿爱民坦白认罪！"说完，示意耿爱民到麦克风前交代。

大家都睁张着眼等着好戏看了！

谁料完全出乎意外，耿爱民走近麦克风，对着话筒，只用重重的嗓音讲了两句话：

"我是一个共产党员！我没有贪污！"

难道他是走火入魔了？难道他在胡说八道？这时候，他竟这样说，怎么能使人忍受？天寒冷，透骨地寒冷，但空气是炽热的。有人迷惘，大多数人都在冒火，贪污犯太不老实！一片骚动，震颤着，扩散着。台上台下顿时冒出一片怒吼，人们太激动了！是让他坦白认罪的！罪证如此确凿！揭发的人证俱在当面，他竟敢如此猖狂、如此顽抗！甚至说什么："我是一个共产党员！我没有贪污！"真是是可忍孰不可忍？台下有人起立高呼："枪毙！""逮捕他！"……

主持会议的人走到麦克风前，脸气得铁青，大声宣布："把耿爱民押下去！"

两个公安人员上来，将站着的耿爱民手上戴上了手铐，揪住衣领押下台去，从边门出外走了！听到有汽车发动声和喇叭声，估计是坐汽车押到公安局的监牢里去了！

会场里，口号声又响亮地呼喊起来，惊天动地，震人心魄！

主持会议的同志又讲了一会儿话，大意不外要从今天的会上受到教育，今天开了一个很好的体现政策的会。他强调各单位要注意政策！抗拒从严，坦白从宽！像耿爱民这样的大贪污犯要逮捕，坦白较好又有检举立功表现的贪污分子，即使情节比较严重像石勇和于瑞祥这样的，也可以考虑从宽处理，在问题交代告一段落以后解放出来……

耿爱民被逮捕了！人们头脑里都被刚才那一幕出乎意外的演出惊呆了，搅糊涂了！窃窃私语的有，心里打问号的也有！绝大多数人当然是弄不清为什么耿爱民会如此胆大包天，弄不清耿爱民为什么要如此顽抗走的死路？谁都无心去听台上讲话的人噜苏。当台上宣布散会大家离开会场时，大家的情绪仍平静不下来，头里仍都是昏沉沉晕乎乎的。

但刘锡，头脑里清楚地在开动脑筋，他准备回出版社后画一张漫画张贴出来，题目是"两条路"。画的是石勇、于瑞祥坦白交代检举揭发在走一条光明的路；耿爱民顽抗到底被押进监牢走的是一条黑暗的路！

匆匆告辞时，刘开英去书架上拿书，送我一本他自己编辑的新书——《执法依法五十例》。他说："前几年，我编过一本《冤假错案五十例》，书已售罄。这本是新出的，你多指教。"他将我送出出版社，一直送到公共汽车站，直到我上了车，他才招手离去。

回到宾馆，晚上在灯下打开书来，第一个例子就吸引了我。这个例子大致是这样的：

1985年初，闻名上海的"上海滩新大亨"华谊综合贸易中心的副经理王亨铭第七次入狱，接着同案犯有普陀区公安分局副局长李金城、上海海关缉私队长陈坤兴、普陀分局治安科科长潘嘉麟、科员陶仲林等。这伙贪婪的蛀虫利用职权非法经商，投机倒把，收受贿赂，令人吃惊，这是一起轰动上海的大案。

共产党员郑传本作为第二被告陈坤兴的辩护律师，他对这伙罪犯的罪行义愤填膺。但作为一名律师，他明白绝不能感情用事，一切指控都应当要有事实。

对于指控"陈坤兴听取了王亨铭的汇报后，明知录像带是禁止经营的商品，仍同意经营"这一点，陈坤兴不服，再三辩称："那天下午我是四时才从医院赶去开会的，没听到王的汇报。"但几乎所有证据都证明他是上午到会听到了王的汇报的。会议签到簿上也有他的亲笔签名。

辩护前，郑传本做了大量调查研究工作。辩护时他在法庭上提出："请注意，在这一整天的会上，人家都发了好几次言，而平时逢会必发言爱讲话的陈坤兴却只在会议结束时有一次简短的发言。这说明，陈确是下午四时后才去的，并没有听到王的汇报。"

但，法官指出：其他与会者都已经证实王亨铭上午汇报时陈坤兴是在场的。

郑传本提出："第一，用车接陈坤兴的人已经证明陈去开会是在下午三点以后；第二，我请求法庭调查陈坤兴的病房体温记录。"

为什么要查病房体温记录呢？

郑传本说："当时陈坤兴在住院。住院的病人每天上下午要各量一次体温。如果开会那天，有陈的第二次体温记录，那么，他下午四点才去开会的供述就可以肯定了。"

调查的结果正是如此。第一人民医院的住院病历证明：陈坤兴当天两次体温记录齐全。

当陈坤兴最终从第二被告变为第五被告，以投机倒把和受贿罪被判五年徒刑时，他完全认罪服法。

……

这件事反映了近几年来，我们的立法、执法工作是有成绩的。我们的共和国正在建设起一个良好的社会主义的法治环境。

回想起当年胡乱逮捕耿爱民、无端把魏原冰作为贪污分子处理的事就格外觉得实在是太荒谬了！

我不由想到：刘开英编《冤假错案五十例》和《执法依法

五十例》这两本书恐怕也是有感而发的吧?

刘开英现在是他们那家出版社的副编审。他由副总编辑的岗位上退下来已经两年了,但仍以编审的职称终审签发稿件。他满头白发,额上眼角布满皱纹,但精神矍铄,动作毫无老态,虽然仍旧是阴阳怪气沉默寡言的样子。但我谈起往事时,他的记忆力很好,连一些细枝末节都记得一清二楚。讲到给老耿送信的事,他竟开朗地笑了,最后说:"历史应当公正地给'三反'运动记上一笔,肯定它的成绩,而指出运动中的错误缺点。当然,我们不必算旧账,只应当向前看。但你是作家,何必不写一写当年的那些事呢?我看,那段事已成历史,以史为鉴还是很有意义的嘛!……"

这个令人难忘的刘开英呀!这番话在我心上激起了涟漪。我当时没有表态,但回来后,在灯下翻阅了他编的《执法依法五十例》,却开始萌发了创作的冲动。

(十九)

逮捕耿爱民后,张开太和梁锦兰心上像被人抽了一鞭子,很不是味。是什么原因?好像也说不确切。人有时候会有一种复杂的感觉。这种感觉糅合了理智与感情,是一种复杂的综合体。由于它交缠错综,一时用言语是表达不清的。张开太在看到耿爱民在麦克风前高声充满正气地说:"我是一个共产党员!我没有贪污!"他忍不住叹了一口气;梁锦兰在看到耿爱民被戴上手铐由公安人员押走后,也叹了一口气。叹气,倒是可以较确切地表达他们心中那种复杂的感觉的。

他俩昨天忙了一天,干了一件事:上午到大华舞厅去找那揭发耿爱民腐化堕落的照片上的女人。他们经过分析,认为这女人可能就是大华舞厅里的舞女,万一不是,也许找舞厅里的人能问出这个女人的线索来的。

说来也巧，大华舞厅已经停业，舞厅的房屋在重新修建。问参加修建的工人，说是要改建成一个小五金工厂。怎么办呢？他们决定去找街道办事处的干部，打听大华舞厅负责人的姓名、地址。

街道办事处的主任，是个老工人模样的宁波佬，说："你们去找派出所，查户口本。"到了派出所，一个管户籍的山东民警，给他们找到了舞厅经理的地址。这经理姓吴，名叫吴溪深，住在北京东路一条弄堂里的三号房子里。家里摆设很阔气的。张开太和梁锦兰中午时分赶到吴溪深处掏出照片给他看。他说："你们去乍浦路一百六十八号找丁阿福，他是舞女大班，他能认得出。"两人急急忙忙，在街边小店里吃了点馄饨充饥，又赶到了丁阿福家。丁阿福穿一套西装，样子像个无锡大阿福，挺着肚子，看了照片，说："认识的，认识的。这是在我们舞厅跳过的舞女，名叫黄玫玫，现在正在公安局办的转业训练班里学织袜。听说政府要办些工厂收她们去做工自食其力。她家住在——"他想了一想，"住在厦门路！"他找出一个小本本，将地址念出来："厦门路宝光弄十五号二楼亭子间！"

张开太和梁锦兰立刻又乘车赶到厦门路，走路赶到宝光弄十五号。正是下午，黄玫玫不在。两人在附近转来转去，到傍晚又去，碰到黄玫玫刚从训练班回来，在亭子间里的小煤油炉上下挂面吃。

见有两个干部模样的人上门来找，黄玫玫有点提心吊胆。最近又是"三反"，又是"五反"，她的熟客出事的不少。

张开太问："你原来在大华舞厅跳舞的？"

黄玫玫点头，两只眼骨碌碌上下打量着来人。

张开太介绍了自己和梁锦兰的身份，说："我们今天来找你，是有件重要的事。政策你一定懂，你一定要老实说！老实说，把事情弄清，对我们好，对你也好。"说完，拿出那张耿爱民与她在大华舞厅门口拍的照片来，说："这个女人是你没错吧？"

黄玫玫脸红了，点头说："是我！"

"这个干部呢?"张开太问,"你认得他吗?"

黄玫玫不敢一下子回答。她心里在琢磨:这件事,是黄源茂找到我,让我帮忙办的!送我一只翡翠戒指,让我找着这个"土包子"干部讲话,尽量装得亲热。到底是干什么?我也不了解。他们拍了照片我也不知道。现在看来,是出了什么事了,所以找到我了。怎么办呢?不认识当然不能说认识,就摇摇头说:"不认识!"

梁锦兰一听:不认识?马上问:"不认识?那怎么你笑着同他亲亲热热在讲话呢?"

"确实不认识的。"

张开太问:"他没有同你跳过舞?"

"没有,绝对没有的!"黄玫玫摇头,"这个人好像是江北人。像这样的干部是不来跳舞场的。跳舞场里看不到这种人。"

"那你跟他在说什么?"梁锦兰问。

"他经过舞厅门口,我恰好也在,问他路的。"黄玫玫回答。

"你问他什么路?"张开太追问,觉得这个舞女不大老实。

黄玫玫见张开太态度严肃,心里害怕,觉得多说谎不好,马上说:"是这么回事:有个常来跳舞的熟舞客托我件事,同我约定了时间,说是他带个人经过,让我等在舞厅门口上去找点话同这个人说说。照他的话做,就给我一只翡翠戒指。"说着,举起左手,将戒指给张开太和梁锦兰看,说:"喏,就是这只!那天,我等在门口有半小时,恰好这个江北干部在门口东张西望,那个熟识的舞客就戳戳我指点我上去找他说话。我就上去故意问他山东路在哪里,又拉他进舞厅跳舞……"

梁锦兰问:"他跳了?"

黄玫玫摇头:"没有!一会儿,有个人来陪他走了,我也就进舞厅了!"

张开太问:"你那个熟识的舞客叫什么名字?干什么的?"

舞女不愿意说出黄源茂的名字,假装皱眉,说:"喔唷,这怎么知道呀！舞厅里的客人像流水，熟识的多得很，知道根底的可能一个也没有。人家同你舞女跳舞，不过是白相白相，不把真名字告诉你的，我们也是不问的。"

"他什么模样？你一定要老实说！不然，由你负责！"张开太说。

黄玫玫没奈何，不敢不实说，就将黄源茂的样子形容了一番："小眼睛、秃顶、肥胖、挺着肚子。"

"哪里口音？"梁锦兰问。

"扬州人讲上海话的口音！"讲完，黄玫玫又后悔了：我太老实，其实乱编个模样说说不行吗？……

她说的似乎可信，梁锦兰又问："你看到那个来陪这个苏北口音的干部走了的人是什么样子的？"

黄玫玫摇头："没注意呀！"

梁锦兰说："你想一想！"其实，心里明白，这可能是史家禄！耿爱民说那天是同史家禄在一起的呀，史家禄却说记不得了！

黄玫玫假作思索。她是记得史家禄的模样的，心里不愿说，故意摇头："实在记不清了！"转眼一想，黄源茂的模样也说了，这个姓史的模样说说怕什么，就说："好像是个瘦子，大眼睛，长白净脸！"她记得这个史先生跟黄源茂来跳过一次舞。

梁锦兰朝张开太会意地看看，说："史家禄！"

张开太点点头，又严肃地对舞女说："你再想想那个熟客的名字叫什么，干什么的，家住哪里？我强调过，要老实告诉我们。如果隐瞒，就不好了。"

黄玫玫叫冤枉："那天，啊呀，我就是为了贪图这只戒指，才同那个陌生人讲了几句话的！别的我都不知道。我不知道他们怎么拍了照片的呀！"

张开太和梁锦兰都认为黄玫玫一定还有些秘密不讲，又追问了一会，也问不出结果，只好告辞。临走，张开太说："这件事不算完！我们随时会通过你参加的训练班来再找你询问的，希望你把今天未回答的问题再多想想。要是有别的重要情况想起来了也可以再讲。"

黄玫玫点头表示同意。张开太和梁锦兰两人一起走出了宝光弄，天已经快要黑了。

梁锦兰吁口气说："耿爱民没有跳舞，不认识这个舞女。这张照片作为罪证实际已推翻了！"

张开太若有所思地说："不仅是推翻，而且说明是陷害！"

梁锦兰说："耿爱民看了照片，说是史家禄陪他走过大华舞厅遇到这个舞女的。黄玫玫说有个瘦子，大眼睛、长白净脸陪着耿爱民走了。这口径吻合。史家禄偏说他记不得了，是怎么回事？"她语气气愤。

街上人流滚滚，车辆喇叭声、电车隆隆声、人的说笑声、收音机里的歌曲声，喧哗成一片。

张开太倾听着梁锦兰的话后，说："是呀，这是不是也是一种陷害呢？"又说，"只是可惜黄玫玫的熟客是谁弄不清名字。"

梁锦兰说："反正，我觉得史家禄这人十分可疑。"忽然，说："咦，黄玫玫形容的那个舞客的样子：小眼睛、秃顶、肥胖、扬州口音讲上海话，倒是很像那个大华贸易公司的总经理黄源茂。此人呀，同史家禄是有来往的。史家禄有两次让我盖过出版社印章的介绍信，让黄源茂去东北采购纸张的。这种事本来觉得没什么，现在想想，会不会有可能利用工作之便搞什么勾当？"

张开太说："是吗？"可是又想想，说，"奇怪的是黄源茂的坦白交代材料里，他只承认给老传达冯玉明送过香烟，给耿爱民行过贿——那数字是一万多元，真吓人！可是没涉及过史家禄和别人呀！石勇、于瑞祥写的交代材料里也没有涉及史家禄，史家禄现在交代的材料里也没有涉及黄源茂呀！"

梁锦兰默然了。是呀！在上海，肥胖的、秃顶的人多的是呀！扬州人讲上海话的也多得很呀！忽然像想起了什么似的说："咦，对了！

我要拿黄源茂的笔迹同放在你那里的那封检举耿爱民的信上对一对笔迹!"接着又说,"我看,我们的调查要抓紧进行!凡能调查的地方都要顺藤摸瓜查一查。比如,对黄源茂,我们就要了解了解他。"

张开太点点头说:"对!到他住处,通过派出所和里弄调查他!还有史家禄,也这样。我们像老牟那样,只指望打虎队打,放松家属工作也是不行的。我们一定要把这些疑点都弄弄清楚!"……

可是,今天上午,耿爱民却被逮捕了!

散会以后,天像要下雨。张开太和梁锦兰走出天蟾舞台,心里都很不是味儿。他俩看到脸色惨白纱布包着头的魏原冰被打虎队员程雄押着上了一辆三轮车送回医院去。张开太又看到钱英戴上口罩、围着围巾匆匆走了,对梁锦兰说:"小梁,我们到钱英家里去一次,好不好!"

梁锦兰奇怪地问:"去老钱家?干什么?"

张开太说:"我总认为,老牟在运动中排斥他在外是不对的!说他右倾,其实可能正是老牟自己太'左'了!到现在为止,已很可以看出,官僚主义也许不可免,但老钱自己是不会有什么贪污问题的。无论如何,他对出版社的情况总是最了解,他也是个有水平有才干的同志。我们不妨向他做些调查,有些问题也可以听听他的意见。那总是有益无损的!我不怕沾他!共产党员这点气度、风格总要有!"

梁锦兰笑了,点头说:"类似想法我有过,但有些顾虑,就没提了。因为我是社长室的秘书,又是他任命过的打虎队长。我感到老牟认为我是钱英的心腹,怕惹话柄,这说明我这人还是不行,不能无私无畏。"

张开太也笑了,说:"能这么想,就很不错。我们去吃碗阳春面当中饭以后就去吧!估计他刚到家还要吃饭,我们吃了饭去正好。"

两人在附近找了一家小馆子,吃了价格最便宜的阳春面,就去挤电车。电车中午人多,等了许久,才挤上了车。梁锦兰认识路,带着张开太三转两转就到了钱英家的门口。敲了后门,楼下一个老太太开了门，叫了一声："楼上钱同志有客人找！"两人往楼上走。上了扶梯，见钱英在二楼堂屋门口张望。一见是他俩，钱英表情是惊诧加上意外，说："啊，什么风把你们吹来了呀？"却没有笑容，突然又说，"刘开英同志在这里！"

刘开英在这里？打虎队副队长刘开英他来这里干什么？真奇怪！

张开太和梁锦兰上楼进了客堂间，果然看见刘开英坐在那里。刘开英怎么会在这儿的？他仍旧是那副阴阳怪气沉默寡言的样子，见到张开太和梁锦兰来了，忽然站起身说："老钱，我走了！"

钱英一把拉住他，说："坐下吧！坐下一起谈谈吧！"

刘开英只得又在那把椅子上坐下了，顺手拿起书架上一本不知什么书看了起来，看得似乎很专心。

这间房里，钱英不知在干什么？桌上、地上、床上、书架上，都堆放着书，翻开了书页，用物件压着。有的书上还夹着纸条。纸条上不知钱英都写了些什么。

梁锦兰好奇地问："老钱，你摆书摊子干什么？"

钱英不知在想些什么，听见梁锦兰问，没有回答。

局面有点沉闷，张开太为使空气轻松点，亲切地说："老钱，病好些了没有？"

钱英点点头，说："感冒，还有点热度，但没什么关系。主要是让我在家里写检查。而我呢，正好也思索思索问题，研究研究情况。一个人站得正，坐得直，风浪再大也不可怕。整天也忙得很！"突然问，"你们二位到苏北，有收获吗？"

张开太把去苏北的情况和刚才调查舞女黄玫玫的经过都坦率扼要讲了，心里想：天下事真是复杂！看来刘开英同钱英关系不错嘛，牟武城还说刘开英同钱英关系不好哩！有刘开英在这里，钱英对社里的情况当然了如指掌啰！不由自主地又想到了刘开英在打虎会上给耿爱民倒水和一言不发同李应丰"顶牛"的情况来了，心里纳着闷葫芦，听钱英说:"对今天耿爱民被逮捕,你们二位的看法怎样?"

梁锦兰叹了一口气,似是作为回答。她心里有一种汹涌而神秘的呼唤。

张开太说:"似乎早了!"

刘开英忽然"啪"的扔下了书,气愤地插嘴说:"确实是一本好经给歪嘴和尚念糟了啊?何止是早,简直是糟!'三反'是必须搞的!有不少单位成绩都很大,可是在我们出版社,歪嘴和尚把本真经念得乱七八糟了!"

张开太和梁锦兰正同时在思索着刘开英说的"一本好经给歪嘴和尚念糟了"的话,觉得他这比喻倒是生动、真实。

钱英插上来说:"老张,你认为耿爱民是不是大老虎?"

张开太直率地说:"今天同小梁来找你,就是想谈谈、听听你的意见呀!论理,我们本来都不信他是老虎。可是,于瑞祥、石勇和三个资本家的揭发检举材料都整整齐齐放在那里。怎么解释呢?"

刘开英大摇其头,说:"啊呀,那不好办吗?牟武城、李应丰把头脑里想出来的现成答案放在那伙人面前,用逼供的办法,让他们跟着牟和李的思路去说、去写,不就行了!要什么样的材料就可以有什么样的材料的呀!"他脸上布满义愤,"我这人,过去没被老钱、耿爱民他们满意,现在更不会使牟武城满意。我说话凭事实,因为我是党员!我们这里的四个人,不都是党员吗?我们的行动得要对党负责,不是对自己负责,也不是谁掌大权就对谁负责。尽管我对老耿有意见,那是平日工作上的矛盾。现在,我认为,牟武城、李应丰这号人,我是看清了!老耿的事,完全冤枉!耿爱民今天上午逮捕前说的那两句话你们听清了吗?那是真心话!在上海这种五光十色的物质利诱面前,他是个筑牢思想堤坝的革命者!这人是条铁汉!有的人骨头软,屈打能成招,他是屈打也不招。关在小房里痛苦时,老是一遍一遍哼军歌:'向前向前向前,我们的队伍向前方!'……我听了都心里发酸。他像个共产党员的样子！"

张开太和梁锦兰早都一起把脸转向了刘开英，听着他慷慨激昂发表演讲似的长篇谈话。

梁锦兰不禁问："是怎么回事？你说说不好吗？正如你说的，我们都是党员！都对党负责！对同志负责！"她语气诚恳、朴实。

张开太也点头："说说吧！刘开英同志！我们应当相信，只要是真理，我们共产党人就会为之奋斗的！"

钱英动容了，点头说："刘开英同志今天是第二次来。头一次是昨天。通过他，我了解了不少真相。我同他也谈了一些我的看法、想法及我了解的新情况。今天来，他是为老耿的事来的。"他转向刘开英，说："开英同志，把老耿的信拿给他们二位看看。这没有什么需要隐瞒的。本来，即使没有这封信，我就是一个人处在此种被撤职反省的状况下，也是要战斗的。因为，党的利益高于一切，人民的利益高于一切。我不能闭着眼不管，或者考虑个人得失就缩着头看着我们的事业受损失！"

他说得激动，仿佛热血沸腾了似的，额上沁出汗珠来，把棉袄纽扣也解开了。听的人也个个都热血沸腾，昂扬愤激起来。

刘开英下了决断似的，说："可以！"他从上衣口袋里掏出一张纸来，递给张开太和梁锦兰，说："你们看看吧！耿爱民写的一封信，给他的老首长的！让我帮他一定亲自给送到他老首长手里。你们先看，其他的我等你们看过再谈。"

张开太和梁锦兰一起凑拢来，看到这是耿爱民用铅笔写在一张练习簿纸上的信，字密密麻麻写得很小，但端端正正，一笔不苟。

信是这样的：

敬爱的军长：向您敬革命的敬礼！

我现在被关在出版社一间小屋里向您反映情况。我被工作组长车武城下令格（隔）离审查整整八天了！八天来，被凶狠打骂过，被两次用日夜不停的方法审讯，不让吃喝，不让抽烟，不让坐睡，目的是要我承认贪污。钢铁的人也受不了这样折磨！但我支承（撑）住了！因为我是党员、荣誉军人，我该实事求是。我拥护"三反"运动，仇恨贪污分子，审查我不是不可以，而是不应该用错误办法来打假老虎！现在，有人揭发我贪污腐化，都是假的，不是被逼，就是陷害！我本想忍耐着，坚持到运动结束，然后还我本来面目，不来麻烦您，但今天听说明天要交公安局逮捕我，这使我非常难过！我怕到公安局后，向您反映情况更难，经过再三考虑，决定把真实情况向您报告。我认为极"左"的错误做法可以使好人变成假老虎，也可能使真老虎漏网，它会损害党的威信和政策，使运动不能顺利健康进行！敬爱的老首长！如果仅仅为我自己，我也许就不一定非写这信不可了。但为了革命，共产党员有责任如实反映意见。送信的同志，也是党员，名叫刘开英，是出版社的编辑，工作组长车武城任命他为打虎队副队长。他在打虎中发现问题严重，很气愤。今夜他看守我，出于同情，也为对党负责，答应送信。

　　此致

敬礼

　　　　　　　　　　　　　　　耿爱民

　　读完信，梁锦兰的眼眶湿润了！张开太唏嘘了一声。他们脑际顿时都浮现出上午耿爱民被捕前在台上麦克风前的魁梧身影和声调高昂铿锵的那两句话。

　　张开太不禁问刘开英："他这老首长是谁？是当年他的军长？"

　　刘开英回答："不错！就是现在的陈市长呀！"

　　"陈市长？"张开太和梁锦兰都惊讶了！

钱英追忆地说："他从来没有提起过，或炫耀过！"

刘开英将信从张开太手里接过来收回口袋里。说："我过一会儿就亲自去送信。牟武城的'左'呀，了不得！我是了解内情的。李应丰打了人，他竟说：'打虎队打虎队，打打老虎有什么！'因为搞逼供，有些口供全是假的，有些口供真假难分，都乱了套了！成绩听来大得吓人，证据看来都板上钉钉，其实全不是那么回事！这个人太不讲政策了，主观武断，飞扬跋扈，好大喜功，老子天下第一！我看穿了他的真面目，忍不住同情老耿了！他像个党员，再受委屈也实事求是。我昨天苦闷极了，忍不住来找老钱谈谈。今天老耿被捕，我心里难过，所以又来了，也是要把信给老钱看看。说真的，老耿不写信，我也准备写！我要向上边反映牟武城的恶劣作风。"

张开太点头，说："该反映！"

刘开英说："你们不知道吧？魏原冰是不应当作为贪污分子处理的。魏自杀未成送医院的当天，牟武城将卢肃的一封信转到纺织工会，附去一封信，说卢肃为魏原冰辩护立场不稳，要纺织工会对卢肃进行教育和批评。幸好，纺织工会对卢肃并不歧视，反倒替卢肃转了一封申诉到市节约检查办公室。市里通知牟武城：魏原冰自杀是错误的，但写稿拿稿费不属贪污。牟武城收到通知，压着不宣布！这个人呀，文过饰非，品质不好！"

梁锦兰听到这里，激动起来，脸色绯红，墨玉般的眼睛里闪着坚毅的光，说："刘开英同志，我本来还觉得你这人有点个人主义，为未能做编辑组长有点闹情绪。现在看来，你是大公无私的人。你对老钱和老耿，本来在个人关系上是有些意见的。可是现在，你的行动说明你完全抛弃个人意见纯粹是为党的利益考虑的，真该好好向你学习！"

刘开英把头摇摇，说："不要把我看得那么好，个人主义，我当然有。但既是党员，党性也是有的。你们几位不也是有党性的好党员吗？党员要是都像牟武城，要是想入党的人都像李应丰，就糟了！那种人究竟是少数。我们要是团结在党性下同他们斗争，他们就要收敛了！"

张开太征求钱英意见似的说："'百里路外骂知县'是没有用的。我们四个合写一个报告给市委反映出版社的'三反'情况和牟武城的错误，敢不敢？"

想不到的事情真多！只见钱英去拉开写字桌抽屉，说："我已经写好了！是把这当作个人的反省检查写的。如果你们看了同意，我们一同战斗，我将感到高兴。"

张开太接过钱英写在一沓稿纸上的报告，笑着说："你真是个有心人！"

钱英和梁锦兰、刘开英都微笑了。

梁锦兰突然说："这种事当然一定办！因为这是最重要的。但我们该抓紧时间研究一下步骤：现在，如果肯定老耿无辜，那么就要解开一个谁总是在陷害他的谜了！这个谜的情况和迹象已经不少，比如：牟武城带来的那封揭发老耿的信是谁写的？照片是谁拍的？到阜宁送钱物给杏妮的那个女干部是谁？托舞女黄玫玫拉住耿爱民讲话的人是谁？都需要调查出结果来，大家看看怎么办？"

钱英叹息地说："如果不是牟武城突然来到，原定计划是要查清于瑞祥、史家禄之间的关系的。另外，他们与资本家黄源茂的关系也要查清。……"他指指那些摊满在地上、桌上、架上的书，说："这都是我们社出版的书的样本，我正在检查、研究、统计黄源茂以坏纸充好纸，以轻磅纸充重磅纸的问题哩！本来也还要查清黄源茂违约以及任意提价的事，甚至会不会有更严重的事。本来，这些事都早该办，归根结底我们这些出版社的领导人，像我和老耿，都是外行，像纸张问题上有许多事都不懂，有些事也要花时间来查。但老牟来后，不搞踏踏实实的调查，只搞轰轰烈烈的打虎，比声势，比进度，求战绩，一切都乱了！"

张开太、梁锦兰和刘开英这才明白为什么房里到处摊的都是书了。

钱英继续说："……打虎打乱了！反而打到老耿头上了！奇怪的是于瑞祥、史家禄、黄源茂这三个人之间明明有关系，偏偏迄今为止竟变得一点关系也没有。什么原因呢？不是很值得深思的吗？……"

张开太警觉地问："会不会有攻守同盟？"

梁锦兰说："我看有！"

刘开英回忆道："把黄源茂找到出版社审问时，问他同出版社谁的关系密切？他说：一个也不密切！后来，李应丰动手打了他，指出他同耿爱民有行贿和受贿的关系，他马上承认。我当时在场，感到他说的根本不是真心话。此人是三个资本家里最狡猾的一个！"

钱英说："所以，我认为小梁刚才提出的那个谜，确实该解开！怎么解？该从这些人和他们的社会关系上解，包括家属。这几天，妇联正在做资本家家属的工作，组织她们学习，汤雪正在参加领导第一期学习班。巧的是黄源茂的老婆燕蓓芬也参加这期学习班。我有意识地叫她通过燕蓓芬了解黄源茂和史家禄的情况。她们妇联的工作做得很细，通过里弄、街道了解了不少情况。从里弄邻居揭发，有个姓史的经理常到黄源茂家打牌吃饭。汤雪说：燕蓓芬是个很有能耐的女人，眉毛眼睛都会说话的。别的资本家家属都穿得像太太，她穿列宁装，朴素了，像个女干部。是不是几头一起动手！在于瑞祥、史家禄、黄源茂三人的圈子里找找谜底？"

他的话使人看到了一片纯净的天地。那天地原本有些混沌，却被他话中的某种神奇力量净化了，使天地那么明净，就像一泓碧水。听了他的话，梁锦兰激动地说："对！"当刚才钱英说燕蓓芬是个很有能耐的女人时，她就想：在阜宁住旅店时，因为听杏妮说了一个女干部送财物的事，事后回店特地找了旅客住宿登记簿想查找一下，结果，发现那登记本偏偏少了有关的一页。看来，是个能干女人干的勾当，不肯留下名字地址等等呀！现在又听说燕蓓芬穿列宁装像个女干部，梁锦兰心里不由得一动，忍不住问："这个燕蓓芬不知长得什么样子？是不是烫发、镶白金牙齿的?"

钱英说:"等汤雪回来,我问一问。"

梁锦兰是细心的,说:"明天早上,你打个电话给我好不好?就打我办公室那个直通线!"

钱英说:"好!一定!上班后就打电话!"

张开太也连连点头。

刘开英默不作声地专心在看钱英写的那份报告,这时点头说:"我同意!我签名!"他拔出钢笔龙飞凤舞地签上了名字,然后站起来说:"我去送老耿的信去!我在想:陈市长收到这信会怎么办?"

钱英笑笑:"那就不必猜测了!我看,他是会处理的。他是眼里容不得沙子的英明、热血的领导人!他不会支持牟武城那种人的!"

说完,他去打开窗户,新鲜空气随着冷风一拥而进。天空,明净如玉。听了他的话,大家思想上都觉得松了一口气。

但,谁也没有想到,钱英还没有吃中饭!连他自己对吃中饭的事儿也忘到九霄云外去了。

一连两天,我在宾馆的单人房间里整理采访得来的材料,我觉得厚厚的一叠材料掌握得够写一篇扎实的报告文学了。所有事实我都经过了核对,论理是可以动笔写初稿了。但在我思想深处却隐隐还有一种顾虑。因为这个题材很敏感,很尖锐。

那天,刘开英建议我把当年我们那个单位打"虎"中的人和事写一写,我虽萌发了兴趣,却又有些畏缩不前。现在虽放开得多了,但作家仍缺乏一种心理承受力。如何培养这种心理承受力,非有法律保障不可!

我的心态恐怕同这是密切相关的吧?

立法和依法的问题是何等重要!我想:当牟武城所作所为的"左"和跋扈,如果有法管住他,情况就完全不同了。正因为当时没有法律制约,他才能无法无天!耿爱民被囚禁时,暗中写信找他的老首长求救,刘开英仗义给他送信去,偏偏老首长去北京开会了。回来后,钱英指出:寄希望于某一位老首长过分地倚重某一位大人物的正义感和恩惠,还是不行的。还得要靠有法可依,要靠有原则有责任感的共产党员抵制错误做法……这番话确是很有见地的。

抚今思昔,钱英虽已不在人世,他的话、他的声音却总是回响在我的耳边……

(二十)

从钱英家出来,走到喧闹的柏油街道上,已经五点多钟。正是下班时刻,电车的叮当碾轧声,汽车喇叭的鸣响声,忙忙碌碌的人群,形成一种使人急于想回家去的氛围。北风虽冷,张开太和梁锦兰心里都怀着比较轻松的感情。张开太看看路上一家照相馆里的挂钟,忽然改变了想回家去的想法,对梁锦兰说:"小梁,现在,有些事似乎已经逐渐明朗化了!我想,我们俩再到出版社里去一次,找牟武城坦率谈谈我们的意见,你看好不好?"

梁锦兰坦率地说:"好当然好,只是,牟武城不是那种容易接受别人正确意见的人。我们现在手上还拿不出足够的能使他服帖的证据,让他承认他确是错了。要谈,倒不如有确切的把握后再找他!"

张开太叹了一口气,说:"是啊,可是,我觉得总该光明磊落地早点把心意尽到,把意见全部无保留地说出来,让他有点悔悟!……"

梁锦兰勉强地说:"那,就同他再谈谈吧!不过,我不想去,你去,你是工作组的成员!"

张开太摇头，说："你也去！我们都以共产党员的身份同他谈话。两个人谈比一个人谈要好些。再说，我们一起去向他汇报一下昨天调查黄玫玫的情况也好嘛！"

梁锦兰思索了一下，说："好吧，到社里去。这应该是最后一次同他谈了。不过，我在想：此刻恐怕打虎队还在挑灯夜战开史家禄的会呢！今天上午开会逮捕老耿前，集合整队到天蟾舞台时，我听到李应丰在同刘锡说：今夜要开会夜战！刘锡问他是不是打史家禄这条老虎，他点头说：是！"

张开太应了一声说："那也好，看看他们夜战史家禄也好！"

两人坐电车到长乐路附近下车，路上，在小铺里买了点大饼油条当晚饭，就一起又到出版社。

出版社里冷冷清清。传达室里坐着值班的是冯玉明。自从打成老虎后，一直不让冯玉明在传达室里看门，只是晚上住宿仍在传达室里，平时让他打扫厕所、扫院子、擦玻璃等。今天上午开了大会，冯玉明被牟武城指定"解放"。因为他属于"问题不大，坦白较好"的贪污分子，这是体现政策。冯玉明刚被"解放"坐回传达室看门，表现得感激涕零，见到张开太和梁锦兰，恭恭敬敬。

张开太问："今晚要开会吗？老牟在不在？"

冯玉明恭敬地点头哈腰回答："要开会！七点钟开！有通知贴在楼下过道门口。牟组长在楼上，刚才见他去机械局车队食堂吃了饭回来！"

张开太和梁锦兰到了二楼，敲牟武城的门，听到里边牟武城的大嗓门儿在说："进来！"

张开太和梁锦兰进房以后，看见牟武城手里拿着一张宣纸似的东西在看，好像是谁写的毛笔字。见他俩进来了，牟武城将手里在看的那张宣纸折叠起来放下了，说："是你们啊！你们俩真像京戏上说的'焦不离孟，孟不离焦'了！今天开过大会以后，就没见到你们了。怎么？调查出成绩来了吧？"听得出语气并不友好。

房里生着炭盆，炉火正旺，盆上一只三脚架上的一把水壶里的水开了，沸溢的水带着尖啸声腾起了一片雾气。牟武城起身去拿水壶往热水瓶里灌水。

张开太和梁锦兰都坐下了，看牟武城把水灌完，又等着他去盥洗室里把空水壶冲上水来放在炉上。

张开太启口说："老牟，你有空吗？想向你汇报一下昨天我们调查的情况，再谈谈别的。"

牟武城皱皱眉说："没有特别重要的事就不必汇报了！调查完集中汇报吧！等一会，要开史家禄的打虎会！今天，一个卢湾区工商户'五反'学习班的干部来调查史家禄同资本家黄源茂的关系，说：根据揭发，他们关系很密切，问黄源茂有没有向出版社干部行贿的情况。我们将黄源茂向耿爱民行贿的情况讲了。那人说：黄源茂老奸巨猾问题很多，但在学习班上，到现在还滴水不漏，我们提供了黄源茂和耿爱民的关系，对他们帮助很大。今晚就要忙史家禄的事了，我看他准也是条大老虎，他是副经理嘛！我看，非狠狠打一打才会交代！"

张开太和梁锦兰想：其实说黄源茂向耿爱民行贿并不确实，但开史家禄的打虎会倒是必要的，只怕别又搞逼供。张开太说："史家禄是有很多疑点，为了搞清耿爱民的事，我们想深入调查一下他，包括他的家属，包括黄源茂！"

牟武城弹着眼睛生气地说："耿爱民的事还搞得不清吗？要是想靠你们调查，还差一万八千里呢！"稍镇静一下又说，"告诉你们吧！史家禄的老婆名叫田瑛，是个中学教师，派人调查过了！态度不好，划不清界限，老怕我们冤枉史家禄，提供的一点点情况毫无价值。她跟于瑞祥的女人不同，于瑞祥的女人就肯揭发，说于瑞祥在外边跳舞腐化毫无顾虑！这个田瑛，你们不必去找！"

梁锦兰问："田瑛提供书面情况了吗？能不能给我看看！"

牟武城点头，从桌上一只卷宗夹里取出一份材料来，说："喏，你看，简单几条筋骨，屁用也没有！"

梁锦兰看时，材料是一条一条分开写的，写得很简单，说："（一）史家禄从未曾带过贪污的钱款回来；（二）史家禄曾提出过离婚，但未成事实，后来对妻子态度有转变，两人感情比较融洽；（三）史家禄有时因开会回来得晚，但从未在外过宿；（四）史家禄同资本家可能有来往，但纯系工作往来。"下边是个签名："田瑛"。

梁锦兰将田瑛写的材料还给了牟武城，心里倒又像机器开动似的思谋起来。史家禄的老婆田瑛，梁锦兰虽然不熟，但见过一次面，听说田瑛人挺本分的。田瑛这份材料确实未提供什么可疑的线索或贪污的证据，反倒是为他开脱辩解的。史家禄难道真的是没问题？梁锦兰不了解田瑛的软弱性格和矛盾心情，不了解史家禄在家中妻子面前做的一番掩饰和哄骗的工作。所以，田瑛才自觉不自觉做了丈夫的祖护人了，写出这样的材料来！到田瑛那里去恐怕得不到什么收获，梁锦兰思想上一下子把关注点集中到黄源茂和他的老婆燕蓓芬身上去了！黄玫玫说的那个熟舞客像黄源茂！燕蓓芬这人，听钱英说穿列宁装像个女干部，很能干，会不会是去苏北的那个女干部呢？……

张开太见牟武城对听汇报没兴趣，他本来的目的也不是要汇报。这时决定开门见山了，说："老牟，汇报你没时间听，那以后再说，我就先简单谈一点心里话吧！"

牟武城用很奇怪的眼光看着张开太。

张开太说："今天上午参加了天蟾舞台的大会，会议的精神很好！但逮捕耿爱民是不是过于急促了！现在看来，他本人始终未承认，证据是否可靠？……"

牟武城一下子毛了！像头老虎似的吼起来："什么？他都逮捕了，你还想来替他翻案？证据，你们不是都看过的吗？你们还怀疑？"

张开太说："那时我们刚回来，社里情况不清楚。现在，我们感到是不是打虎队在打虎中有逼供信的现象？这样，势必就会搞乱，也会出现不可靠的证据！而且，事实上，耿爱民的问题并没有充分弄清……"

牟武城质问说："是谁向你们提供了情况，说我们逼供信的？是谁，你说出来！"他话声响亮，气势逼人。

张开太不愿意涉及刘开英。事实上，刘开英不说，他自己也早看到了一些，就说："只要有眼睛就能发现的嘛！事实总是事实。"

牟武城生气地起身背着手踱步，终于做着手势，势如水火地说："张开太同志，呵，还有你——"他看看梁锦兰，"这是哪山的风、哪个海的浪？看来，你们是有预谋的，所以一起来向我提出批评意见，是想泼点凉水！那可以嘛！出版社的打虎，是有成绩的，名声在外，上边也是肯定的。你们想否定，办不到！你们向上边去告呀！我牟某人不怕！但运动如果因为你们的右倾和别有用心受到干扰，是要你们负责的！"

梁锦兰朝张开太做了个眼色，意思是说："是吧？我说同他谈是无用的吧？……"

张开太却不管，敞开来说："牟武城同志，你是工作组长，我是工作组的成员。我看到了问题，感觉到了问题，自然应当及时向你提出，向你反映。我认为你应当虚心一些，听听正确的意见有什么不好呢？"

牟武城声音震耳地说："好，你再说吧！我洗耳恭听！"

张开太尽量心平气和，说："上级当然是根据我们上报的材料批准逮捕耿爱民的，但对于耿爱民的有关问题，我和梁锦兰同志还在调查中。耿爱民本人也坚决不承认，你却就性急慌忙地将未必可靠的材料上报请求逮捕。这责任应当你负！"

牟武城鄙夷地牵动嘴角冷笑笑，点头说："捕一个贪污犯，有什么了不起的！我敢作就敢当！你们光动嘴不行，拿出成绩来呀！为什么到今天旷日持久你们的调查还在'磨洋工'呢？"

张开太抱着一种不受邪恶亵渎的感情，说："调查是需要做大量深入细致的工作的！需要时间！自从我陪你入社的第一天起，就感到你缺乏实事求是精神。整个打虎运动，是在一种'左'的做法下进行的。比如，排挤了钱英，比如，逮捕了耿爱民！比如，重用了不该重用的人！比如，对调查研究工作不够重视，却相信用'打'的方法可以出老虎！于是，对打骂的做法和变相肉刑的疲劳审讯的做法大开绿灯。比如，政策界限不清，听说连上级对魏原冰不应作为贪污分子论处的通知，因为不合你的心意，你都压下来不宣布……这都是问题。看起来，好像成绩很大，声势很大，实际，弄虚作假不少。人人拥护反贪污，你却……"

牟武城心里吃惊，看来，张开太知道不少内情呢！是谁给他通风报信的？手中有了权，坚持真理就更难。牟武城的火气与他的权常常一样大。听到这里，忍不下去了，差点一蹦三尺高，右手握拳猛地一敲桌子，说："住口！你简直岂有此理！我要向上边反映你的这些！你想否定运动，你是做梦！他拍桌子时太用力了，手臂搧风，将桌上前一会儿他在看的那张写了毛笔字的宣纸一搧，搧得飘飘地落到地上，掉在靠近梁锦兰坐的位置前面的地上了。

梁锦兰随手将纸拾起，原来这张折叠过的宣纸上写的是一笔劲秀挺拔的毛笔草字，抄的一段《阳关三叠》。梁锦兰蓦然看到：这是耿爱民的东西，题字上写着："书赠耿爱民同志"，下边署名是"陈毅"，那个"毅"字写得很草，如果不是知道耿爱民过去的首长是"陈毅"，梁锦兰怕也是认不出这个"毅"字的。梁锦兰将宣纸想放回牟武城桌上去，但却不知出于一种什么思想支配，将纸递给了张开太，说："看！是陈军长亲笔写给耿爱民的！"

张开太接过宣纸看。牟武城本来正在大发雷霆，这时，听到了梁锦兰的话，瞪着眼珠子问："什么？哪个陈军长？"

梁锦兰面上平静，心理激动，她正盼着牟武城问哩，说："陈毅呀!"对牟武城这种人,她连骨头里都看透了!

张开太会意地补充:"就是现在我们的陈市长!是耿爱民的老首长嘛!"他是故意这样点上一句的!他将宣纸叠好又给牟武城送到桌上,说:"写的是《阳关三叠》,含着勉励耿爱民的意思!"

牟武城却好像嚼大蒜试出什么味儿来了:"呵!是陈毅市长啊?真没有想到!……李应丰在耿爱民被捕后,从他那里抄来这幅字,他也没认出是谁写的!我认了半天,觉得有点像是'陈毅'二字,可……没有想到啊!……"别的话,他没有说完,似沉浸在一种十分尴尬的表情中。

张开太明白同牟武城没法好好心平气和地再谈什么了。好在自己想谈的都光明磊落,堂堂正正无保留地谈出来了。他发现由于刚才梁锦兰无意间说出了"陈毅"的名字,而引起了牟武城的怔忪,就决定趁这机会离开。他心里无限感慨地想:看来,牟武城这种人并不吃真理,他吃的是这一套:听说耿爱民的老首长是个大人物,就魂飞魄散了!

张开太站起身来,对梁锦兰说:"小梁,我们走吧!"

牟武城也不说话,坐在那里,瞪着眼珠,脸上怒气未消,又笼罩着一种无法形容难以猜测的表情,有惊愕,有不安,更有忐忑。

楼下大会议室里正在开轰轰烈烈的打虎会。灯光照耀,两百支光的大灯泡明亮刺眼。

张开太和梁锦兰走进去时,史家禄正像只遭瘟的鸡垂头丧气站着,不断用手指按摩太阳穴,似是告诉打虎队员:我头疼!身体支撑不住!

李应丰领了一伙打虎队员正在拍桌子大声吆喝。刘开英也在场,他坐在一边,吸着香烟。张开太和梁锦兰进来,他连眼皮也不抬。

墙上的标语很多,都是"贪污分子史家禄必须低头认罪!""大老虎史家禄你往哪里逃?""坚决挖出大老虎史家禄!""大老虎史家禄必须彻底交代!"……另外,有些漫画,也都画的是史家禄狡猾抵赖、挤牙膏等情景。

张开太和梁锦兰在一边找位子坐了下来。李应丰用憎恶厌烦的眼光看了他们一眼。也许，他认为来的两个不是"同路人"，又不好说什么。

因为掌握的材料不多，打虎队员在以磨时间磨牙齿的方式进行这场打虎：

"快坦白交代！"

"实在没有！冤枉！"

"你不老实！"

"……"

"看你这副滑头样子！"

"我确实没有……"

"坦白从宽你知道吗？想做耿爱民！"

"他是贪污犯，我……我不是……"

一人吼，多人应，一片沉重杂乱的附和声。气势不小，威力不大。看来，"车轮战术"被当作王牌武器在用。打虎的和老虎都成了运动员了！车辘辘话在打虎的和老虎之间转来转去，就像一场势均力敌的踢不进球门的沉闷足球赛。今夜又要拖通宵了！

听了一会儿，感到无味，张开太和梁锦兰不愿加入这样的打虎行列，决定离开会场。两人一同走出来，到了外边。

外边，花园里静悄无声。天上有冷月，也有寒星，是一个寒冷晴朗的冬夜，有小小的北风吹摇着大树空荡荡的枝丫。他俩走着，忽然听到后边有脚步声。

张开太和梁锦兰回头一看，来了一个人。

梁锦兰眼尖，说："啊！是刘开英！"

刘开英急匆匆走上来了，手里仍夹着香烟，走近了，像放机关枪地说："我给老耿送信到市人民政府，陈市长的秘书收下了信，听我介绍了情况，告诉我：'首长去北京开会了，要十多天才能回来！这件事

693

等他回来把信交给他看后再说！'但别的事情，没有表态！"他说得这么快，是想快点把话说完，好回去！他一定是怕在花园里讲话被牟武城看到。

张开太问："老钱知道了吗？"

刘开英点头："我去告诉了他，事情不顺利，并且问他怎么办。他竟说：'这样好！这样好！'"

梁锦兰说："怎么好呢？"

刘开英吸掉烟尾巴，扔掉烟蒂，说："老钱说：'铁打的江山流水的官'！耿爱民如果没有老首长可以求告呢？那不是就完了吗？所以寄希望于某一位老首长，过分地倚重某一个大人物的正义感和恩惠，还是不行！主要是老耿这人站得住！更重要的是，现在，我们这些共产党员都在抵制错误做法！都在对革命负责！这就好，因为我们要自己按照党的原则掌握命运！《国际歌》中已经早就说明这个道理了！他又说：听说中央正在制订惩治贪污的条例，不久公布！有法可依，那么像牟武城这种以人代法、以言代法、以权代法的工作组长就吃不开了！"

张开太点头，同梁锦兰一起，看着刘开英迅速转身走了。刘开英的脚步落在水泥地上，清脆地嗒嗒响，大约是又到大会议室打虎去了！张开太和梁锦兰走出大门，都久久沉浸在思索中，他们觉得钱英的话，意味深长，也有沉甸甸的严肃人生道理！

离开上海前的一天，我去小梁家里向他们夫妇辞行。谁知小梁临时因为公务去嘉定出差了，留下一张便条给我，写的是：

老张：昨天通电话后，知你要走，我估计你走前会来一次的。今晨我匆匆启程出差了。你走，不能送你了！祝一路顺风，希望下次来沪时再能见面。

我与刘开英的意见不约而同，所以，昨天在电话中也建议你把过去那段故事写成一部小说。但你没有给我肯定的答复。我觉得那是非常值得写的。以前不可能写，现在来写，依我这个经常跟法律打交道的人来看，有很强的现实意义。我希望你试一试，如写成，我愿做大作的第一个读者。你不是还记得当年钱英讲的那个阿基米德和王冠之谜的故事吗？我想，你这部小说就取名《王冠之谜》如何？现在，听说出版社出书要讲经济效益。《王冠之谜》这个书名，有吸引力，书卖得掉！你说呢？

附带告诉你，我已打听到了魏原冰的地址，走前如有时间，可到 F 大学第一宿舍 38 号 302 室找他。

小梁

看了小梁的留条，她的话拨动了我的心弦，似有些什么使我感动的东西充溢胸际。我向老金要了张纸，也留了个条子给小梁：

小梁：来辞行，未晤为怅。

见到留条，《王冠之谜》让我回去努力试一试吧！我决定尽量朴素，尽量真实地写出这个并非虚假的故事，来表现一种曾经有过的十分实在具体的人生，让人能引起一点思索，如写成，当请你做它的第一个读者，欢迎你提意见。

魏原冰那儿，我行前一定去看望。

老张

我将纸条交给老金后，离开了小梁的家。也不知为什么，竟有些动感情。也许老年人是太容易怀旧了吧？当年同小梁并肩战斗中的风风雨雨一下子都仿佛又在眼前了！……

（二十一）

梁锦兰绝未想到：第二天一早，她刚到出版社里，竟发现杏妮在传达室里等她。

杏妮从苏北阜宁赶到上海来了！就在耿爱民被捕的次日黎明刚好到达。这真是悲惨的事！她的心情可想而知。

一早，她在船码头附近的小摊上吃了点豆腐油条，挽着一个挺大的包袱，走着问着找到了出版社。进了出版社的大门，迎面就看到了那张大漫画《两条路》：两个贪污分子，一个身上写着石勇的名字，一个身上写着于瑞祥的名字，在走一条光明的路，边上写着"坦白交代，检举揭发"。一个贪污犯，身上写着"耿爱民"三字，手铐脚镣通过一条黑暗的路被低头押进监牢。她像迎面被闪电一下子劈来，险险晕倒！好不容易支撑着去到传达室问梁锦兰在不在。

在传达室里值班的老传达冯玉明，刚"解放"胆子小，问清她是耿爱民的女人从苏北来，怕受牵累，让她坐在传达室门外的台阶上等梁锦兰来，却不敢同她多说一句话。

杏妮问："耿爱民怎么了？"

冯玉明回答："不知道！"

杏妮指指漫画："那漫画上画的是什么意思？"

冯玉明装傻装聋："我什么都不知道！"

杏妮只好闭嘴不说了，坐在冷冰冰的石头台阶上等待。

现在，见到了梁锦兰，杏妮一下子像见到了亲人，泪水湿了两颊。

梁锦兰出乎意料地问："杏妮，你怎么来了？"她见老传达冯玉明让杏妮坐在传达室外的台阶上，心里不满意，批评冯玉明说："怎么不请人家屋里坐！"

冯玉明惶恐不安，只是赔笑脸。杏妮说："不干他事，我喜欢坐在这里！"她忧心忡忡地说，"我越想越不放心，心头老像嵌着一块铁，分外沉重。我得来看看到底是怎么回事？那些财物我也送来了！"

梁锦兰好言劝慰，说："别哭，杏妮！走吧！到我房里去坐！我跟你说说情况！"她态度亲切、温和。

杏妮不作声。心上的霜冻，自然不是几句热言热语能烤化的。

梁锦兰将挽着包袱的杏妮带到楼上，在过道里迎面碰见了牟武城，牟武城正端脸盆去漱洗，看见梁锦兰一早领了个乡下女人上楼，板着脸问："她是谁？"昨夜睡得迟，打虎疲劳了，他一脸倦意。

梁锦兰说："施杏妮同志，从苏北阜宁来的！她是耿爱民家里的，我们去外调认识的！"

牟武城说："呵，来干什么？"他这话似是问梁锦兰，也似是问杏妮。

一种女同志特有的细腻的感觉，促使梁锦兰想：也许，他知道了昨天那幅字是陈市长写赠耿爱民的，今天这态度还不算坏！……回答道："来了解了解情况的！"

牟武城又打官腔了："我们是讲政策的！对耿爱民的处理，是按政策办的！听说你是个党员，也是干部！你应当懂得这些！运动嘛！要站稳立场，知道吗？"说着，端着脸盆和漱口杯去卫生间了。

杏妮随梁锦兰到了办公室里。这里，钱英不来，只有梁锦兰一个人。梁锦兰让杏妮放下包袱坐下，将耿爱民被逮捕的情况客观地如实讲了。

杏妮十分伤心，拭着泪问："他真的是贪污了吗？"

梁锦兰摇头，她是个谨慎惯了的人事干部。有些情况她觉得不能说的就都没讲，只是安慰地说："有些事，现在也不便同你说。但你要相信党，也相信群众。问题总会弄清的！你来得很好！你如果不来，我们有个问题还不好解决。你来了，这个问题就可能更好解决了！"

杏妮眼里燃起希望的火焰，她已经坚强起来了，问："什么问题呢？"

梁锦兰说："你不记得那个给你送金戒指、钞票和衣料、吃食的女干部吗？她是个关键人物。找到她，认出她来，事情就好办得多了！我们已经有了点线索！我今天就可以陪你去看看、认认这个人！"

杏妮性急地说："她烧成灰我也认识！她成了我心上的一块疙瘩了。我这次来，也是想要弄弄清，见到这个人，问问是怎么回事？梁同志，你快陪我去吧！她是干什么的？"

梁锦兰正要回答，忽然桌上的电话铃声响了。她知道这是钱英如约来电话了！钱英向来守时。她拿起电话筒，轻声问："喂，谁？我是小梁呀！"

那边，是一个女人的声音："你是小梁？好啊，我是汤雪啊！"

梁锦兰喜出望外，说："呵，你能把那个燕蓓芬的模样告诉我吗？"

汤雪笑了，说："当然可以啰！不过，我形容不好！很漂亮的！白嫩白嫩，两个水汪汪的眼睛。要讲特征嘛，你说的正好符合：现在爱穿列宁装，一笑时露出雪白的牙齿，前边中间偏左有一只镶的白金牙！烫的头发剪短了，但确实是烫过的！"

梁锦兰心里惊喜："汤大姐！我再问你：是确实装了白金牙的，是吗？"

"没错！"汤雪说，"你要看她，就到我这里来。今天上午九点钟，她要来参加学习。对了，马上就要来了！你要同她谈谈也行！我办公室里无人，可以谈话！"

梁锦兰笑了，真是想出门就来了辆汽车，说："那，我马上去！"

她放下电话，仍深陷在兴奋中，对杏妮说："杏妮，我们马上走！我陪你去看一个人！看看她是不是你认识的那个送钱物的女干部！……"

杏妮刚才听了电话,一知半解,听梁锦兰这么说,明白了,也兴奋地说:"好!梁同志,我跟你去!"

两人急匆匆一同下楼。楼下大会议室里仍在打史家禄的老虎,吆喝声隐约传来。外边花园里倒是清静的。两人经过传达室出了大门,去搭电车到妇联去。

妇联是在一幢大楼上的三楼里。汤雪也去参加学习。梁锦兰请传达室将汤雪找了出来,介绍了杏妮。

汤雪告诉梁锦兰说:"燕蓓芬来了!这个女的,用上海话说,是个'角色'!能干得很。每天在学习会上夸夸其谈,好像什么大道理都懂,又守法,又拥护共产党和政府!其实,同弄堂的一个李太太揭发:燕蓓芬跟丈夫黄源茂同你们出版社的副经理史家禄关系密切!燕蓓芬跟她的小姐妹们开玩笑时说过,说她家是个'干部改造所'!共产党的干部进去了就得受改造。你看可恶不可恶?"

梁锦兰问:"汤大姐,你看我们怎么办?"

汤雪笑着说:"她正在第一大组学习。我带你们到门外。你们在外边站着,我进去假作有事同她讲一句话,门不关,你们留意看。看到了,是她!我出来后再商量怎么办,好不好?"

梁锦兰和杏妮都说好,汤雪带她俩到了三楼 321 室,说:"你们等着,仔细看好,我进去!"

汤雪进去,把门故意开着不关。里边的学习会上正在发言,偏巧在发言的正是燕蓓芬。她口才不错,正在谈通过学习文件对文件精神的体会,也没注意到门外有人在看她。汤雪进去,不好打断燕蓓芬的发言,转了一转就出来了,把门带上,小声问:"看到没有?她正在发言!怎么样?对不对?"

杏妮早兴奋得脸都绯红了,斩钉截铁地说:"就是她!我认准了!一点不差!就是她!"

梁锦兰欣慰地说:"汤大姐,我们想找她谈一谈。你给找个地方,等她发完言把她找来行不行？"

汤雪一口应承，说："当然可以！你们跟我到办公室去！"

她办公室就在 318 室，在 321 室的斜对面，是朝南的房间，光线明亮，阳光灿烂。汤雪让梁锦兰和杏妮坐了下来，说："马上我就叫她来！"转身就走了。

这是一个晴朗的冬日。阳光映射在玻璃窗上，闪亮耀眼。梁锦兰此刻的心情和这灿烂的阳光一样。久久郁结在心头的不快与压抑，一刹那间，都似乎幻化得不那么沉重了。这个突破口从燕蓓芬身上突破以后，存在于黄源茂、史家禄、于瑞祥等这些人中间的攻守同盟必然要崩溃了！梁锦兰朝杏妮望望。杏妮心事浩茫，似乎也非常激动，正两眼盯着关闭着的那扇门户。这个身材高大、脸色健康的女村长，此刻显得有点局促不安，有点紧张，老是用右手绞着左手，又用左手绞着右手。她在想些什么？她一定是在想：马上要有一场面对面的决战！要解开一个心底之谜！要揭发一件陷害的恶毒阴谋了！……

一秒钟，两秒钟……等待的时候，总是叫人感到那么漫长，连一秒钟、一分钟都是那么长，那么长……

突然，门的把手一响，开了！

在门口，出现了穿着列宁装、长发烫过剪短了的风韵翩翩的燕蓓芬。她进来时，是带着一种甜得发腻的微笑的，扬起了弯眉毛，矜持地走着狐步，一口贝壳般雪白的牙齿里镶着一只白金牙齿闪闪发光。汤雪陪在她身后。但，她瞬即一阵悸栗，打了个寒噤，两只脚仿佛被螺丝拧住了，张大了嘴，瞪大了眼睛，脸色惨白，像见到了可怕的情景似的，她"啊"了一声，将双手蒙住了脸，险险栽倒在地。

她听到杏妮锋利的声音，感到杏妮的目光仇恨地向她压来。

杏妮厉声在说："你不认得我了吗？……"

离开上海之前，从小梁那里得到地址我特地去看望了在 F 大学中文系做教授的魏原冰，并且见到他那位贤淑的夫人卢肃。他们的一子一女都已出国留学，儿子学电子计算机在美国做访问学者，女儿学医在西德读博士。卢肃已经退休，虽然头发花白，模样仍然年轻。他们的生活看来过得很好，一厅四室的住所布置得高雅、清洁，窗台上一排海棠、杜鹃、文竹等生机盎然，盆栽中有一棵葱翠碧绿的君子兰婀娜多姿。引我注意的是客厅里东墙上挂着一幅书法家的草书屏条，上边写的是王维的《渭城曲》："渭城朝雨浥轻尘，客舍青青柳色新，劝君更尽一杯酒，西出阳关无故人。"就在墙上，悬挂着一只古色古香的琵琶，那是魏原冰心爱的乐器。

　　欢快地畅叙，谈得高兴。魏原冰和卢肃夫妇殷勤地留我吃午饭。卢肃从冰箱里取出一只母鸡和些罐头以及蔬菜，亲自下厨做了丰盛可口的菜肴。

　　劝酒时，我说："我不会喝，一喝就要醉的！……"

　　卢肃笑着说："故人久别相逢，本来就令人心醉。你就是真的喝醉了又有何妨？这里有空房间，大不了就在我们家里住两天再走。"

　　魏原冰笑了，替我将杯斟满，说："相逢且莫推辞醉，听唱阳关第一声。"

　　我记得他这说的是白居易的两句对酒诗。盛情难却，我只有举起杯来，但望着墙上的琵琶说："好！我喝！那，老魏，你就弹一曲《阳关三叠》为老朋友助兴吧！"

魏原冰点头应诺，起身去墙上取下琵琶，拨动丝弦。

于是，我们一起陶醉在《阳关三叠》的节拍、音乐声中，灵魂似乎得到了净化，心情变得缥缈。早年的种种，溶化、浮现在乐曲声中，袅袅不绝。这像一首无花的挽歌，毫无恋意地悼念逝去的往日，却又像一首圣洁的颂赞，使人心头昭昭地热爱着今天，向往着更美好的未来。……

（二十二）

时间是无情的筛子！这是个没有结束的结束。天下事，总常常是结束了也还没有结束。

耿爱民在天蟾舞台那次大会上逮捕以后，第三天上午，钱英、张开太、刘开英、梁锦兰四人一起带了意见书去到市节约检查办公室，坦率而详细地陈述了情况，反映了问题。下午，迅雷不及掩耳地发生了一件轰动出版社的大事。这两件事并无关联，均是独立发生的，但后一件事恰好支持了前一件事。

耿爱民忽然从公安局被送回出版社了！原来公安局拒绝接受耿爱民！要求原单位继续审查！

耿爱民被送回来的时候，没有戴手铐！当然更不像那幅刘锡画的大漫画上有脚镣了！他坐在一辆吉普车上等着。公安人员找到牟武城，告诉他："将耿爱民交还出版社！"

牟武城全身三万六千个毛孔都紧张得敞开了，极力恼火地质问："这是怎么回事？乱七八糟的！"他感到晕头转向。这样一来，他的巨大成绩突然冰化雪消，坚固的打虎战线突然崩溃了！

一个老成持重有络腮胡的公安干部回答牟武城说："经过我们审查，耿爱民不能逮捕！因为他不承认有任何贪污行为，我们也查不出他贪污的那一大笔巨款用到哪里去了！你们提供的材料，经过讯问行贿的资本家黄源茂、刘成都及林之光，黄源茂说是你们逼供，他才只能按照你们打虎队员的授意按葫芦画了瓢！刘成都说是屈打成招；林之光说是不承认不行，他年岁大了，你们的打虎队动手动脚，他腿上还有伤痕为证！"公安干部的口气很严肃。

牟武城目光冷漠而阴沉，生气地说："这是上级批准逮捕的！"

公安干部嘴角浮起一丝奚落和挖苦："是呀，我们也是按照批准逮捕才逮捕耿爱民的呀！但逮捕以后，我们必须审讯。审讯的结果既如上述，自然只能请示后退给你们了！"

牟武城十分尴尬："那你叫我们怎么办？"

公安干部嘴角又出现了淡淡的嘲笑和薄薄的讥讽，说："那，我们管不着了！你们可以继续审查嘛！但必须实事求是！要真老虎！打假老虎是不算数的！要是真有非常大的老虎，我们可以再见面！"

生活真是酸甜苦辣俱全。牟武城只好送走公安干部，派人通知李应丰，将耿爱民仍交给他处理，让先关小房间，再考虑以后的步骤。为了慎重，这次他不是理直气壮地说"关小房间"，而是平和地说："让他先住住小房间，他的问题先放一放，别急！"

李应丰最初看见耿爱民突然从天而降似的又从公安局释放回来了，急得真像热锅上的蚂蚁。这是他做梦也万万想不到的！仅仅三天，就天翻地覆了吗？将耿爱民带进二楼那间小房派人看守后，他马上气急败坏地跑到牟武城的办公室，找到牟武城，急吼吼口舌呆滞地问："老牟！这是怎么回事？他……他……他怎么又放回来了？"

牟武城不吭声，用弹出眼珠的眼睛瞪了他一眼，冷冷的，充满了埋怨、责怪的复杂感情。

李应丰不识相，懵懵懂懂地又问："老牟，是怎么回事呀？"

牟武城"嘘"的吐了一口闷气，把脚狠狠一蹬："要问你呀！你自己还不明白吗？这下可把我也坑苦了！"

李应丰顿时感到浑身的血液凝结了，像冻成了冰块。皱着眉哼哼，一切的一切真像庙门口四大金刚手里的琵琶——不能谈（弹）了！他自己心里顿时恍然大悟：这一下，什么提拔、入党等等的事，刹那间就像空中楼阁、海市蜃楼似的变幻消失了！老话说："愚傻得福"，那是不对的。可是说"聪敏致祸"，在李应丰身上，却有点用得上。他忽然心有不甘，狠狠咬着牙说："哼！我明白！——"

牟武城不由自主地问："你明白什么？"

李应丰翘着尖下巴，叹口气说："这准是他那个老首长给他出了力了！——"

牟武城愣怔在那里，像条涸辙之鱼似的张大着嘴巴，说不出话来。

其实，天地良心，这并不是耿爱民的老首长出了什么力。陈市长此时还在北京没有回上海，那封信他还没有看到呢！李应丰的"明白"和牟武城的"愣怔"，只不过是他们自己想当然的结果。虽然，那时并没有比较完备的法律，但作为常理和起码的知识，既是贪污罪，至少要有可靠的合情理的贪污事实和并非虚假的人证物证吧？既无真正的罪证，共产党领导下的公安局释放耿爱民，自然是顺理成章秉公处理的，它体现了人民民主专政机关应有的尊严与威信。

更使牟武城愣怔和李应丰吃惊的是：接着第二天下午，牟武城被找到市节约检查办公室谈话。谈话后，成了一名犯错误的"运动员"，被"黄牌警告"，他沮丧地得到通知：出版社的"三反"，决定由钱英担任工作组长，张开太和他协助工作，反贪污打虎要继续下去，但对前一阶段的工作要进行全面认真的复查。

天下事要做得大家都满意也是很少有的！牟武城像个当了一辈子医生最终死于用错了药的人一样，他十分不满意。钱英和张开太也有七分不满意。牟武城不满意是因为吃了批评"下场"了！钱英和张开太不满意，是因为既然纠正偏向和错误应当彻底，为什么还要留尾巴，不但将牟武城留下来放在工作组里，而且还强调对积极分子如李应丰，要保护积极性，不要泼凉水！既是错误的东西，为什么还要保护？上边那个同志说的理由是："这是运动！运动出现偏差难免！不要大惊小怪！……"

钱英不禁又一次想：啊！要是国家有一部法典来衡量有罪和无罪以及罪轻和罪重多么好！牟武城、李应丰之流难道就是好人？难道就应该是无罪的吗？……

牟武城被拉下马了，钱英上场来带队了！他来干，做法自然会同牟武城不同。何况他又经历过一段被牟武城打击排挤的日子，对许多问题自己当然会有较以前更深的体会。一切犯罪的黑幕终究要被拉开，一切犯罪分子注定是要"赌"输的！这就不属于这部小说所要介绍的范围了！一个故事总要留点含蓄、留点想象的余地给读者去思索、回味，什么都讲尽了，也就淡然无味了！

只是，有一个小插曲是要提一下的：

钱英上台主持工作的当天，魏原冰伤愈出院被打虎队员护送回出版社了！钱英同他谈了话，"解放"了他。最后，将耿爱民的事告诉了他，又对他说："自杀，实际是一种胆怯的行为，也是最恶劣的一种杀人类型。因为，它无法给自杀者留下些许后悔的机会……"

魏原冰当夜就回家同母亲、弟妹团聚去了。他有一种网中鱼又被放回活水里般的喜悦。

卢肃得到魏原冰两个妹妹的通知后，立刻到他家里看望他。一对年轻爱侣见面自然说不尽的辛酸与快乐。两人滚热的泪珠都顺着冰凉的脸颊汩汩流淌。魏原冰自有许多他独有的体会、教训与感慨。

那晚，下过一阵小雨。小雨以后，天气转晴，月亮出来了，月光皎洁，明晃如水。魏原冰同卢肃谈了许久，最后，他突然拿起墙上挂着的琵琶弹奏起《阳关三叠》，并且轻轻唱了起来。他没有唱自己熟悉的家传的《阳关三叠》那段凄凉离别的歌词，唱的是耿爱民那次请他讲解时他抄背下来的歌词：

……遄行！遄行！长途跋涉渡关津。历苦辛，历苦辛，历历苦辛，宜自珍！宜自珍！渭城朝雨浥轻尘，客舍青青柳色新……

琵琶声铮铮然。"大弦嘈嘈如急雨，小弦切切如私语。"歌声低吟慢唱。作为魏原冰知音的卢肃，是听得出魏原冰今夜的琵琶声和歌声中蕴含着的满腔衷言与丰富感情的……

1990 年 7 月改定于成都